Dinah
Nelken

Das angstvolle Heldenleben einer gewissen Fleur Lafontaine

Roman

Blanvalet
Berlin

1.–10. Tausend

Schutzumschlag- und Einbandentwurf Atelier Bossin + Jahn, Berlin
Aus der Aldus Buchschrift
auf der Linotron von der Aktino KG in Berlin gesetzt
und im Herbst 1971 bei Georg Wagner in Nördlingen gedruckt
ISBN 3 7645 4081 8 Printed in Germany

»Wohl kamst du durch; so ging es allenfalls.«
Mach's einer nach und breche nicht den Hals.
Goethe

Erstes Kapitel

Im Anfang war nichts.

Nichts als Stille, Dunkel und hinter Schleiern aus Tränen der schwarze Ball, den ich kenne, oh, lange, lange kenne, der große runde dicke Erdball, der manchmal des Nachts auf mein Kinderbett zurollte und sich auf meine Brust und erstickend in meine Kehle zwängte. Ich schrie, bevor ich starb. Und erst, wenn ich mich geschlossenen Auges dem Tod ergeben hatte, flutete die Angst zurück und trug auf ihren finster schäumenden Wogen den Ball davon ins Nichts. Sollte ich sie jetzt herbeirufen, die Angst?

„Ich weiß nichts ... Ich war ja krank, ich hatte Fieber ... Ich weiß auch nicht, wer mich hergebracht hat ... ein Taxifahrer, glaub ich."

„Und Sie können sich nicht erinnern?" Er wartet auf meine Antwort, ein geduldiger Jäger, ein freundlicher Verfolger, der durch Tage versucht, mich zum Sprechen zu bringen. Es wird ein Spiel mit Daten, die wir auf der Bettdecke hin und her schieben wie ein Puzzlespiel, bei dem jedoch ein Stein fehlt – einer oder mehrere, ein Tag oder mehrere. Ihm fehlen sie, nicht mir. Ich schließe die Augen, während er sich abmüht – vergebens! –, die verlorene Zeit wiederzufinden.

„Überlegen Sie doch mal, meine Gnädigste! Am neunten April sind Sie in meine Klinik eingeliefert worden, Sie kamen wohl vom Münchner Hauptbahnhof, auf dem Umweg über die Pension Rosa." Der Professor spricht sanft, lächelnd. „Demnach sind Sie vermutlich am achten April aus Rom abgefahren?"

„Ja, vermutlich", antworte ich. „Poldi hatte am dreißigsten März Geburtstag... Und wir sind nach Rom gekommen zu ihm, aus Napoli. Ich mußte doch von Rom abfahren."

„Am Achten? Oder?"

„Am Einunddreißigsten, am Tage nach Poldis Geburtstag."

„Wer ist Poldi?"

„Mein Bruder. Wir hatten gefeiert."

„Ja, aber dann? Wo waren Sie dann bis zum achten April?"

„Ich weiß es nicht", sage ich, und jetzt lese ich in seinem Blick Mißtrauen. Er erkundigt sich sogar noch einmal, die Stirn gerunzelt, nach der Vorgeschichte meines Unfalls in der Pension Rosa, von dem aber auch ich selbst nicht mehr weiß, als ich sage – oder sagen will, aus Vorsicht –, obwohl er mir die Einhaltung seiner ärztlichen Schweigepflicht zusichert, umgänglich scheint und mich mit etwas altmodischer Höflichkeit umschleicht.

„Das Büro weiß bisher von Ihnen nichts als den Namen, den Sie in der Pension Rosa angegeben hatten: Fleur Lafontaine geborene Schnedderich. Aber wir brauchen die Adresse eines Verwandten, Ihres Gatten ... oder irgendeiner Person, die man gegebenenfalls benachrichtigen könnte ..."

„Ich habe niemanden", sage ich, zu schwach zum Kämpfen.

Der Professor geht, ein älterer Mann im weißen Kittel mit blankschwarzen Indianerhaaren und blankschwarzen Augen unter schweren Lidern, Feuer unter Asche; sein mildes Berufslächeln und die flott zum Schmetterling gebundene Krawatte lassen mich ihn manchmal sehen, wie er mit erhobenem Schmetterlingsnetz hinter den verirrt über Traumwiesen flatternden Seelen seiner Schützlinge herjagt, um sie in der grünen Botanisiertrommel meiner Kindheitsausflüge vor der Unbill des Lebens zu bewahren. Ach, ich träume, träume durch Wochen, und erwachend höre ich das Rauschen des Blutes in meinen Ohren, sehe die schwarzen Fittiche der Schwäche um mich zusammenschlagen: Es ist die Ohnmacht, die mir nun gleich – ich weiß es – das Herz lähmen wird.

Da schreie ich, so laut ich kann. Die Schwestern kommen, die Ärzte kommen; zu den verschiedensten Untersuchungen fährt man mich in Labors und Röntgenräume, mißt meinen Brustumfang, läßt mich röchelnd atmen. Ich bin schwach wie ein Neugeborenes, nachts weine ich, weil die schwerhörige Nachtschwester jede halbe Stunde auf ihren Filzlatschen an mein Bett schlurft und mir ins Gesicht leuchtet, um zu sehen, ob ich noch lebe.

Ja, ich lebe, aber auf eine gleichgültige, abweisende Art, gleichsam unter den Wassern des Lebens zwischen spielenden Fischen und Algen im Fluß der Zeit, bis ich dann eines Morgens wieder hochtreibe, hinauf ans Licht.

Der Professor steht vor meinem Bett, diesmal ohne die weißberockte Garde seiner Ober- und Unterärzte.

Und seltsam: Ich glaube zuerst, Philipp zu sehen, Philipp, den sie in Dalmatien den Montenegriner nannten ob seiner schweren schwarzen Brauen über den tiefbraunen Augen, des dichten dunklen Schnurrbarts und der starken weißen Zähne. Auch dieser hier ist, wenn ich ihn recht betrachte, ein schöner Mann, gewiß ein wenig klein geraten, aber doch von einem Hauch ärztlicher Würde umweht und eindrucksvoll mit seinen forschend in des anderen Seele spähenden Blicken unter der gefurchten Stirn, den blanken, leicht pomadisierten und demzufolge leider etwas süßlich duftenden Haaren. Aber es gefällt mir, daß er gut gekleidet ist – „proper", hätte Großvater Schnedderich gesagt oder auch: „mit Schick und Pli" –, nämlich in schwärzliche englische Stoffe zur buntbelebenden Schmetterlingsschleife, und daß er in sanfter gefälliger Sprache milden Zuspruch wie Pillen verteilt. Diese Sprache ist das, was mich am meisten erstaunt: Die Worte kommen wie auf Katzenpfötchen aus seinen vollen, stark roten Lippen, vorsichtig kommen sie und so bedachtsam, als übersetze er sie jeweils erst aus seiner medizinischen Geheimsprache ins Allgemeinverständliche, wozu er hübsch und ironisch zu lächeln versteht.

Und gerade dieses Lächeln macht ihn mir verdächtig, die ich

nur mit Mißtrauen wahrnehme, daß er gütig oder vielleicht sogar gut ist, da er mich bis zur völligen Heilung hierzubehalten wünscht. Aus Gnade und Barmherzigkeit? Oder als Versuchskaninchen, ein sprechendes? Wie anders könnte ich sonst die Leiden der Seele erklären und Leistung mit Gegenleistung vergelten; ich, heimatlos, mittellos, so gut, so schlecht wie namenlos und ohne jede der üblichen Sicherungen? Nirgends eingetragen, nirgends gemeldet und gehörigerweise eingeordnet, würde ich als ein Überrest kriegerischer Zeiten wie verlorenes Beutegut auf der Straße liegen, zwischen den noch jetzt, im Jahre 1950, unter den Füßen knirschenden Glassplittern vergangener Beschüsse, wenn sich dieser fremde Mann hier an meinem kostenlosen Bett nicht meiner erbarmte. Ich begrüße also meinen Wohltäter ebenfalls lächelnd, wenn auch mit schiefem Mund und Doppelblick, und während er sich auf meinem Bettrand häuslich einrichtet, befragt er mich nach Zeichen und Anzeichen meiner Krankheit, die ich nicht gehabt zu haben glaube, bis auf eine leichte Grippe – eine Virusgrippe, wie er meint. Die könne sehr wohl den Infekt verursacht haben, falls es nicht doch irgend etwas anderes ist; die Speisekarte scheint lang zu sein. Und kopfschüttelnd murmelt er: „Wo ist der Fokus, wo ist der Herd?"

Da hebe ich die Hand zur Brust, mühsam, murmele: „Hier." Und sage dann doch, was ich nicht sagen wollte: „Ich konnte nicht mehr ... Ich konnte nicht weiter. Ich hab's gedacht, immer wieder: Weiter kann ich nicht!"

Er fragt, eine sanfte Stimme, eine schöne Stimme: „Und vorher? Wo waren Sie vorher?" Fragt also wieder nach Vorgeschichte, Herkunft und Alter, das ich der Wahrheit gemäß angebe und das ihn erstaunt. Ich sehe jünger aus, bin gut gefärbt in dem matten rötlichen Ton, der früher einmal goldfarben gewesen ist, habe noch den feuchten Glanz einer leicht überfunktionierenden Schilddrüse in den dunkel- oder auch veilchenblauen Augen, die auch jetzt noch funkeln können, ich weiß es, und er bemerkt es.

„Na, sehen Sie, meine liebe gnädige Frau, nun leuchten wir doch schon wieder! Ich hab's gewußt, wir schaffen es. Und wenn Sie mir nun noch ein bißchen erzählen von sich, von Ihrem Leben ..." Er redet mir zu, väterlich, aber ich drehe den Kopf zur Seite.

„Ich kann nicht, wirklich nicht. So Aug in Auge, Schielauge ..." Ich grinse schief.

„Wer hat Ihnen den Spiegel gegeben?"

„Die Schwester", sage ich und sehe geschlossenen Auges mein Gesicht im Spiegel. Es ist ein Blumengesicht gewesen, ein herzförmiges Oval mit sehr heller Haut und tiefblauen Augen; dann war es ein Plakat geworden, das Abenteuer versprach – die unsteten, aufgerissenen Blicke, der breite weitgeschwungene Mund, das hellrot, tomatenrot, je nach der Mode gefärbte Haar. Und nun ... „Ich bin doch tot, glauben Sie es mir! Ich kann nichts sagen, ich kann nicht sprechen, ich kann nicht mehr leben."

„Das große Nichts! Und Sie denken, daß das Ihre Probleme löst?"

„Ich habe keine Probleme."

„Nein, Sie haben eine Polyneuritis, eine mehrfache Nervenentzündung mit Lähmungen der Arme und Beine und anscheinend eine partielle Amnesie – wenn das stimmt, was Sie sagen oder auch nicht sagen."

Er spricht nicht ohne Strenge, mit vielen Fachausdrücken und Fremdwörtern, von Syndromen, funktioneller Blockbildung, pathologischen Leitstörungen und einem medizinischen Befund, zu dem nichts zu sagen wäre, falls man nicht fragen wollte, warum sich ergab, was sich ergeben hat. Oder richtiger: „Warum haben Sie sich ergeben, Sie und die Abwehrkräfte, die wir besitzen und die uns dienen, sofern wir uns ihrer bedienen?"

Ja, er schließt sich mittels des vertraulichen Wir in meine Leiden ein, beschwörend: „Sehen Sie, verehrte gnädige Frau, Sie würden diesem Ihrem vermutlich unterbewußten Wissen den

Weg frei machen, wenn Sie sprächen, wenn Sie mir etwas von sich erzählten, nur ein bißchen aus Ihrem Leben ... Am besten natürlich Ihr ganzes Leben."

Ein halbes Jahrhundert und ein ganzes Leben, oder doch ein dreiviertel Leben, sofern es mir wirklich gelingen sollte, zu überleben? Oder auch, wie es uns – Poldi und mir – gelungen war, die Türen zu Lagern und Gefängnissen zu vermeiden zugunsten der einen, durch die ich vielleicht jetzt ins Freie gelangen werde. In die schöne Freiheit des Todes, in die begütigende Stille des Nachher, in den unendlichen Frieden eines kleinen Sees, eines Tümpels, eines raunenden flüsternden Wassers unter Seerosen und Algen, darin man ruhen kann, ein Kind, wieder ein Kind, weiße Schuhe an den kleinen Füßen, fünf Groschen in der Hand ...

Heute und hier jedoch gilt es die Tatsache festzuhalten, daß ich lebe, wenn auch unvollkommen und sozusagen bruchstückweise, seit sich vor einigen Tagen – genauer: am 9. April 1950 morgens – die ausführenden Organe meines Körpers, also Nerven und Muskeln, Arm und Bein, weigerten zu tun, was ihres Amtes ist. Denn jählings glitten die Beine unter mir davon, als wären sie es müde, mich länger zu tragen, die Hände griffen nicht mehr, was ihnen der Blick zeigte, doppelt zeigte, als wolle er nun endlich das Doppelspiel der Welt erfassen, und während ich Hilfe herbeischrie, begriff ich staunend, daß ich gelähmt war. Doch erst im Krankenhaus, wohin man mich auf einer Trage gebracht hatte, in einem weißen Bett, in einem weißen Zimmer, kamen mir die Tränen. Ich fiel in die Nacht meiner Verlassenheit wie in einen Abgrund.

Und während ich mich erinnere, sausen rasselnd die Jalousien herab, so wie sie damals in Rom – weißt du noch, Philipp? – vor den Geschäften herabkrachten, wenn die Streiks begannen und das Leben stillstand zugleich mit den Straßenbahnen, den Omnibussen, den Autos. Nur daß jetzt *ich* im Dunkel liege, getrennt vom Licht und von dir, Philipp, dennoch aber mit zähem Trotz nicht gewillt, das Urteil anzunehmen: eine Todgeweihte, die die letzte Zelle betritt, als ginge sie ins Freie! Welch mühsame Kunst, die Augen zu schließen vor den Tränen und den Traum an die Stelle des Schlafes zu setzen: den Traum von dir, Philipp, von Poldi, von den Kriegskindern, von Mama in ihrem roten Paillettenkleid und Papa im blauen Monteuranzug, ja sogar von den Damen mit den Goldtäschchen in Käthe Lafontaines siebenundfünfzig Wohnungen!

Aber sie kamen, mein Gott, sie kamen in jeder dieser langen Nächte, in denen ich mit offenen, blicklosen Augen den Geisterzug erwartete, der sich aus der Ecke neben dem Waschbekken – jawohl, aus dieser Ecke hinter dem doppelt umrandeten, nämlich doppelt gesehenen Spiegel – langsamen Schrittes meinem Bett näherte, als entstiegen der Tiefe vergangener Jahrzehnte lange vergessene Gestalten und wanderten schattenhaft über die weiße Wand meinem Bett gegenüber: langberockte Damen mit Straußenfederhüten, engbehoste Herren mit hohen Kragen und Spazierstöckchen, in Bratenröcken und Pumphosen. Fremd mir wie verblichene Bilder, grüßten sie mich aber doch wie alte Freunde; gekommen, mich zu erheitern, ängstigten sie mich eher, obwohl sie mir damals ganz freundlich auf den Seiten eines verbotenen Buches in Papas Bücherschrank oder dann später in Fleisch und Blut, Pleureusenhut und Federboa in Mamas Wohnungen begegnet waren.

Meine anderen nächtlichen Besucher aber, streng und still, nonnenhaft verschlossen in ihren weißgerandeten Schuten und den schwarzen langen Mänteln einer lange vergangenen Zeit, kannte ich von jeher. Seit Onkel Jean-Louis Lafontaine mir von ihnen berichtete und ich – Fleur Lafontaine – die Geschichte meiner Ahnen gelernt hatte wie eine meiner Lebensrollen: Eiguenots oder auch Hugenotten genannt, waren sie Zeitgenossen, Gesinnungsgenossen jenes freiheitsliebenden Stadtsyndikus Hugo in Calvins Genf, Helden des Bürgerkrieges und nach der Aufhebung des Edikts von Nantes Refugiés in aller Welt, geführt von einem strengen puritanischen Gott, an den sie glaubten. Wir hingegen, Jahrhunderte später, hatten auf unseren Wanderungen nicht den Glauben an die Ewigkeit, sondern mehr: das Wissen um die Zeit, die wir durchflohen, und den Glauben an das Ziel, das wir erreichen würden.

Die damals, meine Ahnen, Teppichwirker und Webmeister aus kleinen französischen Provinzstädten, fanden ihr Ziel in den kurfürstlichen Residenzen Cölln und Berlin, fanden Zuflucht, Religionsfreiheit, Gewerbefreiheit, Steuerfreiheit, webten Teppiche für des Kurfürsten Schloß und das des späteren Königs Friedrich, erbauten in der Friedrichstadt die Parochialkirche, die Französische Kirche, die Bürgerhäuser der Französischen Straße und wandelten, Madames und Mademoiselles, im nonnenhaft schwarzen, weißgepaspelten Gewand züchtig durch die schmutzigen, schlammigen Straßen Berlins voll einer lärmenden Menge ungeschliffenen Volkes in Kattun und Loden. Denen brachten sie die zarte Kunst bei, Gobelins in schimmernden Farben zu weben, in den französischen Gärtnereien vor den Toren im märkischen Sand feine Gemüse zu ziehen, denen brachten sie auch den Kaffee und den Tee, die Kaffeestuben und die steuerfreien französischen Spitzen für der drallen märkischen Weiber Fontangen und die im Straßenstaub schleppenden Röcke.

Und manchmal kicherte ich in die schlaffremde Dunkelheit um mein Bett, wenn ich des kaum verhüllten Hochmuts gedachte, mit dem meine Ururgroßmütter in ihren feinen Saffianlederschuhchen von der Höhe ihrer höfischen Kultur hinabgestiegen waren zu den märkischen Schiffern, den Kattun- und Leinewebern, den Zillenstakern und Aalfängern, den Hökerschen auf dem Werderschen Markt, den Fischern an der Friedrichsgracht. Ja, hinabgestiegen sogar bis in die Französische Kirche am Gendarmenmarkt, um dort – wo übrigens der Stammbaum einer späteren Fleur Lafontaine auf das Erscheinen des Dritten Reiches wartete – irgendeinem brandenburgischen Tölpel die Hand für ein neues Leben zu reichen. So daß noch viele Jahrzehnte später einer ihrer Urenkel, nämlich Monsieur Maurice Lafontaine, in fassungslosem Erstaunen gefragt haben soll, warum eigentlich eine Lafontaine einen Herrn Schnedderich heirate? „Ein Mädchen aus einer alten Hugenottenfamilie ehelicht einen Mann, der überhaupt keine Familie hat! Denn das da in der Handwerkerbude hinterm Alexanderplatz, das ist genau das, was Frédéric le Grand die Kanaille nannte, das Volk, den Pöbel."

Hatte sie ihn geheiratet, weil er ihr leid tat, wie sie behauptete? Nein, weil ihr die vertanen, verarbeiteten Jahre ihrer Jugend leid getan hatten. Vielleicht auch, weil Eberhard Schnedderich beim Bootsfest des Segelklubs Neptun eine kleidsame weiße Seglermütze auf den schwarzen Locken trug und wie ein Mädchen errötete, als seine langbewimperten tiefbraunen Augen ihrem kühlen grauen Blick begegneten, sicher aber, *obwohl* er weiße, von Mutter Schnedderich selbstgestrickte Strümpfe trug und – wiederum nach Käthes Behauptung – in die Ehe nichts einbrachte als blaukarierte Bettücher und einen gesprungenen Nachttopf.

Auch sein einziges Vermögen, die Schönheit des klassisch geradlinigen Gesichtes, hatte er von seiner Mutter mitbekommen wie die verkorksten, verbogenen, immer schmerzenden Füße, die sie ihm aus Eitelkeit in zu kleine Kinderschuhe gezwängt hatte. Dafür waren ihm die Schuhe, in die sie ihn später schob, zu groß: Er verdiente nicht einmal die achtzig Mark Monatsgage für Chor und kleine Rollen am Potsdamer Schauspielhaus, denn er sprach schwer, gehemmt, ähnelte Kainz nur äußerlich. Und als Käthe Schnedderich ihn hinter die großen Schaufenster des Fahrradladens stellte, verzog er sich sehr bald in den Reparaturkeller, ein empfindlicher und empfindsamer Mensch, der sich seiner allzu schönen Haut wehrte.

„Laß mich boß in Ruhe", sagte er auf die Ermahnungen seiner Frau. „Ich hab's nicht gern, wenn mich die Leute ansehn wie 'nen Affen im Zoo, ich bin ja schließlich auch boß 'n Mensch."

„Es heißt bloß." Käthe Schnedderich schätzte seine kleinen Eigenheiten genausowenig wie die hausgemachten Strümpfe und die Blaukarierten, die sie ihm eigentlich nie verzieh. Ihm nicht und schon gar nicht der Schwiegermutter, der sie den Sohn mit kühler Freundlichkeit aus den Händen nahm – den Sohn und den Vater Gustav Schnedderich, laut Geschäftskarte: Fotograf und patentierter Erfinder.

Der bewunderte seine Schwiegertochter. „Die Käthe, die is tüchtig! Da hat der Junge mehr Jlück jehabt wie Verstand, so 'n Bählamm wie der is! Aber sie wird'n schon schieben, sie schiebt alle. Dabei so 'ne hübsche Frau, hat ihren eigenen Pli und immer adrett und alles selber jefummelt."

„Das wird ihr auch nichts helfen." Amalie Schnedderich – eine Schönheit mit dem Gehirn eines Huhnes im Kopf einer Feuerbachschen Göttin, schwarzes gescheiteltes Haar um ein ebenmäßiges Oval, große Augen, leer wie die griechischer Statuen –, Amalie Schnedderich sprach mit dem Haß der Beraubten: Sie hatte vier Kinder geboren, zwei Mädchen waren taubstumm, eines war gestorben, der schöne Sohn aber, der sanfte, der allen Irrtum rechtfertigende, verloren an eine fremde Frau. „Das ist überhaupt so 'ne neue Mode, daß die Frauen das Geld verdienen und die Männer kuschen. Dabei wird er nicht glücklich, und sie schon gar nicht."

Ob für meine Mutter überhaupt die Möglichkeit bestand, mit ihrem kühlen, von Angst zu Mut gebrachten Herzen, ihrem allzu klaren Kopf und Eberhard Schnedderich glücklich zu werden? Die jungen Schnedderichs hatten jedenfalls den besten Willen, das Ziel ihrer Klasse zu erreichen: Geld, Ansehen, eine Vierzimmerwohnung mit Dienstmädchen, also das, was Catherine Schnedderich Glück und Maurice Lafontaine eine Chimäre nannte.

Maurice hatte seine Erfahrungen. Und den golddurchwirkten Zauberteppich seiner Erinnerungen, der uns beide, den alten Mann und das kleine Mädchen, so manches Mal aus der düsteren Stube zurücktrug in eine lange verlorene Welt. In der gab es noch immer der Familie Lafontaine stuckgeschmückte Villa in der Dorotheenstraße; da fuhr noch immer die Kalesche

Maurice Lafontaines auf Gummirädern durch den Tiergarten; da saß er wieder auf hohem Roß im blauen Wertherfrack – blau zu blondem Haar und blauem Blick, der schönste Mann der Französischen Kolonie! Gewiß entsprachen die blauseiden ausgeschlagene Kalesche und Madame Annas Pariser Tournure nicht ganz calvinistischer Tradition, dafür aber um so mehr den Neigungen des jungen Maurice Lafontaine, die der alte Monsieur Lafontaine – auch im Elend und nun gerade! – so fest- und hochhielt wie seine puritanischen Vorfahren die schwarze Fahne. Schon geschlagen, bevor ihn der Feind von innen her besiegt hatte, erkämpfte er sich doch immer wieder die Flasche Rotwein bei Habel, den Kaffee bei Kranzler, die Fahrt in einer Droschke erster Güte die Linden hinunter und die Gunst einer nicht wohlfeilen, aber wohlgebauten Dame vom Metropol. Dann aber, nach seiner Krebsoperation mit beiden Schultern auf die Erde gelegt, oder richtiger: auf das altersschwache Sofa, dessen Knarren sein männlich verhaltenes Schmerzenssummen begleitete, trat er vom Schauplatz seiner Triumphe in der Friedrichstadt ab und in die schützende Zuflucht des Lampengeschäfts, das ihm seine Tochter Catherine in Charlottenburg unweit des Stuttgarter Platzes eingerichtet hatte: Lampen für das gerade erfundene Auersche Gasglühlicht waren ebenso modern geworden wie Fahrräder. Und da Maurice Lafontaine nicht von seinem Reitpferd auf das Fahrrad umsteigen konnte, bediente er sich der Kredite einer aufblühenden Industrie und der töchterlichen Großmut – bitter beleidigt.

Bedurfte es wirklich noch dieser letzten Demütigung durch den Lampenladen, dieser unverständlichen Errungenschaft neuzeitlicher Zivilisation, dieses schäbigen 120-Mark-Verdienstes monatlich?

Er haßte alle und alles. Auch sie, die Tochter mit den kaltgrauen, klarsichtigen Augen, die er doch so hoffnungslos, so gänzlich an ihre Kraft verloren liebte, daß er sich noch an jedem Morgen seiner letzten Jahre aufzwang zu dem mühsamen, von Ächzen und Stöhnen begleiteten Gang am Stock die Wilmersdorfer Straße hinauf zum Stuttgarter Platz. Dort, an dem Eckhaus gegenüber dem Bahnhof, stand er vor dem Schaufenster und blickte zwischen den blanken, in Kommission gegebenen Fahrrädern der Marke Brennabor hindurch auf die junge Frau an der Kasse. Eine schöne Frau! Wie sie sich trug, schick in der hochgeschlossenen weißen Bluse mit dem hochtoupierten aschblonden Haar über dem kühlen Gesicht! Und wie sie sich hielt, stolz und gerade auch noch in diesen letzten Wochen, eine echte Lafontaine! Er lächelte, stöhnte, wandte sich ab, ging davon.

Eines Morgens jedoch blieb er wie festgehalten stehen. Denn da sagte eine Frau, die Portierfrau des Hauses Stuttgarter Platz 7, neben ihm: „Nee, heute isse nich drin an de Kasse. Heute isse oben int Bette. Heute kommt et, det Kind."

Als Maurice Lafontaine steifbeinig die Schnedderichsche Wohnung erreicht hatte, fand er dort die ganze Familie versammelt, alle, bis auf meine Wenigkeit und meinen zukünftigen Onkel Jean-Louis. Was diesen übrigens nicht hinderte, mir später in dichterischer Ausführlichkeit von dem Familientreffen zu berichten, so daß ich die Geschehnisse so genau kenne, als hätte ich sie schon miterlebt, und meiner Einbildungskraft nichts bleibt, als mir die Drangsal eines Wesens auszumalen, das – zum Lichte drängend, doch auch dieses allzu grelle Licht fürchtend – die nie wieder erreichbare Zuflucht seines vegetativen Daseins im mütterlichen Schoß aufgeben soll.

Um welcher Freuden, um welcher Genüsse, um welcher Ziele willen?

Um zurückzukehren, jawohl, zurückzukehren! Und nicht wieder ins Warme, Weiche, Wäßrige, sondern diesmal für ewig ins ewige Dunkel der Erde, ohne eine andere Aussicht als die auf eine spätere bescheidene Gänseblümchenexistenz, sofern man es nicht vorzieht, den Sprung in den Glauben auf ein Fortleben nach dem Tode zu vollziehen. Oder an die Rückkehr zur Hebamme Kunze und in den Schoß einer neuen Familie – Gott behüte mich!

Ich konnte mich augenscheinlich zu keiner dieser Möglichkeiten entschließen, unschlüssig, wie es meine Art ist, vielleicht auch zu träge, was auch meiner Art und der Hitze dieses Maitages entspräche – einer ungewöhnlichen Hitze nach Aussage meines späteren Onkels Jean-Louis. Und ich sehe heute noch sein freches Mäulchen, das grinsende Puschkingesicht – ja, er sah aus wie Puschkin, hatte die breite aufgestülpte Nase, die schmalen funkelnden Augen, den dunklen Lockenkopf –, ich sehe ihn noch, wenn er des Abends unter der löwenköpfigen Hängelampe im Wohnzimmer meiner Eltern einer lachenden Zuhörerschaft das Theater meiner Geburt vorspielte:

„Vierunddreißig Grad im Schatten, und die ganze Stube steht voller Töppe mit dampfend heißem Wasser, genug, um einen Ochsen abzubrühen, aber wer nicht kommt, ist unser Fleurchen, und wer tut, als ginge es sie nichts an, ist unser Käthchen. Die redet von Geld, von Geschäften und keine Spur von Aufregung, keine Spur von Angst ..."

Keine Angst? Ach, hätte sie doch Angst gehabt, hätte sie sie doch herausgeschrien, geschluchzt, anstatt sie hinabzuwürgen in die Tiefe ihres Leibes, in der doch *ich* saß und die Angst empfing als mein Geburtstagsgeschenk! Wäre sie doch schwach gewesen, ein schwaches Weib, und nicht von dieser verfluchten Stärke, die ich ihr nachmachen mußte ein Leben lang! Hätte sie mich doch in Andacht zur Welt gebracht, nicht in einer schmutzigen Arbeit, die Käthe Schnedderich mit der ihr eigenen Tüchtigkeit erledigte.

„Laßt mich bloß in Ruhe", stöhnte sie hin und wieder, „ich mach das schon ganz alleine, ich brauch niemand."

„Mich brauchen Sie", sagte die Hebamme Kunze, eine zuverlässige Hilfe in jeder Lebenslage – Schnedderichs konnten sich die ersten Jahre keine Kinder leisten. „Und halten Sie still, Sie haben damals auch stillgehalten." Dies war ein Berufswitz, der Gustav Schnedderich lachen und Maurice Lafontaine sich erheben ließ: Er wollte gehen.

Aber er blieb dann doch im Wohnzimmer, dem sogenannten

Berliner Zimmer mit dem breiten Fenster auf den Hof hinaus, den braun tapezierten Wänden, dem festungsähnlichen Büfett hinter dem viereckigen Eßtisch unter der löwenköpfigen Bronzelampe. Steif saß er auf dem plüschbezogenen Umbausofa unter dem Paneel mit der Schnedderichschen Bibliothek, den Gesammelten Werken Schillers, Goethes und Heines, und schien – wieder einmal beleidigt – nichts zu sehen und zu hören. Schon gar nicht Käthe Schnedderichs lautstarke Frage, warum sich denn die ganze Familie eingefunden hätte, als ob es Freibier gäbe.

„Ick hab mir mein eignes Bier mitjebracht." Wirklich, vor Gustav Schnedderich auf dem Eßzimmertisch stand eine Bierflasche. „Aber ick kann ooch wieder jehn, ich hab bloß jedacht, falls 'n Mann jebraucht wird, vielleicht um den Doktor zu holen, wenn wat passiert."

„Um Gottes willen", stöhnte Käthe Schnedderich aus ihrem Bett. „Ich hab schon Eberhard weggeschickt."

„Und nun peest er da unten rum, da beim Bahngelände, an jede Hand 'n Rad, und bringt den Kunden det Strampeln bei. Aber ick kann ja runterjehn und unten auf ihn warten, ick hab sowieso wat mit ihm zu bereden."

Gustav Schnedderich hatte sich schon den breitkrempigen schwarzen Kalabreser auf den Schädel gestülpt, da geschah das, was Onkel Jean-Louis später so oft mit so großem Vergnügen erzählte, auch mir, die ich doch bei dieser Gelegenheit leicht hätte die Leidtragende werden können: Catherine Schnedderich war mit einem Sprung aus dem Bett und auch schon in ihrem blankweißen Nachthemd über dem hohen Leib, eine überreife Frucht in einer Traube schreiender zeternder Weiber, im Wohnzimmer.

„Hierbleiben wirst du!" Sie schrie, die Fäuste geballt. „Belatschern willst du ihn wieder mal, aber is nicht, das sage ich dir, wir haben keinen Groschen übrig, wir wollen den Laden vergrößern, die Arbeiter fallen ja direkt rein vom Stuttgarter Bahnhof, und auf Abzahlung kommt so 'n Rad ja billiger wie 'ne Wochenkarte, das ist unsere Chance, und die lass' ich mir von dir nicht vermasseln."

„Und meine Schangse? Det is die Pariser Weltausstellung und det ick den Eiffelturm sehe, wozu haben sie denn den jebaut? Und det ick zu den Lumières gehe und mir ihre Kinematographie bekieke, die Skladanowskys mit ihrem Bioskop hab ick ja schon im Wintergarten jenossen. Auf dem Gebiet liegt meine Zukunft, wenn ick ooch im Momang bloß auf Emaille fotografiere. Aber die Emaillefotografien will ick ausstellen in Paris auf der Weltausstellung und mir die große Goldene holen, bloß det ick grade keen Jeld habe. Und siehste, det is nun wieder deine Schangse, Käthchen, denn ick nehme dir mit rein ins Jeschäft."

„Siehst du, ich hab's ja gewußt, warum du hier bist!" Die Wöchnerin hatte sich auf die grüne Tischdecke gestützt und atmete schwer aus dem breiten schönen Mund, auf dessen Oberlippe Schweißtropfen standen. Sie stöhnte mit zusammengebissenen Zähnen. „Aber ich will nicht mehr! Mein ganzes Leben lang ... ah ... habe ich geschuftet, Krawatten habe ich genäht ... mit Mama ... in der Hinterstube ... und Federn geklebt, und abliefern bin ich gelaufen mit 'nem Pappkarton unterm Arm, bloß damit wir ... ah ... leben können, und jetzt sitz ich unten im Keller und polke Kugellager in die Räder, weil wir uns keinen Gesellen nehmen wollen, und Eberhard läuft ... ah ... den ganzen Tag in der Sonne rum und bringt den Leuten das Radfahren bei ... und alles bloß für die Familie, aber für meine, verstehst du!"

„Und ob ick verstehe! Der Lampenladen von Misjöh Lafontaine is ja ooch für deine Familie!"

„Jawoll, das is er! Denn Lampen wollen die Leute, aber deine Emaillefotos, die wollen sie nicht, und dein Kinematographentheater und deine lebenden Bilder auf 'nem ausgespannten Bettlaken ..."

„Bettlaken! Die Kunst des Jahrhunderts! Käthchen, nu jeh mal wieder in dein Bette. Ick hab ja gewußt, det du keen Kunstverstand hast, aber ick hab jedacht, jetzt, wo du Mutter wirst ... Wat soll denn aus det Kind werden in so 'nem Haus!"

Aber da war Catherine Schnedderich von den Frauen bereits abgeschleppt worden, zurück in ihr Bett, wo sie mit hintenübergeworfenem Kopf lag, leise vor sich hin schimpfend oder auch stöhnend, was jedoch die beiden Herren nebenan nicht zu stören schien. Denn jetzt sprach Gustav Schnedderich.

Vornübergeneigt auf den unsichtbaren Wanderstock seiner Gesellenzeit, da er frisch, fromm, froh, frei wie die deutsche Turnerei die deutschen Lande durchstreift hatte, erzählte er von seinem Drang zu Höherem, was ihm jedoch nicht an der Wiege gesungen worden sei. „Wiege!" Er lachte. „Mein Vater war Kattundrucker hier in Berlin, wissen Sie, wat det heißt? Dunnemals kamen hier auf achtzehn Einwohner ein Kattundruckermeester und ein Kattundruckerjeselle. Im sojenannten Vogtland hinterm Alexanderplatz in so 'ne Mietskaserne, Familienhäuser hießen se, ham wa jewohnt, sechse in eene Stube, und wie ick janz kleen war, da is draußen noch 'n Mann rumjelaufen mit zwei Töppe und hat jeschrien: ‚Wer will noch mal, der kann noch mal in meine Bütte schieten, schieten, schieten!' In de Abfallade hab ick jeschlafen, und mein Vater hat vierhundert Taler im Jahr verdient und neunzig Taler Miete jezahlt, bis ihn schließlich die Manufakturen erledigt haben. Worauf ick mir denn selber jebildet habe, jawoll, au ... autodidaktisch, und auf Walze jejangen bin, so 'n richtiger Tippelbruder, bis denn mein letzter Chef, der vom Berlinischen Stadt- und Landboten, 'ne Tochter jehabt hat, ebendieselbigte Amalie da nebenan ... Aber det wissen Sie allet, wir sind ja sozusagen verschwägert, wenn ick Ihnen ooch nich zu nahetreten will, Misjöh Lafontaine, bloß det ick mich hochjearbeitet habe. Mit de Druckerei hab ick anjefangen, zu de Fotografiererei bin ick jekommen, und nu will ick weiter, immer weiter, bis auf die Höhen der Kunst, bis auf die Leinwand, die flimmernde Leinwand, bloß det zu die Gipfelleistung Jeld jehört, det is so, da beißt keene Maus 'nen Faden ab."

„Von mir können Sie keins kriegen, mon ami, was ich bedaure."

„Macht nischt", sagte Gustav Schnedderich großmütig. „Es war der Gründerkrach 1873, weeß ick." Er zuckte zusammen, denn nebenan schrie es, und endete, die Hand vor dem heftig ruckenden Adamsapfel: „Aber 'n Rat, nich wahr, Misjöh Lafontaine, 'n Rat kostet nischt, bringt aber vielleicht wat ein. Sie haben doch mal 'ne Bank jehabt, wo haben Sie die herjekriegt, die Bank?"

Maurice Lafontaine lächelte fein. „Wo kriegt man Banken her? Mein Urahn, ein ausgezeichneter, ein honetter Mann, hat sie gegründet, nachdem er mit den Refugiés aus Lille gekommen war. Er hatte eben die Nase – und eine Wechselstube in der Französischen Straße. Damals hatte der Große Kurfürst für die Emigranten eine Zwangskollekte aufgelegt, in die mußte jeder Berliner Bürger einzahlen, von acht Groschen bis zu einem Taler, er selbst hat zweitausend Taler gestiftet. Na, und dazu kam dann das Geld der Refugiés, schöne goldene Louisdors, für die hat ihnen der Große Kurfürst nicht ganz so schöne, nämlich unverzinsliche preußische Staatsobligationen gegeben. Ein gutes Geschäft, auch für das Bankhaus Lafontaine, das dann eben auch ein gutes Geschäft wurde."

„Ick hör immer unverzinsliche Staatsobligationen! Wirklich 'n honetter Mann, Ihr Misjöh Lafontaine! Na ja, der hat eben Glück jehabt – Glück und die richtige Zeit. Bloß ick, ick bin immer meiner Zeit voraus, ick bin immer 'n Stückchen vorneweg. Zum Beispiel: Jetzt haben wir die Weltausstellung in Paris, so wat hat's noch nie jegeben und wird's nie wieder jeben, und da müßte ick einfach hin mit meine Emaillebilder, det is meine allereijenste Erfindung, ick hab ja ooch 'n Patent drauf, Käthchen hat mir jeholfen dabei, ausjeholfen. Aber glauben Sie, die läßt mir fahren? Nee, läßt se nich, sie sagt, sie hat keen Jeld, sie sagt, det Kind braucht det Jeld, warum braucht det Kind nu ausgerechnet mein Jeld? Wär doch ville besser, ick kriege jetzt dem Kind sein Jeld, und später kriegt det Kind mein Jeld, bloß det es dann nämlich Millionen sind und jetzt bloß 'n paar Pimperlinge. Aber um auf den besagten Hammel zurückzukommen: Ihr Herr Ururgroßvater hat einfach Glück jehabt; und wenn ick ooch bloß in 'ne Klippschule jegangen bin – aber Eberharden, den hab ick aufs Gymnasium geschickt, bloß det er eben is wie seine Mutter: schön, aber doof –, soviel hab ick jedenfalls jemerkt: Der eene von Ihren Herren Urahnen, der is Franzose jewesen, wie die ihre joldenen Louisdors jehabt haben, und der andere später denn, der is Deutscher jeworden, und wie wir den Krieg siebzig/einundsiebzig jewonnen haben, und seine früheren Landsleute haben die fünf Milliarden Kriegskontribution ausspucken müssen, da hat der det Jeld jescheffelt. Auf die Art haben die Misjöhs Lafontaine immer die jroßen Jeschäfte jemacht."

„Sagen wir, sie haben teilgenommen an den großen Geschäften. Aber auch an der Schaffung eines nationalen Marktes, vergessen Sie das nicht, an dem sprunghaften Aufstieg nach der Gründung des Deutschen Reiches einundsiebzig bis dreiundsiebzig, als die große Welle der wirtschaftlichen Konjunktur kam."

„Und da is er dann mit rinjeschwommen in die jroße Welle, mittendrin in die Gründerjahre, und dann ..."

„... und dann ist er wieder rausgeschwommen aus den Gründerjahren, das heißt, nicht mehr er, sondern sein Sohn, nämlich ich."

„Rausgeschwommen worden", verbesserte Gustav Schnedderich, „nämlich von die kapitalistischen Schwindler, die erst dem Volk seinen sauren Schweiß abzapfen und denn sich selber ooch."

„Ein bißchen seltsam ausgedrückt. Ich würde den Zusammenbruch 1873 eine ... nun sagen wir: eine Überproduktionskrise nennen."

„Und ick: den faulsten Gründungskrach aller Zeiten."

Gustav Schnedderich wußte, was er sagte. Die Familie Lafontaine war damals pleite, die Familie Schnedderich war betteln gegangen. Und während die junge Frau Amalie Schnedderich zeitweise nicht die drei Groschen für das Pfund Aal auf dem Werderschen Markt hatte, verkaufte die ebenso junge Anna Lafontaine ihren berühmten Schmuck für dreitausend Goldtaler – nicht genug, um Maurice Lafontaine ein standesgemäßes Leben zu sichern. Das verzieh er ihr nie. Und noch in Gedanken daran sagte er jetzt mißlaunig, indem er die Lippen in dem schlohweißen Backenbart zu der Andeutung eines wehen Lächelns verzog – er hatte wieder Schmerzen: „Ich dachte immer, ihr Demokraten verachtet den schnöden Mammon. Sie sind doch Demokrat ...“

„Sogar Sozialdemokrat, seit 1875. Und verachten? Wo wer ick denn! Mit Jeld weint et sich leichter. Und ick hab nischt gegen 'ne kleene Million, bloß det die andern ooch wat davon abhaben sollen. Desterwejen bin ick Demokrat.“ Gustav stand stramm wie einstmals vor seinem Feldwebel, wie jetzt, wenn bei den Zahlabenden der Partei sein Name aufgerufen wurde. „Immer mittenmang in de Partei. Von kleen auf.“

„Na, na, so lange haben wir die doch noch gar nicht.“

„Ick meine ... seit wir auf den Barrikaden gestanden haben, 1848, det heißt also, mein Vater und seine Jesellen, mir jab es dunnemals noch nich. Aber trotzdem ... Nee, Aufruhr und Revolution, daran denk ick nich. Schließlich, ick hab heute 'nen kleenen Laden da in Lichterfelde, und die Leute lassen sich fotografieren, so mit 'ner Landschaft hinter, die hab ick selber jemalt, oder bequem auf 'nem Schaukelpferd oder auf 'nem Fell, wenn sie janz kleen sind. Nee, ick schmeiß keene Bomben, aber schließlich – Fortschritt muß sein und Freiheit und ...“

„Gewiß, gewiß, Volk will auch leben. Aber daß ich mich nun freuen soll über die Herren Sozialdemokraten und ihr Erfurter Programm, ja, daß wir nun alles gemeinsam haben sollen, vielleicht auch die Damen ...! Die Lafontaines hatten immer Kultur und Sinn für das Schöne. Ich bin stolz darauf, daß meine Frau, nicht wahr Ännchen, den kostbarsten Schmuck von Berlin besaß.“

„Wie, was, Mauricechen? Ja, natürlich." Anna Lafontaine war in der Tür zum Schlafzimmer stehengeblieben, eine zarte Frau mit einem unhübschen, entenschnabligen Gesicht und viel falschem Haar über einem kleinen, von Nachtwachen und Geldsorgen erschöpften Gehirn, das sie sich häufig in abgehackten, zerfahrenen Sätzen ausdrücken ließ. So sagte sie jetzt in ihrem klagenden Kleinmädchenton: „Tja, das war mal ... Alles war mal ... Ich war ein reiches Mädchen, Lilienthal war mein Stiefvater, Sie wissen doch, der geflogen ist, hier auf dem Berg bei Berlin. Und wenn ich denke, wie wir uns getroffen haben, Maurice und ich, im Tiergarten, und er saß auf 'nem Pferd in so 'nem blauen Wertherfrack, das war damals Mode, blau zwischen lauter Rosensträuchern, und das Pferd scheute, und plötzlich fiel er und fiel mir direkt in den Schoß."

„Ja, leider", sagte Maurice Lafontaine in einem müden Versuch zu scherzen. Und dann mit geschlossenen Augen: „Vorbei, vorbei! Ich hab nichts dagegen. Ich sehe, wohin die Zeit geht, in den Abgrund, glauben Sie mir, mon cher. Denn es muß ein Oben und ein Unten geben, Herren und Knechte, den führenden Geist und die dumpfe dunkle Masse."

„Sie ... Sie sind ein ... ein Re ... Reaktionär!" Gustav Schnedderich stotterte im Eifer, ein Übel, das ihm den Aufstieg zu den sozialen Höhen eines Parteivorstandes verbaut hatte. „Und ick, ick bin ein Re ... Revolutionär! Ick weeß, wat ick will: soziale Gerechtigkeit und Mitbestimmung des Volkes. Brüder, zur Sonne, zur Freiheit! Ick will Fortschritt und ruff, alle ruff, und Schulen für alle und Bildung und Technik ... Mann, jetzt schreit se!"

„Peinlich, peinlich!" Maurice Lafontaine legte den Kopf in den Nacken, ohne dabei den steifen schwarzen Hut zu verlieren – auch der war früher einmal Mode gewesen –, und sagte von oben herab, soweit das bei der Länge Gustav Schnedderichs möglich war: „Was aber nun Ihren Fortschritt angeht und was Ihren Kintopp betrifft, Verehrtester – eine Sache für kleine Leute! Er wird nie mehr als ein Vergnügen für die Portokassenjünglinge sonntagnachmittags. Afterkunst, sage ich Ihnen, Monsieur, Pöbelkunst." Damit erhob er sich leise stöhnend, die Stunde war nah, da er gebettet und sogar – er wagte dieses Wort nicht einmal zu denken – gewindelt werden mußte.

In diesem Augenblick, also nach Onkel Jean-Louis' Behauptung, rechtzeitig von seiner inneren Journalistenstimme gerufen, kam mein zukünftiger Onkel. Ach, es war ein Genuß zu sehen, wie er kam! Lockenköpfig und blitzäugig, das wackelnde Pincenez an der baumelnden schwarzen Seidenschnur, das Malakkarohrstöckchen schwingend und gelbe Schuhe zum schwarzen Gehrock, dem Hinterbliebenen einer ehemals fürstlichen Garderobe, stürmte er in das Schnedderichsche Schlafzimmer und rief mit schallender Stimme: „Käthchen, mein Mädchen, wie treibst du's denn, und wenn, warum so lange? Ich kann mir nicht helfen, mir gefällt das nicht!"

„Mir auch nicht." Käthe Schnedderich lächelte mühsam. „Ich weiß nicht, was die Kunzen macht, immer ist es schon beinahe soweit, und dann ... Eberhard murkst da unten rum und sieht und hört nichts, er fragt nicht einmal."

„Ich war bei ihm, er sagt, er kann's nicht mit ansehen, er möchte am liebsten den Arzt holen. Aber traut er sich denn, wo er weiß, wie du auf den Groschen happig bist?"

„Der Groschen ist mindestens zehn Mark, dir natürlich, dir macht das nichts aus, ah, mein teurer Bruder!"

Der saß bereits auf ihrem Bettrand, lachte, witzelte, redete: „Warum sollte es auch! Die Welt am Montag nimmt alles, den Lokalanzeiger habe ich fest und jetzt auch die Mottenpost! Ist ja ein kleines Unternehmen, aber immerhin, der Herr Stadtverordnete Ullstein und seine fünf Söhne, die werden schon was auf die Beine stellen. Dann kriegst du auch alles wieder, was du mir gepumpt hast, Käthchen, mein ..."

Vermutlich hätte er noch lange so weitergebrabbelt, aber da stieß seine Schwester einen gellenden Schrei aus, und Jean-Louis Lafontaine flog wie weggefegt in das Wohnzimmer, stand dort, blaß, am Tisch und legte die Hand vor das Pincenez.

„Ich geh Eberhard holen, soll er doch sehen, was er angerichtet hat! Ich kann das nicht ... Da unten ist ja 'ne Kneipe, ich muß einen ... Ich habe auch zu tun, jetzt kommt nämlich der Zirkus Barnum und Bailey an, jawoll, hier auf dem Stuttgarter Platz, und da muß ich doch ..."

Und wirklich hatte er sich schon zur Tür und zur Flucht gewandt, das Rohrstöckchen erhoben wie einen Taktstock, da brach, als hätte er, Jean-Louis Lafontaine, den Einsatz gegeben, ein ungeheurer Lärm aus.

„Es trommelte, pfiff, flötete" – so erzählte er später – „auf Pauken, Trompeten, Tschinellen und Blech, es dudelte, tirilierte und trällerte, denn siehe da, mein Fleurchen, der Zirkus Barnum und Bailey war wirklich wahrhaftigen Gotts gerade jetzt paßrecht zu deinem Empfang eingetroffen! So genau, als wäre er von Amerika stracksen Rades mit der königlich-preußischen Eisenbahn in vierundzwanzig Extrazügen bis in unseren Charlottenburger Bahnhof gefahren, um sich dir, mein Fleurchen, hier auf dem Stuttgarter Platz unter einem himmelblauen Zelt und goldenen Scheinwerfern zu präsentieren.

Und wir natürlich nichts wie ran an das Fenster. Die Weiber mit ihren weißen Schürzen kamen flügelschlagend, die Alten mit wehenden Vollbärten herbeigestürzt, und ich sage dir, Fleurchen, es war eine Monstre-, Glanz- und Galaschau! Voran die Kapelle in goldverschnürten Uniformen auf blanken Schimmeln mit goldenen Schabracken, dann die Trikotmädchen und Balletteusen in Tutu-Röckchen auf den Panneaux auf- und abhüpfend wie weiße Flaumfedern, die Akrobaten in seidenen Trikots sprangen in die helle Luft, die Mahouts in ihren dicken Turbanen schwitzten auf den Elefanten, die Kamele schaukelten ihre Treiber fröhlich über unsere Berliner Kopfsteine, dazwischen kullerten die Clowns radschlagend ihre bunten Pluderhosen über das gelbe Pflaster, und über allem knallte und dröhnte und ballerte und flötete es dir zu Ehren, Fleurchen. Denn mitten im schönsten Ballern und Knallen und Dideln und Dudeln ..."

Ja, mitten im Jubel und Trubel soll allen späteren Berichten nach die Wöchnerin plötzlich grell nach ihrem Mann gerufen haben, so seltsam es scheint, daß sie gerade bei dem sonst reichlich nebensächlichen Kindesvater Hilfe suchte.

Aber wahrhaftig: Diese Anrufung der Liebe glich einem Signal, das eine Art leidenschaftlicher Bewegtheit entfesselte. Die Frauen stürzten nach hinten in die Küche, um mit vollen dampfenden Wassertöpfen zurückzukehren und gleich gakkernden Hennen die jetzt laut stöhnende Wöchnerin zu umflattern; plötzlich war auch Eberhard Schnedderich da, schweißigen Gesichts, doch immer schön unter wilden Locken, und raste mit stierem Feuerblick an das Bett seiner Frau.

Und so, in Grauen und Angst, in Glanz und Glorie, mit Paukenschlag und Trommelwirbel, dem sich gleich dem Kontrabaß des Lebens der todesdrohende Schrei der Gebärenden beimischte, Leben also und Tod in einem oder doch so nahe beieinander, wie Tod und Leben nun einmal beieinander liegen, so in Tränen und Gelächter, in Schmutz und Sonne geschah es: Ich wurde geboren.

Ich lebte.

Zweites Kapitel

Am 17. Mai 1900 also wurde ich geboren, und am 14. Mai 1950 scheint es, als wäre ich an jenem Maitage auf die Welt gekommen, um sie an einem anderen Maitage, ein halbes Jahrhundert später, wieder zu verlassen. Nur daß es damals heller Tag war, vergoldet vom Sonnenschein auf dem Pflaster des Stuttgarter Platzes, den Maiskörnern vor den Droschkenpferden mit ihren spitzen Strohhüten und voll vom stürmischen Lärm der Tubas, der Trommeln und Trompeten, die mich begrüßten – und daß es nun dunkel ist. O schützende Dunkelheit, weich und warm wie Mutterschoß und Erde, von der abwartenden Stille einer Todesnacht, in der Raum und Wände, die Schatten der Bäume vor dem Fenster, die Luft selbst auf einen letzten Seufzer warten. Oder auf den zögernden und doch unerbittlich näher kommenden Schritt eines Unbekannten.

Ist es der des Todes? Ist es der jenes Herrn Paddenberg aus dem möblierten Zimmer, der manchmal auf so zärtliche Art meinen Kinderschlaf bewachte, wenn die Eltern ausgegangen waren? Ist es der meiner Mutter, die mir zu Hilfe kommt, groß und schlank im weißen Leinenhemd, doch auch jetzt wieder die Schwanenfedertoque auf dem hochfrisierten Haar? Ist es vielleicht Rubikows, des Verlorenen, heimkehrender Schritt oder der eines kleinen Kindes, das eines Morgens die Kaiser-Friedrich-Straße hinabgeht, in der Hand fünf Groschen für ein Pfund Margarine und vor dem Blick das Bild eines Wassers, eines Sees, in dem man sterben kann?

Ach, nichts von alledem und schon gar nichts von Tod und Sterben!

Es ist das Leben selbst, das mich besucht, jeden Mittag um zwölf Uhr: Es ist Tussi, geborene Tusnelda Höpke, meine blauäugige, blondlockige Gymnastin mit dem Engelsköpfchen im weißen, mit einer braunen Holzperlenkette gezierten Kittel. Klein, zierlich, wenn auch von verschämter Fülle, trägt Tussi ein schweres Elektrisiergerät, mit dem sie nun meine gelähmten Beine und Arme zu beleben versucht, wobei sie mich in gebildetem, nur manchmal ins Sächsische rückfällig werdendem Hochdeutsch unterhält. Und zwar über mich, da sie nach ihrer eigenen, errötend vorgetragenen Erklärung literarisch interessiert sei und das Buch kenne, das liebe, geliebte süße Buch, das zauberhafte. Sie sagt zauberhaft und daß sie es besitze, gerettet aus dem großen Zusammenbruch und wartend – sie flüstert es schelmisch –, seit Jahren wartend auf den Zufall, der uns zusammenführt. Denn ein Autogramm müsse sie haben, und wissen müsse sie, wo ich's denn schuf und mit wem, in Wien, aha, und mit Poldi, dem Bruder, dem Zeichner, dem einfallsreichen, ein Schnokusbuch also, wie wir es nannten, haha, sie lacht, indes ich mit blasser Stimme erkläre, wie es entstand: aus Zetteln und Bildern und kleinen zärtlichen Spielen der Liebe.

Dann schweige ich entschlossen und überhöre die Frage, ob ich nun einen neuen Anfang an das Ende des Zauberhaften setzen wolle. Denn seinerzeit durfte es doch wohl trotz seiner Beliebtheit nicht mehr gedruckt werden, da seine Verfasser, Fleur und Poldi Lafontaine, den bösen Nazis vermutlich nicht ganz genehm gewesen seien, was sie verstünde, ja, achte und ehre. Womit sie sich schlicht und schnell in die Reihe jener Deutschen einfügt, die nicht nur niemals für, sondern immer gegen die Nazis gewesen waren, was ich ihrer eitlen Kleinmädchenvernunft übrigens glaube – sicher aus Vorsicht, aus der Furcht, wieder die gleichen Enttäuschungen wie auf meiner Reise zu erleben.

Hatte nicht Philipp immer gesagt, daß die Deutschen einen Leidensweg durchschreiten müßten zu Sühne und Wandlung?

Und hatte ich nicht gehofft, sie verändert und erneuert wiederzufinden? Auch ihr Mitgefühl hatte ich erhofft, ihre drängenden Fragen nach unserem Erleben, während sie sich reuig an die Brust schlügen und zugäben, wie gründlich sie geirrt?

Nichts da! Ich hatte sie gefunden, wie ich die Stadt gefunden hatte: in Trümmern, beschädigt, geduckt, gebückt, und während ich durch die Straßen ging – auch jetzt noch, fünf Jahre nach dem Kriege keine Straßen, sondern unter bleifarbenem Vorfrühlingshimmel Tunnel zwischen Ruinen – fand ich Menschen voller Stolz auf das Gehabte und voller Kummer über das Verlorene.

Ach, ich brauche lange, bis ich mir Tussis munteres Geplauder anzuhören vermag, obwohl meine Behandlung in diesen ersten Wochen noch in einer Art stiller Andacht vor dem Leiden erfolgt.

Dann jedoch, bei näherer Bekanntschaft, führt mich Tussi mit sanfter Gewalt in das Leben zurück, in mein von ihr sehr bestauntes Leben, das sie kennenzulernen wünscht, um ihr eigenes, wahrlich nicht sehr aufregendes Dasein wie einen alten Hut mit neuen Blumen aufzuputzen.

Was hat sie wirklich in ihren dreißig Jahren genossen oder auch nur gehabt? Nichts, behauptet sie, nichts als Angst und Hunger, während des Krieges und nach dem Krieg: „Mein Vater war Beamter in Dresden, bloß Mitläufer, aber Ziegel hat er schleppen müssen, nachher. Ich war im Arbeitsdienst und bin zu Fuß rübergetürmt in den Westen, ach, der Dreck und die Landstraße mit den umgekippten Karren, und die Bauern haben uns rausgeschmissen, und die Amis haben uns abwaschen lassen in ihren Camps für ein Stück Schokolade. Ich wollte mal sehen, wenn wir gesiegt hätten, ob wir die anderen auch so behandelt hätten."

„Ja, hättet ihr, nein, habt ihr", sage ich, nicht mehr, da mir schon wieder das Herz im Halse schlägt – mein Gott, will das nie aufhören! Wieder der Alptraum: Das Haus zwischen den Weinbergen in Wien ... die Flucht mit nichts als einer Hutschachtel ... dann später der Marsch am Lago Maggiore entlang, die Leichen der Juden aus Meina schwimmen uns entgegen ... wir hocken in Milano im Keller unter dem Bombenhagel ... in Rom während der Razzien nachts die Schritte auf der Treppe zu unserem Unterschlupf, ich höre sie noch jetzt, zugleich mit der Stimme neben mir: „Nu ja, ich weiß ja, wir sind auch nicht die Besten, aber was wir durchgemacht haben, Sie wissen's ja nicht, Sie waren ja draußen, da haben Sie's gut gehabt ..."

„Ja, ohne gültigen Paß und mit falschen Papieren!" Ich spreche laut über meinen Zorn und meinen Jammer hinweg. „Die besten Jahre meines Lebens, in denen wir was anderes hätten tun können, als von einem Land ins andere zu türmen."

Tussi murmelt wieder etwas, was nach Entschuldigung klingt, dann werden es Klagen über das Leben dort draußen und hier drinnen im Irrenhaus, Zuflucht vieler, die nicht vergessen können. Von den Furien – sie sagt tatsächlich Furien – des schlechten Gewissens gehetzt, büßen sie die eigene und der anderen Schuld mit Angst und Zwangsneurosen, Krüppelzwang, Schreckvorstellungen, Gedächtnisschwund.

Und mit der bedenkenlosen Begeisterung eines Engels, dem die Verhältnisse Einblicke in des Teufels dunkles Seelenland gestatteten, oder auch eines Mädchens, dem die höheren Weihen der Wissenschaft versagt, aber doch die Sehnsucht und der Elektrisierapparat erhalten blieben, verbreitet sie sich über Psychosen und Neurosen, pathogenetische, psychosomatische und sensohypochondrische Zusammenhänge, über Manisch-Depressive, Platzängstler und Waschzwängler, die wahrhaft niemandem etwas zuleide getan hätten als sich selbst.

„Woher wissen Sie das?" frage ich störrisch. „Sie haben das doch selber gesagt von den Furien. Schließlich ist ja allerhand passiert ... im Krieg ... in den Lagern."

Und plötzlich weiß ich, was ich nicht vergessen wollte und auch nicht vergesse, sondern mir aufbewahrt habe als ein Geheimnis, an das besser, klüger nicht zu rühren sei: das Gespräch mit Schuster-Paul in Berlin – von dem ich aber nicht sprechen werde, um keinen Preis!

„Ach, meine Gudeste, die meisten sind harmlos. Ich zeig sie Ihnen mal, unseren Herrn Schlitzke und das flotte Lottchen, die arbeiten manchmal im Garten. Und der Herr Schlitzke schimpft immer noch über seinen ehemaligen Blockwart, der soll ihn denunziert haben, damals. Aber sonst sind die beiden so normal wie alle Leute, sozusagen Normalverrückte, die eben bloß so 'n kleines Ding laufen haben, unterbewußt, wie der Professor sagt, oder unterschwellig, wie ich immer sage. Und die liegen fast alle auf Station eins, wo Sie auch liegen."

Ich bedanke mich für diese genaue Auskunft, weiß ich ja nun, wo ich mich befinde: bei den an Leib und Seele gleichermaßen Krankenden, den Normalverrückten, denen also nicht nur mit geistigem Zuspruch, sondern auch mit Procain, Vitamin B_{12} und Tussis Elektrisiergerät beizukommen ist. Und mit Aussprache ...

Denn was mir der Professor vorschreibt, ist Aussprache, immer wieder Aussprache, Herzerleichterung, Seelenreinigung. „Sie sollen sich freisprechen", sagt er zum Beispiel, „sollen sich erinnern, Verlorenes wiederfinden oder Gefundenes wiedererkennen. Sehen Sie, Verehrteste, während wir die Geschehnisse erleben, sind sie uns zu nahe als ein Teil unseres Lebens und unseres Selbst. Aber später, nach Jahren, da diese Geschehnisse einfließen in den festen Bestand unseres historischen Gedächtnisses, erleben wir sie in der weiten, durch Zeit bedingten Entfernung wie auf einer Bühne. Und erst da erkennen wir, was damals wirklich gespielt wurde."

„Hübsch. Ein hübscher Vergleich, aber ich will mich nicht erinnern an mein früheres Leben, wenn ich schon leben muß."

„Glauben Sie nicht, daß das mancher möchte?" In seinem Gesicht erblicke ich das Lächeln nie endender Bitterkeit. „Niemand kann über die Schatten springen, die der gestrige Tag über den heutigen wirft. Gerade in unserer Zeit. Noch heute habe ich ganze Abteilungen voll Kriegskranker: die Spastiker,

Schüttler und Hirnverletzten, sie leben in einer Welt, in der noch immer die Bomben fallen, Kriegsopfer oder Opfer der Nachkriegszeit, der Zeit also auf jeden Fall, des Mangels und der besonderen psychischen Beanspruchung. Wie kann eine Frau ihre Kinder hungern sehen, ein Mann Unrecht ertragen oder auch die Umwandlung vom Sieger zum Besiegten, vom Verfolger zum Verfolgten. Da liegt es nahe, die Dinge so zu verrücken, daß man sie überleben kann. Oder zu flüchten in das Vergessen ...''

„Auch in die Lüge?'' frage ich, mit schiefem Mund lächelnd, und gebe seufzend auf: „Tja, wir sind alle Opfer! Ihr habt's schwer gehabt hier drinnen; wir draußen hatten Angst, Sorgen, wußten nicht, wovon wir morgen leben würden, ob man uns nicht rausschmeißt ...''

„Ein schweres Leben, ich verstehe Sie.'' Ja, er bedauert mich mit volltönenden Worten, deren humanistisch gebildeter Wohlklang mich zu Widerspruch und Widerstand lockt.

„Gott, schwer! Jeder, wie er kann und wie er's gelernt hat. Ich hasse die Sagen von den Helden, die nichts dachten als an Deutschland in der Nacht, nichts taten als kämpfen und ringen in düsterer Trauer. Gewiß, da waren Heldentum und Opfer an Leib, Seele, Freiheit, und Hingabe, die größte, die selbstloseste, und daß man immer mit der einen, der besseren Hälfte zu Hause war. Aber außerdem waren da auch noch die Liebe und die Freude; gelacht haben wir und Weihnachten gefeiert unter 'ner Palme und Wein, ja, viel Wein getrunken.''

„Bravo!'' Er strahlt. „Schauen Sie, das ist es: positiv sein! Es gilt am Ende doch nur vorwärts ...''

„Goethe'', sage ich.

Er stutzt, lächelt, nickt. „Und ich möchte, daß Sie so lebhaft bleiben wie eben. Und daß Sie sich beschäftigen. Ja, Sie sollten schreiben.''

Ich hebe die Hand, die gelähmte, und er entschuldigt, verbessert, entflammt sich zu heftiger Beredsamkeit: „Sehen Sie, meine liebe Frau Lafontaine, ich schreibe meine Krankengeschichten nicht mehr, ich spreche sie auf Band. Also, warum sollten nicht auch Sie Ihre Geschichte auf Band sprechen? Ich muß ja nicht dabeisein", sagt er – welch ein geschickter Dreh! „Vielmehr, ich kann gar nicht dabeisein, die Zeit, leider, hab ich nicht, aber das Magnetophon hat sie. Ich stell Ihnen eins aus dem Büro ans Bett, Sie vertreiben sich die Zeit mit Reden und ..."

„... und Sie hören die Bänder ab!"

Er zaudert, ein kluger Mann, listig, wie Philipp in Stunden der Gefahr listig zu sein wußte.

„Nein, meine liebe gnädige Frau, ich werde nur die Bänder abhören, die Sie mir feierlichst abzuhören erlauben. Ich bin ganz unwichtig dabei. *Sie* sollen sich ablenken, befreien durch Bericht, Erzählung, sagen wir Reportage Ihres Lebens."

„Reportage ... So was hab ich gemacht; Tatsachenbericht, Wirklichkeitsfindung, Vordergrundschilderung mit einem bißchen seelischen Tiefgang." Ich rette mich in Spaß und Spott. „Aber auf Band, das ist mir neu. Die alte Version, so auf der Couch, der Analytiker dahinter, die kenne ich aus dem Jahre fünfundzwanzig bei Doktor Häsicke, Rankestraße, zehn Mark pro Stunde, und die mußte ich mir auch erst pumpen."

„Das hier, Aussprache und Absprache, kriegen Sie umsonst, denken Sie mal an! Und vielleicht bringt es Ihnen sogar etwas ein außer der seelischen Erleichterung: ein Buch! Ich bin dafür nicht zuständig, Kunst ist nicht mein Ressort. Aber eine Beichte, eine literarische Beichte ..."

Ich winke ab mit meinen Vogelkrallen – die Muskeln sind atrophiert, ach, meine schönen Hände! – und behaupte, diese Masche zu kennen, das Märchen von der Erlösung durch Beichte und Geständnis, wolle aber nichts beichten und nichts gestehen! Wolle auch kein Ärgernis erregen bei den Vergeßlichen, der eigenen Sünden Vergeßlichen, und schon gar nicht bei den verhinderten Helden, denen kein Heldentum groß, kein Leiden tief, kein Tod tot genug, früh genug, verdient genug ist. „Ich habe aus meinen Schreibereien nie mehr machen wollen als Geld und aus meinem Leben eben das, was man so Leben nennt, das gewöhnliche Leben heute."

„In dieser Zeit, meinen Sie? Also doch ein Heldenleben."

„Es war kein Heldenleben, es war Angst."

„Alles Leben ist Angst – Lebensangst, Todesangst", sagt er, hält inne und endet, als sei es ihm gelungen, eines der Grundübel dieses Daseins schlichtweg aufzuheben. „Und daß man sie überwindet! Sehen Sie, ich bin ein alter Humanist, ich liebe die Klassiker, und für mich als Psychologen ist Goethe geradezu eine Fundgrube psychologischer und menschlicher Wahrheiten. Aber auch einer kräftigen Daseinsbejahung. Denken Sie nur an seinen Spruch: ‚Wohl kamst du durch; so ging es allenfalls. Mach's einer nach und breche nicht den Hals.'"

„Gut, das ist eine Entschuldigung, Goethe war ja geschickt. Aber ich will mich nicht entschuldigen dafür, daß man gerade so durchkam."

„Es war Krieg", erinnert er mich.

„Es war immer Krieg. Der vierzehn anfing und weiterging mit Inflation, Hunger und Bomben . . . Und wir immer mittendrin, mein Gott!"

„Sie *mußten* weggehen?" fragt er vorsichtig.

„Jeder tut doch, was er muß. Weil die Verhältnisse so sind oder weil er so ist, wie er ist, weil er glaubt, daß es einen Sinn hat. Ich hab immer so getan, als ob es einen Sinn hätte, daß ich lebe."

„Ich weiß nicht viel von Ihnen, liebe gnädige Frau, aber Sie sind doch Fleur Lafontaine?"

„Ach so, das Buch?" Ich grinse mühsam. Er grinst gütig.

„Ja, ich kenne das Buch, und ich glaube, Ihr Leben ist doch ein erfülltes Leben."

Was aber war *mein* Leben wirklich? War es das jener drei Wesen, die mir bekannt oder verwandt scheinen: ein Kind, blaß, schüchtern, in den veilchenblauen Augen den Abglanz vager Träume; ein Mädchen voller Angst und voller Scham ob der Sünden, die es kennt, ohne sie begangen zu haben; eine Frau, die blinden Blickes vorwärts hastet, weit dem eigenen Selbst entfernt. Mit Süße, aber auch mit Schmerz überkommt mich die Sehnsucht nach diesen Verlorenen. „Ich habe soviel leben müssen! Wie auf der Flucht bin ich durch das Leben gerannt, und dann ... war das in Rom."

„Was war in Rom?" Er beugt sich über mich. „Sprechen Sie sich aus."

„Ich kann nicht, wirklich, ich kann nicht."

„Man kann mehr, als einem möglich scheint. Man kann weitergehen, über die eigenen Grenzen hinaus."

„Wohin?" Ich hebe den Kopf, so schlecht es geht, also über das mir eigentlich Mögliche hinaus. „Weiter, sagen Sie, immer weiter auf dem Weg, den wir angetreten haben, verurteilt zum ... Zum Tode verurteilt, Herr Professor, zum Nichtsein, zum Niemehr." Ich fühle, wie mir das Weinen in die Kehle steigt.

Auch der Professor blinzelt, als versuche er in das Dunkel zu blicken, in das ihm seine Kunden entfliehen samt ihren Geheimnissen, Flüchtlinge aus der unerbittlichen Helle ihrer Tage in die dämmrigen Seitenwege, auf denen man sich verfranzen kann, verstecken hinter Grabsteinen, verlieren auf Plätzen, deren Leere man so wenig überschreiten darf wie die des Nichts, Brücken, auf denen man nicht stehen kann, ohne in die alles vergebende, alles verzeihende Tiefe zu stürzen. Ich lächle, da ich ihn gefangen sehe, auch ihn.

„Oder sollte es Ihnen, Herr Professor, entgangen sein, daß nichts von uns bleibt, nichts als ein bißchen Staub, Staub zu Staub, Erde zu Erde?"

Der Professor beugt sich vor, er fragt behutsam, ja auf Katzenpfötchen: „Ist Ihnen jemand gestorben?"

„Ich", sage ich. „Nur ich."

Danach schließe ich den Mund, schließe die Augen, obwohl der Professor immer wieder versucht, mich zu überzeugen, daß mein Schweigen unwürdig eines denkenden Menschen sei, der doch wohl um des Lebens Einmaligkeit, Würde und Wert wisse, zu welchen Beschwörungen ich in den Kissen nicke und ihm schüchtern mitteile, daß ich ungeachtet seines liebenswürdigen Anerbietens dieses Aufenthalts hier bei freiem Logis und freier Kost gestorben zu sein wünsche. Worauf er sich von dem Platz auf meinem Bettrand erhebt – dem laut Schwester Luise durchaus unerlaubten Platz –, an der Schmetterlingskrawatte zupft und, die vollen Lippen zusammenkneifend, vorwurfsvoll sagt: „Schämen Sie sich, Sie verurteilen Menschen zum Tode, indem Sie sie auslöschen aus Ihrem Gedächtnis, aus Sprache und Bild. Darf man das? Wissen Sie denn nicht, daß nur der tot ist, der vergessen ist? Es gibt ein altes Wort, das heißt: Nur der Letzte stirbt wirklich. Denken Sie einmal darüber nach. Aber bald, Frau Lafontaine, bald!"

Ist es dieser Satz, der mich ergreift ob seiner stillen Klage, ist es die Zärtlichkeit für die, deren Andenken er verteidigt, oder sehne ich mich danach, wenigstens ihre Namen zu berühren. Ich sage: „Vielleicht haben Sie recht. Vielleicht müßte ich reden, solange ich noch reden kann."

Mein Herz hämmert; ich fühle mich schwach zum Sterben, mir laufen Tränen über die Wangen, er tröstet mich, meine Angst erfühlend, mit der alles heilenden Zeit, verspricht mir in sechs Wochen den ersten Spaziergang und schüttelt höflich den Kopf, als ich dafür den Weg nach dem Friedhof erfrage. Er lacht, wir lachen beide, und es gelingt mir auch, die Hand zu heben, ihm zuzuwinken, als er geht. Denn er hat mir geholfen.

Ich träume nicht mehr, nein, ich erinnere mich, versuche festzuhalten, wie es war, wie es angefangen hat, wie es weiterging, mein Leben, unser Leben. Jetzt kann ich darüber sprechen, manchmal mit dem Professor, manchmal in das Magnetophon, das mir eines Tages an mein Bett gestellt wird und mir – wie weiland Gustav Schnedderich – den Fortschritt der Zeit verkörpert.

Schwester Luise hingegen, sechzig und im Besitz reichlich störender Erinnerungen an frühere, bessere Zeiten, hat Einwände. „In dieser Klinik macht man lauter neumodischen Unfug! Oben in Station zwei waschen sie ihre Hemden selber, das nennt man Arbeitstherapie, und hier reden Sie in eine Maschine. Die einzigen Normalen sind wir Schwestern", sagt sie mit einem leichten Zucken der rechten Gesichtshälfte, dem Symptom eines psychischen Ticks oder – wie Tussi behauptet – einer Funktionsstörung auf Grund verdrängter Komplexe.

Dennoch vergehen Wochen, bis ich zu erzählen beginne, beruhigt von dem Bewußtsein, daß ich jederzeit löschen und vielleicht sogar verleugnen kann, was ich wahrheitsgetreu dem Magnetophon anzuvertrauen beschließe. Wobei ich mir ausdrücklich vorbehalte, nicht mehr zu sein als der Spiegel, in dem sich die Geschehnisse meiner Zeit aufbewahrten, das Wasser im Brunnen, darin die Gestalten meines Lebens die Bitternis des Leides, das Lächeln der Freude auf einem Gesicht zeigen, das allen gehören könnte, die lebten in dieser Zeit oder an dieser Zeit starben – darunter eine gewisse Fleur Lafontaine, die scheinbar als Glückskind an einem Maitag bei Zirkusmusik geboren wurde.

„Ein Mädchen!" hatte die Hebamme Kunze gerufen. „Noch dazu mit Pauken und Trompeten! Na, das kann gut werden!"

Aber es wurde nicht gut. Ja, heute und bei einigem Abstand von diesem Ereignis am 17. Mai des Jahres 1900 muß ich gestehen: Die weise Frau hatte falsch geweissagt. Es wurde nicht gut, es konnte nicht gut werden, wenigstens nicht zu Beginn meines Erdenwallens.

Schon daß sie mir den Namen Fleur gaben, nur weil Catherines Vater es wollte, sie es wollte, der Standesbeamte es nicht wollte, von Eberhard, dem Erzeuger, ganz zu schweigen, und mir damit die Verpflichtung auferlegten, meiner Ururgroßmutter Fleur Lafontaine nach sowohl stählern stark als auch blumenhaft zart und blütengleich milde zu sein – ich, mit meinem stürmischen Gesicht, den so leicht entflammten Augen, der tiefen rauhen Stimme! Wenngleich mir heute scheint, als habe ich mir diese dunkle Stimme erst angewöhnt und dieses heftige Gesicht erst später vorgebunden wie eine Maske, hinter der sich das kleine Mädchen Fleur mit dem blonden Blumengesicht und den Veilchenaugen verbarg, das in Wirklichkeit – der tiefen, wahrhaft gültigen Wirklichkeit – vielleicht doch für die schwarze, weißgepaspelte Schute um eine nonnenhaft fromme Stirn geschaffen war. Nur daß ich niemals dazu kam, mich keusch zu verhüllen, still gleich einem Veilchen im Moose zu blühen, und mir oft unter Tränen wünschte, weniger poetisch Grete oder Lotte zu heißen. Am liebsten jedoch Käthe, schlicht und einfach Käthe.

In einem Fahrradladen geboren, in dem man nicht nur die Kugeln in den Kugellagern, sondern auch die Pfennige zählte, mit Geschäften aufgewachsen anstatt mit Märchen, mit Eile anstatt mit Zeit, wurde ich von meinen Erzeugern als ein Teil ihres Selbst geliebt, als das dem eigenen Leben zugewonnene Leben, mein Lächeln als die verlorene Reinheit des ihren, meine Tränen als ihre ungeweinten, meine glanzvolle Zukunft als eine Entschädigung für ihre mühsame Gegenwart. Und sie liebten mich auch nur in solcher Verzückung, solange es nichts Besseres gab, nichts, was schon durch die Erhaltung des Namens Schnedderich – man denke, Schnedderich! – ein Stück verbriefter Ewigkeit darstellte.

Bevor jedoch diese meine mit Küssen gepolsterte Wiegenwelt so jählings versank, wie noch oft in meinem Leben Welten untergehen sollten, fand ich das wahre Paradies in der Wohnung der alten Lafontaines hinter dem Lampenladen. Dort schlief ich auf der Molle, einem ausgedienten Sofa, und verbrachte, hübsch in ein helles Hängerkleidchen mit winziger, rüschenverzierter Schürze gekleidet, diese Tage der Freiheit und der Menschenwürde im Wohnzimmer auf dem Teppich vor Opas Leidenslager, auf dem er lag, leise seine milde Schmerzensmelodie summend.

Ach, wie friedlich waren diese blanken Vormittagsstunden auf seinen Knien an dem ovalen, plüschbezogenen Tisch, wenn wir unsere Spiele spielten: das Taubenspiel, ein Täubchen fliegt hoch, und meine Hand hoch flog in seine große schöne Hand, oder wenn er mich, die ich niedergeschlagenen Blickes errötete, schelmisch fragte: „Mein liebes Fräulein, möchten Sie vielleicht so gut sein und mich heiraten?"

„Ja!" jauchzte ich, und das war der Jubelruf meiner ersten Liebe – nein, der zweiten, da doch unwandelbar vor allen anderen der stand, der mich auf seinen starken Armen durch meine Kindheitsträume trug. Und wer immer dieses Bild sah – ich achtete wohl darauf, daß jeder Besucher mit einem Laut des Entzückens davor stehenblieb –, wer uns auf diesem Bilde im Eßzimmer in einer Umarmung ohne Ende sah, den schwarzlockigen, schwarzäugigen Männerkopf neben dem goldblonden, himmelnden Mädchengesicht, der konnte nicht zweifeln, daß ich sein war wie er mein. Ja, daß Eberhard Schnedderich das Muster war, nach dem alle anderen geprägt wurden, sogar der weißbärtige großväterliche Partner meiner glücklichsten Stunden, auf denen doch schon der bittere Bodensatz des Abschieds lag. Denn heim mußte ich und fand dort in meinem Bettchen ein häßliches, rotgesichtiges Ding.

„Das Brüderchen!" sagte meine Mutter. „Ist er nicht süß, unser Poldi!" – eigentlich hieß er Leopold zu Ehren eines begüterten Paten, der jedoch mit einem silbernen Kaffeesieb die in ihn gesetzen Erwartungen nicht erfüllt hatte. Poldi, das rotgesichtige, rotznäsige Ding, brüllte, und ich sagte mit Tränen in den Augen: „Es stinkt! Habt ihr es gekauft? Warum denn aber so 'n häßliches? Und warum denn ein Baby mit 'nem Schwänzchen? Schneid's ihm doch ab."

Ich versuchte es am nächsten Tag mit einer Schere, und es war mein Vater, der mir den ersten Schlag meines Lebens versetzte, wobei er mich nicht einmal ansah. Er sah den Sohn, nur ihn. Zu mir sagte er den Satz, den ich fürchtete wie Spinat: „Wenn du nicht lieb zu dem Brüderchen bist, vertauschen wir dich gegen ein Dutzend Apfelsinen."

Und noch heute entsinne ich mich der dumpfen Angst, mit der ich vor unseres Gemüsehändlers Ladentür die großen Tonnen voll Apfelsinen sah. Würden sie das wirklich tun, jetzt oder morgen? Oder vielleicht erst, wenn ich größer geworden war und fett wie das Hänsel im Märchen?

Ich hatte Angst; sie hatten sie mir beigebracht, heimtückisch wie Gift in der Milch; sie hatten mich gelehrt zu fürchten, wo ich vertrauen wollte: Warte man, daß ich's Vater sage, warte man, bis der Schutzmann kommt und dich mitnimmt oder der Schwarze Mann – den ich dann auch wirklich eines Nachts, als ich bloßfüßig den Flur hinabpatschte, in des Dienstmädchens Kammer entdeckte.

Ja, kaum vier Jahre alt, entdeckte ich mehr und Schlimmeres, wenn ich wach unter den Tüllvorhängen meines Bettchens das unterdrückte Stöhnen vernahm, mit dem dort drüben im Bett der Eltern Gewalt getan wurde, während ich mir schweißnaß vor Angst die Ohren verstopfte. Bis Seufzer und Schrei in Flüstern verliefen, Stöhnen zu Schnarchen ward und endlich die Engel auf dem Bild der Sixtinischen Madonna über dem Elternbett mit schützenden Gebärden die Schatten des Grauens zu denen des Schlafes verdichteten.

Ich vergaß es nie. Nichts vergaß ich von diesen Nächten, wenn ich auch lernte, mich aus der weglosen Wildnis düsterer Geheimnisse hinwegzuschummeln in mein Reich tröstender Träume. Da flüchtete ich mich in die Nähe des Herrn Paddenberg, unseres möblierten Herrn, mit den weichen, nach oben gebogenen Klavierfingern; da erträumte ich mir den Kuß meines Vaters; da ward mein Händchen in des Großvaters Hand eine Taube im Nest; da spielte ich auf dem gelbfleckigen Stuttgarter Platz, neben mir das Brüderchen, das meiner Mutter Brust, meines Vaters Herz gegessen hatte.

„Setz dich hin", sagte ich, wenn ich ihn über den heißbesonnten Platz in den Bahnhofsgarten geschleppt, die Strippe vom Halse genommen, den Schlüssel im Schloß des Zaunes gedreht, die schattenspendenden Bäume erreicht hatte. „Und rühr dich nicht, bis ich dich hole, du dickes Paket."

Er aber rührte sich doch, rührte mein Herz, da er sich auf die krummen Beine erhob, auf mich zutappelte und seine milchfeuchten weichen Lippen in mein Gesicht schmierte.

Wir waren Schlüsselkinder. Der Schlüssel zu unserem Spielplatz im Bahnhofsgarten, einem Quadrat rauchgeschwärzten Grases und rußiger Sträucher, hing an einer Schnur um meinen Hals, kostete zwei Mark und ging auf geheimnisvolle Weise immer wieder verloren. Ließ ich ihn verlorengehen, immer wieder, um endlich auch der Verantwortung ledig zu werden, der Angst um den Dicken, der sich ebenfalls auf so geheimnisvolle Weise unter den Büschen zu verkrümeln verstand? Oder Sand fraß. Oder sich die winzige hochgestülpte Nase so voll Blätter stopfte, daß wir Kinder ihm nachher mit Haarnadeln beinahe das Gehirn rauspolkten. Er schrie wie eine Trompete, aber er erzählte nichts. Wir erzählten nichts, wir hielten zusammen in der Verschwiegenheit unseres angstvollen, geheimnisvollen Kinderlebens.

Die Großen hatten sowieso keine Zeit für uns. Ich lache, während ich es denke: Sie hatten keine Zeit für sich selbst; sie lebten nicht für uns, sie lebten nicht für sich, sie lebten für das Geschäft, das blühte und gedieh. Es lohnte sich, ein Mädchen zu halten – fünfzehn Mark monatlich und freie Station, die Schlafstelle in der lichtlosen Kammer oder auf dem Hängeboden über der Küche –, damit Käthe Schnedderich im Laden helfen konnte: eine tüchtige Frau, eine fesche Frau mit engem schwarzem Gürtel über dem fest in der Taille sitzenden Rock zur weißen Bluse.

Eine schöne Frau mit ihrem kühnen Gesicht, ein Raubritter in Röcken, ein weiblicher Seeräuber auf dem bewegten Meer ihrer abenteuerlichen Jahre nach der Jahrhundertwende, schien sie verwegen entschlossen, alles ihr auf diesem Meer Entgegenkommende zu kapern, auch wenn nur Treibgut war, was sich da anschwemmte: Schönheitsmittel für eine Kosmetikfirma, darunter ein Busenheber in Form einer sich ansaugenden Glasglocke, Verjüngungspillen und Gurkenschneider; alles kleine Fische. Der einzig größere in dieser ersten Zeit ihrer Betriebsamkeit war der Handel mit Tannenbäumen zu Weihnachten auf dem Stuttgarter Platz vor ihrem Fahrradladen. Schick in einem Sealpelzjäckchen, oblag sie diesem Geschäft geradezu mit Leidenschaft und lachte nur ihr grelles Lachen, als ihr Bruder Jean-Louis Lafontaine sagte: „Aber, Käthchen, mein Mädchen, das kannst du doch nicht machen! Weihnachtsbäume verkaufen, auf der Straße! Der alte Herr traut sich schon gar nicht mehr den Stuttgarter Platz lang, er geniert sich."

„Der alte Herr soll sich nicht haben!" Käthe Schnedderich legte dem Bruder vor. Sie kochte nach ihrer Meinung französische Küche, nach Meinung von Jean-Louis gut Berliner Buletten aus zwei Dritteln gut Berliner Schrippe und einem Drittel Geschabtem voller Zadder und Mulm. „Wenn der heute nicht hier langgehen kann, dann konnte ich früher nicht die Linden runtergehen, ohne daß ich den Alten getroffen habe, bei Kranzler auf der Terrasse oder in einer Droschke erster Güte, manchmal mit dir daneben, und ich hab mir dafür zu Hause in der Hinterstube die Finger blutig genäht."

„Sieh mal an, jetzt wird's komisch." Jean-Louis grinste über das runde Gesicht mit der breiten Nase, den kleinen witzigen Augen unter dem Pincenez, das ihm, wie er sich nun auf seinem Stuhl hin- und herschaukelte, beinahe in die Buletten gefallen wäre. „Käthchen, mein Mädchen, gestichelt haben die anderen, du hast kassiert! Nämlich, Eberhard, wie sie mich glücklich aus dem Haus gehabt haben, da hat sie sich so 'ne kleenen Meechens hingesetzt, die haben ganze fünf Reichseier die Woche bekommen, und sie ist losgegangen, immer schick und elegant, und hat geliefert. Und kassiert natürlich."

„Das Geld, das du mir dann aus der Kasse geklaut hast, und zwar schon vor deiner Geschichte in Hamburg", erwiderte Käthe Schnedderich so scharf, daß Eberhard über das ganze schöne Gesicht rot wurde.

Darauf breitete sich eine Stille aus, tief wie der Abgrund, in dem ein vergangenes Ereignis – eben jene Geschichte in Hamburg – eigentlich zu ruhen verpflichtet gewesen wäre und doch stets von neuem auferstand, um gleich dem Geist eines Spukschlosses Unruhe und Furcht zu verbreiten. Sogar ich, ein Kind, jedoch wie alle Kinder begierig der Geheimnisse Erwachsener, ich hörte manchmal von Onkel Jean-Louis' Geschichte in Hamburg flüstern, spürte auch die Drohung, die den Witz des immer Lachlustigen schartig machte, und bemühte mich feige, auch diese als eine seiner Geschichten zu nehmen, deren viele er übrigens auf schmerzliche Weise am eigenen Leibe erlebt hatte.

Und er konnte erzählen! Von sich, immer von sich selbst, der er nach seiner Meinung eines früheren Lafontaine, eines Chevaliers Hieronymus de la Fontaine, Jägers und Frauenhelden, Dichters und fahrenden Sängers, Nachfahre war, gleich ihm auf dem Wege zu unsterblichem Ruhm, wenn auch mit einem kleinen, aber bedeutungsvollen Umweg über eine Zelle im Hamburger Gefängnis Fuhlsbüttel. Dort hatte er die Ganovensprache erlernt, vielleicht auch die schmerzliche Liebe zu den Erniedrigten und Beleidigten, die ihn für sie schreiben und – zum mindesten auf dem Papier – für sie kämpfen ließ. Mit der wohl von seinen französischen Vorfahren geerbten lebhaften Sprache und – nach seiner Behauptung – immer auch bei allem Unglück mit Schwein. Oder auch Instinkt, was – wiederum seiner Meinung nach – auf das gleiche herauskam.

„Es war Instinkt, sage ich dir, mein Schnuckelchen, besonders bei der Sache mit dem ollen Bismarck. Oder habe ich dir das noch nicht erzählt?" Er hatte, aber ich wollte es immer wieder hören, und so erzählte er mir noch einmal, wie der alte Zausel, sein hochverehrter Gönner und Chefredakteur Buschmann, gesagt hatte: „Na, wie wär's, Lafontainechen, mit 'nem kleinen Ausflug? Fahren Sie doch mal raus zu dem Alten in Friedrichsruh."

„Und wer ist da losgezittert wie ein geölter Blitz? Dein Onkel Jean-Louis! Und zwar im Gehrock! Denn diesmal hatte Buschmann den Instinkt, aber ich hatte den Gehrock, das Feiertagsgewand des braven Bürgers, des staatserhaltenden! Und wie ich da draußen bin, was tut Gott? Er läßt es schwarz und auf Halbmast von den Türmen wehen, er geußt ein düstres Schweigen über die Alleen des fürstlichen Parks, und wie ich – nun schon froher Ahnungen voll – so ein altes Hutzelmännchen von Gärtner frage, da sagt der doch wirklich, nun, was sagt er, mein Mauseschwänzchen!"

„Bismarck ist tot!" rief ich leuchtenden Auges.

„Nichts dergleichen. Er sagt: ‚Nu hätt he ja woll dran glooben möten, de Olle!' Na, und ich, was tue ich? Ich locke froh, jawohl, und stürme stracksen Fußes dahin. Wohin?"

„Ins Schloß!"

„In keinster Weise! Sondern aufs Postamt. Und von dort telegrafiere ich in alle Welt, an alle Zeitungen, an den Lokalanzeiger und die Mottenpost und den Oldenburger Stadt- und Landboten und an die Times und an den Figaro, und zwischendurch husch ich immer mal schnell hinaus und pump mir hier eine Mark und da eine Mark, denn die Kollegen kamen ja nun an und standen überall rum und gaben Stimmungsberichte an ihre Zeitungen durch. Der aber, der es gemacht hatte, der das Geld kriegte, der die Millionen kassierte, ich war's, ich, dein lieber Onkel Jean-Louis Lafontaine!"

Hier schaltete sich Käthe Schnedderich ein. „Na, dann hättest du uns nicht egalweg anzupumpen brauchen, schade um das schöne Geld, bei dir ist es weg, bevor noch einer was davon gesehen hat."

„Doch, eine hat", sagte Jean-Louis kummervoll.

Wirklich kassierte Frau Marie Lafontaine geborene Buksch, Onkel Jean-Louis' früh, allzufrüh geehelichte Gefährtin, persönlich die Honorare der Welt am Montag für seine Skizzen aus der Unterwelt. Sie sorgte auch dafür, daß Jean-Louis bei seinen Besuchen von nun an in hellem Nanking prangte anstatt in dem schwarzen Gehrock, dem – wie er sagte – Überlebenden seiner gutbürgerlichen Habe nach dem Schiffbruch im Hamburger Hafen. Den Gehrock aber trug er auch zur Jagd. Denn da sein großer Vorfahre, der Chevalier Hieronymus de la Fontaine des 16. Jahrhunderts, ein tapferer Weidmann gewesen war, so frönte auch Jean-Louis diesem Laster: Er, der sein Leben damit verbrachte, die Taten krimineller und psychopathischer Mörder aufzuzeichnen oder aufzuklären, er tötete selbst mit sportlicher Leidenschaft das edle Wild in befreundeten, später eigenen Jagdgründen. Und zwar tat er das in jenen armen Zeiten im Gehrock überm Jägerhemd, den breitkrempigen, kühn gebogenen schwarzen Schlapphut auf den Dichterlocken, das lebhafte Pincenez auf der Puschkinnase, die Zigarre im Mundwinkel und das geliehene Gewehr locker über der Gehrockschulter.

Käthe Lafontaine blieb es vorbehalten, ihm die zwanzig Mark für das erste Jägerhütchen zu borgen, eine Leihgabe, deren Rückzahlung wahrscheinlich war, da Onkel Jean-Louis in diesen Jahren das wurde, was die Welt am Montag einen erfolgreichen oder doch vielversprechenden jungen Schriftsteller nannte, würdig einer erfolgreichen, vielversprechenden Zeit in einer erfolgreichen, vielversprechenden Stadt, die – Onkel Jean-Louis' Behauptung nach –, gleichsam über Nacht zur größten Handels- und Industriestadt Deutschlands geworden, beinahe aus den Nähten platzte.

„Es sprießt und grünt und blüht vor Unternehmungsgeist! Mein Gott, was da jetzt alles gegründet und pleite gegangen wird, es ist eine Lust, zu leben und leben zu lassen! Was es heute alles zu sehen gibt! Deutsches Theater und die Naturalisten und Schnitzler und Tovote, von denen kann man lernen, wie man's macht. Es grünt und sprießt nur so im Blätterwald und Kulturdickicht. Die Große Glocke und die Friedensrufe und ein Käseblättchen für einen Sechser, das heißt: Nimm mich mit, jetzt sogar noch 'ne Illustrirte ohne ‚e'. Als Schönstes aber, als Allerschönstes das Überbrettl!" Jean-Louis Lafontaine hatte die vollen roten Lippen unter dem buschigen Schnurrbart genüßlich gespitzt. „Das Überbrettl, der letzte Schrei, das Nonplusultra! Wenn man ein Köpfchen hat, wie ich eins habe, das überquillt von Melodien und Gesängen, frommen Gesängen, meine liebe Mama Buksch ..." Er wandte sich an die dicke Frau

Buksch in der Sofaecke neben Käthe Schnedderich – wir waren alle bei Mutter Bukschs Geburtstagsfeier in ihrer Parterrestube auf den Hof hinaus, sogar Poldi im Kinderwagen neben dem Kaffeetisch –, und ich beobachtete hingerissen, wie Onkel Jean-Louis Tante Buksch mit seinem spritzigen Redeschwall überflutete. „Wenn einer ein Köpfchen hat wie meins, dann muß er einfach dem Zuge der Zeit folgen und endlich auch sein eigenes Überbrettl machen. Und wenn ihm dazu seine liebe, hochverehrte Mama Buksch, dieses Muster aller Schwiegermütter, sowie seine liebe, hochverehrte Schwester Käthe, dieses Muster aller Schwestern, ein wenig unter die Arme greifen würden, so wäre der Höhenflug des Dichters Jean-Louis Lafontaine bis zum Parnaß gesichert."

„Komm mal wieder runter", sagte Frau Hauswart Buksch gemütlich, saß da ungerührt und dick in ihren vier, mit den Gemälden der Kunststudenten dicht bekleisterten Wänden. „Brotlose Künste", pflegte sie zu sagen. „Aber bei mir haben sie dafür Kartoffelpuffer jekriegt. Der einzige, bei dem ick die Schmalzstullen aus dem Fenster jeschmissen habe, ist mein lieber Schwiegersohn." Dafür hatte er ihr die Tochter Marie abgenommen, eine spinöse Person, zartgliedrig, mit Madonnenscheitel, Engelsblick, milder Stimme und zierlichen Händen, die aber ausgezeichnet Laute zu spielen wie auch die eheliche Kasse mit eisernem Griff zu halten vermochten. Daß sie einmal berühmt werden würde – was sie nämlich wirklich wurde –, glaubte die alte Buksch von der Tochter sowenig wie von ihrem Schwiegersohn. Auch jetzt wieder lachte sie gekitzelt: „Jean-Louis, ick hab dir doch immer jesagt, schon wie du bei mir in Schlafstelle warst, du bist für mich ein Dichter unter die Dichter wie der Popo unter die Jesichter. Und wenn du jetzt sogar noch deine eijenen Verse singen willst ..."

„Singen? In keinster Weise! Ich deklamiere natürlich eigene Gedichte, die Dolorosa und der Rubikow auch."

„Singen kann ja ich", sagte Käthe Schnedderich, denn sie hatte Stimme – ach, sie hatte viel zu viel Stimme, ich hörte sie manchmal abends durch die Tür zum Wohnzimmer, deren Glasscheiben erzitterten.

Auch Onkel Jean-Louis winkte ab. „Die Kirschen in Nachbars Garten, die schmecken so rot und so süüß", sang er. „Nee, mein Kind, Familienunternehmen is nich! Wir machen Überbrettl wie Wolzogen und Cotta und in München die Elf Scharfrichter. Wenn ich ein paar Piepen losmachen kann, dann kauf ich mir 'nen roten Schal und setz mir 'nen Schlapphut auf wie Aristide Bruant. Die silberne Punschterrine soll's heißen, und 'nen Nachttopf aus Blech hänge ich mitten ins Lokal, mit 'ner roten Schleife!"

„Jean-Louis! So was haben die Leute zu Hause doch selber. Und was Papa dazu sagen wird ..."

Ob Maurice Lafontaine das Lafontainesche Überbrettl, Die silberne Punschterrine – nach Jean-Louis' Erklärung Symbol und Demonstration antiphiliströsen Protestes –, jemals kennenlernte, weiß ich nicht. Ich kannte es aus den Erzählungen meiner Eltern, wenn wir sonntagmittags bei Onkel Jean-Louis um den Eßtisch saßen, und vernahm diese Berichte zugleich mit Erschauern und Enttäuschung.

Denn auch hier hatte ich mir etwas ausgedacht: einen himmlisch weiten Saal, darin von der Decke groß und blank wie der Mond ein silberner Nachttopf leuchtete, Onkel Jean-Louis im roten Schal Geschichten erzählte und Mama, schön und schillernd im roten Paillettenkleid aus dem Ausverkauf bei Wertheim, mit ihrer grellen Stimme von den Kirschen in Nachbars Garten sang.

In Wirklichkeit nächtigte das Überbrettl Jean-Louis Lafontaines im Hinterzimmer des Budikers Gottlieb Kladke hoch im Norden Berlins, und nicht meine Mutter sang, sondern Dolorosa, eine magere Hysterikerin mit Wellenscheitel und Reformkleid, trug eigene und noch dazu lyrische Gedichte vor; der Maler Tito Balke hockte mit seinem Banjo auf der Erde, ein Bildhauer sang zur Gitarre; Jean-Louis deklamierte mit rotem Schal und Schlapphut seine berühmte letzte Nacht: „Vaflucht, nun sitz ick in det Loch zwölf Monat schon und janz in Eisen ...", das Publikum schauderte genußvoll.

In dem kleinen Raum stand die Luft dick von Hitze, Zigarrenrauch, Dichterschweiß und Seelennot; es roch nach Bier und Bockwurst aus dem daneben gelegenen Schankraum, und Rudo Rubikow in schwarzer hochgeschlossener Litewka sprach Morgenstern, Selbstgebasteltes, ein Pröbchen Rilke und das „Rote Fanal" in dem singenden Tonfall, den er in der Talmudschule des Lehrers Ben Horowicz in Mährisch-Ostrau angenommen hatte.

Dort hatte er, der Sohn eines Rabbiners, zuerst den Talmud auswendig gelernt, dann die Lehrbücher des Gymnasiums, um als einer der zwei zugelassenen jüdischen Schüler die Prüfung mit der notwendigen Auszeichnung zu bestehen; war später auf die Universität und von dort geradenwegs und für so lange Zeit ins Gefängnis gegangen, daß er die Politökonomie des Marxismus ebenfalls auswendig lernen konnte. Somit gerüstet, begab er sich dann nach den Weisungen der Sozialdemokratischen Arbeiterpartei in die Länder, an deren Arbeiterabendschulen er lehrte, agitierte und seine Freiheit, sein Leben wagte, was alles er mit der heiteren Gelassenheit eines geschulten Gehirns und eines starken Herzens erledigte. Bar aller bürgerlichen Hemmungen, sofern es sich um die Sache handelte, setzte er allabendlich seine Schönheit und sein Talent dem Gelächter eines vergnügungssüchtigen Kabarettpublikums aus, nahm dafür die ökonomische Basis seines Daseins – drei Mark fünfzig nebst einer Bockwurst – in Empfang und tat dies alles in Der silbernen Punschterrine in einer lauen Frühlingsnacht des Jahres 1906 zum letztenmal.

„Mensch, los, hinten raus und übern Hof!" hatte Jean-Louis Lafontaine ihm zugeflüstert, als die beiden Bullen – Herren mit außerordentlich steifen Hüten und lässig baumelnden Spazierstöcken – im Schankraum des Budikers Kladke erschienen. Da das Lokal voll war, voll von Menschen, blauem Dunst, Lärm und dem Hämmern des Klavierhengstes, gelang es, Rudo Rubikow in die einzige Zuflucht zu verfrachten, die noch offenstand: in die Schnedderichsche Wohnung am Stuttgarter Platz.

Wirklich nahm Käthe Schnedderich Rudo Rubikow so selbstverständlich bei sich auf, wie sie allen Gelegenheiten ihres Lebens gegenübertrat – in diesem Falle im Nachthemd.

„Entschuldigen Sie, ich hab nicht viel an, aber man sieht ja nicht durch", sagte sie so laut, daß ich erwachte und die Gasflamme in der Löwenköpfigen angehen sah. „Immer rein in die gute Stube, natürlich können Sie hierbleiben, Herr Rubikow, heute nacht hier auf dem Sofa, und morgen kommen Sie rauf zu Emma auf den Hängeboden, hahaha."

Ich hörte sie lachen, hörte, wie Onkel Jean-Louis meinen Namen nannte – „das ist Fleurchen, das Märchenmädchen, die dichtet schon!" –, und dann geschah das Wunder: Der Himmel öffnete sich, herab schwebte das Gesicht eines wunderschönen Engels, aus schwarzen Augen erstrahlte ein Lächeln heiterer Zärtlichkeit, und eine Stimme ertönte in mährischen Sphärenklängen: „Also du bist das Fleuerl? Geh her, schlafst schön weiter, ja? Und morgen machen wir Powideltatschkerln."

Bisher hatte ich die Liebe nur in ihrer schlichtesten Form gekannt, die der natürlichen Bindung an die mütterliche Wärme, an das väterliche Bild neben dem Büfett, an des Großvaters schützende Zärtlichkeit oder Onkel Jean-Louis' Entzücken gleich dem Widerschein meines süßen Gesichts im Spiegel seines Auges. So hatte mich der möblierte Herr Paddenberg geliebt und so der große Junge im Bahnhofsgarten, dessen erste Gunstbezeigungen ich ersehnte, damit er mich einbeziehe in den erlauchten Kreis derer, die da unter den Büschen „Hans du stinkst", „Kackstühlchen" und im grüngolden durchflimmerten Gesträuch Liebe spielten.

Dort in der Höhle aus Haselnußsträuchern, darin es süß und faulig nach verwelktem Laub roch, hatte ich mit angstvollem Genuß gehört, daß er nur einmal liebe, aber dann fürchterlich, hatte seinen Griff in meine blonden Haare als Beweis einer Leidenschaft genommen, der ich mich sehr wohl zu bedienen wußte, auch schon in einem Alter, von dem die Heuchler behaupten, es sei das der kindlichen Unschuld, der holden Ahnungslosigkeit, des Nichtwissens und Nichtwollens. Doch heute weiß ich, was ich damals schon ahnte: Obwohl wir sicher in diesem Alter nicht wissen, was wir wollen, so wissen wir sehr genau, was wir möchten.

Ich mochte zu dieser Zeit – also kurz vor der sühnenden und reinigenden Verehrung meines Gottes aus Mährisch-Ostrau – das kleine Portiermädchen oder auch die zarte und zärtliche Berührung unserer kleinen Leiber, das süße Erschauern unter tastendem Berühren, die Spiele, die kindlich-verderbten Spiele in der Puppenecke, in der uns eines Tages meine Mutter entdeckte.

Ach, hätte sie uns doch nie entdeckt! Hätte sie die Augen geschlossen, anstatt sie auch bei dieser unpassenden Gelegenheit offenzuhalten! Oder uns gelehrt, daß es höhere Genüsse gibt als die im Dämmerdunkel unserer Spielecke – das Unglück wäre nicht über mich hereingebrochen.

So aber brach es herein, angekündigt von den schrillen Schreien meiner Mutter, die mich in das Schlafzimmer verschleppte, mir dort das Kleidchen vom Leib riß und mich warten ließ – auf das Strafgericht, den Untergang der Welt, das höllische Fegefeuer. Um mich dann in einem irren Anfall von Empörung, Wut und Rachsucht so gründlich zu verdreschen, daß mir noch durch Jahre gleich einem Alpdruck vor Augen stand, wie ich unter den Schlägen des Teppichklopfers laut schreiend auf dem Boden herumkreiselte, während die schnell herbeigerufene Portierfrau von der Tür her sagte: „Lassen Sie doch die Kinder ihr Vergnügen ..."

Das kleine Portiermädchen sah ich nie wieder oder nur aus der Ferne und natürlich im Traum. Feige hatte ich sie verlassen, falls es doch nicht eher meine Mutter war, die sie verschwinden ließ wie den Herrn Paddenberg, eine Zauberin, der die Wisper- und Störgeister in den Fluren, den Spielecken, auf den Treppen und auch die Götter gehorchten. Alle, bis auf einen ...

Im Hause Schnedderich hatte es bis zu Rubikows Ankunft keinen Gott gegeben – nun gab es einen. Mit seinen schwarzen feuchtschimmernden Augen Eberhard, dem Schönen, auf beziehungsreiche Weise verwandt, schien er mir aus himmlischen Höhen zugesandt, ja, seine Umarmung ließ mich zum erstenmal erschauernd männliche Kraft und Zärtlichkeit fühlen. Auch hatte er, was die Powideltatschkerln betraf, sein Versprechen gehalten.

Wirklich verlebte er eigentlich mit uns Kindern die drei oder vier Wochen, während derer er in hochgeschlossener schwarzer Litewka, ein Buch zwischen den Fingern, die schwarze Mähne auf der bleichen Stirn, das Schnedderichsche Eßzimmer bewohnte. Wir spielten zusammen, wir sangen zusammen meine Gedichte: „Die Lerche in die Luft sich schwingt, wo sie die schönsten Liedchen singt: Tirili, tirili, tirili." Und abends vor dem Schlafengehen führten wir ein Drama auf, das wir gedichtet hatten: „Der Dackel und die feine Dame", darin spielte Poldi den Dackel.

Für den stolzen Preis von fünf Pfennig Eintritt – und weiteren fünf Pfennig für den vorzeitigen Austritt – genoß die Familie das Vergnügen mit so viel Gelächter, daß Maurice Lafontaine Schmerz und Würde vergaß. Nur Anna Lafontaine schüttelte den falschen Scheitel, weil Poldi sich in die Dackelhosen machte und ich, auf Rudos Knien sitzend, ihn dringend nach dem lieben Gott befragte, worauf er behauptete, daß Gott ein guter, ein großer Mensch sei.

„Aber unsere Emma draußen in der Küche sagt, Gott ist allmächtig", flüsterte ich bedrückt. „Er sieht alles und hört alles."

„Der Mensch ist allmächtig, er weiß es nur noch nicht. Aber er fängt schon an, es zu lernen. Du hast doch gesehen, wie ein Mann in einen Telefonapparat spricht, und ein anderer hört es dann ganz laut und ganz weit weg."

Als ich dann doch vorsichtig nach Emmas Himmel und Hölle fragte, legte er mir seine große schmale Hand auf die Brust. „Hier ist alles drin, Blümchen. Du mußt nur immer schön aufpassen, daß sie dir nicht durcheinanderkommen, der Himmel und die Hölle."

Am Abend darauf erzählte er mir eine schöne Geschichte, die Geschichte der Arbeiterbewegung und ihrer Begründer, mit der Andacht, mit der er einst in der Synagoge den Namen seines Gottes genannt hatte. Und während ich an Rubikows Brust lag, wehte es über meinem Kopf von roten Fahnen im Frühlingswind der Menschheit, schoß es aus allen Rohren den dröhnenden Salut der Freiheit, wimmelte es von Revolutionären im roten Schal, gleich dem von Onkel Jean-Louis, der dann wohl auch im Eifer des Gefechts mit einging in die Schar der Helden, obwohl ich Zweifel anmeldete: „Aber Mama hat gesagt, Onkel Jean-Louis ist kein Held. Onkel Jean-Louis hat eine Geschichte in Hamburg."

„Helden haben oft Geschichten", erklärte Rubikow. „Und wenn es revolutionäre Helden sind, dann sind die Geschichten auch keine Schande. Bloß damit sie nicht schlecht ausgehen, muß man vorsichtig sein und darf nichts verraten. Verrat, weißt du, ist die allerschlimmste Schande, und Verräter kriegen schlimme Strafen."

„Die müssen sterben", sagte ich entschieden, „wie die Helden."

„Nein, nicht wie Helden, sondern wie schlechte Menschen, die keiner liebhat. Und nicht wahr, Fleuerl, weil wir doch grad davon sprechen, du vergißt nicht, was die Mama dir gesagt hat: Du darfst niemandem verraten, daß ich hier bin, niemandem auf der Welt!"

„Niemandem auf der Welt", sagte ich und hob die Hand, mein Herz klopfte. „Großes Ehrenwort!"

Und jetzt, fast ein halbes Jahrhundert später, überlege ich, ob und wem ich gesagt haben könnte, daß Rudo Rubikow, Berufsrevolutionär und Gott, schöner lieber allmächtiger Gott, daß mein Held Rudo Rubikow bei Schnedderichs auf dem Sofa schlief.

Ich weiß es nicht...

Ich weiß nur, was man eben im Gedächtnis behält von dem nicht zu Verschüttenden, dem nicht zu Verdrängenden: den Schatten der Untat, das Frösteln des Blutes beim Sicherinnern, die sehnsüchtige Begierde nach dem Vergessen. Ja, es scheint mir manchmal, als habe ich nur geträumt, daß ich im Eßzimmer stehe, im langen, bis auf die kleinen Füße reichenden Nachthemd, die blonden Locken wirr um das rosige Gesicht, und die Männerstimmen höre, die laut und grob im Flur sprechen. Dann kommt er, der Schöne, Geliebte, doch jetzt seltsam Finstere, herein, schon im Mantel, obwohl doch die Mutter wieder einmal im Nachthemd ist, der Vater auch, aber sie schämen sich nicht, sie sprechen auch nicht, selbst die Luft steht schwer und schweißig still zwischen den dunkelgeblümten Wänden, der Büfettfestung, dem grünen Kachelofen. Und plötzlich ist er fort, weg für immer, denkt das Kind, fühlt das Kind, weiß das Kind, und während die Tür draußen zufällt, sagt die Mutter: „Verstehst du das, Eberhard? Einer muß es verraten haben, mein Gott, so ein armer Mensch, wenn's die Emma war oder das Fleurchen gequatscht hat, im Bahnhofsgarten, na, die können was erleben."

Diese Nacht über lag ich zitternd in meinem Bett, schweißnaß vor Angst, mit verkrampften Händen den Erwachsenen lauschend, die nebenan unter der löwenkopfverzierten Lampe das Schicksal Rubikows behandelten, der gleich anderen Revolutionären sicher schon in einer Zelle schmachtete. Was jedoch waren Gefängnis oder Tod gegen die Strafe für meinen Verrat, die meine Mutter nur aus Gnade und Barmherzigkeit bis morgen früh aufzusparen schien?

Wie es aber geschehen würde, das Strafgericht, vermutlich doch wohl wieder mit Ausklopfer, Schreien und Schande – nein, nein, ich vermochte mein Schicksal nicht auszudenken, nicht einmal zu beweinen: Gott hatte mich verlassen, für immer und ewig.

Ich wartete also, ich, die ich nicht warten kann, die ich es nicht gelernt habe und auch nicht mehr lernen werde, Philipp, wie lange du mich auch warten lassen wirst! Ohne Hoffnung wartete ich; anders als sonst, wenn mein Vater zum Essen heraufkam in den schmutzigen Pumphosen seiner Fahrradlehrstunden, aber schön auch dann, oder wenn ich Herrn Paddenberg auflauerte, ungewiß meiner treibenden Sehnsucht nach seinem pomadisierten Bärtchen auf meiner Wange.

Diesmal wartete ich auf das Ende. Stand schon morgens früh in der Küche hinter meiner Mutter, die mich nicht ansah, nicht mit einem Blick, und als sie sich dann endlich zu mir umwandte, konnte ich nicht einmal flüstern, es war ein Hilfeschrei: „Mama, bitte ..."

„Später", sagte Käthe Schnedderich, sie hatte ja nie Zeit. „Jetzt lauf mal erst und hol Margarine, ein Pfund, aber vergiß nicht die Marken und beeil dich."

Ich stand erstarrt, und dann lief ich, lief. An der Ecke Stuttgarter Platz und Kaiser-Friedrich-Straße in einem Stück blaßblauen Berliner Himmels über dem flachen grauen Dach des Bahnhofs suchte ich Gott, als würde er von dort aus am bequemsten zu mir herabsteigen, die ich ihn erwartete – gewiß nur einen Atemzug lang, aber diesen Atemzug zwischen zwei geschluchzten Seufzern so in tiefster Seele bereit für jedes, auch das bescheidenste Wunder, daß es ihm leicht gewesen wäre, mich zu gewinnen.

Aber er versäumte auch diese Möglichkeit, und mir blieb nichts als die Flucht nach vorn, wohin?

Vielleicht habe ich geweint, während ich in der mir eigenen aufrechten Haltung unter der bleichen Vorfrühlingssonne zwischen den Häusern dahinging, die Margarine kaufte – für mehrere Markensparhefte bekam Mama ein Kaffeeservice – und mich fragte, ob sie die Margarine finden würde und die Marken und meine neuen weißen Schuhe, nachher. Und während ich dem Tode entgegenlief wie einer Zuflucht, irgendwohin, wo doch einmal, am Ende aller Angst, ein Wasser sein müßte. Denn Wasser sollte es sein! Ertränken wollte ich mich, da ja nur die Mörder Revolver haben und die Soldaten Gewehre. Ein

Kind aber? Ein kleines Kind? Wer gab einem kleinen Kind auch nur ein Messer, damit es sich umbringen könnte?

Das Leben war ungerecht! Und es war ungerecht und ganz im Sinne dieser unbegreiflichen Erwachsenenwelt, daß sich für ein kleines Mädchen in ganz Charlottenburg, in ganz Berlin, in der ganzen Welt nicht ein bißchen Wasser fand, in dem es sich ertränken konnte – nun, da es die Liebe kennengelernt hatte, den Verrat und die Einsamkeit.

Drittes Kapitel

Wie also durch mein Weiterleben bewiesen, bin ich damals nicht eines poetischen Todes unter Wasserrosen und Algen gestorben, sondern mein Vater Eberhard fand mich im Charlottenburger Schloßpark neben den weißen Schuhen und der Margarine, schlafend, was Professor Bardekow sicher als eine Flucht in den Schlaf bezeichnen würde, der mich aber – wiederum nach Professor Bardekow – leicht bis in die Nähe seines größeren Bruders, des Todes, hätte führen können. Soweit ich mich im Nebel meiner Erinnerungen zurechttaste, trug mich Vater Eberhard den langen Weg nach Hause, und ich entsinne mich noch heute eines sanften, etwas betäubenden Wohlgefühls, das ich in seinen Armen empfand und das von Professor Bardekow sicher als ein Beweis für meinen Ödipuskomplex gewertet wird.

Gegenwärtig ist mir auch noch die Art, in der ich weiterlebte: eine ziemlich zweifelhafte Art, nämlich widerwillig und ohne rechten Entschluß zum Weitermachen. Wie ich mich ja eigentlich immer zwischen Lebenswillen und Todessehnsucht, zwischen Bejahung und Verneinung, zwischen Diesseits und Jenseits in ein Abseits verdrückt habe und auch noch heute auf die gleiche lässige und lustlose Art leide, nämlich ohne hinzusehen, hinzuhorchen, ohne auf meine gelähmten Beine zu blikken, ohne auf das leise kindliche Weinen zu lauschen, das manchmal aus mir aufsteigt wie ein vom nächtlichen Regen angeschwollener und nun langsam über seine Ufer schwemmender Fluß. Die Tränen rollen leicht und warm über meine Wangen in die Kissen, in denen ich mein Gesicht verberge;

und als Tussi mich weinend findet, droht sie, den Professor zu rufen.

Aber ich wehre mich, ich will allein bleiben in meinem stillen, den Erinnerungen offenen Land, ein Flüchtling zwischen den flüchtigen Schatten an meiner weißen Wand, nun, da die Nacht naht und in ihrer dunklen Leere niemand bei mir sein wird als ein Kind.

Da steht sie, die kleine Fleur Lafontaine, mit ihrem herzförmigen, schmerzlich verzogenen Gesichtchen und den Veilchenaugen, und während ich sie begrüße, erinnere ich mich mit Wehmut: Sie, die Kleine, wußte schon damals mit ihren sechs Jahren zu leben, wie ja so viele Ältere und doch nicht Klügere schwierige Zeiten zu überleben vermögen: mit der Schuld auf der Seele, dem Traum im Herzen, der Angst im Magen. In meinem Falle waren es Bauchschmerzen.

Als Oma Lafontaine mich zum Arzt schleppte, fand er Bleichsucht, Blutarmut, Verstopfung, verschrieb Rizinus und heilte mich damit so schnell, daß Mama die fünf Mark für leichtfertig vergeudet erklärte. Sie übersah meine Blässe, sie überhörte meine Klagen, denn ihr allem Neuen, allem Zukunfts- und Geldträchtigen geöffnetes Ohr hörte das Gras wachsen, und ihr ein einziges Ziel suchender Blick sah eine Entwicklung voraus, an der sie teilhaben wollte. Um jeden Preis, für jeden Preis.

„Wenn ich bloß ein Mann wäre oder wenn du ein Mann wärest, Eberhard", sagte sie manchmal ungeduldig und wie immer in einem einzigen hastend schnell gesprochenen Satz. „Was sich momentan tut, was sich für Möglichkeiten bieten, du müßtest bloß sehen, was die für Häuser bauen, da draußen in Schöneberg, die Kuhbauern auf ihrem dreckigen Dorfboden, was die für Mieten kriegen, die können sich Automobile leisten, gestern hab ich einen gesehen, so 'nen Grundstückschieber mit Staubmantel und Autobrille und in einem Tempo ..."

„Und mit was für einem Lärm! Und einem Gestank! Haben denn die Pferdedroschken wirklich nicht genügt?"

Monsieur Lafontaine pustete durch die edle Nase in den weißen Bart. Er haßte die Gerüche des Fahrradladens, kam aber doch fast jeden Vormittag, um nach den Kindern zu sehen, während Gustav Schnedderich ebenso pünktlich erschien, weil er sich nach seiner Behauptung auf dem laufenden halten mußte. Er bejahte den Riesenschritt des Fortschritts, wie er sagte, und konnte es sich nicht verkneifen, gerade vor Monsieur Lafontaine seiner Begeisterung für eine Revolution Ausdruck zu geben, der sein Vater als alter Achtundvierziger mit seinem Blut – „na, na", machte Monsieur Lafontaine – den Weg geebnet habe. Wie er kurz und kernig erklärte, umfaßte ihm die neue Zeit alles: die Entscheidung der deutschen Sozialisten für den Marxismus im Jahre 1891 und die Gründung der Arbeiterpartei in England.

„Ich komm schließlich jetzt viel rum", sagte er mit rollendem Adamsapfel, die lange Nase dem Gegner entgegengereckt. „Und ick sage Ihnen, wir jehen herrlichen Zeiten entgegen, wenn ick's ooch nich so meine wie Ihr Kaiser Wilhelm. Aber die Technik, glooben Sie mir, die macht das Rennen, bloß man muß mitmachen."

„Das dürfte mir schwerfallen. Ich wäre lieber bei meinem Coupé geblieben."

„Und Mama hat den schönsten Schmuck von Berlin gehabt", ergänzte Käthe Schnedderich. „Wir kennen das alles, das von dem Coupé und dem blauen Frack und dem Schmuck, entschuldige, aber wenn wir uns mit der Vergangenheit aufgehalten hätten, dann schliefen wir heute noch in buntkarierten Betten."

„Käthe!" Eberhard hob das Gesicht von dem Rad, dem er neue Reifen aufzog; er war in Hemdsärmeln und litt still vor sich hin, während sein Vater abwinkte.

„Laß man, Eberhard, Mutter is ja schon nich mitgekommen wegen dem ewigen Sticheln mit den Buntkarierten und dem Nachttopf. Dabei, wie ick Käthen kenne, hat sie ihn schon lange umgetauscht. Gegen 'n Meißner Porzellanservice. Aber, um wat Vernünftiges zu reden und warum ick eigentlich hergekommen bin: Da is ein gewisser Gruner, der hat so 'ne Licht-Ton-Aufzeichnung erfunden, janz wat Ähnliches wie mein Patent, und da wollt ick eigentlich fragen, ob wir da nich mal zum Rechtsanwalt jehn wollen, natürlich Käthe mit, Käthe is tüchtig. Und, Menschenskinder" – er beugte den langen Oberkörper über den Ladentisch, hinter dem Käthe Schnedderich an der Kasse stand –, „wir sind doch alle keene Dösköppe, warum solln wir denn den Kapitalisten, 'tschuldigung, Misjöh Lafontaine, meinen sauren Schweiß in den Rachen gießen! Wat mit meine Emaillebilder passiert is, wißt ihr ja. Ick hab sie nich nach Paris bringen können, und denn hat sie irgend so 'n Schlauer uff 'n Markt jeschmissen, solche kleenen Broschen mit den Seligen unter Emaille, und ich sitze da und bin Neese. Aber wenn wir jetzt 'nen Verein gründen, ick denke an so 'nen schönen Namen wie Fortschritt oder Neues Jahrhundert, und wir würden det Patent bezahlen, jeder gibt 'n paar Mark, und denn jehn wir los und verscherbeln die Lizenzen und verdienen Millionen, mit meine erste muß ick ja endlich mal anfangen. Und wenn die Lizenz keener will, dann steigen wir selber ein in die Kinematographiebranche und machen selber 'nen Film, warum denn nicht? 'ne künstlerische Ader hat jeder, ick bestimmt, det Fotoatelier hab ick ooch und nich bloß so 'ne Bretterbude mit ausklappbare Wände wie bei Meßter; der sagt ja, er hat es erfunden, det Filmen, aber darum trägt ihm doch der Wind die Dekorationen weg. Nee, ick habe meine selbstgemalenen Leinwände, 'nen Salon für die Damen und 'nen immergrünen Wald, wenn's draußen regnet. Det Drama hab ick ooch schon: Der Bettler und sein Hund – Originalfilm nach dem gleichnamigen Originalgedicht. Wozu ick nich mehr brauche wie meinen Nachbarn, den Apotheker Brieselang, seinen dressierten Schnauzer, eenen Bettler finde ick alle Tage uff die Straße und det Grab, wo der Hund aus Kummer langsam vor sich hin siecht. Und wenn det einschlägt, dann nehm ick Fleurchen und Poldi und mach 'ne Schmetterlingsjagd, nischt wie die beeden in ihre Tiroler Kostüme, 'nen Schmetterlingsköcher, eenen

Schmetterling an 'ne Strippe, und det alles mit 'nem bißchen Schick und Pli."

Ob nun Gustav Schnedderichs Überredungskunst das Wirtschaftswunder bewirkte oder ob es die drei Flaschen Rotspon schafften, die Catherine Lafontaine bei der Gründungssitzung spendierte – wobei sie sich wieder einmal und nicht ganz zu Unrecht als melkende Kuh empfand –, die Mitglieder des Stammtisches bei Morgenthau: Großbauer Schmolke, Apotheker Brieselang und drei reich gewordene Lichterfelder Haus- und Grundbesitzer gründeten Gustav Schnedderichs Bioskop-Gesellschaft Fortschritt, wie in diesen Jahren so vieles gegründet wurde an schnell aufblühenden und wieder verblühenden Unternehmen, Baufinanzierungs- und Filmgesellschaften. Diese sogenannten Einstubenproduktionen drehten im Freien, in Fotoateliers, in Baracken, auf Dächern, in vom Winde verwehten Dekorationen oder in den vier Ecken eines Zimmers, also mit reichem Szenenwechsel, Filme von fünfzehn Minuten Spieldauer nach einer ungefähren Geschichte, der sie vorsichtshalber noch einige Larifari- oder Mir-nichts-dir-nichts-Einstellungen zum Auswechseln beigaben, was übrigens Gustav Schnedderich überflüssig fand.

„Mein Film jeht, wie er ist, oder er jeht überhaupt nich. In der Kunst mach ick keene Konzessionen." Er sagte es, gab dann dem Bettler eine tieftrauernde Tochter bei – „det weibliche Aliment zieht immer" – und tröstete sich nach dem lautlosen Hingang der Gesellschaft Fortschritt mit seiner üblichen Feststellung: „Meine Filme waren jut, bloß die Technik hat nich gereicht. Det liegt an der Zeit, es ist immer detselbichte: Entweder loof ick der Zeit vorneweg, oder sie looft mir vorneweg. Und denn – mit 'nem räudigen Hund und zwee kleene Kinder kann man eben keene Bilder rausstecken."

Zur gleichen Zeit, da sich Gustav Schnedderich grollend in sein Lichterfelder Fotoatelier zurückzog, wurde seine Gestalt – Kalabreser, Riesennase, Flatterschlips vor dem hüpfenden Adamsapfel – auf eindrucksvolle Art lebendig: Jean-Louis Lafontaine ließ ihn als Schuster Kulicke an jedem Sonntagvormittag in der Morgenpost zur Zeitgeschichte plaudern, was den Alten zugleich beglückte und empörte.

„Ick als Schuster!" Er knallte die Zeitung auf den Abendbrottisch im Eßzimmer, unter den ich mich vor seinem Zorn verkrochen hatte, indes Poldi unbedenklich an des Großvaters langen Beinen hochzukrabbeln versuchte. „Ick bin keen Schuster, so nich und so nich. Ick bin Erfinder, und wenn es diesmal noch nicht geklappt hat, wofür ick nischt kann bei der ollen Mühle von Apparat, denn mach ick eben 'n neues Projekt, und denn, Käthchen, du hast ja 'ne Neese für das, was kommt..."

„Du willst wohl sagen, ich habe die Nase voll. Stimmt, Papa, stimmt! Ich glaube an gar nichts mehr, außer an meine Hände und an meinen Kopf und auch noch an ein bißchen was anderes, nämlich an Eberhards Gesicht, damit müßte man was anfangen, damit könnte man Geld verdienen." Käthe Schnedderichs steingraue Augen bekamen den visionären Blick, mit dem sie den Horizont nach dem immer hinter den Wolken wartenden Silberstreifen abzusuchen schien.

„Um Jottes willen, ick sehe schon Eberhardens Visage als Seifenreklame auf 'nem Pappkarton."

„Nein, nicht Reklame oder Potsdamer Stadttheater mit achtzig Mark Gage, nein, heute gibt's ja soviel Neues, Kabarett und... ja, richtiges Kabarett, nicht so was wie die Punschterrine."

„Aber, Käthchen, ich kann doch nicht... ich kann doch nicht singen." Eberhard Schnedderich stotterte wie sein Vater, wenn er erregt war: Seine Schüchternheit ließ ihn vor jedem Blick, der seine Schönheit traf – und ihn trafen viele! –, mädchenhaft erröten.

Doch Käthe Schnedderich sagte nur freundlich: „Dann wirst du es eben lernen. Man kann alles, was man will."

„Und nu muß Eberhard können, wat du willst! Adjöh, Kinder, ick jehe, mir langt's."

„Bleib doch, Vater, wir haben noch was zu bereden, denn einer muß sich um den Laden kümmern, bloß so, daß einer darüber schwebt, wenn Eberhard weg ist.''

,,Da dachtest du also, det ick so schwebe, wat, Käthchen? Denn Misjöh Lafontaine, der kann ja gar nicht schweben, und ick – nee, ick schwebe ooch nich. Ick bin keen Engel, ick bin 'n Erfinder. Und ick werde unter die ersten sein in Hollywood, denn Hollywood wird, sage ick euch, det wird 'ne Märchenstadt, und da komm ick hin auf irgendeinen Weg. Im Erfinderleben gibt es Wunder, und ick habe Pioniergeist, und wenn ick mir die Kinder so ansehe ... Poldichen ist ja 'ne Nulpe mit seine Vivatneese, aber Fleur hat wat von dem alten Schnedderichschen Familienpioniergeist.''

,,Gustav, verdirb das Kind nicht!'' sagte Amalie Schnedderich, eine jetzt aus schwarzen Feueraugen zornsprühende, Pellkartoffeln schälende Göttin. ,,Es ist wohl nicht genug, daß unser Eberhard sich prostätuwieren muß!''

,,Prostituieren!'' Käthe Schnedderich warf den Kopf zurück, daß ihr die aschblonde Tolle über die Stirn fiel. ,,Ich höre immer: prostituieren! Weißt du, daß es Kabarettisten gibt, die zwanzig Mark pro Abend verdienen? Ich weiß es, und Mariechen weiß es und ...''

,,Ach, Mariechen! Das ist doch auch so 'ne Kateridee mit den Liedern zur Laute.'' Onkel Jean-Louis nahm sich vorsichtig den dritten eingelegten Hering, obwohl er sich Heringe eigentlich übergegessen hatte – damals. ,,Aber das Ding, die Krinoline, hat sie sich ja nun genäht, das ist was Neues, singen kann sie, Laute spielen kann sie, bloß – was kann Eberhard? Und dann – wenn einer Eberhard heißt! Und Schnedderich!''

,,Dann nennt er sich eben anders; Schnedderich habe ich ja sowieso immer gehaßt, alles, was Schnedderich ist, wozu bin ich denn eine Lafontaine? Lafontaine klingt vornehm, und wenn wir dann noch Poldi dazunehmen, dann wird's auch ein bißchen pikant, seriös muß man ja nicht sein beim Kabarett, und Eberhard wird Kabarettist!''

Käthe Schnedderich richtete sich auf und verschwendete eines ihrer selten gebrauchten, jedoch sehr reizvollen Lächeln, indem sie die starken Zähne entblößte wie in Spott oder Lust, ließ dann die Mundwinkel fallen – genug gescherzt – und strich weiter mit großen, die Butter sparsam, aber gerecht verteilenden Bewegungen die Schulstullen für mich.

Denn ich ging bereits zur Schule, untertan einer Schar älterer, unmütterlicher Weiber, die aus einem häßlichen, graugetünchten Raum mit verkratzten Pulten eine Kinderhölle gemacht hatten. Weinend ging ich jeden Morgen den Weg vom Stuttgarter Platz bis zur Bismarckstraße und weinte auch, wenn die Lehrerin mich aufrief, denn wie konnte ich vor aller Ohren gestehen, daß ich es nicht wußte, noch nicht wußte, wohl aber wissen würde, ließe man mir Zeit. Und was sollte ich antworten, als sie mich eines Tages mit erstaunt klingender Stimme fragte: „Wieso hat deine Mutter die Hausarbeit mit Frau Lafontaine unterschrieben? Du hast doch bis jetzt Schnederich geheißen?"

Ich stand stumm auf spillerigen, angstschlotternden Beinen vor dem spitznasigen, böse blickenden Wesen und stammelte hilflos: „Fräulein Schlotterhose" – denn so hieß sie, ich schwöre es! –, „entschuldigen Sie, aber jetzt ... jetzt heiße ich Lafontaine. Das ist ... mein Vater ist ... meine Mutter sagt ... ich soll sagen ... mein Vater ist ..." Dabei brach ich in Tränen aus, denn ich wußte nicht mehr, was mein Vater war. Ich wußte nichts mehr von der wortreichen Erklärung Mamas, ich wußte überhaupt nichts mehr als Scham und Verzweiflung über die bittere Schande, solcherart namenlos oder doppelt und dreifach benamst vor der Schlotterhose zu stehen, die wiederum mit schwarzäugig blitzender Rachgier anderer Leute Namensschande genoß. Und wenn ich noch heute bei behördlichen oder gar polizeilichen Fragen mich nur zögernd benenne, so liegt das nicht nur an der tausendjährig durchlebten Angst, sondern weil ich manchmal im ersten Augenblick nicht weiß, wie ich heiße, vor allem jedoch, ob es ratsam sei, so oder anders oder am besten gar nicht zu heißen.

Catherine Lafontaine jedoch taufte von einem auf den anderen Tag eine ganze Familie um, indem sie, heimkehrend in den väterlichen Namensglanz, eines Morgens ein neues Schild „P. Lafontaine" an der Wohnungstür anbrachte – ebenso unbedenklich, wie sie jahrelang während ihres erfolgreichen Wirkens Steuern hinterzog und Gesetze mißachtete oder durch eigene oder gar keine ersetzte, was sie übrigens keineswegs verschwieg.

Denn nach ihrer Ansicht herrschte Gott als eine Art unberechtigter Kirchensteuereinnehmer in einem erfreulicherweise recht abgelegenen Jenseits nach einer zweifelhaften Moral, wohingegen der Wissenschaft eine gewisse Daseinsberechtigung in dieser Welt nicht abgesprochen werden konnte: Ab vierzig Grad Fieber war man krank, holte den Arzt und kostete Geld. Die Kunst – sofern es nicht die Kunst war, gut und billig zu leben – schien Käthe Lafontaine schön, aber überflüssig und nur mit Freibilletts im Theater oder als Zimmerschmuck oben auf dem Paneelsofa genießbar. Dafür wäre ihr Verhältnis zum Geld beinahe zärtlich zu nennen gewesen, wenn es sich nicht nur auf das vorsichtig auszugebende Kleingeld beschränkt hätte: Große Summen nahm Käthe Lafontaine so wenig wahr wie den Sternenhimmel.

Mit welch spielerischer Leichtigkeit kaufte sie auf Auktionen ganze Wohnungseinrichtungen, ohne daß ihr schriller Zuruf auch nur gezögert hätte. Mit welch traumhafter Sicherheit bezog sie jedes Jahr eine größere, schönere, teurere Wohnung, genau wie die Fischersfrau des Märchens aus ihrem Pißpott zuerst in eine Villa, dann in ein Schloß emporzog: „Manntje, Manntje, Timpe Te, Buttje, Buttje in der See, mine Fru, de Ilsebill, will nich so, as ik wol will", bis sie dann wieder im Pißpott landeten. Mit welcher unterkühlten Ruhe vollbrachte sie diese Wunder eines furchtlosen Herzens, indem sie die Steuerbeamten und die Polizisten gute Männer sein ließ, was sie in ihrem Falle auch waren, wenngleich sie sicher in Käthe Lafontaines Unterbewußtsein mit fordernd ausgestreckten Händen am Rande ihrer steilen Straße nach oben standen. Doch an ihnen vorbei ritt sie munter über den Berliner Bodensee – wie übrigens später wir, Poldi, Philipp und ich, blinden Auges und tauben Ohres in einem hundertjährigen Ford über den Abgrund fuhren, obwohl wir doch wußten, wie dünn das Eis war. Und wie tief, wie schaurig tief die Hölle darunter ...

In jenen Tagen aber, die man gemeinhin als die glücklichen der Kindheit bezeichnet, war ich es, an der die Sünden der Mutter heimgesucht wurden. Ich fürchtete den Spott der Großen, die unbarmherzige Rachsucht der Kleinen ob meiner so jähen Erhöhung, und ich ward erst getröstet, als ich eines Tages den Fahrradhändler Eberhard Schnedderich als den Kabarettisten Poldi Lafontaine wiederfand. Und zwar auf einem Plakat im Eingang des Kabaretts Chat Noir in der Friedrichstraße, das meinen Vater in Hochglanz und Frack zeigte, eine Chrysantheme im Knopfloch, das blanke Auge sieghaft leuchtend im schön retuschierten Gesicht, und darunter groß und rot: „Poldi Lafontaine, der beliebte Conférencier und Humorist."

Dieses Wunder zeitgemäßer Wandlung war Weiberwerk und wohl im Sinne einer Entwicklung, die als neueste Errungenschaft das Frauenstudium zuließ – wenn auch nur in Baden-Württemberg –, das Fahrradfahren auch weiblichen Beinen in Pumphosen gestattete, eine weibliche Ballonfahrerin kannte, den Anteil Madame Curies an der Entdeckung des Radiums zugab und Marie Lafontaine erlaubte, auf einer Kabarettbühne anderes und Besseres zu zeigen als Beine und Busen. Nämlich eine rosenbekränzte Krinoline und einen Schimmer künstlerischer Hingabe, wenn sie mit ihrem zarten Stimmchen sang: „Ringelringel Rosenkranz, ich tanz mit meiner Frau" – wozu sie übrigens nicht tanzte, sondern die Laute schlug.

Diese Kunst und das geschickte Ausgleichen ihrer unerheblichen weiblichen Reize durch Rosen und Reifrock sowie die hübschen, nach Maß gearbeiteten Verse ihres sonst so gar nicht lyrischen Gatten entzückten das Publikum und brachten ihr allabendlich zwanzig Mark ein und die neidvolle Gefolgschaft ihrer Schwägerin Käthe, die kühl erklärte: „Was die geborene Buksch kann, kann Eberhard auch."

Und wirklich: Ob es nun im Nachtfalter in Düsseldorf, im Kölner Weinrestaurant Tivoli oder im Dresdner Kabarett Frou-Frou war – Eberhard konnte das Publikum begeistern, vor allem das weibliche und natürlich uns Kinder. Denn für Poldi waren Nachtfalter und Frou-Frou die irdischen Stätten himmlischer Freuden, während sie mir als sinnbetörende, vieler köstlicher Sünden trächtige und also auch ebenso vieler Strafen würdige Höllen erschienen, die wir an manchem Sonntag zur Nachmittagsvorstellung besuchen durften.

Da standen wir dann wie angewurzelt vorn an der Bühne, beide in rote Sweater gekleidet, beide mit langen Locken, im Prunk des in Gold, Silber, Lila gehaltenen Saales mit den kleinen Tischchen und lauschigen Nischen, verloren an das bunte Spiel aus Licht und Musik, geblendet vom Glanz der Spiegel und dem weißen Hell der Scheinwerfer auf Vaters Lackschuhen, wobei ich leider durch Gesang und Gelächter hörte, wie er abends in unserem Pensionszimmer bei der Witwe Eckelmann stöhnte: „Wenn ich mir doch nicht bloß immer diese verfluchten Lacktöppe an die Mauken würgen müßte! Und den Stehkragen! Und dann das Lampenfieber, das verflixte Lampenfieber!"

„Fluch nicht vor dem Kind! Und wieso Lampenfieber, wenn du auch mal 'n bißchen steckenbleibst, das Publikum merkt sowieso nichts, und die Kollegen, pah, Chansonetten!" sagte Mama mit hörbarer Verachtung für alles, was da oben im bunten Scheinwerferlicht kurzröckig umhersprang, den mit Chansonettenzwirn gehaltenen Träger über den nackten Arm rutschen ließ oder gar im kniekurzen Kinderkleidchen mit rosa Seidenschleife im hochgebrannten Haar einen Teddybären herumschwenkte. „Babysoubrette! Mit vierzig! Na ja, bei der Gage! Fünf Mark! Immer noch genug für 'ne Anfangsnutte und besser, als in 'ner Schneiderstube sitzen."

„Was ist 'ne Anfangsnutte, Mama?"

„Das ist die, die anfängt ... Aber das verstehst du noch nicht."

Sie wandte sich zu Eberhard, der jetzt, unzerstörbar schön, mit geöltem Haar und gefärbten Lippen, vor dem kleinen Spiegel in seiner Garderobe stand. „Weißt du, wie wir zu so einem Kind kommen? Alles will sie wissen, am liebsten drückt sie sich in der Herrengarderobe rum, beschmiert sich das Gesicht mit Lippenschminke oder sieht zu, wie sich Monsieur Lagrand den Schnurrbart klebt."

Ich ging natürlich zu Monsieur Lagrand mit dem angeklebten Schnurrbart über den makellos weißen, vermutlich auch angeklebten Zähnen, seine weiche schwule Stimme sang: „Ich liehiebe dich in Zei-heit und Ehe-wigkeit ...", denn ich liebte ihn, wenn auch nicht so wie meinen Vater, bei dessen Auftritten ich die Blicke zählte, die seinem schwarzlockigen Haupt folgten. Und ich wahrte meine, nein, unsere Rechte, wenn ich mich vor der Babynutte auf seine Knie zwängte; ja, ich versuchte sogar, ihn vor den Lackstiefeln auf seinen Mauken zu schützen und vor der fürchterlichen Qual des verfluchten Lampenfiebers. Aber Käthe Lafontaine lachte nur, als ich sie um Gnade bat für ihn, der so leicht den Faden verlor, der stotterte und rosig blank unter den Scheinwerfern schwitzte.

„Geld regiert die Welt, mein Schätzchen", sagte sie, wenn ich sie erwischte, bevor sie in der nach Leinöl stinkenden Küche der Witwe Eckelmann das Essen bereitete, eine Stunde vor Vater Eberhards Auftritt. Mama trug dann schon das rote Paillettenkleid, das unvergeßliche, das ihre Büste über der schmalen Taille mit Glanz panzerte; wir saßen nebeneinander auf dem Sofa, auf dem nachts Poldi und ich schliefen, vorsichtig, da die Sprungfedern geschont werden mußten. „Und Papa verdient hier so viel wie in keinem anderen Beruf, weil das eben modern ist, das Kabarett, und da gehen die feinen Leute hin, und der Papa muß Geld verdienen, damit du auch mal ein feines Mädchen werden kannst, ein Mädchen mit feinen Kleidern und schönen Schuhen und Brillantringen an den Fingern."

„Du hast auch keinen Brillantring und bist auch kein feines Mädchen", sagte ich, denn ich dachte an den Weihnachtsbaumverkauf. „Und ich will gar nicht fein werden, und Poldi will auch nicht fein werden, und ich will auch nicht mehr in die Schule gehen, jetzt wo ich doch soviel versäumt habe, und immer soll ich krank gewesen sein, und Poldi sagt, ihm fehlt der ganze Anfang . . .“

„Aber, Käthchen!“ stotterte Eberhard, denn ich hatte eine Ohrfeige bekommen, eine schnelle, da Mama selbst für solche Erziehungsmaßnahmen wenig Zeit hatte. „Das . . . das Kind hat doch recht. Du machst es dir leicht, aber sie ha . . . haben's schwer, immer boß . . . immer boß mal alle acht Wochen für ein paar Tage in die Schule und immer boß das Einmaleins, das kleine . . .“

„Es heißt bloß, Eberhard“, sagte Mama, die sich ärgerte, daß Papa boß sagte, wenn er aufgeregt war. Sie selbst sprach so schnell, wie sie arbeitete, und wenn sie sich einmal Zeit ließ für ein zärtliches Wort, genoß ich es als die seltenste und süßeste Speise meiner Seele. Jetzt sagte sie: „Aber ich, ich hab nicht nur das kleine gelernt, sondern auch das große, ich kann nämlich rechnen, du nicht, und wenn ich zu dir ins Engagement fahre und die Kinder mitnehme, auch wenn sie da mal ein paar Wochen Schule verlieren, wem schadet das, Mädchen brauchen sowieso nicht soviel zu lernen, und ich vermiete die Wohnung derweile, fünfundvierzig Mark kostet sie, und ich kriege möbliert hundert, dann ist das ein Geschäft, ein gutes Geschäft, ja das könnte sogar ein großes, ein ganz großes Geschäft werden . . .“ In Mamas Auge trat wieder jener harte Glanz, als fiele Licht auf grauen Stein; sie wurde schön in diesen Sekunden ihrer Hellsichtigkeit für alle nutzbaren Möglichkeiten des Daseins: eine große Frau. „Und ich sage dir etwas, Eberhard: Wenn ich zurückkomme, diesmal, dann sollen sie drinbleiben in der Wohnung, die Martensschen, die wollen sowieso nicht raus, bei mir will überhaupt keiner wieder raus, und dann gehe ich zu Levi in den Altwarenladen in der Krummen Straße, du ahnst gar nicht, was man da findet, ja, gebraucht, aber wie neu, und da richte ich uns 'ne neue Wohnung ein, die Vorhänge nähe ich selber, und die vermiete ich, und wenn du dann nach Königsberg gehst in die Blaue Maus ...''

,,Dann richtest du wieder 'ne Wohnung ein und wieder eine, du hörst ja nicht auf, wenn du mal was anfängst, und es bringt ein paar Groschen, boß ...''

,,Groschen? Hunderte!''

,,... boß, daß wir nun überhaupt kein Zuhause mehr haben.''

,,Zuhause ist hier.'' Mama legte die Hand auf die Brust; denn auch das konnte sie, das Herz zeigen unter ihrer fest geschnürten Taille und mit ihrem seltenen Lächeln die Liebe für all ihren Besitz an Leib und Leben. ,,Ich will doch nicht immer ohne dich sein, Eberhard.''

,,Bist du ja nicht, bist du ja nie, Käthchen.'' Er umarmte sie ungeschickt, wie er eigentlich alles tat, und ich entsinne mich – nach so vielen Jahren –, daß sie sich verwandelte, entspannte, heiter wurde, zärtlich, die Gespielin nächtlicher Geschehen unter dem Heiligenbild.

Und da lief ich fort, Poldi hinter mir her, er lief immer hinter mir her, ein Leben lang.

Am nächsten Tage schleppte ich ihn durch den Zwingergarten, ein grüngoldenes Märchenland, von dem ich bis heute nicht weiß, ob ich es träumte oder erlebte, und nachmittags in das Sechserkino, die Zuflucht heimatloser Kinder im Dunkeln vor einem Zaubertanz zuckender, zappelnder Gestalten. Da tänzelte Max Linder, und ich lachte, gekitzelt von seinem Schnurrbart im weißgeschminkten Gesicht; da lag das Engelein Asta Nielsen händeringend auf den Knien, und ich fühlte ihren Jammer und meine Knie; ein Kind wurde gefoltert, ein Hugenottenkind, und ich, voll des ewig schlechten Gewissens – man denke nur an Rudo Rubikow! –, kroch vor Angst und Entsetzen unter die Bank, wo schon Poldi hockte. Denn oben zwängte sich der Mann mit der Taschenlampe in die geballte Masse auf den Holzbänken: ,,Nummer achtunddreißig ist abgelaufen. Alle bis achtunddreißig raus, ihr Lausejungs!''

Als wir dann wirklich rausgingen – nach zweimal Linder,

Nielsen, Folter, Grauen und Lust, nun bis achtundsechzig – und zur Witwe Eckelmann in den Leinölgestank zurückkehrten, fanden wir die Eltern in Aufregung, Mama in Tränen: Großvater Maurice Lafontaine war gestorben.

Ich weinte mit ihr, obwohl ich dem Täubchen-flieg-hoch-Spiel entwachsen und jetzt lieber so gut sein und den schwulen Monsieur Lagrand heiraten wollte. Nein, Kinder sind nicht unschuldig: Ich war mit neun Jahren bereits mitschuldig vieler Vergehen gegen die Treue und die Liebe.

Noch in der gleichen Nacht fuhren wir heim – vierter Klasse auf dem großen Koffer, wenn auch nicht auf Pufferbilletts, wie Onkel Jean-Louis behauptete – in ein Trauerhaus. Oma Lafontaine flatterte noch unruhiger als sonst umher, den falschen Scheitel verrückt, die Entenschnabelnase vom Weinen gerötet, kaum noch der Dame ähnlich, die auf den Familienbildern in schillerndem Taft honettes Familienleben darstellte.

Gab es denn damals noch die Familie? War nicht auch bereits die Sippe auseinandergefallen in Einzelwesen, die jedes für sich in ameisengleicher Hast die freie Bahn der Tüchtigen erklommen? Waren sie nicht schon alle Einzelunternehmer wie Opa Schnedderich, der sich, noch immer jugendfrisch, aus der Enge seines Lichterfelder Häuschens nach Hollywood hinausträumte?

Auch Catherine Lafontaine träumte den Traum ihrer Zeit, der sie von einem Geschäft zum nächsten, von der fünften ihrer möblierten Wohnungen zur sechsten, siebenten, achten jagte, indes der Kabarettist Poldi Lafontaine auf einer Kabarettbühne dumme Späße hervorstotterte für seinen Traum von einem späteren Leben in einem hübschen Häuschen vor dem ewig blauen Horizont unermeßlichen Friedens.

Sie träumten, sie träumten alle. Sie träumten vorwärts, wenn auch in die falsche Richtung. Hinter ihren Träumen blieb, ein armes, verlassenes Waisenkind, die Wirklichkeit zurück, die Wirklichkeit an Glück, an Liebe, an Freude, an Dasein, das Leben selbst.

Aber in welchen Höhlen säßen wir noch heute, wenn wir nicht von jeher vorauszuträumen gewußt hätten? Voraus in eine bessere Zukunft, in ein schöneres Leben, aus dem Licht des Kienspans in das der Osram-Birne, aus der Kälte der Eiszeit in die Wärme einer wohlbeheizten Wohnung mit allem Komfort, wie sie Käthe Lafontaine vermietete.

Ich überlege es, während ich mich erinnere, nicht nur an die Zeit meiner Kindheit, auch an die meines bewußten Daseins, meiner Fluchten und meiner, nein, unserer Kämpfe. Und wenn ich dem Professor von diesen Jahren in Wien, auf der Insel Korčula, in Rom nichts mitteile – ich will es nicht, es ist mein eigenster Besitz! –, so finde ich doch seine Zustimmung, da ich der Fortschritts- und Zukunftsgläubigen gedenke.

Sie, die kleinen Helden, waren die Brüder derer, die ohne die schützende Hülle des Traumes der Gefahr entgegengingen, die in einer Zelle standen, an der Wand, die vor den Stahlruten sagten: „Nun fangt schon an, Jungs!" und mit zerbissenen Zungen starben, stumm. Groß waren sie, aber dennoch verwandt den kleinen Helden, die Angst hatten und doch nicht fortliefen, weil sie gar nicht wahrnahmen, wie nah der große braune Bär ihnen war.

Ich für mein Teil hatte schon in meiner Kindheit das Geheimnis der erfolgreichen Flucht vor Sorgen und schlaflosen Nächten entdeckt: das Land der Träume. Hier bewohnte ich ein Schloß und nahm in einer Droschke die Huldigungen der entzückten Menge entgegen – ich, Fleur Lafontaine, eine Künstlerin, größer, schöner, erfolgreicher als alle, die ich kannte. Denn ob es nun an Catherine Lafontaines klirrender Lebhaftigkeit lag, ob Eberhards sanfte Schönheit die Frauen anlockte oder ein neuer Sport, das Fahrradfahren, neue Bekanntschaften schuf – im Hause Schnedderich gab es auf der Grundlage von Schmalzstullen und Obstwein eine Art von Geselligkeit und an den Sonntagen Gäste: junge Künstler, junge unbedarfte Schauspielerinnen, die meinen Vater anbeteten, gleich meiner Mutter in Pumphosen radfuhren und des Abends dem Spiel unseres möblierten Herrn Paddenberg mit den aufwärts gebogenen Klavierfingern lauschten. Während ich vom Katzentisch aus meine Blicke zwischen ihnen und meinen würdigeren Vorbildern hin- und herwandern ließ, als mäße ich den Weg von ihrer greifbaren Lebendigkeit zu den großen Toten auf dem Paneel über dem Plüschsofa, Goethe, Schiller und Heine.

„Es wird wohl bei Heine bleiben", sagte ich sinnend zu Poldi, mit dem ich meine Nöte des öfteren und natürlich immer in der von Kindern bevorzugten Heimlichkeit besprach. „Eigentlich wollte ich ja Goethe werden, das ist doch wohl der Größte, bloß da reimt's sich meistens nicht. Aber Heine, der dichtet, und dichten kann ich auch."

Ich dichtete also ein „Seemannsgrab" und eine „Heideeinsamkeit" – ich, die ich von Wald und Meer nichts kannte als die Seebrücke in Heringsdorf während der Sommerengagements meines Vaters, von Einsamkeit nichts als die inmitten der „Kackstühlchen" spielenden Kinder im Bahnhofsgarten und der Heide lila Erika nur aus den Gedichten des Poesiealbums: „Die Heide blüht an Baum und Strauch, so blüh du auch!" Meinen sonstigen Bedarf an Poesie deckten meine Heldensagen frei nach Rudo Rubikow, das Märchen vom Fischer un sin Fru und die Stettiner Sänger am Dönhoffplatz, die wir an manchen Sonntagen mit dem Dienstmädchen Emma und ihrem Soldaten besuchen durften. In dem riesigen Biergarten saßen wir dann fein gekleidet, blondgelockt und frisch gewaschen vor dem bunt mit Musen und posauneblasenden Engeln bemalten Vorhang und erlebten in heiligem Schauer, wie er sich öffnete und fünf schnurrbärtige schwarzbefrackte Männer auf die Bühne entließ. Da standen sie in Reih und Glied, das Notenblatt vor dem Bauch, und sangen: „Wir lehm und sterherben für den Gesang!"

Und ich war kaum zehn Jahre alt, als ich, stolz meiner einsamen Kunstbegeisterung bewußt, im Bioskop in der Friedrichstraße durch den Kopfhörer Caruso hörte, während Poldi sich nebenan im Panoptikum an naturgetreuen chinesischen Folterszenen in Wachs ergötzte, bis wir beide dann mit Mama und der dicken Dora das Größte erlebten, nämlich: einen Besuch im Wintergarten mit der Saharet und Otto Reutter. Ach, der flammende Sternenhimmel über den Sektlogen auf der Empore, des Kapellmeisters schmaler, sich wiegender Rücken im Frack! Und als er sich dann umwandte, schön, schwarz und schlank, um *mich* anzusehen, mich, die ich versank in Schreck und Seligkeit...

Womit wir uns solche Genüsse verdienten, weiß ich nicht mehr, glaube jedoch, daß wir so artig waren wie alle Kinder, die Gelegenheit hatten, Anstand nicht als tugendhaft, sondern als zweckmäßig zu begreifen. Wir logen nicht mehr, als sich mit unserer Ehre vertrug, gefährdeten unsere Freiheit nicht durch unüberlegte Handlungen, wie Mostrich an Türklinken schmieren, und vermieden es – genau wie viele Jahre später während unserer gefahrvollen Reisen –, unnötig aufzufallen. Wenn wir uns die Knie aufstießen und heulend nach Hause humpelten, sagte Mama höchstens: „Heul nicht, sonst kriegst du noch Haue dazu, damit du weißt, warum du heulst", schlug aber nie – bis auf das eine Mal bei der Sache mit dem kleinen Portiermädchen – und war meist so schnell verschwunden, wie auch wir uns aus ihrer Nähe verdrückten, früh geübt in der Kunst, da und doch so gut wie nicht dazusein. Dieses uns aus unserer Mutter Beziehungen zu den Behörden bekannte Verfahren bewährte sich auch in der Schule, so daß unser Fehlen während der eigenmächtig genommenen Ferien wenig bemerkt wurde und ich, schnell, leicht, mühelos aufnehmend, was ich fassen, wenn auch nicht behalten konnte, vorwiegend morgens in der Straßenbahn lernte – ein Sieg über den täglichen Trott, den ich mit Stolz und Prahlerei genoß.

„Schule ist doof, und die Pauker wollen uns bloß einreden, daß wir den Quatsch jemals brauchen. Aber nicht mit mir, Petronius!" sagte ich zu der, die schon Busen hatte und dennoch in dem von mir gegründeten Triumvirat Petronius darstellte, indes ich als Cäsar aufrührerische Reden hielt. „Mit dir können sie's ja machen, weil dein Vater zu Hause mit dem Rohrstock steht, aber ich sehe es nicht ein. Mathematik zum Beispiel, wer braucht so was, das ist Schikane, reine Schikane, und ich lass' mich nicht unterdrücken!"

Ich hatte es auch nicht nötig, mich unterdrücken zu lassen. Unser Mathematiklehrer und Direktor, ein dicker, kleiner Mann in zerknüllten Hosen, Ärmelschützern und fleckigem Gehrock, eine blaue Brille unter struppigem grauem Haar, war je nach Betrachtungsweise ein Kinderschänder oder ein Kinderfreund. Zu mir, die ich doch eigentlich ein recht hübsches kleines Mädchen war, vielleicht nur zu klug für seine Begierden, benahm er sich maßvoll, wenn ich unter dem Tisch Bücher las – „Zwei Menschen" von Voß oder „Die Villa Falconieri", welch atemraubendes Entzücken! – und ihm, aufschreckend, die leeren Heftseiten zeigte. „Na, laß man", sagte er dann, „du lernst es doch nicht", worauf ich es ließ.

Draußen aber, in dem noch ganz ländlichen Lichterfelde bei den alten Schnedderichs, wohin wir Kinder manchmal für Tage abgestellt wurden, rannte ich nach jeder Mahlzeit mit fliegenden Zöpfen zur Gartenlaube an der Tropfsteingrotte. Und was ich dort tat, fiebernd, mit gekrümmtem Rücken und flatternden Blicken – ach, es war nicht einmal dem Melker im nachbarlichen Kuhstall harmlos erschienen.

„Nu seh man tau", sagte der bloß, während er mir in seiner Kabuse die Kolportagehefte gab, „det dir dein Großvadder nich den Mars verhaut, wenn er dich trifft damit."

Aber wie selig, wie friedlich verborgen hinter den bunten Schleiern aus Worten hatte ich durch Wochen Grauen und Entzücken in mich hineingefressen: „Vom Findelhaus ins Grafenschloß und zurück", „Entehrt, verloren, durch Liebe gerettet", „Unehelich geboren – ein Mädchenschicksal", wenn ich auch nicht genau wußte, was es bedeutete, entehrt oder, unehelich geboren, auf den kalten Steinen vor einem Findelhaus verlassen zu werden.

Aber daß ich mich mittels Wort und Bild davonstehlen konnte

in eine wildbewegte Welt der herzbewegenden Erlebnisse in Schlössern und Hütten, das ließ mich den Genuß finden, wo ich ihn immer finden wollte: im Lesen und Träumen. Bis sie mich eines Nachmittags entdeckten und verschleppten, hinaus aus der aufregenden Beschäftigung mit einem untergeschobenen Findelkind, durch Garten, Haus und Stall zum Verhör.

„Wenn dat Meechen sich bülden will, lassen Sie ihr doch", sagte der Melker, genau wie weiland die Portiermädchen-Mutter den Kindern das Vergnügen lassen wollte. Aber Amalie Schnedderich rang die Hände über dem mittlerweile schlohweiß gewordenen Madonnenscheitel, und Großvater Schnedderich lachte sich eins in den Bart.

„Vererbung! Ick hab den Darwin janz jenau studiert. Bloß, von wem hat sie's? Eberhard? Nee, der hat ja keene Traute. Vielleicht Käthchen, det is in Wirklichkeit 'ne janz dolle Person, bloß sie weeß es nich. Aber ick weeß es. Det is der olle Hugenotte aus 'm sechzehnten Jahrhundert, der, von dem et der Jean-Louis hat, det Saufen und det..."

„Gustav!" machte Amalie Schnedderich.

Und Gustav grinste, ein langnasiger Teufel. „Woher weeßt du denn, wat ick sagen wollte? Du kennst doch so 'ne Wörter gar nich!"

Ich aber, die wieder einmal mit Furcht und Lust Leidtragende, bat weinend – ich hatte frühzeitig die Wirksamkeit reuiger Tränen erkannt – um Gnade und Schweigen. Hätte meine Mutter überhaupt Zeit für das Anhören meiner Geschichte gehabt? Hätte sie Muße gefunden, mich anders zu strafen als durch noch mehr Nichtachtung, was mir das gleiche an Leiden bedeutete? Ich wußte, sie hatte zuviel zu tun. Sie mußte arbeiten, sie mußte aufsteigen mit allen zusammen, die damals aufstiegen, den herrlichen, bereits herrlich angebrochenen Zeiten entgegen.

Daß ich, ein kleines Mädchen, den Bettler bemerkte und den Mann, der meinen Großvater im Lampenladen gebeten hatte: „Jeben Sie mir doch wat zu tun, irgendwat, und wenn's for

Pfennje is, ick hab doch Kinder!" – ach, es war der Doppelblick, von der Natur mir mitgegeben als eine böse Gabe, mit dem ich Emmas Kürassier ohne Hosen in der Mädchenkammer entdeckte und die Frau im Hinterhaus, die acht Kinder hatte – „jedes Jahr bringt sie sich eins vom Witwenball mit und keinen Mann, aber dafür die Schwindsucht". Sie taten mir leid; nein, es tat mir leid, daß die Welt so eingeteilt war in gut und böse, arm und reich, wobei erfreulicherweise gut und reich meist zusammenfielen. Denn war Mama nicht gut und reich, da wir doch jedes Jahr in immer bessere, immer schönere Wohnungen umzogen? Während die alten hinter uns zurückblieben und wie kleine, im Gras der Vergangenheit versteckte Dukatenscheißerchen an jedem Ersten Geld schissen. Zum mindesten behauptete Onkel Jean-Louis, daß sie das täten, die Wohnungen der Frau Catherine Lafontaine.

„Wie Pilze, genau wie Pilze. Sie schießen aus der Erde, besonders wenn's regnet und die kleinen Mädchen ein Dach über dem Kopf haben müssen. Und du verdienst dich krumm, worauf ich nicht etwa neidisch bin", sagte er, war es wohl auch nicht, denn er verkaufte seine einstmals in einer Zelle auf ein Stück Klosettpapier geschriebenen Geschichten gut, wenngleich vorsichtshalber nicht an den Vorwärts. Auch der Simplizissimus, ein Blatt mit kaum verborgenen aufrührerischen Neigungen zu Majestäts- und Gotteslästerung, verbot sich von selbst für einen Mann seiner Vergangenheit, der sich ein Leben lang bemühte, den Schein bürgerlichen Anstands zu wahren und nur heimlich mit Pinselheinrich, einem Lithographen namens Zille, im Nußbaum an der Friedrichsgracht sein Bier trank – studienhalber, wie er zu Mariechen sagte.

Die saß schmollend und Laute schlagend zu Hause, während Jean-Louis Lafontaine immer häufiger und heimlicher Gesellschaft suchte: die vieler Emmis und Klärchens und Lottekens, wenn sie abends um acht aus dem Betrieb kamen, aus einer Papierfabrik, einer Blumenbinderei, einem Handschuhgeschäft, vor dem er schon eine Stunde gewartet hatte. Oder die einfach so in den bunten Abend bummelten, untergehakt zu zweit oder dritt, wogende Straußenfederboas um den Hals und wippende Röcke über den schwarzen Knopfstiefelchen, einfach so rüber über den Alexanderplatz, zwischen den Pferdebahnen hindurch, und mitten auf dem Damm, an der Berolina, den Kopf nach ihm drehten, vorsichtig, daß nicht die Haarnadeln aus den dicken Zöpfen fielen. Nach seinen freigebigen Mitteilungen liebte er sie alle, wenn auch natürlich nicht so wie das Fräulein Schnauz, das er abends manchmal zu uns mitbringen durfte, nachdem die Legitime sich geweigert hatte, ein Haus zu betreten, in dem der Anstand so gröblich verletzt wurde – was Onkel Jean-Louis jedoch ausschließlich auf seiner Schwester Gelderwerb bezog.

„Wir sind eben fleißig." Käthe blickte nicht einmal von der Nähmaschine auf, es war ihre neueste Errungenschaft, eine Singer. „Ich nähe jetzt alles selbst für die Wohnungen, Bettdecken, Vorhänge, und Eberhard dichtet sich seine Conférencen alleine, auch die gereimten, das kann er mindestens so gut wie die Herren Schriftsteller, und außerdem hilft ihm Fleur, die dichtet schon ganz schön, na ja, Geld liegt eben nicht auf der Straße."

„Und wenn es daläge, würdest du es auch aufheben aus dem dicksten Dreck. War ja 'ne gute Idee mit den möblierten Wohnungen, solange du zwei oder drei hattest und anständige Mieter. Aber jetzt, die Häuser am Bayerischen Platz, die neuen mit allem Komfort, und du nimmst da in der Prinzregentenstraße gleich sechse auf einmal, wer soll denn darin wohnen?"

„Du hast es ja gesagt, anständige Mieter, natürlich keine Kommerzienräte, die brauchen keine möblierten Wohnungen, aber selbst wenn es Damen sind – es sind hochanständige Frauen, glaub mir, natürlich haben manche 'nen Freund, wie die Winter, die schöne Blonde, die hat jetzt einen Prinzen."

„Ach, Käthchen, mein Mädchen, du hast immer recht, aber irgendwie habe ich das Gefühl, du dürftest das nicht machen. Mir tun die Kinder leid, vor allem Fleur."

„Und ich? Ich tu dir nicht leid, wo ich mich doch totarbeite Tag und Nacht und alles für die Kinder, Fleur hat von der Winter ein Taftkleid geschenkt gekriegt, glaubst du, sie zieht's an, sie sagt, es riecht so nach Parfüm, als wenn das ein Schaden wäre bei französischem, aber nehmen tut sie's doch, die ist so intelligent, die macht Unterschiede, die weiß, was 'ne Dame ist und was 'ne Frau ist, und übrigens weiß sie gar nicht, was die Frauen wirklich sind, und der Kleine, dem hat vor kurzem die Uschi fünf Mark geschenkt, und er hat sich gleich einen Merkurbaukasten gekauft, von mir hätt' er ihn nicht gekriegt."

„Nee, von dir hat er bloß gekriegt, daß er morgens auf der Treppe eine von deinen Damen liegen gesehen hat, splitternackt und sternhagelvoll. Hat er mir erzählt."

„Hat er nicht." Ich schrie aus meiner Ecke, denn ich war auch noch da und bereit, des kleinen Bruders oder auch meiner Mutter Ehre zu verteidigen. „Es war keine Dame, nur Fräulein Müller, und war nicht nackt, sie hatte ein Hemd an und war bloß betrunken."

„Halt den Schnabel, Fleurchen", sagte Onkel Jean-Louis. Und zu seinem Schwager: „Daß du das alles mitmachst, Eberhard!" Ob Onkel Jean-Louis' Empörung, die ich wie ein Schauspiel genoß, echt war? Ob er sie nicht nur benutzte als Alibi für all die Nächte, die er in fremden Betten verbracht oder sich nach fremden Betten gesehnt hatte? „Schließlich verdienst du doch ganz schön mit der Tingelei, aber daß meine holde Schwester nun ausgerechnet so 'ne Art von größerem Puff aufmachen muß, so 'ne Absteige für Kokotten und Kokottchen ..."

„Wieso Kokotten?" fragte mein Vater, und ich merkte mir sowohl das Wort als auch den Ausdruck verdutzter Blödheit, der seine apollohafte Schönheit zuzeiten verdunkelte. „Wieso Ko... Ko... Kokotten?"

„Na, was glaubst du denn, wer solche Mieten da am Bayerischen Platz bezahlen kann? Vollständig eingerichtete Wohnungen mit allem Komfort, Silber für sechs Personen, Teppiche, Vorhänge, Gardinen, so eine Dreizimmerwohnung kostet mindestens hundertdreißig Mark im Monat, nicht wahr, Käthchen? Und wer das bezahlen kann, sind ausgehaltene Damen, eben Palaisdamen, so ein Haus ist ein besseres Bordell."

„Käthchen!" schrie Eberhard. Er schrie aus Herzensnot.

Und Käthe Lafontaine sagte, ohne den Blick von der Nähmaschine zu heben: „So ein Haus ist kein Bordell, sondern ein modernes Haus mit allem Komfort, was ja heute noch nicht überall ist, oder bloß eben gerade am Bayerischen Platz, und darum habe ich die Wohnungen genommen, und die Vermittler sind mir nachgelaufen und haben mir die Mieter gebracht, die so was suchen und bezahlen können, und vielleicht auch solche Damen, ja, bitte, das hast du alles fein rausgekriegt, Jean-Louis, genauso fein wie damals, wo wir unser Geld gelassen haben in der Kassette in Mamas Wäscheschrank, und damit bist du dann mit Papa ins Bristol gefahren, wir aber haben Buletten gegessen oder auch gar nichts, und wie ich mir die Nähmädchen engagiert habe, da hast du auch gesagt, es wär nicht anständig, aber genommen haste, und jetzt bin ich dir wieder mal nicht anständig genug, aber ich will auch nicht, verstehst du, ich will, daß meine Kinder in 'ner schönen Wohnung aufwachsen und daß sie in 'ne gute Schule gehen und daß sie sich nicht totschuften müssen wie ich." Sie schrie, als wollte sie die Stimme in ihrem Innern übertönen, die ihr sagte, daß es doch wohl nicht ganz so sei.

Und jetzt sagte es Eberhard. Stand aufrecht, die schweren Arme mit den hochgekrempelten Hemdsärmeln auf den Tisch gestemmt, und stotterte mit zitternden, schön gewölbten Lippen: „Nee, Käthchen, das kannst du nicht sagen, das stimmt doch nicht. Ich verdien ganz gut. Du brauchst ja gar nicht ... Wir können ja ... Wir können ja alles, aber das ... Nee, Käthchen, das will ich nicht! Das erlaube ich nicht, dazu geb ich nicht meine Einwilligung. Schließlich bin ich hier der Herr im Hause, und ich will nicht, daß das ein Hurenhaus wird!"

„Ja, du bist der Herr im Haus." Käthe Lafontaine erhob sich, streckte die Büste in dem straff sitzenden Korsett, strich sich die blonde Tolle aus der Stirn, nahm das Stück Leinen, an dem sie nähte, knüllte es zusammen und warf es in die Ecke, schrie mit ihrer grellen wilden Stimme: „Da, näht 's euch selber, näht euch doch selber die Finger blutig! Was muß ich denn! Du hast ganz recht, bloß, wenn ich nicht gewesen wäre bei allem, bei dem Fahrradgeschäft und bei deinem Kabarett und jetzt bei den Wohnungen, wenn ich nicht gewesen wäre, säßen wir heute noch in einer Stube mit karierten Bettbezügen und 'nem kaputten Nachttopf! Ihr Männer, ach, ihr Männer, was könnt ihr denn überhaupt, wozu seid ihr eigentlich denn da, wozu braucht man euch?"

„Wa ... was hast du gesagt?" Eberhard flüsterte nur, aber in meinen Ohren klang es wie das Rauschen des Windes, bevor der Sturm losbricht. Und er brach los. Am ganzen Leibe zitternd, schlug Eberhard Schnedderich die Fäuste auf die grüne Plüschdecke unter der löwenköpfigen Lampe, und jetzt sprach er fehlerlos ins reine. „*Du* brauchst, ja, das ist es, *du* brauchst niemand, du willst auch niemand wirklich, boß daß *du* so tüchtig bist und so stark, und ich bin gar nichts und mein Vater auch nicht und wird auch nichts ohne dich. Und daran wirst du eingehen und allein sein und verlassen. Ich gehe nicht mehr ins Engagement, ich hab's satt, den Fatzken zu machen, ich hau ab, für immer!"

Da geschah das Schreckliche, das nicht zu Vergessende, dessen ich dennoch erst heute, nach so vielen Jahren, gedenke: Meine Mutter weinte. Sie weinte auf eine eigenartig stille, ihrem heftigen Wesen gar nicht entsprechende Weise große blasse Tränen. Ich stürzte aus meiner Ecke, in der ich mich verkrochen hatte, laut aufschreiend zu ihr, um sie in meinen mageren Armen vor der Verzweiflung zu schützen. Ach, wie ich sie liebte! Mit welch unsäglicher Leidenschaft, bereit in einem heldenhaften Kampf für sie zu sterben. Und sie begriff mich dieses eine einzige Mal; sie küßte mich, schon wieder trockenen Gesichts, schon wieder stark, ach, soviel stärker als ich, die ich noch weinte, während sie, schon wieder in vollem Betrieb, die Nähmaschine zudeckte, Onkel Jean-Louis verabschiedete und dann, in der Tür zum Schlafzimmer, doch das letzte Wort behielt: „Na, siehst du, Eberhard, das ist alles, was du kannst: das Kind erschrecken mit deiner Brüllerei!"

„Aber, Käthe", sagte Eberhard Schnedderich unglücklich und folgte ihr nach in das Schlafzimmer, in das Bett unter der Sixtinischen Madonna. Dort blieb lange Zeit alles still; ich hörte sie weder sprechen noch streiten oder lachen; sie hatte wohl auch jetzt wenig Zeit für die Liebe oder das, was nach der Moral ihrer Zeit der Männer gutes Recht, der Weiber böse Pflicht war. Und dann waren ja auch wir Kinder nebenan...

Ja, wir waren nebenan, neben dem Leben, das sich in der großen Wohnung am Bayerischen Platz abspielte, ein buntes Theater mit wechselnden Gestalten: das schöne Fräulein Winter, im Sommer so gut wie nackt, so schön wie nackt unter durchbrochenen Blusen mit wippendem Busen; die Vermittlerin Mehlhaupt mit dem unglücklichen Kind, wessen Kind es war, sagte sie nie; die Herren, die Verträge machten und Miete bezahlten; die süße Rothaarige, die mir beichtete, daß auch sie ein Kind habe, obwohl sie erst fünfzehn gewesen war, als das geschah, damals mit dem Schlafburschen; und dann die dicke Dora, ein Prachtweib, das so gern weinte und mich jedesmal bei ihren Besuchen flehend an den Flügel drängte: „Spiel mir den Valse bleue! Ich schenk dir auch was!"

„Ich will nichts geschenkt", sagte ich und spielte einmal, dreimal, zehnmal den Valse bleue, indes die Dicke neben mir auf dem Klavierbänkchen in Tränen zerfloß.

Da war in der Prinzregentenstraße das Haus mit den sechs Wohnungen übereinander, in dem die Palaisdamen wohnten, Klassefrauen. Sie hatten wirklich und wahrhaftig die Erlaubnis, das Palais de Danse in der Behrenstraße zu besuchen, hatten jeweils einen Freund mit fürstlicher Krone im Nachthemd, hatten rosa und weiße Teddybären auf den Sofas, spitzenbesetzte Bettdecken, kristallene Parfümflakons auf den Toilettentischen und in der Küche im Umschlagtuch die Mutter, die aus Berlins

Norden in den Westen gekommen war, zum Kochen und um ein bißchen Geld von der reichen Tochter. Die hockte ihr gegenüber am wachstuchgedeckten Küchentisch im goldbestickten japanischen Schlafrock, die gefärbten Haare hochgesteckt, das Gesicht voll Fett, zerschlissene Latschen an den nackten Füßen, die Zigarette im Mund, oder saß am Flügel und spielte mit einem Finger „Hänschen klein", öffnete auch die Tür, wenn Fleur oder Poldi Lafontaine kamen, um die frische Wäsche zu bringen. Das Geschenk, das sie uns gab, einmal drei Mark, einmal Schokolade – Poldi und ich waren nicht weniger hart im Nehmen geworden als unsere Mutter Käthe Lafontaine gewesene Schnedderich, die rund um den Bayerischen Platz als ein Sinnbild neudeutscher Kraft und Tüchtigkeit, ja, dieser vorwärtsstrebenden, erfolgversprechenden Zeit schlechthin galt. Und welch einer großen, immer größer werdenden Zeit!

Die elektrischen Straßenbahnen sausten mit schwindelerregender Geschwindigkeit durch die von Gaslaternen strahlend erhellten Straßen; auf dem Stuttgarter Platz hupten die Autotaxis die Pferdedroschken aus dem Weg; die ersten Rasierklingen schnitten, die ersten Staubsauger saugten, die Dienstmädchen zogen von den Hängeböden in Dienstbotenkammern; am Brandenburger Platz wurde der Reichstag, am Potsdamer Platz das erste Großwarenhaus Wertheim gebaut, der Kampf um den Zehnstundentag war gewonnen, und wenn Gustav Schnedderich in seinem Fotoatelier noch immer Säuglinge auf Eisbärfellen fotografierte anstatt Filmdiven in Hollywood, so lag das an der Schnelligkeit, mit der die Technik seine Erfindungen überrundet hatte. Vielleicht aber auch daran, daß seine Schwiegertochter, immer reicher werdend, immer ärmer zu werden schien: Sie hielt das Geld zusammen, um es, anstatt für des Alten Luftschlösser, für die eigene Wohnung, die eigenen Teppiche, für Kristall und Silber, für faßbaren, greifbaren Besitz auszugeben. Für den saß sie bis spätnachts an der Nähmaschine und lief tagsüber hinter vollgepackten Möbelwagen durch die Straßen.

Aber klagte sie nicht manchmal mit rauher erschöpfter Stimme über ihr schwer zu ertragendes, mühsames Leben? Schrie sie nicht oft des Morgens grell ins Telefon, weil wieder einer gerückt war, ohne Miete zu zahlen und mit Schulden für Bettzeug, Licht und Gas? Hatte sie nicht einmal sogar geweint, elend und müde wie sie war oder wie die Erwachsenen eben zu sein hatten? Und da sie es wohl nicht besser wußten, die Großen – mußten nicht auch wir Kleinen leben, als wären wir schon groß und verlassen in einer Leere ohne Zaun und Gitter?

Ja, es war schwer für ein Kind in diesem Zeitalter des Kindes; und manchmal ergriff mich die grausige, graulich machende Sehnsucht, bei denen Kind zu sein, die noch sicher in den Pfahlbauten der Bürger hausten, in den Stuben ererbten Besitztums mit dem Kaiserbild über dem Sofa, an eines strengen Vaters harter, aber auch haltender Hand. Diesen Vater meiner busigen Freundin kannte ich, nannte ihn Onkel Freudenberg, seine blonde Frau Tante Gretchen und genoß den Vorzug, bei ihnen wohlgelitten zu sein, wenn auch meine Freundin, die Busige, noch mit Rohrstock und Bibel gezeigt bekam, was einem braven Mädchen ziemte, so daß sie anderntags stehend dem Schulunterricht folgen mußte, leicht beschädigt zwar, aber doch fern einer Welt, in der es Kabaretts und Kokotten gab.

„Eigentlich möchte ich doch wissen, was das sind, Kokotten." Ich fragte meinen Bruder, da ich meiner Mutter gegenüber ahnungsvoll das Wort vermied, bei dem mein Vater ins Stottern geraten war. „Gestern im Französisch habe ich die Schlotterhose gefragt."

„Hättest du nicht tun sollen. Erwachsene wissen nie was."

„Was weißt du von Erwachsenen!" Wirklich, er wußte noch nichts von ihrem so schwer zu durchschauenden, meist ja auch völlig unbegreiflichen Wesen. *Ich* war es gewesen, ich, zwölf Jahre alt, die zitternd vor Angst seinen Lehrer gebeten hatte, ihn probeweise zu versetzen, und der Lehrer, o Wunder, hatte es getan, lächelnd. „Aber recht hast du. Ich war ganz freundlich mit der Schlotterhose. Ich hab mich gemeldet, weil doch gerade

Französisch war, und hab gesagt, sie soll mir sagen, was Kokotte heißt und was Puff ist. Und was hat sie gemacht? Gebrüllt hat sie. Wie 'ne Verrückte, wie am Spieß. Und gesagt, ich bin ein Schandfleck."

„Weil sie's nicht gewußt hat", erklärte mir Poldi, mir, die ich ihm doch gerade erst das Zähneputzen beigebracht hatte.

Ich machte auch nur: „Pah! Weil sie's nicht sagen wollte! Die Großen wollen einem eben nichts sagen."

Wir saßen auf den Stufen vor unserer Haustür – da, wo wir sonst Hopse spielten – in der gelben Sonne, quittegelb war sie, wie mir überhaupt jeder Sommer meiner Kindheit als goldfarben, quittegelb und leuchtend warm erscheint; wir saßen da, spuckten Kirschkerne auf die Erde, und es fiel mir schwer, Wärme und Sonne zugunsten düsterer Geheimnisse aufzugeben. Aber ich ging doch hinauf in die Wohnung, holte aus Papas Bücherschrank den Großen Brockhaus – er stand neben dem Satyr, aus dem ich schon manches Wissenswerte lustvoll erfahren hatte – und fand dort unter Kokotte: „Eine Person meist weiblichen Geschlechts, die sich durch Hingabe ihres Körpers materielle Vorteile verschafft." Und unter Puff: „Luststätte (siehe auch Bordell)."

Wieder unten, wieder im Licht, hatte ich Falten auf der Stirn und eine neue Last auf der Seele.

„Siehste", sagte ich zu Poldi, der mir rundäugig und stupsnasig entgegenblickte, „ich hab's ja gewußt: Es sind Luststätten! Die Wohnungen von Mama sind Luststätten! Und Lust, das weiß ich genau, ist immer etwas Unanständiges."

„Und was ist mit den Kokotten?"

„Ach", sagte ich, „nichts." Denn hatte ich mir nicht durch die Hingabe meines Körpers – meines Hinterkörpers – Vorteile verschafft, als mich der Direx gestern nach der Geschichte mit der Schlotterhose, statt mit dem Rohrstöckchen zu strafen, eng an seinen Bauch preßte? Ich seufzte, und Poldi sagte leichthin – er war leicht, immer, zu meinem Mißvergnügen und zu seinem Verderben: „Es wird wohl anders heißen, ich denke so was mit Komfort, weißte, weil die doch immer Wohnungen mit allem Komfort wollen. Gestern die mit der Goldtasche ..."

„... wird wohl Blech gewesen sein."

„... schön, die mit der Blechtasche hat auch gesagt, sie will bloß 'ne Komfortwohnung."

„'ne Komfortluststätte."

„Und die Bernheim hat gesagt" – Isolde Gräfin Bernheim war Mamas Freundin, eine der lahmen Enten, die in ihrem Kielwasser dahinschwammen, vermittelten, vermieteten und klatschten –, „die olle Bernheim sagt, Mama wird ihr schon irgendeine andrehen, auch eine ohne Klo, Mama kann alles."

„Mir die Möbel rausnehmen kann sie! Heute mittag, wie ich aus der Schule gekommen bin in mein Zimmer, habe ich gedacht, ist gar nicht meins, ganz andere Sachen waren drin, meine hat sie gebraucht, sagt sie. Und stinken tut das Bett nach Parfüm! Nee, in dem Bett schlaf ich nicht!"

Ich schlief wirklich schlecht in diesem Sommer 1912, der mich mit Hitze und Schwüle bedrängte; ich wurde blaß, mager, schlaff, so daß Onkel Jean-Louis mich ein welkes Blümchen nannte und versuchte, mich mit Schlagsahne anzufuttern. Er liebte mich, meine veilchenblauen Augen und den so früh, allzu früh klugsprechenden Mund. Er beschenkte mich mit dem ersten Kettchen meines Lebens, mit den ersten Handschuhen aus feinstem Ziegenleder, mit dem ersten seidenen Regenschirm – oh, Onkel Jean-Louis hatte schon jetzt die Allüren eines großen Schriftstellers, besonders vor den Kellnern von Kempinski. Manchmal erschien er bei der kleinen Dame mit einer großen Dame, um die beiden Damen in eine Kinologe zu führen, und nachher, bei Kranzler, fragte er mich, schalkhaft mit den schmalen Witzboldaugen blinzelnd, aus schlagsahneweißem Schnurrbart, ob er mich nun glücklich gemacht habe, ganz und gar glücklich, denn darauf lege er Wert.

Da sagte ich etwas mir heute noch seltsam Erscheinendes, nämlich: „Glück ist nur im Glauben an Gott."

Jean-Louis Lafontaine riß es beinahe vom Stuhl. „Hast du so

was gehört, Schnäuzchen", fragte er die schöne Dame an seiner Seite. „Wo hat sie das wieder her? Von eurem Konfirmandenstreichler da in der Schule, was?"

„Ja, der Herr Pfarrer hat's gesagt, der, der immer so schwitzt", sagte ich und aß mein Baiser. „Ich wollte dich bloß mal fragen, ob das stimmt. Mama hat ja nie Zeit, und du, mit dir kann man doch reden."

„Ausgerechnet mit mir über den lieben Gott! Nein, da bist du bei mir nicht so ganz an der richtigen Adresse. Ich bin Atheist und Sozialist und . . ."

„Aber, Jean-Louis", sagte mahnend die schöne Dame, die manchmal zu uns zu Besuch kam, obwohl bei Onkel Jean-Louis zu Hause eine ganz andere Tante saß. Daher sagte ich höflich: „Entschuldige, Onkel Jean-Louis, dann eben nicht, es muß ja nicht sein. Es gibt so viel, was man wissen müßte, und keiner sagt einem was."

„Wenn man so niedlich ist wie du, mein Schnuckelschätzchen, dann braucht man das auch gar nicht zu wissen. Im großen und ganzen ist ja gegen ein bißchen Religion nichts einzuwenden, so zum Beispiel die Zehn Gebote, die sind in ihrem Kern ganz vernünftig, nur . . ."

„Du sollst nicht ehebrechen", sagte ich in einer blassen, trügerischen Hoffnung auf Wahrheit. Aber vorerst gab es nicht einmal eine Antwort; dann brachen beide in Gelächter aus, denn Elfriede Schnauz, von ihrem Geliebten auch das Schnäuzchen genannt, Tochter einer Waschfrau und mit elf Geschwistern, saufendem Vater und Schlafburschen in einem Keller am Bülowbogen beheimatet, wußte, daß weder Not noch Liebe Gebote kennen.

Daher sagte sie nur, mit all ihren gesunden, freßlustigen Zähnen lächelnd: „Das ist ja 'ne ganz hübsch freche Kröte, deine Nichte!"

„Ich bin nicht frech", gab ich zur Antwort. „Sie sind frech, jawoll! Und ich . . . ich will wissen, warum bloß wir . . . wir Kinder . . . und die Großen nicht . . . Und du sollst Vater und Mutter ehren, aber es steht doch im Brockhaus, das mit den Luststätten ... und ich weiß es doch. Ich weiß es doch!"

Da schrie Fräulein Schnauz plötzlich spitz und hoch wie ein Pfau mitten in die vornehme Stille der Kranzlerschen Kaffeestube, während Onkel Jean-Louis das Pincenez am schwarzseidenen Band auf den Bauch fiel und das Kind, das blonde, veilchenäugige Kind, ein Weib, ein verlassenes, verratenes Weib, bitterlich und laut zu weinen begann. ,,Ich hasse euch! Ich hasse euch! Alle!"

Das Weitere ist mir nicht mehr genau erinnerlich. Ich entsinne mich nur unklar einer Art schattenhaften Tanzes eilig herbeieilender Gestalten in den hohen goldgefaßten Spiegeln der stuckverzierten Wände und daß Fräulein Schnauz behauptete, ich sei verrückt, was von Onkel Jean-Louis heftig bestritten wurde – vielleicht zu Unrecht.

Denn ich erblicke mich sehr deutlich über den runden Marmortisch geworfen, neben oder sogar in die Schlagsahne, die langen blonden Haare tanzend im Schein der Kristallüster, gleichzeitig aber sehe ich mich in eine unermeßliche Weite entschweben, als wiche eine spielerisch von unsichtbaren Kräften bewegte Welt vor mir zurück in Wolken und ließe mich allein in einer Leere ohne Maß und ohne Sinn.

Viertes Kapitel

„Nein, Professor, ich war nicht verrückt. Wenigstens damals noch nicht. Komisch, jetzt weiß ich es: Es war wieder Oma Lafontaine mit dem falschen Scheitel, die mich zum Arzt brachte, und es war wieder dieser Doktor Pulvermacher in der Kaiser-Friedrich-Straße, der mir diesmal auf den Kopf klopfte anstatt auf den Bauch und erklärte, daß ich ein nervöses Kind sei, Angst vor der Schule habe und demzufolge mal eine Weile ausruhen solle. Ich hatte auch irgendwelche Zustände damals. Und dann die Sache mit dieser Riesenpuppe, die Mama wohl auf einem Ausverkauf billig erstanden hatte und die ich immer wieder kaputtschmiß, ich konnte sie einfach nicht tragen, ich wollte sie nicht tragen."

„Den kleinen Bruder wollen Sie ja auch nicht tragen."

Der Arzt steht, wie gewöhnlich bei seinen täglichen Besuchen, am Fußende meines Krankenbettes, aber ich habe wieder einmal das Gefühl, ihn mit seinem Schmetterlingsnetz hinter meiner armen Seele herjagen zu sehen, und antworte daher widerwillig: „Vielleicht. Man kann sich ja da immer was zusammenkombinieren. Aber hier irren Sie sich, wie überhaupt manchmal mit Ihren Theorien, leben ist ja viel einfacher."

„Sicher, meine Gnädigste, leben ist einfach. Schauen Sie doch mal dem Volk aufs Maul. Da werden Sie viele sehr einfache und heute erst erkannte oder benannte Weisheiten finden, ob einem nun was im Magen liegt, ob Sorgen einem Bauchschmerzen machen oder ob man die Flucht in die Krankheit so begreiflich findet, wie sie ja ist. Wer wollte nicht umsorgt, geliebt, verhätschelt werden! Und bei Ihnen, liebe Frau Lafontaine, fing wohl alles viel früher an. Ja, natürlich haben Sie Ihren schönen Vater geliebt, natürlich paßt auch Rubikow in das vorgeprägte Muster, aber immer war es Ihre Mutter, die Ihnen im Wege stand, die Ihnen nahm, was Sie gerne gehabt hätten – denken Sie an das kleine Portiermädchen. Und Ihre Mutter war es, die Ihnen diese Freude nahm, wenn sie Ihnen nicht noch Schlimmeres tat."

„Was meinen Sie? Geschlagen hat sie mich, na und?"

„Ja, sie hat Sie geschlagen und damit – selbstverständlich ohne es zu wissen, denn was wußte man schon in dieser Zeit von unterbewußten seelischen Bindungen? –, und damit für immer die Begierde an die Strafe und die Liebe an Leiden gebunden. Und da frage ich mich immer wieder, ja, es ist eine der grundsätzlichen Fragen schlechthin: Verzeihen die Kleinen jemals den Großen, was sie ihnen mit dieser Art von tätiger Liebe antun?"

„Ich habe eigentlich nie darüber nachgedacht. Wer traut sich schon, seine Mutter zu verurteilen oder auch nur zu beurteilen! Überhaupt ein Kind ..."

„Richtig. Kein Kind schafft es, das Bild eines Wesens anzutasten, von dem es Leben und Nahrung und Güte und Liebe, vor allem Liebe empfangen hat. Und weiter empfangen muß. Der Mensch kann nicht ohne die Wärme menschlicher, körperlicher Nähe leben."

„Ja", sage ich nur – wie soll ich leben, jetzt, ohne Philipp, ohne Poldi? – und höre mich plötzlich etwas gestehen, was mir vorher nicht bewußt war: „Ob wir es ihnen nicht insgeheim mit Haß vergelten?"

„Mit untätigem Haß", berichtigt mich der Professor, „untätig und unbewußt und vor uns selbst verheimlicht wie eine schlimme Krankheit. Deren Anzeichen lassen sich sowieso meist erst später, viel später, wenn überhaupt jemals, aus der Entfernung erkennen. Erinnern Sie sich an nichts, was Sie damals getan oder auch nur gewollt haben?"

„Ich habe Angst gehabt, manchmal ...", flüsterte ich, als verriete ich ein Geheimnis, „... daß sie nicht wiederkommt, nie wieder. Oder daß man sie findet, und sie ist ..."

Der Professor spricht es nicht aus, das Wort, er sagt nur: „... und daß Sie schuld sind."

„Wie konnte ich, ich war ein Kind!" Mich erfaßt sinnloser, mir selbst unverständlicher Zorn. „Und sie war meine Mutter, sie war so gut."

„Dennoch hatten Sie Angst, daß sie sterben könnte, weil Sie ..."

„... weil ich es gewollt habe, meinen Sie?" Meine Hände werden feucht, ich atme mühsam, ich sage: „Mein Herz ...", drehe den Kopf zur Seite, aber wie kann ich ihm entkommen? „Nein, ich habe ja sogar einen Zettel in ihren Hut gesteckt mit unserer Adresse, damit man sie nach Hause bringt ..."

„... tot." Jetzt spricht er es aus, das Wort. „Gemordet? Von wem? Von einem Menschen ... einem Wunsch ... einem Gedanken?"

„Nein!" Ich schreie. Und dann leise, atemlos: „Vielleicht, daß sie nur weg sein sollte, daß das aufhört!" Plötzlich laufen mir die Tränen über das Gesicht, ich weine, ohne es zu wollen. „Da war doch der Herr Paddenberg, der immer kam, nachts, wenn sie nicht zu Hause waren. Sie hat gesagt, er muß raus, bloß weil er ... Er hat mich bloß gestreichelt. Und dann war das mit Rubikow."

„Sprechen Sie, bitte, es ist wichtig, es ist die Grundgeschichte. Da ist Ihr Vater, der Sie um des Bruders willen verläßt; Rubikow und Paddenberg, die verschwinden wie weggezaubert; dann ist da noch der Verrat."

„Ich hab Rubikow nicht verraten. Ich war ein Kind, um Gottes willen, ich hab doch nichts gewußt!"

Seine Hand kommt, bleibt in der Luft in einer Bewegung der Güte, indes seine Stimme mir nachläuft. „Wie einfach wäre es, wenn wir wüßten, was wir tun, weil wir es tun *müssen* aus Liebe, aus Haß, der eigenen Bestätigung wegen. Sie kennen sicher Goethes schöne Worte: ‚Ach so viele tausend Menschen kennen, dumpf sich treibend, kaum ihr eigen Herz.' Haben wir es nicht verlernt, die innere Stimme zu hören, bewußt zu leben? Aber, meine liebe Frau Fleur, man kann leben lernen! Man braucht nicht fortzulaufen, wie Sie, als Sie den See in Charlottenburg suchten. Sie werden leben und Ihren Weg machen, wenn Sie ihn nur erst erkannt haben, wenn Sie sich nur erst über die Gründe Ihrer Verweigerung des Lebens klargeworden sind.''

,,Hören Sie auf, bitte, Professor'', sage ich matt. ,,Ich kenne Ihre Theorie: Angst vor der Hingabe, vor der Aufgabe des eigenen Selbst, und vielleicht...'' Nun bin ich müde, geneigt zur Versöhnlichkeit, ,,... und vielleicht stimmt auch was daran. Es ist ja so gefährlich zu lieben, einen so starken Gegner zu lieben. Natürlich habe ich meine Mutter geliebt, alle Kinder lieben ihre Mütter, aber später, wie das war mit den Wohnungen und ihrer verrückten Raserei von einem Geschäft zum anderen – später habe ich mich geschämt. Für meine Mutter, die doch nicht schuldig war. Sie mußte rasen, wenn sie mitkommen wollte. Aber dennoch, ich glaube, manchmal habe ich sie gehaßt. Ja, ich habe sie gehaßt und geliebt.''

,,Schlimm. Liebe *und* Haß, es ist immer die Ambivalenz unserer Gefühle, die krank macht. Vor der man sich flüchtet in den Traum.''

,,Sie mit Ihrer ewigen Fluchttheorie! In den Traum!'' Ich lächle schwach. ,,Alle Menschen träumen! Was sollen sie denn sonst machen, so schön ist das Leben nicht, daß man ihm immerzu mit offenen Augen begegnen möchte. Und dann, was ist Liebe? Was anderes als Bestätigung, daß man lebt, daß man da ist! Und neben ihr war man nicht da! Da war immer sie mit ihrer Tüchtigkeit, ihrem Fleiß, mit ihren harten grauen Augen, ihrer schrillen Stimme. ‚Die Kirschen in Nachbars Garten', sie sang es immer wieder, dieses Lied von den lockenden Kirschen in Nachbars Garten, am Klavier neben unserem möblierten Herrn Paddenberg, vor meinem Vater und nun vor dem Gott aus Mährisch-Ostrau, meinem Gott. Und das ist es...'' Ich richte mich auf, als versuche ich, sie zu erspähen: meine Mutter neben Rubikow, ihr kühnes, lächelndes Gesicht, zart und weich wie sonst nie, die aschblonde Tolle silbrig schimmernd im Licht der löwenköpfigen Lampe neben Rubikows schwarzen Locken. „Jetzt weiß ich es: Ich war eifersüchtig auf Rubikow. Denn sehen Sie, es kommt wohl nicht nur darauf an, was wir tun oder tun müssen, sondern auch darauf, *wie* wir sind, *wer* wir sind. Und sie hätte mich immer besiegt. Einfach weil sie Catherine Lafontaine war und ich in Wirklichkeit nur Fleur Schnedderich."

Es ist vergebens, daß der Professor mich beschwört, auf der Fährte eines Gedankens zu bleiben, der den Lauf unserer Geschicke nach dem Gesetz, nach dem wir angetreten – „Goethe", werfe ich ein, grinsend –, so deutlich belege. Ich schüttle den Kopf, schließe Mund und Augen, stelle mich tot. Als er mich, schon im Abgehen, ermahnt, mit gerechtem Maß zu messen, was mir Natur oder richtiger: das Lafontaine-Schnedderichsche Erbteil zu bester Verwendung in Verwaltung gegeben habe, seufze ich nur: „Ich weiß: veilchenblaue Augen, goldblonde Haare, ein gewisses Talent, schöne Beine, viel zuviel Herz und das mir von Catherine Lafontaine gegebene Leben. Aber ich hab das Gefühl, sie hat es mir auch wieder genommen."

Später, als ich allein bin, als der Abend kommt und die Dämmerung vor dem Fenster eine zweite schützende Mauer errichtet, horche ich meinen Worten nach: Sie hat mir das Leben gegeben, und sie hat es mir wieder genommen.

Aber hat sie mir nicht auch einen Leib gegeben und ihn mir wieder genommen? Den Leib oder doch den Stolz auf die kleinen Brüste, die ich unter dem dicken Leinenhemd versteckte, die hohen Beine, die ich unter langen Röcken zu verbergen suchte, den flachen Bauch, darin das Geheimnis geschah, das mich den Frauen gleichmachte. Allen Frauen – auch denen in Mamas Luststätten!

Dort, abends, in den offenen Fenstern der kleinen Hofwohnungen – Gartenhaus hieß das steinerne Viereck mit den zwei

Grasflächen und dem vertrockneten Akazienbaum –, dort zwischen den von Mama genähten Spitzengardinen entdeckte ich die schnellen, heftigen Umarmungen der Begierde, die einigenden Begegnungen einander Fremder, die lustvollen Streitereien Verliebter, ihre Versöhnungen auf Betten, in denen ich schon geschlafen hatte. Und dennoch, gleich einem Schimmer von Gold, auch eine Spur von Liebe ...

Poldi sah nicht, was ich von meinem Dachfenster aus erblickte; in seiner Flurecke zeichnete er Fahrtenzettel im Jugendstil für den Wandervogel, mit dem er sonntags, den Kochtopf auf dem Rucksack, ein Lied auf den Lippen – marsch, marsch, die Heide –, durchs Gelände zog; er war zu jung, er sollte, nein, er wollte jung bleiben ein Leben lang.

Ich aber wurde an diesen Abenden, im drängenden Frühling eine Frau – eine andere, reinere, feinere, als die da drüben, die mit allem Komfort wohnten und Taftkleider zu verschenken hatten, an mich, ein Mädchen, das ärmer war an Kleidern, aber reicher an Stolz.

Ich verachtete sie, die Frauen von der anderen Seite; ich verachtete aber auch die Jungen, die mittags nach Schulschluß vor unserer Schule warteten, die lauernden älteren Herren in den Straßen um den Bayerischen Platz, die Freunde ihrer Freundinnen in den möblierten Wohnungen meiner Mutter, die mir in der Diele beim Mietezahlen begegneten und schleimig lächelnd fragten, wie alt ich denn sei, ah, erst dreizehn ...

Oh, ich kannte sie, die Männer! Ich wußte, daß sie der Frauen bedurften, nicht nur zu Überfällen vor frühlingsoffenem Fenster, sondern auch, und vielleicht dringender, für Erfinderreisen nach Paris oder zur Einrichtung von Lampenläden. Und wenn sie mir dennoch gefielen – die südamerikanischen Studenten in unserem Haus, die Prinzen der Palaisdamen und ihre sonstigen, seltsam verborgen gehaltenen Freunde –, so verdunkelte mir die Scham das Erröten.

Ich tat also heimlich – auch vor mir selbst –, was ich nicht lassen konnte: das Warten auf Señor Olindo auf der Treppe, wie früher auf Herrn Paddenberg; das aufregende Belauern eines Blickes aus südlich-schwarzen Augen auf mein blondes, zufällig geöffnetes Haar und das Mitlieben, Mitleiden anderer Lieben, anderer Leiden.

Die Dicke, die Busige, die mit Rohrstock und Bibel zur Tugend Gebrachte – schämte sie sich etwa, einem jungen Mann Fensterpromenaden zu machen, der sie nicht einmal sah, da er auf den Hof hinaus wohnte? Schrieb sie ihm nicht sogar Briefe, deren Verse aus Heines „Buch der Lieder" stammten, und stahl sie nicht die Briefmarken aus ihrer Mutter Geldtasche? Ich klaute nicht und schrieb nicht; ich dichtete eine Lehrerin an: „Du hast so stille braune Augen, du ..." und weinte herzzerbrechend, weil meine Mutter meinen Schwarm ein eisernes Pferd nannte, sie hatte keinen Sinn für Poesie. Und ich liebte das eiserne Pferd. Liebte es in Ermangelung besserer Lieben, sündigerer Leidenschaften, liebte das gerade noch Erlaubte, und wo es mir nicht erlaubt schien, bei den Damen von der anderen Seite, verzehrte ich mich in Angst vor Strafe. Die mußte ja kommen, wie sie damals gekommen war bei dem kleinen Portiermädchen, wie sie eines Tages kommen würde bei den Damen mit allem Komfort und bei Mädchen, die in heißen ruhelosen Nächten das Verbotene träumen oder tun...

„Irgend so etwas wie Gott muß es geben", erklärte ich Poldi, wenn ich ihn zwischen Schule und Wandervogel-Nestabenden in seinem Verschlag auf dem Flur erwischte. „Es sind immerhin zweitausend Jahre, daß die Leute daran glauben und Kirchen bauen und beten. Ist doch lorisch" – ich sagte „lorisch" wie mein Vater –, „daß was dran sein muß, aber was? Alles ist so ungerecht! Manche sind böse, manche sind gut, und die Erwachsenen tun, was sie wollen, bloß wir dürfen nicht. Mit dem Beten hast du auch wieder aufgehört, wo ich dir doch gesagt habe, du sollst abends Zähne putzen und beten."

Aber Poldi weigerte sich. „Es gibt keinen Gott. Die Jungens im Wandervogel sagen es auch. Wir sind von der sozialistischen Wandervogelrichtung, und die Großen sind sehr gebildet, die lesen gerade Tolstois ‚Kreutzersonate'. Und wenn Krieg kommt, gehen sie in die Munitionsfabriken."

„Es gibt keinen", sagte nun ich. „Die Schlotterhose quatscht zwar was, daß der gallische Hahn, der russische Bär und der englische Löwe neidisch sind, aber Onkel Jean-Louis sagt, das trauen sie sich nun doch nicht, unsere nämlich. Da machen die Sozialdemokraten nicht mit, die geben kein Geld."

„Nee, wie ich Opa Schnedderich kenne, der hat gar keins. Aber 'ne neue Erfindung hat er, und wenn ich groß bin, erfinde ich auch und kriege die Millionen, er sagt, ich hab das Talent von ihm. Und Oma Amalie betet den ganzen Tag, daß es diesmal was wird, siehste, die betet immer, und es nützt nie was."

„Trotzdem, ich glaube, man muß", beharrte ich matt.

Und Poldi, leichtfertig, leichtsinnig, leichthin: „Bloß, weil du eingesegnet wirst, na, meinen Segen haste."

Soweit ich mich erinnere, wurde ich in meinem vierzehnten Jahr eingesegnet; eine kurzfristig gerettete Seele im blauen Seidenkleid einer Palaisdame, gleichermaßen umweht von Parfüm wie von Weihrauchdüften, gleichermaßen erhoben von lustvoller Glaubenssehnsucht wie von leidvollen Zweifeln an Gott und den Menschen.

Ich hatte Gott gesucht, aber wo wohnte Gott in den siebenundfünfzig Wohnungen der Käthe Lafontaine? Ich hatte zu ihm gebetet, aber hatte mir das Beten um ein langes, nach Vorschrift schwarzes Einsegnungskleid etwas anderes eingetragen als Mamas lautstarkes Entzücken über mein süßes Aussehen in Blau zu meinem blonden Haar? War auf Grund meines frommen Betens das Weinrestaurant Tivoli in Köln abgebrannt, damit mein Vater heimkäme und ich an seinem Arm als seine oder Christi Braut zum Tisch des Herrn schreiten könnte? Und war mir, kniend, von Orgeltönen umrauscht, die so dringlich erflehte Seligkeit zuteil geworden, in den Glauben wie in ein Meer oder wenigstens in kleidsame Ohnmacht zu sinken?

Nichts da: Gott hatte mich verlassen, bevor er mich noch fand.

Was er mir verabreichte durch die säuerlich riechende Hand seines Vertreters, des Oberpfarrers Schallrich von St. Trinitatis, waren eine Oblate und der Spruch: „Sei getreu bis an den Tod, so will ich dir die Krone des Lebens geben" – eine Aufforderung, der ich unverzüglich folgte: Ich wurde nicht fromm, ich wurde gut. Von beiden Übeln das kleinere, nämlich das Gute, wählend, wollte ich mein leeres Leben einem nützlichen Werke weihen, dessen Titel meine Zweifel verriet: Müssen Schriftsteller gut sein?

Sie müssen, entschied ich und stürzte mich in den gerade paßrecht ausbrechenden Krieg wie in einen Rausch, in Vaterlandsliebe wie in die Arme eines lange ersehnten Geliebten.

Dieser Krieg war mein Krieg, sein blinder Wagemut war der meiner unwissenden Jugend, seine rauschvolle Verlogenheit die meiner wild wuchernden Träume. Nach dem Maß meiner Begeisterung erhob sich seine Größe bis zu einem Heldenhimmel, in den die Freiwilligen mit Blumen am Gewehrlauf unter Umgehung verlauster Schützengräben und verschlammter Schlachtfelder im Paradeschritt einmarschierten. Ich verstand nicht, was ich las, aber ich erlebte, was ich sah, und fühlte, was um mich herum gefühlt wurde: die Verschmelzung des eigenen kleinen Ich mit jener großen flutenden Masse rhythmisch wandernder Leiber, in einem Atemzug schreiender Lungen, in einem Takt klopfender Pulse. Und ich erwiderte das Schreien, das Singen, das Rufen, obwohl es im Hause Lafontaine auf seltsam eindringliche, abwartende Art still geworden war: Die Damen in den möblierten Wohnungen Catherine Lafontaines wußten wahrscheinlich weder mit dem Krieg noch ohne die Krieger etwas anzufangen.

Da ging ich los, Poldi an der Hand, fuhr in die Stadt für fünf Pfennig Kinderbillett und war auch schon in eine schiebende, schubsende, schwitzende Menschenmenge auf dem Platz vor dem königlichen Schloß eingekeilt. Poldi heulte vor Furcht inmitten der hin und her flutenden Woge; ich zitterte mit der Woge in Begeisterung. Heulend und zitternd kehrten wir heim

– ach, ich vergesse ihn nie, den großen Augenblick, da wir im Herrenzimmer an Mamas Schreibtisch standen und ich mit japsender Lunge hervorstieß: ,,Hunderttausend Menschen, eine Million waren da! Alles voll, alles ganz schwarz, und alle haben sie geschrien, und oben, oben auf dem Balkon stand Kaiser Wilhelm!''

,,Stand er nicht'', knautschte Poldi.

,,Na gut, stand er nicht, aber dann sangen sie alle ‚Heil dir im Siegerkranz' und ‚Deutschland, Deutschland über alles', und wir immer mittendrin, und Poldi hat gebrüllt, weil er nicht rübergucken konnte über die anderen . . .''

,,. . . . und weil du mich gekniffen hast.''

,,. . . und denn ist Kaiser Wilhelm rausgekommen vors Schloß mit 'nem weißen Blatt Papier'' – dies war eine Zugabe, denn in Wirklichkeit hatte nicht Kaiser Wilhelm, sondern der Leutnant Walter Plitschke vor dem königlichen Schloß in Berlin, Helm ab zum Gebet, die Mobilmachung verlesen – ,,und hat gesagt, es wäre nun Krieg oder mobil, und dann haben alle wieder geschrien, und alle haben gesungen, und dann sind wir nach Hause und dann . . .''

,,Aber jetzt ist es sieben.'' Käthe Lafontaine blieb ruhig. Sie hatte weder Sinn für Poesie noch für Patriotismus. ,,Nimm den Finger aus der Nase, Poldi, wo habt ihr euch denn noch so lange rumgetrieben? Daß mobilgemacht ist, weiß ich schon seit Stunden.''

,,Auf dem Bayerischen Platz'', keuchte ich, ,,und da standen die Leute, es waren wieder 'ne Million, und die guckten alle rüber, weißt du, da, wo das Konservatorium ist, und da haben sie die Fenster aufgemacht, und aus dem einen haben sie rausgewinkt mit so 'nem Gipskopf von Kaiser Wilhelm und aus dem anderen mit 'nem Gipskopf von Kaiser Franz Joseph, jawohl, und die Leute haben hurra geschrien und waren wie verrückt.''

,,Die sind verrückt'', sagte meine Mutter. ,,Krieg ist auf jeden Fall ein Unglück, und wenn die glauben, daß ich da mitmache oder daß ich Papa da mitmachen lasse, dann haben die sich geschnitten."

Damit ging sie an ihre Arbeit. So war ich gezwungen, aus den Wolken meines Fluges – „Oh, Deutschland hoch in Ehren" – heimzufinden in die vielfach bedrohte Wirklichkeit.

Heute, da ich mich bemühe, wenigstens ungefähr den Weg zu erkennen, den wir nahmen, wir Reiter über den Bodensee, über die schwärzlich graue, von dünnem Eis bedeckte Tiefe – heute scheint es mir, als habe unser Weg ins Ungewisse in jenen feuchtschwülen Augusttagen des Jahres 1914 begonnen, als jubelnde Menschen, Rosen in den Händen, in einem wüsten Taumel verwirrter Gefühle andere Menschen in den Tod brachten, verblendet vom Glanz der Fahnen und Gewehre, verschreckt von Angst und Begeisterung, blindlings hineinreitend in das von Zeit und Umständen zubereitete Verderben.

Ich wenigstens, vierzehn Jahre alt und trunken von Begier nach Liebe und Tod, ich verwandelte mich aus dem Cäsar des Triumvirats in alle zwölf Schillschen Jäger, strickte morgens in der Schule und bis in die Nacht daheim unter der löwenköpfigen Hängelampe neben Großmutter Lafontaine Pulswärmer, genug, um ganze Schützengräben damit zu wattieren; dröhnte mit zitternder Stimme „Gott strafe England!" und dichtete auf schreckenerregende Art selber.

Die lyrischen Ergüsse meiner Kindheit von der Lerche, die in die Luft sich schwingt und dort ihr schönstes Liedchen singt, tirili, tirili, dem Heidegrab und den Tränen der Seemannsfrau – was waren sie gegen die zwölf Strophen, mit denen ich des Todes eines jungen Soldaten gedachte, der Trauer seines blonden Liebchens sowie seines greisen Mütterleins und endlich eines einsamen Holzkreuzes auf wegloser, in Schnee und Eis versunkener Steppe.

Ich dichtete es nicht nur, was schon schlimm genug war, ich sprach es auch in der Schule, wo man von mir bereits wußte, wie sich Maus auf Haus und Liebe auf Triebe reimen. Endlich stotterte Eberhard Lafontaine im Café Meran das poetische

Werk einer vierzehnjährigen Dichterin so voll rührenden Gefühls, daß es den Zuhörern feucht ins Auge stieg. Sie schluckten die Tränen hinunter zugleich mit der Schlagsahne, indes sich die Dichterin blutrot vor Verlegenheit hinter einer Säule versteckte. Zu Hause aber behauptete Onkel Jean-Louis, daß es eine Schande sei. „Es ist nämlich nachempfunden, alles! Oder wollt ihr mir erzählen, daß ein Kind von vierzehn Jahren das wirklich fühlt, Krieg, Liebe, Tod und diesen ganzen Quatsch von Heldengrab und Ruhmestat?"

Mein Vater schwieg, wie seit eh und je in seine schwarzlokkige, schwarzäugige Einsamkeit verkrochen. Und Onkel Jean-Louis zog mich an seine Knie; ich hielt mich steif, obwohl er gut duftete nach der feinen Brillantine im Schnurrbart, dem teuren Eau de Cologne in seinem Batisttaschentuch – er hatte viel nachzuholen. Seine Hand mit dem Pincenez streichelte meine Wange, er sagte flüsternd, als verriete er sich: „Glaub's nicht! Glaub's nicht, mein Mauseschwänzchen! Ach, dieses Geschrei vom Platz an der Sonne, dieser nationalistische Rummel, für den wir den Kopf hinhalten müssen! Dieser Krieg ist ein einziger riesenhafter Betrug, und wenn's um was geht, dann nicht um Ehre und Vaterland, sondern um Macht und Geld. Die bescheißen uns alle von oben bis unten, diese gottverfluchten Lügner und Betrüger, die Herren Rüstungsfabrikanten, die Stahlindustriellen und die Aktienbesitzer, allen voran der Kaiser, unser heißgeliebter kaiserlicher Armleuchter!"

„Jean-Louis!" machte meine Mutter warnend. „Du hast wohl immer noch nicht genug, was?"

„Deine Mutter versteht das nicht, mein Mauseschwänzchen, und dein Vater ... Ja, Eberhard, du kannst ruhig herhören, denn ich sage dir: Die Sache platzt! Das große Geschäft stinkt, und wie es endet, wie sie enden, das gebe ich dir, wenn du willst, schriftlich: An den Laternen! In Strömen von Blut! Es gibt eine Revolution, sage ich dir! Die Straßen werden in Blut schwimmen, und ich werde mit meinem Jagdgewehr da drüben an der

Ecke stehen und die Herren Generäle wie die Hasen abknallen, einen nach dem anderen, peng, peng, peng!"

Ich glaubte ihm nicht, doch ich genoß den barbarisch wilden Klang seiner Worte, die inbrünstige Erregung, in der er den Kopf mit dem Pincenez, dem üppigen Bärtchen unter der breiten Puschkinnase schüttelte, während er mir versicherte, daß diese Zeit in einem anderen Sinne groß sei: im Sinne der Verwandlung vom Leben zum Tod und vom Tod wieder zum Leben, einem neuen, kräftigen, wahrhaftigen Leben.

Doch da unterbrach ihn Catharine Lafontaine scharf: „Hör auf, Jean-Louis, mach mir das Kind nicht verrückt, schlimm schon, daß du verrückt bist, wir haben bei Gott alle jetzt genug Sorgen, da habe ich eine Frau mit zwei Jungens in einer Fünfzimmerwohnung, ausgerechnet fünf Zimmer muß sie haben, und eine Serbin muß sie sein, und jetzt kommt kein Geld mehr, und sie ist krank und wird jeden Tag meschuggener und läuft immer um den Tisch rum in so 'nem seidenen Morgenrock und so 'nem schwarzen Tituskopf und dreht an ihren Ringen, ganz stumm, und wenn's so weitergeht, muß ich sie zu mir nehmen in meine Wohnung, ich kann ihr doch schließlich nicht die Fünfzimmerwohnung ohne Miete lassen, und in der Stübbenstraße, in der Dreizimmerwohnung, da hab ich einen Journalisten, der muß auch ausgerechnet irgendwo da her sein, vom Balkan, der kriegt auch kein Geld mehr, und zum Schluß mach ich hier ein Asyl für Obdachlose auf, und wenn ich dann glauben soll, daß noch eine Revolution kommt und sie mir alles wegnehmen ..."

„Den möchte ich sehen, der dir was wegnimmt, Käthchen." Onkel Jean-Louis lachte schallend.

Er hatte gut lachen. Die verrückte Serbin mit ihren beiden kleinen Jungen kam wirklich zu uns in das Vorderzimmer, und eines Tages erschien auch Gospodin Perasić, ein schöner, großer Montenegriner in einer grauen Pelerine – die besseren Sachen hatte er versetzt –, und erhielt Obdach, Essen und täglich zehn Zigaretten, wofür er, wenn auch der deutschen Sprache nicht ganz mächtig, Mamas Schreibarbeiten machen sollte. Denn Käthe Lafontaine hatte ein großes Herz und ein kleines Büchlein, in das sie die Auslagen einschrieb.

Zudem gab es bald mehr Platz in der geräumigen Sechszimmerwohnung in der Babelsberger Straße: Großmama Lafontaine verblich, immer zarter, blasser und kleiner werdend, ein winziger Entenschnabelkopf unter dem verrutschten Scheitel; die geldlose serbische Schweinezüchtertochter verschwand wirklich in einem Irrenhaus und hinterließ mir für ewige Zeiten die schaudern machende Erinnerung an ihr leises tastendes Herumstreichen um den großen Eßzimmertisch und die dumpfe Ahnung sündiger Zusammenhänge zwischen ihrem geschminkten Gesichtchen, den seidenen Morgenröcken und ihrem geheimnisvollen Irresein. Die Jungen blieben uns erhalten; Käthe Lafontaine, großzügig und mitleidig, behielt sie wie zwei verlorengegangene Gepäckstücke, die dem glücklichen Finder eines Tages die entsprechende Belohnung eintragen würden.

Dafür mußte sie den Mann hergeben: Eberhard Lafontaine wurde zum Landsturm eingezogen. Sie brachte ihn und den Persilkarton zur General-Pape-Straße; nach ihrer Rückkehr erlebte ich, daß sie in einem Aufruhr von Gefühl weinte, während Onkel Jean-Louis erklärte: „Siehste, ich hab's doch gesagt, wir verlieren den Krieg. Wenn sie schon Eberhard holen müssen . . ."

In meinen Augen hatte der Krieg bereits alles verloren, was ihn reizvoll und genußfähig machte: Keiner meiner Traum- und Kriegshelden hatte mir für meine selbstgestrickten Pulswärmer gedankt; sämtliche Lehrer, einschließlich des aus verdächtigen Gründen ewig schwitzenden Religionslehrers, waren eingezogen. Was uns blieb, war eine Schar überarbeiteter, gereizter, weil ihrer letzten Hoffnungen beraubter Weiber, denen ich die Begeisterung ebensowenig glaubte wie den Heeresberichten. Als es mir nicht gelang, das Triumvirat in eine anarchistische Widerstandsgruppe zu verwandeln, erklärte ich vor versammelter Klasse, daß sie mich mit ihrem Mistkrieg gern haben könnten und die leitenden Herrschaften dieses Scheißkrieges sowieso in Kürze an den Laternen hängen würden.

„Jawoll, an den Laternen!" brüllte ich in den Klassenraum, in die jäh einsetzende Stille des Erschreckens. „Nämlich, wenn die Revolution kommt und die Straßen in Blut schwimmen! Der Krieg endet mit einer Revolution! Mein Onkel Jean-Louis hat es gesagt, der muß es wissen, der ist bei der Zeitung! Und wenn es soweit ist, steht er mit seinem Jagdgewehr bei uns an der Ecke und schießt die Generäle ab wie die Hasen, peng, peng, peng!"

Diese genaue und, wie sich später zeigen sollte, nicht ganz unrichtige Aufzählung aller möglichen Kriegsfolgen entfesselte ein Gebrüll der Empörung aus vierzig Mädchenkehlen. Dann begannen vierzig Mädchen nicht nur zu schimpfen, sondern zu spucken, voran mein blondzopfiger Triumvir Hildegard Meier. Daß ich nicht gesteinigt und zerrissen wurde, verdankte ich dem eilig herbeistürzenden Direktor. Der hielt sich die Hände an die Ohren und murmelte bekümmert auf seinen fettfleckigen Gehrockbauch hinab: „So ein gutes Kind, so ein braves, und plötzlich ... Gewiß, Krieg ist nicht ... Aber, mein Kind, du kannst nicht hier in der Schule ... nein! Vaterlandsliebe, mein Kind, muß sein, muß sein in der Stunde der Gefahr." Und da er mich ansah, das kleine erbleichte Gesicht, den trotzig verschlossenen Mund, den zugleich angstvollen und todesmutigen Blick, endete er verwirrt: „Also laß man, laß, du lernst es doch nicht."

Es war eine Katastrophe, und ich liebte Katastrophen, wenngleich ich sie auch fürchtete, so daß ich bis heute nicht weiß, ob es nicht gerade diese atembeklemmend-süß die Glieder durchrieselnde Furcht ist, der wir erschauernd abgewandten Blickes entgegenfliehen, da wir doch im tiefsten das Leid lieben wie die Lust. Poldi, mein Bruder, wenigstens fand sein Leben lang die sichersten Möglichkeiten, sein Vivatnäschen jeder erreichbaren Faust entgegenzustrecken und ähnlich seinem

Großvater Gustav Schnedderich mit einem selbstgebastelten Rennauto fünf Minuten nach Abgang des Feldes am Start zu erscheinen. Für mich hingegen bedurfte es schon eines Krieges, um meine Wenigkeit zumindest für einige Stunden in den Mittelpunkt des Hauses Lafontaine zu rücken.

Denn als ich vormittags heimkam, empfing mich ungewohnte Stille in den Räumen, in denen sonst das Telefon lärmte, die Damen mit den Goldtäschchen um Mietstundung feilschten und Mama mit ihren großen Schritten hin und her hastete. Jetzt aber saß sie völlig untätig im Herrenzimmer am Schreibtisch, Onkel Jean-Louis gegenüber.

Der hielt das grüne Jägerhütchen auf den Knien, hatte die grüne Jagdjoppe geöffnet – ein erfolgreicher Schriftsteller, der sich, nicht wehrdienstfähig ob seiner starken Kurzsichtigkeit, aufs Land zu Bauern, Butter und Brot zurückgezogen hatte – und tröstete seine Schwester, die er so widerspruchsvoll zwischen Haß und Zärtlichkeit liebte. „Keine Nachricht ist gute Nachricht, Eberhard ist 'n schreibfaules Aas, das weißt du, der aalt sich da ganz gemütlich irgendwo in Bosnien und spielt mit seinen Landstürmern Skat. Ich würde mich nicht beunruhigen."

„Brauchst du auch nicht", sagte Mama kühl. Und wie immer ohne Punkt und Komma: „Du sitzt da in deinem Kaff auf 'm Anstand oder wie das heißt, aber Eberhard sitzt neben 'ner Kanone, Tag, Fleurchen, Papa hat wieder nicht geschrieben, wie siehst du denn aus, das ganze Haar im Gesicht, und jetzt kommst du, es ist doch erst elf."

Da war es, das Stichwort, da war er, mein Auftritt: Ich schmiß die Mappe auf den Teppich, mich auf einen Stuhl, die verfluchten Schnecken waren über meinen Ohren aufgegangen und hingen mir lose in das schweißnasse Gesicht. „Sie haben mich rausgeschmissen", sagte ich, fauchend vor Wut. „Der Direx. Und die Mädels haben gespuckt! Und ich hab ihnen gar nichts getan, ich habe nur gesagt, was ich denke, nein, was Onkel Jean-Louis denkt."

„Was ich denke?" Onkel Jean-Louis erhob sich wie angezogen

von dem Unheil, das da auf ihn zukam. „Was hast du gesagt? Was *ich* denke?"

„Ja, was du gesagt hast, das von der Revolution und daß der Kaiser ein Armleuchter ist und daß sie alle an den Laternen hängen und die Straßen in Blut schwimmen werden und daß du die Generäle abschießen wirst wie Hasen, peng, peng!"

Und dann geschah das Schreckliche: Onkel Jean-Louis trat zu mir, so nahe, daß ich in seinen blauen Augen hinter dem wakkelnden Pincenez die blanke Angst funkeln sah, und sagte mit gesträubtem Schnurrbart: „Sofort gehst du hin, sofort gehst du in die Schule und schwörst, verstehst du, schwörst, daß du gelogen hast! Daß ich nichts gesagt habe, nichts, nichts, nichts! Du hast dir was ausgedacht, du hast gelogen, es ist alles gelogen, vom ersten bis zum letzten Wort." Er hatte geschrien, aber plötzlich flüsterte er, fast weinend: „Ich kann doch nicht ... Ich kann mich doch nicht von dir umbringen lassen! Du weißt ja nicht, was passiert, wenn ... Es gibt da manches, was du nicht weißt, von früher ... aber auch jetzt ... Mein neues Buch ist konfisziert worden, und wenn jetzt noch so was kommt, daß ich solche Reden geführt habe und so denke oder vielleicht sogar schreibe ... Ich bin nämlich, ich hab ..."

„Laß, Jean-Louis", sagte meine Mutter. „Es ist nicht nötig, daß sie das weiß, es ist genug, das mit den verbotenen ‚Verführten' und daß du mit Fräulein Schnauz zusammen wohnst, schließlich bist du ein verheirateter Mann, und Ehebruch ist strafbar."

„Sie werden mir sicher eines Tages bis ins Bett nachkrauchen." Onkel Jean-Louis sprach bitter, bitter traurig. „Ja, einer wie ich darf in Preußen nicht leben! Und lieben schon gar nicht, wenn's nicht die Angetraute ist. Fleurchen, hör mal her ..."

„Nicht!" sagte meine Mutter noch einmal.

Aber wir waren schon zusammen in unserem Land des schriftlichen und mündlichen Verrats, Verwandte und Liebende; Onkel Jean-Louis zog mich an sich, er sprach leise zu mir, und ich erschauerte vor Stolz. „Ich hab nicht dafür gekonnt, ich war zu jung, ein paar Jahre älter als du jetzt, sie haben mich nie leiden können zu Hause, meine Mutter hat gesagt, ich bin ein untergeschobenes Kind, und ich paß nicht in die feine Familie, bloß weil ich manchmal den Kopf verloren und um mich geschlagen hab, aber sie haben zuerst gedroschen. Und dann, wie ich 'n paar Dummheiten gemacht hab ..."

„Dummheiten ist gut!" Meine Mutter machte: „Pah!"

„... ja, Dummheiten, Kleinigkeiten, bloß daß für euch eben jeder Groschen gezählt hat, und darum habt ihr mich abschieben wollen nach Amerika, das gehörte sich damals so, weißt du, Fleurchen! Bloß daß ich ihnen nicht den Gefallen getan habe, ich bin in Hamburg geblieben. Ich hab ja kein Geld gehabt, konnte nur in so 'ner Massenspeisung essen, da haben die die Suppe mit der Spritze wieder aus 'm Teller gezogen, wenn du den Groschen nicht hattest, und in dem Männerheim, wo ich untergekrochen bin, haben die Kumpels gesagt, na, der Lafontaine ist vielleicht 'n Schwein, der wäscht sich sogar den ..."

„Schluß!" meine Mutter flammte vor Empörung. „Wenn du schon erzählst, mußt du denn deine ganzen Schweinereien loswerden?"

„Ja, muß ich", sagte Onkel Jean-Louis bockig. „Nicht, daß ich's loswerde, aber daß sie's mitkriegt, wie's war und wie dreckig es mir ging und daß ich mir einfach nicht anders helfen konnte, gerade weil ich's nicht gewohnt war. Das hat auch der Richter gesagt. Darum haben sie mich ja so hoch verdonnert, weil ich aus guter Familie bin und es hätte wissen müssen. Und da habe ich eben für die gute Familie bezahlt und hab gesessen, meins abgesessen in der Zelle, zwei Meter lang und anderthalb Meter breit und ..."

„Klosettpapier!" sagte ich aufleuchtend. „Auf Klosettpapier hast du schreiben gelernt, weil du nichts anderes hattest, du hast's mir mal erzählt, bloß nicht wo."

„In Fuhlsbüttel, da ist das Hamburger Gefängnis. Dabei hab ich gar nichts gemacht, die andern hatten die Massematte ausbaldowert, ich hab Schmiere gestanden, und weil der eine haushohe Lampen hatte, sind wir eingegangen. So heißt das, denn die Sprache habe ich gelernt da drin. Überhaupt hab ich 'ne Menge gelernt, und es hat mir auch genutzt, bloß – ich bin eben vorbestraft, das ist wie 'ne Kette am Hals, lebenslänglich. Darum, Fleurchen, ich kann's nicht noch mal, ich kann's nicht! Jetzt im Krieg solche Reden, das ist ... Daraus kann man alles machen, Landesverrat ... Fleurchen, du mußt hingehen und sagen, daß *du* es gesagt hast, nur du!"

„Aber dann komm ich auch in 'ne Zelle."

„Red nicht so 'nen Quatsch!" Meine Mutter unterbrach mich wütend. „Du bist schließlich ein Kind."

War ich ein Kind? Bin ich jemals in meinem Leben ein Kind gewesen? „Ja", sagte ich mit Bitterkeit, „ich bin ein Kind, aber darum soll ich doch hingehen und sagen, daß ich es war."

„Du hast es mir eingebrockt, es tut mir leid, Fleurchen, aber jetzt mußt du es auch auslöffeln."

So also war das. So also schmeckte das tägliche Brot der Wirklichkeit, von dem ich in meinen vierzehn Jahren schon genug gekostet hatte. Ich spuckte es aus, und meine Stimme klirrte von den Tränen, die ich nicht weinen wollte: „Gut, Onkel Jean-Louis, ich tu's. Natürlich tu ich's. Ich sage, daß ich eine Lügnerin bin und daß ich's mir ausgedacht habe und daß du ..." Dann weinte ich doch – ach, ich hatte ihn geliebt, ich liebte ihn noch. Wer anderes als er hatte denn mit mir gesprochen, hatte mir eine Literaturgeschichte geschenkt, für wen denn als für ihn hatte ich meine erste Geschichte geschrieben, eine Lafontainesche Geschichte – „Dieb und Säufer" hieß sie und erzählte von dem kleinen Straßenfegerjungen bei uns im Hinterhaus, der im Gefängnis seinen besoffenen Vater trifft –, und wer anderes als Onkel Jean-Louis nahm mir nun die Ehre und den Stolz auf mich und auf ihn? Ich schluchzte, als bräche mir das Herz. „Ich mach's, ich mache alles, was ihr wollt."

Da war es wieder Käthe Lafontaine, die mich rettete, nicht zum ersten und nicht zum letzten Mal. „Genug geheult." Sie legte ihre Arme um mich, es war Frieden. „Du wirst nicht in die Schule gehen, sondern ich werde hingehen und den Leuten Bescheid sagen – wo ist doch die Schule, Wielandstraße, nicht wahr? – und werde ihnen erklären, daß Onkel Jean-Louis ..."

„Um Gottes willen", machte Jean-Louis Lafontaine.

Aber Käthe Lafontaine lachte nur ihr kurzes, eiliges Lachen. „Ich werde ihnen schon nicht erzählen, daß du Sozialdemokrat bist, aber ich werde ihnen was erzählen von wegen ausspucken und so vor Schülerinnen, die ihr Schulgeld bezahlen wie alle anderen."

„Aber, Mama, ich zahle doch gar keins", erinnerte ich leise.

„Ach so, na, macht nichts, wenn sie keine Vernunft annehmen, dann gehst du eben woanders in die Schule oder überhaupt nicht mehr, ein Mädchen braucht nicht soviel zu lernen, schade um die schöne Zeit, aber nun lach wieder, Fleur!"

„Und sei vorsichtig von jetzt an", sagte Onkel Jean-Louis noch.

Aber ich hörte schon gar nicht mehr hin. Ich hatte die Schule hinter mir, hatte sie hinter mich gebracht auf die einfachste, eben die Lafontainesche Weise, ich war – und das alles in diesen wenigen Minuten – klüger, ja älter geworden und vorsichtiger fürs ganze Leben. Für ein Leben, darin es verschiedenerlei Arten von Menschen gab, bessere und schlechtere, ärmere und reichere, freche, die sich alles erlauben konnten, und vorsichtige, die auf Grund irgendwelcher geheimer Vorkommnisse Anlaß hatten zu Feigheit und Vorsicht. Und die Angst hatten, ja, das war's, Angst.

Aber gab es nicht eine Rettung vor dieser Beklemmung des Herzens, gab es nicht den Traum, gab es nicht die Bücher? Auf dem Teppich liegend, verschlang ich die Romanfortsetzungen des Lokalanzeigers ebenso hingerissen wie Zolas „Nana" aus Papas Bücherschrank, hungerte mit Hauptmanns „Webern", weinte mit „Oliver Twist", verliebte mich in Maupassants „Bel Ami" und polkte mir aus den goldschnittverzierten Klassikern auf dem Sofapaneel Gretchens und Käthchens Liebesdramen als die Rosinen einer noch ganz unverdaulichen Speise heraus.

Auf dem kleinen Schreibtisch in meiner Dachstube lag ständig ein Literaturlexikon, das Geschenk von Onkel Jean-Louis. Ihm nacheifernd, schrieb ich Geschichten, die, den seinen ähnelnd, in eine mir unbekannte Tiefe des Elends hinabstiegen oder unter roten Fahnen angesiedelt waren, frei nach Rudo Rubikow. Sie führten mich aus meiner schwer zu ertragenden Wirklichkeit in das Land meiner wirren, so widersprüchlichen Träume.

„Eilende Wolken, Segler der Lüfte. Wer mit euch wanderte, mit euch schiffte ..." Poldi grinste; ich sagte wütend: „Da gibt's gar nichts zu lachen, das ist aus dem Monolog der Maria Stuart, den will ich der Moissi vorsprechen, Mama ist auch dafür, sie geht mit mir hin."

„Die nimmt dich", sagte Poldi, er glaubte an mich, „die ist froh, wenn sie dich überhaupt kriegt für ihre dämliche Schauspielschule."

„Aber für umsonst? Mama zahlt nichts, hat sie gesagt. Sie hat nichts gegen die Schauspielerei, damit kann man auch viel Geld verdienen, aber so was braucht man nicht zu lernen, sagt sie. Papa hat's auch nicht gelernt – er kann's ja aber auch nicht richtig."

Wirklich, Maria Moissi nahm mich auch ohne Bezahlung in ihre Schauspielschule auf. Vierzehn Jahre alt, mager, großäugig, goldblond, lernte ich zusammen mit einer schwarzhaarigen Medizinstudentin, einer rothaarigen Schauspielertochter, einer Weißblonden aus einer Bankierfamilie und zwei Tänzerinnen stehen, gehen, fallen, sprechen, schreien und weinen: „Ach, neige, du Schmerzensreiche ..."

Nach einem Vierteljahr wurden wir an die Tänzerin Rita Sacchetto für die Reklameschau ihrer Tanzschule verborgt. Jung, schön, tapsig wie Kälber, stellten wir in babyrosa, giftgrünen oder himmelblauen Seidenschleiern lebende Bilder: Dantes Begegnung mit Beatrice, Frühling von Botticelli – anmutige Vorführungen, die die Begeisterung des Publikums sowie die Aufmerksamkeit der Sittenpolizei erregten.

Warum wir Mädchen mitmachten, was doch von Anfang an nichts als Betrug und Kundenfang war? Es war die Lust am Spiel, an der rauschvollen Erhöhung des eigenen Selbst, zeigte uns doch der billig erhaschte Beifall, daß man sich nur treiben lassen mußte, um leichthin über der leeren Tiefe zu schwimmen. Zu neuen Ufern, wie ich dachte, zu einem größeren Leben im Glanz der Bühnenlichter, wie ich hoffte.

Denn atmete ich nicht schon die klare Luft des Geistes, wenn ich vom vierten Rang des Theaters hinab dem klingenden Pathos Schillerscher Dramen lauschte? Versprach sich mir nicht die Zukunft, da ich doch schon in der Gegenwart unsterbliche Worte im Chor sprechen durfte und als Blumenmädchen im „Peer Gynt" drei Mark Abendgage und vom Regisseur persönlich einen Klaps auf den Hintern bekam? Während ich vor Maria Moissi auf den Knien in herzbewegender Rührung das Käthchen von Heilbronn sprach, schielte ich unterm brechenden Auge hervor nach einem Zeichen des Erfolgs, lauschte auf ein Flüstern des Entzückens: Wie begabt sie ist, die Jüngste, die Schönste!

Denn ich war schön, ich wurde schön, soweit wir Armen zu jener Zeit ohne Lippenstift und Schminke aus eigenen Mitteln schön zu werden vermochten. Mager, doch schüchtern gerundet – ich hatte entdeckt, daß zwei Leinenhemden übereinandergezogen schwellende Formen ergaben –, war ich mit meinen langen schlanken Gliedern anmutig auch noch in den wadenlangen Kleidern, die Käthe Lafontaine von einer Dame namens Hortensie Wunnebald, einer früheren Kammerzofe der Potsdamer Hofhaltung, erwarb. Mit Stolz trug ich mein erstes Jakkenkleid: Pepitajäckchen mit halblangem Glockenrock zu schwarzen Knopfstiefelchen und schwarzen Florstrümpfen. Die Sommerkleider – getupfter Voile mit flatterndem Samtband um die Taille zu einem Florentiner Hut mit roten Kirschen aus gewachster Watte – fertigte Mama nachts aus abgelegten Fetzen, nachdem sie tagsüber, abgejagt, erschöpft, die aschblonde Tolle wirr über der sorgenvoll gerunzelten

Stirn, jedem Stück Brot hinterherraste, um uns satt zu machen. Uns: die drei Schuljungen Poldi, Vlasko und Mato, mich und Elisabeth Kubisch, Mädchen für alles bei fünfundzwanzig Mark Lohn – nicht zu vergessen Gospodin Perasić, der leider nur ein Montenegriner und kein Spion war, sonst hätte er mehr gehabt als die graue Pelerine und das karge Obdach bei Käthe Lafontaine.

Abends aßen wir Bratkartoffeln in Kaffeesatz gebraten, morgens vor der Schule standen wir schon an, drüben am Buttergeschäft, beim Fleischer und einmal nachts um drei Uhr nach Schmalz vor dem Kaufhaus Wertheim am Alexanderplatz. Die Schlange rückte vormittags um elf vor den Eingang zur Sittenpolizei im Kriminalgericht, darin die Frauen, junge Weiber ohne Hut, mit Latschen an den Füßen, aus der Friedrichstraße, aus der Ackerstraße, aus der Mulackstraße zur Untersuchung verschwanden; aber da waren auch alte Weiber, die Zilletolle über der Stirn, den Einholkorb am Arm, die Schürze vor dem dick aufgeschwemmten Bauch – ein endloser Elendszug, den ich mit Neugierde und ohne Erschütterung betrachtete. Ich, die ich mich gerettet glaubte, hinüber zu den anständigen Frauen auf der besseren Seite des Lebens, um von dort aus zuzusehen, wie sie es trieben, während ich unter blauumschatteten Lidern hervor den einen suchte, der mich nehmen und davontragen würde, fort von dem verfluchten Bayerischen Platz und hoch hinauf zu reineren Höhen.

War der Erlöser und Erretter noch immer der Gott aus Mährisch-Ostrau, der nun schon so lange aus dem Himmel unserer kindlichen Zärtlichkeit in einer preußischen Hölle verschwunden war? Blieb es für ewig des Vaters Bild, noch in der verlausten Landseruniform so betörend, daß vor ihm alle späteren im Nichts vergingen? So Olindo, der schmachtäugige Chilene aus der Fremdenpension Florida am Bayerischen Platz; ebenso wie der dicken Olga prinzlicher Freund; ja selbst Onkel Jean-Louis, an dessen Seite das hübsche Fräulein Schnäuzchen augenscheinlich lebenslänglich bekommen hatte.

In meiner Erinnerung schweben sie gleich Phantomen über die mondbeschienene Weide meiner Mädchenträume – alle, bis auf den einen, den ich vergessen habe, den ich vergessen will und den ich selbst damals immer nur wahrnahm, um ihn wieder zu vergessen. Denn was hätte ich mit einem Jungen anfangen sollen, der nicht älter war als ich selbst, dessen lange Glieder verloren in seinem auf Zuwachs gekauften Einsegnungsanzug schlotterten, der seinen Einsegnungshut nicht auf dem Kopf, sondern auf den Ohren trug und der weinte?

Daß er weinte, daß späterhin auch ich weinte, daß seine Mutter und meine Mutter weinten, das ist mir deutlich in Erinnerung. Ich wußte auch, warum Philipp Pommeranz und seine Mutter Lieschen in Berlin weinten, anstatt das gleiche genau so gut oder so schlecht daheim in Wiesbaden zu tun, da auch wir, Käthe Lafontaine und ich, zu diesem uneingestandenen Zweck bis in die Dorotheenstraße gefahren waren.

Denn obwohl der Gefreite Eberhard Schnedderich vermutlich noch immer irgendwo in Bosnien neben einer Kanone friedlich seine Laubsägearbeiten bastelte, hatte er doch seit Monaten nicht mehr geschrieben, und hier, am Kriegsministerium, dicht nebeneinander und übereinander auf dem hohen Sockel des Backsteingebäudes, klebten die Verlustlisten. Die durchforschten wir mit angehaltenem Atem nach dem Namen Eberhard Schnedderich – vergebens. Gott sei Dank vergebens!

Wir atmeten auf, ich glaube, meine Mutter küßte mich sogar, blieben aber doch noch eine Weile reglos stehen auf unseren schwer erkämpften Vorderplätzen zwischen den Frauen in Umhängetüchern, den Kindern in Holzschuhen, den Vätern, den Müttern, die mit mummelndem Mund Namen, Nummern nannten, flüsternd in der gespannten Stille des Todesschweigens nach Fahnengeknatter und Böllerschüssen. In die aber fuhr plötzlich ein Laut, ein jammernder Seufzer, nach dem ich mich, so leise er war, umwandte.

Da sah ich Philipp Pommeranz zum ersten Mal.

Er war genauso alt wie ich, fünfzehn Jahre, mager und zu groß für sein Alter, mit stöckrigen Gliedern und einem schmalen, schwarzhaarigen, glatthaarigen Schädel, wohl das zweitausendjährige Erbe eines römischen Besatzers am Rhein. Auch die Nase war zu lang – er sollte sie später durch einen dichten schwarzen Schnurrbart verkürzen – und senkte sich auf volle, lebensfreudig geschwellte Lippen. Und dann blickte ich in seine Augen, samtigbraune Augen, schön, tief und langbewimpert wie die meines Vaters.

Was nun geschah, erstaunt mich noch heute: Ich mußte ihn einfach anfassen, als wollte ich mich von seinem Dasein, vielleicht sogar von seinem Dasein in meinem Leben überzeugen. Ich berührte seine Schulter und sagte: „Du, ich glaub, deiner Mutter wird schlecht."

„Mutter, Mutter Liesche", rief er. Und dann stammelnd, ich hörte es genau, denn ich stand neben der kleinen Frau mit dem schmalen Gesicht und dem weißblonden Dutt am Hinterkopf: „Er ist es nicht, Mutter, gell, 's ist nicht unser Kaspar, 's gibt ja noch viele Kaspar Pommeranz!"

Indem drehte sich alles nach uns um, da wohl alle, die Frauen, die Männer, sogar die Kinder, begriffen: Es war doch der Kaspar Pommeranz aus Wiesbaden, den wir hier an der Ecke Dorotheenstraße auf einer Verlustliste fanden, wie ihn irgendwo auf irgendeinem Schlachtfeld eine Kugel getroffen hatte: ohne Siegeskranz und höchstens, wenn es ihm gut ergangen war, mit einem Loch in der Stirn. Vielleicht sah ihn die kleine Frau Pommeranz so, tot und nicht einmal begraben; denn sie stand unbeweglich und starrte unter ihrem verregneten Hütchen auf das papierne Grabkreuz mit seinem Namen. Dann schüttelte sie langsam den Kopf, als weigere sie sich, den Toten anstelle des Lebenden an ihr Herz zu nehmen.

„Nach Hause", murmelte sie, „nach Hause..."

Da griff Käthe Lafontaine ein: Genug der Verzweiflung, das Leben geht weiter – in diesem Falle in Wiesbaden, dorthin aber fuhr der Zug nach ihren schnellen Erkundigungen erst gegen Abend. Und wohin so lange? Es regnete ja.

„Mir gehe auf den Bahnhof und warte", sagte der Junge und zog sich den Einsegnungshut tief und krumm über die weinenden Augen. „Mir wolle fort, nach Hause zu mein Vadder." Indes dem kleinen Lieschen Pommeranz die Lider hinabsanken, als wolle sie ihrem Sohn nach in den endgültigen Schlaf gleiten.

Zehn Minuten später hatte Käthe Lafontaine uns alle in eine Elektrische verladen – nein, sie nahm auch jetzt keine Droschke –, und nach einer Stunde lag Lieschen Pommeranz im Eßzimmer auf dem Sofa, wo sie Schüttelfrost bekam und einen Kaffee und die Wärmflasche an die Füße. Denn Käthe Lafontaine war eine gute Frau, besonders gut, wenn es nichts kostete oder sogar etwas einbrachte, nämlich in allen folgenden Jahren zum Weihnachtsfest aus Wiesbaden ein Paket mit hausgebakkenem Weihnachtskuchen.

„Ich will bei meine Mutter bleibe", hatte der Junge gesagt, aber ich war stärker als er, ich zog ihn mit mir fort, fauchte die serbischen Brüder an, sie sollten uns in Ruhe lassen, und verschleppte Philipp Pommeranz als meine Beute hinauf in mein Zimmer. Das lag hoch unterm Dach; hier waren wir allein, und ich genoß diese Zweisamkeit mit dem fremden Unglück in einer Art wilder Neugierde: Der dunkle, verschreckte, versperrte Mensch mir gegenüber litt so gründlich, daß ich ihn beinahe mit Neid bewunderte.

„Ist das ... war das ... entschuldige, war das dein einziger Bruder?" Ich sprach, denn er sollte sprechen; ich fragte, und er antwortete.

„Nein, ich hab noch einen. Der ist Maurer." Der Junge schien feindlich aus Verzweiflung, das samtbraune Auge schwarz vor Trauer.

„Also der ist auch schon groß?"

„Alle sind sie groß, meine Schwestern auch, ich bin 'n Nachkömmling, mich wollte sie eigentlich net mehr."

„Und da können sie dich nicht leiden?" erkundigte ich mich, hungrig nach noch mehr Leid und Mitleid.

Er schwieg, würgte an seinen Tränen. „Und ob die mich leide

könne! Der Kaspar und der Wilhelm habe mir die schönste Sachen geschenkt, selber gemacht, 'ne Stahlkassette mit 'nem Schloß vom Kaspar, damals, wie er weggemacht ist von zu Hause, aber jetzt will ich gehe, gelle.'' Er stand hilflos mit hängenden Armen neben dem geblümten Sofa, seine Blicke wanderten über die rosa Wände, aber sie sahen nichts, sie sahen auch nicht mich, die ihn zu halten versuchte, warum eigentlich? Warum schien es mir, als müsse er bleiben? Ja, als bedeute es die Rettung aus einer mir unbekannten Gefahr, wenn er bliebe, hier an meinem kleinen Tisch mit den Tintenspuren, neben mir, die ich ihm nahe war und doch so weit entfernt, daß ihn meine Worte kaum erreichten.

Ich versuchte es aber immer wieder. „Wo ist er denn hingegangen, dein Bruder? In den Krieg? Oder bloß so auf Reisen?''

„Weggegangen ist er für immer.'' Er sprach widerwillig – seine tiefe Stimme kickste –, aber er sprach, als könne er den toten Bruder mit seinen Worten für eine Stunde zurückholen in das Leben. „Weil er das Volksblatt gelese hat, und mein Vadder hat gesagt, wenn du das Volksblatt liest und machst 'n Abonnement drauf, und so ein sozialdemokratisches Blatt kommt mir nicht in mein Haus, dann mußt du gehe.''

„Und da ist er gegangen?''

„Ja, da hat er gesagt, der Kaspar, ich lass' mir nicht meine Idee nehme, und ich geh weg und komm nimmer wieder.''

„Und deine Mutter?''

„Das Liesche, was meine Mutter is, das Liesche hat geweint und hat mit der Bibel dagesesse in die Küch bis in die Nacht, und der Vadder is immer bloß rumgelaufe und ...''

„Dein Vater ist wohl sehr streng?'' fragte ich, in meiner Stimme war Sehnsucht.

„Mein Vadder is bloß im Kirchenrat, aber streng? No. Mein Vadder schimpft, gelle, er hat 'ne Stimme wie 'n Löwe, aber mein Vadder is gut.'' Jetzt lächelte Philipp Pommeranz, und plötzlich erhellte sich das dunkle Gesicht mit den braunen Augen unter dem glatten schwarzen Haar: er leuchtete, ach, er leuchtete, wenn er liebte! „Wie ich die elektrischen Birnen rausgeschraubt habe aus dem Keller von der neuen Villa bei uns und hab sie reingeschraubt bei uns in die Stub, weil wir auch Licht habe wollt, wir arme Deuwels, gelle, und die Leute sind zu mein Vadder gelaufe gekomme und habe gesagt, daß wir die Birnen geklaut habe aus die reiche Villa, da hab ich erst gewartet vor die Wohnungstür, und wie der Vadder aufgemacht hat, bin ich zwischen seine Beine durch und rein ins Bett, und da tut er mir nichts, da steht er bloß davor und schimpft und lacht. Und sagt: ‚Du Rotzbub, du!'"

„Schön!" sagte ich verklärt. „Das ist schön. Ich hab auch einen Vater, aber der ist nie da, der ist Kabarettist."

„Was ist 'n das? Mei Vadder ist Tischler, der wartet jetzt auf uns, der weiß es noch nicht."

Er schwieg; es war wohl das Weinen, das ihn verstummen ließ, und ich sagte schnell: „Aber bei deinem Bruder damals, wie das war mit der Zeitung, der sozialdemokratischen, da hat er nicht gelacht, was? Da hat er ihn aus dem Haus gejagt?"

„Nein, der Kaspar ist gegange, hat sein Bündel genomme und sein Werkzeug und ist gegange. Morgens früh um siebe. Aber dann, wie er an den Bahnhof kam, wer stand da, mei Vadder. Und der hat ihm 'n Billett gekauft und hat ihm noch Geld gegebe, viel Geld, zwanzig Mark, und dann hat er ihn an den Zug gebracht, und der Kaspar ist weg. Und nu, nu is er ganz weg ... ganz und für immer." Er weinte nicht; er hatte die Augen so fest geschlossen, als drücke er die Tränen in sich hinein, und auf die geballten Fäuste hinab flüsterte er: „Aber ich bring sie um, alle, alle, die den Krieg gemacht habe, die Schuld habe."

„Manche Leute sagen, Krieg kommt von selber."

„Nein, Kriege mache sie", sagte Philipp entschieden – oder der Tote sagte es aus des Bruders lebendem Mund. „Und der Kaspar wollt nicht mitmache, gelle. Er wollt nicht! Der hat gesagt, er schießt nicht, er geht nicht, und da habe sie gesagt, ins Gefängnis oder in 'n Krieg für 'n halbes Jahr. Und in diesem halbe Jahr habe sie ihn erschosse."

„Wer sie? Wer hat ihn erschossen?" fragte ich leise mit Herzklopfen.

„Die reiche Leute, die den Bauch nicht voll genug kriege könne, dadrum mache sie Krieg! Aber ich bringe sie um, alle!"

Er schrie unterdrückt, und ich neigte mich ihm entgegen und flüsterte leidenschaftlich: „An den Laternen werden sie hängen, glaub mir's, sie werden an den Laternen hängen, und die Straßen werden voll Blut sein, und eine Revolution wird kommen, mein Onkel weiß es, der ist ein großer Schriftsteller und ein Sozialdemokrat. Ich werd auch Sozialdemokratin."

Ach, welch ein schöner, welch ein beglückender Augenblick! Wir waren vereint, schwebend auf einer Woge schmerzlich süßer Tränen, in einem Rausch sehnsüchtiger Begeisterung; um uns leuchtete es rot von den rosa Wänden, nein, vom blutigen Rot fernher wehender Fahnen.

Da stand er schon wieder, der hölzerne Junge, drehte den Hut in der Hand, sah mich nicht an, hörte mich wohl auch kaum, aber ich wollte ihn halten und begann zu plaudern, vom Leben hier in Berlin, von meinem Leben, vom Theater, das doch mein Leben war oder werden sollte, da ich Schauspielerin werden würde.

„Momente mal, Schauspielerin?" fragte er, hinabhorchend in die Wohnung, in der das Lieschen lag. „Ich denke Sozialdemokratin?"

„Das auch, natürlich", antwortete ich und ging ihm nach zur Tür. „Aber das ist die Idee, das Sozialdemokratische. Schauspielerin ist auch ideal, aber außerdem ist es ein Beruf." Und vage: „Ich hab mal einen gekannt, der war von Beruf Sozialdemokrat und außerdem Dichter. Ich wollte eigentlich auch Schriftsteller werden, wie mein Onkel..."

„Schriftsteller ist besser als Schauspielerin", sagte der Junge trübe. „Da kann man, gelle, da kann man das alles schreibe, über das Unrecht und den Krieg... Wie sie meinen Bruder umgebracht habe, wie sie alle umbringen. Aber du willst ja Schauspielerin werden. Adjöh!"

Damit lief er schon durch den Flur, lief auch prompt in die Jungen hinein, die ihm großäugig nachblickten, wie er da in der Diele stand, bockig und verschlossen, den verbeulten Hut auf den Ohren, wartend, daß sie endlich zum Bahnhof fahren konnten. Zum Bahnhof, in den Wartesaal, in den Zug nach Wiesbaden, in die Gemeinsamkeit der Liebe und des Todes mit dem ermordeten Bruder.

Es dauerte eine ganze Weile, bis Lieschen Pommeranz kam, und während der Zeit betrachtete ich ihn, als wollte ich mir sein Gesicht einprägen, um es wiederzuerkennen, falls ich ihm jemals wieder begegnen würde. Und ich bin ihm begegnet, immer wieder, dem jungen Philipp Pommeranz, dem Mann Philipp Pommeranz; ich begegne ihm auch jetzt in der Ausweglosigkeit meiner Träume, und ich erinnere mich.

„Ich will nicht!" sage ich laut, beiße die Zähne über den Worten zusammen, denn was nutzt es mir, mich des Verlorenen zu entsinnen wie eines verklungenen Märchens. „Ich will nicht mehr", sage ich, so wie er es sagte, in Rom auf dem Bahnhof.

Plötzlich ist sie da, die Stunde auf dem Bahnhof in Rom. Sie überfällt mich mit ihrer Traurigkeit, sie schlägt über mir zusammen mit dem Brausen des an den Strand flutenden Meeres, aber es ist das Lärmen der Menschen auf dem Bahnhof, das schrille Pfeifen der Signale, das schwere, wogengleich heranrollende Rattern der Züge, das Kreischen der Kaffeemaschinen unter dem Glasdach in der Halle, vor dem sich die Piazza dell' Esedra in funkelnder Sonnenhelle ausbreitet. Und ich stehe inmitten dieses geräuschvollen Treibens wie auf einer Insel tödlicher Stille Philipp gegenüber.

Er hat den Kopf geneigt, dennoch sehe ich: Sein Gesicht trägt den gleichen Ausdruck hilfloser Ergebung in ein noch nicht begriffenes Schicksal wie damals, als der Junge vor sich hin in ein Grab starrte. Denn auch dieser hier, der Philipp Pommeranz auf dem Bahnhof in Rom, der Fünfzigjährige, scheint ein nach ermüdendem Kampf Geschlagener. Er sagt: „Na ja, du hast alles, deine Karte und das Permit, vergiß nicht, es liegt alles zusammen mit dem Travelboard von der Iro. Das große Gepäck kommt extra, gelle, Fleur, es ist wirklich nichts mehr. Ich möchte gehen, ich kann nicht... Lausig, diese Abschiede."

„Es war doch immer so lustig, weißt du noch, in Korčula, wenn die Schiffe abfuhren und wir großes Winken machten." Ich plappere wie damals in meiner rosa Stube unter dem Dach, um ihn zu halten, noch eine Minute, die letzte, aber er sagt mit seiner tiefen Stimme – zweiter Baß im Wiesbadener Gesangverein Zukunft –:

„Momente mal, Fleurchen, damals, da war noch Krieg, da konnte man gar nicht wegfahren, ob man wollte oder nicht, aber jetzt..."

„Du, Philipp, wir haben doch wochenlang darüber geredet. Aber jetzt sieht es plötzlich so aus... Du, sag mir die Wahrheit, du wirst, du kannst mich doch nicht allein lassen wollen!"

„Warum nicht?" Er lächelt. „Ob *ich* ohne dich sein kann, das ist die Frage, du aber, du hast doch immer alles gekonnt."

„Mach keine Witze!" Ich bin verwirrt oder auch verirrt auf einen Weg, den ich nicht gehen will. „Natürlich habe ich immer gekonnt, was ich mußte. Aber weißt du, was Poldi gesagt hat, wie ich mal erwähnt hab, daß ich mir alles verkniffen hab, vierzehn Jahre lang nicht ein neues Kleid, nur die Lumpen, die ich geschenkt gekriegt habe, da hat Poldi gesagt: ‚Warum hast du's denn getan, du hättest es doch nicht tun müssen.' Und jetzt du – wir mußten doch leben!"

„Muilili", Philipp nennt den Namen, mit dem er mich in den Stunden unserer Zärtlichkeit zu sich rief, „ich weiß doch, jeder weiß, du hast's geschafft, alles du! Aber vielleicht will nun mal ich das schaffe, was ich kann?"

Und was ich jetzt spreche – ich schwöre es –, spreche ich gegen meinen Willen: „Ja, Motoren frisieren in deiner Autoschlosserei, in deiner Baracke da in Napoli, und abends auf der Piazza stehen und die Unità lesen und in die Sezione gehen und reden..."

„... ja, reden in mei falsches Italienisch und demonstrieren und organisieren und prendere le botte und eben Arbeit, Parteiarbeit.''

,,Wie früher, genau wie früher, wo du die Keile gekriegt und Streiks geführt hast; alles noch mal und am liebsten alles da, wo du hergekommen bist.''

,,Und wo ich hingehöre, grad jetzt! Wie oft soll ich dir sagen, daß sie mich nicht brauche, in Berlin bei Klaus. Da habe sie genug von meine Sort. Aber daheim bei mir, in Süddeutschland, da habe mir net genug, da brauche mir welche, da ist der Kampf, da sind der Lärcher-Paule und der Erich Lanz aus dem Lager, und da ist die Partei. Da ist mei Arbeit und mei Aufgab. Und da will ich hin, wo ich hab aufhöre müsse, wo sie mich runnergeholt habe vom Prinz-Wilhelm-Denkmal und mir die Arm auf den Rücke gedreht und mir in den Arsch getrete; da will ich weitermache, genau das, was mei Recht ist und mei Pflicht!''

,,Du bist also noch immer mit der Partei verheiratet! Du warst es die ganzen vierzehn Jahre und bleibst es immer und ewig!''

,,Und mit wem bist du verheiratet, immer und ewig?''

In diesem Augenblick wird der Lärm so laut, daß ich die Frage überhören kann. Ich spreche jetzt sehr schnell von Wiesbaden, das ich hasse seit der Geschichte mit dem Spielklub und wo ich auch nichts zu suchen habe, weil mein Sohn in Berlin ist und Tante Schnäuzchen und Poldi – was sollte denn Poldi in Wiesbaden? Zuletzt werde ich laut, Leute drehen sich nach mir um; ich bin gereizt, da Philipp ruhig bleibt, nur blasser zu werden scheint, das Auge dunkler, verschattet, verschlossen. ,,Ich kenn's doch, dein Wiesbaden! Mein Gott, da ist alles so eng und klein, was soll denn das für ein Leben sein!''

,,Mein Leben'', sagte er leise.

Und ich wieder: ,,Ach, du weißt ja nie, was du willst! Damals, wie wir in Milano durch die Straßen liefen zwischen den Bomben durch und ich weinte: ,Sag doch, wo wir hin sollen, entscheide einmal du', da hast du nichts gesagt und nichts getan, und ich hab's machen müssen, ich, immer ich!''

„Ja, du!" Ich höre noch jetzt, wie er vollends in seine Wiesbadener Mundart zurückkehrt als in seine Heimat, allein. „Du hast gespart und gesorgt, un mir böse Bube habe nix getan, vielleicht, weil mir nix tun konnte oder einfach faul gewese sind." Und mit Lächeln – oh, welche Bitterkeit! –: „Du hättest einen besseren Mann verdient."

Das trifft mich. Ich bin plötzlich bis zum Ersticken, zum Schreien und Weinen angefüllt mit Weh; ich liebe und weiß es. Während ich meinen Kopf an seine Brust neige, sage ich unter Tränen: „Ich hätte nie einen besseren Mann haben können als dich! Vielleicht einen reicheren, aber einen besseren? Ach, Philipp, für mich bist du der beste Mann auf der Welt! Denk doch mal an, was ein anderer Mann aus mir gemacht hätte, wo ich doch alles kann, Filme schreiben und Geschichten. So 'ne Betriebsnudel hätt' er aus mir gemacht" – ich sehe, daß er lächelt, obwohl er die Stirn gegen meine drückt und vielleicht auch weint, vielleicht –, „so eine, die mit einem Hintern auf sieben Hochzeiten ist. Du aber hast mir gesagt, daß man die Welt nicht – wie hast du gesagt? –, daß man sie verändern muß, und du bist bei mir gewesen, immer." Ich spüre, wie er nickt. „Und wir bleiben zusammen, immer und ewig, nicht wahr, es wird schön werden in Berlin?"

„Ja", sagt er, wirklich, ich schwöre es, er sagt: „Ja." Oder scheint es mir nur, als vernähme ich dieses wunderbare, dieses herrliche Wort, obwohl der ganze Bahnhof wie eine große Glocke schwingt vom Lärm der Stimmen, der Schritte, die an mir vorüber den Zug entlanghasten. Und weil ich an dieses „Ja" glauben will, bin ich es, die noch einmal dieses ermüdende Gespräch beginnt, das wir durch Jahre in allen römischen Büros der Alliierten geführt haben, um auf alle Bitten in meinem fürchterlichen Englisch nie mehr zu erhalten als einen Blick milden Erstaunens ob der unbegreiflich dummen Gutgläubigkeit, mit der wir hofften heimkehren zu dürfen. Heim in ein Deutschland, dessen verdächtiger Erneuerungswille nicht noch eines Philipp Pommeranz bedurfte, dem augenscheinlich weder das Konzentrationslager noch die Jahre der Emigration Ordnung und Demokratie beigebracht hatten.

Gewiß war während des Krieges Philipps unterirdisches antifaschistisches Komitee brauchbar gewesen, brauchbar auch noch, als nach der Eroberung Roms die Alliierten Männer suchten, die hinter der deutschen Front zu hilfreicher Tätigkeit in einen ziemlich sicheren Tod sprangen. Aber daß dieser Philipp Pommeranz nun nach Deutschland wollte, um dort *seine* Ansichten von Ordnung und Demokratie zu verwirklichen? Nein, sie verstanden es nicht; sie lächelten ihm zu, sorry, sie lächelten der Frau an seiner Seite zu, auch sie verdächtig genug ob eines wohl recht tätigen Sohnes in der östlichen, kommunistisch infizierten Zone ihrer so heißersehnten Heimat. Und wenn wir wieder auf der Via Veneto unter den Mimosenbäumen standen, zu arm, um uns in die Sessel vor dem Café Donath zu setzen und zu genießen, was uns an Schönheit in Himmelsbläue und Sonnenhelle geboten wurde, dann legte ich die Hände an die Ohren, um nicht zu hören, wie Philipp sagte:

„Kein Grund zur Panik! Sie müssen's mir gebe, eines Tages müsse sie! Aber 's is mein Schuld. Damals, vierundvierzig, wie sie gekomme sind in ihre olivgrüne Uniforme in unser Komitee und gesagt habe, mir sin Helde, ja, Helde hat er gesagt, der Blödmann, und mir käme alle nach Hause, mir solle bloß noch schreibe, wo mir herkomme und was mir getan habe, und ich hab's geschriebe, alles, von der Partei und dem KZ – mei Schuld! Früher, daheim, war ich bloß auf die schwarze List, hier bin ich geblacklistet, das ist noch feiner, und nu geh ich schwarz über die Grenze, nein, über zwei Grenze, und wenn sie mich da kriege, dann stoppe sie mich in ein Lager, da sind sie alle, die SS-Leut, die Sturmführer und Gestapomänner, die Kreisleiter und die KZ-Aufseher, die wo aus Deutschland getürmt sind und die sie gekriegt habe auf'm Weg nach Argentinien. Und diese Leut schlage dann das Kommunistenschwein Philipp Pommeranz mit 'nem kräftigen Knüppel tot, ohne daß ein alliierter Hahn danach kräht."

„Warte noch", sagte ich.

Und wir warteten, zuerst auf eine Nachricht von Klaus, dann, daß man über eine Militäradresse schreiben durfte, dann, daß wir Antwort bekamen und nun den Kampf beginnen konnten: den Kampf um das Deutschland, in das wir heimkehren würden, falls wir heimkehren durften. Denn auch Poldi erklärte – wie gewöhnlich mit blinzelnder Hühnerkieke Gläschen schwenkend –, daß er heim wolle, schlichtweg nach Berlin, am liebsten mit Marusja in sein altes Atelier mit dem Schild „Nachtglocke zum Kunstmaler" neben der Haustür, das er aber jetzt mit silbernen und goldenen Wänden neu aufbauen werde. Während Philipp das westliche Deutschland sah – schon wieder gefährdet, von Geld und Versprechungen verlockt –, gerade deshalb aber dort in der alten Heimat seinen Platz zu behaupten gedachte. Und ich stöhnte: „Auf den Stufen des Prinz-Wilhelm-Denkmals Reden halten und in Mutter Lieschens Küche Flugblätter abziehen, genau wie früher!"

Worauf wir tagelang schwiegen und uns dann auf Vorausfahren und Nachkommen einigten – ein magerer Vergleich, wenn nicht Lüge und Ausflucht, man würde sehen.

Jetzt, auf dem Bahnhof in Rom, neben dem wartenden Zug, schon im Ohr das Klappen der Türen, die gleich zufallen würden, sehe ich, wohin wir gekommen sind: an das Ende unseres gemeinsamen Weges, unseres gemeinsamen Lebens, nein, an das Ende meines Lebens. Wie soll ich denn ohne Philipp leben? Aber habe ich nicht einmal Ruhe verdient?

„Ich kann nicht immer so weitermachen, ich bin fünfzig, hab einen Sohn in Berlin. Einmal im Leben will ich ganz dasein! Vierzehn Jahre lang bin ich halb dagewesen, halb in Deutschland, halb irgendwo anders, wo ich nicht einmal die Sprache gekonnt habe, und jetzt will ich in meiner Sprache sprechen zu denen, die sie verstehen!"

„Es gibt überall Leute, die unsere Sprache sprechen, denen wir was zu sage habe, denk an die Jugend. Und dabei zu helfe ist mei Aufgab und deine auch."

„Ich will aber keine Aufgabe mehr!" schreie ich. Dann noch lauter, noch wilder: „Ich hab's satt, alles, das Leben mit dir, mit deiner Partei . . . Ich will nicht mehr! Ich kann nicht mehr!"

Da dreht er sich um und geht. Geht fort wie ein Soldat aus einer verlorenen Schlacht. Still, nicht einmal entschieden, eher unschlüssig, aber getrieben, so wie vierzehn Jahre zuvor in Berlin, als wir fortgingen, Hand in Hand, in den Himmel oder in die Hölle, da wir es uns nie versprochen hatten, aber doch wußten: Wo du hingehst, da will auch ich hingehn. Vielleicht wären wir auch miteinander gestorben, unter einer Bombe oder einem zusammenstürzenden Papphaus in Rimini oder von einer Kugel nachts vor unserem Hause in Korčula getroffen, einer in des anderen Arm als in ein einziges Grab verkrochen. Und nun sollten wir nicht mehr miteinander leben können?

Ich will ihm nachlaufen, wie man im Traum mit gefesselten, gelähmten Beinen läuft, will um mein Leben laufen, aber es ist keine Zeit mehr. Unsere vierzehn Jahre sind in die eine Sekunde zusammengeschrumpft, in der er geht und davonträgt, was vierzehn Jahre lang mein war: die breiten, von der Last eines harten Lebens beschwerten Schultern; den schmalen Schädel, in dem ich meine Erinnerungen aufbewahrt weiß; ein Herz, das mir gehört wie ihm das in meiner Brust. Es hämmert, als wolle es herausspringen, ihm nach, aber ich rufe ihn nicht, mache nicht die eine Bewegung, die ich so sehnlich begehre wie den Tod: mich hinwerfen auf die Erde, mich einkrallen in die Erde und bleiben.

Ich stehe neben der offenen Wagentür, die anderen schließen sich schon, knallend gleich Schüssen. Noch einmal überflutet mich die helle Stadt mit einer Woge aus Lärm und Licht, dann steige ich ein, der Zug fährt ab.

Fünftes Kapitel

Warum aber, mein Gott, warum hat Philipp mich verlassen?

Manchmal, in Nächten wie dieser, fürchte ich über dieser Frage verrückt zu werden, meiner Sehnsucht nach Frieden wie einer Krankheit zu erliegen oder dem Geist dieses Heimes für irrende Seelen – bis ich dann doch immer wieder erwachend erkenne: Nein, ich gehöre nicht zu denen, die ein Stockwerk tiefer hinter geschlossenen, klinkenlosen Türen dahindämmern. Ich bin auch nicht einer der leichteren Fälle, die da draußen Unkraut zupfen und mich begrüßen, wenn Tussi mich herumfährt, um mich solcherart zu bewegen, und deren Leben sich nach Tussis Schilderungen nicht so sehr von dem da draußen in der großen weiten Welt unterscheidet: Hier wie dort die verzweifelte Jagd nach Liebe, nach Anerkennung, nach Bestätigung; hier wie dort die Angst vor dem Nichtsein – dem Nichtsein, solange wir da sind, und dem Nichtsein, sobald wir nicht mehr dasein werden –, hier wie dort der trübe Tag unserer Sorgen, unserer schnellen Beglückungen und langen Reuen. Tussi spricht, ich schweige; ich spüre den Geruch der Erde unter mir, in den Bäumen über mir den sanften Wind und wie eine Berührung die Blicke der Kranken, die sie als Botschaften aus ihrem schattenhaften Jenseits an mich richten. Der dort, der ewig schimpfende Kahlkopf, ist Herr Schlitzke, aus Tussis Reden mir schon bekannt; der junge Mann neben ihm, während seiner Hitlerjugend-Tage das flotte Lottchen genannt und auch beim Unkrautjäten mit Ketten und Rüschen unterm Krankenhauskittel geschmückt, flüstert lockende Unflätigkeiten zu den Fenstern der Männerabteilung empor, indes der dritte mir im Vorbeigehn versichert, daß er sich von den Amis nicht lynchen lassen wolle und Angst habe.

Ach, diese schattenhaften, neurotischen Ängste derer, die an einem Wasser nicht stehen, über eine Brücke nicht gehen können, ohne mit stockendem Herzen die Tiefe zu fürchten! Gefangene des Unbekannten, Unerkannten scheinen sie mir, Flüchtlinge aus dem Leben, dessen Forderungen sie sich entziehen, als verstünden sie die Sprache nicht mehr, seit sie die Gemeinsamkeit aufgaben für die Einsamkeit ihrer Träume, die Wirklichkeit für den Wahn und sich eine Welt schufen nach ihren Maßen und ihren Möglichkeiten. Als wenn nicht jeder von uns sich die Welt schüfe, in der zu leben ihm möglich ist...

Oder war die Welt Wirklichkeit, in der Käthe Lafontaine zu leben glaubte? War es nicht ein frommer Betrug, durch den sie sich – sich und mich – von den leichten Damen absetzte, den Palaisdamen und Freundinnen hoher und höchster Herren? Durchschaute nicht sogar ich, ein Kind noch, die Strenge, mit der sie mich abhielt von Kaffeehäusern und leichten Vergnügungen, die ich doch alle schon kannte aus meines Vaters leichtem Beruf? Ich überhörte es, wenn sie mich – wie immer in Eile – belehrte, daß Mädchen aus guter Familie nicht allein ausgingen, und ich lächelte über diese gute Familie, obwohl ich lieber geweint hätte.

Ach, wenn wir doch eine gute Familie gewesen wären! Oder einfach nur gut, auf jene schlichte, ein bißchen dümmliche Art wie das Dienstmädchen Elisabeth Kubisch mit ihrem schielenden Blick und ihrem geraden Sinn! Ach, wenn wir doch arm gewesen wären, arm, aber ehrlich und sauber gekleidet statt in der Palaisdamen abgelegten taftenen Kleidern!

„Nein, weißt du, Poldichen", sagte ich dann auch zu meinem Bruder, „man muß ehrlich sein! Man darf nicht so leben, so alles bloß halb! Halb gut und halb böse, und wenn einer fragt, was macht deine Mutter, dann kann man's nicht richtig erklären, und wenn einer fragt, was ist dein Vater, dann muß man sagen: Kabarettist, und das ist nicht Schauspieler und ist auch nichts anderes. Wenn's nach mir ginge, dann müßte er irgendwas ganz und gar sein. Und wenn ich nun beides zusammen mache, schauspielern und schriftstellern, dann bin ich auch wieder nichts ganz. Eigentlich kann man nur für eine Sache leben."

„Och, ich kann für 'ne ganze Menge! Ich will zeichnen, malen, bildhauern, erfinden, Bücher sammeln und rennfahren, wenn sie mich lassen, und natürlich auf die Barrikaden gehen" – was alles er übrigens später wirklich tat. „Und ich an deiner Stelle hätte das gar nicht aufgegeben, das mit der Schauspielerei."

Aber ich hatte das Theater schon aufgegeben, um, wie ich der gütigen Lehrerin schrieb, der Stimme meines Gewissens zu folgen – wenn es nicht vielleicht auch die des jungen Philipp Pommeranz gewesen war. Denn hatte ich nicht bereits etwas Selbstgeschriebenes, eine Kurzgeschichte, winzig, aber süß, dem Lokalanzeiger eingesandt, der sie dann wirklich abdruckte und mit sechzehn Mark fünfzig bezahlte? Trug ich nicht sonntags einen Hut aus braunem Samt, Preis sechzehn Mark fünfzig, wie einen mir vom Berliner Lokalanzeiger verliehenen Lorbeerkranz auf dem Dichterhaupt? Und hatte ich nicht eine Stellung beim Wilmersdorfer Magistrat in der Wilhelmsaue gefunden, auf Anhieb, wie ich behauptete, und mit nichts als einer kleinen Fragebogenfälschung?

„Was sollte ich denn machen? Eigentlich wollte ich Onkel Jean-Louis fragen, aber der hat sich verdrückt, der sitzt draußen in seinem Dorf auf'm Anstand und schießt Hasen. Und wie Papa hier war, auf Urlaub, da hat er gesagt, ich soll Schreibmaschine lernen, das kann ich immer gebrauchen, nichts von Studieren und so. Dabei bin ich schon mal draußen gewesen im Studentinnenheim. Weißt du, das möchte ich! Allein sein und arbeiten! Ich will ja nichts Böses, bloß allein sein und anständig und lauter anständige Leute um mich herum. Aber ich hab nicht mal Abitur, kann nicht studieren, und Mama hat gesagt, es wäre Zeit, daß ich mitverdiene. Na, da bin ich eben losgegangen in die Lebensmittelkartenstelle in der

Wilhelmsaue, heimlich, denn ihr hättet mich ja bloß ausgelacht, aber ich hab gesagt, ich bin achtzehn und kann Schreibmaschine, und da haben sie mich genommen."

„Gott sei Dank!" sagte der Atheist Poldi, und Käthe Lafontaine erklärte drei Wochen später geradezu feierlich: „Wenn wir unsere Fleur nicht hätten, könntet ihr überhaupt keine Stullen mit in die Schule nehmen!"

Worauf der kleine serbische Junge Mato – blaue Augen, schwarze Locken, ein hübsches südländisches Spitzbubengesicht – ebenfalls Lebensmittelkarten klauen wollte, wenn er nur wüßte, wo, und Poldi ihn anpfiff: „Fleur klaut nicht, sie kriegt sie geschenkt, aber du klaust Herrn Perasić die Zigaretten und verkaufst sie gegen Brot, nicht wahr, Herr Perasić?"

Der winkte lächelnd ab; er liebte den Kleinen, wie wir alle ihn auf unsere preußisch karge Art liebten, während wir den anderen, den düsteren und schweigsamen Vlasko, sowenig bemerkten wie sein Leiden um die verlorene Mutter, den verlorenen Vater, das wohl auch schon verlorene Vaterland. Aber da war ja Poldi, der Große, der die beiden Kriegskinder begönnerte und mich bewunderte: „Fleur ist toll, Fleur ist knorke!"

Und ich war knorke; ich hatte wohl etwas mitbekommen von der Tüchtigkeit der Demoiselle Lafontaine in ihrem Fontangen- und Spitzenladen an der Jungfernbrücke oder machte meiner Mutter, der praktischen Berlinerin, nach, wie man sich das Leben zurechtrückt, ob es sich nun um meinen so schlichten Schulabgang oder um eben jene Stellung als Hilfsarbeiterin in der Lebensmittelkartenstelle handelte.

Zu deren lebensrettender Ergiebigkeit war ich gekommen wie die Jungfrau zum Kind, als ich am ersten Tag meines Hilfsdienstes die kleinen Häufchen rosafarbener, hellblauer, hellgrüner und gelber Lebensmittelkarten erblickte. Sie lagen auf dem Schreibtisch meines Chefs, der, wie der Schwarze Mann aus Kindertagen, hager, gelbhäutig unter schwarzem Bürstenhaar, mit den umschatteten Augen eines Magenkranken zum Fürchten aussah. Und ich fürchtete mich – welch ein Glück!

Denn als ich zitternd, rotnasig und rührend vor dem gestrengen Herrn stand, da spannte sich das Ledergesicht zu einem Ausdruck süßer quälerischer Grausamkeit, und er flüsterte schmierig: „Hast du Angst, Angst vor mir?“ Seine große Hand nahm meine kleine in eine schmerzhafte Umklammerung. „Gut, gut, schön ...“ Und blind über die grünen, rosa, blauen, gelben Häufchen blickend, ergriff er eine Brotkarte, gab sie mir. „Da, nimm, Kleine, Süße ...“

Von diesem Tage an bekam ich in jeder Woche Brotkarten, Zuckerkarten, Fleischkarten, ich mußte nur darum bitten. Manchmal mußte ich ein bißchen weinen: „Ach, Herr Oberinspektor, geben Sie mir doch ein paar Marken für unsere Jungen zu Hause, die haben Hunger!“, schaffte aber auch das, wie meine Mutter es schaffte, mit vermatschten Kartoffeln zu handeln, wie Poldi aus einem Schieberwarenlager madigen Käse nach Hause schleppte, wie wir alle in diesen Zeiten zu betteln und zu bitten, zu schieben und zu schleichen lernten.

Wofür eigentlich? Für Kriegsanleihe!

Ja, Käthe Lafontaine hatte Kriegsanleihe gezeichnet, die – wie Onkel Jean-Louis behauptete – den Krieg nur verlängerte. Und ich haßte, jetzt haßte ich den Krieg. „Er kommt mir zum Halse raus, Onkel Jean-Louis! Er ist mir einfach langweilig, dieser Krieg. Er hört nie auf! Das Klappern von den Holzsohlen und die Tonseife, ich bin immer dreckig, und es kratzt, und ich hab noch nie in meinem Leben getanzt, ins Café gehen darf ich auch nicht, dabei hat mich die Frau Doktor Goldener eingeladen.“

„Wer ist denn das wieder? Auch eine von euren Damen?“

„Nee, 'ne richtige. Wohnen tut sie zwar in 'ner Wohnung von Mama, aber bloß, weil ihr Mann jetzt im Krieg ist.“

„Na, also doch!“

„Nicht doch! Das ist wirklich 'ne hochanständige Frau.“

Ich hatte Frau Dr. Goldener von vornherein in diesen Rang eingestuft, da es ja einen Gatten und für seine Abwesenheit zwei Erklärungen gab: Fischi ist im Dienst – einem wohl nur gelegentlichen, dank der freundlichen Nachsicht eines reichlich gespickten Unteroffiziers bis zu Wochenendurlauben ausgesetzten Etappendienst – und: Fischi spielt.

Viel später begriff ich, daß Lotti und Fischi weniger Gatten als Geschwister waren, Geschwister im Geiste des Leichtsinns und der Lebenslust, einander so gleichgeartet, daß sie nach gleichlautenden Berichten beider gleichzeitig in Gelächter ausgebrochen waren, als der Gerichtsvollzieher die letzten Möbel ihres ehelichen Heims hinaustrug. Vermutlich hatte Fischi wieder einmal erfolglos gespielt, und Lotti war es trotz eifriger, nicht ganz unverfänglicher Bemühungen nicht gelungen, den Freunden mehr als das Notwendigste zu entreißen. Obwohl ein Kind aus reichem Hause – mit ihrem kurzen Näschen, den hellen Blauaugen zwischen schwarzgetuschten Wimpern, den vollen üppigen Lippen eine Frucht zum Anbeißen –, schien Lotti zufrieden in der Hofwohnung Käthe Lafontaines zwischen den alt gekauften Möbeln, dem eingesessenen Sofa, dem weißen, ewig keckernden Kakadu im weißen, nicht ganz geruchlosen Bauer. Und zwischen den Freunden, großen gutgewachsenen Burschen auf Urlaub, die ich jedoch nur selten in Uniform sah, sondern meist in Fischis weißem Bademantel.

Mich hatte Lotti bei Abschluß ihres Mietvertrages aus dem Lafontaineschen Herrenzimmer mitgenommen wie eine Blume, mit der sie ihr Heim schmückte und die auch wirklich im Licht ihres zärtlichen Auges aufblühte – ich liebte sie. Wie beglückend war es, in dem düsteren Zimmer mit dem bleigrauen Himmelsviereck zärtlich empfangen, mit Kaffee gelabt zu werden und, zwischen zwei weißen Bademänteln auf das eingesessene Sofa gekuschelt, wieder wie damals, als ich dem schmerzlichen Summen eines Todgeweihten lauschte, Menschenwürde und Freiheit zu genießen! In Frieden, in Freundschaft, in Unschuld, wenn Lotti auch manchmal mit dem Freund ihres Mannes – der wohl auch ihr Freund war – zu kurzer erholsamer Zweisamkeit im Schlafzimmer verschwand.

Ich dachte kaum darüber nach; ich dachte wenig in dieser Zeit, in der man seinen Stolz für eine Brotkarte verkaufte und lustige

Strohwitwen von einer zur anderen Stunde trauernde Hinterbliebene wurden. Ich wollte leben, da doch soviel gestorben wurde.

Ob es nun das richtige Leben war, das hier zwischen Bett und Sofa – ich nahm es halbgeschlossenen Auges hin, um einer Wirklichkeit zu entfliehen, die nach Ersatzkaffee und Ersatzliebe, nach Pferdefleisch, nach Kriegsseife, Karbol, Eiter, Dreck und Giftgas stank. Das wenigstens behauptete Poldi, der bei seinen Wandervogel-Nestabenden durch die großen Jungen, die in Munitionsfabriken arbeiteten, von Giftgasangriffen hörte, von dem Prozeß gegen einen gewissen Liebknecht, woraufhin Gospodin Perasić sich fester in seine abgetragene Pelerine wickelte: Ihn ging es nichts an, ihn nicht und Käthe Lafontaine nicht, die genug mit Hungern und Hamstern zu tun hatte, und mich schon gar nicht, die ich mich, sechzehn Jahre alt und sehr blond, meiner Haut wehren mußte.

Da geschah die Sache mit dem Hauptmann, der Lotti und mich am hellen Nachmittag aus dem Englischen Café am Kurfürstendamm in seine Pension verschleppte – erfolglos, denn nach drei Gläsern Schwedenpunsch wurde mir weh und übel. Erwähnt sei auch der Überfall in einer von Mamas Wohnungen, aus dem ich gerade mit heiler Haut und aufgerissenem Blondhaar entkam, wenn auch leicht beschädigt, da ich den Griff der schweren Männerhände noch wochenlang bis in meine Nächte ersehnte – schaudernd vor Begierde und Abscheu. So daß ich, unklar höherer Ziele, in das Café des Westens flüchtete, bis mich Onkel Jean-Louis' Eintritt aus der ersehnten Heimstatt des Geistes vertrieb, zurück zu Lottis zwitschernden Gesängen, die mich, nicht anders als früher meiner Mutter Kirschen in Nachbars Garten, mit Lockung und Drohung verfolgten. „Kleine Mädchen müssen schlafen gehn ..." oder: „Machen wir's den Schwalben nach, baun wir uns ein Nest ..." Und wenn ich mich schüchtern des schleimigen Spinnengewebes aus Tönen zu erwehren suchte, kicherte sie: „Noch immer ein Blümchen! Und so unschuldig, die Süße! Mein Fischi hat dich bloß einmal gesehen, weißt du, was er gesagt hat? Lad sie öfter ein, sie ist so unschuldig. Aber es sieht bloß so aus, was? Sei ehrlich, was macht dein Löwe?"

„Das ist nicht mein Löwe! Pedro Pasquales Schwester hat gesagt, Arturo Ziniga ist der Salonlöwe der peruanischen Kolonie, er ist ein ganz toller Mann und macht gerade seinen Doktor und ist sehr schön, und wenn sie mich einladen, sitze ich neben ihm!"

„Werden sie dich denn einladen? Du bist doch für eine richtige Gesellschaft noch zu jung. Und schließlich hat der Konsul 'ne möblierte Wohnung von deiner Mutter."

„Die beste, sechs Zimmer in der Landhausstraße mit Flügel, Perserteppich und Silber, die peruanische Regierung zahlt alles. Aber was geht das mit Sonntag – es ist nämlich am Sonntag und ganz große Gesellschaft –, was geht das meine Mutter an?"

„Hast recht, Kleine!" Lotti ließ ihre Grübchen lächeln. „Nun geh los und greif dir deinen Löwen!"

„Oh, Lotti", sagte ich, den Tränen nahe, „das ist doch wirklich ... du bist wirklich gemein ... Warum kann ich mich denn nicht auch mal verlieben?"

„Weil du zu dusselig dazu bist. Weil du dir einbildest, du kriegst 'nen Extrakuchen gebacken, einen mit himmelblauen Bändchen und Rosen garniert. In Wirklichkeit ist er aus Seife. Aber du wirst's ja selber schmecken!"

Lotti keckerte schnell noch einmal, auf den kleinen Füßen wippend, und entschwand ins Nebenzimmer zu dem Freund ihres Mannes, während ich davonging, um mir meinen Löwen zu greifen, auf daß er mich verschlinge, mein Schicksal herauszufordern, damit es sich erfülle – mein Schicksal oder auch mein Traum von des Mädchens Fleur Jubelzug aus dem Findelhaus empor zum Grafenschloß.

Als ich an jenem Sommerabend die schönste Wohnung Käthe Lafontaines betrat, eine Lichtgestalt im blauseidenen Einsegnungskleid, Blumen am Gürtel, Blondhaar im Nacken, die Augen leuchtend, da wurde es still. Die Männer sahen mich an mit ihren blanken, schwarzen, schwerlidrigen Augen über den blaurasierten Wangen, ich aber sah nur ihn, das schmale scharfgeschnittene Gesicht mit den starken goldgeschmückten Zähnen, den weit auseinandergestellten grauen Augen im südländisch finsteren Wimpernschatten, ein Löwe, wie er im Buche steht, und schon meine Beute, wie er mich wohl als die seine erkannte, während ich in meinem wirren Kopf verzweifelt ein Wort suchte, das ihm verraten sollte, wes hohen Geistes Kind ich war. Ein nicht nur schönes, nein, ein kluges Kind mit einem Dichterhut für sechzehn Mark fünfzig sowie einer Kurzgeschichte im Lokalanzeiger. Doch ach, ich war nichts vor ihm, der mich mit dem ersten Blick in seine Umarmung und mit dem ersten Lächeln in alle Himmel hob.

Der Konsul, klein, schwarz, überreichte mir eine Blume – die Blume der Blume – und führte mich zum Tanz, der mich von einem Arm in den anderen und zuletzt in den meines Löwen fallen ließ. Noch heute, da ich mit gelähmten Gliedern hier liege, sehr unähnlich dem Wundermädchen, das in jener Nacht tanzen konnte, ohne es jemals geübt zu haben, und sich verliebte, ohne es in den siebenundfünfzig Wohnungen ihrer Mutter gelernt zu haben – noch heute kann ich in meinen Adern das prickelnde Gefühl erwecken, mit dem ich mich damals an der Brust eines Mannes in himmlischer Losgelöstheit von aller Schwere leben fühlte.

Ich ging auch noch auf Wolken, als er mich nachts um ein Uhr nach Hause oder eben dorthin brachte, wohin er mich wohl von Anfang an zu bringen gedachte: in Glück und Unglück, Seligkeit und Verzweiflung.

Selbstverständlich war – zumindest in meiner Empfindung und demzufolge auch in meiner Erinnerung – Vollmond. Er schien getreu aller überlieferten Vorstellung in einem kalten bläulichen Licht auf die Straßen des Bayerischen Viertels, die leer und still waren. Die Häuser standen wie unbewohnt und verlassen, mit ihren schwarzen Fensterhöhlen den toten Ruinen einer späteren schlimmeren Zeit vorgeahnt. Wir trieben dahin, vorbei an meinem Haus, dem menschenleeren Stadtpark, den wartenden Bänken entgegen. Und als ob ich ahnte, daß von diesem schönen Mann mit den Eisaugen keine Gnade kam, zitterte ich schon, während wir uns auf die Bank setzten in Mondschein und Stille.

Wir saßen kaum, da fuhr seine Hand in mein Haar mit einem harten Griff, der mich in eine schmerzhafte und unerträglich süße Umarmung zog, und während mein Hut hintenüber in das Gras fiel, bekam ich meinen ersten Kuß, den Erwachsenenkuß, den in Mamas möblierten Wohnungen erspähten Kuß, also eine Art mündlicher Vergewaltigung ohne die Hingabe meiner im Flug nach oben, in die himmlischen Gefilde, entsetzt innehaltenden Seele.

Dort, in mittlerer Höhe zwischen Sternenreich und Wilmersdorfer Stadtpark, hielt sie an, um – wie ich heute von hier aus deutlich zu erspähen glaube – verwirrt ihre unhaltbare und dennoch durch ein ganzes Leben einzuhaltende Lage zwischen Himmel und Erde zu bedenken. Ein gefallener Engel, der endlich von seiner erfolglosen Flucht zurückkehrte in das Übliche an irdischem Genuß, halbem Glück, peinigender Verlegenheit, schon wegen des wieder zu angelnden Dichterhutes.

Als wir uns aus dem bleichen Wüstenlicht des im Mondschein ertrunkenen Parkes umschlungen und taumelnd auf dem Wege zu meinem Hause befanden, sprach ich das frisch Erlernte flüssig: „Ich liebe dich, Arturo, ich liebe dich!"

Worauf ich neuerlich beglückt, wenn auch erstaunt vernahm, daß er mich am nächsten Abend im Park erwarte, nachts um elf. „Nachts? Wie kann ich nachts kommen! Ich komme um sieben auf einen Sprung ..."

Er nahm sich zusammen, fragte nicht, wozu ich denn dann überhaupt kommen wolle, um sieben Uhr im Hellen, überfiel mich im Dunkel des Haustores noch einmal mit Küssen, doch ich riß mich los, als risse ich mir das Herz aus dem Leib. Die Treppen lief ich, tanzte ich hinauf, den Hut zerknüllt unter dem Arm, das Einsegnungskleid am Halse eingerissen, und noch in meinem Bett lachte ich vor Liebesglück, weinte vor Trennungsweh. Die Liebe hatte mich getroffen wie ein Fallbeil, das mir den Kopf abschlug, so daß von mir nichts blieb als ein fiebernder Leib, eine sehnsüchtige Seele, die durch Tage nur den Namen ihres Gottes zu beten wußte: „Arturo! Arturo! Arturo!"

Ein Mensch ohne Kopf, das blieb ich nun durch Monate, verirrt in einen Dunst rosenfarbenen Nebels, hinter dem das blutige Rot dieser Kriegstage verblaßte und sich der Tod versteckte. Der wartete vielleicht zur gleichen Zeit in dem bosnischen Nest, in dem der Landsturmmann Eberhard Schnedderich neben seiner Kanone nicht nur Laubsägearbeiten machte. Und ich – nichts wußte ich mehr von Vater und Mutter, nichts mehr von Poldi und den Kriegskindern und wenig von Arturo Zuniga, von dem ich ja in Wirklichkeit nur den Griff seiner starken Hände kannte, die Berührung seines breiten schönen Mundes, den Druck seiner langen Beine an meinen. Also jenes Zusammenwirken beglückender Kräfte, das doch wohl gemäß allen überkommenen Begriffen Liebe sein, Leiden bringen und mit allen Nerven, Drüsen, Muskeln meines mageren, unerfahrenen und begierigen Körpers gefühlt werden mußte.

Wenn ich den Schwarzen Mann in meiner Lebensmittelkartenstelle anschnorrte, tat ich es in verklärter Abwesenheit; ich ging nicht mehr, ich schwebte träumerisch lächelnd hinauf in meine Stube mit der kleinen Dachterrasse und von dort über die Dächer fort zu dem Akazienbaum, an dem *er* mich erwarten würde. Den Baum sah ich, den Mann, in seinen Armen mich selbst und sonst nichts. Nichts von der ganzen Welt, in der Krieg war, ein Krieg, der dauerte, wie es sich eben für Kriege gehört, ganz gleich, ob es sich um den Dreißigjährigen handelte oder um den damals gerade begonnenen fünfzigjährigen oder sechzigjährigen unserer Zeit.

So geschah mir, daß ich mich auf der Bank vor dem Flügel fand und – ohne die wärmende Nähe des dicken Fräuleins Dora – stundenlang den Valse bleue spielte, während mir die Schlacht an der Somme völlig verlorenging, hingegen eine andere Schlacht, die um ein Lebensmittelgeschäft mit versteckten Schmalzvorräten in der Günzelstraße, von Poldi und anderen Hungernden gewonnen wurde. Ich aber merkte nicht einmal, daß ich Schmalz aß und wie diese ungeheuerliche Kostbarkeit schmeckte; ich lebte von der Luft; ich lebte von der Liebe, der von mir als erstem Lebewesen wahrhaft gefühlten, mit Träumen genährten Liebe zu einem südamerikanischen Löwen.

Heute und aus der Sicherheit meines Krankenhausbettes den Abenteuern des Herzens oder auch des Körpers so weit entfernt, daß ich lächle, wo ich damals weinte, heute glaube ich, daß dem Mann Arturo Zuniga schon in diesen Monaten das Spiel unter den Akazien ein bißchen zuviel, oder richtiger zuwenig geworden war. Einziger Sohn eines Grundbesitzers, begabt mit Ehrgeiz, Eitelkeit und einem reichlichen Wechsel in Peseten, kaufte er in diesem hungernden Land gerne billig, was seinen hellen harten Augen gefiel. Sollte er nun hier von dieser kleinen Deutschen, Tochter einer besseren Zimmervermieterin, halbgesättigt weitergehen von Akazie zu Akazie? Und wenn ich, hergeweht von den ersten blauen Abendschatten, leuchtend vom Hell der Haare, zu ihm trat, der mich erwartete, groß im schwarzen Taillenmantel mit Jettknöpfen, eine Glocke schräg auf dem schmalen schwarzen Kopf, lässig auf seinen Stock mit dem Silberknauf gestützt, dann begann er schon nach der zweiten Akazie zu betteln: „Amorcito, Geliebte, mein Leben, komm mit zu mir, nur damit ich dich einmal richtig küssen kann."

„Aber wir ... wir sind doch so glücklich ... Du bist da, und ich kann eine ganze Stunde bleiben! Und die Akazien duften ... Es ist so schön in unserem Park ..."

Ich stammelte, er schwieg. Den Park kannte er, die Akazienbäume längs der Babelsberger Straße kannte er auch, was er nicht kannte, war das Geheimnis so gieriger Unschuld, so lokkend gehemmter Begierde, so süß verteidigter Dummheit, daß ich errötete, als er mir mit geübter Hand in die Bluse fuhr. Die kleine apfelrunde Brust wurde hart; ich erzitterte vom Kopf bis zu den Füßen und brachte dennoch und wider allen Wunsch meine Beine dazu, fortzulaufen, den Parkweg hinab, die Babelsberger Straße hinauf und in einem atemlosen Rennen bis zu Lotti und an ihre Brust.

„Ich kann's nicht! Ich bin weggerannt, ich hab Angst!"

„Du und Angst!" Lotti lachte wie der Kakadu auf seiner Stange, während sie mir die Kaffeetasse vor das Sofa stellte. Da saß ich und heulte. „Das mußt du mir doch nicht erzählen! Du hast dir sogar falsche Vorlesungskarten drucken lassen in der Druckerei neben eurem Haus, und dann sagst du, du hast Angst!"

„Aber ich mußte doch! Ich hab bloß eine Vorlesungskarte gehabt, damit konnte ich nur einmal weg, und er hat zweimal in der Woche Zeit, und da treffen wir uns."

„Bei ihm? Sag die Wahrheit, Schätzchen."

„Nein, nie, ich schwör's dir! Ich will nicht so sein wie alle ... wie die Frauen da bei uns."

„Du bist verrückt!"

„Und dann, Mama hat gesagt, ein Mädchen, das das gemacht hat, kriegt keinen anständigen Mann."

„Willst du denn heiraten? Na also! Du bist bloß eine Egoistin, du willst das eine haben und das andere behalten, als wenn soviel daran läge! Muß ja nicht jeder Mensch wissen, aber sonst – wen interessiert das schon! Wie ich meinen Fischi kennengelernt habe auf der Strandpromenade in Bansin, weißt du, was er mich da gefragt hat? Das! Und ich bin mit ihm gegangen, gleich den ersten Tag, und dann haben wir doch geheiratet. In Wirklichkeit ist er nämlich seriös."

„Ich denke, er spielt."

„Na ja, das auch, aber bloß, weil er kein Geld hat. Sein Vater gibt ihm nichts mehr. Mein Geld ist auch alle, ich hatte ganz schön, und seine Fabrik ... Schuhwichse! Ausgerechnet Schuhwichse! Und er macht sie nicht einmal allein, sondern mit 'nem Kompagnon, Herrn von Bütow. Und Terpentinöl gibt's nicht jetzt im Krieg, muß sogar draufstehen auf den Schachteln, daß keins drin ist. Weißt du, was mein Fischi gemacht hat? Er hat raufgeschrieben: Garantiert ohne Terpentinöl! Ja, der ist schlau. Und wie er hier war auf Urlaub, da hat er gefragt, wie alt du bist und ob du schon 'nen Freund hast. Ich hab gesagt: Du denkst nicht dran! Und nun?"

„Ich denk auch nicht dran. Bloß ich hab solche Angst, daß ich ihn überhaupt nicht mehr wiedersehe, daß er böse ist und weg für immer. Das halt ich nicht aus, das Warten und ..."

„Der kommt schon wieder, der ist Brot gewohnt, wenn's auch bei dir bloß dünne ist. Aber falls du's genau wissen willst, ob er kommt oder nicht, Schätzchen, ich hab da 'ne olle Kartenlegersche, die legt dir, was du willst."

Die alte Patzke saß in Berlin N, Chausseestraße 54, in einer Kochstube und legte für fünfzig Pfennig den Damen der Umgebung die Karten. Mir verriet sie, daß mir übern kurzen Weg ein freudiges Ereignis ins Haus stehe, eine Verlobung mit anschließender Hochzeit, worauf ich bitter den Mund verzog; auch Lotti fand nichts Besonderes an der Nachricht, daß ihr Mann auf Urlaub käme. Doch dann schleppte Mutter Patzke noch einmal den unförmigen Leib im karierten Umhängetuch zum Küchentisch zurück, blickte von mir zu Lotti – Lotti im schwarzweißgestreiften Kostüm zum schwarzen Hut mit weißen Reiherfedern – und sagte zögernd: „Aber das ist doch derselbigte, der wo mit det Fräulein ... Da kann ick mir nicht helfen, der Herzkönig ist derselbigte, der wo bei Ihnen auf Urlaub kommt und der wo det Fräulein heiratet."

Nachher, auf der Straße, blieb Lotti stehen, kniff die hochgetuschten Wimpern zusammen, sagte langsam: „Du, mach nicht solche Witze, das rate ich dir! Ich liebe ihn nämlich, meinen Fischi! Ja, du brauchst gar nicht so ein Gesicht zu machen, darum liebe ich ihn doch, die andern sind bloß Zugabe."

Und in das Klingeln und Knirschen der Straßenbahnen schwor ich: „Niemals in meinem Leben werde ich einen anderen lieben als Arturo. Ich warte auf ihn, und wenn ich mein Leben lang warten müßte!"

„Viel Vergnügen", sagte Lotti.

Aber es wurde kein Vergnügen, weder das vergebliche Warten während meiner nächsten selbstgebastelten Vorlesungen unter der nun schon fast entlaubten Akazie noch der tägliche Weg zur Post. „Wieder nichts? Es müßte eigentlich ein Brief dasein!"

„Müssen müßte es immer, Frollein, aber ick kann ja die janzen Liebesbriefe nich alleene schreiben."

Da ging ich fort, mutlos, heimatlos, weil Lotti Goldener eine neue Wohnung in der Düsseldorfer Straße bezogen hatte und Fritz Goldener sich nun dank seines freundlichen Unteroffiziers ganzwöchig dort aufhielt. Gewiß trug auch er den weißen Bademantel und stets einen Witz auf den Lippen, doch ich fürchtete ihn ein wenig – ihn oder seinen freundlich zugreifenden Blick durch das Monokel – und schämte mich der guten Schleichhandelsgaben auf seinem Tisch: Ich hungerte, teils, weil es Arturo ganz recht geschah, wenn ich allseitig litt, teils, weil ich mich an das Hungern gewöhnt hatte wie an eine allgemeine Krankheit.

„Jetzt, wo ick gar nischt mehr drin habe, weeß ick erst, wieviel in mir rinjeht." Gustav Schnedderich behauptete es mit Recht: Die beiden Alten schienen noch länger geworden zu sein, so dünn staken sie in den nun viel zu weiten Kleidern. „Aber jetzt ist meine Amalie unter die Erfinder jegangen: Sardellenbutter aus Heringspelle und Kaffeebohnen aus Mauseköteln. Ick wundere mir über gar nischt mehr."

Aber er wunderte sich doch, daß er es immer wieder schaffte, in diesem so wenig reizvollen Leben zu bleiben, erklärte es sich mit der Hoffnung, die ihn seit je von einer Pleite zur anderen getragen hatte und ihn auch noch die Pleite erleben lassen würde, die er dem Kriegsende voraussagte. Am meisten bewunderte er jedoch, wie Käthe Lafontaine es schaffte. „Det mit die Kinder und ihrem Privatspion da im Haus und dem großen Jeschäft, aber wie sieht se ooch aus! Dabei war sie so 'ne propere Frau, und nu immer die graue Strickweste mit det Loch im Ärmel und damit auf de Straße, die reiche Käthe Lafontaine ..."

Ja, es war Umzugszeit, und sie konnte es nicht lassen, dem Möbelwagen irgendein vergessenes Schränkchen nachzutragen. Und wenn Onkel Jean-Louis kam, er und das Schnäuzchen, in grünem Loden, Jägerhütchen auf dem Kopf, ein Stück Wildbret für uns in der Reisetasche, und sich entrüstete, dann sagte Käthe Lafontaine, zwei scharfe, immer tiefer werdende Falten auf der Stirn: „Was soll ich denn machen, es wird eben alles jeden Tag teurer, das Brot kostet schon fünfzig Pfennig, und gestern habe ich Äpfel schwarz kriegen können, es ist ja nicht zu fassen, eine Mark das Pfund, und 'ne kleine Kiste Sprotten, natürlich halb verfault, eine Mark fünfzig." Und dann, halbgeschlossenen Auges auf der genußreich verfolgten Fährte eines Gedanken: „Andererseits kriegt man auch schöne, sehr schöne Preise, und wenn ich jetzt den Bechstein-Flügel verkaufen würde... die Bernstein hat gesagt, solche Preise kriegst du nie wieder, Käthchen, das mußt du wahrnehmen, bevor sie wieder runtergehen."

„Die gehen aber nicht runter, glaub mir, Käthchen, mein Mädchen, sie denken nicht dran! Wir gehen nämlich runter, wir fallen runter, seit Verdun haben wir geradezu die Fallsucht. Und die Vermittlungsversuche von Wilson? Unser kaiserlicher Armleuchter stellt doch immer neue Gebietsansprüche, wozu hat er denn die Scharfmacher Hindenburg und Ludendorff in die OHL berufen? Antikriegsdemonstrationen gibt's am laufenden Band. Und stell dir vor, Fleurchen, da ist wieder einer von diesen Spartakusbriefen herausgekommen: ‚Deutschland, ein fertiges Zuchthaus!' Aber wie lange noch? Ich sage dir: Eines Tages werden die Straßen in Blut schwimmen!"

Onkel Jean-Louis sprach noch lange weiter von Blut, Galgen, Schüssen, peng, peng, peng, die flinken Augen blitzend hinter den Pincenezgläsern, die schwarzen Locken tanzend, während die Jungen am Tischende gebannt zu ihm aufblickten und Schnäuzchen mahnte: „Aber nicht doch, Jean-Louischen, Vorsicht, du regst dich immer so auf! Hier sind die Kinder und Herr Perasić..."

„Ich bin ein feindlicher Ausländer, ich höre nichts, ich sehe nichts, ich rede nichts", antwortete Gospodin Perasić, der wohl doch ein Spion war, so vorsichtig hielt er sich im Hause Lafontaine unter der langen Pelerine, armlos, blicklos, sprachlos, ein Kriegskrüppel, der fünfundzwanzig Jahre später im Partisanenkrieg so tapfer zu kämpfen wußte.

„Von mir aus kann jeder reden, was er will." Käthe Lafontaine, unbekümmert wie immer, beschäftigt wie immer, nähte noch am Abendbrottisch Gardinen. „Ich hab's satt, und Eberhard hat's auch satt und schreibt es in jedem Brief, wenn wir Fleurchen nicht hätten mit den Lebensmittelkarten ... Fleurchen, wo gehst du denn hin, mußt du schon wieder weg zu deinen Vorlesungen, und immer abends so spät?"

Aber sie sprach schon in die Leere, in der seit dem Erhalt einiger knapper Zeilen von Arturo Zuniga die heimische Welt versunken war, um jenem unbegreiflich herrlichen Traumreich Platz zu machen, das ich mir mit meinem Eintritt in den Tempel meines Gottes – das Café Wilhelmseck am Kaiser-Wilhelm-Platz – eroberte.

Denn da, in einer der grün ausgeschlagenen Nischen, saß er, das gescheitelte Haar blank im Licht der rotverkleideten Lampe, die Bügelfalten messerscharf, der Siegelring am kleinen Finger goldblitzend, wieder in dem schwarzen Taillenmantel mit Jettknöpfen und wieder die Stimme so zärtlich, das Flüstern so sanft, so hart an meinem Ohr: „Ich will ja nichts, gar nichts will ich von dir, amorcito, te quiero muchisimo, nur nicht immer hier in dieses schreckliche Café! Aber du bist lieber in Cafés, mit anderen Leuten, mit Verehrern, mit deinen Freunden, vielen Freunden ..."

„Ich gehe nicht ins Café, bestimmt nicht, ich hab's nur so gesagt, weil ... du sollst auch mal ein bißchen eifersüchtig sein! In Wirklichkeit bin ich immer allein in meinem Zimmer und denke an dich! Ich sage deinen Namen vor mich hin, immerzu, und dabei habe ich nicht einmal ein Foto von dir."

„Du kannst haben, viele, viele, du kannst dir aussuchen."

„Wirklich? Ach ja, bitte gib mir eins, damit ich etwas von dir habe!"

„Hol es dir!"

Am gleichen Abend noch ging ich mit ihm in sein möbliertes Zimmer in Steglitz, Spießerstube mit Plüschsofa, Plüschtischdecke, Plüschsessel dem Bett gegenüber. Vor uns auf dem Tisch lagen die Bilder: Arturo in Weiß beim Segeln, auf der Straße im schwarzen Taillenmantel mit Jettknöpfen; das glatte Schönlingsgesicht, die feingebogene Nase über ein Buch gebeugt, aus hellen Augen in schwarzen Wimpern unterm schwarzen Brillantinehaar forsch und kühl blickend. Der Lebende aber hielt mich auf den Knien, hatte auch schon wieder die Hand an meiner Brust, den Mund auf meinem, der noch stammelte: „Du hast doch gesagt, du wirst zu mir sein wie ... wie ein Bruder ..."

Wirklich, er war an diesem Abend zu mir wie ein Bruder, vielleicht eher wie ein Stiefbruder. Dabei jedoch so zärtlich, daß ich eine Stunde später an seinem Arm in den kleinen Lackschuhen, die Käthe Lafontaine aus der Schuhkiste im Warenhaus gefischt hatte, das Paar für drei Mark fünfzig, zwar mit schmerzenden Füßen, aber doch jubelnden Herzens durch den Schnee nach Hause ging, als tanzte ich über ein Veilchenbeet.

Und dieser Zustand gewaltsamer Entrücktheit hielt an, von einem Donnerstag zum nächsten, an dem ich mittels einer gefälschten Vorlesungskarte in der Humboldt-Akademie ein Fräulein Melinda Pasewalk über den Schillerschen Ehrbegriff sprechen hörte. Oder richtiger: nicht hörte, da ich ja nicht nur dank meiner zauberischen Abwesenheit vom Wirklichen, sondern auch in Wirklichkeit nicht bei Schiller, sondern bei Arturo Zuniga weilte, wieder in der Plüschhölle, wieder auf seinen Knien, in seinen Armen genießend, was ich an Zärtlichkeiten ihm und mir erlaubte: das Spiel der gehemmten Begierde, der begierigen Hemmungen.

Da hob er mich hoch, ich sah sein Gesicht blaß in einem seltsam gespannten, abweisenden Lächeln. Zugleich fiel die Dunkelheit wie ein Tuch über mich – er hatte mit der linken Hand die Nachttischlampe ausgedreht –, und während er mich auf das Bett warf, wußte ich in einem Gefühl seligen Entsetzens, daß ich verloren war …

Wie gerne würde ich jetzt behaupten, daß sich dieses Mädchen Fleur Lafontaine – mit dem mich heute nur noch eine sehr entfernte, etwas peinlich empfundene Verwandtschaft verbindet – glühend vor Leidenschaft der Liebe hingegeben habe, um neugeboren auf dieser reichen und schönen Welt zu erwachen, eine Frau, eine stolze und glückliche Frau. Aber an diesem Abend erfuhr sie nichts von der Freude, ganz abgesehen von der unterirdischen Mitwirkung der segenspendenden Drüsen, jedoch zwei Minuten später sehr viel von dem flauen Widerwillen, mit dem sie sich beschmutzt auf dem Bett der zimmervermietenden Witwe Schultze in Berlin-Steglitz anstatt in den himmlischen Höhen erlebten Glückes wiederfand.

Indem wurde es hell, er hatte das Licht angeknipst, stand an der Tür, und sie – zusammengekauert auf dem Bett in ihrem braun und gelb karierten Kleidchen, das Haar strähnig im Gesicht – sie sah, daß er lächelte. Da brach das bißchen, was sie noch an Stolz und Würde hatte, zusammen; schwankend ging sie zu ihm, lehnte ihren Kopf an seine Brust – ohne zu weinen natürlich –, und er streichelte ihren Rücken: „Na ja, na ja, amorcito, Liebling … Jetzt mußt du schön nach Hause gehen."

Diesmal brachte er sie nicht heim, sondern nur bis an die Haustür, wie eine Hure; es reichte bei ihm auch nur zu einem Kuß auf die Wange, einem wahrhaft brüderlichen Kuß; und sie ging allein den ganzen Weg von der Schloßstraße in Steglitz bis zum Bayerischen Platz – ein Kind, das nicht zu leben verstand, nicht zu lieben verstand, ach, ein verlorenes, ein armes verlassenes Kind!

Wochen später – also nach vielen qualvollen Nächten, in denen ich auf den Knien und schluchzend zu einem unerbittlich strafenden Gott gefleht hatte: „Laß es nicht wahr sein! Bitte, lieber Gott, laß es nicht wahr sein" – stand ich eines Morgens in Lotti Goldeners Zimmer, hielt mich am Türrahmen fest und stöhnte, schwarze Wolken vor den Augen:

„Lotti, um Gottes willen, hilf mir!" Und noch auf der Schwelle begann ich bitterlich zu weinen.

Lotti aber sagte nur: „Hat er dich sitzenlassen, dein Lauselöwe?" Dabei erhob sie sich, ging in die Küche, brachte eine Tasse Kaffee und zog mich zu sich auf das Sofa an ihren üppigen jungen Busen. „Kein Grund zum Heulen, im Gegenteil, sei froh, daß du ihn los bist, meine Kleine, Dumme. Oder hast du mit ihm? Natürlich hast du, so was seh ich von hinten, und wie war's?"

„Schrecklich", sagte ich.

„Auch das noch! Ich hab gewußt, er ist ein Idiot. Aber dann kannst du doch erst recht lachen, daß er weg ist. Ich suche dir einen anderen, einen schönen dicken, reichen Mann, dann sollst du mal sehen, was das für Spaß macht. Aber jetzt trink, trink und iß."

Da blickte ich sie an, die vor meinen Augen, ehemals veilchenblau und nun verdunkelt vor Gram, erschrak, und sagte mit weißen Lippen: „Ich glaube, ich kriege ein Kind."

Dann erzählte ich ihr die ganze Geschichte, und ach, da war nichts mehr von Herzklopfen und atemberaubender Seligkeit, nichts vom Duft der Akazien, dem marmorschönen Schimmer seines Gesichtes im Mondlicht und der herzbeklemmenden Süße seiner Küsse! Was war und sein würde, unvergänglich und unvergeßlich wie die Schande, war das Plüschzimmer in Steglitz, die hilflose Scham, das verzweifelte kindische Beten nachts in meinem Bett, die wilde, ohnmächtige Besessenheit, in der ich nach einem Zeichen von Hoffnung gesucht hatte und nach einem Menschen wie der Schiffbrüchige nach einem Rettungsring. Doch eher bereit zu ertrinken, als meine Mutter um diesen Rettungsring zu bitten, war ich bis nach Lichterfelde zu Großvater Schnedderich geflüchtet, wo ich nach einem Mittagsmahl aus gehackten Heringspellen mit dem Erbrechen kämpfte; sogar zu Elisabeth Kubisch trieb es mich, die mir auf vorsichtige Fragen gestand, daß sie noch Jungfrau sei und vor ihrem Fenster wohl keine Sonne mehr scheinen würde.

„Zuletzt hab ich bloß noch gelacht vor Verzweiflung", sagte ich zu Lotti, in deren Armen ich ruhiger wurde. „Heulen hab ich nicht mehr können, aber das hätte auch keiner gemerkt. Bei uns hat ja niemand Zeit, da kann man eingehen neben Mama, und Onkel Jean-Louis ist auf der Jagd, und Papa ..."

„Und ich bin ein Hund, was?"

„Nein, ich hab mich nicht getraut, weil du doch damals das gesagt hast mit dem Löwen ... Da bin ich zu ihm gegangen. Es war Sonntagvormittag und Sonne und ganz hell, ich hab immer den Kopf weggedreht und gefragt, warum er denn nicht geschrieben habe, daß wir uns sehen wollen, und er hat gesagt, er hatte keine Zeit, das Studium ... Und dann, wie ich's ihm gesagt habe, ist er aufgesprungen, er kann doch so ein Gesicht machen, so ein Eisgesicht, und hat mich angefaucht, das wär nicht möglich. Wenn doch, dann kann er mir auch nicht helfen, denn heiraten, das wüßte ich ja, er sei Student ... Und ich hab gesagt, ich will gar nicht heiraten, ich weiß bloß nicht, was ich tun soll, außer daß ich mich umbringe. Da hat er nur gelacht, das käme überhaupt nicht in Frage, aber was anderes käme auch nicht in Frage, denn was Ungesetzliches würde er niemals tun, wo er doch Ausländer ist und hier in einem fremden Land und die deutschen Gesetze und so. Da wollte ich gehen, aber er ... er wollte noch was, doch ich hab's natürlich nicht getan, ich bin doch nicht so, daß ich ..."

„Schade! Dann hättest du vielleicht etwas davon gehabt, so war's ja gar nichts. Oder hättest du mich wenigstens mitgenommen! Ich hätte ihm den Schirm ins Gesicht geballert!"

„Um Gottes willen, er war doch meine Hoffnung, meine einzige! Er wollte sich's ja auch noch überlegen, ich sollte kommen, in das Café, und ich bin hingegangen."

„Schön dumm." Lotti führte mir die Kaffeetasse an die Lippen und hielt meine Hände, die eiskalt waren. „Ich hätt's dir vorher sagen können, was er dir erzählt."

,,Das nicht.'' Ich schämte mich bis in den Boden. ,,Das kann sich keiner ausdenken, bloß er. Ich kann's auch nicht wiedersagen, es war zu ... Daß er mich kennt, hat er gesagt, und daß er weiß, wer ich bin ...''

,,Ja'', sagte Lotti, ,,die Tochter deiner Mutter! Und eine Gans, eine blöde.'' Plötzlich weinte sie auch, große blanke Kindertränen. ,,Es ist das Beschissenste, was mir vorgekommen ist. Bloß du hast es nicht gewußt. Leben ist so, und Männer sind so ... und Frauen auch, aber man gewöhnt sich dran. Das Leben'', sie versuchte mal schnell ihr schrilles Kakadugekecker, ,,das Leben ist eins der schwersten, aber es übt kolossal. Und nun erzähl mir, was hast du gemacht? Red doch, du mußt doch irgendwas gemacht haben! Ihm eine geklebt, ihn angespuckt oder ...''

,,Ich weiß nicht, wirklich nicht. Es war alles aus. Ich hab nichts mehr gehört und nichts mehr gesehen'', sagte ich, obwohl das eine Lüge war, mit der ich meine Schande verleugnen wollte. Denn ich hatte ihn angesehen: das schöne Gesicht, bleicher als sonst und dabei wie befleckt, blaß die harten Lippen, die ich auch jetzt noch begehrte – ach, nur noch einmal Schmerz, Glück und Vergessen in einem einzigen, dem letzten Kuß! Ich fühlte mich kalt werden, von den Füßen aufwärts, als stürbe ich schon. Doch ich stand auf, sprach sogar etwas von Lebewohl und daß ich mich irren könne und ging an ihm vorbei hinaus.

Vorerst lebte ich wie auf Abruf, verbrachte die Vormittage im Büro mit den Lebensmittelkarten, verkroch mich daheim in meinem Zimmer, wo ich tränenlos, gedankenlos lag und verzweifelte. Am Leben, an der Welt, einer wankenden, krachenden Welt, in der es wild und gefährlich zuging, wenigstens nach den Berichten Poldis, die er mir zutrug als den belebenden Lufthauch einer neuen Zeit.

,,Man riecht's direkt.'' Poldi reckte schnuppernd das nun schon recht große Vivatnäschen in den frischen Wind. ,,Es geht los, das merkt 'n Blinder mit dem Krückstock. Jetzt, wo der Zar gestürzt ist ... Ich sage dir, bei uns wird's auch. Oder hast du nichts von den Bergarbeiterstreiks im Ruhrgebiet gehört? Und daß die Werftarbeiter in Kiel nicht mehr mitspielen? Die reparieren einfach keine Kriegsschiffe mehr. Und Scheidemann soll gesagt haben, die Sozialdemokraten sind keine Zulukaffern, darum reden sie noch mit dem Kaiser, aber eben *noch*, verstehst du, *noch!*" Er sprach lange, aber ich verstand ihn kaum, so fern schien mir das Leben, das er verändern wollte – er und seine Freunde von den Drehbänken und aus den Nestabenden des Wandervogel, alle nach seinen Berichten links, knorke, tacko und in Ordnung. Gewiß dachten nicht alle Wandervogelfreunde so wie diese Gruppe, und wenn sie in der Johannisnacht über das Feuer sprangen und dabei sangen „Brüder, zur Sonne, zur Freiheit", so gab es in deutschen Landen jedoch auch andere tatendurstige Jungmänner, die ebenfalls durch die Johannisfeuer sprangen, ein Mägdlein im Beiderwandgewand mit Runenbrosche an der Hand und ein Lied auf den Lippen, in dem viel von trutziger Ehr und trutziger Wehr des Singens war. Poldi belächelte diese Art zünftigen Brauchtums. Er schlug nicht die Laute, las nicht „Jörn Uhl", sondern witterte den betörenden Terpentingeruch kubistischer und futuristischer Malerei, der er sich so bedenkenlos hingab wie dem Neuen, das vom Osten kam. „Es kommt von dort, alles. Ich werd dir das mal erklären, dort soll ein gewisser Lenin sein, eben nicht Kerenski, und wenn der erst ... toll, sage ich dir, einfach toll!" Sein heiseres Stimmbruchgeschrei kickste vor Begeisterung. „Wir gehen mit, wir beide, Opa Schnedderich und ich, auch auf die Barrikaden ..." Er flüsterte an meinem Ohr: „Wozu hat Onkel Jean-Louis seine Gewehre? Ich klau ihm eins, wenn's soweit ist."

„Bring's her", sagte ich bitter. „Ich kann's gebrauchen."

Und wirklich dachte ich sogar einen Atemzug lang an dieses Gewehr, kehrte dann aber wieder auf meinen Dachgarten zurück, nah, ganz nah an das Geländer mit der schönen, tröstenden Aussicht fünf Stockwerke tief hinab in den Hof.

„Ich hab Angst gehabt da oben bei mir, daß ich runterspringe", gestand ich mit einem schäbigen Rest von Stolz. „Sonst wär ich nicht zu dir gekommen."

„Du bist eine dämliche Ziege", entgegnete Lotti und suchte den Lokalanzeiger hervor.

Die Frau, die dort unter „Vermischtes" Rat und Hilfe in schwierigen Fällen versprach, wohnte in der Invalidenstraße, Berlin N, Hof rechts, vierter Stock, und beging im muschelverzierten Ehebett ihres Schlafzimmers mittels einer ungewaschenen Sonde für nur zwanzig Mark an mir einen Mordversuch, wie er in jenen Jahren täglich von unzähligen Frauen an unzähligen Frauen getätigt wurde, häufig mit Erfolg.

Dünn und hell und hoch klangen Kinderstimmen über den Hof, während ich mit zurückgeworfenem Kopf durch das offenstehende Fenster in die graue Himmelsglocke blickte. Dahinein schrie ich meine ungeschrienen Schreie, meine ungesagten Gebete: „Laß mich sterben, Gott, hilf mir, laß es aussein!", ohne zu wissen, wie nahe ich seinem Erbarmen war. Doch beim Abstieg auf der Hintertreppe lachte ich schon wieder mit weißen Lippen – ich war sechzehn Jahre –, und Lotti sagte: „Na, siehst du, das war halb so schlimm, nun bist du den ganzen Quatsch los und denkst nicht mehr dran. Und heute abend gehen wir tanzen."

Am Abend gingen wir zum Kurfürstendamm. Im Englischen Café, inmitten einer schiebenden, drängenden Menge bei Tanz und Musik, saß ich zwischen den blumengeschmückten Balustraden, leuchtete fiebrig aus vergrößerten Pupillen, und nachher beim Heimweg unter den nachtdunklen Bäumen, durch die das Licht kühl auf meine Stirn tropfte, hätte ich tanzen mögen, wenn es mir nur nicht so schwer gewesen wäre, mich selbst zu tragen, ach, so schwer mein Leib, in dem es schmerzte, so schwer das Herz, das steinerne tote Herz...

„Wie siehst du denn aus?" fragte Lotti, als wir in der Diele im grellen Licht standen und ich aus einem Meer von Schmerzen bleich, mit roten Flecken auf den Wangen, auftauchte. „Du siehst so komisch aus, ist dir was?"

„Mir ist gar nichts. Mir ist glänzend." Ich versuchte wie der Kakadu zu wippen, wobei ich leicht, schwebend leicht, gegen die Wand sank. „Nun ist doch alles vorbei und vergessen, das ist ein toller Zustand, sage ich dir. So leicht und frei und ..."

„Na also", juchzte Lotti. „Ich hab's ja gewußt." Der Kakadu, mit schwarzen Klappaugen aus seinem weißen Gefieder ins Licht blinzelnd, keckerte. Wir gingen schlafen. Ich auf das blaue Sofa, wimmernd, die Faust auf dem Mund, erstickt von Schluchzen, auf rotbesäumten Wolken davonschwebend in die große Freiheit: Jetzt war ich tot und hatte es hinter mir, dieses verfluchte, widerliche Leben!

Bei Goldeners gab es am nächsten Tage, einem Sonntag, Schweinebraten, ein festliches Essen, zu dem Lotti mich bei meiner Mutter freigebeten hatte. Mir gegenüber saß Fritz Goldener, und er, den ich bisher stets in hohen schwarzen Stiefeln und Uniformrock oder monokelblitzend im weißen Bademantel gesehen hatte, erschien mir an diesem Morgen ähnlich seinem über ihm hängenden Kinderbild, auf dem er im Spitzenkleidchen, rundköpfig und murmelnasig, mit dick vorgeschobenen Lippen sein gutmütiges Kinderlächeln zeigte. Auch jetzt lachte er viel; ich hörte es durch dichte rotgraue Watte, während er die krosse Kruste des Schweinebratens durchsäbelte und mir auflegte, die ich gehorsam die Gabel hob und plötzlich – der Schmerz ging mir wie ein Messer durch den Leib – aufstand.

Der Boden kam mir entgegen, hob mich und ließ mich vornüber sinken, auf die Knie vor das blaue Sofa. Da lag ich, steckte den Kopf in die Kissen und schrie.

Wie Friedrich Goldener später erzählte, war es schon der erste dieser heulenden Schreie, der ihn begreifen ließ: So schreit eine Frau in Wehen, so ein Mensch in Todesnot. Mit einem Satz war er bei mir, riß mich auf seine Arme – ach, ich war so leicht, als wäre der Körper mit dem Blut davongeflossen – und wiegte mich wie ein Kind, mit überkippender Stimme gleichzeitig nach Lotti, einem Arzt und „Gottverflucht, was ist denn?" und

„Seid ihr alle wahnsinnig!" schreiend, während ihm geschah, was er in späteren Berichten das Wunder nannte: Er liebte mich plötzlich ohne jede Vorbereitung.

Als er mich auf das Sofa gelegt hatte, gestand ihm Lotti alles. Er lief aus dem Haus, als brenne es hinter ihm.

Es brannte wirklich. Der Arzt, den er anschleppte – es war wohl ein ihm bekannter Hals-Nasen-Ohren-Arzt, denn kein anderer hatte sich bereit gefunden, sein Sonntagsessen dieser gefährlichen Sache wegen im Stich zu lassen –, der Arzt weigerte sich, mich auch nur anzurühren: Ich hatte vierzig Grad Fieber und Rosenwangen. Zitternd vor gerechter Entrüstung und ebenso berechtigter Angst, in den Verdacht der Urheberschaft zu geraten, verschwand er brüsk, hinausgeführt oder -geworfen von Fritz Goldener, der sich übrigens unter Hinterlassung der Telefonnummer seines Spielklubs auch verdrückte. Lotti indes, ungeschminkt und tränennaß, fuhr in einer Droschke zu Käthe Lafontaine, obwohl sie bis auf die Treppe mein Jammergeschrei hörte: „Nicht, Lotti, bitte nicht! Sie darf es nicht wissen!"

Allein im Wohnzimmer auf dem blauen Sofa, weinte ich bitterlich. Im fiebrigen Wachtraum flog ich meiner verlorenen Zeit nach, meinen vergeudeten, im Abenddämmer schon verbleichenden Tagen. Wagte aber nicht, um Gnade zu bitten oder um Gerechtigkeit – Gerechtigkeit unter roten Fahnen –, denn mehr als den Tod fürchtete ich die großen gelben Apfelsinen aus den Ängsten meiner Kindheit, die nun wirklich auch hier, in Lotti Goldeners Wohnung, in dicken Apfelsinenkisten lagen. Gegen die würde mich meine Mutter vertauschen: ein Dutzend Apfelsinen für ein böses Kind.

Da lief ich, hinter mir eine rote Schleppe, mitten hinein in eine heranbrausende Woge aus Feuer, mitten hinein in den klingenden, klirrenden Lärm; denn jetzt läutete es, und ich kam wirklich bis an das Telefon...

„Eine tolle Frau!" sagte Lotti Goldener später jedesmal, wenn sie von ihrem Besuch im Hause Lafontaine erzählte, und sie sprach oft und gern von der geradezu heldenhaften Haltung, mit der Käthe Lafontaine den Schlag hingenommen hatte. „Wo sie doch überhaupt keine Ahnung hatte! Wo sie doch, doof wie alle Mütter, ihr Fleurchen für ein höchstens vom Tau beträpfeltes Blümchen hielt. Und da komm ich und sag ihr, daß das Blümchen mit 'nem schiefgegangenen Abort, 'ner Sepsis und vierzig Grad Fieber so gut wie im Sterben liegt und daß sie kommen muß, sozusagen zum Abschiednehmen – die ist weiß geworden wie die Wand. Aber damit hatte sich's auch. Dann sah ich gleich: Die denkt nicht dran aufzugeben, die hat doch nicht soviel in ihr Fleurchen investiert, damit ihr jetzt Gevatter Tod das Goldkind einkassiert! Und wirklich, ran ans Telefon und reingeflötet und nichts wie Zucker und Liebe: ‚Ich bin's, Mama! Fleurchen, mein Liebling, reg dich nicht auf, es ist alles gut, du brauchst gar keine Angst zu haben, ich komme, und alles wird gut, ja, mein Liebling, Mama kommt!' Und dann ruck, zuck in eine Droschke, und wie sie die Adresse sagt, da schrei ich: ‚Wohin denn!' Und sie: ‚Zu der Kunzen! Die hat sie auf die Welt geholt, die wird sie auch dabehalten!'"

Wirklich kam Käthe Lafontaine mit der Kunzen – von Ärzten hielt sie nichts – in einer Droschke, wohl der ersten ihres Lebens, und als ich erwachte, lag ich in ihren Armen, mir schien zum ersten Mal in meinem Leben. Es war – wie Lotti in ihrem Kinderkauderwelsch sagte – der schiere Himmel, Friede, Freude, Eierkuchen, wenn auch für mich die Hölle, da die Hebamme Kunze mit Schablöffel und Chinin, aber ganz ohne Narkose beseitigte, was zu beseitigen war.

Ich ertrug auch die Folter stumm mit verbissenem Stolz als eine ungerechte Strafe, doch wenn ich mich recht erinnere, lächelte ich schon am nächsten Morgen wieder. Denn da stand Fritz Goldener an meinem Bett und warf mir einen Haufen Banknoten auf die Decke.

„Da", lachte er, „kauf dir Bonbons dafür oder ein Auto! Du hast mir Glück gebracht, und du wirst mir immer Glück bringen." Was übrigens ein Irrtum war, denn an diesem Tage begann eigentlich die Geschichte mit Fritz Goldener, von der ich jedoch hier nicht sprechen möchte …

„Das Band hat sich gesträubt", erkläre ich dem Professor, als er das Gerät einschalten will. „Ich weiß nicht, was passiert ist, plötzlich war gar nichts mehr drauf, entweder wackelt ein Kontakt oder …"

„… oder, meine verehrte Frau Fleur, Sie haben die falsche Taste gedrückt."

„Ich weiß, daß ich ein technischer Idiot bin. In diesem Falle aber glaube ich an eine Auflehnung der toten Materie, die natürlich – wenn auch unbewußt oder, wie Tussi sagen würde, unterschwellig – von der lebenden meines Inneren beeinflußt sein könnte. Nur warum? Ha, jetzt ahne ich es: Die Geschichte ist wahrhaftig nicht sehr kleidsam!"

„Kleidsam?" Der Professor ist empört. „Die Geschichte ist fürchterlich! Abscheulich! Wie konnte sich dieser Mensch, dieser – wie hieß er noch? – ach, ja, dieser Zuniga derartig benehmen! Wie konnte das überhaupt geschehen?"

„Wie? Aber, lieber Professor, es dürfte sich doch bis zu Ihnen herumgesprochen haben, woher die Kinder kommen", sage ich – ja, wir haben uns neuerdings auf diesen Ton heiterer Verfremdung ernster Ereignisse geeinigt, wenn wir gemeinsam auf Schmetterlingsfang gehen. Auch scheint es mir nach allem Erlebten unmöglich, den tödlichen Ernst des Lebens so ernst zu nehmen, wie er ist: eine Angelegenheit, an deren Ende unweigerlich das Alter mit seinen unangenehmen Begleiterscheinungen und als letztes Ergebnis aller Lebensmühen der Tod steht – ein solcher Unfug läßt sich nur mit einer Art von Galgenhumor ertragen. So sage ich lachend Beweinenswertes; ohne allzu sichtbares Mitgefühl vernimmt es der Professor, erlaubt mir großzügig den Schnodderstil, in dem ich berichte, ja, er verzichtet sogar zeitweise auf seine katzenpfötchenweiche Beredsamkeit. Aber während er im Dunst der Vergangenheit die Spur sucht, die meiner Ansicht nach ins Leere führt, sehe ich ihn ärgerlich die Schmetterlingskrawatte zurechtrücken und höre ihn gereizt sprechen: „Gewiß, gewiß, es hat sich ‚rumgesprochen', aber ... Warum hat sich dieser Kerl so ungeheuerlich verhalten, und warum haben Sie es sich gefallen lassen? Warum diese bedenkenlose Hingabe, diese geradezu an Masochismus erinnernde Willenlosigkeit, jene Selbstaufgabe, die so viele Frauen mit dem Wort Liebe bemänteln? Haben Sie nicht eine Erklärung gesucht? Sie können doch nicht einfach ..."

„Doch", sage ich. „Ich konnte – das heißt, ich konnte gar nicht anders. Ich habe ihn nie wiedergesehen. Viel später erhielt ich einen Brief von ihm, hab ihn aber nicht angenommen. Ich wollte, es sollte weg sein, alles, für immer."

Der Professor schüttelt kummervoll den Kopf. Leise sagt er, mehr zu sich als zu mir, mit der er deutsch zu reden pflegt: „Derealisation als Selbstschutz." Dann, als ich fragend seinem Blick begegne: „Ja, man nennt das so, und es bedeutet ungefähr die Entwirklichung der Wirklichkeit unter dem Befehl der Verleugnung. Sie verstehen, eine Art von Selbstschutzmechanismus auf narzißtischer Basis." Und mit einem sanften Seufzer: „Sie hatten und Sie haben keine Wirklichkeit."

„So?" entgegne ich böse. „Ich hatte das Gefühl, es war sehr wirklich."

„Nicht in Ihnen! Sie haben das Erlebnis nicht wirklich wahrgenommen und sich dann vor der Wahrheit in eine Art, nun sagen wir, Amnesie geflüchtet. Um sich zu retten vor der Erkenntnis Ihrer Niederlage, um Ihren Selbstwert zu erhalten, gewiß aus Liebe – aber aus Liebe zu sich selbst."

„Alle Menschen lieben sich selbst", behaupte ich wütend. „Sehen Sie sich doch Ihre Verrückten an! Was tut denn Ihr Herr Schlitzke, wenn er beim Grasbuddeln seinen damaligen Blockwart beschimpft? Er verteidigt sich und seine Selbstachtung, seine Selbstbehauptung! Oder das flotte Lottchen, wenn es sich schönmacht und schmückt für niemanden als für sich selbst. Und die Neurotiker, die eine Mauer aus Angst um sich bauen! Sie, Herr Professor, glauben, daß man nicht genug liebt oder nicht mit ganzer Seele oder nur sich selbst; aber ausgerechnet mir müssen Sie damit kommen? Ich habe doch geliebt!''

,,Vielleicht war es nicht die richtige Liebe, vielleicht waren es nur Löwenjagden? Es gibt verschiedene Arten von Liebe.''

,,Ich kenne Ihre Reden von der Kontaktarmut des heutigen Menschen, von seiner Beziehungslosigkeit, seiner Unfähigkeit zur Hingabe, aber ... Sie wollen mir helfen und dann reden Sie, als wenn ich es gewesen wäre, die in Wirklichkeit nicht geliebt hat. Die nicht da war, das hat nämlich Philipp mal gesagt ...'' Plötzlich höre ich mich gegen meine Absicht und jede Vernunft weiterreden: ,,Du bist ja gar nicht da, sagte Philipp, du bist immer bei dir, in deinen Träumen und ...''

,,Und?'' fragt die Stimme hinter mir, denn jetzt hat der Professor wieder seinen Platz eingenommen: hinter dem Kopfende meines Bettes, im Schatten, um mich besser zu belauschen. Oder zu erfahren, wie Philipp damals im Zorn meine Eitelkeit oder gar Besitzgier – ja, das war es: Besitzgier! – verurteilte.

,,Haben Sie nie daran gedacht, daß an allem, was geschah oder was Sie geschehen ließen, auch Sie mitschuldig sein könnten? Sie haben zugleich stolz und unversehrt sein wollen und dann diesen Stolz, diese Unversehrtheit fortgeworfen für eine Fotografie, nein, für einen Vorwand. Oder haben Sie sich hingegeben mit Willen, mit Lust, um auch dem anderen Freude zu machen?''

,,Ich wollte ... ich wollte doch nicht so sein wie die Frauen da um den Bayerischen Platz, ich wollte auf die andere Seite, die bessere.''

,,Die bessere? Nach Ihrer Meinung wohl die Seite Ihrer – wie nannten Sie es, ach ja – busigen Freundin, der man den Anstand mit dem Rohrstock beibrachte. Zurück also zu der Bürgerwelt in den Konventionen des neunzehnten Jahrhunderts mit ihren Tabus und Moralvorschriften, die übrigens auch Ihre Mutter nicht durchbrach, sondern nur umging. Denn wenn Sie Ihre Hingabe nicht für einen Fehltritt, das uneheliche Kind nicht für eine Schande gehalten hätten, wären Sie ja wohl nicht in die Invalidenstraße gefahren, oder?"

„Richtig, eins zu null für Sie." Oh, wie ich ihn hasse, den Klugen mit dem milden Berufslächeln und dem harten Forscherblick. „Aber daß Sie mir nun die Schuld geben... Ich hab's ja gewußt, daß Sie mich kriegen werden, Sie mit Ihrem Schmetterlingsnetz."

„Was heißt das?"

„Na, ich sehe Sie immer so, mit dem Schmetterlingsnetz und der grünen Botanisiertrommel, wie Sie hinter den Seelen Ihrer Patienten herjagen, sie keschen, ihnen den Blütenstaub von den Flügeln streifen und sie mittels einer Stecknadel Ihrer Schmetterlingssammlung einverleiben. Bloß daß sie nach dieser Behandlung tot sind. Dann jedoch versuchen Sie, Ihre Opfer mit aller Gewalt in das Leben zurückzubringen."

„Es gelingt mir sogar manchmal. Sie kennen doch das Goethewort: ‚Und solang du das nicht hast, dieses Stirb und Werde, bist du nur ein trüber Gast auf der dunklen Erde!'"

„Gut", sage ich erschöpft. „Zwei zu null für Sie."

Der Professor geht zur Tür, er lächelt. „Und noch etwas: Wir wollen bald einmal versuchen, ob Sie nicht wenigstens stehen oder vielleicht sogar gehen können."

Meine Antwort ist nur: „Auf Wiedersehen."

Aber noch auf der Türschwelle dreht er sich um und fragt, als wäre ihm ein Gedanke, vielleicht sogar ein Verdacht gekommen, obwohl er freundlich blickt wie immer, gewohnt, menschliche Leiden und Lügen zu erfahren. „Hören Sie, Frau Lafontaine, das Büro behauptet nach wie vor, daß Sie damals in der Pension Rosa unter einem anderen Namen gemeldet waren, nämlich unter Goldener. Haben Sie eigentlich einen Verwandten von den Goldeners geheiratet?"

„Nein", sage ich, „ich habe *ihn* geheiratet, Lottis Mann, Fritz Goldener."

„Ach nein, wirklich?"

„Ja, wirklich."

Sechstes Kapitel

Joshua Goldener war 1885 aus dem Posenschen nach Berlin gekommen – also mitten hinein in den Aufschwung der Gründerjahre und gerade rechtzeitig zur Eroberung Berlins –, nachdem er die Tochter seines Prinzipals, eines Posener Getreidehändlers, geheiratet hatte. Die Trauung hatte noch unter der Chuppah der Synagoge mit allem Pomp eines guten jüdischen Hauses und der Mitgift von achtzigtausend preußischen Talern stattgefunden. Doch in Berlin angekommen, mußte die junge Frau morgens früh um halb sechs eine Stunde im Regen vor dem Stettiner Bahnhof warten, bis die Pferdedroschken zum billigeren Tagestarif fuhren.

Hinde Goldener war nicht hübsch und leider klug genug, es zu wissen; so diente sie unterwürfig zuerst dem Mann, dann dem Sohn, bis sie sich für dieses allzu geliebte Kind in einen erbitterten Kampf um jeden Groschen ihres eigenen Geldes stürzte. Dadurch ging der eheliche Frieden flöten, obwohl Joshua Goldener um diese Zeit, die Jahrhundertwende, bereits ein reicher Mann war: Er verkaufte Alpakabestecke mittels des Schneeballsystems, einer amerikanischen Erfindung von weltbekannter Anrüchigkeit. Und wenn sein Sohn Friedrich Goldener sich dessen schämte – nicht viel anders als Fleur Lafontaine der möblierten Wohnungen ihrer Mutter –, so lautete Joshua Goldeners Erklärung: „Wer zwingt die Leut, und was schadet's ihnen? Es ist echt Alpaka, und sie kriegen den Kasten für den halben Preis, wenn sie bloß die Adressen von vier anderen Kunden einschicken. Von denen schickt jeder auch wieder vier Kunden, macht sechzehn, und sechzehn mal vier macht vierundsechzig, und vierundsechzig mal vier macht ... Und schließlich, was bist du für ein Sohn! Es wird doch alles mal dein Geld."

„Aber bis dahin ist es deins, und ich muß mir von Mama den Groschen für die Straßenbahn pumpen. Ja, ich muß Straßenbahn fahren, sogar in vollem Wichs, und mein Korpsbruder Eddi von Bleichröder hat schon ein Automobil. Wo bleibt meins so irrsinnig lange?"

„Gott soll schützen, daß ich dir so eine Maschine kaufe! Schlimm genug, daß ich dich hab studieren lassen!"

Joshua Goldener hatte recht. Er hätte den Sohn nicht studieren lassen sollen, hätte nicht Stolz und Befriedigung zeigen dürfen, als der Junge aus Heidelberg heimkam mit Schmissen auf der Wange, einem Monokel im Auge, Leibfuchs eines Herrn von Bütow und mit dem Sohn eines millionenschweren Bankhauses in der Friedrichstraße so befreundet, daß dieser sich vom Sohn des Joshua Goldener aus Posen die Spielschulden stunden ließ, Spielschulden von Gardemaß, wie sie nur die allerfeinsten Leute hatten.

Joshua Goldener zahlte. Er zahlte auch mit Werten, die er bisher für unveräußerlich gehalten hatte. Denn Friedrich Goldener mußte sich taufen lassen, um der Karriere oder doch eigentlich um seines ehrgeizigen Vaters willen, der von nun an den Kopf senkte, wenn er an der so nah seinem Hause, so nah seinem Herzen gelegenen Synagoge in der Oranienburger Straße vorbeiging. Aber das Bildnis seiner Großmutter mit dem falschen Scheitel und dem altmodischen Goldschmuck einer Rabbine behielt weiterhin den Ehrenplatz über dem Sofa im Salon; auch am Pesach hielt er so eisern fest wie an seinem Platz in der Synagoge zwischen den alten Freunden, die Verständnis hatten für die Forderung der neuen Zeit: Freie Bahn dem Tüchtigen.

Nur daß Friedrich Goldener nicht tüchtig war. Er war gutmütig, witzig, leichtsinnig und leichtfertig; wußte mehr Wirtinnenverse als sämtliche Füchse seiner Verbindung; spielte rauschend und brausend, laut und falsch Klavier; konnte mit dem Monokel im Auge schlafen, mit geradezu gewerbsmäßiger Geschicklichkeit die Volte schlagen, einen Bakkaratschlitten packen nach allen Regeln der Kunst – später auch nach denen einer einträglichen, doch nicht ungefährlichen Geheimwissenschaft – und gewann mit seinem vollippigen, murmelnasigen Gesicht und der angenehmen weichen Stimme die Frauen leicht. Nicht nur die Dienstmädchen seiner Mutter, die Gelbsterne vom Hausvogteiplatz, die Bar- und Nähmädchen, sondern auch die gute Partie Lotti Hiddepoth, Tochter des reichen Hoteliers Hiddepoth in Bansin.

In dieser glücklichen Ehe machte jeder, was er wollte, und Lotti wollte viel und viele. Friedrich Goldener schien es kaum zu bemerken, und da er schon damals spielte, gelang es ihm, in verhältnismäßig kurzer Zeit die Mitgift Lottis auf den Spieltischen einiger feudaler Klubs unterzubringen. Die komfortable Wohnungseinrichtung nahm den gleichen Weg; bei dieser Gelegenheit schluckte die lachlustige Lotti zuerst ein wenig, tauschte aber dann ihr Schweigen gegen das ihres Mannes ein, sie übersah es, wenn er die Nächte im Klub verbrachte, so, wie er die Augen schloß, wenn sie die Abende über mit einem Rudel gutaussehender Freunde in den Lokalen am Kurfürstendamm umherzog, und er mußte vierunddreißig Jahre alt werden, um eine andere Leidenschaft als die zu den Karten kennenzulernen. Im April des Jahres 1917 geschah ihm, was er auf seine leichtfertige Art die Bekehrung des ungläubigen Thomas nannte oder, vor mir kniend, die Auferstehung des Friedrich Goldener.

Nach seinen Berichten begann sein neues Leben an jenem Aprilmorgen, da ich mich, die Augen aufschlagend, mit Geld überschüttet fand – mit Geld und mit Liebe, wie Lotti Goldener die neuen, so erfreulich freundschaftlichen Beziehungen zwischen den Häusern Goldener und Lafontaine nannte.

Lotti hatte auch nichts dagegen, daß Fritz Goldener mich manchmal zu Kaffee und Kuchen mit Schlagsahne ausführte, wie ein Kind, das ich mit meinen sechzehn Jahren noch war.

Und sie fand ebenfalls nichts dabei, daß er mich Puppeli nannte, was zwar scheußlich war, aber in seiner tiefen weichen Stimme hübsch klang. Ich aber empfand bei den Goldeners ein Gefühl von Geborgenheit und besuchte sie fast täglich, wenn sie nicht gerade bei Käthe Lafontaine zu ihren hervorragenden Kaffeesatzbratkartoffeln geladen waren. Zu diesen abendlichen Festessen kam Fritz Goldener gern, oft allein, aber auch mit Lotti, die jedoch häufig, behütet von Gospodin Perasić, zeitig heimging, da sie nach ihrer Aussage Fischis Witze schon mitsingen konnte.

Uns waren die Witze neu, neu auch die Kartenkunststücke, mit denen er die Jungen, ja sogar meine Mutter eroberte. Beeindruckend auch, wie er mit der großen rundnägeligen Hand die Volte schlug oder in rasender Geschwindigkeit mit mächtigen Griffen und dröhnendem Pedal Operettenmelodien aus dem Flügel holte, an dem ich ihn von nun an so oft sitzen sehen sollte: die Augen hinter dem Monokel halb geschlossen, den Kopf zurückgelegt und den vollen Genießermund zu einem unbekümmerten Lächeln oder zu schallendem Gesang geöffnet.

„Siehste, Fleurchen", sagte meine Mutter, „so muß man Klavier spielen können, alles ohne Noten und hübsche lustige Melodien und nicht immer so 'ne klassische Musik wie deinen Valse bleue, das Leben ist schon ernst genug."

„Det kann man wohl flüstern." Opa Schnedderich meldete sich zu Wort. Er war an diesem siebzehnten Mai zu meinem Geburtstag erschienen und wohl auch, um die paar Mark abzuholen, die er zum Leben oder Überleben brauchte. Jetzt ließ er die lange Nase über dem eisgrauen Vollbart hängen und schüttelte den Kopf, daß die riesengroß gewordenen Ohren klappten. „Ick weeß nich, Käthchen, du jibst mir doch immer detselbigte, und ick komm immer schlechter damit aus. Na, es jibt da sowieso nischt, die Bauern verkoofen an die Schieber, recht haben se, und die Regierung – na! Und was die Sozialdemokraten sind ... Ick bin doch immer dabeijewesen, aber seit se die Kriegskredite bewilligt haben, alle, bis auf so 'nen jungen

Menschen namens Liebknecht, nee, seitdem bin ick böse mit se. Es soll auch schon Hungermärsche jejeben haben, und det sage ick dir, Käthchen, wenn die bei mir vorbeikommen, marschier ick mit, ick mit meine siebenundsechzig Jahre!"

Auch Onkel Jean-Louis schwor, zornrot anschwellend, mit seinen breiten Nasenflügeln bereits die Suppe zu riechen, die diese Sauhunde, diese gottverfluchten Reaktionäre Hindenburg und Ludendorff, dem deutschen Volke eingerührt hätten, bei welcher Gelegenheit ich erfuhr, daß die Vereinigten Staaten im April in den Krieg eingetreten waren. Und noch heute entsinne ich mich des blassen Erstaunens, mit dem ich die Zeitgeschichte, eine waffenklirrende, wagnerisch brustwehrgepanzerte und mir dennoch schattenhafte Dame, das Eßzimmer durchschreiten sah.

Wie verzweifelt war ich bemüht gewesen, Zukunft zur Gegenwart und Gegenwart zur Vergangenheit zu machen! Nun aber erwachte ich aus kurzfristigem Vergessen und fand mich wieder einer Wirklichkeit ausgeliefert, die es jeden Tag von neuem zu bestehen galt.

Denn dort, in den braunen ledernen Klubsesseln unter dem von Käthe Lafontaine eigenhändig genähten gelbseidenen Lampenschirm saßen Mama, Fritz und Lotti Goldener, Mittäter und Mitwisser meiner Schande, und wenn auch zu diesem Zeitpunkt Onkel Jean-Louis und sein Schnäuzchen nichts davon wußten, so erblaßte ich doch, als Onkel Jean-Louis behauptete, daß er mich verändert fände.

„Noch hübscher als sonst, das Blumenkind, noch zarter, beinahe vergeistigt, wenn auch der Grund dazu wohl mehr mit dem Leiblichen als mit dem Geistigen zu tun hat. Na ja, aus Kindern werden Mädchen, schöne Mädchen, viel zu schön für einen alten Onkel. Wenn ich bloß jünger wäre, bloß zehn Jahre oder fünfzehn", murmelte er, wandte sich ab und sprang mit kühnem Satz mitten in ein Gespräch, in dem wieder einmal die Geschicke Deutschlands erledigt wurden. Und zwar von Onkel Jean-Louis mittels seines Jagdgewehres, peng, peng,

peng! – gegen welches abgekürzte Verfahren übrigens Fritz Goldener Einspruch erhob.

„Nee, lieber Onkel Jean-Louis", sagte er in seiner raschen, aber liebenswürdigen Vertraulichkeit, „so kann man's nicht machen! Wenn ich auch kein reiner Preuße bin und bloß mangelhaft getauft, schließlich ist doch die Monarchie ein ganz gemütlicher Verein, und wir haben ihr viel zu verdanken, Kultur ist auch ein Argument, und Sozis sind doch Leute unserer Bildungsstufe sowieso nicht."

„Ich bin", sagte Opa Schnedderich mit wackelndem Kinn – er wackelte jetzt oft –, Käthe Lafontaine machte kurz, aber bedeutungsvoll „hahaha", Schnäuzchen sandte mahnende Blicke zu Onkel Jean-Louis, der schwieg.

Wer aber sprach, mit kicksender Stimme und flammendem Stierblick, war Poldi.

„Ich auch! Wir alle!" schrie er, womit er wohl die hinter seinem Rücken hervorlugenden Knaben Vlasko und Mato meinte. „Und die Jungen im Wandervogel! Und Rußland, ganz Rußland, jawohl, jetzt, wo sie die Duma oder wie das heißt gegründet haben und eine neue ... eine prima ... Ich weiß nicht, aber die Jungen wissen alles. Schülerrat machen wir jetzt, und wenn's dann nicht Suppe gibt, dann raucht's! Jawohl, wir wollen nicht nur Schulspeisung, wir setzen auch den Direx ab!"

„Wenn sie euch man nicht vorher absetzen." Fritz Goldener schlug zur Abwechslung mit einem blanken Fünfmarkstück die Volte. „Siehst du, mein Junge, die Menschen kann man doch nicht ändern, die wollen keine Freiheit, die wollen Geld. Für Geld kann man jeden kaufen, wetten daß? Du bist doch Abstinenzler, nicht wahr? Also, ich geb dir die fünf Mark hier, wenn du das Glas Wein austrinkst."

Poldi überlegte, lief langsam rot an, murmelte zögernd: „Fünf Mark, ganz schönes Kapital!", ergriff auch schon das Glas, trank es aus, schnappte sich die fünf Mark und krähte in das ausbrechende Gelächter: „Danke schön! Die haben wir gerade dringend gebraucht. Für Flugblätter! Es geht nämlich los. Jetzt gibt's 'ne Unabhängige Sozialdemokratische Partei und 'nen Munitionsarbeiterstreik und . . .''

,,Geplatzt'', sagte Fritz Goldener. ,,Abgeblasen. Wir sind hier eben nicht im großen weiten Moskowiterland.''

,,Leider!'' schrie Poldi, die Tintenfinger geballt, strumpflos in Holzsandalen, aus braunen Kinderaugen Blitze schleudernd. ,,Wir werden . . . ganz bestimmt! Bloß Sie nicht, Sie mit Ihrer Schuhwichse, Sie Bourgeois!''

,,Du hast 'ne Ahnung von mir.'' Fritz Goldener blieb friedlich. ,,Ich bin ein durchaus liberaler Mann, aber auch ein nationaler. Deutschland muß erhalten bleiben, und glaube mir, die internationalen Finanzkreise sind daran interessiert. Daher sind auch solche Auswüchse einer ganz begründeten Unzufriedenheit – denkst du, ich esse gern Kohlrüben? – und solche Scherze wie jetzt diese Streiks zu verwerfen, wenigstens von mir, deinem lieben klugen Onkel Fischi!''

Alle lachten, und Fritz Goldener nutzte die Stimmung; er erzählte Witze, einige sehr gute, und sang seine berühmten Wirtinnenverse Onkel Jean-Louis ins Ohr, was diesen kopfschüttelnd und krähend lachen ließ. ,,Sie sind ein Schwein, aber ein goldiges.''

Auch Lotti Goldener kam in Fahrt, wie sie es nannte, wenn sie kichernd und keckernd ihre Schnellfeuerblicke auf Gospodin Perasić abschoß, der unter dem Tisch ihre Hand hielt, unauffällig wie alles, was er tat. Dann bat Käthe Lafontaine zu deliziösem Sauerbraten aus Pferdefleisch ins Eßzimmer, einen sehr dunklen, von einer Riesenlampe sparsam erhellten Raum. Dort, nach zaghaft erprobtem Lebensgenuß an Braten und Wein, bemerkte ich, daß Käthe Lafontaine und Fritz Goldener Geheimnisse hatten. Und als ich ihnen in das Herrenzimmer nachkam, erfuhr ich, worum es sich handelte, da mir Fritz Goldener sofort und ohne Schonung die Vorladung zeigte. ,,Für dich, Fleurchen, du sollst hinkommen, aufs Polizeirevier drüben in der Badenschen Straße, zu nachtschlafender Zeit, ausgerechnet karierte Maiglöckchen, morgens um acht.''

„Um Gottes willen!“

Ich stand am Fenster, von wo ich zwischen den Dächern ein Stück grauen Himmels erblickte, wie damals bei der Frau in der Invalidenstraße. Die hatte es mir also eingebrockt! Die mit ihrer gräßlichen Sonde und ihrem dreckigen Tod, den es nun also doch noch zu sterben galt. Da begann ich verzweifelt zu schluchzen.

Käthe Lafontaine tröstete mich: „Schließlich kannst du immer noch sagen, es war gar nichts, du hast es bloß gedacht, und die Frau hat auch gar nichts gemacht.“

„Irrtum!“ Fritz Goldener sprach so ruhig wie immer. „Selbst wenn die Frau gar nichts gemacht hat, wo gar nichts war, gibt's da so 'nen schicken Paragraphen: Strafbarer Versuch mit untauglichen Mitteln am untauglichen Objekt. Aber schließlich muß es sich gar nicht darum handeln, und selbst wenn, ich werd denen das schon ausreden.“

„Wieso Sie?“ fragte Käthe Lafontaine noch, aber da lag ich schon an seiner Brust, lachte und weinte und stammelte unter stürzenden Tränen: „Ach, du willst es machen? Du kannst alles! Aber schwör mir, daß du hingehst!“

„Morgen früh, morgen früh um acht“, sagte er, „also kurz nach Mitternacht.“

Und weil es bereits jetzt kurz vor Mitternacht und das Polizeirevier 39 gleich um die Ecke war, weil Käthe Lafontaines gastliches Haus ein Besuchssofa hatte, Lotti Goldener wegen des Kakadus nach Hause mußte und Gospodin Perasić sie geleiten, vielleicht auch wieder des weißen Bademantels teilhaftig werden wollte – aus diesen und anderen Gründen schlief Fritz Goldener in besagter Nacht im Wohnzimmer des Hauses Lafontaine.

Ich schlief nicht; ich stand in meinem Dachzimmer und sah wieder einmal den Mond über die Dächer gleiten und hörte, wie Fritz Goldener das Treppchen heraufkam. Sehr leise kam er, auf Strümpfen, das im Fensterschein aufglänzende Einglas wie eine Art Warnsignal im Auge und nach seiner geflüsterten

Erklärung als Freund, nicht unähnlich der brüderlichen Liebe Arturos.

Ich zitterte am ganzen Körper so, daß er mich halten mußte, fühlte aber dann, wie sich der Krampf in der Wärme der breiten Brust entspannte, wie ich in süßer, erschlaffender Mattigkeit den starken Händen nachgab.

„Du wirst nie im Leben wieder Angst zu haben brauchen, immer werde ich dich behüten. Und ich schwöre dir: Nie wieder in meinem Leben betrete ich einen Spielklub. Die Fabrik werde ich zu meinem Kompagnon von Bütow nach Eberswalde verlegen, nur muß ich wissen, daß du mitkommst!"

„Ich kann doch nicht mit dir nach Eberswalde gehen! Was soll denn Lotti dazu sagen? Und meine Mutter?"

„Lotti geht nicht mit nach Eberswalde, sie braucht den Kurfürstendamm und die Freunde. Du weißt ja, unsere Ehe besteht in Wirklichkeit nicht mehr."

„Ich weiß gar nichts!"

„Doch, mein kleines Schäfchen, du weißt alles. Und ich weiß es auch, du brauchst es gar nicht abzustreiten, das mit Perasić. Du hast ihn selbst gesehen in meinem weißen Bademantel."

„Das ist nicht wahr, er hatte ihn nicht an!" beharrte ich, und Fritz Goldener, während er mir die Augen mit seinen Lippen schloß, flüsterte: „Wollen wir ein Spiel spielen, das Kinderspiel mit Opa Lafontaine, du hast es mir mal erzählt ..."

Und wie einst der alte Maurice Lafontaine flötete er: „Mein liebes Fräulein, möchten Sie vielleicht so gut sein und mich heiraten?"

„Red doch keinen Quatsch!" sagte ich.

Das ist die Wahrheit: Ich glaubte nicht eine Sekunde, daß jemals ein Mann die kleine Fleur Lafontaine mit der befleckten Vergangenheit und den siebenundfünfzig Wohnungen ihrer Mutter in eine Ehe führen würde, die fraglos Ehrenrettung und Erhebung in die Reihen der anständigen Frauen bedeutete. Gewiß bewunderte ich dankbar die Geschicklichkeit, mit der er auf dem Polizeirevier 39 eine Sache aus der Welt schaffte, die beinahe mich aus der Welt geschafft hätte. Aber ich wehrte mich doch gegen den so zärtlich erflehten Preis, wehrte mich mit Tränen und Hinweisen auf seine Ehe, die jedoch nach seiner Behauptung nie eine gewesen war und daher nicht gebrochen, sondern jederzeit gütlich getrennt werden könne. Bis ich eines nicht viel späteren Tages bebend und bibbernd aus dem Eßzimmer vernahm, wie Fritz Goldener nebenan meine Mutter – in aller Form, wie er betonte! – um die Hand ihrer Tochter Fleur bat. Und niemals, niemals vergesse ich den Aufschrei meiner Mutter, dann ihr klirrendes Gelächter und endlich die längere Rede ohne Punkt und Komma, in der Käthe Lafontaine Fritz Goldener erklärte, was alles er sei und keinesfalls sein dürfe: ein Spieler, ein verheirateter Mann, ein alter Mann und unseriös.

Worauf er mit seiner sanften Stimme liebenswürdig behauptete, daß er schon bald geschieden, nie ein Spieler, sondern höchstens ein bißchen leichtsinnig gewesen sei, es an Jugendfrische trotz seines ehrwürdigen Alters von vierunddreißig Jahren mit jedem Jüngling aufnähme, und was die Seriosität beträfe . . . „Meine liebe, sehr verehrte künftige Schwiegermama, unter uns Pastorentöchtern seien wir doch ehrlich: In dieser Zeit wäre Seriosität nicht nur völlig überholt, sondern geradezu von verbrecherischer Dämlichkeit. Im übrigen bin ich in meinen Geschäften genauso seriös wie Sie in Ihren und daher auch annähernd so erfolgreich.“

Daraufhin bat Käthe Lafontaine ihren zukünftigen Schwiegersohn höflich, ihr Haus zu verlassen. Er küßte ihr die Hand, ersuchte sie, mich zu grüßen, und sagte in der Tür: „Also dann komme ich morgen wieder. Und noch was: Eine innere Stimme sagt mir, daß Sie bereits in vier Wochen nicht mehr werden ohne mich leben können.“

Wirklich dauerte der Kampf mit Käthe Lafontaine genau vier Wochen. Er wurde von Fritz Goldener in abendlichen Wortgefechten mit seinen erprobten Waffen – Volte schlagen, Witze erzählen, Klavier spielen – geführt, und im Laufe der Belagerung wurden Feinde zu Freunden, Gegner zu Verbündeten: Fritz Goldener nahm Käthe Lafontaine hinein in das große Geschäft mit den dreihundert Kisten leicht angegangener und daher schnell zu vertreibender Leberwurst und dem ebenfalls schnell, also mit Käthes Bargeld, zu tätigenden Heringshandel. Denn Käthe Lafontaine war nach Fritz Goldeners Meinung tüchtig genug, um Zuckersäcke voll unsortierter Uhrzeiger und die Löcher im Käse zu verkaufen.

„Doktor, Sie sind ein Gauner", sagte sie dann mit der ihr eigenen schönen Offenheit. „Aber glauben Sie nicht, daß Sie es damit machen, Fleurchen ist für Sie zu schade, die kriegen Sie nicht und niemals."

„Und wenn ich sie vom Mond herunterholen müßte, ich kriege sie. Es würde auch nichts nützen, wenn Sie sie fortschickten, ich finde sie. Und ich verdiene sie, denn ich bin netter, klüger und schöner als jeder andere Mann, nicht wahr, Käthchen?"

„Sie sind ein Spieler", sagte Käthe Lafontaine, „und – Sie sind verheiratet."

„Noch genau vierzehn Tage, dann werde ich sehr bald mit Ihrer Tochter Fleur verheiratet sein, verehrte gnädige Frau. Was aber das Spielen anbetrifft – das ist vorbei. Jetzt habe ich eine Aufgabe: eine junge, auf Händen zu tragende Frau und eine zauberhafte Schwiegermama!"

Von da an erschien er pünktlich jeden Abend zu den Riesenpfannen voll Bratkartoffeln, denen er kleine, nicht ganz frische Würstchen beisteuerte, die von den Jungen erst mit den Augen, dann mit dem Mund verschlungen wurden. Er half auch bei dem berühmten Umzug über die Dächer, von dem seinerzeit das ganze Bayerische Viertel sprach: Käthe Lafontaine zieht ins Nebenhaus übers Dach! Und er erwarb sich die Freundschaft Poldis, als sie zusammen von meinem kleinen Dachgarten aus mit Koffern und Kisten über die Dächer turnten, wobei Fritz mit schallender Stimme Studentenlieder sang und ich mich vor den Zuschauern an den Hoffenstern schämte, so stolz ich auch sonst auf den Mann mit dem Doktortitel, dem Monokel und den geschickten, zärtlichen, so gebefreudigen Händen war.

Aber als dann Lotti Goldener zu mir in die Lebensmittelkartenstelle kam, als sie den Revolver aus ihrer schwarzen Lacktasche zog und ihn vor mir auf den Schreibmaschinentisch legte, als mich ihr weißes Gesicht mit den von Kummer verdunkelten Blauaugen anklagte, ihre von Tränen erstickte Kakadustimme anschrie, da sagte ich, ebenfalls weinend: „Ich hab doch nichts getan, ich schwör's dir! Er hat bloß Mama besucht, geschäftlich, wahrhaftigen Gotts . . ."

„. . . und dir hat er 'ne Tasche geschenkt mit deinem Monogramm. Du hast sie mir selbst gezeigt!"

„Da siehst du, daß nichts bei war! Ich hab ihn ja auch höchstens zweimal getroffen, allein, und bloß weil er wollte."

„Natürlich, weil er wollte! Du bist ja so, du stellst dich dumm, machst deine veilchenblauen Kinderaugen, und dabei weißt du genau, was du willst!"

„Ich hab nichts gewollt, heiliges Ehrenwort! Er hat mich gefragt, ob ich mit ihm nach Eberswalde ziehen will, und ich hab gesagt, ‚red doch keinen Quatsch', schon weil er das doch wußte, das von Arturo und . . ."

„Wo ich dir das Leben gerettet habe, du Biest, du Bestie du!"

Lotti hob den Revolver, und ich warf den Kopf auf die Schreibmaschine und schluchzte:

„Schieß doch, ach Gott, mir ist wirklich alles egal. Aber ich kann nichts dafür, er liebt mich eben. Ruf ihn an, sag ihm, daß er zu dir zurückkommen soll."

Sie nahm den Hörer ab und erfuhr, was ich wußte: „Du kannst Fleur zwingen, mich zu verlassen, aber du kannst mich nicht zwingen, zu dir zurückzukommen. Gib's auf!"

Darauf packte Lotti den Revolver ein, schniefte durch die hübsche Nase und seufzte: „Du hast ihm was über mich gesagt. Von den Kerls."

„Aber das wußte er doch alles. Sogar das von dem weißen Bademantel!"

„Aber von Perasić! Den hast du bei mir gesehen, nur du! Das andere, pah, das war alles verziehen. Aber der jetzt?"

„Ich glaube nicht, daß ich ihm was gesagt habe. Ich schwör's dir. Das ist die Wahrheit."

Und das war die Wahrheit, wenigstens, soweit ich mich erinnere.

Es gab auch wichtigere Ereignisse: Fritz Goldener hatte Käthe Lafontaine geschafft, wie er das Ergebnis seiner Überredungskunst nannte, nachdem Eberhard aus seinem serbischen Lausenest ahnungslos mit einem auf einer Lafette geschriebenen Brief seine Einwilligung erteilt hatte.

Nur Joshua Goldener gab für diese blödsinnige Heirat mit einer siebzehnjährigen Gojte nicht seine Zustimmung, doch Mutter Hinde schickte sechs ihrer eigenen Alpakabestecke; beide erschienen nicht zu der Hochzeit. Dafür kam Vater Eberhard überraschend auf Urlaub.

Da Fritz Goldener sich geweigert hatte, am hellichten Tage befrackt eine Kirche zu betreten, wurde die Hochzeit nur auf dem Standesamt vollzogen und im kleinsten Kreise der älteren Semester seiner Korpsfreunde gefeiert; Poldi befand sich vorsichtshalber auf Wandervogel-Fahrt.

Es war gut so. In der Weinstube Eggebrecht entstand bald bei ungewohnt reichlichem Essen und Trinken eine Art gehobener Kneipenstimmung. Herr von Bütow ermahnte den Bräutigam in einem launigen Toast, sein Blümchen zu hegen, zu pflegen und fleißig zu begießen, welchen Witz Käthe Lafontaine laut und völlig verständnislos belachte. Mein Vater vertrank seine Abschieds- oder Fußschmerzen, während er die Mauken unter dem Tisch aus den Schuhen zog, und ich saß zwischen den Männern, ohne Kranz und Schleier, aber einen Strauß Rosen im Arm und einen goldenen Ehering am Finger. Ich war gerettet, hinübergerettet zu den anständigen Frauen auf der anderen, der besseren Seite des Lebens.

Am Arm des Starken erblühte ich von zwei oder drei Gläsern Wein zu scheuer, errötender Heiterkeit und benahm mich daher im Hotel Kaiserhof – wo man mich übrigens für Fritz Goldeners Tochter hielt – ungefähr wie die Damen, deren schattenhafte Umarmungen ich in den Fenstern über dem Hof miterlebt hatte. In dem breiten Prunkbett lag ich zum ersten Mal vor einem Manne so unschuldig, so rührend schamlos nackt, daß Fritz Goldener – einiges, nur solches nicht gewohnt – in Tränen der Beglückung und einer mir unbegreiflichen Demut ausbrach. Weinend, die Lippen auf meiner jungen Brust, beschwor er mich, bei ihm zu bleiben, was auch geschehe, ja, ihn zu retten. Wovor? Auch mir kamen Tränen; sie vermischten sich salzig-süß auf unseren Lippen, wir schluckten sie mit unseren Küssen, mit dem Sekt, der neben dem Bett stand.

Nach dieser Hochzeitsreise in den Berliner Kaiserhof verbrachte Fritz Goldener die Tage in seiner Schuhwichsfabrik oder in der Etappe Spandau und ließ mich sitzen: im hellblauen plissierten Morgenrock inmitten allen Komforts einer Dreizimmerwohnung mit Bad, Klavier, Telefon und Dienstmädchen, denn Käthe Lafontaine hatte sich nicht lumpen lassen. Dazu kamen von Fritz Goldeners menschenfreundlichem Feldwebel die milden Gaben aus den eroberten und nun langsam wieder zurückeroberten Gebieten. Frau Dr. Fleur Goldener – so stand es auf den frisch gedruckten Visitenkarten – nahm, was sich ihr bot: die Blumen, die Fischi brachte, den Türkisring, Käthe Lafontaines Hochzeitsgeschenk außer Wohnung und Klavier, und die goldene Tasche, genau die gleiche goldene Tasche, wie sie die Palaisdamen trugen.

„Du bist eine Bourgeoise geworden", empörte sich Poldi. „Du interessierst dich für nichts mehr, liest keine Zeitung, bist schon verkalkt mit siebzehn. Dabei brennt's an allen Ecken und Enden, und wenn dein Fischi nicht aufpaßt, dann ist morgen die Revolution auch bei uns da, und sie enteignen ihm seinen Schuhwichsladen."

War ich eine Verräterin? Ja, das war ich, wenngleich ich es nur unklar und mit dem schmerzlichen Bedauern fühlte, mit dem ich meine Träume verabschiedete. Den vom Ruhm im

Scheinwerferlicht, Veilchensträuße am Hermelinmantel, und den schöneren von der Dachkammer, darin ich dichten und hungern wollte. Oder gar den unter roten Fahnen, an der Seite eines Jungen namens Philipp.

Sogar vor Onkel Jean-Louis schämte ich mich, wenn er bei seinen Berlinbesuchen geruhsam in einem Lehnsessel am Goldenerschen Kamin Weltgeschichte machte. Nein, Revolutionsgeschichte nannte er nun, was er von Glanz und Glorie jener zehn welterschütternden Tage im fernen Rußland erzählte; selbst er, der Dichter seiner geheimen Sehnsüchte, so ergriffen, als hätte er vom Schlachtschiff Aurora herab das Signal gegeben und mit seinem Jagdgewehr peng, peng, peng! den Matrosen voran das Winterpalais gestürmt. Freimütig berichtete er sogar von Lenins „An Alle", Friedensangebot und versöhnliche Geste, der er Bewunderung zollte, neuerdings zu Ausgleich und Milde geneigt. Denn die Beschlagnahme seines Buches war aufgehoben, Sudermann hatte sich für ihn eingesetzt, und Jean-Louis Lafontaine fand sich eines Tages mit Bart, Brille und Bauch auf den Seiten der Morgenpost als Vorkämpfer des modernen Naturalismus, sehr zum Gefallen seines Neffen Fritz Goldener.

Der genoß die neue Verwandtschaft, das Blut auf den Straßen, die Leichen an den Laternen und die muntere Leichtigkeit, mit der Onkel Jean-Louis alle bekämpfte: Hindenburg, Ludendorff – die dämliche Zicke, die Mathilde, nicht zu vergessen! – und die Herren vom Vaterländischen Hilfsdienst, die sich erlaubt hatten, ihn zu rufen, denen er aber was scheißen würde, jawoll, scheißen!

Es waren vergnügliche Abende, doch wenn ich dann wieder allein war und fror – denn ich fror viel in diesem Winter des Hungers, der Entbehrungen, der Kohlrüben und der Grippe –, wenn ich schaudernd in meinem Salon auf und ab ging, verlassen, da ja Friedrich Goldener tagsüber in Spandau Krieg führte oder garantiert terpentinfreie Schuhkrem verkaufte, aber häufig auch noch des Abends irgend etwas Geheimnisvolles zu tun hatte, dann lief ich vor meinen Erinnerungen davon, zu Mama hinüber oder zu Mamas Freundinnen, da ja meine Schulfreundinnen nicht ganz zu Fischi paßten.

Da war zum Beispiel Aline Eden, geradewegs von der Bühne eines Kairoer Nachtlokals in eine von Mamas möblierten Wohnungen untergeschlüpft, mit vierzehn Koffern, einer türkischen Zimmereinrichtung und nach Meinung der lieben Nächsten so reich, daß man sie für eine Spionin hielt, ebenso wie man Perasić für einen Spion hielt, weil er arm war.

Bei ihr saß ich, wie ich früher bei Lotti Goldener gesessen hatte, und lauschte den Erzählungen aus den tausendundeinen Nächten einer fremden, mir jedoch von den siebenundfünfzig Wohnungen meiner Mutter vertrauten Welt: Es waren die gleichen Schlafzimmer.

Dennoch schienen mir die orientalischen Teppiche die ganze abenteuerliche, verschwenderische Fülle des Lebens darzustellen, so daß ich manchmal zu Fritz zurückkehrte, um an seiner Schulter bitterlich zu weinen. „Ich will weg", schluchzte ich, und Fischi erstaunte.

„Aber wir gehen doch weg, wir ziehen nach Eberswalde, und Käthchen schenkt uns ein hübsches Haus."

„Aber ich will nach Paris, nach London und nach Tokio und... ich will leben!"

„In Eberswalde kann man auch leben", sagte Fischi, „wenn man muß."

Ich weinte viel in diesen Monaten, die Trennung von Berlin fiel mir schwer, ich konnte es mir nicht vorstellen, das neue Leben in dem grünumwaldeten Städtchen, das mir Heimat werden und Ruhe bieten sollte. Ruhe, Waldesluft und Gattenliebe – vor allem Gattenliebe. Doch ich schließe die Augen vor dem schwachen, aus dem Dunkel der Jahrzehnte auftauchenden Flatterschein der kleinen züngelnden Irrlichter von Lust, die damals unsere Nächte erhellten, also den bescheidenen Sumpf, über den sie tanzten, während ich mich frage: Hat Fritz Goldener jemals erfahren, daß ich die Seitenwege kannte, auf denen er seine ebenfalls bescheidenen, aber mir doch recht peinlichen Fehltritte beging? Dafür sorgte er in rühmenswerter Weise für mich und die seiner Hilfe wahrhaft bedürftige Familie Lafontaine. Nämlich durch den Ausbau seines Druckpostens beim Lazarett in Eberswalde zu einer Sammelstelle des Schwarzhandels.

Noch in den kleinsten Dörfern und Weilern fand er Quellen: eine Brotquelle, eine Butterquelle, sogar eine Aalquelle, und erwirkte über Käthe Lafontaine die nunmehr allmonatliche Obstsendung aus dem fernen Wiesbaden. Bei welcher Gelegenheit wir erfuhren, daß Philipp Pommeranz mit kaum siebzehn Jahren zur Marine eingezogen worden war. Diesmal war ihm die Flucht – ritsch durch Vaters Beine ins Bett – nicht gelungen.

Wohingegen ich den Traum meiner Kindheit verwirklicht hatte: vom Findelhaus ins Grafenschloß.

Denn im Sommer 1918 zogen wir aus Berlin nach Eberswalde, und die Notwohnung der jungen Familie Goldener war ein Grafenschloß, viereckig, hoch, mit Zinnen und Zacken gekrönt: die verrottete Burg derer von Bütow, eine Ahnengruft in einer von mächtigen alten Bäumen umschatteten, von Büschen und verfilzten Sträuchern überwucherten Parkwildnis, in der nachts die Käuzchen schrien, die Nebelschwaden Schleiertänze aufführten und die Eberswalder Kriegsopfer Holz klauten. Eingehüllt in den modernden Dunst und Schimmelgeruch welken Laubes – die stockigen Holzläden klappernd im Winde, schimmlig auch die graugrünen Mauern und die bröcklige Freitreppe –, bot uns dieses Grafenschloß eine feuchte Unterkunft in den Resten verblichener Pracht, geborstener Barockmöbel, aufgeplatzter Klubsessel zwischen blinden Spiegeln und hohen trüben Bogenfenstern mit Samtportieren.

„Ein bißchen traurig ist es ja", sagte ich, „aber romantisch! Und schließlich, ein Schloß hat man nicht alle Tage."

„Gott behüte mich, das und alle Tage! Die paar Monate, bis wir von Käthchen das Haus kriegen, werden wir schon aushalten, und mein Korpsbruder von Bütow ist froh, wenn einer hier mal die Fenster öffnet. Dein Fischi wird's dir hier schon gemütlich machen. Fischi macht alles."

Und es wurde gemütlich, eine unheimliche, stockfleckige Gemütlichkeit, unter der schon die Unruhe des Zusammenbruchs schwelte, der grelle Galgenwitz des Chaos kicherte. Ja, als sollten wir den Verfall des Alten und einer neuen Ordnung erste Unordnung am eigenen Leibe erleben, bildete sich in den Trümmern des gräflichen Besitzes so etwas wie ein Wartesaal zwischen dem Gestern und dem Morgen.

Da war Schulze, Mädchen für alles, Ordonnanz aus dem Lazarett, mit dem Friedrich Goldener sich herumbalgte wie mit einem Hund, wenn er sich die langen schwarzen Stiefel anziehen ließ, und ihn dann mit einem Tritt in den Hintern fortbeförderte; da waren die Ärzte aus dem Lazarett, auf wackligen Stühlen am brüchigen Refektoriumstisch schwarz erjagte Hühner essend, und zwischen ihnen die zarte blonde Königin des verwilderten Hofstaates neben dem Oberstabsarzt von Wirsing, der die Kriegslage an Hühnerknöchelchen erklärte.

„Hier sehen Gnädigste an dieser leicht gebogenen Rippe die Standorte unserer Truppen an der Marne, im Thorax die Lage im Raum Noyon, dort das Schenkelknöchelchen bildet die Zange, um die britischen Streitkräfte hier im Becken einzuschließen, bis dieses winzige Flügelbeinchen von der Flanke her ... Aber Gnädigste hören wohl gar nicht zu!"

„Natürlich", sagte ich träumerisch, „von der Flanke her ..."

Und schon kam mir der kleine Unterarzt Bergner zu Hilfe, der mit funkelnden Brillengläsern – darin meinem ebenso großschnäuzigen Onkel Jean-Louis ähnlich – behauptete, daß auch ohne die eingedrückte Flanke des Herrn Oberstabsarztes alles im Eimer sei. Oder sogar – „Entschuldigen, Gnädigste!" – im Arsch, da die amerikanischen Truppen im Vormarsch seien und den Deutschen wohl nichts anderes übrigbliebe, als sich in die Siegfriedstellung zurückzuziehen.

„Um dann wieder vorzugehen!" sagte Fritz Goldener; er hatte nicht ein Vaterland, er hatte einen Druckposten zu verteidigen. „Taktik, meine Herren, alles Taktik! Erinnern Sie sich an Tannenberg! Artillerie in die ostpreußischen Sümpfe und Klappe zu, oder glauben Sie, daß unsere OHL in vier kurzen Kriegsjährchen nichts dazugelernt hat?" Er genoß – man sah es seiner harmlos-pfiffigen Miene an – die Betretenheit der Herren, während ich lachte, mit geschlossenen Augen, eine Blinde unter Blinden, die den Boden unter den Füßen wanken fühlten und immer noch glaubten, es käme vom Suff.

Trotz der Biertischstrategie und der dumpfen Geselligkeit bei gestohlenem französischem Kognak in meinem Gespensterschloß ahnte ich, daß es abwärtsging. Abwärts auch nach Ansicht meines Bruders Poldi, der mit dumpfer Stimme und flüsternd von Ereignissen berichtete, die seinen Traum vom Sieg der russischen Revolution bedrohten. Hatten nicht er und seine Freunde die große Wandlung als Geburtstag einer neuen Menschheit gefeiert? Waren sie nicht draußen am Heidehaus durchs Feuer gesprungen, jubelnd, die Internationale singend? Doch nun ...

„Die Deutschen haben ganz Weißrußland besetzt, die Ukraine, das Erdölgebiet von Baku, die Revolution ist in Gefahr, und du, was machst du? Du sitzt hier und spielst Klavier."

„Nein", sagte ich, „ich kriege ein Kind."

„Wozu denn", fragte Poldi verwirrt. „Wir brauchen doch nicht noch eins. Und grade jetzt!" Er war rot geworden, hob ratlos die Vivatnase zum Himmel, den er schon auf die Erde herabgezwungen gesehen hatte.

Ach, wie rührend war Poldi in seiner tolpatschigen Männlichkeit! Wie hübsch mit dem geradlinigen Gesicht und den braunen Augen, die er von Eberhard Schnedderich hatte, dem von Großvater Schnedderich ererbten treuen Hundeblick, der später so oft zur Hühnerkieke wurde, mit der wir ihn neckten.

Damals tröstete ich ihn, der sonst immer mir beigestanden hatte in meinen Kümmernissen und den ich auch jetzt manchmal in jener Ferne zu erblicken glaube, in die ich ihn verbannt habe. Da sitzt er auf seiner Terrasse in Rom vor der Flasche

Frascati und sucht in den dunstigen Schleiern über der Campagna den Weg zu erforschen, den seine Schwester Fleur genommen haben, den Ort, an dem sie weilen könnte, irgendwo in der kalten Heimat.

Denn er sucht mich, ich weiß es; er denkt an mich wie ich an ihn, und wenn mich Tussi spazierenfährt, so spreche ich von ihm – zu wem sollte ich von Poldi sprechen, wenn nicht zu Tussi!

„Warum schreiben Sie ihm nicht? Warum lassen Sie ihn nicht kommen?"

„Ich will ihn nicht sehen, nie wieder!"

„Aber warum, um Himmels willen, warum?"

„Regen Sie sich nicht auf", sage ich, denn ich rege mich auf, mein Herz klopft. „Kein Grund zur Panik, wie Philipp sagen würde. Poldi ... Poldi wollte nicht mehr, und ich hab schließlich auch meinen Stolz."

„Dann lassen Sie mich an ihn schreiben! Daß Sie hier sind, krank, und daß er kommen soll."

„Nein!" Ich schreie, Tussi wird still, und als sie nach einer Weile wieder zu sprechen beginnt, schmollt sie auf sächsisch; nämlich in wehleidig vorgebrachten Klagen, wie wenig Verständnis sie fände, wie schwer es sei, sein Brot zu verdienen, wie schwer das Leben überhaupt sei für ein Mädchen, das eigentlich aus Sachsen stamme, dann aber in die große Völkerwanderung und somit nach München geraten sei, wo sie nun lebenslänglich Krankenstühle schieben und Krankenbeine elektrisieren müsse und vom Glanz des Lebens nicht mehr gewinne als bestenfalls ein Autogramm. Nein, zwei Autogramme – wenn sie nur Poldis Adresse wüßte.

„Von mir kriegen Sie sie nicht", sage ich streng.

Und sie, eine törichte Jungfrau, die im verlöschenden Schein ihres Öllämpchens nach dem fernen Geliebten ausschaut: „Dann schreibe ich eben an den Verlag."

„Das werden Sie hübsch bleibenlassen!"

Darauf zieht das Engelsköpfchen einen Flunsch, entschuldigt

sich mit dringenden Arbeiten und läßt mich in meinem Rollstuhl an der gelben Bank neben dem Levkojenbeet allein, allein in einer Welt, die mir fremd und feindlich erscheint, ach, so fern der warmen Nähe meiner Menschen, der schützenden Geborgenheit unserer Träume. Denn wer würde auch nur unseren Kode aus Redensarten und Spötteleien, aus Kauder- und Rotwelsch verstehen und unser Gelächter über die heiligsten Güter der anderen, indes ich wie immer mit Andacht Poldis Pathos lausche.

Denn seit jeher war er es gewesen, der mich mitgenommen hatte in seine Verzückungen, in Säle voller Menschen, die fühlten wie er, zu Straßenschlachten und unter die Fahnen des Ersten Mai. Sogar bis nach Eberswalde in unser Spukschloß hatte er, damals vierzehnjährig, die Fackel getragen: Er brachte uns die Botschaft von der großen Demonstration im Oktober 1918, in die er sich, besinnungslos vor Begeisterung, gestürzt hatte, woraufhin Käthe Lafontaine ihn aus der Gefahrenzone nach Eberswalde beförderte.

Da erschien er in Schillerkragen und kurzen Hosen, stand im Salon zwischen den grünfleckigen Stühlen unter den Bütowschen Ahnenbildern und stotterte vor Eifer. „Sie haben geschossen!" schrie er. „Die Schupos haben auf Arbeiter geschossen! Und Mama läßt mich nicht, ich bin zu jung, sagt sie, aber Opa kann, der ist nicht zu alt, jawoll, aber bis der sich auf die Erde geschmissen hat, hab ich schon dreimal gelegen, so lang ist er, wo dem sein Kopp ist, waren immer die Kugeln, aber mitgerannt ist er doch!"

„Um Himmels willen, du hast doch nicht den alten Mann zu der Schießerei mitgeschleppt?" Ich setzte mich erschüttert, aber vorsichtig auf einen der wackligen Louis-seize-Sessel.

„Ich ihn? Er mich!" Poldi lachte und fuhr mit seiner hohen Stimmbruchstimme, genau wie Mama ohne Punkt und Komma, fort: „Er hat gesagt, er will Unter die Linden; und da sind wir losgeackert, gleich mittenrein, wo es geknallt hat, toll, einfach toll, drüben am Reichstag war's, und Opa ist gesprungen wie 'n Hirsch, und die Leute haben geschrien: ‚Nieder mit der Regierung!' und ‚Freiheit für Liebknecht!', und rote Fahnen hatten sie, lauter rote Fahnen, und überall die Schupos mit ihren Gewehren, aber sie haben's nicht geschafft, es waren zu viele, Tausende waren's, eben Revolution, jawoll!"

Er flammte, und ich flammte mit ihm, da war es wieder, dieses lebendige Gefühl, aus dem man lebte – wenigstens wenn man eine Dichterin war und nicht nur eine Bourgeoise.

Indem erschien Fischi und sagte: „Nee, mein Junge, so geht's nicht. Kann ja nicht jeder kommen und Revolution machen, wo kämen wir da hin! Schließlich hat der Prinz Max von Baden ein Waffenstillstandsangebot gemacht, sogar auf Grund dieser blöden vierzehn Punkte von Wilson! Und dann, mich geht's ja nichts an, aber was wollt ihr eigentlich von Wilhelm? Das ist doch 'n ganz netter Mann, der ißt auf, was er angebissen hat, und von mir aus kann er bleiben."

Daraufhin sprach Poldi einige markige Worte von Verrat und Reaktion, saß aber dann ganz zufrieden neben Fritz am Tisch, ließ sich wieder einmal die Volte zeigen und Kümmelblättchen und blieb auch friedlich während der nächsten Tage, in denen Minister abgesetzt und eingesetzt, Durchhaltebeschwörungen und Erlasse kaum mehr gelesen wurden, Massenaufläufe, Hungermärsche, Elendskrawalle Aufruhr verkündeten, indes unsere Verbündeten kapitulierten, die Fronten zerfielen und die deutschen Truppen sich aus Frankreich und Belgien zurückzogen. Mit den ersten Spritzern dieses großen Heimkehrerstroms rutschten wir zuerst langsam und dann immer schneller – je nach Einstellung abwärts oder aufwärts – in den November hinein. Und nun, da die Front sich auflöste, kamen auf der Durchfahrt nach Berlin in einem endlosen Zug verlauste, verhungerte Soldaten auch durch Eberswalde. Sie kamen die Bahnhofstraße, die Donlop-Allee herauf zum Schloß, brachen durch das quietschende Gatter in den Park ein, standen in der Halle, grünbleich im grünbleichen Licht, dreckstarrend von ihren Märschen über schlammige Landstraßen, vom Kohlenstaub ihrer mit eigenen Händen geführten Lokomotiven, betrunken vom Schnaps, den man ihnen in der Kneipe anstelle von Brot gegeben hatte, und lallend vor Müdigkeit. „Haben Sie nicht Platz... 'n Bett... oder bloß so uff die Erde?"

„Kommt rein, kommt alle rein, alle, alle!" schrie Poldi jauchzend, als ginge es zur Weihnachtsbescherung. Auch ich mit meinem dicken Bauch im hellblauen Umstandskleid empfing die Soldaten wie lang ersehnte Gäste, indes Fritz Goldener in Schlafanzug und Monokel auf Sofas und Dielen Betten baute und Schulze, der Bursche, die Kachelöfen mit der Lazarettkohle heizte, daß sich die Feuchtigkeit unter der Decke ballte wie Nebel über Schützengräben. Denn noch immer war Krieg...

Wir glaubten erst an Frieden, als Poldi eines Morgens in unsere bunte Tafelrunde platzte und mit greller, sich überschlagender Stimme verkündete: „Die Matrosen haben's gemacht! Toll, einfach toll! In Kiel ist Revolution! Es geht los, Kinder, es geht los!"

Wirklich, es ging los mit Gerüchten, Latrinenparolen, neuesten, allerneuesten und im Laufe eines Tages wieder veralteten Nachrichten sowie endlosen Streitereien am Refektoriumstisch in der Schloßhalle über eine Entwicklung, die Fritz Goldener logisch fand und Poldi herrlich, einfach toll, großartig: „Ihr ahnt ja nicht, Kinder, wie das jetzt wird, ihr werdet sehen, Freiheit und so...", die jedoch Herr Oberstabsarzt von Wirsing das Chaos proletenhafter Zügellosigkeit nannte.

Und wahrhaftig hörte ich an einem der nächsten Tage unsere Gäste auf den Lagerstätten rund um den Ofen in jauchzender Zügellosigkeit vor Lachen brüllen. Denn da wankte der kleine Doktor Bergner in die Halle, die Mütze schräg auf dem Kopf, den Militärmantel ohne Epauletten, halb betrunken, diesmal vor Freude. „Mein Kaiser!" schrie er. „Mein Kaiser ist getürmt! Was mach ich ohne meinen Kaiser! Ich will meinen Kaiser wiederhaben!"...

Soweit ich mich erinnern kann, fand des Kaisers Flucht bei den Landsern ungeteilte Zustimmung. Mit den vierzehn Koffern jedoch, die er sich glaubhaften Nachrichten zufolge unter die Bluse gejubelt hatte, schien auch die Liebe zum angestammten Herrscherhause entwichen zu sein. Sogar Oberstabsarzt von Wirsing, der doch gar nicht zur kämpfenden Truppe gehörte, äußerte Indignation. „Es gehört sich nicht, der Kapitän verläßt das sinkende Schiff nicht." Bat um eine Schere, trennte die Epauletten von der Uniform und betrank sich mit den anderen Offizieren – diesmal aus Kummer.

Wir bescheideneren Dienstgrade bauten indessen Betten, kochten, verbanden Wunden, empfingen und verabschiedeten Heimkehrer, und noch jetzt scheint es mir, als hätte damals die ganze Menschheit vor meiner Tür um Brot, um Obdach, um Hilfe gebeten. Eine zerschundene, zerschlagene Menschheit, die für mich auf ewige Zeiten das Gesicht des Landsturmmannes Kalischke behalten sollte, ein bittertrauriges, elendmageres Männergesicht. Ich werde sie niemals vergessen: den Füsilier Müller, über die Waschschüssel gebeugt, von Läusen benagt; unseren ständig Fußlappen waschenden Kanonier Krause aus Berlin; den stets mit seinen harten Fäusten tätigen, den Fußboden schrubbenden oder Holz schleppenden Gefreiten Balk; die Vielfalt fluchender, singender, lärmender Stimmen, aus der ich jedoch immer Philipps sanftes Mainzerisch heraushöre – obwohl es mir jetzt unwahrscheinlich vorkommt, daß auch er in diesen ersten Novembertagen im Bütowschen Schloß aufgetaucht sein sollte.

Aber er tauchte auf.

Er stand eines Abends – es dürfte der 11. oder 12. November gewesen sein – in der Tür, lang und dünn in seiner blauen Matrosenuniform, den Seesack über dem Rücken und geschmückt mit dem Siegeslorbeer einer Matrosenmütze.

Mit mehreren Kameraden auf dem Wege nach Berlin, um dort die Verbindung zu den revolutionären Arbeitern aufzunehmen, brachte er uns die Siegesnachricht, brachte sie zusammen mit vier Kommißbroten – genau wie sechsundzwanzig Jahre später, als er nach seiner Rettung bei uns im befreiten Rom auftauchte, nach Todesangst und Todesnot vier Kommißbrote für mich, Lebenslust und Liebeslust für mich!

Damals, im November 1918, hatte ihn nicht die Liebe nach Eberswalde geführt, sondern ein bis auf die Dächer besetzter Zug in Richtung Berlin; vielleicht auch der Wunsch, von der kleinen Frau Fleur Goldener mehr zu erfahren als die Adresse auf Mutter Lieschens Obstsendungen. Sehr groß geworden, mager und hohlwangig, stand er da – eigentlich erinnerten nur die braunen warmen Augen an den Jungen im Einsegnungsanzug.

Philipp wurde rot, als er mich sah, und wenig fehlte, ich wäre ihm trotz des hohen Bauches um den Hals gefallen.

Aber ich gab ihm nur verlegen die Hand, und während alle durcheinandersprachen, da alle alles wissen wollten, lief ich zwischen Lagerstätten, Fußlappen auf Stuhlrücken, Soldatenhemden auf Wäscheleinen hindurch in die Küche. Dort faßte mich Fritz Goldener, grinsend, und sagte: „Nun geh schon zu deinem Helden! Ich koch Kaffee."

Als ich wieder in die Halle trat, saß Philipp in dem dicksten Sessel, Poldi goß ihm Schnaps in das größte Glas, Kanonier Krause fuchtelte ihm mit den Händen vor dem Gesicht herum. „Mensch, erzähl, du bist doch der erste aus Kiel hier!"

„Ich war im Lazarett und hab nichts zu tun gehabt mit der ganzen Sach", sagte Philipp. „Anfangs war auch gar nichts, bloß daß die Flotte auslaufen sollte, noch einmal."

„Himmelfahrtskommando!" krähte Poldi.

„Selbstversenkung." Der Gefreite Balk verbesserte sachverständig. „Mit Mann und Maus, hipp, hipp, hurra, stolz weht die Flagge Schwarz-Weiß-Rot!"

„No, es war 'n Feudel", berichtigte Philipp, da niemand die heldenhafte Geste zu begreifen schien, mit der der Steuerbordmaat Fiete Krüger den Scheuerlappen am Hauptmast des Schiffes Kronprinz Wilhelm hochgezogen und damit bedeutet hatte, daß es nun aufzuräumen galt, anstatt, aufgereiht an der Reling, Hand an der Mütze, in den Tod zu gleiten. „Die Heizer und

Matrose habe das Feuer aus die Kessel gerisse, sie habe Signale gegebe an alle Schiffe, und dann ..."

„... und dann haben sie geschossen und gekämpft! Und Tote, gab's Tote?"

Poldi fragte weiter, aber die Landser waren schon mit Philipp in ein ernstes Männergespräch vertieft, während Poldi noch wissen wollte, ob sie dann endlich alles klar zum Gefecht gemacht, die roten Fahnen gehißt und gesungen hätten. Worauf Philipp lächelnd sagte: „Gewiß habe mir gesunge, und geschrien habe mir, und ich bin rumgelaufe im Lazarett und hab die Verdunklungsvorhänge von den Fenstern gerisse und an die Besenstiele gekloppt, und dann sind mir raus auf die Straß, ich vornean mit meine Fahne am Besenstiel, und da sind mir auf die Schiffe gegange, und da habe mir ..."

„... geschossen?" Poldi hatte jetzt die Matrosenmütze auf dem Kopf und den Seesack auf der Schulter, bereit, seinem neuen Helden in jedes Abenteuer voranzugehen. „Mann, nu red schon, was war, wie ihr auf die Schiffe gekommen seid, was war da?"

„Zigaretten mit echte Goldmundstücker. In die Offizierskabine war alles, Whisky und französischer Kognak und zu esse, mehr wie mir vertrage konnte."

„Und die Offiziere?"

„Mir habe ihnen nix getan, mir habe ihnen die Achselstücke abgenomme, nee, manche habe sie selber abgerisse, und dann die Fahne und das Schieße, und dann habe mir Versammlung gemacht, und dann ..."

Indem kam Fritz Goldener, das Monokel im Auge, sein harmloses Lächeln auf dem vollen Gesicht. Er fragte etwas, ja, ich entsinne mich genau, *wie* er es fragte: freundlich gewiß, aber auch mit seiner verfluchten hinterhältigen Schläue. „Und was habt ihr sonst gemacht auf den Schiffen? Ein bißchen was mitgenommen, war ja schließlich Beutegut, und Beutegut gehört immer dem Sieger. Vielleicht haben Sie auch 'n bißchen was hier, oder wozu ist der Seesack?"

„Mir habe nix genomme", sagte Philipp ruhig, ein wenig zu ruhig, ich fühlte mein Herz klopfen. „Mir habe bloß requiriert."

Da lachte Fritz Goldener, daß ihm die Tränen unter dem Monokel hervorliefen, ja, er breitete die Arme aus, als riefe er die Welt zum Zeugen so kindischer Dämlichkeit. „Requiriert habt ihr! Und vermutlich noch auf Zettelchen quittiert, was ihr genommen habt! Das sieht euch ähnlich, euch Revolutionären! So seid ihr! Anstatt den ganzen Laden zu kassieren und euch einen guten Tag davon zu machen, denn ihr habt doch lange genug in der Scheiße gelegen! Aber nein, Ordnung muß sein, und es lebe der deutsche Untertanengeist!"

Nach meiner Erinnerung blieb es eine ganze Weile still, dann erhob sich Philipp Pommeranz. Er schien mir noch blasser als zuvor, noch müder als zuvor, aber er hielt sich gerade, nahm die Matrosenmütze von Poldis Kopf – der übrigens feuerrot geworden war – und wandte sich zur Tür. Dabei sprach er, ich glaube, er sagte, daß wirklich Ordnung sein müsse und daß es auf den Geist ankäme oder so etwas Ähnliches, nämlich den richtigen Geist der Revolution, die eben Ordnung machen wolle.

Es war vielleicht doch mein verzweifeltes Bemühen, ihn zu halten, vielleicht auch das Schweigen, in dem die anderen betroffen verharrten, das Fritz Goldener wieder zu sich brachte, denn plötzlich stand er neben Philipp, legte ihm sogar den Arm auf die Schulter und sagte mit seiner unwiderstehlichen Liebenswürdigkeit: „Na, na, junger Mann, ein alter Krieger wie Sie wird doch nicht heulen! Ich hab nichts gegen euch gesagt, sondern für euch. Von mir aus könnt ihr alle Goldmundstückzigaretten der Welt haben, wenn ihr mir welche abgebt. Ich gönn allen alles, mir selbst am meisten, bleiben Sie ruhig hier, hier schlafen so viele, da kommt's auf einen mehr nicht an, und zu essen gibt's und zu trinken, und Musik machen wir auch, ich spiele Ihnen was vor, daß die Wände wackeln."

Da geschah etwas Merkwürdiges, etwas, was ich ebensowenig

jemals vergessen könnte, wie ich Philipp vergessen könnte, seine Güte, seine Großmut, das alles erwärmende Feuer seines Herzens. Er lächelte, legte die Matrosenmütze auf den Tisch ließ den Seesack fallen und sagte zu Goldener, der ihn immer noch umfaßt hielt: „Könne Sie Bach spiele? Es müßt schon was Schönes sein, ich hab so lang kei Musik gehört."

So kam es, daß in dieser Nacht in unserem Behelfslager im Schloß derer von Bütow zwischen Matratzen und am Ofen aufgehängten Wäschestücken Musik gemacht wurde, während Kanonier Krause Fußlappen wusch und Poldi auf dem kleinen Spirituskocher ein Nachtmahl für Philipp brutzelte. Ich saß daneben, blickte Philipp an und suchte in seinem hageren blassen übermüdeten Gesicht das jenes Knaben, der mir einst in meiner Dachstube den Weg gezeigt hatte, den ich nicht gegangen war und der uns doch immer wieder zusammenführte...

Als er davonging – übrigens nicht allein, sondern mit Fritz Goldener –, hinterließ er uns die vier Kommißbrote, und Fritz Goldener rief uns zu, daß er die Lage peilen, die Hand an den Pulsschlag der Zeit legen und bald zurückkommen wolle. Jedoch er kam nicht, schien nie wiederzukommen.

Erst nach zwei Tagen kam er. Es war acht Uhr morgens, die Öfen wurden gerade angeheizt, denn die Luft trug noch die Kälte der Nacht, die Landser wirkten mit Besen und Schrubber zwischen den Matratzen, das Kommißbrot war schon geschnitten, der Kaffee roch süßlich nach Malz, durch die offenen Fenster drang der weißliche Glanz einer kalten Sonne, da stand Fritz Goldener in der Tür, fast unkenntlich in seinem Zweitagebart, ohne Monokel, und begann zu sprechen. Und er sprach, als wäre eine Quelle in ihm aufgebrochen, die er nicht zu schließen vermochte und die sich auch – so hoffte ich in meinem sehnsüchtigen, leichtgläubigen Herzen – nie wieder schließen würde. Was er erzählte, klang wie ein Märchen und war doch die Wirklichkeit – die Wirklichkeit des Novembers 1918. Wie er es aber erzählte, das habe ich noch heute im Ohr: sprudelnd, stammelnd, stotternd, lachend, manchmal Tränen der Erregung im unbewehrten Auge und immer wieder beteuernd, daß er wahrhaftigen Gotts dabeigewesen sei, da in Berlin, mittendrin in der Revolution.

„Ja, Puppeli, ich schwör's dir, wie wir ankamen, ich oben im Bremserhäuschen, da bin ich einfach mitgelaufen, irgendwohin... Es war wohl ein Brauereisaal, voll von Landsern und Matrosen, und die Luft dick von Rauch... Schulze, zieh mir die Stiefel aus", was Schulze tat, kniend und lauschend, „und du, Poldi, bring mir 'nen Schnaps", was er auch tat, stolpernd vor Eile und Eifer. „Du, Puppeli, dein kleiner Freund, der Philipp, war gleich verschwunden, ich glaube, dem gefiel meine Nase nicht, seltsamer Knabe! Also, stellt euch vor, es war wie ein Meer, das schrie, daß wir Revolution hätten: ‚Alle Macht den Räten' und ‚Haut sie raus'. Dann hat einer geredet, und der neben mir hat immer gerufen: ‚Es lebe die Revolution!' Und dann ging's los: ‚Entwaffnet die Polizei und die Offiziere', ‚Schafft proletarische Kampfgruppen', ‚Löst den Reichstag auf, gründet eine Republik'. Natürlich eine sozialistische. Alles ganz vernünftig, ich hab auch mitgebrüllt vor Begeisterung, fühl mal, Puppeli, was ich für einen Hals habe, ich kann überhaupt nicht mehr reden, schließlich hab ich ja nicht gewußt, was das heißt, so 'ne Idee, ich komm von woandersher, bin ja kein Prolet. Aber dann hat wieder ein andrer geredet, einer von den Scheidemännern, die sind gegen Liebknecht und die Spartakisten, aber auch für ‚Freiheit und Brot' und ‚Alles in die Hände der Arbeiter' – ich meine natürlich nicht so 'ne kleine Quetsche von Fabrik, wie ich eine habe. Dann haben wir abgestimmt, alle zusammen, und ich habe mitgeschrien und mitgesungen, eine Zeile habe ich behalten: ‚Erkämpft das Menschenrecht.' Dabei sind mir wahrhaftig die Tränen runtergerannt, jawoll, Poldi, ich genier mich nicht, ich hab geweint. Es war das Schönste, das Größte, was ich bisher erlebt habe, und jetzt..."

Er riß sich hoch, da stand er – ein Mann, ein Kämpfer, ich liebte ihn wie nie zuvor, wie nie danach.

„Puppeli", murmelte er, „gib mir noch 'nen Schnaps." Die Augenlider sanken ihm herab, der Mund blieb offen, aber er riß sich hoch und lallte: „Und jetzt ... jetzt geh ich und mach Revolution in Eberswalde."

Eine Stunde später machte Dr. Friedrich Goldener tatsächlich in Eberswalde Revolution. Setzte den Bürgermeister ab, ernannte sich zum kommissarischen Bürgermeister, löste die Stadtverordnetenversammlung auf, setzte ab, setzte ein, gab Verfügungen und Erlasse heraus, noch immer unrasiert, aber strahlend vor Stolz. Und ich – ich war keine Bourgeoise, keine Verräterin mehr, ich ging mit ihm, den Bauch im ehemaligen Soldatenmantel voran, nachts um elf in die Wohnung des Redakteurs vom Eberswalder Stadt- und Landboten.

Der Stadt- und Landbote schlotterte in den Schuhen: ein dürftiges Männchen, eine dürftige Zeitung, unter dem Titel die stolzen Worte „Für Kaiser und Vaterland", die wegmußten, wofür ich zu sorgen hatte. Ich, achtzehn Jahre, kommissarischer Leiter des Stadt- und Landboten, hochschwangerer Herr über schwarzen Text und weiße Stellen, würde jeden Abend die Korrekturen lesen, da ja nun einmal Revolution sei, in der Druckerei des Lokalanzeigers bereits die Rote Fahne erscheine und die Herren ein Einsehen haben möchten.

Sie hatten, und wir beschränkten uns auf Bekanntmachungen zur Brotverteilung, zur Kartoffelausgabe, auf die Beschlüsse des Stadtrates, dem Friedrich Goldener vorstand wie ich dem Presse- und Postwesen. So lächerlich mich heute alles anmutet, so ernsthaft nahm ich es damals. Denn es war Arbeit, Mühe und Hingabe an die erste gute Sache meines Lebens, es war das Leben selbst, Dasein mit den anderen, für die anderen, die Rat-, Hilfe- und Obdachsuchenden, die in Bremserhäuschen und auf Zugdächern der Heimat entgegenfuhren und dann in immer neuen Trupps vor unserer eichengeschnitzten Tür standen: „Der Herr Bürgermeister hat uns geschickt, ob Sie nicht noch 'n Plätzchen hätten, wir wollen nach Hause, nach Berlin."

Und es war Platz – Platz für alle, Platz für eine Welt an Liebe,

Güte, Freundschaft. Mir traten Tränen des Mitleids in die Augen, während ich verlauste Uniformen an die riesigen Kachelöfen hängte und den Männern das Gesträuch aus den Armen nahm, das sie im Park mit Fäusten und Hacken von den erstarrten Büschen gerissen hatten. Der Mond schien bleich und grün durch die Eichenzweige, die Käuzchen schrien; im Salon schnarchte es von den Matratzen auf der Erde, und ich flüsterte im Arm Fischis in einem Gefühl unbeschreiblicher Zärtlichkeit: „Ich bin so glücklich! Ich hab gedacht, du bist nur so ... immer mit deinen faulen Witzen. Aber jetzt weiß ich, daß du viel mehr bist, ach, Liebster, du bist ..."

„... ein Held", sagte er und mußte das Monokel aus dem Auge nehmen, so lachte er. „Stell dir vor, was der alte Makkabäer Joshua Goldener mit dem Schneeballsystem dazu sagen würde: Fischi Goldener, garantiert terpentinfreier Schuhkremfabrikant, nebenberuflich Held!"

„Laß ihn, o Gott, laß ihn. Vergiß alles, denk nicht mehr dran, an nichts, nur an das, was jetzt ist ... Ich liebe dich!"

Ich küßte ihn mit der Leidenschaft einer Mutter, die ihren verlorenen und wiedergefundenen Sohn umarmt, und wieder, wie in unserer Hochzeitsnacht, geschah ihm, daß er weinte und mit kindlicher Stimme um Hilfe rief, um Rettung, um Schutz, wovor?

Am Morgen kamen neue Nachrichten: In der Eberswalder Eisengießerei machten Tausende von Arbeitern wirklich Revolution; in den Depots des Eisenbahn-Ausbesserungswerkes bildeten sich aktionsfähige Betriebsräte; und der steinerne Löwe auf dem Marktplatz war von unbekannten, augenscheinlich aber klassenbewußten Händen rot angepinselt worden.

Eberswalde lachte, wir lachten, und Poldi, die Vivatnase in der Luft, das Stierhaupt umwölkt vom Schlafdunst und Schnarchlaut der Kameraden, behauptete mit traumtrunkenem Kindermund, daß der Eberswalder Löwe eben ganz von allein rot geworden sei.

Ganz von allein und über Nacht wie alle.

Siebentes Kapitel

„Nein, Professor, ein Schuft gibt mehr, als er hat", sage ich. „In meinem Fall mehr, als er zu erzählen hat. Es ist nun einmal so: Die Weltgeschichte läuft an uns vorüber im Sauseschritt, und was wir erfassen können, ist der Zipfel ihres Gewandes, der uns an den Augen vorbeifliegt oder ins Gesicht patscht. Damals war ich glücklich. Ich hatte nun doch meinen Löwen gefangen, nicht Arturo und nicht den rot angestrichenen auf dem Marktplatz in Eberswalde, nein, meinen eigenen, von mir entdeckten oder auch eigenhändig gefertigten Löwen."

„Ja, von Ihnen angefertigt, liebe gnädige Frau", sagt der Professor, und seine helle weiche Hand bewegt die meine, die vielleicht in einigen Wochen wieder wird schreiben können – oder sollte ich jetzt aufhören zu hoffen? „So wie Sie in Ihrem Leben sich immer alles arrangiert haben mittels des Traumes oder der Hoffnung."

„Oder der Liebe, das wollten Sie doch sagen, nicht wahr? Denn den Fritz Goldener habe ich geliebt – vielleicht so ein bißchen mütterlich, weil er im Grunde ein kindlicher, ein hilfloser Mensch war, er brauchte mich. Er hatte doch eine Macke und keine kleine, das war das Spielen; aber auch der Haß auf seinen Vater war eher pathologisch, denn es ging im tiefsten nicht nur um Geld."

„Um Geltung, um Anerkennung, um Liebe."

„Das scheint mir auch, denn als Fritz so weit war, daß er den Alten liebend gern ermordet hätte, da hätt' sich's gar nicht mehr gelohnt, der Alte hatte ihn schon aufs Pflichtteil gesetzt, so hat er ihn gehaßt, und mich ... mich hat er geliebt, oder ich hab ihm leid getan. Einmal bin ich in seinem Hause krank geworden, 1918, als die Grippe wütete, und der Alte ist von der Oranienburger Straße zu Fuß bis zum Kurfürstendamm gelaufen, nachts, Droschke war ihm zu teuer, und hat den Professor Rosin geholt und hat's auch bezahlt. Für mich, ja, aber für den Sohn, nein. Da ist er natürlich aufsässig geworden, der Fritz, und ich glaube, die Revolution in Eberswalde, die war sozusagen seine eigene."

„Die zweite", sagt der Professor, und ich bekomme Stielaugen, während er höflich fortfährt – so höflich wie stets, wenn er zu einem seiner Angriffe ausholt. „Die erste war seine Scheidung von Lotti. Gewiß eine friedliche Revolte, aber doch ein Versuch, herauszukommen aus diesem ganzen Spiel-, Geld- und Kurfürstendammleben. Und dazu hat er Sie gebraucht."

„Ach nee", antworte ich ruppig, „nun ist es also so, daß er mich geheiratet hat, weil er mich zu irgendwas gebraucht hat – Arturo hat mich ja auch gebraucht –, und nicht, weil er mich liebte, leidenschaftlich liebte?"

„Auch. Gefühl ist immer dabei. Aber er brauchte für die Scheidung ein Mädchen, jung und dumm, das sie ihm besorgte. Nicht nur dadurch, daß sie ihm Liebe einflößte, leidenschaftliche Liebe, nein, auch mittels einer kleinen Geschichte von einem Herrn Perasić – hieß er nicht so? – und einem weißen Bademantel."

„Aber ich habe doch gar nicht ... Ich weiß es nicht", murmele ich in die Kissen. „Fritz Goldener erschien mir damals einfach als mein Retter. Und seine Frau? Es war immer Lotti, die mich holte, rief und bat. Es sah so aus, als wenn auch sie in mich verliebt wäre."

„Ja, man liebt mit, wenn man schon den anderen nicht für sich allein haben kann, unterbewußt natürlich und immer sehr zwiespältig, aber doch gezwungen vom Gefühl, das man dann auf den Nebenbuhler ausdehnt."

„Nebenbuhler! Was für ein Wort! Und übrigens ... warum sollte ich Lotti verraten haben?"

„Weil Sie sich behaupten mußten, sich und Ihren Sieg über Lotti, über Ihre Mutter, über Arturo. Oder sogar über Ihr eigenes besseres Selbst, die Sie ja eigentlich ganz woandershin wollten, in die Dachstube zu Goethe und Heine oder zu irgend etwas, woran Sie glauben durften, um zu werden, was Sie eigentlich sind. Oder was Sie hätten werden können."

„Also blumenhaft zart und bescheiden wie das Veilchen im Moose." Ich grinse bösartig und muß wohl auch dem Professor mißfallen: Er wendet sich ab, und ich kann ihm nun ungehemmt in einer längeren, schweratmig gehaltenen Rede mitteilen, daß die Zeiten nicht so ganz rosenrot gewesen seien. „Blütengleich Lebensmittelkarten schnorren im ersten Weltkrieg, durch den zweiten zwei ausgewachsene Männer auf meinen blumenhaft zarten Schultern schleppen, dazwischen Inflation und Arbeitslosigkeit und Saalschlachten und ich mit einem ganz echten Blau-Veilchen im Auge, weil ein Nazi sich ein Stuhlbein gegriffen hatte. Nee, Professor, ich hatte nicht die Möglichkeiten, die Blume Fleur zu werden! Oder – wie nennen Sie das? – *ich* zu werden."

„Ihr wahres Ich zu werden, ja. Oder sich anzunehmen, sich selber anzunehmen. Haben Sie nicht mal Gedichte gemacht?"

„Immer", sage ich bockig, „aber mit Gedichten kann man kein Geld verdienen, und ich hab Geld verdienen müssen, ich wollte doch raus aus Eberswalde. Sie wissen nicht, in was ich da hineingeraten war! Eberswalder Dreck! Gutbürgerlicher Dreck!"

„Aber hatten Sie nicht alles, was Sie wollten? Mann, Haus und Kind – Sie bekamen doch ein Kind damals. Wo ist es überhaupt jetzt?"

„Das Kind ist ein Mann und lebt in Berlin. Aber über meinen Sohn will ich nicht sprechen."

Ich schweige; verschweige mit einer Art von feindlichem Stolz die Qual, die mir die Geburt dieses Kindes bereitete, wie auch die unbeschreibliche Seligkeit, mit der ich seinen ersten Schrei vernahm. Was ich jedoch preisgebe, sind Tatsachen.

„Tatsache ist, Professor, daß es einen Sohn gab und gibt, daß er in Berlin geboren wurde, natürlich in einer von Mamas siebenundfünfzig Wohnungen, in die sie mich geholt hatte, und natürlich mit Hilfe der Hebamme Kunze, die übrigens wie bei meiner Geburt sagte: ‚Halten Sie still, Sie haben damals auch stillgehalten!' Es wurde wieder Kaffee gekocht, Onkel Jean-Louis erschien pünktlich mit der noch immer nicht Angetrauten und erklärte, daß der Knabe von bemerkenswerter Scheußlichkeit und dem alten Joshua Goldener wie aus dem Gesicht geschnitten sei. Der schickte mit seiner Frau Grüße und das andere halbe Dutzend Alpakabestecke. Wirklich glaubte ich im Auge meines Sohnes den Blick eines starken Herzens wiederzufinden, das Joshua Goldeners, der, einstmals aus dem Posenschen eingewandert, mit Sparsamkeit und rücksichtsloser Selbstverteidigung seinen Platz inmitten der Gojim in der Oranienburger Straße zu Berlin behauptet hatte und nun in einem neuen Wesen mit einigen gojimschen Zutaten auferstand. Im übrigen schien mir mit dieser Geburt das meinen schwachen Kräften Mögliche getan, um bürgerliches Glück zu finden – vielleicht sogar den Sinn des Daseins, falls es wieder einmal notwendig werden sollte."

„Na also, dann war ja alles gut." Der Professor scheint das Schmetterlingsnetz fortgestellt zu haben und überläßt mir das Feld, vermutlich aus Zeitmangel oder einfach überdrüssig der Jagd nach dem schwarzen Schmetterling Wahrheit, der ihm immer wieder in das Märchenland entflattert. Denn es sind Märchen, die wir erzählen, wenn wir die Wirklichkeit schildern, wie *wir* sie sehen, verändert von unseren Wünschen, verschönt durch unsere Träume, vergrößert oder verkleinert je nach der Notwendigkeit, uns größer oder kleiner zu sehen, immer jedoch des Lobes oder des Mitleids bedürftig.

Und genau wie im Märchen kam wirklich die Villa in Eberswalde, ein Villachen an der vornehmen Donlop-Allee, mit Weinlaub bekränzt, mit Rosen berankt; kam vom Himmel hoch, wenn auch natürlich von Käthe Lafontaine gespendet;

kam auch die gute Fee Elisabeth Kubisch, von Käthe Lafontaine geschickt und besoldet, wie ja wohl alles von ihr bezahlt wurde, wenn man genau hinsah, was man jedoch nicht tat.

Wir ließen den Jungen nicht taufen, kamen also um Feierlichkeit und Geschenke, nicht jedoch um das große Fest, mit dem Käthe Lafontaine ihre Eberswalder Villa einweihte – eine Einundzwanzigzimmervilla namens Waldesruh, da sie nur eine Viertelstunde entfernt von den alten Eberswalder Wäldern lag.

Dort nun waren wir alle wieder zusammen: Eberhard Lafontaine, Fritz und ich, Onkel Jean-Louis im verwegenen Jagddreß mit seinem Schnäuzchen, die im kastanienbraunen Haar jetzt schon echte Schildpattnadeln trug, Poldi, in Schillerkragen und Kniehosen, die beiden noch immer nicht eingelösten Kriegskinder, sogar der alte Schnedderich mit Vollbart und Amalie, dazu die Gräfin Bernheim, erstaunlicherweise mit Perasić. Der war, Strandgut des großen Zusammenbruchs, in ihrem Heiratsvermittlungsbüro – übrigens einer Gründung Käthe Lafontaines – jener Herr geworden, den sie den Damen für fünf Mark Einschreibegebühr als serbischen Schweinezüchter oder als jugoslawischen Millionär vorstellte. Von dem übrigen Verein blutsaugerischer lahmer Enten brachte Käthe Lafontaine nur eine spinnenbeinige bösartige alte Jungfer mit zur Füllung des viel zu großen Hauses.

Doch als Jean-Louis Lafontaine vernahm, wie diese Halle mit der Freitreppe, dieses Eßzimmer mit den Butzenscheiben, die Trinkdiele, das Herrenzimmer neun mal zwölf, der Salon und die Flucht der Schlafräume in Käthe Lafontaines Besitz gelangt waren, wie und wofür, rang er die Hände. „Du wirst doch nicht dein Geschäft verkauft haben? Deine Wohnungen! Alles, was du dir erarbeitet hast in den Jahren, verschleudert für diesen Provinzpalast! Und für Geld, entwertetes Geld!"

„Ha, entwertetes Geld!" Käthe Lafontaines schrille Stimme schallte durch die Halle. „Du immer mit deinen Übertreibungen! Wenn ich mich noch erinnere: Die Straßen werden in Blut schwimmen, in Blut. Haben sie geschwommen? Und haben wir 'ne Geldentwertung? Eine Teuerung haben wir, ja, und ebendarum muß man verkaufen, damit man die hohen Preise kriegt, die kriegt man nie wieder, und das Haus war doch billig, die Leute konnten es nicht halten, jetzt, wo bei deiner geliebten Revolution nichts rausgekommen ist, als daß wir zwar keinen Kaiser mehr haben, aber auch kein Geld!"

Jean-Louis Lafontaine wurde verlegen, aber Gustav Schnedderich erwähnte brummig, daß auch er eine Revolution sich anders vorgestellt und anderes davon vernommen hätte – er meinte die glorreichen Barrikadenkämpfe der achtundvierziger Jahre, die doch wohl ihrer Zeit weit voraus gewesen seien, während der jetzigen Erhebung so etwas Zurückgebliebenes anhafte.

„Een Kind ohne Kopp bleibt 'n Krüppel zeitlebens", behauptete er sogar. „Und hier bei unsere sogenannte Revolution hat eben der Kopp gefehlt, wenn sie ihr nich schon vorher verraten und verkooft haben. Nischt gegen Eberten, det war mal 'n janz juter Mann, aber jetzt – der stinkt mir. Überhaupt wo ick sehe, det hinter ihm die janze Militärkamarilla und die kapitalistische Finanzgesellschaft in eene Person steht."

Bei solchen Reden schwieg Jean-Louis Lafontaine, ja, er verkroch sich in sein Jägerhütchen vor dem Spott seines angeheirateten Neffen, wenn sie zusammen bei Kempinski speisten, zwei Herren aus der Provinz mit durchaus weltstädtischen Allüren.

„Ich kann nichts dafür", sagte er dann wohl, mit zornigen Äuglein in sein Rotweinglas funkelnd, „die Deutschen können keine Revolution machen, sie sind Armleuchter! Na ja, und unsere großartige Reichsregierung? Endlich unterschreibt sie den Friedensvertrag, aber dann protestiert sie gegen den Kriegsschuldartikel – aus Angst, aus knieweicher Angst vor Wilhelms Generälen."

„Alle Kolonien weg, das Heer weg, eine Pleite, eine grandiose Pleite. Ein Zusammenbruch, wie er noch nie war und niemals wieder sein wird. Und jetzt die sogenannte Demokratie..."

„Ich bin für Demokratie'', sagte Onkel Jean-Louis stark. „Immer schon gewesen, wenn auch mehr zum Sozialen hin.''

„Ja, ich weiß, du in deinem Kuhdorf da draußen in der schönen Mark Brandenburg, du bildest dir immer noch ein, die Massen machen es, aber ich sag dir, die Masse macht's, die Masse an Geld nämlich, mit der du die Massen kaufst.'' Sie hatten sich erhoben und gingen nun durch das lärmvolle Düster der Kempinskisäle hinaus. „Sieh mal, Onkel, ich bin gewiß für das Volk und hab's auch bewiesen. Meine Leute haben mir das schwer übelgenommen; Herrn von Bütow hättest du hören sollen: ‚Mein Leibfuchs ein Verräter!' Um ein Haar wär ich aus dem Korps geflogen, aber dann haben sie sich beruhigt: Ich hätte Schlimmeres verhütet, so sagten sie, aber was eigentlich? Glaubst du wirklich, daß die Eberswalder Alleen in Blut geschwommen hätten? Du hast ja auch nicht geschossen.''

„Auf wen denn?'' fragte Onkel Jean-Louis melancholisch. „Es war ja ein derartiges Durcheinander, und zwar schon von Anfang an. Ich kenn doch Ebert privat und schätze ihn, aber ob es damals richtig war, daß er dem Liebknecht die Revolution aus der Hand genommen und dann sogar mit dem schwarzen Hund, dem Groener, paktiert hat? Dafür sind sie in der Nationalversammlung von der Rechten mit Längen geschlagen worden. Und mein Freund Ebert sagt dazu nur: Wir brauchen Fachkräfte, einen gemäßigten Kurs, und ich soll mir einmal das Chaos in Rußland ansehen!''

„Na ja, die Muschiks sind noch nicht reif für die Revolution, aber unsere lieben Deutschen schon gar nicht. Und zwar, so ulkig das klingt, für keine, weder für die von rechts noch für die von links. Das mit dem Kapp-Putsch jetzt, das ist doch eine einzige Blamage!''

„Für euch'', sagte Jean-Louis Lafontaine gemütlich und hielt sich eng neben einer hübschen Blondine, der er blinzelnd unter den Topfhut blickte.

Da blieb Fritz Goldener ruckartig stehen, mitten im Gewühl auf dem Potsdamer Platz. „Du, das verbitt ich mir, ich bin nicht kleinlich, aber mit diesen vertrottelten Putschisten in einen Topf geworfen zu werden – nein! Ich möchte sogar sagen, es waren meine Leute, die Gewerkschaften mit ihrem Generalstreik, die den Putsch in die Luft geblasen haben. Das Volk, du wirst lachen, wenn ich das sage, der ich ja nicht direkt ein Sozialist, aber eben doch ein Demokrat bin, das Volk ist immer stärker. Wenigstens auf die Dauer. Bloß daß es jetzt so weitergeht, da im Ruhrgebiet, mit dieser kommunistischen Bewegung... Na, dafür haben wir ja die Reichswehr und die Freikorps – übrigens ein widerliches Gesindel!"

„Widerlich! Alles widerlich, da und hier! Ich bin gewiß einiges gewohnt, weil ich mich nun seit Jahrzehnten mit der Unterwelt beschäftige, aber was sich jetzt tut, da um den Bülowbogen herum, was sich da trifft in den Bouillonkellern und in den schwulen Läden, Damen in Herrenhosen und männliche Nutten, du, ich hab ein Verschen gemacht, das schenk ich dir für deinen nächsten Korpsabend." Sie verhielten den Schritt, und Onkel Jean-Louis flüsterte mit seinem Satyrlächeln: „Wenn Knaben in den Rosenhecken die Ärsche aus den Hosen recken und abseits sonder Harme wandeln, dann dürft es sich um Warme handeln."

Fritz Goldener lachte, daß sich die Leute nach ihm umblickten. „Herzlichen Dank für die milde Gabe, aber du überschätzt uns, so modern ist die Borussia nicht, wir sind noch beim Altdeutschen. Nee, Onkel Jean-Louis, meine Korpsbrüder sind Spießer, denen kommt's darauf an, worauf es allen ankommt: Auf die Piepen, die Marie, die Groschen. Übrigens, weißt du, wie der Dollar jetzt steht? Anfang vorigen Jahres hast du acht Mark fünfzehn bezahlt..."

„Ich nicht. Ich habe nie einen Dollar gehabt."

„... und jetzt zahlst du fast hundert Mark."

„Ich nicht", sagte Onkel Jean-Louis wieder. „Aber da siehst du, was ich immer gepredigt habe und was mir Käthchen nie glauben will: Inflation! Inflation in Reinkultur! Die Mark ist nur noch einen Pfifferling wert! Und das wird noch schlimmer, wenn erst die Reparationszahlungen kommen. Ich sage dir, dann können wir glatt und rund tausend Mark für einen Dollar berappen.''

,,Nie im Leben! Ich habe schließlich Verbindungen, die Herren in der Industrie werden das Heft wieder in die Hand bekommen, und was ich so höre in den Korpskneipen und im Klub... Es wird alles genauso, wie es war!''

,,Klub? Wieso Klub? Spielst du wieder?'' Jean-Louis Lafontaine winkte mit dem Stock – er trug jetzt zu Bauch und Bart und Brille ein Malakkarohr mit Silbergriff – ein Taxi herbei, denn es war Mittag, und der Potsdamer Platz dampfte unter den eiligen Füßen der sich hin und her schiebenden Menge, dem gleitenden Gewicht der gelben Omnibusse und der schweren trägen Wolke lärmender Geräusche aus den schwarz-offenen Türen der Lokale und Geschäfte.

,,I wo, kein Mensch spielt. Und wenn... Was man heute verliert, ist morgen sowieso bloß die Hälfte wert. Also, mach's gut – und grüß deine Dame.''

,,Frecher Hund!'' sagte Onkel Jean-Louis zwar, fuhr aber dann zur Bülowstraße, wo er ungeachtet seiner gereiften Moral und seines ebenfalls gereiften, aber noch immer sehr liebenswerten Schnäuzchens ein kleines Mädchen mit schwarzen Lokken, von ihm poetisch Rabenfittiche genannt, eingemietet hatte. Während Fritz Goldener sich in die Bellevuestraße begab und dort – Bellevuestraße 34, zwei Treppen hoch – geradewegs in den neueröffneten Bakkaratsaal.

Denn wenn ich es auch nicht gemerkt hatte, diese Monate über, in denen ich mit dem Kind unter dem Apfelbaum im Garten hinter dem Haus spielte, seinen Brei kochte, es wusch und pflegte oder bei den Eltern in der Trinkdiele unter dem Leuchterweibchen mit Poldi die Tagesereignisse besprach: Fischi spielte...

Ich aber war ahnungslos glücklich in meinem rosenumwucherten Häuschen, auf meinem Ecksofa, in meinem helleichenen ehelichen Schlafzimmer; glücklich unter der pfirsichfarbenen Bettdecke mit dem Mann, der mich die Zärtlichkeit gelehrt hatte, das sanfte, so geschickt an die Stelle der Leidenschaft gemogelte Vergnügen, die spielerische Balgerei mit einem gezähmten, satt und schläfrig knurrenden Löwen. Zufrieden sogar mit Eberswalde, mit der Gesellschaft der ewig schwangeren Frau von Bütow, die im jugendbewegten formlosen Gewand ständig aus einem Wust von Kindern und Windeln um Hilfe zu schreien schien; mit meinen bescheidenen Vergnügungen in Kölligs Konditorei am Markt, wo die Backfische abends um sechs mit den Schülern der Forstakademie geheime und häufig folgenschwere Begegnungen hatten; mit den Abenden in der mütterlichen Villa, an denen wir, Mama, die spinnenbeinige lahme Ente und ich, strickten, indes Vater Eberhard, verloren in seinem Herrenzimmer neun mal zwölf, Kreuzworträtsel löste.

Im übrigen hatte ich die Ehre, Frau Dr. Friedrich Goldener und Mitglied des Geselligkeitsvereins Harmonie zu sein, an den alljährlichen Kasinobällen teilzunehmen sowie an einer Kneipe mit Damen im Vereinshaus des Korps Borussia. Gewiß dünkten mir der Hackenknall beim Zuprosten: „Werte Lieben inbegriffen" und Anreden wie: „Wollen Gnädigste nicht nachziehen" nicht weniger altdeutsch als die fahnengeschmückte Saufstube, aber ich genoß der jungen Füchse entflammte Blicke ebenso wie die väterlich verbrämte Begierde ihrer alten Herren und eine Verehrung, die anscheinend nichts wußte von Luststätten und Kokotten.

Nun endgültig eingereiht in die Eberswalder Hautevolée, wurde ich mit Hochachtung gegrüßt, sogar von den als Monarchisten verschrienen Forstakademikern, und merkbar bewundert, wenn ich mit Hut, Schleier und Handschuhen – „eine ätherische Erscheinung", sagte der Apotheker Zum Adler – den Stammhalter des Hauses Goldener in einem blütenweiß berüschten Kinderwagen auf der Promenade ausstellte. Ein schönes Kind, das zu seines Vaters Geburtstag ein Spitzenkleidchen mit den Couleurfarben trug: Borussia sei 's Panier.

Seine Großmutter, Frau Hinde Goldener, war ihm mit zärtlicher Rührung zugetan, und wenig fehlte, dann hätte auch Joshua Goldener sich ob dieses Enkels blondlockiger Lieblichkeit mit der gojimschen Schwiegertochter ausgesöhnt. Aber da soll es im Hause Oranienburger Straße einen Auftritt gegeben haben, von dem Fritz mit ehrlicher Entrüstung berichtete: „Der Alte ist wahnsinnig geworden! Ich soll den Jungen beschneiden lassen, stellt euch so was vor! Beschneiden! Und dafür will der alte Gauner ein neues Testament machen, für den Jungen!"

Wir schreckten auf, alle, die wir in der Lafontaineschen Trinkdiele – Butzenscheiben und Leuchterweibchen – um den von Fritz Goldener mit zwei Flaschen Wein bestückten Tisch saßen. Nur Käthe Lafontaine sagte ruhig: „Warum nicht? Wenn es sich lohnt? Es soll ja sehr gesund sein."

Auch Eberhard blieb sachlich. Er hatte sich zwar in die Filzlatschen eigenhändig Luftlöcher geschnitten, trug aber dennoch auf dem immer noch schönen Gesicht den Ausdruck zugleich schmerzlicher und weiser Ergebung in sein Schicksal. „Von mir aus kann er Jude werden, Mensch ist Mensch, aber warum dem Kind Schmerzen machen, warum überhaupt?"

„Weil's dem Alten jetzt leid tut, daß ich mich hab taufen lassen. Für das, was ich geworden bin, hätte er sich bei seinem Jehova nicht madig zu machen brauchen. Und nun will er sich bei ihm wieder anschmieren – auf meine Kosten!"

„Auf *seine* Kosten", sagte ich und wiegte das Kind; es hatte der alten Frau Goldener das letzte, vielleicht einzige Glück ihres kargen Daseins beschert und mir das süße Gefühl erfüllter Pflicht und das bittere unlöslicher Gebundenheit an diesen geliebten Teil meines Leibes und Lebens. „Aber ich hätte nicht mal was dagegen. Mir imponiert die Haltung des Alten. Das ist doch wenigstens einer, der sich um den lieben Gott kümmert! Ich wünschte, Kläuschen würde später auch so sein, so moralisch. Von mir aus können wir es machen."

„Aber von mir aus nicht! Du bist selber noch ein Baby, du weißt es nicht, aber glaube mir: In diesem Land kann kein Jude was werden!" Fritz Goldener machte mit vorgeschobener voller Lippe und betrübt hängender Nase sein Kindergesicht, Kindergesicht mit Monokel. „Ach, Puppeli, du tust immer so, als wenn dein Fischi leichtsinnig wär und manchmal ein bißchen doof. Glaubst du, mir ist es leichtgefallen damals, das mit der Taufe? Ich wollte in die Verwaltung oder in die Großindustrie, dazu brauchst du eben so was wie das Korps Borussia, 'ne schlagende Verbindung mit Verbindungen, die alten Herren sitzen doch alle in den Aufsichtsräten. Oder glaubst du, ich bin per Zufall der Leibfuchs von Bütow geworden? Ich bin gewiß kein Karrierist, und rückständig bin ich auch nicht, sondern für Freiheit und Fortschritt – aber Jude? Nee!"

„Außerdem würde sich's auch gar nicht lohnen", sagte Poldi aus seiner Ecke; er zeichnete das Kind. „Bis das Kläuschen so groß ist und den Zaster vom alten Joshua erbt, ist das Geld längst abgeschafft, der Kapitalismus ist erledigt, der Sozialismus ist da, und die Menschen leben von ihrer Arbeit!"

„Dein Wort in Gottes Gehörgang." Fritz Goldener grinste, Käthe Lafontaine äußerte gedankenlos einige ihrer üblichen Sprüche wie: „Geld hat's immer gegeben und wird's immer geben" und „Wo nichts ist, kommt nichts hin", während ich still blieb und auf meines Vaters Worte wartete wie auf eine Offenbarung. Und da sagte er: „Wenn es den Menschen dann besser geht, wenn sie leben könnten, einfach leben – ich würde ihnen gerne alles geben, was ich habe."

„Die Latschen", sagte Poldi trocken.

Noch jetzt höre ich das Gelächter, mit dem wir die Schatten verscheuchten, die doch so drohend über diesen Eberswalder Sommertagen lagen. Denn wenn ich die ruhelose Geschäftigkeit gewahrte, in der Käthe Lafontaine die einundzwanzig Zimmer ihrer Villa durchjagte, dem Staub oder der Brille oder ihrer Sehnsucht nach Lärm und Leben auf der Spur; wenn ich mich allein fand, da mein Fischi allwöchentlich mehrmals seine nun nicht mehr terpentinfreie Schuhkrem in Leipzig oder Pinne verkaufte – ach, manchmal glaubte ich dann, was ich und wohl auch Käthe Lafontaine fürchteten: Eberswalde war eine Niete geworden, eine lebenslängliche Niete.

Bis dann wirklich eines Nachts das Telefon klingelte und ich sofort wußte, daß es nicht aus Pinne oder Leipzig um Hilfe schrie. Und es war Fritz Goldeners Stimme, die tränenerstickt wimmerte: „Puppeli, du mußt kommen! Du mußt mir helfen! Ich bin krank, todkrank, ja, nein, ich sag dir morgen alles. Aber komm, komm zu mir nach Berlin! Hotel Fürstenhof, Potsdamer Platz, Zimmer vierunddreißig. Ach, Puppeli, ich sterbe!"

„Warte", schrie ich, „warte um Gottes willen, ich komme!"

Nach einer durchwachten Nacht traf ich in Berlin, Hotel Fürstenhof, Fritz Goldener: graue unrasierte Haut, zitternde Lippen, rotentzündete Augen, fleckige, vom grünen Tuch verdreckte Hände und leere, von bebenden Fingern zerrissene Hosentaschen.

„Vorbei, alles vorbei!" schluchzte er an meinem Hals, ein ausgewachsener Mann, der weinte. „Ich bin erledigt, ich erschieß mich, Puppeli, ich erschieß mich."

Im Morgendunst schwammen die roten Mahagonimöbel des Hotelzimmers in grauer Milch; vor den Fenstern lag der Potsdamer Platz öde unter einem niedrigen Himmel, ein Bollewagen schuckelte zwischen verschlossenen Häusern dahin.

„Verzeih mir, du mußt mir verzeihen, es war das letztemal, ich schwör's dir beim Leben meiner Mutter: Nie wieder! Das sind Verbrecher, alle, glaub mir's. Ich bin da reingeraten in ein ganz gewöhnliches Tripot, alles ist weg, und der Kellner, dieser unqualifizierbare Kerl: ‚Kein Frühstück, nichts mehr, Herr Doktor!' sagt er. Dieser Hund! Nicht einmal Frühstück!"

„Laß, Fischi, es wird alles ..." Ich schluckte die Tränen hinunter, aber ich wehrte mich noch, stampfte mit dem Fuß auf, schrie: „Warum, mein Gott, warum? Sag mir das! Dieses verfluchte Spielen! Du hast es doch nicht nötig, wir haben doch alles gehabt!"

„Du hast 'ne Ahnung", sagte Fritz, jählings nüchtern. „Jeder, der spielt, hat's nötig, so oder so. Und ich muß eben."

Dann aber kam er zu sich und besann sich auf das Gebot einer Stunde, die bei richtigem Einsatz zur rettenden werden konnte, so daß er sich wieder fallen ließ, mir in die dünnen Arme, die ihn aber doch hielten, ihn, den Vater meines Kindes, den Schwiegersohn Käthe Lafontaines, die ja schließlich Geld genug hatte, um die Kugel aufzuhalten – die Revolverkugel vor seiner schweißgebadeten Stirn.

Wir weinten zusammen in das Geschilp der Spatzen vor dem Fürstenhof-Fenster; ich brachte ihn zu Bett wie ein Kind; und vorbei an dem Kellner, dem unqualifizierbaren, mit niedergeschlagenen Augen und eingezogenen Schultern die Halle durcheilend, entfloh ich. Erreichte tatsächlich den ersten Zug nach Eberswalde und hastete dort zur Stadtbank. Der Direktor empfing mich wie eine Schwerkranke, die es zu trösten galt. „Aber verehrte gnädige Frau, was ist denn geschehen? Seit drei, nein, seit vier Tagen laufen hier die Schecks ein über Tausende. Das Konto Ihres Mannes ist bei weitem überzogen. Und nun auch das der Fabrik ..."

„Um Gottes willen, nicht das!" Nun saß ich, die Beine waren unter mir weggewichen. „Sie werden doch nicht, Sie haben doch nicht ..."

„Doch, wir haben", sagte der freundliche, preußisch kurz und glatt Gescheitelte. „Ihr Gatte hatte ja Bankvollmacht. Aber wir werden natürlich von jetzt an ... Nur erklären Sie mir bitte, was ist denn?" Und mit einer bezeichnenden Gebärde die Hand zur Stirn führend: „Verzeihen Sie, aber Ihr Herr Gemahl ist ... ist er krank?"

„Ja", hauchte ich.

Bei Fritz Goldeners Kompagnon wurde der Kampf heißer, da es nach Bütows gebrüllter Behauptung hier nicht um Geld, sondern um Ehre ginge, um Ehre, Satisfaktionsfähigkeit und die Mitgliedschaft im Korps Borussia. „Schon damals hätte man ihn ausstoßen sollen, diesen Vaterlandsverräter, diesen Ersatzbürgermeister, der sein eigenes Nest beschmutzt! Bisher habe ich hinweggesehen über das, Sie wissen schon, aber jetzt

– das jüdische Blut, das ist es! Und er – entehrt, ausgeschlossen aus der menschlichen Gesellschaft!"

Herr von Bütow trompetete noch eine Weile weiter, während seine weizenblonde, gretchenzöpfige, schon wieder trächtige Frau aus gewölbten Kuhaugen große Tränen vergoß. Wohingegen Käthe Lafontaine bei meinem Erscheinen in der Villa Waldesruh sehr ruhig sagte: „Setz dich hin und trink Kaffee und dann rede, und hör auf zu heulen."

Ich hockte mich also an den Frühstückstisch im Wintergarten – nach Onkel Jean-Louis eine Tropfsteingrotte von märchenhafter Geschmacklosigkeit – zwischen die lahme Ente und Poldi, den tränenfeuchten Veilchenblick in den kleinen Garten hinter dem großen Haus gewandt.

„Und nun erzähl mal hübsch der Reihe nach, das konnte ja nicht gut gehen, ich hab's ihm immer gesagt, Fritz, hab ich gesagt, wer zuletzt lacht, lacht am besten, aber du lachst mir zu früh, er hat die Pakete mit den Hundertmarkscheinen manchmal gar nicht aus der Tasche gekriegt, so dick waren sie, und gesagt, er habe seine Glückssträhne, aber von mir aus brauchte er nicht weiterzuspielen, laß sein, Fritz, hab ich gesagt, ich heb's dir auf, du verlierst es doch bloß wieder, man muß Gott nicht versuchen."

Hier verstummte meine Mutter, denn alle sahen sie an, fassungslos, und ich flüsterte: „Du hast es gewußt, und du hast mir nichts gesagt! Du hast ihn in sein Unglück rennen lassen, nein, in mein Unglück, was glaubst du denn, wer es ausbaden muß? Ich! Ich!" Nun weinte ich, als bräche mir das Herz, und es half nichts, daß Poldi mich in den Rücken knuffte.

„Mensch, heul nicht, es ist doch bloß Geld!"

„Aber er muß es zurückgeben", schluchzte ich.

„Spielschulden sind Ehrenschulden", sagte meine Mutter. „Die bezahlt man nicht."

Indem erhob die lahme Ente ihre Stimme; sie hatte nie einen Mann gefunden und daher das Unglück schon lange kommen sehen, das Unglück mit einem soviel älteren Mann, der ein

Leichtfuß wäre, ein älterer Leichtfuß, worin ihr erstaunlicherweise Eberhard Lafontaine beipflichtete.

„Ich hab's geahnt, schon damals, wie ich zu deiner Verlobung den Brief geschrieben habe auf der Lafette. Aber deine Mutter hat mir ja gesagt, es wäre die Bedingung, wenn ihr heiratet, daß er nicht mehr spielt."

„Und wenn er gewinnt ...", sagte meine Mutter; sie zuckte die Achseln, und mein Vater schrie: „Du zuckst, jetzt zuckst du, aber damals hat er dir imponiert, der Herr Fabrikbesitzer, jawoll, der Herr Doktor, und er wär doch schließlich besser als boß so 'n junger Mensch, der nichts hat. Jetzt weißt du, was besser gewesen wäre! Ein junger Mensch, mit dem sie was aufgebaut hätte, boß so, ohne Fabrik und ohne Herr Doktor und ohne Villa, mit dem sie gearbeitet hätte, wie wir gearbeitet haben, wie meine Mutter gearbeitet hat und ..."

„Ha!" machte meine Mutter. „Gearbeitet wie deine Mutter, damit sie ihrem Sohn blaukariertes Bettzeug und 'nen zersprungenen Nachttopf mit in die Ehe geben kann!"

„Immer diese Anspielungen! Und wieso in die Ehe? Kläuschen ist anderthalb Jahre!"

Der Tisch schwankte, die Tassen klirrten, ich, aufgesprungen, schrie zugleich mit Eberhard, dessen Stottern von Mamas schriller Gesangsstimme übertönt wurde.

„Jetzt bin ich schuld, natürlich bin ich schuld, ich, wer denn sonst, ich mach ja alles, und ihr, was habt ihr denn gedacht, daß euch die gebratenen Tauben in den Mund fliegen, weil sie eben immer geflogen sind, weil *ich* sie nämlich hab fliegen lassen, und jetzt soll ich wieder ran und Geld geben, und ich werd's ja auch geben, ich hab sowieso bald nichts mehr, es rennt einem ja aus den Fingern, die Butter ist auch schon wieder teurer geworden!"

Sie brach in Tränen aus; und mein Vater kam um den Tisch herum zu ihr und legte, sehr sanft, seinen ergrauten Kopf an ihre Schläfe. „Sei gut, Käthchen, ich hab ja bloß so geredet, und wirklich, es wäre besser gewesen, wir wären in dem Fahrradladen geblieben, auch wenn's bloß immer Schmalzstullen gegeben hätte."

„Im Pißpott", sagte meine Mutter bitter. „Wie der Fischer un sine Fru ..."

Noch am gleichen Abend traf ich im Fürstenhof ein als die gute Fee, die aus dem Eberswalder Bäumchen rüttle dich, schüttle dich zweihundert Mark geschüttelt hatte.

„Für das Nötigste, Fischi, nur damit du dich hier ehrlich machst und zurückkommen kannst nach Eberswalde. Wir müssen doch besprechen, was wir nun anfangen, Bütow will ja nicht mehr."

„Ich auch nicht." Fritz war wieder stolz, frisch rasiert und gut gelaunt. „Schließlich brauche ich ihn gar nicht, und Betriebskapital kriege ich jeden Tag. Geld kann immer nur weniger, nie alle werden – überhaupt, wenn man eine Schwiegermutter namens Käthe Lafontaine hat."

Das Nötigste war nach Fritz Goldeners Meinung an diesem Abend der Besuch des Metropoltheaters, wo Fritzi Massary „Die lustige Witwe" sang, und anschließend nebenan im Palais de Danse ein kleines Abendessen. Als wir durch die Bar gingen – ich voller Scham ob meiner für Katastrophe, Regen und Reue gedachten Kleidung, Fritz blitzblank vom Monokel bis zu den Lackschuhen –, sah ich die dicke Dora auf dem Barhocker sitzen, wie sie früher, tränenüberströmt neben mir auf dem Klavierbänkchen den Valse bleue mitgesummt hatte. Da weinte ich, während wir tanzten.

Später, im Hotel, in dem Zimmer mit den Mahagonimöbeln, deren Rot wie getrocknetes Blut glänzte, begegneten wir uns schweigend, von einem düsteren Rausch zusammengeführt wie Tiere, die sich vor dem nahenden Gewitter aneinanderdrängen. Danach empfing ich – unwissend, ahnungsvoll – den Schlaf wie eine Gnade und hielt beim Erwachen die Augen noch geschlossen, indes ich schon wußte: Ich bin allein.

Es war Nacht ungefähr drei Uhr. Ich war allein in einem Hotelzimmer und erlebte mit zwanzig Jahren die Verlassenheit, die reiferen Jahren und ihren Enttäuschungen vorbehalten bleiben und mir noch so oft widerfahren sollte: In dem dämmrigen Zimmer der Pension Rosa in München, bevor sie mich hierher in die Klinik brachten; damals, im Krieg, in dem leeren Hotel in Makarska, wo Philipp und ich in die Nacht hinaus auf jenen unbegreiflichen, unerklärlichen Schrei lauschten, mit dem Poldi nach mir rief, damit ich ihn rette; oder dann, während unserer Flucht nach Rom, in jener Absteige mit den offenstehenden, von Bomben beschädigten Türen, in der wir saßen wie Gefangene ohne Namen, ohne Papiere und das Gebrüll der deutschen Soldaten nebenan in der Trattoria hörten.

In dieser Nacht des Jahres 1920 glaubte ich alles verloren und wußte auch, was geschehen war, so genau, als hätte ich das Schleichen im Finstern, das Tasten, den Griff nach meiner Tasche gespürt. Und es war wohl die Tatsache, daß Fritz Goldener mich nicht nur allein, sondern auch arm und hilflos in diesem fremden Hotelzimmer gelassen hatte, die mich nicht nur Verzweiflung, nein, die mich zur Wut brachte: Ich lief schon, während ich mich noch anzog, und stand dann auf dem leeren Potsdamer Platz unter einem grauen, im Widerschein der Großstadtlichter rosig schimmernden Himmel.

Das Haus in der Bellevuestraße fand ich, obwohl ich es nie gesehen hatte, fand auch die schwere, mit Eisenrosetten prunkende Tür offen, die dicken roten Teppiche gleichsam im Einverständnis mit meinen tastenden Füßen, den großen, in nebligen Rauchschwaden liegenden Spielsaal, wie ich ihn erdacht oder auch gewußt hatte: ein langer grünbespannter Tisch unter breiten grünbeschirmten Lampen, vor deren weißem Licht die schwärzlich schweren Möbel in den Wandschatten zurücktraten, um Platz zu schaffen für die gespenstisch bleichen, verschwitzten, Gier, Angst und Hoffnung spiegelnden Gesichter der Spieler.

Fritz Goldener war grau unter dem rötlich sprießenden Bartflaum, die Stirn blank von Schweiß; die Hand, die nach den Karten griff, als führe nicht er sie, sondern sie ihn, zitterte.

„Ich halte", rief er zu dem Bänker hinüber, der die Karten aus dem Schlitten zog, und zu mir, ohne den Kopf zu wenden, ohne mich anzusehen: „Geh!" Dann, zum erstenmal, was ich noch oft in solchen Nächten hören sollte: „Du bringst mir Pech, geh weg, geh nach Hause!" Und nach einer Weile aus seiner eisigen Abwesenheit, durch den Rauch der Zigarette mit dem linken Auge auf die Karten hinabschielend: „Ich bete dich an, Puppeli, aber laß mich, ja?"

Ich weiß nicht, wie lange ich da hockte, während Fritz Goldener sein Geld verlor, mein Geld und einen größeren Betrag, den ihm sein Nachbar, der Gynäkologe Dr. Tappe, gegeben hatte – „Sind's die Folgen, geh zu Tappe", stand in den Kaffeehaustoiletten am Kurfürstendamm. Schließlich nahm mir Fischi den Türkisring ab, Mamas Hochzeitsgeschenk, und versetzte ihn gegen vier Fünfzigmarkchips, die seinen grünbeschmutzten Händen so schnell entglitten, als hätte er sie fortgeworfen, sie und mich, meine Jugend, meinen törichten Kinderglauben an Liebe und Güte.

Als ich ging, war die Nacht schon nicht mehr Nacht, sondern die Verkündigung eines mit stählernem Blau gepanzerten Morgens; in der Potsdamer Straße fuhr mir eine erste Straßenbahn knirschend nach; da erst begriff ich, daß ich keinen Pfennig hatte. Aber ich wanderte weiter, geradeaus durch Steglitz bis zu dem kleinen Ziegelsteinhaus in Lichterfelde, darin die alten Schnedderichs noch immer, doch jetzt unterm schrägen Dachgiebel, wohnten.

In der Mansarde saßen sie schon, sieben Uhr früh, am Küchentisch vor den dicken Goldrandtassen mit Malzkaffee, in die ich meine Tränen rollen ließ. Ich weinte wie ein Kind, das sich verlaufen hatte und nun heimgekehrt war. Denn hier wollte ich bleiben, hier auf dem schwarzen Wachstuchsofa mit den weißen Knöpfen unter des alten Ehepaares Schnedderich Berliner Ehrenbürger-Urkunde. „Ich kann nicht mehr nach Hause, ich kann nicht", heulte ich. „Den Ring hat Mama mir zur Hochzeit geschenkt, und die zweihundert Mark hat er mir auch abgenommen, das kann ich ihr doch nicht sagen! Und zu ihm, nein! Ich will weg von ihm für immer und ewig!"

„Na, na, so schnell schießen die Preußen nicht!" Gustav Schnedderich legte den Arm um meine Schultern. „Und natürlich kannst du hierbleiben, mein Töchterchen, ist doch klar wie dicke Tinte. Wenn du auch auf die Molle 'n bißken krumm schläfst."

Aber Oma Schnedderich – sie konnte der Tochter nicht verzeihen, was ihr die Mutter angetan hatte – sagte: „Geh du man hübsch zu deinem Mann, wo du hingehörst! Ihr könnt es ja auch wieder einbringen, was er verloren hat, durch Sparsamkeit. Man kann anders leben, als du es bei deiner Mutter gelernt hast, so, wie es sich schickt für anständige Frauen. Das Kleid, was ich hier anhabe, ist dreißig Jahre alt, und ich trockne noch heute die Fäden von den Rouladen, damit ich sie das nächstemal wieder benutzen kann."

„Aber Mutter, nun hör doch uff!" Schnedderich blies in seinen schlohweißen, bis auf die Brust hinabreichenden Bart. „Mit Rouladenfäden ist da nischt mehr zu machen und ooch nich, wenn du die Zahnstocher von die Rollmöpse aufhebst. Der Doktor is 'n großer Mann, wenn er ooch momentan Pech hat. Aber der will wat Großes, der will nich so wat Kleenes wie Rouladenfäden oder Rollmöpse, der will den Kaviar mit Löffeln fressen, und recht hat er. Schade, det ick's nie bis soweit jebracht habe. Aber ick meine, Fleurchen, natürlich sollste zu deinem Mann zurückgehen, wenn du dich hier richtig ausjepennt hast. Aber noch besser, du jehst gleich zu deine Mutter; Käthchen is immer noch tüchtig, die wird schon wat erfinden, damit ihr wieder auf 'nen jrünen Zweig kommt, müßte natürlich wat Hübsches sein, so wat mit Schick und Pli. Wie wär's denn, ihr könnt ja vielleicht ... 'n Grundstück habt ihr doch, 'n schönen Jarten mit 'ne Laube, und ick hab noch meine Fotografierapparate und mein ganzes Gerät von dunnemals von meine Filmgesellschaft Fortschritt. Bloß jetzt müßte det anders heißen, so wat wie Hollywood oder Kleen-Hollywood; denn müßt ihr Filme machen, du bist doch 'n schönes Mädchen, wirklich beinahe 'ne Schönheit, det haste übrigens von uns, von deine Großmutter, von dein Vater, aber ooch von mir, bloß det du nich so 'nen schönen weißen Bart hast. Aber schön jenug für 'ne Filmdiva biste allemal. Gibt ja so ville kleene Gesellschaften, die verdienen janz jut, und wie ick deine Mutter kenne, 'n paar Hunderter legt die da an."

„Ja, aber jetzt brauch ich Fahrgeld", unterbrach ich ihn, „ich muß doch nach Hause. Und dabei trau ich mich gar nicht, ich genier mich, immer bloß Unglück und Schande!"

„Det is so", sagte Großvater Schnedderich. „Du hast zu ville Jemüt und denn dazu die Oogen, veilchenblau; nee, det kann ja nich gut gehn. Aber laß man, vielleicht machen wir det wirklich mit die Filme. Ick werd mal rausfahrn zu deine Mutter, mit ihr reden. Vielleicht komm ick auf die Art doch wieder ran an meine eigene Erfindung, an die Licht-Ton-Erfindung von dunnemals, weeßte noch? Und zu meine Millionen, denn die will ick haben, und die krieg ick ooch, wirste sehn."

Ich schluckte meine Tränen hinunter, zusammen mit etwas Malzkaffee und einer dünnen Margarinestulle, schluckte auch Omas Ermahnungen, auf Gott zu vertrauen und sparsam zu sein, und ging ungetröstet davon, irgendwohin, nur nicht nach Hause. Obwohl ich jetzt das Fahrgeld hatte, einen blanken Taler, den mir Opa Schnedderich heimlich in die Hand gedrückt hatte.

„Hier, Fleurchen, nimm ruhig! Ein Lump jibt mehr, wie er hat. Und für 'nen Lumpen wirst du mir doch nicht ästimieren."

Nach einer langen Fahrt durch den klaren Morgen – die Bäume an den Straßenseiten versilbert vom Frühlicht, der Asphalt sauber wie gewaschen – landete ich in der Nassauischen Straße. Dort bewohnte Jean-Louis Lafontaine jetzt eine Vierzimmerwohnung, wie er sie sich wohl in seinem Fuhlsbütteler Männerheim erträumt hatte: mit allem Komfort, geräumigem Arbeitszimmer und einem immer munteren Schnäuzchen, das sich ihm, da Frau Marie Lafontaine geborene Buksch sich aus

Tugend und Trotz nicht scheiden ließ, zu einer harmonisch wilden Ehe verbunden hatte. Und welch ein Labsal war das frische Lachen, mit dem sie mich empfing, umarmte und ins Zimmer zog. ,,Geh, setz dich zu Onkel Jean-Louis, ich mach dir derweilen einen Kaffee, aber einen anständigen. Ißt du ein Ei oder zwei?''

Ich aß zwei Eier, während Onkel Jean-Louis noch schnell seinen sonntäglichen Kulicke fertigschrieb, über seinen Schreibtisch gebeugt, den Hosengurt geöffnet ob eines seiner vielfach wechselnden Leiden – augenblicklich hatte er es mit dem Gas –, eingehüllt in den Rauch seiner schweren Zigarre.

Nach meinem Bericht über Fritz Goldeners Spielwut und Spielverluste, seinen sträflichen Leichtsinn und seine sündige Leidenschaft sagte Onkel Jean-Louis, daß er alles vorausgesehen habe – wie ja nun überhaupt alle alles vorausgesehen hatten –, und verkündete dann nach einer spannungsgeladenen Pause das Ergebnis seiner denkerischen Bemühungen: ,,Vererbung! Der Suff! Man muß solche Verirrungen – darum handelt es sich bei seiner geradezu manischen Spielwut! – biologisch sehen. Unser Jahrhundert ist das Jahrhundert der Wissenschaft, und eine Kriminalistik ohne biologische Forschung, vor allem erbbiologische Forschung, ohne Beachtung der Deszendenz des Verbrechers ist läppisch!''

,,Aber Verbrecher ...'', wandte ich schüchtern ein. ,,Fritz ein Verbrecher?''

,,Ein Maniakaler!'' sagte Onkel Jean-Louis feierlich. ,,Ein Manomane. Für mich besteht da überhaupt kein Zweifel. Sieh dir doch nur den Kopf an. Gewiß, nach Lombroso ist der Typ des Imbezilen schmalschädlig mit niedriger Stirn und fliehendem Kinn. Aber wozu gibt es Ausnahmen? Hier ist eine solche! Fritz Goldener erinnert in nichts an das übliche, aus den Gerichtssälen bekannte Bild des Süchtigen, des von einer Leidenschaft zu Verbrechen und Untat Getriebenen; dennoch muß ich als Kenner und Forscher ...''

,,Aber, Onkel Jean-Louis!'' flüsterte ich entsetzt. Und er erwachte, strich sich über die Stirn, grinste, entschuldigte sich. „Fleurchen, mein Blumenmädchen, mein holdes, weißt du, ich habe heut bis in die Nacht einen Artikel über den imbezilen labilen Typ des Gewaltverbrechers geschrieben, und da bin ich noch ein bißchen drin. Aber abgesehen davon, dein Mann, mein armes kleines Schnuckelschwänzchen, so ganz normal ist er nicht; denn wer ist schließlich ganz normal! Niemand! Ich fürchte, daß bei einer solchen Triebenthemmtheit, die hier sichtbar vorliegt, die Vererbung eine gewisse Rolle spielt. Weißt du, ob sein Vater säuft? Oder sein Großvater?"

„Sein Großvater ist vierundneunzig Jahre und Rabbiner in Czernowitz, die Rabbine, seine Großmutter, hängt heute noch mit ihrem falschen Scheitel zu Hause überm Sofa – die haben doch sicher nicht gesoffen."

„Gott, wer weiß das! Du wirst es noch lernen, wenn du schreibst – und du wirst schreiben, mein Fleurchen, du wirst mir das nicht antun, daß du dein schönes Talent verkümmern läßt! –, dann wirst du merken, daß die Tiefen der menschlichen Seele unauslotbar sind. Warum soll nicht auch ein Rabbi in Czernowitz saufen? Und wenn wir nun nach der anderen Seite gucken: dein Großvater zum Beispiel, der alte Gustav Schnedderich – ja, hat es denn einen Abend gegeben, an dem er nicht pünktlich um sechs Uhr in die Kneipe von Morgenthau an seinen Stammtisch ging? Ich behaupte auf Grund der Vererbungstheorie, daß alle seine Kinder im Suff gezeugt worden sind. Und gerade dein Vater, dieser sanfte, so sehr triebgehemmte Mensch – ist er nicht ein typisches Produkt des Alkohols! Was wissen wir denn überhaupt? Daß unsere Mütter unsere Mütter waren, können wir annehmen, aber daß unsere Väter unsere Väter waren? Die Rabbine in Czernowitz, kann nicht auch sie trotz des frommen falschen Scheitels mal mit einem durchreisenden Fremden, während der Rabbi in der Synagoge war ...? Und die schöne Amalie Schnedderich, zu dumm, um im Dunkeln auch nur den Unterschied zu merken ..."

„Ach, Onkel Jean-Louis, es ist alles schon schlimm genug, und nun kommst du noch mit deinem Vererbungs-Darwin!" Ich lachte gequält, aber er fuhr fort, jetzt im Flüsterton: „Sieh dir mein Schnäuzchen an, ein Prachtweib, die Frische selbst, Haut wie Milch und Blut – ja, glaubst du wirklich, daß der alte versoffene Liederjan von Vater es war und nicht vielleicht die arme Waschfraumutter mal mit einem der Bettgeher in besagte Schlafstelle geklettert ist?"

Er verstummte, denn da trat Schnäuzchen ein, wirklich ein Prachtweib, und brachte in den schönen starken Händen Milch, Honig und Kaffee, ein Göttermahl, bei dem sie die Butter fingerdick auf die Brötchen strich. Dabei sagte sie mit ihrer anscheinend unzerstörbaren Heiterkeit: „Mein Dichter spinnt wieder mal. Aber wenn ich dir einen Rat geben darf: Mach, daß du wegkommst von deinem Fischi, so schnell du kannst und so weit du kannst. Ein Spieler bleibt ein Spieler, ein Säufer bleibt ein Säufer, und das dritte, Jean-Louischen, wie nennt man eigentlich einen Mann, der nicht säuft und nicht spielt, aber dafür fremde Damen andichtet, so daß ich immer die Ergüsse in seinen Rocktaschen finde?"

„Einen Verehrer der Musen, nur daß es manchmal eben ein bißchen mehr als neune sind", krähte Onkel Jean-Louis, wurde dann aber sehr still, als ich ihm gestand, daß ich nicht nur guten Rat, sondern auch Geld brauche.

„Rat vielleicht – aber Tat, nee, Fleurchen, es tut mir leid, Geld kannst du von uns nicht kriegen."

„Aber dafür", endete das Schnäuzchen, und ein Schein von Bitterkeit verdüsterte ihr helles Gesicht, „dafür vielleicht ein funkelnagelneues Reisenecessaire aus gelbem Schweinsleder mit silberner Ausstattung. Das hat er mir gestern geschenkt, weil er gerade sein Honorar für einen Reklameartikel von Sarasani bekommen hat – mir, die ich noch niemals gereist bin, auch niemals reisen werde und seit drei Monaten das Geld für die Miete schuldig bin!"

Von Mietschulden wußte ich genug, um sofort jede Hoffnung

fahren zu lassen, hörte mir aber noch geduldig draußen im Flur Onkel Jean-Louis' lichtvollen volkswirtschaftlichen Vortrag an: Er wußte genau, wie und womit dem deutschen Volk – einem Ameisen- und Robotervolk – wieder auf die Beine zu helfen sei. „Freie Bahn dem Tüchtigen, so heißt die Losung. Auch ich brauche freie Bahn für meine Bücher, meine Studien, meinen Kampf um einen humanen Strafvollzug in Stufen, ganz abgesehen von den Tiermenschen, den Maniakalen, du weißt, Fleurchen, das sind meine besonderen Lieblinge. Und dann die Mörder! Ich hab jetzt Zutritt zu den Mörderzellen. Die Leute schreiben mir aus den Zuchthäusern, so die Gebrüder Sass, die Bankräuber vom Wittenbergplatz, der eine ist ein Genie; und dann die Politik, die kommt mir geradezu ins Haus, mein Freund Ebert zum Beispiel ..."

„Dein Freund Ebert ist vor Herrn Kapp geflohen, und du mach die Tür zu, damit mir nicht wieder so einer ins Haus fällt wie gestern der." Dabei schloß Schnäuzchen die schwere, eisenbeschlagene Eingangstür.

„Alle Leute sichern sich jetzt, die Kriminalität wächst erschreckend." Onkel Jean-Louis zog einen hübschen blanken Revolver aus der Tasche. „Stell dir vor, wer gestern hier war! Einer von der Brigade Ehrhardt. Der hat mir irgendwas erzählt von der Zinsknechtschaft, wollte natürlich Geld, ein bewaffneter Schnorrer, aber du weißt ja, mein Mädchen, wie ich das Gesindel hasse. Außerdem ist Geld bei mir immer das wenigste, und Schnäuzchen hat ihn rausgeschmissen."

„Dann schmeißt mich man auch raus", sagte ich trübe.

Diesmal fuhr ich mit der Straßenbahn bis zum Lützowplatz, ging zum Schöneberger Ufer, entlang dem schmalen, dunkelwäßrigen Kanal, bis zu Aline Edens Behausung in Blumes Hof. Da ergriff mich in der versöhnlich scheinenden Sonne ein Gefühl vager Hoffnung auf Rettung und auf ein drittes Frühstück.

Wirklich saß Aline Eden noch vor dem Meißner Kaffeegeschirr in ihrem Wohnzimmer mit den türkischen Taburetts. Mein Kommen überraschte sie nicht, denn sie sagte: „Da bist du ja endlich. Deine Mutter hat angerufen, vor 'ner Stunde etwa, und gefragt, wo du bleibst. Was ist denn passiert? Laß, ich weiß schon: dein Fischi spielt wieder. Ich hab's immer gewußt, und wenn du nicht so ein Blümchen wärst, so ein himmelblaues", hier legte sie den Arm um mich und zog mich an ihren seidenen Morgenrock, „dann würde ich jetzt sagen, mach dich endlich mal selbständig, vor allem von deiner Mutter!"

Ich schwieg, denn ich wußte: Aline Eden hatte recht. Sie war eine Lebenskünstlerin, in Essen an der Ruhr als Lenchen Kotterjahn geboren und erst bedeutend kleidsamer benamst, als sie in den finsteren Nachtbetrieben des Orients herumtingelte, bis ein ungenannt bleiben wollender Wohltäter in deutscher Majorsuniform sie heim ins Reich führte, in das Wohlleben der gut ausgehaltenen Frau, die brav und bieder auch noch bei dreihundertsechzig echten Perlen von Liebe zu sprechen vermochte. Denn davon sprach sie gern, weniger gern und weniger offen von den geheimen Zusammenkünften hoher Politiker in ihrem schicken Kairoer Heim, die zu besagten Perlen und der Rückkehr nach erfolgreich durchgeführten Aufträgen in ihr noch schickeres Berliner Heim geführt hatten.

In Erinnerung an dieses zwar einträgliche, aber nicht immer gefahrlose Leben sagte sie jetzt: „Siehst du, Fleur, mein Kind, du hast es leicht, du bist verheiratet. Ich hab's schwerer gehabt, ich war mit siebzehn Jahren schwanger von irgend so einem Dreckskerl, da hab ich grüne Seife gefressen, und dann, wie ich's los war, bin ich als Modell gegangen. Einen Körper hab ich gehabt wie aus Marmor, und so bin ich langsam bis auf den Balkan gekommen, in die sogenannten Nachtlokale – Schwamm drüber! Aber ich bin auch da wieder rausgekommen, mit Mut und Gottvertrauen, denn den hab ich behalten, den guten alten Gott aus Essen-Ruhr. Bloß heut frag ich mich manchmal, ob's nicht besser gewesen wäre, ich hätte den Nachbar Bassenwehr, den mit dem Möbelgeschäft, geheiratet und hätte heute meine Kinder und meinen Mann, statt daß ich bloß immer warte, ob mein Major sich mal von seiner Frau loseisen kann. Und Weihnachten sitz ich bei euch und nasche ein bißchen von anderer Leute Familienglück. Nee, bleib du ruhig bei deinem Mann und halt dich an deinem Trauring fest, sei froh, daß du den hast.''

,,Aber jetzt, was mach ich jetzt?'' jammerte ich. ,,Ich kann doch nicht immer rumlaufen und die Leute anbetteln!''

,,Du wirst noch öfter betteln gehen für deinen Fischi. Aber bei mir brauchst du nicht zu betteln, bei mir kriegst du's so.'' Dabei erhob sich Aline zu ihrer schlanken Größe, trat an den kleinen Schreibtisch, an dem sie sorgfältig über ihr ordentliches Leben Buch führte, nahm zwei Hundertmarkscheine aus der goldgefaßten Saffianbrieftasche und reichte sie mir mit zwei Fingern ihrer langen schönen Hand.

In dieser Nacht setzte mit jähem Schneefall der Winter ein, der erste jener drei Winter, in denen wir gleitend wie über Schneehügel in die Tiefe rutschten, vom Hundertmarkdollar zum Millionendollar, von der schlichten Schnapssauferei zur Kokserei und den Morphiumspritzen, von den hellerleuchteten Spielsälen in der Bellevuestraße zu den fliegenden Tripots, und ich, ich wieder zurück vom Grafenschloß ins Findelhaus.

Vielleicht ahnte ich schon, was mir bevorstand, als ich an jenem Abend den Zug nach Eberswalde bestieg, allein, da Fritz Goldener behauptet hatte, daß die Spielerei für ihn gestorben sei und er nicht in dem teuren Hotel bleiben, sondern in einem bescheidenen Zimmer einen neuen Anfang suchen wolle.

Nach einer langen Fahrt im ungeheizten Zug stand ich dann fröstelnd, das erschöpfte Gesicht in dem hochgestellten Fehkragen verborgen, in der Donlop-Allee vor meinem Haus mit dem verdorrten Rosenspalier unter einem käsigen Mond. Jetzt liebte ich dieses schon halb verlorene Dasein mit Mann und Kind und Haus und dem Mädchen Elisabeth Kubisch; ich erhob die Arme, als wollte ich alles, was ich besaß, an mein Herz ziehen, und lief im Dunkeln die Treppe hinauf durch die kalten Räume, in denen die Möbel stumm und still standen wie in einem Totenhaus. Das Haus war leer.

Doch zwei Straßen weiter in Käthe Lafontaines Villa Waldesruh schimmerte es golden aus den Salonfenstern; meine Mutter hatte mich erwartet, sie umarmte mich schon in der säulengetragenen Halle. ,,Kläuschen ist oben in meinem Schlafzimmer.'' Sie sprach in letzter Zeit kurzatmig, litt an Luftmangel, fliegender Hitze und hohem Blutdruck. ,,Dir habe ich das große Fremdenzimmer eingeräumt, das neben Poldis, ich hab das breite Bett reingestellt und einen Schreibtisch, wozu soll man Gas und Licht und Heizung in der Donlop-Villa bezahlen, das lohnt sich nicht für dich und Kläuschen, weil du ja nicht bei Fritz bleibst, du bist doch ein kluges Kind, bist erst zwanzig, da hast du noch das ganze Leben vor dir. Überleg mal, Fleurchen, man muß auch einmal an sich selber denken.''

Ich saß neben der Eingangstür auf einer Truhe und fühlte mein Herz schlagen, eine Trommel rief zum Kampfe. ,,Ich bleibe bei Fritz. Er ist doch mein Mann.''

,,Na und?'' Meine Mutter machte eine Bewegung, die mich erschreckte, weil sie an Demut gemahnte, an Ergebung, ja, an den Tod, der – ich fühlte es deutlich – während der ganzen Zeit unseres geflüsterten, geschluchzten Zwiegesprächs zugegen war, ganz nah bei Käthe Lafontaine. Tief beugte sie sich jetzt zu mir herab, als wolle sie sich vor meine Füße werfen, und murmelte in ihre vor dem Gesicht gefalteten Hände: ,,Mir geht's nicht gut, mir ist immer so komisch, laß mich nicht allein, bitte!'' Und leise wie ein Geständnis: ,,Ich hätte nie hierherkommen dürfen, ich habe Angst!''

Achtes Kapitel

Für Professor Bardekow besteht kein Zweifel, daß Käthe Lafontaine schon damals, im Winter 1920/21, an einer Angstneurose litt, die wohl nur der oberflächliche Beobachter – nämlich der Sanitätsrat Wollsiegel in Eberswalde – als klimakterisches Symptom ansprechen konnte, während Professor Bardekow diese Zustände als Todesangst erklärte oder auch als die biologische Angst eines auf Tat und Erfolg gestellten Daseins vor der Leere des Alterns. Wozu nach meiner Ansicht die Leere des großen Hauses in Eberswalde kam, das ihr mit seinem ganzen Gewicht auf der Seele lag, sowie das unabwendbar gefühlte Näherrücken neuen, unfaßbaren und unerkennbaren Unheils. Denn noch betäubt vom Getöse eines Weltumbruchs, noch bebend vom Donner der Kriegsmaschine, vernahm sie nun bis in ihre Stille das Geschrei des Nachkriegs, das allzu heilige Abrollen der Weltgeschichte – egalweg Weltgeschichte, wie mein Großvater Schnedderich sagte, der nunmehr von der Weltgeschichte nur verstand, daß seine gewohnte Welt unterging.

„Ein Leichenbegräbnis dritter Klasse", nannte er sogar, was doch vorerst nur ein schleichendes Siechtum, keineswegs aber die tödliche Krankheit der jungen Republik schien. „Und egalweg ein Kabinett nach 'm andern und egalweg eine neue Partei nach der andern, 'ne Volkspartei, 'ne Demokratische und 'ne Partei spezialmente für det bayrische Volk, und denn die janz Reaktionären, die Deutschnationalen ... Ick weeß nich, mir sind's zu ville, und mir isse zu jroß, die jroße Zeit. Liegt det nu an meine olle Oogen, oder bin ick schon so verschrumpelt – ick kann se gar nich mehr überblicken. Ick wundere mir bloß über meine Sozis! Wozu haben wir denn die Revolution jemacht? Bloß damit de Schrippen teurer werden und det Licht und det Jas? Ick trau mir gar nich den Jashahn uffzumachen, denn müßt ihr nämlich nachher det Jas bezahlen, und bei zwee Leichen wird det teuer. Amalie will nämlich mit, ihr isse ooch zu jroß, die jroße Zeit."

„Mir auch", sagte Eberhard Lafontaine, dem sowieso vieles zu groß und zu laut war, obwohl er über seinen Kreuzworträtseln kaum Gelegenheit hatte, besagte große Zeit so gut kennenzulernen, wie ich mit meinen jungen Jahren bereits die Ehre und das Vergnügen hatte.

Denn was da in den spiegelglänzend wiederauferstandenen Klubs am Kurfürstendamm, in den legalen und illegalen Tripots, in Hinterzimmern und ausgeräumten Schlafstuben, von Schleppern angelockt, vor dem grünen Tuch saß, die von Meisterhand gezinkten Karten in den dreckigen Fingern – das war die Zeit.

Eine böse, verworrene, verlorene Zeit, noch blutend von den Wunden des Krieges, noch schmutzig vom Straßendreck des Rückzuges, hungrig nach Brot und Erbarmen, dürstend nach Schnaps und Betäubung, gierig nach Ersatz für die verlorenen Jahre und für den Tod an unserer Seite.

Und wer da in den Hausfluren stand und den Schlepper machte – „Kleines Spielchen gefällig, der Herr?" – oder zierliche Päckchen eines schneeweißen oder auch Schnee genannten Pulvers verkaufte, wer hinter den Theken in den schwulen Lokalen giftige Liköre verhandelte, vielleicht auch in einer Seitenstraße, die Kanone in der Hand, eine Spielbank ausraubte, wer um Arbeit bettelte in den Arbeitsämtern, um ein Stück Brot für die Kinder zu Hause, wer sich mit anderen ebenso Hungrigen um eine Kippe auf dem Damm schlug, wer Buntmetall stahl und draußen beim Bauern die einzige warme Jacke gegen Eier tauschte oder auch sich selbst vertauschte, nämlich den Mann in der zerlumpten Soldatenuniform gegen den in den Landsknechtshosen irgendeiner zusammengelesenen, zusammengewürfelten Freischar des Baltikums – das waren die Heimkehrer. Und ihre Frauen, ihre Töchter ließen in den Nachtklubs ihre mageren Glieder auf den Tischen tanzen, nackt und bleich wie Totengerippe.

Wirklich schien es, als triebe in dieser Stadt Berlin der Nachholebedarf an Leben und Lust den Dreck einer Welt zu Blasen. Man mußte schon so jung sein, wie ich es damals war, um mit Glaube, Liebe und Hoffnung gegen diesen alles mit sich reißenden Sog in die Tiefe anzugehen.

Ich tat es. Ich kämpfte, litt, und wenn es jetzt nach Professor Bardekows anerkannter Neurosenlehre ginge, so litt ich an Schuldgefühlen, obwohl ich eigentlich nur äußerlich in der Villa meiner Mutter auf Perserteppichen wohnte, deren sie genug besaß, um Poldis und mein Zimmer damit zu schmücken. Innerlich aber zersorgte ich mich um den armen Fischi, der in dem großen hartherzigen Berlin saß, und zwar immer noch im Hotel Fürstenhof bei dem unqualifizierbaren Kellner ohne Frühstück.

Dorthin trug ich heimlich meine und Poldis Spargroschen; trug auch zu Onkel Pete, dem Leihhaus in der Friedrichstraße, die Sechshundert-Mark-Goldtasche, ging heimlich in mein so schmählich verlassenes Haus in der Donlop-Allee, weidete es aus, wühlte schluchzend im Bücherschrank, packte den Kinderwagen bis oben hin voll mit meinen geringen Schätzen, und Poldi fuhr ihn durch die staunende Stadt zum Antiquar – der gute Poldi, eingesponnen in seine Spielereien mit Lehm und Farben, aber jederzeit bereit, seine Kunstmappen zu verkaufen und die paar Piepen dem Schwager in den Rachen zu werfen.

Von dem sprach Poldi wie ein Vater von seinem verlorenen Sohn: „Daß der Alte sich gar nicht schämt! Sitzt da in seinem stinkigen Klub oder pennt in seiner stinkigen Hotelbude, grade jetzt, wo doch was anfängt! Ich habe jeden Tag Versammlung, wir machen 'ne Schülerzeitung und bei der Neuwahl für den Schülerrat laß ich mich aufstellen, der Geschichtslehrer muß weg, so eine verkalkte Tüte, schließlich haben wir jetzt eine

Republik, und Fritz hat doch mal die Revolution in Eberswalde gemacht.“

„Er hat auch die Deutsche Demokratische Partei in Eberswalde mit begründet, ich war dabei, wir haben uns alle getroffen im Weißen Hirsch, und der Apotheker Winnicke hat den Vorsitz gehabt. Dann haben sie so was gemacht wie 'ne konstituierende Versammlung, und wir sind alle Mitglieder geworden. Fritz hat sogar, glaube ich, noch ein Amt gekriegt, Kassenwart oder so.“

„Ausgerechnet karierte Maiglöckchen!“ Poldi freute sich. „Das ist genau das richtige für Fischi. Nee, Fleur, tut mir leid, aber glaubst du denn, daß er noch zu retten ist? Du brauchst ihn doch auch nicht. Den Jungen hast du, das Kläuschen, Mama und Papa spielen sowieso mit ihm verrückt, und Fischi... Schreib ihn ab, Mädchen, hör auf deinen alten weisen Bruder!“

„Er ist doch mein Mann“, sagte ich lahm, aber ich wußte schon damals, daß es noch andere Männer gab, vielleicht schönere, sicher bessere.

Da war bei Aline Eden in Berlin am Schöneberger Ufer einer aufgetaucht, ein gewisser Reinhard Bumke, für den sie nach ihrer vertraulichen Mitteilung sogar ihren Major stehenlassen würde, so schön und so jung war Herr Bumke, aus allerfeinster, allerreichster süddeutscher Bankiersfamilie und also mit seinen vierundzwanzig Jahren durchaus in der Lage, den Ansprüchen einer verwöhnten Frau zu genügen. „Womit ich aber nicht dich meine“, hatte sie dabei freundlich und wohl zur Vorsicht gesagt, während wir auf den türkischen Taburetts beim türkischen Kaffee saßen. „Ich gönn dir gewiß alles, Liebling, aber den würde ich mir gerne als steuerfreie Notenreserve beiseite legen. Er ist der Knabe an der Quelle und kriegt die Dollars direkt von der New Yorker Börse. Wenn die Mark weiter so fällt...“

„Ach nein“, sagte ich, „fällt die Mark wirklich? Und zahlen darum die Leute jetzt so viel für Mamas alte Klamotten? Sie sagt, sie nimmt die Gelegenheit wahr, das tut sie ja immer.“

„Du auch.“ Aline drohte mir leicht mit dem Finger ihrer schlanken ungeschmückten Hand: dreihundertsechzig echte Perlen um den Hals genügten. „Den behalt ich mir selber, wenn er will. Und wie ich mich kenne, will er.“

Und dann war da näher, nämlich in Eberswalde, und somit greifbar der junge Graf Ehrendorf, ein Österreicher mit italienischen Glutaugen, blankschwarzen Haaren und Nerzfutter im Gehpelz. Den hatte Käthe Lafontaine im Kino aufgegabelt und nachher auf einen Kaffee mitgenommen in ihren prunkvollen Salon, in dessen Spiegelwand er verstohlen ihren zerrissenen Jackenärmel gewahrte. Dennoch und trotz des verdächtig löchrigen Glanzes – er blieb, kam wieder, fiel in Liebe wie in ein Honigfaß, klebte, zappelte, strampelte sich das Herz aus dem Leib nach mir, die ich ihm nicht mehr gab als den Kuß im Hausflur, das Knieschubbern unter dem Tisch.

Ich hatte ein Kind, dessen Besitz ich nicht gefährden durfte, und obwohl der Graf schwor, jeden Meineid zu leisten, sofern ich ihm Grund gäbe, meineidig des größten, ersehntesten Glükkes zu werden, beschränkte ich mich darauf, das Feuer unter dem Kessel zu halten, in dem wir schmorten, nachts bei gedämpftem Licht auf der Chaiselongue unter den Butzenfensterscheiben des Salons. Vorsichtig. Denn Fritz Goldener kam öfter mal von Berlin herüber, hatte wachsame Augen, sagte, wenn er mich wieder einmal ins Bett gezwungen hatte: „Du, vergiß nicht, daß du meine Frau bist! Das bleibt so, immer und ewig! Ich liebe dich, ich kann nicht ohne dich leben und werde auch nicht ohne dich leben!“

Bei dem nächsten Familienrat in der Villa Waldesruh erklärte mir Onkel Jean-Louis: „Spielen ist kein Scheidungsgrund. Glaub mir, ich bin sachverständig, nicht weil ich so oft geschieden, sondern weil ich bisher überhaupt nicht geschieden wurde. Und du, mein armes holdes Blumenkind, wirst auch nicht geschieden. Der einzige gültige Grund wäre, daß er dich und das Kind durch sein Spielen nicht standesgemäß ernähren kann. Wie aber willst du das beweisen, wenn du nicht zu ihm zurückkehrst? Daher wäre es am besten, wenn er dich nachweisbar schwer mißhandeln würde. Dann aber – mit der Hundepeitsche würde ich ihn erschlagen! Das hätte ich schon damals bei deinem südamerikanischen Verführer tun sollen! Aber jetzt werde ich ... ich werde Fritz Goldener die Pistole auf die Brust setzen, die geladene, hier.''

Und wirklich, er zog die Pistole, indem er schreiend verlangte, daß auch das Schnäuzchen sich schußbereit mache, und ließ sich erst entwaffnen, als Käthe Lafontaine, die Hand auf dem Herzen, ungesund errötend und befremdend sanft, um Ruhe bat. „Ihr wißt doch, ich bin nicht so ganz in Ordnung, was das ist, begreift kein Mensch, die Ärzte sind ja sowieso alle dußlig, aber Aufregungen, nein, mir war ja Fritz immer sehr sympathisch, wie ist es, Fleurchen, willst du denn nicht noch mal ...?''

„Boß nicht!'' Mein Vater hatte sich auf seine wehen Füße erhoben. „Boß nicht noch mal, Käthe! Das Kind hat genug mitgemacht, und wir sind nicht ganz schuldlos, ich nicht, boß, daß man eben nie Zeit gehabt hat.''

„Es heißt bloß'', verbesserte wieder einmal meine Mutter, und mein Vater rollte die schwarzen Augen auf Kainzsche Art und stotterte entschieden: „Je ... jetzt werde ich ...''

„Was wirst du?'' Onkel Jean-Louis steckte enttäuscht den Revolver ein. „Das einzige, was unser Fleurchen braucht, ist ein Scheidungsgrund, und den kannst du ihr bestimmt nicht besorgen.''

„Vie ... vielleicht doch'', sagte Eberhard nur. Aber er sagte es, den nunmehr graugelockten Kopf so stolz erhoben wie in der Zeit seines Ruhmes, da die Verkäuferinnen bei Wertheim im Feuer seiner Strahlenblicke dahinschmolzen – ach, er hatte die Seele eines Lammes und das Herz eines Löwen und begab sich solcherart gerüstet auf den Kriegspfad. Dieser – ein Leidenspfad, wenn man meinem Vater glauben will – begann an einem Sommertage des Jahres 1921 im Artistencafé International in der Friedrichstraße zu Berlin, wo er von den früheren

Kollegen mit Erstaunen empfangen wurde. „Na, Lafontaine, oller Laubenpieper, du willst doch nicht wieder tingeln?"

Zwar brachte er zuerst von diesen Kundschaftergängen nur Klatsch und Tratsch aus der Artistenwelt mit nach Eberswalde, dann jedoch als recht angenehm handgreifliche Beute Florena Blaschke, Texas-Bills Ehefrau und Partnerin – vermutlich als liebevolle Überraschung für Käthe Lafontaine gedacht. Der konnte das große Haus ja nicht voll genug werden, obwohl nun Kläuschen und ich, die Knaben Mato und Vlasko im Gefolge ihres Anführers Poldi das Souterrain bevölkerten nebst zwei Dienstboten, einer dicken Blonden und der bewährten Elisabeth Kubisch.

Aber der Salon war leer geblieben; selbst die lahme Ente mit dem Strickzeug klagte über Einsamkeit. Und da Käthe Lafontaine schon aus Gewohnheit keine feineren Unterschiede machte, auch in der Schlammflut der Nachkriegsjahre jeder sich im Dreck zu halten suchte, ohne nach Herkunft und Art des Haltes zu fragen, empfing sie Texas-Bill und Schuster-Paul wenn auch wieder einmal in der löchrigen Wolljacke, so doch mit offenen Armen. Denn gehörten nicht auch sie zu den Beobachtern, die auf der Suche nach einem gediegenen Scheidungsgrund Fritz Goldeners Abwegen nachgehen sollten, um ihn in Eberhards Spionagenetz zu fangen? Sofern es sich bei diesem Besuch des munteren Künstlervölkchens in der Eberswalder Prunkvilla nicht eher um einen Erholungsurlaub von ihrer wahrhaft anstrengenden Tätigkeit handelte.

So erklärte Florena Blaschke freimütig, daß sie Texas-Bills Lassoschwingen und das Geschmeiße mit dem Tomahawk um ihren wohlgeformten Körper satt habe! Auch Texas-Bill brachte von seinem letzten Drehtag in den Rüdersdorfer Kalkbergen als „Pancho, der mutige Cowboy" die beste Ferienlaune mit, zwei Flaschen fast echten Whisky und einen unerschöpflichen Vorrat heiterer Anekdoten um die Gestalt seines Freundes Schuster-Paul, von dem man damals in einschlägigen Kreisen nicht genug zu reden und zu rühmen wußte.

Denn war es nicht Schuster-Paul gewesen, der mit nur zwei Mann und einem – übrigens ungeladenen – Revolver einen Spielklub in der Meineckestraße ausgehoben hatte, zwei Minuten bevor die Bullen vom Glücksspieldezernat ihre Hände auf den geldgepflasterten Ekartétisch legen konnten? War nicht die Meisterschaft zu bewundern, mit der er anläßlich der sagenhaften Hochzeit von Florena und Texas-Bill einen genau zu ihrer Einrichtung passenden zwölfarmigen Kronleuchter in einer Grunewaldvilla ab- und in ihrem Eßzimmer aufgehängt hatte? Wie er überhaupt – ein neuer Robin Hood – den Reichen nähme und den Armen gäbe, ja dies bis zur Selbstentäußerung und einer daher gern angenommenen Einladung zu den Eberswalder Fleischtöpfen.

Damit erlebte die Einundzwanzigzimmervilla in Eberswalde eine neue, nein, eigentlich ihre erste Blüte. Gewiß eine Scheinblüte ähnlich der verdächtigen, jedoch kleidsamen Wangenröte, die Käthe Lafontaine in ihren beschwerlichen Wechseljahren der jungen Frau mit der Schwanenfedertoque ähnlich werden ließ. Schuster-Paul wenigstens behauptete es.

„Eine bewundernswerte Dame, ihre Frau Mama", sagte er, lässig in den Rohrsessel des Wintergartens gelehnt, ein drahtiger kleiner Herr mit spöttischem Gaunerblick unterm lackschwarzen Scheitel und einem schmallippigen, auch das Gewagteste mit Gleichmut aussprechenden Mund. „Ihr Herr Gemahl hat mir bereits von ihr erzählt, eine großartige Frau."

„Sie kennen meinen Mann?"

„Den Doktor? Den Doktor kennt jeder, ein Kerl wie Samt und Seide, nur das Zocken sollte er lassen, den Brüdern ist er nicht gewachsen."

„Er läßt es aber nicht."

„Na ja, ihm macht's Spaß, und wenn er erst mal gelernt hat, wie man einen Schlitten richtig packt, wird's ihm auch was einbringen."

Ich war empört, aber Schuster-Paul grinste über sein mageres Gesicht und erklärte auch mich für eine großartige Frau, die aber nach allem Erlebten, nach Krieg und Revolution, bürgerlichen Vorurteilen entwachsen sein sollte.

„Komm her, ich sag dir was, komm her." Er griff nach mir, ich bog mich zurück vor seiner kleinen beweglichen Spielerhand, gekitzelt und kichernd, obwohl ich mich fürchtete. Und Schuster-Paul sagte lächelnd: „Also, Sie haben Angst? Vor mir? Das ist lustig und erfreut mein Herz, doch ich bedauere: Ich mache mir nichts aus anständigen Frauen. Die tun bloß so, wie sie es in ihrer verstunkenen Spießerwelt gelernt haben: Man darf seinen Mann nicht betrügen und man darf keine silbernen Löffel stehlen. Warum eigentlich nicht? Stehlen Sie doch mal ein paar silberne Löffel, oder gehen Sie mal mit einem anderen Mann schlafen, Ihr Fischi ist ja nicht da, mit mir zum Beispiel, wenn ich mich auch nicht um die Arbeit reiße. Hemmungen ausräumen ist wie Unkraut jäten, das wächst immer wieder nach. Aber ich würde mich opfern."

„Danke", sagte ich. „Ich möchte Sie nicht bemühen."

„Ich weiß, Sie bemühen lieber Ihren dünnen Grafen, aber das wird eine Pleite, ich sage es Ihnen vorher. Oder nachher!"

„Nicht vorher und nicht nachher. Leider."

„Na also, endlich das erste ehrliche Wort aus Ihrem schönen, übrigens noch völlig unerweckten Munde! Und warum leider nein? Weil Sie nichts riskieren wollen! Wie gesagt, ich kann die anständigen Frauen nicht leiden. Alles bloß Angst und schlechtes Gewissen. Sie machen sich in die Hosen, bevor sie sie ausziehen, und das nennen sie Anstand."

Und mit dieser verblüffenden Feststellung eines Mannes, der vermutlich über einschlägige Erfahrungen verfügte, begann vor dreißig Jahren, was Professor Bardekow nun mit einer ganzen Bibliothek Freudscher, Adlerscher, Pawlowscher und sonstiger Erkenntnisse zu vollenden versucht: meine moralische Erziehung.

Schuster-Paul fuhr zwei Tage später ab, nachdem er zu Käthe Lafontaines Bedauern sein Einstandsgeschenk – eine Kristallvase unbekannter Herkunft – nicht annähernd abgegessen hatte. Die anderen blieben an unserem Eßtisch und vermehrten sich um eine Person, deren zugleich lächerlicher und rührender Gestalt ich mit Zärtlichkeit gedenke.

Da stand er, der bärtige Alte, bepackt mit Stativen, Apparaten, Bündeln und Paketen, ließ sich erschöpft auf die nächste Truhe nieder – falsche Renaissance mit Säulchen – und verkündete: „Jetzt jeht's los! Wir machen Filme, und wat für welche! Wär ja jelacht, wenn der alte Schnedderich nich können täte, was die Brüder in Hollywood können! Ick bin der Zeit immer voranjeloofen – manchmal ooch hintennach: Det Telefon haben sie ohne meine jeschätzte Mitwirkung erfunden und nun ooch det Radio, ick weeß nich, warum ick nich draufjekommen bin. Und ooch auf die Sache mit de Relativität, is doch janz einfach, ick hab immer jewußt: allens is relativ. Aber beim Film können sie's nicht ohne mir machen. Da muß ick ran, die Zeit und ihr Fortschritt brauchen mir, weil der Film nämlich allet kann, laut sein und bunt sein, und – paßt uff, wat ick euch sage – stinken kann der eines Tages ooch!"

„Sittenfilme!" schlug Texas-Bill begeistert vor, denn es war die Zeit der Sitten- und Aufklärungsfilme.

„Nee", sagte Eberhard, der bereits den Apparat auf den Schultern hatte, „so 'ne Animierfilme kommen mir nicht ins Haus! Es gibt schließlich noch andere Sachen, Heimat und Liebe und wie einer zurückkommt aus der Fremde, da kann Bill seine Cowboyhosen anziehen."

Ob Gustav Schnedderich mit diesem Unternehmen, es hieß wiederum Fortschritt, sich noch einmal auf die Beine helfen wollte oder ob Käthe Lafontaine dieserart den Wettlauf mit der jetzt so schnell fallenden Mark begann – ich weiß nur, daß Gustav Schnedderich glaubte, einer neuen millionenträchtigen Erfindung auf der Spur zu sein.

„Det Tri-Ergon-Verfahren is det, wo der tönende Film seine Wurzeln hat", sagte er, „und ooch meine Lichttonerfindung von dunnemals, bloß det ick se nich auswerten konnte wegen Käthchens Sparsamkeit. Die Tri-Ergoner basteln schon 'ne

Weile in 'nem leeren Blumenladen in de Babelsberger Straße mit Elektronenröhre und Glimmlichtlampe rum, und da könnt ick doch hier 'n bißken dran experimentieren."

„Ja, damit du mir alle Birnen durchknallst", sagte Käthe Lafontaine.

Und wirklich: Gustav Schnedderich knallte alle Birnen durch, Villa Waldesruh versank für den Abend in Finsternis, und Opa Schnedderich erklärte das Experiment für beendet. „Sehr jejen meine Überzeugung, denn ick spür et im Urin: Der Tonfilm kommt! Bloß det ick wieder mal zu früh dran bin, na schön, legen wir's solange dahin, und machen wir's ohne allens! Sonne haben wir jratis, und Künstler haben wir ooch, also rin int Vergnügen!"

Dieses recht merkwürdige Vergnügen bestand darin, daß wir im Garten der Villa Waldesruh einen Film anzufertigen versuchten, in dem ein stummer Cowboy seinem stummen Liebchen seine Liebe gesteht, erfolglos, weil der stumme Vater des Mädchens ihn mit einem ebenfalls stummen Gewehr aus dem Hause schießt – in unserem Falle notgedrungenermaßen aus dem sonnenhellen Garten –, bis Gustav Schnedderich kleinlaut verkündete, daß er den Film verkehrt herum eingelegt habe.

„Ick kann et nich, ick kann et nich", schluchzte er, ein Kind mit schlohweißem Bart, in den die Tränen liefen. „Nee, Käthchen, red nich, ick hab nie wat richtig jekonnt. Aber det kommt, weil man eben ohne Kapital in die kapitalistische Gesellschaft nischt werden kann, det is doch lorisch."

Gustav Schnedderich sagte „lorisch" wie sein Sohn, dessen schwarz umschminktes Auge düster in die Zukunft blickte. Vater Eberhard sah keine Erfolgs- und schon gar keine Absatzmöglichkeiten. Auch war Rohfilm schwer zu haben,mit fallender Mark noch schwerer zu bezahlen, und so löste Käthe Lafontaine die Filmgesellschaft Fortschritt auf. Sie tat es in einer kurzatmig gehaltenen Rede, wie gewöhnlich ohne Punkt und Komma: „Ich weiß selber nicht, früher konnte ich anfangen, was ich wollte, alles ging, aber jetzt ... es liegt wohl daran, daß Kino nicht so ganz meine Branche ist, und mit dem Tonfilm wird's sowieso nichts, wer will denn so einen Lärm, da wär besser etwas, wo Eberhard seine Conférencen machen könnte und Bill seine Lassonummer und Fleurchen, wozu hast du die schönen Beine, ich könnte, ja natürlich, ich könnte an die Kasse, aber ich weiß nicht – Eberhard, wie steht denn der Dollar heute?"

Eberhard zuckte die Achseln, Texas-Bill gab eine astronomische Zahl an, die ihm niemand glaubte – sehr zu Unrecht –, jedoch Poldi wußte, wie die Mark stand: „Schlecht, schlechter, am schlechtesten" – was übrigens erst der Anfang war, es sollte bedeutend schlimmer kommen –, „und ich sage euch, Deutschland befindet sich in Gefahr, die Republik befindet sich in Gefahr und übrigens auch ich. Sie haben mich satt, hat der Direx gesagt, schon 'ne ganze Weile, seit Fleur und ich am Ersten Mai mit der Demonstration gegangen sind, was unser gutes Recht ist. Statt meine Zeit auf der Penne zu hocken, geh ich lieber nach Berlin auf die Kunstgewerbeschule und werde Maler oder Bildhauer."

Käthe Lafontaine nahm keine rechte Stellung zu den Plänen, die sicher schon längere Zeit im Kopf ihres Sohnes und, soweit sie die Rückkehr nach Berlin betrafen, vielleicht auch in ihrem Kopf reiften, während Eberhard trübe sagte: „Dann wirst du wohl auch nicht hierbleiben wollen, Käthchen, und ich ... Eigentlich könnte ich dann endlich in ein Kloster gehen."

„Und was mache ich?" Kläuschen auf meinem Arm begann zu weinen, denn ich zitterte so, daß er mitzittern mußte. „Ich müßte mal was tun, was Richtiges, aber ich habe ja nichts gelernt, nur schreiben ..."

„Schreiben kannst du nebenbei", erklärte Mama, „wir müssen wieder Geld verdienen, ich hab doch jetzt keine Einkünfte mehr und träume schon von Dollars, früher habe ich von Mark geträumt."

Weil Käthe Lafontaine von Dollars träumte anstatt von Mark; weil ich einmal, in rosa Schleier gehüllt, bei der Sacchetto lebende Bilder gestellt hatte; weil Eberhards Conférencen seit zehn Jahren zwar ungenutzt, aber gut abgelagert vorhanden waren, kam es zur Gründung der Märkischen Wanderbühne. Mit der versprachen wir laut Voranzeige im Eberswalder Stadt- und Landboten das kulturelle Leben des Kreises zu heben; indem wir auf den Bretterbühnen der Tanzsäle unter den Papierblumen vom letzten Ball der Freiwilligen Feuerwehr zeigten, was wir konnten: Texas-Bills trickreiche Kunstfertigkeit, Florenas bis zum Einschlafen geübte Stillhaltetechnik, Eberhards leicht gestotterte Vorkriegswitze und mein Gehüpfe nach dem Donauwellenwalzer.

Wirklich füllten sich die Säle mit Menschen, Rauch, Dunst und Lärm. Käthe Lafontaine, in ihrer alten Wolljacke an der Kasse sitzend, nahm Haufen zerknüllter Markscheine ein, die unbegreiflicherweise schon eine Woche später nicht mehr die Ausgaben für Fahrt, Saalmiete und warmes Abendbrot deckten.

„Es lohnt sich nicht mehr", sagte Texas-Bill, der, blond, gut gewachsen, seine Anziehungskraft auf das weibliche Publikum auch an größere Unternehmen verkaufen konnte. „Wir bezahlen die Kohlen, der Wirt verbraucht sie für sich, ich erfrier mir die Pfoten, und Fleurchen müßte Wollhosen unter den Schleiern tragen."

Am nächsten Morgen war Texas-Bill verschwunden, mit der Gage und ohne Florena, die, wie sich nun herausstellte, zwar richtig, aber mit einem anderen, einem Bäckermeister in Halle, verheiratet war.

Damit hatte sich die Märkische Wanderbühne von selbst aufgelöst, und wie damals, als sich die Tür der Bütowschen Fabrik vor Fritz Goldener schloß, eröffneten sich mir nun endlich die Welt – eine Welt, die des Krieges blutige Vergangenheit vergessen wollte – und eine Stadt, an deren Säulen die Knochenfinger des Todes mahnten: „Besinne dich, Berlin! Halt ein! Dein Tänzer ist der Tod!"

Da ich ängstlich bin, ein anankastischer Typ nach Professor

Bardekow, begnügte ich mich vorerst mit kurzen Gastrollen in Aline Edens Tiergartenwohnung, besuchte die Lepke-Versteigerungen, die Vorstellungen in Reinhardts Deutschem Theater und eine Diskussion über den Vertrag von Rapallo: ein Russe mit dem hübschen Namen Tschitscherin hatte ihn mit dem Außenminister Rathenau gerade am Ostersonntag unterzeichnet.

Wir feierten dieses Ereignis, obwohl im allgemeinen wenig Grund zum Feiern bestand: Die Mark fiel langsam, aber sicher, ein Dollar kostete bereits tausend Mark, und Aline Eden trug um den schlanken Hals ein Millionenvermögen in Form der dreihundertsechzig Perlen, die so hübsch zu ihren Perlzähnchen paßten. In ihrem schwarzen Kostüm mit den weißen Börtchen, dem kleinen Herrenhütchen auf dem goldblonden Haar, einen schwarzen Halbschleier über der feinen Nase, stellte sie erfolgreich eine Dame aus gutem Hause dar, die ihr Erbe von Meißner Porzellan verzehrte und in guten Häusern verkehrte, so in Eberswalde bei den Lafontaines, einer alten hugenottischen Bankiersfamilie, und – etwas weniger öffentlich – in den schwulen Kneipen am Lützowplatz oder im Toppkeller unter der Fahne des Ringvereins Glaube, Liebe, Hoffnung.

Ein munteres Leben, eben das Leben dieser Zeit, die doch nicht anders sein konnte nach vier Jahren Blut und Mord: ein stinkender, nach allem Morast seines Grundes stinkender Tümpel, in den man sich nur stürzen konnte, Unrat im Munde, um zu ersaufen. Dennoch sagte ich, wenn Aline Eden mir Vorhaltungen machte:

„Ich tu wirklich nichts Böses, wenn der Graf Ehrendorf mich ausführt zu Nelson oder ins Palais de Danse, ich lass' ihn nachher weiterfahren, allein, leider!" – ach, die geschlossene Droschke nachts entlang der schwarzen Kanalschlünde des Tiergartens, das Flüstern an meinem Ohr: „Komm mit, nur einmal, ein einziges Mal!" …

„Und Bumke, was ist mit dem?" Aline zeigte lächelnd die Zähne, klein, weiß, hart.

„Was soll sein? Das ist doch deiner, die steuerfreie Notenreserve."

„Paß bloß auf, Fleurchen, daß er nicht mal aus Versehen deiner wird."

„Ich pass' schon auf, nein, ich mach nichts. Dazu habe ich viel zuviel Angst, schon wegen Kläuschen." Ich seufzte. „Wenn Fritz so was spitzkriegt, bin ich das Kind los."

„Liebst du es denn so sehr?" fragte Aline, und ich erwiderte nach einigem Nachdenken: „Ich glaube, mehr als mich selbst. Der Junge ist das, was ich... was ich gekonnt habe, das einzig Wirkliche. Wenn er nicht leben würde, warum sollte ich dann leben?"

„Du bist eine Egoistin, aber ... alle Menschen sind Egoisten", sagte die kluge Aline, „und ich versteh dich schon irgendwie. Man ist nicht so allein, wenn man liebt."

Dennoch: Ich war allein, in meine Einsamkeit eingesperrt wie in einen Käfig. In der Villa Waldesruh war es still geworden. Graf Ehrendorf war vorzeitig und nach seiner Behauptung gebrochenen Herzens in seine österreichische Heimat zurückgekehrt. Die Kriegskinder Vlasko und Mato hatten das gleiche getan, nachdem ein serbischer Schweinezüchter-Onkel sie ausgelöst hatte, nicht ganz so großzügig wie erwartet, und sie sich verabschiedet hatten, nicht ganz so zärtlich wie verdient. Ach, Käthe Lafontaine erwarb so schwer Liebe und so leicht Geld – das sie übrigens in diesen Jahren noch leichter verlor. Und gleich vielen meiner Zeitgenossen nahm sie Inflation und Entwertung mit Gleichmut hin – wie einige Jahrtausende früher unsere Urahnen die alles vernichtende, aber doch vielleicht mit Hilfe eines gewissen Noah und seiner Arche listigerweise zu überlebende Sintflut. Falls sie sich nicht, wie Poldi und ich es taten, mit der schillernden Oberfläche tröstete, die uns noch Jahre später das Märchen aus den tausendundeinen Berliner Nächten voller Leben, Betrieb und falschem Glanz vorspiegelte. Besonders Poldi konnte nicht vergessen, was sich ihm wohl im nachhinein als die Heldentaten seiner Jugend, ja, als diese seine Jugend schlechthin darstellte. Denn was war das Rauschen der Ozeane gegen das Droschkengeratter auf dem Stuttgarter Platz? Was der Duft sizilianischer Limonenhaine gegen den betäubenden Benzingestank in der Friedrichstraße? ,,Und was, ich frage dich, Fleur, sei ehrlich, was ist so ein dalmatinischer Sonnenuntergang gegen dieses tolle Lichtgefunkel an der Kaiser-Wilhelm-Gedächtniskirche, wo über dem UFA-Palast in Leuchtbuchstaben stand: ,Protos Staubsauger', und ich immer sagte: ,Wenn ich mit Vornamen Protos hieße, würde ich gerne mit Nachnamen Staubsauger heißen', weißt du noch?''

Ich wußte es, denn wo immer wir auch waren, in welchem Lande, in welcher Trattoria, in welcher Gostionica, welchem Bistro und welchem Saftladen, ob in Wien, in Dalmatien oder in Italien, ob es der weiße Frascati am weinbekleckssten Holztisch in der Via dell' Oca war, den wir schuldig blieben, oder der ebenso unbezahlbare Chianti in Florenz – nach dem vierten oder fünften Glas brach Poldi in sein kicherndes Lachen aus: ,,Du kannst jetzt denken, daß ich blau bin, was nicht stimmt, da ich ein mäßiger Mensch bin, dennoch behaupte ich feierlich: Rom, London oder New York – geschenkt! Aber Berlin damals – eine Wucht, eine Wolke!''

Wobei er aufstand, um sich eines seiner vielen kleinen Gläschen zu holen, weil ihm nämlich die kleinen Weinmännerchen schon wieder den Wein ausgetrunken hatten, ebenso wie die kleinen Streichholzmännerchen ihm ständig die Streichhölzer entführten oder die Bleistiftmännerchen die Bleistifte – stand auf, so wie er auch in Korčula mitten im Gespräch aufzustehen pflegte, um sich bei Šor Ivo neu einzudecken; Šor Ivo war der, der nächtens in den Bergen Schakale jagte und später die Nazisoldaten, sogar mit dem gleichen, tagsüber in der Macchia versteckten Gewehr, nur daß die Deutschen nicht so laut heulten wie die Schakale. Poldi also holte sich seinen Wein von den großen Weinfässern, hinter denen die Partisanen ihre Nachrichten versteckten, und sagte mit seiner noch immer etwas hohen Jungenstimme in die Weinpfützen hinab, die seine sanften Augen spiegelten: „Weißt du noch, damals 1922 in Berlin, wie wir in der Lützowstraße das Atelier hatten, wir vier: Dietrich der Dichter, Dietrich der Maler, Dietrich das Schwein und ich, und wie wir dem Bilderhändler in der Leipziger Straße Bilder nach Metern malten – Försterköpfe, weintrinkende Pfaffen – und die Braut von dem Maler Dietrich, die Dietrichine, pikkende Hühnerchen? Fünf Treppen hoch war die Bude, ohne Fahrstuhl, dafür das Klo auf 'm Hof, aber Bodenkammern, lauter Bodenkammern, voll von Klamotten und Gerümpel und Alteisen. Alteisen! Toll, einfach toll! Und gegenüber, direkt gegenüber war Sturm, der kleine Bucklige in dem Altwarenkeller. Na, wir gingen natürlich ran wie Hektor an die Buletten, ran an die alten Öfen, die da standen, und rissen ihnen die metallenen Eingeweide raus, und jeden Tag, abends, wenn's dunkel war, bummerten wir drüben an die Kellertür: ‚Sturm, Sie müssen!' Und Sturm mußte und kaufte kaputte Nachttöpfe, eiserne Bettstellen, Ofenroste, und ich glaube, wir wären verhungert, wenn Sturm nicht gemußt hätte. Halb erfroren waren wir sowieso, Dietrich das Schwein hatte bloß noch den Frack von seinem gefallenen Vater, damit ging er auf die Straße und als trauernder Witwer mit Zylinder und Trauerflor auf den Kunstgewerbeball Ultrawahuba; dort tanzten wir, bis wir umfielen, weil wir nichts im Magen hatten. Zuletzt pennte ich in der Kohlenkiste, bis wir damit ein Lagerfeuer machten, mitten im Atelier, im hohen Bogen rausflogen und wir zum Abschied in die Blumentöpfe pinkelten. Ach, Fleurchen, es war 'n tolles Ding, damals in Berlin!"

„Für dich", sagte ich dann, „oder für uns, weil wir jung waren. Aber die anderen? Die Schüttler auf dem kalten Boden an der Hauswand?"

„Und die Schlepper", fuhr Poldi fort, „weißt du noch, das verkommene Karlchen, das für den Toppkeller schleppte, ja, der aus dem Ringverein, und Anita Berber, die bis an den Kragenknopf voll Koks nackt tanzte. Und die Kokserei überhaupt! In den Lokalen auf dem Kurfürstendamm spritzten sich die Damen durch die Spitzenhosen, und dann die Sache mit Lilli und den abgeschraubten Klinken in meinem Atelier.''

,,Nicht!'' bat ich, sogar noch zwanzig Jahre später in Korčula, aber jedesmal erzählte Poldi weiter. Zwar nicht das Schlimmste, aber doch das Zweitschlimmste, nämlich das, was aus dem Schlimmsten entstanden war.

,,Ich glaube, damals hat's angefangen. Damals habe ich mich drei Tage lang besoffen, noch dazu mit Wermut, du wirst lachen, bloß weil der Wermut-Onkel noch pumpte. Lilli war eine so süße Frau, und sie war meine erste Liebe. Sag mir, Fleur, warum waren sie alle verrückt, alle um uns und wir selber auch?''

,,Weil die Zeit verrückt war'', entgegnete ich, geistig etwas weggetreten: draußen in der Macchia schoß es wieder! Eigentlich hatte es in unserer Zeit meistens geschossen. Zuerst im Krieg, dann im Nachkrieg oder Bürgerkrieg in Berlin auf der Straße, dann bei den Saalschlachten mit den Nazis und dann wieder im Krieg, und wir, Poldi, Philipp und ich, immer so nah dran wie hier in Korčula, wo wir nachts die Mündungsfeuer an unseren Fenstern vorbeiflattern sahen. ,,Weil die Zeit jung war. Denn die Zeit, die wir meinen, hatte 1914 angefangen, und so um zwanzig rum kam sie gerade in die Pubertät und überschlug sich beinah vor jugendlichem Übermut, wollte nun wirklich was werden, vielleicht was Neues und Besseres. Aber da war sie schon verraten und verkauft, verkorkst und verkokst, und wir waren es eben auch. Wir hatten nichts anderes gelernt, als daß man sich durch den Dreck irgendwie durchschlängeln mußte. Gewiß, wir waren für das Neue, aber wir wußten nicht, was das Neue ist, und von dem Alten wußten wir auch nicht mehr als das, was wir in der Schule gehabt hatten: ‚Ein feste Burg ist unser Gott' und ‚Heul dir im Siegerkranz, du hohe Wonnegans', ja, Poldi, so hast du's mit sechs Jahren gesungen. Moral und Sitte unserer Vorväter, das galt alles nichts mehr. Und das Geld schon gar nicht. Weißt du noch: 1922 im August, da ging's richtig los mit der Inflation und ..."

„1922 wurde die UdSSR gegründet", unterbrach mich Philipp und begann wieder einmal wesentlich zu werden, wie er es nannte, wenn er uns während unserer langen Nächte in der Küche in Korčula seine lichtvollen politischen Vorträge hielt. Diesmal wohl über die Gründe der Inflation, die Reparationen und die internationale Verschuldung auf dem Rücken des kleinen Mannes, Philipp konnte es nicht lassen.

Worauf ich mit leichtem Vorwurf fragte, ob auch das lustig gewesen wäre, der Wettlauf mit der Mark im Jahre dreiundzwanzig. „Denn um halb zwölf, wenn bis dahin der Junggeselle die Honorare nicht auszahlte ..."

„Ach, der selige Junggeselle, so ein Mistblatt, so ein richtiges niederträchtiges Nachkriegsprodukt, und dabei doch so gut gemacht! Denn es waren lauter gute Leute, die da für das gute Geld vom alten Neddelwitz schrieben, malten und dichteten ..."

„Ja, und der Himmel verzeih mir, es waren meine ersten Liebesgedichte und so schwül, daß man damit heizen konnte, was ich aber leider nicht tat, sondern ich dichtete mir damit meine täglichen Brötchen zusammen. Mittags um halb zwölf standen wir alle – die Dichter und die Zeichner und die Bräute von den Zeichnern und die Bräutigämmer von den Dichterinnen – wie festgebacken an der Kasse und schrien nach unseren Millionen. Denn um zwölf kam der neue Dollarkurs raus, und um zehn vor zwölf konnte man uns die Motzstraße runterspritzen sehen, rein in den nächsten Laden und wieder raus, irgendwas, Brot, ein Hemd oder eine Schachtel Zigaretten, in der Hand, selig!"

„Ja, so siehst du aus! Oder willst du's nicht mehr wissen, wer dann auf dem Nollendorfplatz vor der Redaktion des Junggesellen stand? Ganz ohne Monokel und auch ganz ohne Geld, ohne Arbeit und ..."

„... auf mich einsprach. Aber ich schwieg, weil ich wirklich nur eine Million für 'ne Skizze namens Liebesleid bekommen und Tränen in der Kehle hatte."

„Schluß!" Spätestens dann, wenn uns die Erinnerungen an das Jahr 1923 bis zu einem gewissen Fritz Goldener führten, pflegte Philipp das Gespräch zu beenden, nahm die Gläser vom Tisch, korkte die 75-Liter-Damigiana zu und ging in seinen großen, von mir eigenhändig gestrickten Lammwollpantoffeln zum Fenster, um nach den Wetterverhältnissen, dem Zeitgeschehen, also nach Mond und Mündungsfeuer, zu sehen, wobei er ebenso obenhin wie entschieden bemerkte: „Gelle, von dem rede mir net. Der ist geschlage genug. Wer weiß, ob er net schon gestorbe ist. Und schlecht gestorbe. Das ist von all dene dreckige Sach das Schlimmste, daß die Leut sterbe und wisse net, warum, und schon gar net, wofür."

Neuntes Kapitel

„Ja, Herr Professor, Philipp war moralisch, und für uns war das Leben damals gleichsam gesegnet von der Hand eines Starken, der uns bedächtig den rechten Weg in die Freiheit führte – was aber auch hätte ins Auge oder in den Tod gehen können.

Wer konnte das voraussehen, da Philipp selbst vorgab, nicht mehr zu wissen als wir, Poldi und ich, die wir beide eigentlich Wilde mit Gymnasialbildung waren. Philipp war nur auf eine Volksschule gegangen, sommers barfuß, hatte sich dann aber autodidaktisch gebildet – ja, so was gibt's. Tagsüber mit 'nem Preßluftbohrer in einem Erzstollen, rattata rattata rattata, und nachts über Büchern, über Marx, Engels, Feuerbach und dieser unbegreiflichen Sache, die man Dialektik nennt und mittels derer er den Anfang und das Ende des Hitlerkrieges beinahe auf den Monat berechnete. Mit seiner verfluchten Alleswisserei war er immer im Recht. Auch mit seiner verfluchten, entschuldigen Sie, Moral – seltsam bei einem so lebenslustigen und so schönen Menschen! Denn er ist auf eine schlichte, männliche Art schön; hoch und breitschultrig, mit schmalen Hüften und Händen und in dem schwarzhaarigen Kopf ein paar märchenhafte Augen, samtig sanft und dabei feurig, wenn ihn das packte, was er die Gewalt der Rede nannte, und er aus seiner gewohnten Ruhe heraustrat wie Moses aus dem brennenden Dornbusch."

„Sie schwärmen", sagt der Professor gütig. „Wie schön und wie typisch für einen Fall absoluter Identifizierung mit dem geliebten Objekt!"

„Aber zu Recht", beharre ich. „Sie hätten ihn nur hören müssen! Er sprach zumeist Wiesbadener Dialekt und scheute sich nicht vor den fremdesten Wörtern, wenn er sich da auch manchmal ein bißchen irrte. Aber sobald es ihn packte, konnte er Hochdeutsch, und er betonte das, worauf es ihm ankam, mit aller Kraft seines im Grunde leidenschaftlichen Wesens. Dabei kam eine Bewegung in die Sprache wie Sturmeswehen über sonst ruhige grüne Felder – ach, er war groß! Und ich fühlte mich bei solchen Gelegenheiten immer ganz klein, ganz dumm. Glauben Sie mir, er mißbilligte mich oft, er hatte überhaupt was vom Turnvater Jahn an sich, so einen kleinen Rest Jugendbewegtes. Schon damals, als er geradewegs aus Kiel in unser Eberswalder Spukschloß fiel, dann später, als die Geschichte mit Bumke war und ich, mitgerissen von dem großen Sog, auf schwankendem Floß durch die Nachkriegszeit schaukelte. Denn mitten in der Inflation . . ."

„Halt!"

Der Professor hebt die Hand und erkundigt sich nach der Sache mit Bumke – eine recht peinliche Frage.

„Ach, die erzähle ich Ihnen ein andermal", antworte ich, und siehe da: Ich habe Glück, Tussi erscheint zur Behandlung. Jedoch ich kann heute, noch zu erregt von meinem Gespräch über Philipp, ihrem munteren Geplauder nicht folgen.

„Es wird nichts", sage ich so mutlos, daß Tussi mir ihr erschrockenes Gesicht zuwendet. „Nie wieder werde ich richtig laufen können! Ich schaffe das nicht mehr, ich bin müde."

„*Er* schafft es!" Tussi erstrahlt, und während sie das Elektrisiergerät an meinem Bett aufbaut, hält sie mir den lange fälligen Vortrag über Professor Bardekow und seine wundertätigen Kräfte, die ich nicht genügend wahrnehme, ja, deren ich eigentlich nicht würdig sei. Denn in ihren himmelblauen Augen ist er ein Gott, der heilen, verwandeln und retten kann. Oder schlichter, mit ihren Worten gesagt: „Ein dynamischer Mann von großer biologischer Leistungsbreite. Und wenn's bei Ihnen noch nicht so ganz klappt – er ist nicht schuld! Sie müssen bloß reden, meine Gudeste, von Ihrem Gummer, den nimmt er auch noch auf sich. Sie wissen gar nicht, wie der Gummer gewohnt ist, sie sehen es doch an seinen Augen. Tragsch, meine Gudeste, reinweg tragsch und dramatsch.''

,,Dramatisch?'' frage ich neugierig. ,,Wieso? Wer tut ihm was?''

,,Hat! Man hat ihm was getan. Damals! Wie er noch in Hamburg war, er ist wohl darum auch weggegangen, nach München, weil nämlich... Er nicht, nein, aber die Frau, die war jüdisch, und da soll was Schlimmes passiert sein. Darum hat er auch solche Augen und daß er so höflich, so freundlich ist. Und gerade das Höfliche und das Düstere zusammen, das macht's. Sie glauben mir ja nicht, aber wenn der Professor seine Vorträge hält, dann sitzen vorn die Damen, und die schmelzen hin. Müssen sie ja auch, schon wegen der Übertragung. Sie wissen doch: Die unterschwelligen Gefühle, die man mal hatte für Papa und Onkel, die überträgt man eben auf den Arzt, und dann denken die Patienten, sie lieben ihn. Aber das ist ein Irrtum, eine psychisch-determinierte Fehlleistung.''

,,Eine oberschwellige in diesem Fall?'' murmele ich. ,,Und kann man die wieder abstellen?''

Tussi seufzt. ,,Man muß. Mit der Ratio muß man's machen. Mich zum Beispiel zieht er immer mit heran zu den großen Untersuchungen, daher kommen auch meine Fachkenntnisse. Also, ein Fachidiot bin ich nicht, ne wahr, gelernt hab ich dabei was, Sie hören's ja.''

,,Ja'', sage ich, ,,ich höre es.''

Tussi kommt in Fahrt; sie ist bei ihrem Thema, dem zweiten, nein, dem dritten nach Professor Bardekow und Poldi. ,,Sie kennen doch sicher auch Leute, die sich nicht trauen, eine Türklinke anzufassen, weil sie denken, da sind Bakterien dran, ja? Na also! Und Waschzwängler, das sind eben die, denen irgendwas auf der Seele liegt, was sie sich abwaschen wollen, unterschwellig natürlich: Schuldgefühle zum Beispiel, die emotional keinen Ausdruck finden, so daß der Mensch dann irgendwas tut, was er gar nicht will oder gar nicht darf. Einen Menschen ermorden zum Beispiel, einfach so, aus Trieb, sogenannte Triebverbrechen ..."

„... oder sich selber morden."

Tussi hebt den unschuldigen Blick zu ihrem munteren Lächeln. „Sie sind nicht gestorben", sagt sie, und dann, wohl um mich abzulenken: „Stellen Sie sich vor, wie Station zwei vorigen Monat den Ausflug machte, da haben die doch einen im Waschraum vergessen, und der hat sich von morgens früh bis abends um neun gewaschen. Jetzt kriegt er die Seife zugeteilt und muß den ganzen Tag Minigolf spielen, und aussprechen muß er sich, ob er will oder nicht. Aussprache ist wichtig, schon wegen Triebregulation und Triebverzicht. Was man sich abgesprochen hat, braucht man nicht mehr zu leben."

„Wenn man's nicht schon gelebt hat. Na ja, ich weiß, alle waren unschuldig, aber glauben Sie nicht, daß sich einer auch verstecken könnte hinter Nichtwissen oder Nicht-mehr-Wissen, daß er einfach untertaucht? Das bedrückt mich, alles bedrückt mich hier!"

Tussi hebt erstaunt die Brauen; ich fühle mich rot werden. Aber sie schweigt, ich schweige; wir verschweigen etwas, was sich nun in der Stille zwischen uns entfaltet wie der Schatten einer vergessenen Tat. Da bin ich schon auf der Fährte einer Straße in Berlin zwischen zerbombten Häusern, und plötzlich sehe ich geradezu Schuster-Paul, wie er mich davonzieht in das kleine versteckte Lokal. Auch was er sprach – ruhig und immer, auch in der Drohung, leise –, glaube ich zu hören. Und um diese Stimme zu übertönen, sage ich leichthin: „Lassen wir das! Wir haben eben ein zu schweres Leben gehabt, wir haben's zu dicke gekriegt, vermutlich Sie auch."

„Ach, wenn Sie erst mitgemacht hätten, was *ich* mitgemacht habe! Der Treck und die Angst vor den Russen, und wenn ich geblieben wäre, hätte ich studieren können, wär heute Ärztin ..."

„Wir haben alle nicht studieren können." Ich werde ungeduldig. „Bei Ihnen war es der Krieg, bei uns waren es die Inflation und das Geldverdienenmüssen. Mein Gott, wenn ich denke, wie wir damals gelebt haben, Poldi und ich. Wirklich von Luft und Liebe und Mamas Schmalzstullen."

„Erzählen Sie!" Tussi faltet, schon wieder versöhnt, die gepolsterten Pfötchen auf dem Busen im weißen Kittel unter der Runenbrosche. Als ich jedoch behaupte, an solche Berichte nicht einmal zu denken – was schon eine Lüge ist –, verschwindet sie mit zurückgeworfenem Kopf, und ich tue, was ich nicht tun will, ich denke daran! Ich vergnüge mich sogar während der mittäglichen Ruhestunde damit, den Zeiten nachzuspüren, da wir jung genug waren, um von Luft, Liebe und Mamas Schmalzstullen zu leben, die wir übrigens im Frühjahr 1923 noch in ihrem Eberswalder Haus verzehrten. Und zwar mit Aline, Onkel Jean-Louis und Schnäuzchen auf schon gepackten Kisten, während Käthe Lafontaine immer wieder durch die halbleeren Räume lief und uns – oder auch ihr mühsam schlagendes Herz – zur Eile trieb.

„Es muß schnell gehen", sagte sie, die grauen Steinaugen mit einem neuen, fragenden Ausdruck auf die getäfelten Wände des Eßsaals gerichtet, „schon damit wir noch was von dem neuen teuren Haus haben, komisch, damals hat's gereicht für das große Haus hier mit einundzwanzig Zimmern und jetzt gerade für eine Fünfzimmervilla in Schmöckwitz, aber dafür ist Strand da, und Eberhard kann endlich angeln, der Mann hat ja so komische Wünsche, und ich bin dann nahe bei euch, Eberswalde war eben 'ne Fehlspekulation, und nun wird's wirklich wie in dem Märchen von dem Fischer un siner Fru, bloß daß bei der Villa in Schmöckwitz – übrigens auch mit 'nem Wintergarten, nur kleiner – von 'nem Pißpott nicht die Rede sein kann."

„Gegen deine siebenundfünfzig Wohnungen ist es 'n Pißpott." Onkel Jean-Louis mußte stänkern, besonders, wenn er so gemütlich nach dem Abendessen in der Trinkdiele unter dem Leuchterweibchen vor seinem schweren, natürlich selbst mitgebrachten Rotwein saß. „Aber wenn's schon Märchen sein müssen, wie wär's denn da mit Hans im Glück und seinem

Goldklumpen? Der hat auch getauscht, immer was Größeres gegen was Kleineres, bis er alles los war. Und deine siebenundfünfzig Wohnungen waren siebenundfünfzig Goldklumpen – heutzutage, wo man kaum 'nen Pißpott ohne Abstand kriegen kann. Oder weißt du noch immer nicht, was los ist?" Und weil Käthe Lafontaine wieder einmal für die Zeit keine Zeit gehabt hatte und Eberhard seine Kreuzworträtsel mit Hilfe eines Brockhaus aus dem Jahre 1850 löste, klärte Onkel Jean-Louis das Ehepaar auf, wobei sich erwies, daß sie nicht einmal die Besetzung des Ruhrgebiets wahrgenommen hatten. Statt dessen beklagte Käthe nach wie vor das Verschwinden des Potsdamer Hofstaates sowie seiner abgelegten, wahrhaft königlichen Kleider und belebte sich erst wieder, als Jean-Louis von den reichen Onkels aus Amerika erzählte.

„Ganze Industrien kaufen sie auf, die Herren Amerikaner, und unsere Großindustriellen, vor allem ein gewisser Herr Stinnes, der kauft wieder die Valuta von ihnen für Ballen von Papiermark. Und woher nimmt er die?" Jean-Louis schrie, daß die Brille auf der breiten Nase wackelte. „Die pumpt er doch! Von der Reichsbank! Von den Sparern, den Einlegern, den kleinen Leuten, von dir und von mir!"

„Ha, du willst mir doch nicht erzählen, daß du sparst! Von dir kann der Herr, wie heißt er, Stinnes bestimmt nichts kriegen, und ich ... ha, Jean-Louis, wie gern ich ihm meine Papiermark für seine Dollars gäbe!"

Wir alle vergötterten den Dollar, das Eintrittsgeld in das Zauberland erfüllbarer Wünsche nach Zigaretten, Kaugummi und Corned beef; wir beteten ihn an voller Verachtung, Haß und Neid auf seine Besitzer, kurzgeschorene, sauber gewaschene, Gummi kauende Männer, die nun immer häufiger in den Straßen, den Bars, den Nachtlokalen Berlins auftauchten: „Hello, baby, want a drink?"

Und wenn Poldi an ihren Wagen vorbeiging, sich mit runden Kinderaugen in den glänzenden Lack, das blinkende Schaltbrett vergaffte, seufzte er: „Scheißer! Aber Autos haben sie!

Mensch, wenn ich eins davon billig kriegen könnte, für so 'nen kleinen mittelprächtigen Mord ..."

„Ich verstehe Sie", sagte ich grinsend. „Aber ob der Herr Staatsanwalt Sie versteht!"

„Du hast's nötig! Gehst mit Herrn Bumke koksen!"

Ich leugnete wortreich, während wir durch die Straßen zogen und Poldi die Dächer der Häuser nach einer Möglichkeit absuchte, eine Dachkammer in ein Atelier umzuzaubern und unten neben der Eingangstür eine Klingel mit dem Schild anzubringen: Nachtglocke zum Kunstmaler. Plötzlich blieb er stehen, unter den Kastanien in der Rankestraße, über der der Himmel so vielversprechend blaute. „Ich fürchte, ich schaff's nicht, ich nicht und Philomena schon gar nicht."

„Philomena! Das ist doch die alte Frau mit der Walpurgisnacht auf dem Kopf?"

„Du meinst ihren unmöglichen Hut? Laß ihr den, sie ist 'ne Seele von Mensch und rührend gut zu Lilli. Zwanzig Jahre ist sie bei ihr und hat sie erzogen, nee, verzogen. Aber was willst du: Millionärstochter, der Vater hatte das Warenhaus da an der Weidendammer Brücke, bis Krieg und Inflation kamen. Der Herr Gemahl geht fremd, und Lilli hat 'ne Freundin, die sagt: ‚Probier's doch mal, sieht aus wie Zucker, ist auch wie Zucker', und Lilli nimmt's, nimmt auch die Spritze, und ich Idiot, ich glaube noch immer, ich kann sie retten, so ganz einfach mit Zureden und Küßchen, und schraube die Klinken von den Türen und zerbrech mir den Kopf, warum sie das tut, warum sie sich auf diese Art umbringt?"

„Weil's alle tun", sagte ich, die tat, was alle taten, die aussah, wie alle aussahen: eine Garçonne, die Taille auf den Oberschenkeln, den Rock kurz bis zum Knie, den Hut, ein Topf mit Rand, auf der Nase, drei dicke Reihen falscher Perlen um den Hals, rotgefärbter Bubikopf, die Wimpern schwarz geschminkt um die Veilchenblauen – ja, mondän mußte man sein. Und ich versuchte es, ein magerer Hering, der sich in ein grünseidenes Korsett zwängte und mit gemalten Lippen in die Öde der

Nachtlokale gähnte. Mein Gott, wo waren wir überall! In der schwulen Kneipe beim dicken Willi und in der Lila-Bar und bei Mali und Igel, und wenn wir Lilli dort trafen oder in dem winzigen Studentenlokal beim Mittagstisch für den lächerlichen Preis von achtzigtausend Mark pro Gedeck, so fanden wir sie in Margas Gesellschaft, beide schon mittags um ein Uhr im Jum.

„Was soll'n der Quatsch!" sagte Poldi wütend. „Komm hier raus, sofort, und Sie, Marga, scheren sich zu den Weibern und zu Ihren Spritzen! Ich bringe Lilli zu Tante Philomena zurück."

„Glauben Sie, ich hab sie für Sie da losgeeist?" Marga sprach mit der hohen Stimme der Damen aus der Augsburger Straße. „Da geht Lilli sowieso nicht hin! Bloß damit die alte Gouvernante wieder angibt wie 'n Sack Sülze: Lillichen, rette dich, mein armes Kind! Gott ist gütig, er verzeiht dir! Und Sie, Sie Künstler, was haben Sie ihr schon zu bieten?"

„Ein Haus", sagte Poldi stolz. „Ein Haus mit einundzwanzig Zimmern, es ist zwar nicht mehr ganz eingerichtet, aber für Lilli ist Platz, meine Mutter hat Platz für alle."

„Und sonst? Das, was sie braucht, kriegt sie doch nicht bei Ihnen! Liebe vielleicht, aber was macht sie mit Liebe? Koks braucht sie! Lilli!" Marga kreischte, daß die Wirtin in der Küchenschürze, eine arme Frau, die für arme Leute kochte, aus dem Hintergrund auftauchte. „Lilli, hau ab, schnell, der will dich einsperren!"

Und Lilli ließ sich an Margas harte Brust sinken, kicherte und sagte fröhlich:

„Dann flieg ich eben weg, ich kann ja fliegen."

Ich wußte, sie konnte fliegen. Ich hatte ihn erlebt, den leichten schwebenden Flug des weißen Pulvers hinweg über alle Ängste und alle Hemmungen. Und ich weiß heute, daß auch Poldi in diesen Tagen das Fliegen sozusagen auf Vorrat für spätere und schlimmere Zeiten lernte: Husch, husch, da flieg ich über Grenzen und Meere, husch, da heb ich mich über des Feindes greifende Hände hinweg in die Freiheit, heimwärts in mein verlorenes Land! Nur daß es damals schon die kleinen Gläschen waren, in deren blankem Rund sich ihm die Welt verschönt und verklärt spiegelte, auch wenn er sie zu solcher Verzaubung in Reihen aufmarschieren lassen mußte wie Soldaten zu seinem Schutz. Ein trügerischer Schutz, da wir uns gleich Schwimmern gegen den Strom der Zeit stemmten, der uns überflutete. Denn weder der Reichskanzler Cuno – ein Mann mit diskontfähiger Unterschrift, wie es hieß – noch die neue Regierung der Wirtschaft vermochten die Inflation aufzuhalten.

Zu unwissend, um die wirtschaftlichen Gesetze zu begreifen, zu jung, um die Gefahr zu fürchten, zu stolz, um von Käthe Lafontaine mehr zu erbitten als die Schmalzstullen, versuchten wir immer wieder, die täglichen Brötchen mit unserer malenden und schreibenden Hände Arbeit zu verdienen: Poldi fertigte Ladenschilder in etwas ausgefallener, nämlich expressionistischer Art, und ich erschien eines Tages in der Kochstraße bei Ullstein. Dort hatte mich Onkel Jean-Louis eingeführt, ein wenig feierlich und beinahe gerührt, als er mich im zweiten Stock bei Herrn Maier, dem Botenmeister, ablieferte.

„Seien Sie nett zu dem Kind", hatte er zu dem untersetzten Mann gesagt, während er ihm die Hand und die Zigarre gab: sein Morgengruß seit zwanzig Jahren. Und leise zu mir: „Fleurchen, sei nett zu ihm. Wenn der nicht will, kriegst du hier keinen von den Großkopfeten zu Gesicht."

Ich lächelte, zitternd vor Schüchternheit, obwohl es bei Ullsteins eher gemütlich war in der runden Wartehalle mit den dunklen Eichentischen, den schwarzledernen Sesseln, den mich so vertraut grüßenden Zeitschriften an den Wänden: Dame, Illustrirte, Morgenpost, BZ.

Indes sprach Onkel Jean-Louis, der in Herrn Maier einen aufmerksamen Zuhörer gefunden hatte, wieder einmal über seine liebsten Feinde: „Dieser von mir so hochverehrte General Ludendorff, was ist er? Ein psychopathischer Massenmörder, ein

Fall geistiger Minderbemittlung, zuzüglich seiner lieben Frau Mathilde, und dann natürlich ...", Onkel Jean-Louis belebte sich, funkelte, dröhnte, die allenthalben wartend umherwimmelnden Dichter horchten freudig auf, „... dann natürlich dieser Neue da in München, dieser schizophrene Dorftrottel, dieser Herr Hitler! Ein Maul wie ein Dreschflegel und ein Kopf voll einem stinkigen Brei sadistischer Wahnvorstellungen! Aber Sie werden sehen, das frißt das Volk, ich kenne meine lieben Deutschen!"

Botenmeister Maier stimmte bei, schon um ihn zum Schweigen zu bringen, und führte mich zu dem Mann, bei dem ich Kurzgeschichten schreiben lernte, indem ich jede zwei-bis dreimal umarbeitete und dennoch meist nicht mehr als Trost und Bestätigung erhielt.

„Schauen Sie, gnädige Frau, was Sie lernen müssen, ist erstens schreiben, zweitens schreiben, drittens schreiben. Und dann Konzentration! Konzentration auf die eigene Stimme, das eigene Auge, die eigene – entschuldigen Sie das harte Wort! – Seele. Sie sind verpflichtet, ich sag's nicht gern, aber in Ihrem Falle, bitte, dem eigenen Genius!"

„Ja, natürlich, Sie haben ja so recht, ich weiß ...", flüsterte ich, „aber es ist so schwer, es gibt so viel, was man muß ... Man muß auch leben!"

„Nein, schreiben müssen Sie! Schreiben! Aber nicht immer bloß Ehebrüche. Verstehen Sie überhaupt etwas von Ehebrüchen? Haben Sie schon einmal einen erlebt?"

„Nein", stotterte ich.

„Bedauerlich!" sagte Herr Chefredakteur Vogel. „Erfahrungen braucht man zum Schreiben. Aber vor allem: Kurz, kurz! Ich weiß nicht, warum die Damen immer so lange Decken häkeln!" Herr Vogel, kurzbeinig und kurzsichtig, kramte. „Also die hier, die Geschichte noch mal, kürzer. Wissen Sie, was der frühere Inhaber dieses meines Stuhles geschrien hat, als damals im Krieg eine große Nachricht in aller Herrgottsfrühe kam? ‚Verdun ist in die Hände der Morgenblätter gefallen!' Wir aber, meine Liebe, wir erscheinen mittags, mittags, also kurz und gut, gut, gut!"

„Danke schön, herzlichen Dank!" Ich nahm Manuskript, Belehrung und einen letzten anerkennenden Blick auf meine Beine entgegen und trug meine Enttäuschung heim zu Poldi. Doch der stieg nicht einmal von der Leiter herab, schüttelte nur trübsinnig Kopf und Pinsel, sagte seufzend: „Du weißt, Fleurchen, Rat und Hilfe in allen Lebenslagen, aber diesmal? Wo sind sie hin, die schönen Zeiten, als Sturm noch mußte! Hier ist kein Boden, kein Buntmetall, hier ist ein Atelier, und das will gestrichen werden."

„Na ja, wenn bei dir auch immer alles Silber sein muß?"

„Diesmal würde ich es am liebsten in Gold streichen, ich hab doch was vor, mit Lilli! Darum mußte ich so schnell ein Atelier auftreiben. Na, nun hab ich's, und findest du nicht: für 'ne Dachkammer ist es ganz schön!"

Ich lachte, und er blickte an seinem silberbespritzten Ruderleibchen und den ehemals weißen, nun leicht versilberten Malerhosen herab und lachte auch. „Schade, daß ich außer mir selber so gar nichts zum Versilbern habe! Dabei hab ich sackweise Ideen, weißt du, Ideen für 'ne moderne gelockerte Werbung, so von hintenrum verkehrt durch die Brust. Aber ich bin nun mal so 'n verfluchter Einzelgänger, und wie kommt man ran an die Industrie, an die Firmen, an die Werbeonkels?" Woraufhin ich so lange die Millionen in meiner Geldtasche zählte, bis sie zur Bezahlung einer Annonce in der Morgenpost reichten. Die lautete: „Ausbeuter gesucht für hervorragende Werbeideen."

Der Ausbeuter trug den erheiternden Namen Karl-Ulrich Bangemann und war so etwas Ähnliches wie ein Werbeberater, der nach vielen kostspieligen Beratungen in Knoops Bierbar für Poldis Erfindungen werben wollte: den mit Radio und Plattenspieler gekoppelten Wonnewecker, die unanbrennbare Bratpfanne, den richtungweisenden, weil kombinierten Werbe-Liebesbrief an die deutsche Hausfrau und vieles anderes Schöne, das zu seiner Verwirklichung nur einigen Kapitals bedurfte. Und zwar nach Bangemanns Erklärung nicht Bangemanns, sondern Käthe Lafontaines Kapital.

Als Herr Bangemann mit diesem Geständnis herausrückte, erklärte Poldi sofort, daß seine Mutter auf diesem Ohr überhaupt nicht mehr höre. „Und eigentlich dachte ich: Ich habe die Ideen, Sie sollten das Geld geben."

„Irrtum!" Herr Bangemann hatte sich schon erhoben, vorsichtshalber, bevor der Kellner mit der Rechnung kam. „Haben Sie schon mal gesehen, daß ein Ausbeuter gibt? Ein Ausbeuter nimmt. Und Ideen? Lieber Herr Lafontaine, wenn ich alles soviel hätte wie Ideen! Von Ideen kann man nicht leben."

„Der Mann hat recht", sagte Poldi nach dem schlichten Abgang Bangemanns, „von Ideen kann man nicht leben und von der Kunst erst recht nicht. Ich werde wohl irgendwas Richtiges anfangen müssen, vielleicht zum Varieté gehen oder so ähnlich."

„Aber, Poldi!" Ich weinte beinah. „Ein Mensch wie du mit revolutionärem Elan und Idealen!"

„Legen Sie sie solange dahin, die Ideale, Fräulein! Oder behalt sie, wenn du sie noch gebrauchen kannst!"

Da mußte ich ihm recht geben.

„Ja, wirklich, wozu Ideale! Die Scheidung krieg ich nicht und hab doch keinen Mann; ein Kind hab ich, und zu Mama sagt es Mutti; und wenn ich irgendwas suche, woran ich glauben möchte, dann ist da so 'ne Flasche wie der diskontfähige Kanzler Cuno oder der Gauner in München. Was soll ich denn noch für Ideale haben? Vielleicht welche über die Liebe, über die Ehe oder die Moral? Fällt mir nicht im Traum ein! Heutzutage kann man bloß leben, wenn man so tut, als ob einen das alles nichts anginge. So leben doch alle, und ich will leben!"

Wollte ich wirklich so leben wie alle lebten in dieser Zeit? Hatte ich wirklich die Träume aus meinen Kindheitsnächten von Ruhm und Ehre, dem Veilchensträußchen am Hermelinmantel und der Dachkammer mit des Knaben Philipp blutroten Fahnen vergessen? Vergessen auch den Spruch, den ich bei meiner Einsegnung in einer kahlen evangelischen Kirche mitbekommen hatte: Sei getreu bis an den Tod, so will ich dir die Krone des Lebens geben – womit doch wohl nur die Treue meiner hugenottischen Vorfahren gemeint sein konnte, ihre Treue zu einem Glauben, der ihnen ein Leben in Arbeit mit schwarzen Hüten und weißen Halsbinden befahl. Der sie davongehen hieß aus ihrem fruchtbaren Land Frankreich durch die kanonengespickten Flottillen der Wachboote auf der Somme in ein fremdes und ziemlich wildes Land, wo die Menschen zwar nicht mehr auf den Bäumen, aber doch noch in Straßen voller Unflat saßen, durch die der Mann mit der Bütte ging: „Wer will noch mal, der kann noch mal in meine Bütte schieten, schieten, schieten."

Es war sicher kein Vergnügen gewesen mit den Preußen, so wie es eigentlich jetzt noch kein rechtes Vergnügen ist mit den Preußen, und meine Ururgroßväter hatten auf ihr sanftes Französisch das grobe Berlinisch eingesteckt als die Münze, in der ihnen nun eben auf all ihre Freundlichkeiten herausgegeben werden würde. Hatten wohl auch die Privilegien, die ihnen der Große Kurfürst und später der kleine König mit der Flöte verabreichten, nicht als eine Belohnung genommen, da ja Treue mit Treue und nicht von Händen, sondern von Herzen vergolten werden soll.

Und weil auch ich auf solchen Lohn nicht rechnete, auch für das Ausharren in Sitte und Tugend nicht gekrönt werden wollte, entschädigte ich mich mit einigen schäbigen Freuden, womit ich genau das Gegenteil dessen tat, was meine hugenottischen Urväter in ihrer Redlichkeit getan hätten. Oder glaubte ich etwa, daß meine Ururgroßmutter nachts um zwei Uhr in einem kleinen, aber teuren, weil nicht ganz stubenreinen Lokal gesessen und gekokst hätte?

Ich tat es, wenn auch in aller Unschuld, so von der Hand in die Nase, die dann eiskalt und leblos wurde, indes die Augen sich zu immer stärkerem, immer tieferem Glanz vergrößerten

– ein Vorgang, den Aline Eden, die Herren um uns und sogar der noch recht unbedarfte Bumke gewohnt waren. Gerade dem großbürgerlichen Elternhaus entkommen, genoß Reinhard Bumke mit kitzelndem Grauen die Genüsse unserer fragwürdigen Freiheit, die witzelnden Angebereien des jungen Schauspielers an unserem Tisch, der sich, schon an meinem Ohr flüsternd, meine Nähe noch näher wünschte.

Wir saßen der Eingangstür gegenüber, und als die sich öffnete, kam der Frühlingswind vom Schöneberger Ufer herein, zugleich mit Fritz Goldener. Der trat an unseren Tisch, schob mit einer Hand Bumke beiseite, mit der anderen den Schauspieler, einen gewissen Bockelmann, und sagte mit einem wehen Blick durch das festgewachsene Monokel: „Also doch!" Und leise, bekümmert, mit seiner sanften Stimme: „Ich hab gedacht, es ist nicht möglich, daß meine Frau sich in solcher Gesellschaft bewegt."

„Fleur ist in meiner Gesellschaft." Aline Eden hatte auch etwas zu nahe an der Schulter eines ihrer Verehrer gelehnt. „Und in meiner Gesellschaft tut sie nichts, was sie nicht tun dürfte."

„So, meinst du? Na, dann guck sie dir mal an. Ein Kind wie sie gehört um diese Zeit ins Bett, und zwar in meins, damit da keine Irrtümer entstehen."

Das Bett Fritz Goldeners stand in diesem Frühjahr in einem möblierten Zimmer der verwitweten Frau Kanzleirat Schmidtchen, Augsburger Straße 24, und ich wußte nicht, daß er zu lange keine Miete gezahlt hatte, um sich die nächtliche Ruhestörung leisten zu können, die ich ihm und damit der Frau Kanzleirat und ihren möblierten Damen bescherte. Denn nachdem ich mich auf der Straße laut weinend gegen Fritz Goldeners Polizeigriff gewehrt hatte, schrie ich in Witwe Schmidtchens Möbliertem viel Törichtes von meinem Recht auf Freiheit, Genuß und Koks, beweinte mein Schicksal und verfluchte seine Schwäche, der ich überhaupt erst die Bekanntschaft mit derartigen Ausschweifungen verdankte.

Doch warum blieb er so still? Warum saß er so ungerührt auf

dem Umbausofa und sah an meinem rotznäsigen Gehabe mit einem neuen Ausdruck männlicher Würde vorbei? Selbst die Stimme, mit der er der Frau Kanzleirat ihr lautes Klopfen verwies, schien mir verhalten; und ich errötete vor Scham, als er beinahe feierlich sagte: „Mit wem sprichst du eigentlich, Fleur? Wen beschimpfst du eigentlich? Du weißt gar nicht, wie ich heute bin. Glaubst du, ich hätte dich zu mir geholt, wenn ich mich nicht völlig geändert hätte? Ich spiele nicht mehr. Ich bummle nicht mehr. Ich arbeite."

Mit dieser Nacht begann, was wir beide unser neues Leben nannten und auch als solches, einer in des anderen Augen verschönt und verklärt, zu verwirklichen suchten. Es war ein kurzes Leben, das ich trällernd um sieben Uhr früh am Frühstückstisch in der kanzleirätlichen guten Stube antrat und das ich drei Wochen später in einem Frühlokal der Rankestraße beendete, weinend.

In der Zwischenzeit arbeitete Fritz Goldener acht Tage in der Buchhaltung der Firma eines entfernten Onkels, bis ihn sein entfernter Onkel wegen erwiesener Unfähigkeit entließ – sehr zu Recht, wie Fritz Goldener erklärte, als er mir, wieder auf dem Umbausofa unter dem Batikschirm, seine erste Niederlage gestand. „Ich kann einfach nicht rechnen, Puppeli! Ich bin es nicht gewohnt, dieses läppische Spiel mit Mark und Pfennig! In meinen Kreisen zählt man anders, da kommt's auf ein paar Chips mehr oder weniger nicht an. Das hab ich dem alten Krauter gesagt und auch, daß er sich seinen Dreck alleine machen soll."

„Und jetzt?" fragte ich schüchtern, obwohl ich bereits wußte, was fällig war: der Besuch bei meiner Mutter, bei dem mir Vater Eberhard, Kreuzworträtsel lösend und verlegen, ein paar Scheine zustecken würde. Aber Fritz Goldener hatte bereits andere und bessere Möglichkeiten, andere und bessere Freunde.

„Branca", verkündete er stolz, „il Commendatore Emilio Branca. Oder auch Oberschlemmer-Heilquelle Jungbrunnen – ein Riesenunternehmen, das dringend einen Chemiker sucht.

Es hat ihn gefunden. Hier steht er!" Und den runden stachelhaarigen Kopf hoch aufrichtend, eine Hand im Westenausschnitt, streckte er mir die andere entgegen, indes ich ihm um den Hals fiel, ihn küßte, gläubig wieder einmal der leichten Kraft erlegen, die ihn trug – auch über die neue Enttäuschung mit dem Commendatore Branca hinweg.

„Weißt du, wer das ist, dieser sogenannte Commendatore Branca? Der alte Gauner Branker, der bei deiner Mutter die Dreizimmerwohnung in der Prinzregentenstraße hatte! Ein Betrüger und Mörder! Jawohl, er soll seine Frau ermordet haben wegen der Versicherung, das ist überhaupt seine Spezialität: Versicherungsbetrug. Und jetzt macht er in Heilquelle: Vierzehn Zimmer am Kurfürstendamm, in der Küche 'ne Wasserleitung und vierundzwanzig falsche Gutachten von medizinischen Kapazitäten. Die nächsten vierundzwanzig sollten von mir sein: Die bekannte Kapazität auf dem Gebiete des Heilwesens. Doktor Fritz Goldener, bestätigt ... Weißt du, was ich ihm gesagt hab, Puppeli?"

„Ich weiß", sagte ich ergeben. „Machen Sie sich Ihren Dreck alleine."

„Nein, ich hab ihm was prophezeit: daß er baden gehen wird in seiner Heilquelle. Aber ohne mich! Ich habe keine Lust, meinen sauberen Ruf und meinen guten Namen für ein lumpiges Millegehalt zu verkaufen – da müßte er bedeutend höher einsteigen."

„Ach, Fritz", seufzte ich, und als er mein Gesicht sah, so klein und mager und nackt ohne Lippenstift und Wimperntusche, da hob er mich an seine Brust und umarmte mich auf dem Muschelbett der Witwe Schmidtchen mit einer Sanftheit, die mich zu verzweifelter Seligkeit rührte.

„Dein Fischi tut nichts Böses, solange du da bist! Aber du mußt bei mir bleiben, Puppeli, du mußt, du hast es mir versprochen und ... Ich habe Angst!"

Wir hatten Angst, alle beide, und die gleichen Vorahnungen einer Nacht, in der ihn auch meine Zärtlichkeit nicht mehr vor dem Absprung in seinen Traum bewahren würde. Das Schiff seiner Sehnsucht, aufgetakelt mit schimmernden Segeln, das Floß seiner Hoffnungen, schwankend auf silbern blitzenden Wellen, es wartete vor der kanzleirätlichen Muschelhölle in der Augsburger Straße, um ihn aus Armut und Elend davonzutragen in seinen klirrenden, glitzernden Rausch. Wir wußten es beide und fühlten beide die Kette, an der ihn meine schwachen Hände hielten.

Wie lange noch? Vierzehn Tage? Drei Wochen? Zwanzig Nächte mühsam niedergehaltener Begierde nach dem Ekartéklub zwei Straßen weiter?

Nein, es waren genau drei schwere mühsame Arbeitstage in der Baufirma eines Bekannten, und sie genügten, Fritz Goldener das Kreuz und seiner Frau Fleur das Herz zu brechen. So daß mir die Tränen kamen, während ich ihm die Augen trocknete: Fischi weinte wie ein Kind, dem ein böses ungerechtes Geschick verwehrt hatte, die Spiele der anderen mitzuspielen. Die anderen aber, das waren, siehe da, Millionen. Das war die große Welt der Männer, die Lasten trugen, Maschinen bedienten, Ziegel auf den Bau schleppten und einen anderen Mann, der, ein Monokel in der Tasche, mit schmerzendem Rücken neben ihnen Beton rührte, fragten, ob er denn überhaupt organisiert und also berechtigt sei, sich für ein paar Inflationsmark das Kreuz zu brechen?

„Ich pfeife auf eure Organisation, habe ich ihnen gesagt", erklärte mir Fritz Goldener so ehrlich, wie er wohl den Männern seinen Makel gestanden hatte. „Ich hab nicht mal gewußt, daß man organisiert sein muß, und glaube auch, daß ich gar nicht organisiert sein kann, weil ich keinen richtigen Beruf habe. Ich wollte dir zeigen, Puppeli, und vielleicht auch mir, daß ich irgendwie Geld verdienen kann. Und ich hab tatsächlich Ziegel geschleppt, aber ich konnte doch nicht ahnen, daß man das gar nicht darf. Die haben dagestanden, die Männer, wie 'ne Mauer; da ist nicht reinzukommen für einen wie mich, das ist mindestens so schwer wie Mitglied in meinem Korps zu werden."

„Und jetzt?" fragte ich wieder, noch zaghafter als bei den anderen Niederlagen, und er sagte wild und heiser: „Jetzt sollen sie mich alle am Arsch lecken, jetzt mach ich, was ich will und was ich kann!"

„Ja", sagte ich leise, „die Volte schlagen, das kannst du."

Nach meiner Kenntnis und seinen übrigens nach der erklärten Niederlage sehr offenen Berichten spielte Fritz Goldener meistens in fliegenden Spielklubs. Also in ausgeräumten Kleinbürgerzimmern an einem Eßtisch, über dem ein grünes Tuch lag, leicht genug, um es nebst Schlitten, Karten und Geld zusammenzuraffen, sobald der Spielhalter aus dem Parterrefenster entschwand, weil die Polizei eintraf. In solchen Fällen kam Fritz Goldener erst morgens nach Hause, geradewegs vom Polizeirevier, auf dem die übernächtigten Spieler ihre Personalien und den Zweck ihres Besuches in der Parterrewohnung des Ehepaars Müller angeben mußten.

„Zu einem Plauderstündchen, was dachten Sie, Herr Oberwachtmeister!"

„Weil andere auch reingingen, aber ich hab nichts gesehen von Karten oder? Wie sagten Sie, Herr Polizeikommissar, Bakkarat? Kenn ich gar nicht, gibt's das überhaupt?"

„Spielen? Nee, Herr Polizeipräsident, hat da einer gespielt? Was denn, Klavier?"

Fritz Goldener tauschte mit dem Beamten einen Händedruck und griente sein munteres Dummejungengrinsen.

„Meine Personalien können Sie nun schon auswendig, nicht wahr? Aber diesmal, Herr Kommissar, war's wirklich nichts mit Spielen! Bloß 'n ganz harmloses geselliges Beisammensein. Sie wissen doch, ich bin ein geselliger Mensch."

Ja, er war gesellig, auch jetzt noch, da er nicht nur die Mieten, sondern auch die Zechen in Kalles Frühlokal schuldig blieb und den Veilchenstrauß für mich auf Kredit aus dem Korb der Blumenverkäuferin fischte. Denn die aus Alpakasilber, Wirtschaftsgeld und Mutterliebe gespeiste Quelle in der Oranienburger Straße war versiegt – die alten Goldeners waren kurz hintereinander verstorben –, und so hatten wir als Pumpstationen nur die Kaschemmen am Bülowbogen, die kleinen Cafés um den Wittenbergplatz, die Bars am Kurfürstendamm, letzte Häfen des aus Laster und Rausch, Armut und Gier an Land gespülten Treibgutes.

Verzweifelt wie ich, mutlos gleich mir, hatte ein Obdachloser bei uns Zuflucht auf dem eingelegenen Paneelsofa gefunden. Dort hockte er, der junge Landwirt Detlev von Alvensleben, verwirrten Sinnes und blicklos auf die Erde starrend, als suche er seine Heimat in der Hölle, die sie verschlungen hatte – ja, die Hölle oder auch Freddy Sanders Spielklub in der Bleibtreustraße, was ungefähr dasselbe war.

„Meine Frau darf es nicht wissen, niemals! Auch nicht, wenn ich tot wär. Ach, Doktor, hätten Sie mich doch nicht mitgenommen. Damals hatte ich wenigstens noch das Jagdgewehr. Und jetzt? Ich kann nicht mehr!"

„Und ich kann's auch nicht mehr, nämlich nicht mehr mit anhören!" Ich schrie plötzlich, wollte den Todeskreis durchbrechen, in dem ich mit diesen beiden Wahnsinnigen, mit ihren Lügen und den Beschönigungen ihrer lasterhaften Eigensucht, zusammengesperrt war. „Seit Wochen liegen Sie hier rum und heulen, daß Sie nicht mehr können und nicht mehr wollen, und abends gehen Sie los und ..."

„Fahren Sie nach Hause, Detlev, ich reiß Ihnen das Geld auf für die Fahrkarte."

Alvensleben atmete erleichtert auf. „Sie kriegen auch alles wieder, Doktor, und wir fahren nach Hause, wir drei, nach Hause zu meiner Frau und den Kindern, bleiben da und leben, richtig schön, und ... das Gut ist ja groß. Wenn Sie mir bloß das Geld geben!"

„Nee, mein Lieber." Fischi gähnte. „Ich weiß, Sie wollen's nie wieder tun, ich will's auch immer nie wieder tun, nicht wahr, Puppeli, und wir spielen doch weiter. Falls ich das Geld kriege, bringe ich Sie auf den Bahnhof und verfrachte Sie eigenhändig in Ihren Zug."

Ob Detlev von Alvensleben dann wirklich nach Hause gefahren oder ob es ihm gelungen war, aus dem Zug zu entkommen, ob er dann die Fahrkarte verscheuert oder jemanden um der fünf Mark willen erschlagen hatte, die er brauchte für die letzte Nacht am grünen Tisch voll der unbeschreiblichen Wonnen des Auf- und Abstürzens, bis dann im Morgengrauen seine schmutzigen Hände, Hände ohne Ehering und Wappenring, die Karten hinlegen mußten, da das Spiel gemacht war – wir erfuhren es nicht und fragten auch nicht, obwohl ich seine Anschrift jahrelang aufbewahrte. Vermutlich weil sie so schön klang: Gut Osterode-Alvensleben, Kreis Schirnding, an der tschechischen Grenze. Vielleicht aber auch in einer Art von Vorgefühl des Tages, da sie uns zur Rettung werden sollte ...

In jenem Frühsommer 1923 war es Schuster-Paul, der Detlev von Alvenslebens Verschwinden oder Abschwimmen im Kanal am Schöneberger Ufer auf das heftigste verurteilte, wenn auch sein moralischer Bannfluch ausgerechnet in Kalles Frühlokal erfolgte. Diese winzige Kneipe in der Motzstraße – sie gehörte Kalle und anteilmäßig wahrscheinlich einem Ringverein – öffnete morgens um fünf die Tür für die Überlebenden der Nacht: für Kellner, Huren, Spieler und für Schuster-Paul, der die Gabe hatte, allwissend und allgegenwärtig zu sein. So pflegte er im Romanischen Café seine literarischen Bekanntschaften, führte seine Damen auf dem Kurfürstendamm aus, wobei ihm der Revolver neugierig aus der offenen Manteltasche lugte, trieb sich nachts sowohl in den verschiedenen Spielklubs als auch in den Kabaretts herum und befand sich laut sachkundigen Berichten gegen Morgen in seinem Hotelzimmer im Bett unter dem überlebensgroßen Bildnis seiner Frau Mama in Hoftoilette oder auch bei einem geruhsamen Morgenschwätzchen in Kalles Frühlokal.

„Sehen Sie, Doktor“, sagte er, „dumme Jungens wie Ihren Freund Detlev dürfte man gar nicht mitnehmen in ein anständiges Tripot, die versauen einem das ganze Milieu. Sie reißen ihm den Kies auf, und er türmt, entweder rein ins Wasser oder raus aufs Land, und läßt Sie im Dalles sitzen. Na, Ihnen kann nicht viel passieren, Sie haben ja 'ne hübsche Frau."

„Schuster-Paul, hör auf", sagte Fritz unwillig, „solche Witze machst du nicht in Gegenwart meiner Frau!"

„Entschuldigen Sie, meine Gnädigste, und du, Doktor, gib nicht an." Schuster-Paul blieb gemütlich, das faltige Spitzbubengesicht unter dem pomadisierten schwarzen Haar freundlich. „Das ist doch 'ne alte Sache, da brauchst du bloß bei den Klassikern nachzulesen. Wie heißt es in Büchners ‚Danton'? ‚Hättest du nur ein paar Hosen hinaufzuziehen, wenn die jungen Herren die Hosen nicht bei ihr herunterließen?'"

„Halt dir zurück, Schuster-Paul!" Kalle kam zu uns an den Tisch. „Hier sind Damen, und du wirst immer gleich so ordinär. Aber recht hat er, Doktor, det is 'n Beruf wie jeder andere. Ich war doch mit der Brillanten-Else verheiratet, die hatte den Strich da Friedrichstraße – Behrenstraße, ick war ooch zufrieden mit ihr, sie hat janz schön rangeschafft. Aber wie ick mal verreist bin, jeschäftlich, da haben sie mir doch vom Verein eenen nachjeschickt, den tollen Emil, und der hat mir jestochen, det die Else mit 'nem andern von unserem Verein jeht – aus Liebe. Det jing gegen meine Ehre, Geschäft ist Geschäft, aber aus Liebe... Na, ick hab's nicht jern getan, aber ick hab mir scheiden lassen."

Als wir draußen waren, schien mir die Luft so herb und sauber, so unberührt von Lärm und Schmutz, daß mir die Tränen kamen. Fritz bemerkte es nicht, er sprach, während wir mit in der Stille hallenden Schritten die Augsburger Straße hinabgingen, über die Verschiedenartigkeit der Moral in dieser und in jener Schicht und daß ich nicht unzufrieden sein solle ob solcher Einblicke in die Abgründe des menschlichen Daseins, die ich ja vielleicht einmal verwerten könne – wenn auch nicht im Sinne des ehrenwerten Herrn Kalle, sondern ungefähr in der Art Onkel Jean-Louis', von dem man leider so gar nichts mehr höre.

„Wie soll er sich denn hören lassen", sagte ich, „wenn er gar nicht weiß, in welchem Dreck sich seine Nichte gerade bewegt?" Und bevor der verblüffte Mann den Mund zu einer Antwort öffnen konnte, begann ich mitten auf der Augsburger Straße zu schreien: „Ich kann nicht mehr! Ich will weg, nach Hause!"

„Dann geh", sagte Fritz Goldener – oh, er hatte Haltung, wenn er sie brauchte.

Ich aber ging nicht, sondern litt weiter, verkrochen in meinen Kummer wie in eine das Leben ausschließende Schutzhülle. Was kümmerte mich der Untergang eines Abendlandes, was der Hunger von Millionen, solange ich mich mit Tränen sättigen konnte? Und ich nahm es als eine Bestätigung meines unverdienten Unglücks, daß auch Käthe Lafontaine bei meinen Besuchen ihr unverdientes Unglück beklagte – obwohl mir Sanitätsrat Wollsiegel in Eberswalde erklärt hatte, wie folgerichtig sie sich ihren hohen Blutdruck verdient habe.

Den großen Umzug von Eberswalde nach Schmöckwitz hatte sie zwar nicht über die Dächer gemacht, aber für ihren Teil in einem Dritterklasseabteil der Reichsbahn, Kläuschen auf dem Schoß und eine Stehlampe in der Hand. Und als sie im Eingang der Villa mit Kläuschen und Stehlampe umfiel, schickte Onkel Jean Louis sie zu einem ihm befreundeten Arzt, der mir – und zwar mir allein! – nach gründlicher Untersuchung schonend beibrachte, daß Käthe Lafontaine am Ende sei: Sie habe die Kerze an beiden Enden zugleich angesteckt, ihre Organe im Geschwindemarsch durch das Leben und – wie ich heute weiß – über den Bodensee ihrer sich selbst verheimlichten Ängste verbraucht. Ihr zu verschreiben sei nichts als Ruhe, ein bißchen Bad Nauheim und sehr viel Apfelsinen.

Die Apfelsinen kaufte Käthe Lafontaine bereits auf dem Heimweg, trug die vier Kilo eigenhändig und verwarf Bad Nauheim zugunsten eines Wunderheilers, der mir schon ob Preis und Ort verdächtig vorkam: Zwei Mark pro Besuch in der Invalidenstraße 14, vier Treppen hoch über den Müllkästen. Ich schauderte in Erinnerung an den Frühlingstag im Jahre 1917:

die gleichen Müllkästen, die gleichen vier Treppen, hoch hinauf bis in den Himmel!

Als ich dann drei Tage später in Schmöckwitz die Villa Seeblick durch den hübschen Garten mit den Gartenzwergen betrat und die Treppe emporstieg, blieb ich wie angehalten in der Tür zu meinem Zimmer stehen: Es war der schönste Raum des Hauses mit meinen oder – wenn man die Herkunft des blauen Sofas bedenkt – den Goldnerschen Möbeln, und auf dem Teppich spielte Kläuschen und fragte, warum ich denn weine.

Zurückgekehrt in die Absteige zu Frau Kanzleirat Schmidtchen, zurück zu dem Paneelsofa, der Batiklampe und meinem einsamen Abendessen auf dem Handtuch über dem achteckigen Tisch, ergriff mich Angst, jene wesenlose Angst der Unerlösten, Ungeliebten und Verlassenen. Denn Fritz Goldener kam nachts nur selten nach Hause – ach, ihm hatte ich keinen Zettel mit der Adresse in den Hut gesteckt wie damals, als Kind, meiner Mutter. Ihn konnten sie mir nicht bringen, wenn ihm etwas zugestoßen war! Ein Unglück durch einen Unfall, einen Mord, einen Wunsch...

In einer solchen Nacht geschah es, daß ich, eine alte Jacke von Fritz Goldener um die Schultern, die Treppe hinabrannte. Ich wollte ihn suchen. Aber ich blieb im Eingang neben den beiden Mädchen stehen, die sich wohl vor dem zarten Sprühregen in den Torbogen geflüchtet hatten: Es waren Menschen, es war Nähe, es war Gnade, obwohl sie mich nicht einmal ansahen.

Sie standen ganz ruhig, eng in ihre Mäntel gewickelt, die Köpfe tief in den Topfhüten. Die kleine Dicke trug über ihrer Fülle eine struppige Fuchsstola, deren Glasaugen im Licht der fahl durch den Dunst glimmenden Straßenlaternen furchterregend lebendig glänzten. Und es war auch die Dicke, die unablässig mehr zu sich selbst als zu der anderen sprach. „Ein Scheißwetter ist das heute. Den Freier möcht ich sehen, der da rausgeht. Und wenn – bis zu mir ist's zu weit bei dem Scheißwetter. Und hier ..." Dabei wandte sie sich mir zu: „Weißt du, ob die Schmidtchen klettern läßt?"

„Nein", sagte ich heiser. „Ich glaube nicht, ich glaube, sie hat ... das sind alles feste Mieter."

„Na siehste", sagte die Dicke zu der anderen, die weder aufgeblickt noch sich gerührt hatte. „Die läßt nicht klettern. Die hat früher auch nicht klettern lassen. Aber ich dachte, jetzt, bei den Zeiten."

„Ja, so 'ne gibt's", sagte die Dünnere.

„Drüben in Nummer sechs, Gerda ihre, die läßt klettern. Da kannst du überhaupt machen, was du willst, und dabei kein Aufschlag, für nischt. Mutti sagen sie zu ihr."

„Ja, so 'ne gibt's." Die Dünne sah unentwegt die Straße hinab, die heller zu werden schien, weil der Morgen kam oder der stäubende Regen das Pflaster blank gewaschen hatte.

„Aber die Schmidtchen läßt nicht klettern", begann die Dicke wieder und drehte mir die funkelnden Augen ihres Fuchses zu. „Sie sagt, es ruiniert zu viel ... Aber zu der in Nummer sechs sagen sie Mutti, alle. Kaffee aufbrühen kann man auch."

„Ja, so 'ne gibt's." Die eintönige Stimme meldete sich wieder nach einer Weile mit einem Seufzer: „Aber auch andere. Ich kenn sie."

Hier entstand endgültig eine Pause, eine Stille, die auf meinen forteilenden Schritt, auf meinen schüchtern gestammelten Abschiedsgruß wartete.

Und besinnungslos lief ich davon vor meiner Schande, vor der Schmidtchen, bei der man nicht klettern und doch mit einem Mann in einem seit Monaten unbezahlten Zimmer auf die paar Millionen für die Miete warten durfte, so wie die Mädchen unter dem Torbogen auf den Freier warteten, der nicht kommen würde. Meine Schritte hallten in den Morgen, der nun wirklich hinter den Dächern mit einem Schimmer von Blau emporstieg.

Ich lief, sah mich nicht um und ahnte doch schon, daß es zu spät war für Flucht und Rettung, bevor ich noch seine Stimme hörte, bevor ich seine Hand an meinem Arm spürte, bevor ich noch wußte, daß ich ihm ins Gesicht geschlagen hatte.

„O Gott", sagte er, „o Gott!" und leise, fragend: „Warum?"

Dieses Warum aber ist mir durch viele Jahre unbegreiflich gewesen. Erst jetzt, da ich mich erinnere, erkenne ich mit Scham, wie viel ich damals von seiner Schuld und wie wenig von seiner Unschuld wußte. Denn war es sein Vergehen, daß er so gar nicht dem Bilde ähnelte, das ich mir zu meiner Lust und meinem Stolz von ihm erträumt hatte?

Ich frage das den Professor, als er an diesem Spätnachmittag neben meinem Rollstuhl vor den Levkojenbeeten sitzt, wo mich Tussi abgestellt hat. Es ist noch lange Zeit bis zum Dunkelwerden, aber es dämmert, die Farben der Blumen verblassen, und die Stille, in die nun bald die Vögel ihren Abendgruß rufen werden, gibt dieser Stunde den Zauber des Traumes – eines Traumes, den ich doch schon einmal geträumt habe.

„Komisch", sage ich, „nichts vergeht in Wirklichkeit, in der inneren Wirklichkeit. Es ist immer das gleiche Gefühl ..."

Der Professor sitzt nahe bei mir; ich rieche die Blumen, die jetzt Wolken von Duft verströmen, und höre des Professors sanfte behutsame Stimme.

„Weil wir immer die gleichen sind. Denn was wir an Liebe für den anderen aufbringen, bedeutet doch immer auch Liebe zu uns selbst, bedeutet die Erhöhung und Aufwertung ebendieses Selbst. Oder fühlen Sie nicht, daß zum Beispiel der Verlust Philipps Ihren Wert mindert?"

„Hören Sie auf mit Ihrer Psychologie!" Ich bin wütend, vielleicht getroffen und werfe ihm das Taschenspielerkunststück vor, die Gegenwart auf dem Umweg über die Vergangenheit zu erreichen: Ein Trick! „Ein ganz billiger Schmetterlingsfängertrick, unwürdig eines Analytikers, der eigentlich überhaupt nicht mitzureden hat!"

Daraufhin lacht er und beteuert, daß er sich nur ungern von Philipps hochwertiger Person zu Fritz Goldener begebe; der nämlich verdiene ein strenges Urteil, da er schließlich auf Grund seiner bürgerlichen Moral sehr wohl gewußt haben mußte, was er mir in unserer Ehe schuldig geblieben war. Alles, wirklich alles!

„Und ich? Und meine Schuld? Ach, Professor, wenn ich blind bleiben sollte, dann hätten Sie mich nicht soviel erzählen lassen dürfen. Ich erinnere mich da an eine Geschichte ..." Ich lache leise auf, denn auch in dieser wie in beinahe allen meinen Erinnerungen ist das Gelächter dem Schluchzen beigemischt als ein, vielleicht der bessere Teil des Lebens. „Da war doch, Sie entsinnen sich, die Sache, wie ich nachts in der Pension Schmidtchen den ruhestörenden Lärm verursacht hatte, wie die Schmidtchen an die Tür bummerte und ich wohl den ersten und letzten Tobsuchtsanfall meines Lebens bekam. In dieser Nacht habe ich Fritz Goldener vorgeworfen, was Sie vorhin sagten, Professor, daß er mir nämlich alles schuldig geblieben sei, alles an Glück und Liebe und Frieden und ... Da sah er mich so seltsam an, so mit einer Mischung von Spott und Kummer, und sagte ganz ruhig: ‚Und du, bist du mir nichts schuldig geblieben? Nichts oder sogar alles an Liebe ...?' Und sehen Sie, Professor – oder schauen Sie mich lieber nicht an, denn ich bin wahrscheinlich rot geworden –, das war's. Ich bin ihm vieles schuldig geblieben. Vieles oder alles, was ein Mann von einer Frau erwartet."

Der Professor räuspert sich verlegen, fängt sich aber und hält mir einen längeren wissenschaftlichen Vortrag über die Schäden der Zivilisation, die Entfremdung des Menschen, vor allem des weiblichen, von der Natur, über die vielen Frauen, die niemals im Leben die vollkommene Hingabe erreichen, und warum? Bardekow spricht leise, sanft und durch die Nase – die Stimme deckt gleichsam die Geheimnisse der Seele und die des Körpers mit Samt zu – über Sexualmoral, „die noch immer die des achtzehnten Jahrhunderts, ach was, die des Mittelalters ist. Sie hemmt, anstatt zu befreien, und geht damit weit über den von jeder Kultur zu fordernden Triebverzicht hinaus. Was wir übrigens der Kirche zu verdanken haben, die ja die Sexualität in der Ehe legalisiert und eingesperrt hat – wo sie eigentlich gar nicht oder zumindest nicht ausschließlich hingehört. Ich persönlich bin der Überzeugung, daß man Sexualität lehren sollte und daß wir eine Zeit der sexuellen Freiheit, der Erziehung zum Genuß, zum Lieben, zum Leben bekommen werden. So in zehn, zwanzig Jahren ..."

„Zu spät", sage ich. „Zu spät für mich, schade! Mir geht's wie meinem Großvater Schnedderich, dem lief die Zeit auch immer davon, wenn nicht gerade er ihr davongelaufen war."

„Sollten Sie ihr nicht auch manchmal vorangelaufen sein?"

„Ja, wir, die Frauen meiner Generation, *wir* haben doch die Türen geöffnet, durch die jetzt die jungen reinstürmen, als wären sie die Rebellen. Und wenn sich die heutigen Mädchen soviel auf ihre Emanzipation einbilden – *wir* haben die Ehe abgelehnt, lautlos, haben die Berufe erobert, haben gelernt und gearbeitet, unser Geld verdient, unsere Kinder erhalten und manchmal die Männer gleich mit und uns an Liebe genommen, was wir brauchten oder kriegen konnten. Aber zu Anfang, damals in Eberswalde und noch lange nachher, da war ich nichts als die Frau Doktor Goldener, die Tochter einer besseren Zimmervermieterin aus einem etwas anrüchigen Hause, und sogar die sexuelle Frage war für mich in dieser Zeit, so komisch das klingt, so etwas wie eine Klassenfrage. Ich hatte einfach Hemmungen oder, wie Tussi sagen würde, ein unterschwellig schlechtes Gewissen ob meiner peinlichen Herkunft. Sogar Fritz Goldener, der ja gar nicht dumm war, sondern bloß leichtsinnig, Fritz Goldener hat von solchen Hemmungen etwas geahnt. Und einmal auch gesagt: ‚Du bist gar nicht schuld, die Umgebung ist schuld, in der du aufgewachsen bist. Sie hat dir die Liebe als etwas Unmoralisches gezeigt, als etwas eigentlich Verbotenes. Wie kannst du da ungehemmt und frei das Verbotene tun?"

„Er wußte von dem kleinen Portiermädchen?"

„Er wußte gar nichts. Für ihn war ich wohl so etwas wie der Siegespokal, den er erringen wollte im Kampf mit seiner größeren Leidenschaft, der für das Spiel. Und als er den Pokal errungen hatte, konnte er nicht daraus trinken, er konnte nur stolz sein, daß er ihn besaß."

„Er besaß ihn ja auch nie wirklich und nie ganz. Denn da war noch Poldi. Und den haben Sie geliebt, immer!"

„Aber, Professor, ich habe ihn gehaßt, vom ersten Tage an!"

„Gewiß, Sie haben ihn zuerst gehaßt, wie fast alle Kinder das Nachgeborene hassen, den Eindringling, der ihnen den Thron der Alleinherrschaft streitig macht. Aber dann haben Sie das Haßgefühl in Liebe verwandelt, haben sich ihn genommen, um ihn zu überwinden und zu behalten ein Leben lang. Und da hätte Fritz Goldener schon ein Held sein müssen, um diese Bindung zu zerbrechen. Oder zumindest der Märchenprinz, der Dornröschen hinter der Dornenhecke mit seinem erlösenden Kuß weckt. Aber er war eben kein Prinz, Ihr Fischi Goldener ..." Der Professor zögert, wagt es dann doch: „Und Ihr Philipp? Ich glaube, meine liebe Frau Lafontaine, auch ihm lag es nicht so sehr, schlafende Prinzessinnen zu wecken."

„Nein, er hatte Wichtigeres zu tun", entgegne ich patzig. „Er hatte keine Zeit dafür."

„Schade." Der Professor zieht die Enden seiner Schmetterlingsschleife herab, als setze er sie auf halbmast. Und ich sage: „Es war nicht die Zeit dafür – und es war doch unsere Zeit. Ihre übrigens auch, wenn Sie es vielleicht nur nicht so bemerkt haben."

„Ich bin kein Kämpfer." Er spricht wieder mit dieser leisen, gleichsam errötenden Stimme. „Ich bin ein Stiller im Lande, eher der Kontemplation zugeneigt oder der Besinnlichkeit. Manchmal, wenn Sie von Ihrem Vater Eberhard erzählen und wie er sich die Klosterzelle wünschte – Klosterzelle mit Kreuzworträtsel und Bootssteg –, dann verstehe ich ihn so gut, wie es überhaupt mein Amt ist, das Stille, das Nichtgesagte, Nichtgewußte zu verstehen. Und das, was sich Politik nennt, das ist mir zu laut. Das macht die Welt laut und erfüllt sie mit Getöse, von dem wir alle, ich besonders, genug haben."

„Und Sie glauben die Welt aus Ihrer Klosterzelle heraus zu verstehen? Sie glauben, Sie brauchten nicht auch die Straßen um diese Klosterzelle, ihren Lärm, ihr Geschrei, ihre Menschen und das Leben und Sterben, Leiden und Lieben dieser Menschen?"

Der Professor hebt überrascht den Kopf. „Wie schön Sie das sagen! Sie sind doch eine Dichterin! Aber – sehen Sie, das alles bringt man mir hierher in *meine* Klosterzelle. Und mich auch noch um das Draußen zu bemühen, um die großen Ursachen im Weltmaßstab, wie ihr sagt, deren kleine Wirkungen ich hier, wenn auch krankhaft verändert, beobachten kann – dazu, meine liebe Fleur, fehlt mir einfach die Zeit."

„Die Zeit, zu hören? Nein, Professor, ich will Ihnen sagen, was Ihnen fehlt oder was Sie nicht hergeben wollen: die Zeit, zu antworten! Das ist es doch, daß man antwortet auf die Fragen der Zeit, in der man lebt, auf ihre Hilfeschreie! Ich weiß, Sie helfen den Menschen, es ist Ihr Beruf und sicher auch Ihre Berufung; aber nützen Sie auch der Menschheit, entschuldigen Sie das dicke Wort, und sagen wir meinetwegen: der Zeit? Denn die läuft nicht von allein vorwärts, im Gegenteil, sie läuft rückwärts, wenn man sie nicht daran hindert. Wir haben's erlebt, als sie uns davonlief bis zurück ins finsterste Mittelalter. Was haben Sie denn eigentlich damals gemacht, vor dreiunddreißig?"

„Meinen Doktor hab ich gemacht, gearbeitet – im übrigen fehlt mir seit je und fehlte mir auch damals die Fähigkeit zum unbedingten Glauben an eine Idee."

„Schade!" sage ich, diesmal aber feindlich – o Welten zwischen uns! „Übrigens handelt es sich hier nicht um Glauben – wenigstens sagte das Philipp immer –, sondern um Wissen. Wir wußten auch nichts. Aber wir lernten, wir hatten einen Kreis von jungen Leuten, Studenten, Arbeiter, auch ein paar Ärzte. Mit denen kamen wir abends bei einem alten Marxisten zusammen, er hieß Duncker, und lasen das ‚Kapital'. Ich hab wenig verstanden, war zu verträumt, aber Poldi diskutierte heftig, damals, 1932, als Hindenburg wieder Reichspräsident wurde – Sie kennen doch die SPD-Losung vom kleineren Übel – und Poldi Wahlschlepper machte für Thälmann. Dann gab's einen Kongreß, ich glaube, so was wie Antifaschistische Aktion, wir nichts wie hin; bei dem großen BVG-Streik haben wir uns sogar vor die Elektrischen gestellt, und in den Reichstagswahlen kriegt die KPD doch wirklich sechs Millionen Stimmen! Mein Gott, war das ein Jubel, war das ein Leben! Aber Sie, Sie haben von alledem nichts gewußt? Und später, haben Sie da auch nichts gewußt?"

„Fleur, halten Sie mich doch nicht für einen Idioten! Natürlich habe ich gewußt, wie die Dinge standen! Und ich konnte mir auch denken – natürlich nur ungefähr –, wie es weitergehen würde. Und es ging so weiter. Später dann, während des Krieges, war ich in einem Fall direkt betroffen oder richtiger: in meiner Ehre als Arzt, als Wissenschaftler, in meinen humanistischen Idealen. Damals haben sich einige Ärzte gerührt, als sie erfuhren, daß ein gewisser Doktor Heyde, Standartenführer bei der SS, als Leiter das Euthanasieprogramm durchführte, und mein Professor, ein großer Hamburger Psychiater, wollte es sogar auf einem Kongreß zur Sprache bringen. Aber ich – ich konnte nichts machen, gar nichts, ich hatte eine jüdische Frau."

Er verstummt; auch ich schweige, was soll ich sagen? Und nach einem Augenblick stummer Verlegenheit lächelt er bemüht. „Entschuldigen Sie, unser Gespräch ... Doch nun wollen wir wieder von Ihnen reden, meine Person ist wirklich ganz uninteressant."

„Im Gegenteil! Ich stehe Ihnen dauernd Rede und Antwort, und von Ihnen weiß ich überhaupt nichts!"

„Nehmen jedoch freundlicherweise an, daß ich ein Feigling bin, ein Idiot und ein Feigling! Dabei hätte ich Ihnen manchmal gerne etwas von mir erzählt, aber ..."

„Erzählen Sie", sage ich, wie sonst er mich zu Rede und Bekenntnis herausfordert.

Und wirklich: er spricht. Zuerst zögernd, stockend, doch dann, da er von der Frau berichtet – der jüdischen Frau –, in einer Bewegung, die mich ergreift. Denn es war eine Liebesheirat, er sagt es selbst: „Es war Glück, ein trauriges Glück, und ich habe gerne auf mich genommen, was dann kam, und ... ja, meine Frau hat's wahrscheinlich stärker belastet als mich. Wir hatten am dritten September fünfunddreißig geheiratet, zwölf Tage vor den Nürnberger Gesetzen, und bald darauf war ich dann auch in einer Art Außenseiterstellung und doch froh, meine Frau mit meinem untadeligen Namen schützen zu können. Zu Beginn unserer Ehe wollte sie fort, wollte Deutschland verlassen, und vielleicht ... vielleicht hätte ich sie auch herausbringen können, aber ich redete mir ein: Wie lange kann's denn schon dauern? Aber dann mußte sich meine Frau melden, und Sie wissen, was das bedeutete: Abgeholt werden und in ein Lager oder – nein, von Gas wußten wir damals noch nichts. Und da kam sie auf den Gedanken, ja, *sie* war es, ich versichere Ihnen, Fleur, *sie* wollte untertauchen und sich für die letzte Zeit – es war 1944 – in unserem Haus versteckt halten. Sie schrieb auch eine Art Abschiedsbrief, und wirklich ... Ich war ja nicht mehr fähig zu denken, ich schlief nicht mehr und dabei jeden Tag vierzehn Stunden in der Klinik ... Schließlich nahm ich den Zettel und ging damit aufs Polizeirevier und gab an, daß meine Frau verschwunden sei, seit vorgestern. Und da sagt der Beamte: ‚Hat sie braune Schuhe angehabt?' – ‚Ja', sag ich, einfach so aufs Geratewohl, wie benommen – ich war in einem sehr labilen Zustand damals, in einer Art von Derealisation –, und der Beamte sagt: ‚Kommen Sie mit' und bringt mich ins Nebenzimmer. Dort liegt eine Frau, ertrunken, ich hab gar nicht genau hingesehen, nur auf die Schuhe, braune Schuhe; ich nicke, und der Beamte sagt – solche Leute waren damals alles gewohnt, alle Arten menschlichen Elends, Tag und Nacht Bombardements und Tote zu Hunderten, Tausenden und Schutt und Trümmer –, der Beamte sagt: ‚Na, dann hätten wir's ja.' Damit war meine Frau also rechtmäßig tot und vor dem Tode in Auschwitz gerettet – nur daß sie es nicht wußte, nicht mehr wußte. Denn als ich nach Hause kam, da lag sie da ... und ich dachte ... sie schläft. Es war ein Schlafmittel, das

Röhrchen war noch da ... und ein Abschiedsbrief, diesmal ein echter. ‚So tot will ich nicht leben.' "

Der Professor ist still; auch mir versagt die Stimme. Dann frage ich: „Aber warum? Mein Gott, warum noch?"

Er blickt in die Weite, in das Abenddunkel – sucht er dort etwas? Die Wahrheit? Und als er mir das Gesicht wieder zuwendet, ist es das eines alten Mannes, in dem die Augen erloschen scheinen, als hätte die Scham ihr Licht verdunkelt. „Wahrscheinlich war es das, was ich jetzt manchmal denke, so wenig erfreulich derartige Hypothesen sind: Sie hat es getan, weil ich nichts getan habe. Nichts oder zuwenig. Vielleicht hat sie dagesessen in unserem schönen Haus zwischen ihren Blumen und Pflanzen – sie liebte Blumen so – und hat gewartet, daß ich etwas tue. Aber ..." Er zögert und lächelt, doch jetzt nicht sein Seelenstreichlerlächeln, sondern das bittere eines Besiegten. „Kämpfen! Ich kann kaum das Wort aussprechen, sowenig vermag ich den Wirklichkeitssinn eines Begriffes auszudrükken, der mir bisher abstrakt erschien – kämpfen! Ja, ich hätte kämpfen müssen. Aber wie? Vermutlich hätte ich sie nicht retten können, aber ihre Seele ... und ein bißchen Glauben an das Leben ... an die Gerechtigkeit ... an mich."

Mir sind die Tränen gekommen. Wie wenig habe ich ihn gekannt, den Mann mit der Schmetterlingsschleife, den Seelenfänger im Neurosengarten, der seine Trauer unter dem Lächeln allzu voller, allzu roter Lippen verbirgt. Und der verlegen den Kopf schüttelt, als ich ihm die Hand entgegenstrecke.

„Nicht", sagt er sanft, „es ist ein wenig spät für Mitgefühl und Mitleid, das sind vergangene Dinge." Und dann plötzlich, wie aus tiefem Nachdenken: „Nein, so etwas vergeht nicht. Nicht in seiner Bedeutung und nicht in seiner Wirkung. Denn wenn sich heute dieses Gespräch zwischen uns ergab, das mich aufwühlte, so lag der Anlaß dazu wohl tiefer. Wahrscheinlich war es eine unterbewußte Gedankenverbindung, die mich auf den Fall Heyde zurückbrachte und auf den Grund, warum ich damals schweigen mußte." Er spricht langsam, den Blick ins

Leere gerichtet, fühlbar auf einer Spur, an deren Ziel er Licht sieht. „In der letzten Zeit nämlich, gerade in diesen Wochen, habe ich ein Gerücht gehört, das mir so peinlich, so unangenehm war, daß ich es wohl verdrängt habe. Nach diesem Gerücht – das übrigens an den Stammtischen herumerzählt wird als eine Art Meisterstück nordischer List und siegreicher Nibelungentreue – soll dieser Doktor Heyde wieder aufgetaucht sein, wieder in Amt und Würden, jetzt als Doktor Sawade. Und das geht mir eigentlich ein bißchen zu weit, auch wenn ich kein Kämpfer bin wie Ihr Philipp. Aber schließlich bin ich Arzt, in leitender Stellung, habe Verantwortung ... Und auch wenn es sich um eine alte Geschichte handelt – muß man sich das gefallen lassen? Heute noch? Oder heute wieder?"

„Nein, man muß nicht!" Ich fühle, wie ich erstrahle, wie mich Kampfesmut und Kampfeslust, Lebensmut und Lebenslust ergreifen. „Man *darf* sogar nicht! Denn das ist keine alte Geschichte, das ist neue, allerneueste Geschichte. Und nicht wahr, Professor, wir lassen es doch nicht zu, daß sie noch einmal so wird wie die alte ..."

In den nächsten Tagen, in meinem weißen Zimmer im Rollstuhl am Fenster sitzend, die Stirn an das kühle Fensterglas geneigt, erinnere ich mich oft dieses Abends: Dort drüben steht die Bank, gelb blüht es von den Levkojenbeeten, und ich gedenke mit Rührung, aber auch mit Bewunderung der Kraft, die den Professor gestehen ließ, was mir noch immer unbewältigte Vergangenheit scheint, die zu bewältigen wohl jeder von uns, sicher auch eine gewisse Fleur Lafontaine geborene Schnedderich, sich bemühen sollte. Und laut, mahnend sage ich ein einziges Wort vor mich hin: „Bumke!"

Ja, ich sage: „Bumke!" Nicht mehr und nicht weniger als den Namen Bumke, während sich aus den Baumschatten des Klinikgartens lange vergessene Bilder formen:

Schmöckwitz an einem Sommerabend des Jahres 1923; der Garten mit den Gartenzwergen, den Strandkörben unten am See, Abendschatten, Abendfrieden. Zwischen den Johannisbeersträuchern auf einer rotgestrichenen Bank sitzt Käthe Lafontaine über ihre Näharbeit gebeugt, eine tiefe Sorgenfalte in der Stirn, und spricht von Herrn Bumke.

„Nämlich, Fleurchen, ich hab's satt, ich hab alles satt, auch das hier, das neue Haus, ihr seid ja doch nicht da, ihr müßt egalweg in Berlin sein, oder bloß zu Besuch, und Herr Bumke meint, die Amerikaner kaufen alles mit ihren Dollars, und wenn man Dollars für das Haus kriegte ..."

„Man kriegt keine", sagte ich. „Wir haben keinen Onkel in Amerika, der uns Dollars schickt."

„Wir haben Herrn Bumke", sagt meine Mutter, und wahrhaftig: Wir hatten ihn.

Wir hatten ihn täglich, besonders sonntäglich, seit er die Schönheit der Seen bei Schmöckwitz oder auch die meine wahrgenommen, ein Paddelboot gekauft und es mir zu Füßen, das heißt an unseren Strand vor die Strandkörbe, gelegt hatte. Und wenn ich damals so ehrlich gewesen wäre, wie ich heute bin, so hätte ich gewußt, was mir an Bumke gefiel: sein Reichtum, der Name des Bankhauses Bumke in der Behrenstraße, dem ich nichts entgegensetzen konnte als das längst vergangene Bankhaus Lafontaine ebendort und siebenundfünfzig ebenfalls vergangene Wohnungen. Sicher aber auch gefiel mir seine knabenhafte Hübschheit, die Stärke und Länge seines angenehm sauberen Körpers in den seidenen, monogrammverzierten Hemden zur kurzen weißen Hose, das schmale Gesicht mit den fahlblauen, leicht vorstehenden Augen voll freundlichen Hochmuts. Weniger gefielen mir unsere Paddelbootfahrten. Ich fürchtete die Tiefe unter mir, die Sonne über mir, die zischenden Flammen des Primuskochers beim Abkochen, den Sand im Essen, die Kiefernnadeln auf den Lagerstätten im krüppligen, nach Harz und Mist riechenden Unterholz, und ich sah Herrn Bumke lieber an Land, wenn er als Ehrengast mit Blumen und Kognakflasche zu Käthe Lafontaines Sommerfesten erschien.

Vermutlich lag es am Johannisbeerwein: Bereits nachmittags

tanzten die Gäste im Garten unter der fressenden Sonne, Aline Eden sang mit Eberhard zusammen Chansons, während Catherine Lafontaine mit Herrn Bumke in geradezu leidenschaftlicher Weise über *Möglichkeiten* sprach – denn es gab Möglichkeiten, gab sie noch oder gerade jetzt! Sogar die aus Eberswalde mitgebrachte lahme Ente schwenkte, in einem weißen Unterkleid, freigebig entblößte dürre Arme; das vom Bayerischen Platz herbeigeeilte Heiratsvermittlungsbüro Liebe und Treue – nämlich die Gräfin Bernheim und ihr neuer, an die Stelle des vielbeweinten Gospodin Perasič getretener Vorstellungsherr – faselte von einem unter den Trauerweiden zu veranstaltenden Betriebsausflug. Und Gustav Schnedderich benahm sich in einem Ausmaß jugendfrisch, das den alten Monsieur Lafontaine entsetzt hätte. Ein Schnupftuch über dem kahlen Kopf zu vier Knoten geschürzt, den Flatterschlips offen über dem Adamsapfel, behauptete er, immer jünger zu werden. „Und wenn ick mir erst so verjüngt habe, det ick nach de Flasche schreie, denn jebt se mir, aber nich eene mit Milch."

Wirklich erhielten die Gäste einschließlich der sechs Freunde Poldis von der Kunstgewerbeschule fässerweise Johannisbeerwein, haufenweise Kartoffelsalat, kilometerweise Würstchen und – wie seinerzeit bei den Sonntagsfeiern der jungen Schnedderichs – Berge von Stullen mit eigenhändig von Käthe Lafontaine ausgelassenem Schmalz. Onkel Jean-Louis hatte es wieder einmal mit dem Magen und saß mit geöffnetem Hosengurt an der langen Tafel unter den roten und grünen Lampions, um deren buntes Licht sich die Nacht zu geheimnisvoller Schwärze verdichtete. Draußen auf dem Wasser aber blieb es hell von einem schwachen blassen Augustmond zwischen starken weißsilbernen Sternen.

„Ich habe nichts gegen italienische Nacht", sagte Jean-Louis Lafontaine zu Herrn Bumke, der sich zwischen Schnäuzchen und mich auf die Holzbank gequetscht hatte. „Ich habe auch nichts gegen Kartoffelsalat, wenn ich ihn nicht selber essen muß, ich habe auch kaum etwas – kaum etwas, Verehrtester!

– gegen Ihr hübsches Plätzchen neben meiner – ich betone meiner! – Frau Gemahlin in spe, ich bin überhaupt kein Kind von Traurigkeit, aber das, was jetzt hier in Deutschland so los ist, ich sage immer: Der Untergang des Abendlandes. Der Spengler macht übrigens ein Vermögen mit dem Buch."

„Wir machen alle Vermögen." Bumke rückte hin und her, saß dann aber gut, wenn auch ein bißchen warm. „Unser Freund Stinnes hat heute schon mehr als tausend Unternehmen im In- und Ausland. Ja, man muß seine Zeit begreifen, eine ganz große Zeit, schon was die Technik anbetrifft. Sie haben vielleicht die Unterhaltungs-Rundfunksendung im Vox-Haus gehört – ein kulturelles Ereignis!"

„Ich hab was ganz anderes gehört." Onkel Jean-Louis wurde giftig. Der Nachttau beschlug ihm die Brillengläser, und dieser Herr Bumke war zum Kotzen, noch dazu bei diesem selbstgebrauten Abführmittel. „Ich hab gehört, daß es Hungerdemonstrationen gibt und Streiks!"

„An die Wand!" sagte Herr Bumke freundlich. „Es geht nicht anders, glauben Sie es mir. Ich bin gewiß kein Reaktionär, aber wenn bei dieser Geldentwertung auch noch gestreikt wird, ist die Substanz gefährdet. Etwas müssen wir doch an Werten behalten, und wer soll die Werte schaffen, wenn die Arbeiter die Hände in den Schoß legen!"

„Ich fürchte, sie legen sie nicht in den Schoß", stotterte über den Tisch herüber Eberhard Lafontaine. „Man darf das ja auch nicht, da ... daß die Menschen boß noch hungern und boß noch Papier haben statt Geld."

„Müssen sie ja nicht." Bumke blickte nun doch recht gönnerhaft aus den gewölbten wasserblauen Augen. „Man kann mit der Inflation mitgehen! Das heißt mit dem Dollar mitgehen. Aber wenn man das Papiergeld stapelt und auf seinem Besitz hockt wie angeleimt ... Bewegung, Bewegung, das ist es, nicht wahr, Frau Lafontaine?"

Statt einer Antwort prostete ihm, rosig, aber unfrisch erglühend, Käthe Lafontaine mit Johannisbeerwein zu.

Und Onkel Jean-Louis rief so laut, daß es durch den jetzt nächtlich stillen Garten dröhnte:

„Käthchen, mein Mädchen, laß dich von dem Businessman nicht verführen, dazu ist er nämlich hier und trinkt das von dir gebraute Rattengift. Die Frage ist bloß, worauf er es abgesehen hat? Auf deine Millionen oder auf die Tugend der verschiedenen Damen!"

„Auf Fleurchens. Aber Bumke, Sie werden kein Glück haben, Fleurchen ist treu!" Aline Eden blickte über mich hinweg, das scharfe Kinn, die spitze Nase, den glatt und fest in seinem blonden Helm sitzenden Kopf zu Großvater Schnedderich erhoben. Denn der stand jetzt schwankend, den Bart gesträubt, die Nase zornrot erglüht, im bunten Schein der roten und grünen Lampions und grollte:

„Wie soll denn 'n armer Mann mit die Inflation mitjehn? Worauf soll ick mir denn stützen, Sie Klugscheißer, Sie! Auf det dreckige Stück Lumpen" – in seiner zitternd herumfuchtelnden Greisenhand schwankten Millionen auf schmutzig zerknülltem Papier –, „auf det vielleicht? Da steht: ‚Eine Million zahlt die Reichsbankhauptkasse gegen diese Banknote.' Ick hör immer Banknote! Een Dreck isse, denen ihre Million! Und ick, wat bin ick? Een Idiot bin ick! Früher wollt ick für mein Leben jern nach Paris fahren auf die Weltausstellung, und heute komm ick mit die Million jrade per Straßenbahn bis nach Lichterfelde, damit ick da in meine Dachstube mit meine Millionen verhungere! Ick kenne dir, du Scheißjeld!"

Ein peinlicher Vorfall! Noch dazu in Anwesenheit eines Herrn Bumke, der zwar nur lässig die Schultern im weißen Seidenhemd zuckte, aber doch etwas von Laienstandpunkt und Unwissenheit murmelte, worauf Onkel Jean-Louis ziemlich scharf antwortete: „Natürlich sind wir Laien, und unwissend sind wir auch, sonst könnten sie ja das Ding gar nicht mit uns machen!"

„Wir haben einen Krieg verloren", gab Bumke zu bedenken; die Gräfin seufzte mit hochgehendem Busen, und ihr Begleiter, der bisher nur gegessen und getrunken hatte, dröhnte aus dem Hintergrund: „Und einen Schandfrieden!"

Doch da hatte Jean-Louis Lafontaine bereits sein Steckenpferd zu einem scharfen Galopp in die deutsche Landschaft bestiegen: eine Einöde stillgelegter Zechen und wachsender Kohlenhalden; ein besetztes Ruhrgebiet, das Rheinland im passiven Widerstand – alles in allem ein Zusammenbruch, für den Herr Bumke jedoch ausschließlich die SPD verantwortlich machte.

Worauf Jean-Louis Lafontaine mit wutfunkelnden Augen, aber nicht ohne Stolz, erwiderte: „Der Herr Reichspräsident, mein Freund Ebert, der bleibt mein Freund, auch wenn er sich hat auf den Arm nehmen lassen von *Ihren* Freunden, Herr Bumke! Denn das ist es: Wir haben nicht nur den ersten Krieg verloren, sondern auch den zweiten, den im Inland gegen die Militärs und Bankiers, gegen diese Raffkes und Schieber, diese Blutsauger, dieses Gesindel, dieses . . ."

„Aber, Herr Lafontaine, bleiben wir doch gemütlich!" Bumke lenkte ein, aber er rügte unmißverständlich, obwohl heiteren Tones, die Ganovensprache, deren sich der Meister moderner Kriminalistik gefälligst außerhalb seiner beruflichen Tätigkeit entschlagen möge. „Gauner sind wir alle, aber darum keine Feindschaft nicht, auch wenn Ihnen die Trauben ein bißchen hoch hängen, ich lange Ihnen gerne ein paar runter, Onkelchen!"

„Der Deibel ist Ihr Onkelchen! Ich bin für Sie immer noch Herr Lafontaine, merken Sie sich das."

„Gerne, Monsieur Lafontaine", sagte Herr Bumke mit leichter Verbeugung, ja, er schien unter dem Tisch die absatzlosen weißen Segelschuhe zusammenzunehmen und lachte dabei, wohl doch schon ein bißchen beschwipst. „Ich werde Sie niemals anders nennen, großes Ehrenwort, auch wenn die ganze Welt Sie Monsieur Wasserstrahl oder gar Moische Pisch rufen sollte!"

Hierauf wurde es still, atemlos still. Bis es dann so laut wurde, daß die bunten Lampions über dem Festtisch schaukelten, da

Onkel Jean-Louis einiges wohl längst schon Fällige über die Welt äußerte, in der man ihn neuerdings derartig benamst und verleumdet hatte. „*Ihre* Welt", schrie er nämlich, „eine erfreulicherweise verschwindend kleine Deckswelt, in der ein völkisches Drecksblatt antisemitische Schauergeschichten verbreitet. Und an die glauben Sie, Sie, ein gebildeter Mann!" Und ohne auf Bumkes beflissene Abwehr zu hören: „Nein, ein Imbeziler sind Sie, ein Ignorant, verseucht von diesem Bazillus, der sich jetzt allenthalben verbreitet, eine Pest, die Schweinepest, die unser unglückliches Volk vernichten wird, wenn wir dieser Seuche nicht Einhalt gebieten. Aber ich tue es! Ich wehre mich! Und nicht nur mit Worten, nein, mit der Hundepeitsche!"

„Aber, Herr Lafontaine", Bumke stammelte, „ich bin doch keiner von diesen ... diesen Nazis ..."

„Sie sind ein Nazi!" schrie Onkel Jean-Louis. „Und ich werde Sie zur Strecke bringen, Sie und Ihre sauberen Kumpane, mit der Pistole in der Faust ..."

„Schluß", sagte da Schnäuzchen, und wirklich: Onkel Jean-Louis sank ächzend auf die Bank, Herr Bumke faselte beruhigende und entschuldigende Worte, während sich die lahme Ente noch kreischend die Beschmutzung ihres völkischen Leitbildes verbat, eben jenes Herrn Hitler, von dem doch – so rief Poldi in das Getümmel – überhaupt nicht die Rede war, auch niemals die Rede sein würde, und Eberhard mit erhobener Hand um Ruhe bat: „Ruhe, meine Herrschaften, Ruhe!", begann Käthe Lafontaine zu singen.

Ihr Lied sang sie; sie sang es wieder einmal und – ich berichte es mit Kummer – zum letztenmal!

„Die Kirschen in Nachbars Garten, die waren so süüß und so root ..."

Sie sang laut, hochaufgerichtet, mit zurückgeworfenem Kopf, die ehemals aschblonde, jetzt graugesprenkelte Tolle kühn über dem Seeräubergesicht, die grauen Steinaugen belebt von neuer Hoffnung. Die Gräfin sang mit, die anderen summten und schunkelten, aus dem Ziegenstall kamen Poldis Künstlerfreunde und empfingen, leicht schwankend, die Töne, entschärft von Dunkelheit.

Zu diesem Zeitpunkt sagte Herr Bumke: „Komm!"

Und ich kam. Stand einen Augenblick gedankenleer unter dem roten Lampion, der mich erröten ließ, und ging dann neben Bumke in den Garten, folgsam wie ein Lamm. Als er mir in das Boot half – in Eberhards mit Kissen gepolsterten Anglerkahn –, gewahrte ich nichts mehr als den blassen Mond über mir, Herrn Bumke neben mir und seine flüsternde Stimme an meinem Ohr.

„Sei mir", flüsterte er, und ich fragte erschrocken: „Wie bitte?"

„Sei mir", flüsterte Bumke wieder, und ich sagte: „Es heißt, sei mein."

„Ich bin aus Darmstadt", flüsterte Herr Bumke zurück. „Und bei uns in Darmstadt sagt man, sei mir."

„Ja", sagte ich schwer atmend, „ich weiß, aber ... ich möchte lieber ... nein, ich möchte lieber nicht!"

„Ich liebe dich ..." sagte er darauf, es war das einfachste. Und ich glaubte es, denn war das nicht Lob und Lohn für so manche erfolglose Jagd auf weniger starke, weniger reiche Löwen, war das nicht Bestätigung meines Wertes an Märchenaugen, Blondhaar und Tugend, zugleich jedoch die ausreichende Entschuldigung für den Verlust ebendieser Tugend? Einen Atemzug lang war ich zu lieben bereit. Doch da begann er an dem Strick zu polken, der das Boot am Ufer festhielt.

„Was tust du? Was ist?"

„Wir wollen weg", sagte er atemlos. „Bloß raus aufs Wasser. Du mußt überhaupt hier raus, eine Frau wie du ... Du mußt ein großes Leben haben, und ich schaff's dir."

Ich lachte, gekitzelt von seinen Küssen. „Du bist doch nicht der liebe Gott."

„Ich bin mehr als der liebe Gott, ich bin Devisenvertreter."

Indem schwamm das Boot davon; lautlos schwamm es unter

dem Vorhang der Trauerweiden hervor in den See hinein, auf dem das Mondlicht lag, grauweiß wie stumpfes Metall, die Wälder ringsum schwarz vor dem helleren Himmel, und langsam glitten wir, auf dem Boden des Bootes liegend, Mund an Mund, in ein Schattenland.

Hier draußen auf dem Wasser war es still; wir hielten uns umschlungen, wir küßten uns wie Liebende in einem Traum und erwachten erst, als wir das Schreien hörten. Denn es schrie...

Vom Ufer her kamen, widerhallend an den Wänden der Nacht, Aline Edens schrille Rufe und die Worte, mit denen sie uns – sicher nicht ohne Genugtuung – aus unserem unseligen Vergessen riß:

„Fleur! Komm zurück! Fritz Goldener liegt im Sterben!"

Zehntes Kapitel

Nach meiner heutigen Kenntnis und den Belehrungen Professor Bardekows war Fritz Goldener ein Neurotiker, der Herzanfälle nicht nur simulierte, sondern auch produzierte, sozusagen im Eigenbau. Und ich war zu jener Zeit unwissend genug, um zu liefern, was nach bürgerlichem Herkommen zu einer solchen Nachricht gehört: Schreck, Entsetzen und die Bereitschaft, tränenbegossene Blumen auf den Sarg zu legen. Ja, ich eilte zu ihm, wie man an ein Grab geht, obwohl man weiß, daß man Staub besucht.

Sparsam, wie Käthe Lafontaine war, und der Strafe begierig, wie ich war, fuhr ich noch in der gleichen Nacht in einem Dritterklasseabteil in Hitze und Gestank von Schweiß, Schlaf und Käsestullen nach Wiesbaden. Im Hotel Zum Brunnen fand ich Fritz Goldener. Er saß dort, durchaus lebendig, in einem großen kahlen Zimmer auf einem wieder einmal grünplüschenen Paneelsofa vor einem Bakkaratschlitten und spielte mit sich allein – in dem gestreiften Schlafanzug so sichtbar ein lebenslänglich Gefangener seiner Leidenschaft, daß ich in diesem Augenblick sein und mein Schicksal begriff.

Ich blieb an der Tür stehen, lehnte den Kopf an das Holz, ach, ich hätte so gerne geweint, und sagte: „Ich habe es gewußt. Du kannst gar nicht sterben, solange es Karten gibt! Aber warum machst du das mit mir? Warum jagst du mich hierher? Ich bin auch nur ein Mensch, ich kann doch nicht mehr!"

„Weil ich dich liebe." Fritz Goldener küßte mich erfahren und sanft. „Und weil ich dich bei mir haben will! Übrigens war ich wirklich krank, von Wesemann, mein Kompagnon, hat den

Anfall miterlebt gestern nacht im Klub. Mein Herz hat versagt – aus Sehnsucht nach dir. Aber als er mir sagte, du kommst, machte es einen Freudensprung. Und nun fühl mal: tipptopp in Ordnung! Weil du da bist und bei mir bleibst von nun an bis an aller Tage Ende, amen!"

„Ich denke nicht daran!" sagte ich mit zusammengebissenen Zähnen. Ich haßte ihn, und er lachte.

„Natürlich denkst du daran! An wen solltest du denn denken, wenn nicht an deinen Fischi?" Und nach einer Pause langsam und genußreich: „Etwa an Herrn Bumke. Die Späher des großen Häuptlings haben sich schon nach Schmöckwitz auf den Kriegspfad begeben und dort in deiner Nähe, in deiner allzu nahen Nähe, ein Bleichgesicht namens Bumke entdeckt!"

„Ach, so wie damals der tolle Emil bei Kalle und der Brillanten-Else? Aber bei mir ist das kein Beruf wie bei jeder anderen, noch nicht, bei mir ist das überhaupt nichts", schrie ich. „Gar nichts ist es, gar nichts!"

„Das weiß ich doch", sagte Fritz Goldener unschuldig, Vertrauen und Milde im bewährten Kinderblick aus runden braunen Augen. „Aber wenn es auch nicht zu einer Scheidung wegen Ehebruch reichen würde, so gibt es doch im Bürgerlichen Gesetzbuch das sogenannte ehewidrige Verhalten, und das ist mindestens so gut oder so schlecht wie der strafbare Ehebruch. Auch wenn es sich ..." – hier nutzte er mein sprachloses Entsetzen, um sich meinen Koffer zu schnappen, mir Hut und Mantel abzunehmen und mich mit einer abschließenden Bewegung neben sich auf das Sofa zu ziehen –, „... auch wenn es sich bei dir nur um einen strafbaren Versuch mit untauglichen Mitteln am untauglichen Objekt handeln sollte."

Ich brauchte eine ganze Weile, bis ich mit erstickter Stimme sprechen konnte. „Du hast es nötig, von ehewidrigem Verhalten zu reden. Das, was du machst, ist wohl kein ehewidriges Verhalten?"

„Nein, das ist es nicht. Ich spiele. Na und? In unserer Welt spielen doch alle, und zwar bedeutend weniger feine Spiele als ich. War das Schneeballspiel, mit dem mein Vater sein oder richtiger mein Geld gemacht hat, etwa vornehm? Oder war es das Spiel, mit dem er es mir vorenthielt? Oder meine verflossenen Korpsbrüder mit ihren geplatzten Wechseln, ihren Schulden, ihren sitzengelassenen Bräuten, spielten sie nicht auch? Und der Krieg, bei dem ich die Herren Veranstalter überspielt habe, sonst läge ich nämlich schon lange in irgendeinem Massengrab – war das kein Spiel hoher und höchster Herrschaften? Und schließlich die Inflation, in der deine Mutter jetzt ihr schwerverdientes Geld verliert, anstatt es mir zu geben, der ich damit etwas anfangen könnte? Das große Spiel aller gegen alle – ernst nehmen tue ich das schon lange nicht mehr. Nein, das habe ich hinter mir, das Ernstnehmen und das Geheule um Gott und die Welt.''

,,Du hast nie was ernst genommen, nie in deinem Leben.''

,,Doch, dich! Aber davon wollen wir nicht reden. Du weißt ja gar nicht, warum du zu mir gekommen bist. Nicht aus Liebe, o nein, sondern aus Angst. Ich aber liebe dich. Ja, ich dich! Nicht du mich.''

Und dann begann er zu weinen. Er saß vor dem halbgepackten Schlitten, den borstenhaarigen, kindlich runden Schädel gebeugt, und weinte in seine Hände, wie er wohl in manchen Nächten in einem ebenso unwirtlichen Hotelzimmer geweint hatte ...

Daß in dieser Ehe für mich kein Platz war, nicht für mich, nicht für das Kind und auch nicht für die demütigste Liebe, wußte ich nun; dennoch blieb ich durch Sommer und Herbst in Wiesbaden, blieb aus Mitleid und wohl auch aus Neugierde, gefesselt vom fremdartigen Zauber der besetzten Stadt mit ihren französischen Offizieren in Käppi und Reitrock, den Poilus in ihren roten Hosen, den Zuaven, bunt gekleidet wie Gestalten meiner Märchenbücher. Und mit den blicklosen Augen einer Schlafwandlerin auf dem Dach eines fremden Hauses beobachtete ich das Geschehen in dem Spielklub, der ursprünglich als Export-Import-Firma geplant, sich gleichsam von selbst auf

Grund der gesellschaftlichen Zustände Wiesbadens in den Spielsalon des Herrn von Wesemann verwandelt hatte.

In den Nächten, da Fritz Goldener seinen Dienst am Spieltisch versah, schlief ich allein in dem kahlen Hotelzimmer; tagsüber wanderte ich durch die fremde Stadt, wobei ich fast ängstlich die verwinkelten Gassen der Altstadt mied, in denen doch wahrscheinlich ein gewisser Philipp Pommeranz wohnte – vielleicht, weil ich mich meines fragwürdigen Daseins in Wiesbaden schämte und wohl auch der trüben Ahnung voll, daß sich unter meinen Füßen wieder einer jener Weltuntergänge vorbereitete, deren so manchen ich bereits in meinen jungen Jahren erlebt hatte.

Denn was ich aus Berlin vernahm, schien mir bedrohlich, da Käthe Lafontaines wie immer in Eile und wie immer ohne Punkt und Komma geschriebenen Briefe nicht mehr nur Klagen enthielten, sondern höchst verdächtige Fragen, so die nach Fritz Goldeners Meinung über die Zukunft des Dollars – „nicht der Mark verstehst Du da ist gar nichts mehr zu wollen unsere einzige Hoffnung ist der Dollar Ihr spielt vermutlich jetzt auch in Dollars oder ist es französisches Geld Fritz hat doch den richtigen Riecher gehabt mit Wiesbaden hier bei uns wird es alle Tage schlimmer und wenn ich nicht Herrn Bumke hätte wüßte ich nicht was tun aber Herr Bumke benimmt sich großartig wir sind auch schon vor dem Abschluß ich habe doch genug gearbeitet in meinem Leben das sind immer die Dummen aber jetzt bin ich klug geworden nicht wahr Fleurchen es küßt Dich und auch Fritz Deine Mama."

„O Gott", sagte ich und ließ den Brief auf den Tisch in die Karten fallen. „Ich dachte, nun wär mal Ruhe, und jetzt ... Manntje, Manntje, Timpe Te, Buttje, Buttje in der See, mine Fru, de Ilsebill, will nich so, as ik wol will. Ach, armer Papa!"

Fritz Goldener kannte das Märchen vom Fischer un siner Fru, die so hoch hinauswollte, daß sie zuletzt wieder im Pißpott landeten; er liebte Käthe Lafontaine, der er sich tiefer als mir verwandt fühlte; und *er* schrieb den Brief, in dem er sie flehentlich bat, bei des deutschen Volkes ewigen Werten, den Sachwerten, und mit ihrem Arsch – „entschuldige, Käthchen!" – eisern auf ihrem Grund und Boden sitzen zu bleiben.

Es kam keine Antwort; Käthe Lafontaine schien hinter der aufschäumenden Sturmflut verschwunden, die binnen kurzer Zeit die Mark in unvorstellbare Tiefen riß. Im Oktober stand der Dollar auf vierzig Milliarden. Da verkaufte Käthe Lafontaine ihr Haus in Schmöckwitz.

„Schluß, aus!" sagte Fritz Goldener. „Dein Erbe ist auch hin, und das wollte ich haben, wenigstens ein Stückchen Erde und ein paar Mauern!" Zuckte die Achseln, pfiff sich eins und verzog sich in den Klub.

Da stand ich nun in dem leeren Hotelzimmer mit klopfendem Herzen und lauschte auf die Stimme in mir, die fragte: Was kommt jetzt? Wie geht es weiter? Immer so weiter? Immer noch einen Schritt hinab ...?

Und dann, in einer dieser endlosen Nächte, tat ich den Schritt hinab. Trat auf die Straße, todmüde und hellwach, mit schweißnassen Händen – ach ja, ich erinnere mich: Die Schilddrüse trieb es toll mit mir in diesen Jahren, trieb mich zu Angst und Herzklopfen –, und ging hinauf zum Römerberg zu den feinen Villen der reichen Leute und zu Herrn von Wesemanns Spielklub. Der nächtigte hinter festgeschlossenen Vorhängen im Parterre einer kleinen Villa, war aus altmodisch eingerichteten Salons zu der dünnen Vornehmheit eines Treffpunktes der besseren Herren hinaufgebürstet worden und meist gut besucht.

Auch jetzt standen um den langen grünbezogenen Tisch einige Offiziere der Besatzungsarmee in Zivil, eine Anzahl von Kurgästen und, geschickt zwischen den Spielenden verteilt, drei oder vier Herren in Seidenhemden mit grünlich beschmutzten langen manikürten Spielerhänden: Herr von Wesemann & Co. Im weißen Licht der vierstrahligen Lampe über dem Tisch schimmerte Fritz Goldeners brauner Kopf rötlich; er hatte ihn über den Schlitten geneigt, und als ich zu ihm trat, blickte er zerstreut auf: „Schön, daß du kommst, Puppeli, ich hab Sehnsucht nach dir gehabt.“ Und nachdem er die Karten aus dem Schlitten gezogen, zwei nach links, zwei nach rechts, zwei zu sich, ausgegeben, hinzugekauft und auf den Tisch gelegt hatte: „Wenn das Spiel gemacht ist, geht nichts mehr, ab dafür.“

Ich blieb eine Stunde neben Fritz Goldener sitzen, dann verdrückte ich mich zu Herrn von Wesemann an die Jetonkasse, der jedoch leider seine Muße benutzte, um mich politisch auf Vordermann zu bringen, indem er die Rheinische Republik und einen mir völlig unbekannten Dr. Dorten glühend verteidigte.

Unangenehm berührt verließ ich Herrn von Wesemann, trieb mich hinter den Spielenden herum, blickte auf die Hände, die Karten schoben nach links, nach rechts in die weißen Felder auf dem grünen Tuch, und stand dann hinter dem Stuhl des Bankiers, der nicht mehr Fritz Goldener war, sondern ein anderer, ein gewisser Herr ... Nein, ich wußte den Namen nicht, in diesen Kreisen heißt man nicht, nur ungern oder anders.

Da sah ich es über seine Schulter hinweg: Die eine Hand zog die Karten aus dem Schlitten, die andere senkte sich nach unten, hatte plötzlich, wohl aus dem Ärmel, einen Stoß Karten in der Hand, hob sie, klatschte sie gegen den Schlitten. Und während das Spiel weiterlief, das nun also gemacht war, ging ich um den Tisch herum zu Fritz Goldener, beugte mich über ihn, flüsterte ihm ins Ohr: „Der Schlitten ist gepackt.“

„Aber das weiß ich doch, Dummchen“, sagte mein Mann.

Eine Viertelstunde später ging ich nach Hause oder richtiger, da ich ja kein Zuhause hatte bei dem Mann, der gewußt hatte, daß der Schlitten gepackt war: in das Hotel zurück. Es gelang mir auch, während des ganzen Weges an nichts zu denken. Es war wohl alles in Ordnung. Er hatte es gewußt, so wie Schuster-Paul und wohl auch meine Mutter gewußt hatten, daß Hurerei und Spielen Berufe sind wie alle anderen.

Ich zog mich aus, trällernd, besah mich in dem langen flekkigen Spiegel über dem gelben, von Zeit und Wasser beschädigten Toilettentischchen, fand mich elend, wenn auch auf ebendiese elende Art schön mit den dunkelumränderten, feucht glänzenden Augen in dem müden Gesicht, und legte mich ins Bett. Weinte auch ein bißchen um das Kind, um die seit Monaten versäumte Berührung meiner Lippen mit seinem blonden Haar, und als ich erwachte, war der Raum fahl vom grauen Schein der Frühe, und aus einer grauen Wolke hörte ich Fritz Goldeners Stimme: „Los, wach auf, ich muß weg, los, mach!"

Ich war sofort hellwach, doch ich erinnere mich heute nur unklar dieser halben oder dieser Viertelstunde, die wir in dem Hotelzimmer in Wiesbaden miteinander verbrachten, miteinander kämpfend in einem Schattenkampf Besiegter. Fritz Goldener stammelte und stotterte immer wieder dasselbe, während er sich hin und her bewegte wie ein gefangener, an seinen Gitterstäben hin und her tappender Bär. „Ich kann doch nichts dafür, ich schwör's dir, Puppeli, ich habe ihn bloß angestoßen, und er fällt hin, da war so 'n eiserner Ofenvorsatz ... Es war auch nicht das mit dem Schlitten, mein Gott, Wesemann weiß es ja. Nein, es war, weil er frech wurde, weil er mir meinen Anteil nicht auszahlen wollte, ich kann mir das doch nicht gefallen lassen!" Er packte mich und hielt mich fest, sein schweres rauhes Gesicht an meinem Hals. „Nie wieder fass' ich eine Karte an! Ich hab's doch nicht gewollt ..."

„Nein, ich weiß", sagte ich; die Angst schüttelte mich, die Angst oder die Kälte, ich ging mit nackten Füßen durch das Zimmer und holte seinen Koffer vom Schrank. „Ist er", ich flüsterte, „ist er tot?"

„Ich glaub, nicht. Aber ich bin doch kein Idiot und warte ab, bis die Polizei kommt! Zu Wesemann hab ich überhaupt nichts gesagt, als daß ich mein Geld will ..."

„Aber warum sagst du es ihnen nicht, wenn sie kommen?" Ich weinte, rang die Hände, hoffte, daß er ein Mann sein und nicht davonlaufen würde.

„Du bist verrückt." Fritz Goldener hatte sich gefaßt. Er warf sich das Monokel ins Auge, blickte sich um. Es war hell geworden von einem trüben blassen Himmel durch die staubgrauen Vorhänge eines billigen Hotels. „Ich lass' mich doch nicht von denen auf den Arm nehmen, ganz abgesehen davon, was da passiert ist und ob da was passiert ist! Der Klub ist sowieso aufgeflogen. Wenn ich weg bin, geht's mich nichts mehr an, ich hab bloß gespielt, weiter gar nichts, wenn dich einer fragen sollte. Wieviel Geld hast du?"

Ich wühlte in meiner Tasche, meine Hände zitterten, meine Tränen fielen auf die wenigen Scheine. Fritz Goldener zählte sie und steckte sie ein. „Laß dir von deinen Eltern telegrafisch Geld schicken oder versetz was, ich löse es schon mal aus, und nun sei brav, Puppeli, ich bete dich an." Dann nahm er mich noch einmal, zum letzten Mal, in die Arme zu einem Kuß, so leidenschaftlich, als wäre es das erste Mal.

Eine Stunde später wollte ich das Hotel verlassen. Ja, ich gebe zu, ich wollte türmen, so wie früher die Mieter Käthe Lafontaines im Morgengrauen gerückt waren, wenn sie die Miete nicht bezahlen konnten. Ich konnte sie auch nicht bezahlen und ging daher auf Zehenspitzen den dunklen Gang zur Treppe, die Treppe hinab, und dort, im Halbdunkel, wie es sich gehört für Erscheinungen aus der Tiefe, stand der Kellner, der schleimig-blasse mit den Koteletten, lächelnd. „So früh, gnädige Frau? Und der Herr Gemahl ist auch schon weg? Sie wollten die Rechnung, nehme ich an. Nein? Ja dann, gnädige Frau, dann muß ich bitten, den Koffer hierzulassen, und vielleicht, wenn gnädige Frau sonst etwas hätten... Keine Uhr? Schmuck, irgend etwas..."

Ich zog meinen Trauring ab, ich brauchte ihn nicht mehr.

Es war Sonntag, und die Glocken läuteten, als böte mir Gott Hilfe und Zuflucht an, vermutlich auf dem Umweg über einen verlockend stillen See, den ich jedoch hier in Wiesbaden ebensowenig fand wie seinerzeit in Charlottenburg. Nur daß ich damals noch die fünfzig Pfennig für Margarine in der Kinderhand hielt, während ich jetzt nicht einmal das Geld für eine

Straßenbahnfahrt besaß, so daß ich also frei und leicht, ohne Koffer und Trauring, über die sonntäglich sauberen Straßen dahintrieb, ein hellrotes Hütchen auf dem Kopf, Handschuhe in der Hand, eine Dame, fraglos eine Dame, der aber wohl nichts anderes übrigbleiben würde, als zu tun, was Schuster-Paul für einen Beruf wie jeden anderen erklärt hatte . . .

Zeit ist vergangen, Leben ist vergangen, eine Welt ist vergangen, die tausend Jahre dauern sollte, doch schon die zwölf ihres dunklen Waltens als eine Ewigkeit des Leidens erscheinen ließ, und wenn ich ihrer bösen Vorbereitungszeit gedenke, erblicke ich noch immer jenen Wiesbadener Tag zusätzlich verdüstert von Seelenpein. Obwohl doch in meine Erinnerung ein Lichtstrahl fällt wie von oben, da ich am Eck einer schmalen hügeligen Altstadtstraße zwischen den dreistöckigen roten Ziegelhäusern das Schild Gellertstraße entdeckte.

Gellertstraße, ja, so hieß sie! So hatte ich es geschrieben auf Dankeskarten für die Kuchen- und Apfelspenden, so hatte ich es im Ohr aus manchem Gespräch über des Knaben Philipp lächerliche Erscheinung im zu weiten Konfirmandenanzug und dem auf den Ohren sitzenden Hut. Mit dem Gefühl, nicht mit dem Wissen, erkannte ich den Namen wieder, das Haus auch, das ich doch nie gesehen. Und als ich mich in Nummer zweiunddreißig an den Flurtüren vorbei hinaufgetastet hatte bis in den dritten Stock zu dem goldblank geputzten Namensschild „Pommeranz", da fehlte nur wenig, und ich hätte mich gebückt wie weiland der Knabe Philipp, um nun gleich, wenn die Tür sich öffnete, durch des Vaters Beine hindurch in das Bett zu fliehen und so Gnade und aller Sünden Vergebung zu finden.

Ich klingelte. Die kleine magere, blond- und glattgescheitelte Mutter Lieschen in der sauberen Sonntagsschürze öffnete, blinzelte mit den wassergrauen Augen, sagte fragend: „Ist das nicht . . .? Gelle, das ist doch das kleine Fräulein aus Berlin?"

Da in der Küche, in der es kräftig nach Schweinebraten roch und auch wirklich der Schweinebraten mit Kruste auf dem Tisch stand, saßen Vater und Sohn Pommeranz, beide groß und stark, beide mit den schwarzen Haaren, den dunkelbraunen schwarzbewimperten Augen ihrer römischen Vorfahren, und Philipps Baß aus dem Arbeitergesangverein sagte den Satz, mit dem er später so oft und meist weniger passend – nämlich in Wien, auf Korčula und in Rom – die Gäste zu begrüßen pflegte: „Da sind Sie ja, kommen Sie rein in die gute Stub! Herzlich willkommen am Niederrhein!"

Obwohl es mir heute unwahrscheinlich vorkommt, wiederholte sich die Geschichte: Ich erlaubte mir die Flucht oder Ausflucht in einen ohnmachtähnlichen Schwächeanfall und fand mich – genau wie seinerzeit Mutter Lieschen – der eigenen Verantwortung enthoben auf einem Sofa in der guten Stube wieder.

Wie diese Stube aussah, weiß ich noch heute, da ich ja zugleich auf gewinnbringende, nämlich Erleichterung verschaffende Art ab- und anwesend war, weiß es aber auch, wie man eben eine im Traum gewonnene Heimat lebenslänglich in der Seele bewahrt. Auch wenn diese Heimstatt nur eine Kleinbürgerstube ist mit Plüsch- und Feiertagspracht, mit Vater Pommeranz in Marineuniform über dem Vertiko, Winteräpfeln auf dem blank polierten Kleiderschrank, Standuhr mit Bimbam-Gong und goldgerahmten röhrenden Hirschen im breit durch die straff gespannten Häkelgardinen fallenden Sonnenschein.

Und mit leichter Rührung erinnere ich mich der herzlichen Aufregung im Pommeranzschen Wohnzimmer, die alles weitere ablaufen ließ wie gehabt: Mutter Lieschen stürzte davon nach Kaffee, Decke, Wärmflasche, Vater Pommeranz verdrückte sich, indem er etwas von den Mädchen murmelte, „die nix, aber auch nix uff de Leibcher ziehe und sich desterweg noch 'nen Pips hole", und Philipp stand neben dem Sofa – es war wieder einmal ein Paneelsofa mit den Klassikern in Goldschnitt zuzüglich der „Frau als Hausärztin" – und sagte sinnend: „Kein Grund zur Panik, das kriege mir alles." Und als Mutter Lieschen draußen war: „Sie brauchen mir nix zu erzähle, aber wenn Sie wolle ... Wo ist der Herr mit Monokel?

Habe Sie ihn verlasse, oder hat er Sie verlasse – in dem Zustand?''

,,Ich hab gar keinen Zustand'', sagte ich und mußte lächeln unter Tränen. ,,Ich hab . . . hab bloß kein Geld, und ich muß . . . ich muß weg, schnellstens! Es ist was passiert, was Schreckliches!''

,,Mir scheint, es passiert immer was Schreckliches, wenn wir beide Hübsche uns treffe'', sagte Philipp. ,,Meistens ist es Krieg . . . Momente mal, jetzt ist ja auch wieder Krieg, wir sind im Streik.''

,,Ach, Streik! Was ist das schon. Entschuldigen Sie, aber wenn Sie wüßten! Es ist jemand hingefallen. Und Fischi glaubt, daß er es war . . .''

,,Der hingefallen ist?''

,,Nein, der es war.''

,,Ich hab mir so was gedacht'', sagte Philipp zu meiner Verblüffung, setzte sich neben mich auf das Plüschsofa, groß und schlank in seinem ausgewachsenen Sonntagsanzug, ein schöner Mensch mit warmen Augen und einer langen Nase in einem schmalen Gesicht. ,,Denn gut gehe konnt das net auf die Dauer mit denen ihrem Spielklub da auf 'm Römerberg. Oder glaube Sie, daß wir nix gewußt habe davon? Bloß wir dachten, die Polizei . . . Aber na, die Polizei tut nix gegen solche Herre mit Monokel. Nur, was habe Sie damit zu tun?''

,,Natürlich habe ich damit zu tun'', sagte ich wütend. ,,Ist doch mein Mann, der Herr mit Monokel! Und was wissen Sie? Sie sitzen hier bei Vater und Mutter und haben keine Ahnung, wie das ist, wenn einer arbeiten will, und dann sind's lauter Betrüger, oder er ist nicht organisiert und . . .''

,,Halt! Halt! Momente mal!'' Philipp hob die Hand; ich sollte diese Bewegung noch oft sehen, wenn er dem anderen, dem Gegner, einer Menge, einem Platz voll schreiender Menschen Schweigen, sich selbst und seinem Dämon Bedenken gebot. ,,Wieso organisiert? Und was hat das mit dem Klub zu tun? Oder daß da einer hingefallen ist und daß Sie jetzt hier liege?''

„Ich liege gar nicht mehr, ich gehe ja schon!" Damit stand ich auf, obwohl ich noch schwankte und Mutter Lieschen in diesem Augenblick mit der Kaffeetasse in der Tür erschien, ihren Sohn aus strengen Mutteraugen ansehend.

„Was hast du wieder geredt, Philipp? Er redt immer." Sie wandte sich an mich. „Er kann's net lasse, er muß sich einmische, immer in anderer Leut Sach, das hat er von sein Vadder, der geht auch auf die Straß und sagt zu die Fraue, sie solle net tratsche, sie solle lieber die Löcher in ihre Strümp stoppe."

„Anderer Leut Sach! Unsere Sach, Mutter, deine Sach!"

„Ja, meine Sach, weil du dich um dein Kopp redest und um dein Glaube, du, du Redner im Dunkeln!"

Da sah ich Philipp lachen – ach, es war Leben und Lust, wenn sich die breiten, schön geschwungenen Lippen, die damals noch keinen Bart trugen – das kam erst später in der Steckbriefzeit –, über den großen hellweißen Zähnen zu dröhnendem Gelächter öffneten. Und lachend erzählte er, wie sie ihm einmal bei einer Versammlung das Licht abgedreht hatten. „Bloß 'ne Kerze hatte ich auf dem Rednerpult, und wie ich bei meine beste Stell bin und sag grad: ‚Genossen und Genossinnen, auch wenn sie uns tausendmal das Licht abdrehen, wir werden mit der Flamme des Sozialismus die ganze Welt erleuchten!', da hau ich doch mit der Faust auf das Pult, die Kerze fällt um, wir sitze im Dustern, und die Genosse brülle vor Lachen. Seitdem, wenn ich irgendwo reden soll, dann schreiben sie, schickt uns den Redner im Dunkeln."

„Und du kommst!" Mutter Lieschen war bitter. „Immer! Und wenn's ihn die Stellung kostet. Und die kost's ihn, weil er auf die schwarze List ist, und wenn ich sterb vor Angst, weil wir unter die Besetzung sind, und die können ihn verhafte, jeden Moment, und in der Bibel steht, du sollst Vadder und Mudder ehre, aber er ..."

„Laß den Bub, er ist ein erwachsener Mensch." Vater Pommeranz sprach von der Tür her und verschwand auch schon wieder, nachdem er – wohl in seiner Eigenschaft als Mitglied des Wiesbadener Kirchenvorstandes – verkündet hatte, daß laut Bibel, wer Wind säe, Sturm ernte, was wiederum nach Philipps kurzer Erläuterung Streik und Aussperrung oder schwarze Liste bedeute.

„Aber es geht nich anners, mir habe keine Wahl, mir stehe mit dem Rücken an der Wand. Zum Beispiel der Hamburger Aufstand – glaube Sie denn, die Kumpels mache das zum Spaß?"

„Weil sie net genug kriege könne", sagte das sanfte Lieschen mit dem starrsinnigen Blick der Frommen.

„Momente mal!" Philipp wurde scharf, seine Stimme sang auch jetzt, aber was sie sang, war ein böses, ein politisch Lied, wohl zugedacht und zugesprochen einem größeren Publikum als mir, einer kleinen Bourgeoisen, die andere Sorgen hatte. „Man muß doch Unterschiede mache, es gibt große Schichten in der Arbeiterschaft, denen geht es lausig. Da sind die Kumpels im Ruhrgebiet, denen habe sie die Zechen geschlossen, weil die Herren nicht wollten, daß die Franzosen die Kohle kriegen. Aber als sie die Zechen wieder aufgemacht habe, da waren die Kumpels froh, daß es wieder Arbeit gab, wenn auch für einen Dreckslohn bei 'ner Zehnstundenschicht. Eben desterwegen müsse wir streiken, für Real- und Festlöhne, im Momente sind wir bereits 'ne halbe Million, Organisierte natürlich, die andern könne mir net brauche, daß sie uns in den Rücke falle. Und damit Sie net denke, ich red aus dem hohlen Bauch, und daß Sie wissen, wo ich steh, grad jetzt, im Streik nämlich und eigentlich mit 'nem Pappschild vor dem Fabriktor von Karl Gottlieb Schultze, Schrauben und Muttern, bloß daß ich jetzt noch hier bin, weil Sie hier sind, obwohl wir net zu streiken brauchten, denn wir könnte Rekordlöhne haben nach den reformistischen Plänen von dem weißen Rab, dem Schultze. Wir habe auch versucht, draußen zu bleiben aus dem Streik, aber dann, wie's losging drüben bei die Lokomotivfabrik und wie sie bei uns nebenan im Glühlampenwerk vor die Tore gestanden habe und wir sind durchgegange zur Arbeit – mein lieber

Jonny, das war vielleicht ein Gepfeife und ein Gejohl. Und plötzlich ist mir ein Stein an den Kopf gefloge, und wie mir das Blut über die Backe gelaufe ist, hab ich gewußt: Klassenkampf ist keine Magenfrag! Klassenkampf ist die Frage von Solidarität! Und drinnen in die Werkstatt bin ich auf die Bank gesprungen mit mein blutige Kopp und hab geschrien: ‚Kämpfe müsse wir, auch wir! Die Solidarität und die Disziplin, die brauche mir nötiger als das tägliche Brot.'''

„Versündige dich nicht", sagte Mutter Lieschen, indes sie schnell, mit ihrer steifgestärkten Sonntagsschürze raschelnd, die gute Stube verließ.

Philipp seufzte. „Nächtelang sitz ich mit dene in der Küch und rede. Aber es nutzt nix. Für sie ist die Religion nicht bloß Opium, 'n Schlafmittel ist sie, das ihnen der Pastor Schönchen von Sankt Johannes pünktlich jeden Sonntagvormittag verabfolgt."

Und ich, schüchtern, aber beflissen, wagte zu flüstern: „Der Mensch hat ein gewisses ethisches Bedürfnis." Wurde jedoch unter Philipps jählings aufmerksam gewordenem Blick heiß und rot und schwieg für die nächste halbe Stunde, in der er mir erklärte, daß zuerst die elementaren Bedürfnisse gesichert sein müßten, bevor der Mensch in einem sozialistischen Staat zur Humanitas gelangen könne. Da erhob ich mich, setzte das rote Hütchen auf, wobei ich mich im Spiegel erblickte, ohne Puder und Lippenschminke, also nackt und bloß, und sagte, helle Verzweiflung in der Stimme: „Jetzt muß ich gehen. Bitte, pumpen Sie mir etwas, damit ich telegrafieren kann, ich hab keinen Pfennig."

„Schweinerei! Eine Mordsschweinerei! Läßt er Sie da drin sitzen in dem Dreck, der Laumann! Und ich lass' Sie auch sitzen! Aber jetzt ... jetzt ... Was kann ich jetzt tun? Ich tu alles, mein sozialistisches Ehrenwort!"

„Geld!" sagte ich matt. „Das einzige, was ich brauche, ist Geld, damit ich weg kann. Ich hab Angst!"

„Aber wir wissen doch noch gar nicht, was passiert ist! Wir

müsse eben eine Aktion mache, und zwar eine Aktion mit Strategie und Taktik. Momente mal!"

Damit verschwand Philipp Pommeranz zu der Aktion, von der er schon nach kurzer Zeit mit Nachrichten zurückkehrte, die er wohl im Zellenlokal des KPD-Bezirks Römerberg bekommen hatte: Der Klub war geschlossen, der Leiter verschwunden, unter Hinterlassung erheblicher Schulden und eines – angeblich – blutbefleckten Ofenvorsatzes.

„Die Schweine!" sagte ich fauchend vor Empörung. „Diese Dreckschweine! Wenigstens das Blut hätten sie wegmachen können!"

„Für wen?" fragte Philipp. „Oder wem zuliebe? Sollen sich doch die Wölf untereinander auffresse."

„Der eine Wolf ist mein Mann!"

„Immer noch? Habe Sie noch net genug von dem Herrn mit Monokel, wollen Sie wirklich ganz rein in den kapitalistischen Sumpf, halb erstickt habe sie Sie doch schon mit ihre imperialistische Blutsaugerei!"

„Gott, Blutsaugerei", sagte ich unglücklich.

„Wir müsse hart sein, und Sie müsse hart werde, Sie müsse sich retten, ich bin doch da gewesen, da in Ihrer Stub unterm Dach, und wir habe du zueinander gesagt, und du hast gesagt, du willst schreibe, das von meinem Bruder, gegen den Krieg. Und nun?"

„Nun ist gar nichts. Aber darum kannst du ruhig du zu mir sagen und weiterreden, ich hör dich gern, du sprichst so schön."

„Wirklich? Das ist aber schön, daß du's schön findest, mei dumm Geschwätz." Er strahlte – ach, er leuchtete, wenn er liebte!

An diesem Tag begann eigentlich Philipps und meine Geschichte. Während die Pommeranzens nach dem sonntäglichen Schweinebraten den sonntäglichen Nachmittagsschlaf schliefen, las mir Philipp aus dem Kommunistischen Manifest vor, aus „Der Sumpf" von Upton Sinclair, sagte mir Walt Whitman auf und sang als Zugabe das Programm des Arbeitergesangvereins Zukunft beim letzten Stiftungsfest vom „Heideröslein" bis zu „Brüder, zur Sonne, zur Freiheit", bei dessen schönen Worten „Brüder, in eins nun die Hände" wir Hand in Hand auf dem Plüschsofa saßen.

Wir saßen ganz ruhig, und zurückblickend, sehe ich uns für die Ewigkeit in diesem bescheidenen Glück festgehalten und höre mich flüstern:

„Wirklich, ich wollte auch, aber bei uns in Berlin hat man keine Gelegenheit." Und dann: „Ich kenn solche Leute wie dich nicht. Sag mal, du, weil du doch so streng bist, du bist stabil, nicht wahr?"

„Stabil? Du meinst, ob ich treu bin? Ich denk schon. Der Sach bin ich treu und den Kumpels." Er überlegte, entschloß sich, wie es schien, fürs Leben. „Dir bin ich auch treu." Während ich noch versuchte, mein Entzücken zu verbergen – denn ich war auf eine kindische Art begeistert oder einfach getröstet –, sagte er zugleich obenhin und mutig: „Momente mal, man muß das objektiv betrachten. Ich war dir treu, immer, schon seit damals in deiner Stub unterm Dach, wie du noch Sozialdemokratin werden wolltest. Du bist es aber net geworde, wolle wir hoffe, gelle? Und nachher, ja, nachher auch, und wie du da gestanden hast mit deine dicke Bauch und die dünnen Beiner . . ."

Er lachte, und ich legte den Kopf an seine Brust, so daß er seine Arme um meine Schultern breiten und mich küssen mußte, wobei seine Lippen höchstens meine Nase trafen.

Heute erscheint es mir beinahe unglaublich, daß es schon an jenem ersten Tage zu so bindendem Geflüster, so beschwörendem Verstehen, ja, zu einer Art des sich Verlobens oder einander Angelobens gekommen sein sollte. Aber war mir nicht Philipp Pommeranz seit jeher und, wie Tussi sagen würde, sozusagen unterschwellig angelobt? War er nicht von Anfang an der mir Bestimmte, trotz Turnvater Jahn und jugendbewegt, gerade wegen jener Stabilität, zu der ich mich nun flüchtete?

Und wenn ihn auch der Bibliothekar Dabbeldorf in der Stadtbücherei bei Hegel und Feuerbach einen Säugling an den Brüsten der Wissenschaft genannt hatte, so war Philipp Pommeranz doch für mich der erste wahrhaft männliche Mann: stark, treu und nötigenfalls zärtlich. In Grenzen natürlich, in den Grenzen sozialistischer Moral und der mütterlichen guten Stube, in die das väterliche Schnarchen wie unterirdisches Donnergrollen drang.

In Philipps Zimmer waren wir dem Grollen ferner. Wir küßten uns stehend zwischen den Bücherstapeln, und was ich empfand, war atemloses Erstaunen über die Kraft, mit der er mich an seine Lippen hob, fort von der Erde und empor zum Himmel der nachtblau gestrichenen schrägen Dachwand. Er sagte kein Wort, erklärte nichts, erbat nichts, versprach nichts, aber er sang mir, die ich zum erstenmal ahnte, was Liebe, was Glück sein kann, das Lied, das ich später in einem anderen Leben, in einem anderen Land nie ohne Tränen hören sollte: „Ich liebe dich, so wie du mich" – wobei übrigens sein Baß in der Höhe ein bißchen kickste. Danach ließ er mich ebenso schnell los, wie er mich ergriffen hatte, sagte: „Momente mal" und begann unser zukünftiges Leben oder gar Zusammenleben in die ihm gebührende sozialistische Ordnung zu bringen, wobei er mehrmals erwähnte, daß wir wohl „net viel habe werde" und erst in einem sozialistischen Staat zu den sogenannten Segnungen der Zivilisation kommen würden. „Das heißt, wir könne uns erst eine Scheibe abschneide, wenn alle was zu fresse habe. Und wir beide, wir brauche ja auch net viel."

„Ich brauch gar nichts", hauchte ich. „Ich hab ja nie was gehabt, es war immer gleich alles wieder weg. Ich verdien auch, ich schreibe."

„Du schreibst Bücher, und ich verkauf sie. Wenn wir erst die Scheidung habe von dem Herrn mit Monokel – und wir kriege sie, schlimmstenfalls breche ich ihm das Kreuz –, dann komm ich nach Berlin und verkauf Bücher für den Malik-Verlag. Ja, ich komm nach Berlin, komm zu dir." Damit erhob sich Philipp, nahm die dunkelblaue Jacke vom Stuhl. ,,Und jetzt geh ich, Streikposten mache. In zwei Stund bin ich zurück.''

Einen Atemzug lang konnte ich vor Erstaunen – dem gleichen Erstaunen wie vorher während seines himmelhohen Kusses – nicht sprechen. Dann sagte ich: ,,Du gehst? *Jetzt* gehst du weg? Gerade jetzt, wo ich hier bin?''

,,Kein Grund zur Panik.'' Er lachte. ,,Du bist nachher auch noch da, und ich bin eingeteilt für jetzt, Parteibefehl.''

,,Und da mußt du kommen?''

,,Ja, da muß ich kommen, tot oder lebendig.''

,,Ach so'', sagte ich und dann den Satz, der eigentlich beendete, was gerade erst begonnen hatte: ,,Mir scheint, du bist schon verheiratet – mit der Partei.''

Diese meine Worte, leicht gesagt und so schwerwiegend, wenn man ihrer Wirksamkeit über die Jahrzehnte hinweg gedenkt, hatte Philipp wohl nicht mehr gehört: Er ging, und ich blieb. Zuerst noch eine Weile bedrückt und verstört unter dem jählings verdüsterten Zimmerhimmel unserer kurzen Seligkeit, dann ebenso bedrückt und verstört in der guten Stube, von wo mich Mutter Lieschen in die Küche holte. Sie machte noch einmal Kaffee – Malzkaffee! –, und wir sprachen über Gott und die Welt, eine sündhafte, verlorene und verworfene Welt, bis Vater Pommeranz den Wiesbadener Stadtanzeiger nahm und Mutter Lieschen das Neue Testament. Um zehn Uhr legte sie es beiseite, schob die Brille hoch und sagte: ,,Jetzt kommt er net mehr. Er kommt immer, wenn er sagt, er kommt. Schon wie er ein Bub war, Fußball spiele is er gegange mit einem gestohlene Fußball, aber gekomme is er, auch wenn er sich bloß seine Ohrfeig abholen wollte. Nur zweimal is er net gekomme, wie sie ihn gefaßt habe drüben in Mainz, bei die Hungerrevolte, wo er nix geschnappt hat wie den Karton mit Waschpulver, und dann, als er hier auf'm Marktplatz gestande hat, auf 'm Sockel vom Prinz-Wilhelm-Denkmal, und hat geredt gegen die Separatiste, weil sie uns abtrenne wollten.''

,,Babbele net soviel.'' Vater Pommeranz stand schon, nahm

die Mütze vom Haken, zog sie sich auf den schweren Schädel. „Ich geh ihn suchen." Und über die Schulter: „Immer müssen sie babbele, die Weiber!"

„Der redt ja nix, den ganzen Tag!" Mutter Lieschen nahm das Strickzeug aus der Schublade. „Glauben Sie, der macht mal den Mund auf? Wie wir verlobt waren, da hat er unten gestanden auf 'm Hof und hat gepfiffe, und wie ich ans Fenster gekomme bin, hat er gerufe: ‚Liesche, komm runter, mir wolle heirate!' Das war alles. Und sonst sitz ich den ganzen Tag und koch und spül und wasch die Hemder und die Anzüg und back Brot und scheuer den Boden, und wenn der Mann nach Haus kommt, ist er stumm wie ein Fisch. Ah na, kein leichtes Leben, und jetzt die Sorg um den Bub, daß sie ihn mir eines Tages tot nach Hause bringe."

„Ach, so schlimm wird's nicht werden", sagte ich bedrückt. Denn es war bedrückend: die enge Küche, die muffige Wärme aus dem Herd, der leere Tisch, weißblank gescheuert von den verarbeiteten Händen dieser gebückten mageren Frau vor mir, die ein Leben lang geschuftet, gesorgt und gespart hatte. Welch ein Leben! Mich schauderte.

Plötzlich hörte ich meine Stimme: „Ist das der letzte Zug, der um halb eins? Ach ja, es geht noch einer morgens gegen vier."

Dann schwiegen wir, und ich hörte die Glocken von der St.-Johannes-Kirche, wo Pastor Schönchen pünktlich jeden Sonntag Opium als Schlafmittel verabreichte, und wurde selbst schläfrig, ja, vielleicht schlief ich wirklich auf dem harten Küchenstuhl ein, bis ich hochschreckte, weil die Tür ging. Da stand Vater Pommeranz im tropfnassen Lodenmantel, sprühte Wasser von seiner Mütze und sagte ruhig: „Sie habe ihn. Sie habe die ganze Streikposte verhaftet, Lercher Paul ist mit ihnen gewese auf die Polizeiwache, und der Bub hat so laut geschrien, daß er Protest mache und daß die Partei sich nix gefalle lasse, und da habe sie ihn dabehalte. Er läßt schön grüße, und Sie solle bleibe. Dem Lercher Paul hat er's aufgetragen, er kommt vielleicht morgen raus. Sie solle net weggehe."

Ich war aufgesprungen, aber Mutter Lieschen blieb still sitzen, nahm nur das Neue Testament wieder zur Hand. „Mach net all die Näß auf den Boden", sagte sie zu ihrem Mann. Und zu mir: „Ich hab's doch gesagt. Er redt sich um den Kopf. Er redt immer. Nun werd ich Ihnen Ihr Bett machen", was mir übertrieben schien, denn das Bett war Mutter Lieschens Sofa, schmal und hart wie ihr Leben.

Während der Stunden, die ich am Rande des Plüschsofas und des Schlafes verbrachte, die Ohren voll vom Ticktack der Bimbam-Uhr, die Nase voll Baldrianmief aus Mutter Lieschens Hausapotheke, während dieser Nachtstunden sah ich mich zurückkehren: zu Käthe Lafontaine, die ohne sonderliches Erstaunen Philipp Johannisbeerwein anbieten würde, zu Aline Eden, perlzähnig lächelnd und mit hochgezogenen Brauen: „Schlosser? Du bist verrückt, Fleur!", zu Onkel Jean-Louis, der durch den Schnurrbart prusten würde: „Ein Imbeziler! Ein Manomane! Ein intellektueller Schlosser, der Hegel liest! Fleurchen, mein Schnuckelschnäuzchen, das kann nicht gut gehen!" Und immer wieder vom Pommeranzschen Bimbam-Gong aus dem Halbschlaf geschreckt, ward ich des Verrinnens der Zeit inne – Zeit des genußreichen Verweilens auf der doch eigentlich recht großzügig mit vielerlei Freuden ausgestatteten Erde – als eines kostbaren Besitzes, den ich gerade im Begriff war, gegen Mutter Lieschens Elendszeit zwischen Herd und Waschbrett einzutauschen. Vielleicht sogar gegen Wochen, Monate, Jahre des Wartens auf einen Mann in einer Gefängniszelle, um den ich schon jetzt – also wahrscheinlich im Traum – vor einem mit Hammer und Sichel verzierten Kochtopf und einem fahnengeschmückten Waschbrett zu weinen hatte.

Ungefähr um drei Uhr war ich weichgeweint und schrieb im Schein des gespenstisch weißen Mondlichts auf die Rückseite eines alten Briefumschlags: „Ich kann leider nicht bleiben, lieber Philipp, weil ich zu Klaus muß. Sei mir nicht böse und vergiß mich, ich glaube, es ist besser für uns beide! Immer Deine traurige Fleur."

Durch den Flur tappte ich auf Zehenspitzen. Die Haustür war offen. Geduckt lief ich durch die Straßen, bis ich den Bahnhof fand und dort im Eingang eine dunkle Gestalt, die auf mich zutrat. Mein Herz setzte aus, dann sank ich ihr mit einem Wehlaut an die Brust. „Ach, Vater Pommeranz, daß Sie da sind! Ich habe mich so gefürchtet, allein."

„Ich bin zu spät aufgewacht, da waren Sie schon weg. Soll ich ihm was sage, dem Bub?"

„Ich hab ihm was aufgeschrieben", flüsterte ich, „ich konnt nicht anders."

Der Alte schwieg, er hatte wohl seiner Meinung nach genug gebabbelt, aber ich brauchte seinen Segen zum Verrat, ich murmelte: „Glauben Sie, er wird böse sein?"

„Froh wird er net sein", sagte Vater Pommeranz.

„Soll ich bleiben, mein Gott, soll ich bleiben?"

„Sie solle tun, was Sie müsse." Vater Pommeranz ging unerbittlich weiter wie das Schicksal im Lodenmantel, und die Bewegung, mit der er mir das Fahrgeld gab, war wohl jener vergleichbar, mit der er viele Jahre früher seinen Sohn Kaspar in das Leben und den Tod entlassen hatte.

Als der Zug abfuhr, stand ich am Fenster. Ich sah die Nacht und das herangleitende Morgengrauen, und im Rattern des Zuges hörte ich Philipps Stimme: „Du solltest doch auf mich warten! Warum wartest du nie auf mich? Komm wieder zurück, es wird alles gut werde."

Nein, ich bin nicht umgekehrt, auch nicht aus dem Zug gesprungen, ich bin weitergefahren.

Und wenn ich mich heute an diese Flucht aus Wiesbaden erinnere, so scheint mir, als wäre zweimal das gleiche geschehen: zweimal die Flucht ins Ungewisse. Ja, während ich noch mit verwirrtem Hirn das Vergangene zu erkennen suche, mir Zeit und Ort durcheinandergeraten im Rattern der Züge – des Zuges, der damals im Jahre 1923 von Wiesbaden nach Berlin fuhr, und des anderen, der mich 1950 von Berlin wieder zurückbringen sollte nach Rom und mich in München liegenließ –, während ich mich noch wehre und weiterflüchten will, beginne ich zu schreien.

Da stürzen sie herbei: Schwester Luise, Schwester Agnes und, von Tussi gerufen, endlich Professor Bardekow. Sie finden mich in Krämpfen, mit klappernden Zähnen, am ganzen Körper fliegend, erfaßt von unbegreiflicher Angst.

„Bleiben Sie hier, bitte!" Ich klammere mich an Bardekows weißen Kittel. „Geben Sie mir irgendwas, damit es aufhört."

„Gleich, meine Liebe", sagt er, aber ich weiß, daß er mir nichts geben wird; ich sehe auch, daß Tussi und die Schwestern verschwinden, wie weggepustet. Der Professor hält meine schweißnassen Hände, ich hasse ihn; das gespannte Gesicht unter den schwarzen blanken Indianerhaaren verrät ihn: Er ist wieder auf der Fährte. Gleich wird er mich zwingen, die Wahrheit zu sagen. Aber was ist die Wahrheit?

„Als Sie in die Pension Rosa kamen und dann hierher in die Klinik, was war da? Vorher?"

„Ich weiß nichts. Wirklich, ich hab's vergessen", stammle ich, schwitzend wie eine Wöchnerin, denn was hier geschieht, ist Geburt in Dreck und Blut und Schweiß. Aber ich spreche. „Im Zug, als ich zurückfahren wollte nach Rom ... zu Philipp, da ... hab ich Angst gekriegt, daß ich rausspringen muß, raus aus dem fahrenden Zug, und hab mich im Klo versteckt. Und dann in München ... die Halle war wie ein Gefängnis, ein eisernes ... Ich wollte raus, bloß raus, und da bin ich losgerannt."

„Was war dann? Sprechen Sie!"

Ich schüttle den Kopf. Mein Herz klopft, ich kann nicht reden, aber ich höre meine laut hallenden Schritte, die über das Pflaster laufen, die Straße runter, Vorsicht, die Kreuzung, grün, los, liebe Dame, grüner wird's nicht, die schwarzen Wagen, Leichenwagen mit goldenen Augen, die mir nachfahren, wohin ich auch laufe, zu Onkel Jean-Louis, zu Großvater Schnedderich, weg, nur weg, zu einem See mit Wasserrosen. „Ich hab gedacht", stammle ich, „ob man mich auch ... finden würde, danach, oder meine Schuhe ... die wollt ich ausziehen, weil ich immerzu rumgerannt bin, und dann ... hab ich dagesessen am ... Straßenrand, irgendwo, und dann ... dann ist Philipp gekommen ..."

„Philipp?"

„Nein, natürlich nicht, ich meine ... mein Vater."

„Das war damals , in Charlottenburg, als Sie den See suchten und Ihr Vater Sie fand, die weißen Schuhchen neben Ihnen. Aber was war hier, an dem Abend in München?"

„Ich bin ganz verwirrt, ich weiß nichts ... nichts mehr", murmele ich, obwohl ich jetzt alles weiß, sogar, daß ich damals hätte zurückfahren müssen nach Wiesbaden, oder nein, jetzt zu Philipp nach Napoli, aber wie kann ich den Weg zurücklaufen, den lebenslänglichen Weg zurück? „Warum alles noch einmal! Es war ja nichts, bloß ... ich saß da am Straßenrand, und ... das Taxi hat mich hingebracht ... in die Pension Rosa, in dem Zimmer war es ... so unwirklich, so unsicher. Nein, ich kann's nicht erzählen! Nicht noch einmal das Zimmer, die Rosen auf der Tapete und das Fenster, und unten im Hof sangen die Kinder ..."

Plötzlich ist es aus. Ich werfe mich in die Kissen zurück, das Weinen bricht aus mir heraus, eine Sturmflut, die mich davonschwemmt, zurück in die Espressobar in Siena, wo ich Milch holen wollte für den kranken Philipp und nicht einen Tropfen bekam, zurück in die Pension Rosa, als von allen Seiten die Angst auf mich zukroch gleich einer Riesenqualle, zurück zu der Frau mit der dreckigen Sonde, als vom Hof die Kinderstimmen mich riefen und das Fenster ...

„Das Fenster!"

„Was war mit dem Fenster?"

„Es war offen ..."

„... und Sie gingen an das Fenster?"

„Es war alles falsch, mein ganzes Leben, und da wollte ich eben raus, und da ..."

„Und da?"

„... da lag ich auf der Erde ... und die Beine waren fort, einfach fort ... und ich war tot."

,,Sie sind aber noch gelaufen, zur Tür, denn dort haben Sie gelegen, als man Sie fand.''

,,Das ist nicht wahr.'' Meine Zähne schlagen aufeinander, ich friere wie im Fieber. ,,Sie lügen, lügen immer! Sie denken sich was aus, bloß damit ich schuld bin an allem! Ich war nicht an der Tür!''

,,Wo wollten Sie hin?'' Der Professor faßt mich an, seine kleinen weichen Hände tun mir weh, als sie meinen Kopf heben, so daß ich in seinem Blick bin wie in einem Scheinwerfer. ,,Sagen Sie es jetzt, wo wollten Sie hin?''

Ich schüttele den Kopf, beiße die Zähne zusammen, daß sie knirschen, versuche seiner Stimme zu entkommen, die mich jagt: ,,Wo wollten Sie hin?'' Dann mit Donnerstimme: ,,Stehen Sie auf!'' Da geschieht das Unbegreifliche:

Ich erhebe mich in den Armen des Professors; ich fühle in einem Aufruhr von Schreck und Seligkeit, wie ich den Boden berühre; ich stehe, stehe auf meinen eigenen Füßen. Und während mir die Tränen nur so herunterlaufen, rufe ich, nein, jubele ich, schreie ich:

,,Philipp, ich komme!''

Elftes Kapitel

Es vergehen Tage, bis ich mich entschließen kann, an ein Wunder zu glauben, das natürlich nichts anderes ist als der Erfolg einer kombinierten Behandlung mit Vitamin B 12, Weißkäse, Massage, Tussis Elektrisiergerät und der Bardekowschen Schmetterlingsjagd. Dennoch wird wohl Bardekow in der Fachpresse meinen kindischen Tränenstrom als Ausbruch und Aufbruch meiner verdrängten Leiden erklären, als meiner Schuldgefühle heilsame Entladung, durch die das Vergessene aus der Vergangenheit zu neuem, besserem Erleben heraufgeholt und also bewältigt wurde – bewältigt bis auf das Erlebnis jener sieben Tage in Berlin.

„Es ist immer das Wichtigste, was wir nicht hergeben wollen, glauben Sie mir, meine Liebe. In Ihrem Falle wohl das, was geschehen war oder sich ereignet hatte, bevor Sie nach München kamen." Ich fühle, daß ich rot werde, während er weiterspricht, leichthin, wie ja diese ganze Geschichte es ist – oder wie ich sie darstellen würde. „Ich habe immer gewußt, daß etwas fehlt, und zwar ein wichtiges Stück. Erinnern Sie sich, wie Sie zu Anfang sagten, Sie hätten keine Verwandten, Sie hätten niemanden, sogar für Ihren Sohn wollten Sie verschwunden, tot sein, Sie, seine Mutter, obwohl er sich sorgen wird." Und da ich stumm bleibe – stumm bleiben werde! –, bemerkt er, schon im Abgehen: „Lassen Sie sich Zeit. Denn wir sind noch nicht angekommen, wir sind noch immer auf der Reise."

An der Tür aber wendet er sich um, lächelt beinahe genießerisch mit vollen weichen Lippen und teilt mir mit, daß er einen Brief geschrieben habe. Worauf ich verständnislos entgegne:

„Das dürften Sie öfter tun. Oder handelt es sich um einen besonderen Brief?"

„Um einen ganz besonderen", antwortet er. Um einen Akt der Gerechtigkeit, wenn nicht gar der Notwehr gegenüber der Schädigung des Ansehens deutscher Wissenschaft, ärztlichen Standes und menschlicher Würde, da er in diesem seinem Schreiben an die Ärztekammer einen gewissen Dr. Heyde, genannt Sawade, eben all jener Vergehen bezichtigt habe – zuzüglich des der falschen Namensführung, des Mißbrauchs der Amtsgewalt sowie einiger anderer kleinerer Delikte.

„Bravo!" rufe ich. „Wunderbar! Großartig!"

Denn ist es nicht erfreulich, daß er gegen jene Kräfte aufgestanden ist, die sich schon wieder rühren und wohl immer wieder rühren werden? Und wie bescheiden, wie verlegen er dort an der Tür steht, fluchtbereit und mit seiner gepunkteten Schmetterlingsschleife unter dem glatten duftenden Kopf nur entfernt dem Drachentöter ähnelnd, den er so spät und doch nicht zu spät in sich entdeckt hat. Mir zum mindesten gefällt er in dieser Rolle; ich bewundere ihn gebührend – oder auch über Gebühr, wenn man der winzigen Pfeilspitze gedenkt, mit der er den Drachen geritzt hat –, und ich bin ihm dankbar, daß er mich wieder hoffen und glauben läßt: an das Leben, an die Zukunft – sogar an die meine, da ich mir jählings auch meiner eigenen Kräfte bewußt werde. Und als Tussi kommt, begrüße ich sie mit einem geradezu jubelnden Ausruf: „Stellen Sie sich vor, Tussi, ich habe gestanden! Auf meinen eigenen Füßen!"

„Ich hab's ja gewußt, meine Gudeste, unser Professor Bardekow ist 'n As, der kann glattweg alles. Und was der nicht kann, das kann Glaube, Liebe und Hoffnung. Und Vitamin B 12 natürlich."

„Und ich, Tussi! Oder glauben Sie nicht, daß der Mensch sich selbst bemühen kann und muß!"

Tussi nickt, sicher nicht ganz einverstanden, aber wie immer bereit, mir ihre Verbundenheit zu zeigen – abgesehen von der unterschwelligen Feindseligkeit, die ich ihrer Liebe zu Professor Bardekow verdanke. Den liebt sie heimlich und unterschwellig, da nach Goethes Ausspruch Höhe und Würde des Verehrten sowieso jede Vertraulichkeit ausschließen, ebenso wie sie Poldi liebt, den fernen und ihr doch durch das zauberhafte Buch so zärtlich nahen. Und da sie das Gespräch auf die große weite Welt – meine Welt – und die ihres fernen Idols im schönen Rom bringt, sind wir uns auf blicklose Weise nahe, während sie mich im Rollstuhl durch den Park unter den voll zu Duft und Farbe erwachten Bäumen dahinfährt, im großen Kreis vorbei an den Ziegelsteinbauten der einzelnen Stationen, vorbei an Kranken, in deren Augen ich weniger Mitleid als Neugierde lese. Ach, ich verstehe sie, die Brüder und Schwestern im Geist und in der Sünde, aber ich fürchte sie auch wie Kranke, die an der Pest leiden, während wir Gesunden uns doch mit einer Grippe bescheiden, mit einem Tick, einer Nervosität, einer kleinen, kaum merkbaren Eigenart: das Bibbern im Fahrstuhl, die Angst im Flugzeug, die Furcht vor Bazillen, ein bißchen Zahlenmystik und Aberglauben. Und ich flüchte mich – übrigens ganz bewußt und von Tussi natürlich leidenschaftlich unterstützt – zu den Schatten, die mich begleiten, indem ich zwar nicht von Philipp, aber von Poldi spreche, ja großmütig frage, was Tussi wissen wolle.

„Alles", antwortet sie erwartungsgemäß. „Alles! Von Anfang an!"

„Von Anfang an? Mein Gott! Von Anfang an war er mir schrecklich, ein dickes Paket, das ich mit mir rumschleppte. Später war er eigentlich auch immer aufregend mit seinem ewigen Leichtsinn, seinen Pleiten, seiner Begeisterung und seinen ewigen Ausbrüchen: ‚Toll, einfach toll!', mit seiner rückhaltlosen Hingabe an die gute Sache, an die Idee und auch an die Frauen, wie es dann oweit war. Da war eine, Lilli hieß sie, sie war fünf Jahre älter als er und wohl seine erste Liebe, und ihr Fall – es wurde dann wirklich ein Fall, ein sehr trauriger – war wohl der erste Grund zu den vielen kleinen Gläschen, aber das ist eine andere Geschichte."

„Erzählen Sie", fleht Tussi. Doch ich verkaufe ihr erst nach langem Bitten die Geschichte für die Erlaubnis zu einer unerlaubten Handlung: Wir fahren aus dem Klinikgelände auf die Straße; der Platz dahinten, buntbewachsener Stein unter Akazienbäumen, öffnet sich mir zu einer Umarmung, der ich entgegenstrebe, sehnsüchtig und angstvoll zugleich. Da ist ein Obstgeschäft, dort werde ich eintreten, auf meinen Füßen, und die roten dicken Äpfel in meine Hände nehmen! Nebenan zu dem Friseur werde ich gehen, vielleicht noch an Tussis Arm, aber doch auf meinen Füßen, und im Spiegel über dem Waschbecken mein Gesicht erblicken: schärfer, älter geworden, das Haar grau und lang; ritsch, wird die Schere machen, und ich werde auferstehen zu alter Lockenpracht und Herrlichkeit!

Indem sagt Tussi, als hätte sie meine Gedanken gehört: „Sie werden nun bald nach Hause gehen, ach, wie ich Sie beneide! Können Sie mich nicht mitnehmen, in einem ganz kleinen Koffer? Heim nach Rom zu Poldi?"

„Woher wissen Sie, daß ich nach Rom zu Poldi gehe? Ich kann doch gar nicht laufen", sage ich, worauf sie achselzuckend und mit erhobenem Knollennäschen verkündet: „Sie können, wenn Sie wollen! Dazu braucht man kein Professor zu sein, damit man weiß, warum Sie nicht laufen können: Weil Sie nicht wissen, wohin! Aber ich weiß. Zu Poldi. Und ich sag's ihm oder ich schreib's ihm, ich hab ja jetzt seine Adresse."

Zuerst bin ich sprachlos, dann frage ich und erfahre, daß Tussi an den Verlag geschrieben und nun von Poldi – von ihm persönlich! – das Autogramm bekommen hat. „Hierher, in die Klinik?"

„Ja, hierher. Wohin sonst? Hier leb ich doch – leider."

Der Rückweg, wieder im Kreise, unter den alten Bäumen, vorbei an den mit Unkrautzupfen und Laubkarren beschäftigten Patienten, vollzieht sich schweigend. Was soll ich sagen?

Doch auch in meinem Zimmer, auf meinem Bett ausgestreckt, gelingt es mir nicht, auf der weißen Wand mir gegenüber etwas anderes zu sehen als meinen Bruder Poldi:

Poldi daheim in Rom auf seiner Terrasse mit Blick auf Frascati vor Weinflasche und Glas;

Poldi auf der Bühne der Unmöglichen, die selbstgemalten Kulissen, Muschelbett und Wogenprall, unterm Arm;

Poldi vor seinem Atelier neben dem Schild „Nachtklingel zum Kunstmaler", wie er mir bei meiner Rückkehr aus Wiesbaden im Spätherbst 1923 entgegentrat: mager und lang in seinen gefärbten Soldatenhosen, das Vivatnäschen kantig über dem hart gewordenen, in Schweigen und Bitterkeit geschlossenen Mund.

Es war kalt an jenem Oktobertag – ich erinnere mich genau –, kalt, feucht und verhängt von Düsternis. Die mageren Schultern in den Samtmantel geduckt, den Käthe Lafontaine aus einer ihrer Eberswalder Salongardinen geschneidert hatte, die Nase rot unter dem schwarzgepunkteten Schleier, war ich gegen Abend durch die regenglatten Straßen des Bayerischen Viertels in die Bayreuther Straße gelaufen. Und nachdem ich Poldi begrüßt hatte, fragte ich gar nicht mehr nach dem Haus in Schmöckwitz, der verlorenen Heimat mit Bootssteg, Strandkörben und Gartenzwergen; ich sagte nur: „Also doch, sie hat's verkauft. Weißt du wenigstens, für wieviel?"

„Kein Mensch weiß es, toll, einfach toll! Sie sagt's nicht. Komm schnell, nebenan ist 'ne Kneipe, da können wir reden, bevor wir raufgehen."

„Ach, Poldichen, immer Kneipe! Ich hab Angst, du sitzt da zu oft, so dicht neben deinem Haus!"

„Ist nicht mehr mein Haus, ich wohne bei 'nem Freund in der Grolmannstraße, Atelier über die Feuerleiter, ganz groß! Oben wohnen Papa und Mama. Und Kläuschen natürlich."

„Mein Gott, alle drei! In dem alten Atelier?"

„Was sollen sie denn machen? Es gibt doch keine Wohnungen. Daran hat Mama nicht gedacht, als sie das Haus verkaufte. An nichts hat sie gedacht, sie hat einfach nicht gewußt, was los ist. Ein Wahnsinn war das, sag ich dir, der Wahnsinn zu Pferde. Ganze Straßenzüge hat sie kaufen wollen für ihre Billionen, und nun? Es verkauft doch keiner mehr. Nun sitzt sie da oben."

„Und Bumke?"

„Bumke ist verzischt. Der hat nur vermittelt. Den Amerikaner, der gekauft haben soll, hat noch keiner gesehen. Was willst du trinken?"

„Kaffee, bloß Kaffee. Und dann – wo ist Lilli?"

Poldi sah mich an, es war der Unglücksblick, mit dem er mich noch so manches Mal in seinen Nöten ansehen sollte. Jetzt trank er ein Bier und einen Korn, einen langen und einen kurzen, wandte dabei die Augen in einem harten Ruck nach rechts zu dem Fenster auf den Hof hinaus und ebenso schnell mit einem Zucken des Gesichts von den blinden Scheiben ab, durch die er wohl auch nichts entdeckt hätte als den grauen Stein. Auf dem wäre zu dieser Zeit – vierzehn Tage nach Lillis Sturz auf den Hof – nicht einmal mehr eine Spur ihres Blutes zu sehen gewesen.

„Du mußt nicht glauben, daß ich ...", sagte er mühsam. „Ich kann nichts dafür. Immerzu denk ich drüber nach. Bei ihr zu Hause war doch die Marga, die brachte ihr immer wieder das Zeug, und da hab ich das Atelier ausgemalt, wunderschön, und Lilli hergeholt. Hab die Türen zugeschlossen, die Klinken abgeschraubt, aber einmal bin ich weggewesen, nur zehn Minuten nach Zigaretten, und da ..."

„Laß es, Poldichen, laß es", sagte ich – und ich sagte es jedesmal, wenn wir davon sprachen, wo wir auch waren, ob in Wien oder an irgendeinem Ort unserer späteren Fluchten –, da es ihn traf und immer treffen würde: nicht das Geräusch, mit dem sie das Fenster geöffnet hatte, nicht das Aufschlagen ihres leichten Körpers unten auf dem Pflaster, sondern die Stille danach, die hatte er gehört und hörte sie wohl auch jetzt. „Laß", beruhigte ich ihn wieder, legte meine Hand neben die seine und hatte das Gefühl, als bräche mir das Herz, wie seines gebrochen war. „Weißt du noch, wie sie mit uns über den Kurfürstendamm ging und ihre kleinen, ihre winzigen Füße so zierlich auf die großen Steine setzte. Auf die weichen Steine, sagte sie, und du liefst nebenher, nein, du flogst, weißt du noch, wie ein Vogel, mit deinem ausgebreiteten Regenmantel."

„Ich bin neunzehn Jahre und weiß alles." Poldi schlug die Faust auf den Tisch, daß die Gläser klirrten. „Daß es Scheiße ist, alles, und daß ich nichts anderes kenne in meinem Leben als Krieg, Hunger, Inflation – ich hab's satt!"

Dann gingen wir, vorbei an der Nachtklingel zum Kunstmaler, in das Haus Bayreuther Straße 17 und fünf Treppen hoch auf Käthe Lafontaines Dachboden. Gewiß, ein langer Raum mit Oberlicht und schmalen, bis zum Fußboden reichenden Fenstern, aber doch zu klein für eine Einundzwanzigzimmerwohnungseinrichtung einschließlich des zentnerschweren Büfetts, von dem niemand jemals erfuhr, wie es die Bodentreppe hinaufgekommen war und wie es wieder hinunterkommen würde. Eberhard saß auch hier wieder in Schlurren und offenem Hemd, die Zigarette in der Hand, am Schreibtisch vor den Kreuzworträtseln, erhob sich aber nun zu meiner Begrüßung.

„Die Mauken! Das wird auch nicht besser mit dem Alter. Es wird überhaupt nichts besser, boß die Wohnung, nicht wahr, Fleurchen, was sagst du denn zu Mamas Pißpott?"

„Ach, ich find's ganz hübsch", konnte ich nur verlegen hervorbringen, worauf in Mamas ehemals so gebieterisch blickenden Augen der Schein eines Lächelns erschien, rosig über grauen schlaffen Wangen. Ja, sie sah schlecht aus, verfallen, alt; ich wandte mich ab, nahm Klaus in die Arme, bedeckte den runden blondlockigen Kopf mit Küssen, aufschluchzend in einem schmerzhaften Gefühl der Zärtlichkeit. Meiner Mutter nickte ich zu, streichelte ihre Hand, und sie strahlte schmollend: „Siehst du, Eberhard, Fleurchen ist vernünftig, die versteht mich, es ist auch bloß ein Provisorium, und jetzt, wo Fleur wieder da ist ..."

„Es wär besser für sie, sie wär nicht da", sagte Poldi. „Denn bei uns wird sie wohl nun in der Schuhschachtel schlafen müssen." Und mit einem Rückfall in den bitteren Witz unserer Kindertage, mit Grinsen und blinzelnder Hühnerkieke: „Weißt du noch, die Komförtzchen, die Damen, die bloß mit allem Komfort wohnen konnten? Ach, Fleurchen, heut wünschte ich, ich wär eine! Du nicht auch?"

„Sei nicht so frech, Poldi!" Mama errötete, was jedoch weniger ihrer Entrüstung als ihrem hohen Blutdruck zuzuschreiben war. „Unter den Damen gab es sehr nette, denk mal an die dicke Olga ..." Und sie erzählte stundenlang, als wollte sie sich vor den Anklagen eines unsichtbaren Gegners rechtfertigen. Oder vielleicht einen Menschen zu Hilfe rufen, der nicht wie Eberhard über seinen Kreuzworträtseln so abwesend war, als genieße er schon weltabgewandten Sinnes den Frieden seiner inbrünstig ersehnten Klosterzelle.

Doch wenn ich mich heute mühsam, mit Zögern und Zagen, dieser letzten Wochen des Jahres 1923 erinnere, so sehe ich eigentlich nur den Tag, an dem ich das Wunder der zu sich selbst und ihren inneren Werten zurückgekehrten Mark an einer Schaufensterpuppe erlebte. Da standen in einem Fenster des Kaufhauses des Westens in der Tauentzienstraße neben Kleid und Hut Preisschilder von so rührender Einfalt, so menschlicher Bescheidenheit, daß ich nur erblassend stammeln konnte: „Eine Acht und eine Null! Eine einzige Null!"

Ich lief in die Bayreuther Straße zurück, stürmte die fünf Treppen hinauf und fand dort vor dem Koch- und Heizöfchen Käthe Lafontaine so ruhig, als hätte sie nicht gerade die Früchte eines ganzen Lebens verloren. Gustav Schnedderich hingegen schien enttäuscht, weil ihm einige Tage später Käthe Lafontaine die übliche Unterstützung in Rentenmarkscheinen zusteckte.

„Nee, Käthchen", sagte er, „du kannst mir doch nich im letzten Momang verhungern lassen!" Und mit einem Seufzer: „Weeßte, ick hab für die Billionen nie wat übrig gehabt, aber een Jutes hatten sie: Man konnte sich uff sie wat einbilden. Nämlich, det man 'n reicher Mann is." Ein Träumer also auch er, der ihr dann erklärte, daß Kleinvieh auch Mist mache und

Hans im Glück nun zwar keinen Goldklumpen mehr zu tragen, dafür aber seine Ruhe habe.

„Ruhe?" Käthe Lafontaine lächelte säuerlich. „Im Gegenteil! Meine Altwarenhändler in der Krumme Straße gibt es immer noch, und Wohnungen wird es eines Tages auch wieder geben und Leute, die möblierte Wohnungen brauchen, anständige Leute, ich hab ja nichts gegen anständige Leute, bloß daß die meistens kein Geld haben, komisch, und wenn die was haben, kommt 'ne Inflation und nimmt's ihnen weg."

„Stiefvater Staat nimmt's", rief Poldi.

Und während er den Johannisbeerwein eingoß, den man aus Schmöckwitz in das Atelier hinübergerettet hatte, erschien Onkel Jean-Louis, doch nicht mehr in Jägerhütchen und Lodenmantel, er trug jetzt – Alter und Würde entsprechend – Brille, Bauch und den manchmal ins Wesenlose entgleitenden Blick des oben Angelangten. Ein erfolgreicher Schriftsteller, ein kenntnisreicher Schilderer der Männerheime, Nachtasyle, der Gefängnisse und Zuchthäuser, ja, dank seiner Beziehungen zum Polizeipräsidenten sogar der Mörderzellen in Plötzensee, sah er jedoch noch immer seine Aufgabe im Kampf für den humanen Strafvollzug, gegen die Todesstrafe und gegen einen gewissen Herrn Hitler.

„Fleurchen, was sagst du zu dem Putsch da in München? Ein General und ein Gefreiter scheißen sich in die Hosen, und das deutsche Volk klatscht Beifall, anstatt sich die Nase zuzuhalten! Und es kommt noch viel schlimmer, solange wir von solchen Ochsen regiert werden!" Onkel Jean-Louis sprach auch zu dieser Zeit noch grundsätzlich derart von den Herren der Regierung, ganz gleich, ob es sich um Stresemann handelte oder um General von Seeckt, der auf Grund des Artikels 48 der Weimarer Verfassung das lecke Staatsschiff steuerte. „Aber das ist alles die Schuld meiner heißgeliebten SPD – eine gottverfluchte Bande von Volksverrätern! Von der großen Koalition gekauft, zu jedem schmutzigen Verhältnis mit der Reaktion bereit – ach, Fleurchen, wir haben unser Herzblut vergebens für die Freiheit verspritzt! Und dabei ..." Er seufzte, nahm die Brille von den feuchtschimmernden Augen. „Ach, Fleurchen, mein Blumenmädchen, was nützt das alles! Im Grunde hat dein Mann ganz recht: Er setzt auf den Tag, auf die Stunde, auf das rollende Rad des Glücks, und schließlich fällt dabei immer mal was für ihn ab."

„Aber früher hast du doch gesagt, er sei ein Imbeziler, ein Säufer und der Sohn eines Säufers!"

„Wer ist denn kein Imbeziler und nicht der Sohn eines Säufers! Wenn man die Deszendenz betrachtet, auch meine, auch deine, auch unsere ... Der alte Maurice Lafontaine, was glaubst du denn, woher der seinen Krebs hatte? Ja, ja, ich weiß, das ist alles noch nicht raus, aber ich kann es dir sagen, Fleurchen: vom Mißbrauch jener herrlichen, glückbringenden Fähigkeiten, die uns Lafontaines leider – nein, ich muß doch sagen Gott sei Dank! – in so reichem Maße zuteil geworden sind. Wobei ich bei dem Wort Mißbrauch nicht etwa an Mauricens entenschnablige Anna geborene Lilienthal denke, die dürfte am wenigsten davon abbekommen haben."

„Deine Sorgen!" sagte ich und begann nun gerade im Anschluß an die leichtfertige Bemerkung meines Onkels Jean-Louis von meinen Sorgen zu sprechen, meinen schweren Sorgen mit Fritz Goldener, ohne natürlich die Sache mit dem gefallenen Herrn Wesemann zu erwähnen. Ihn und Philipp Pommeranz in Mutter Lieschens Wiesbadener Küche ließ ich aus Gespräch und Bericht, ebenso wie ich Fritz Goldener zu dieser Stunde endgültig aus meinem Dasein zu streichen beschloß. „Ich gehe nicht mehr zu ihm zurück, auch wenn ich die Scheidung niemals kriege. Eher gehe ich ins Wasser."

Daß ich in diesem Winter 1923/24 nicht ins Wasser zu gehen brauchte – was in Anbetracht von Eis und Schnee sowieso schwierig gewesen wäre –, verdanke ich meinem Vater Eberhard, der, wie meist in den Stunden der Gefahr, aus dem Schatten seines Kreuzworträtsel-Schreibtisches hervortrat, um mich zu retten. Zu welcher Heldentat er wieder seine Kundschaftergänge in das Artistencafé International aufnahm, von denen er uns flüsternd andeutete, daß sich Nützliches entwickle, falls sich diesmal seine Quellen als fündig erwiesen.

„Ich hör immer Quellen", sagte Mama gereizt. „Was denn für Quellen, oder hast du irgendeinen Grund, warum du's nicht sagen willst, wer deine Quelle ist, na ja, wenn ein Mann den ganzen Tag nichts tut als Lexikon lesen und sich den Kopf mit all dem Unsinn vollstopft, dabei verliert er das Gedächtnis."

Käthe Lafontaine hatte schon wieder die fleckig-rosige Gesichtsfarbe ihres so gefährlich schnell ansteigenden Blutdrucks, und es war wohl die Angst um sie, die Eberhard Lafontaine bitten ließ: „Sei ein bißchen gerecht, Käthe! Man verliert doch nicht das Gedächtnis, boß weil man Lexikon liest. Und boß damit du dich nicht aufregst bei deinem Zustand, ich war bei Florena."

„Florena!" Meine Mutter wandte sich mir zu. „Verstehst du das, da geht der Mann zu der Frau, von der man gar nicht weiß, ob sie wirklich eine Frau ist, denn die Heirat mit dem Bäcker ist ja doch sehr fragwürdig, verstehst du das, Fleurchen, was der bei dieser Florena zu suchen hat? Eberhard!" Sie lief ihm nach, drehte ihn zu sich herum, ihre Stimme schwankte. „Sag mal, du wirst doch nicht ... Warum bist du denn hingegangen zu der Frau?"

Sie sahen sich an, das helle und das dunkle Gesicht, beide auf welke Art noch immer schön, beide ergraut vom Staub ihres eiligen Laufes durch die Zeit und einander in diesen vielen Jahren ähnlich geworden wie Geschwister. Doch um welchen Preis? Um noch immer nichts zu wissen von des anderen Traum, nichts zu kennen von des anderen Seele?

„Warum bist du, sag mir, warum bist du hingegangen?" bat Käthe Lafontaine wieder. „Was suchst du bei der?"

Eberhard schwieg, dann sagte er leise:

„Sie hört mir zu."

Und vierzehn Tage später erklärte mir meine Mutter, daß sie sich nach siebenundzwanzigjähriger glücklicher Ehe von Eberhard Lafontaine geborenem Schnedderich scheiden lassen wolle.

„Um Himmels willen, warum denn?" Ich schrie, und sie antwortete, die Stirn gerunzelt, zwischen den Worten langsam und mühsam Luft holend: „Wegen Florena. Schließlich hab ich immer alles getan für ihn, und nun geht er dorthin und sagt, sie hört mir zu... Aber ich hab doch keine Zeit gehabt, hab nie Zeit gehabt, und früher dachte ich, wichtig ist bloß, daß man Geld verdient und raufkommt, und Liebe, mein Gott..." Sie lachte zart, spöttisch, und für einen Augenblick verwandelte sich das graue faltige Gesicht in das hochgemute ihrer besten Jahre, das kühne mit den von Stolz und Mut leuchtenden grauen Steinaugen. „Liebe ist nicht so wichtig, und... jetzt denke ich, was soll ich denn allein... ohne ihn?"

Ihre Stimme brach; sie saß still in der Ecke auf dem falschen Renaissancestuhl, zwischen den auf ihren Raubzügen durch das Leben so bitter schwer erkämpften Gütern, im roten Schein der aus dem Feuerloch des Bulleröfchens zuckenden Flammen. Es war spätnachmittags, das Atelierfenster über unseren Köpfen schwarz, schwer vom Gewicht der Wolken, und im fahl tanzenden Feuerschein glaubte ich sie zu erblicken, aufgebahrt zwischen zuckenden Kerzen, ihr kleines düsteres Gesicht grau wie schon zu Asche geworden und mürbe wie verwelkende, dumpf-süßen Geruch verströmende Rosenblätter – ach, ich wagte nicht zu sprechen, ich wagte nicht, sie in meine Arme zu nehmen!

Während sie, immer und ewig stärker als ich, sich aufrichtete und mit ihrer klirrenden Stimme den Satz sagte, den ich sooft von ihr gehört habe und sowenig vergesse, wie ich sie vergessen werde: „Heul nicht, sonst kriegst du noch eine drauf, damit du wenigstens weißt, warum du heulst! Schließlich ist ja alles bloß gekommen, weil du dich scheiden lassen willst."

Nun verstand ich gar nichts mehr, und Eberhard mußte mir erst erklären, was eigentlich geschehen war: ein Wunder. Und zwar ein Wunder, das sich auf die manchen Wundern eigene selbstverständliche Art ereignet hatte, da ja auch Wunder Wunderwerke des menschlichen Geistes oder der menschlichen Hand zu sein pflegen.

In meinem Falle, im Falle Goldener gegen Goldener, war es das Werk menschlicher Füße, nämlich der Mauken Eberhard Lafontaines, die nach seinem Bericht so lange das Pflaster rund um den Bayerischen Platz getreten hatten, bis rein zufällig Florena Blaschke des Weges kam. „Es waren auch boß fünf Minuten, wirklich boß fünf Minuten, und da hat sie mir gesagt ..."

„Es heißt bloß", unterbrach ihn Mama aus alter Gewohnheit und sagte zu mir, die ich mit Poldi im Hintergrund verständnisvolle Blicke tauschte: „Ich weiß nicht, die ganze Geschichte mit dieser Florena – ich weiß nicht, was ich davon halten soll, oder weißt du's, Fleurchen?"

„Von mir aus brauchst du nichts davon zu halten." Eberhard war gekränkt. „Aber der Rechtsanwalt, der wird was davon halten, das sage ich dir. Ich weiß nämlich nicht boß den Tatbestand, ich weiß sogar den Namen! Und die Adresse! Hildetraut Wernicke, Geisenheimer Straße sieben."

„Hildetraut Wernicke! Irrst du dich nicht? Hildetraut heißt doch kein lebender Mensch", zweifelte ich noch. „Und sag mal, wird sie's denn auch zugeben, deine Hildetraut?"

„Sie hat schon", sagte Eberhard mit dem Stolz eines Mannes, dessen Zauber eine Unzahl von Mädchen und augenscheinlich nun auch Fräulein Hildetraut erlegen waren. „Ich bin hingegangen und hab's ihr auf den Kopf zugesagt. Und die Wernicke hat's auch gleich zugegeben: ‚Ja, warum denn nicht?' Und ich hab gesagt: ‚Natürlich, das ist Ihr gutes Recht. Boß daß der Herr Doktor Goldener verheiratet ist.' Darauf hat sie gesagt: ‚Das geht mich doch nichts an, ich kann nicht erst jeden Mann fragen, ob er verheiratet ist, und außerdem liebe ich ihn und er mich auch.' Was natürlich Unsinn ist, Fleurchen. Du mußt das nicht glauben oder eben nur, daß er da mal hingegangen ist, boß so, Männer sind eben so, Frauen verstehen das nicht, und die Hauptsache ist, daß du jetzt den Scheidungsgrund hast. Freust du dich denn gar nicht?"

„Doch, ich freue mich sehr", sagte ich, aber was ich fühlte, war Trauer, war Düsternis, erhellt von einem verwirrend blendenden Licht, dem Licht der Freiheit.

Seltsamerweise sagte auch Fritz Goldener später bei unserem Scheidungstermin vor dem Landgericht II in Charlottenburg, daß er sich freue. Vorher hatte Fräulein Hildetraut Wernicke den Ehebruch eingestanden, peinlicherweise ohne die Spielregel zu beachten, nach der die Verweigerung der Aussage genügt, um den Ehebruch zuzugeben. So daß sich der Richter leicht grinsend die Frage erlaubte: „Wie oft?"

Fritz Goldener strahlte; von den Bänken der Zuhörer kam Gekicher, und ich wagte nicht mehr, die Augen über den Richtertisch zu dem hübschen Vers zu erheben, der dort stand: So mancher hat so manches satt, was ihm der Herrgott beschieden hat.

Mein nunmehr ehemaliger Mann schob seinen Arm unter den meinen, und so gingen wir innig vereint hinaus und gegenüber dem Landgericht II in ein Weinrestaurant. Den Tisch im kleinen Nebenraum hatte er bestellt, der Sekt wartete im Kübel, der Kellner stand bereit mit der Speisekarte, und als wir nebeneinander auf dem kleinen Sofa saßen, bewies mir Fritz Goldener, was ihn seine Jahre am Spieltisch gelehrt hatten: Er war ein guter Verlierer.

Er hob das Glas und sagte: „Wirklich, ich freue mich, daß du mich hinter dir hast. Ich liebe dich nämlich, Puppeli, und so ein großes Vergnügen war es ja nicht mit mir. Nun wollen wir auf unsere Zukunft trinken, auf unsere gemeinsame Zukunft!" Und da ich ihn verwirrt ansah, regungslos in meinem so hübsch auf Abschied und Trennungsweh abgestimmten schwarzen Kostüm, endete er lächelnd: „Denn ich weiß genau, wenn wir beide alt sein und lange weiße Bärte haben werden, wirst du zu mir zurückkommen." Pause. Ein Seufzer. Und dann: „Übrigens – hast du Geld bei dir? Ich habe nämlich keins."

Von diesem Tage an war ich frei, geradewegs vom Landgericht II in Charlottenburg zu gehen, mit wem ich wollte, wohin ich wollte, in jedes mir erreichbare Glück oder Unglück, frei auch, den Preis an Leib und Leben zu zahlen, der mir seit meinem Besuch in der Invalidenstraße für dieses Vergnügen reichlich hoch erschien.

„Es hat sich eigentlich gar nichts geändert", gestand ich dann auch Aline Eden, bei der ich untergeschlüpft war, sofern man ihre Tiergartenwohnung als einen Unterschlupf bezeichnen wollte: Es war Luxus und Pracht zwischen seidenbespannten Wänden, auf Aubusson-Teppichen und in einem drei Meter breiten Louis-seize-Bett, darin wir nächtliche Zwiegespräche führten. „Eigentlich ist es doch immer dasselbe. Gewiß, ich bin jetzt eine schuldlos geschiedene Frau mit Kind und kann tun, was ich will. Aber was kann ich schon tun? Mir die Beine abrennen, damit ich zugleich für das Kind sorgen, den Haushalt machen und Geld verdienen kann. Und mir einen Liebhaber anschaffen. Wozu? Um jeden Monat zu zittern, und, wenn's schiefgeht, bibbernd zu einem Arzt zu schleichen, und zwar für *meine* hundertfünfzig Mark, denn wie ich meine Liebhaber kenne, haben sie kein Geld."

„Und wieder heiraten?" Alines schmales, dick eingefettetes Gesicht schimmerte blank aus dem Dunkel, in das die Straßenlaterne vor dem Fenster helle Streifen schob. „Ich würd mir an deiner Stelle einen suchen, und zwar 'nen Stabilen. Die Stabilen haben was Wertbeständiges. Bloß, so eine Ehe – denn um Ehe handelt es sich bei denen immer! – ist natürlich nicht sehr aufregend, es ist mehr eine Sache auf Dauer, an der man lange hat, manchmal vielleicht ein bißchen zu lange."

„Ich kenn einen Stabilen", versuchte ich vorsichtig. „Einen Schlosser."

„Du bist verrückt", sagte Aline wie erwartet. „Den könntest du dir gar nicht leisten. Käthe Lafontaine hat doch kein Geld mehr, dein Fischi hat sie schließlich genug gekostet. Und dann – falls du noch an Bumke denken solltest: Ich warne dich! Das ist meine steuerfreie Notenreserve, und ich fürchte, ich fürchte ...'' – selbst im Finstern glaubte ich einen melancholischen Zug um ihren weißzähnigen, perlzähnigen Mund zu erblikken –, ,,... mein Major ist pleite.''

,,Wieso, gehen Majore auch pleite? Ich denke, die haben ein Gehalt!''

,,Dummchen, Major war er damals im Krieg, jetzt ist er mehr, Industriekapitän, wenn man beim Militärischen bleiben will, und das muß ich ja wohl. Im Unglück treu, das war immer meine Devise, aber meine Perlenkette, die verkaufe ich nicht. Darauf kann er Gift nehmen! Und was Bumke betrifft, der heiratet mich nicht und dich nicht, der heiratet ein Mädchen aus seinen Kreisen mit noch mehr Geld, als er schon hat. Und so nebenbei aus Spaßvergnügen? Du, wenn mir da was zu Ohren kommt, kannst du vielleicht dat jeborne Lenchen Kotterjahn aus Essen kennenlernen!''

,,Ich will Bumke nicht, und ich will nicht heiraten, um keinen Preis der Welt! Ein Kind habe ich, für das will ich leben, damit es ihm besser geht als mir. Ich hab das Sorgerecht, und Fritz Goldener wird – ich schwör's dir! – den Jungen nicht mal zu sehen kriegen. Denn ich kenne ihn, meinen Fischi. Er würde ihn verzaubern mit seinem Klavierspiel und seinem Volteschlagen und seinen blöden Witzen, und dann würde er ihn verlassen und vergessen und ihm Kummer machen, wie er mir Kummer gemacht hat, viel mehr, als ihr ahnt und ich sagen könnte.'' Mir brach die Stimme, ich weinte leise in die dunkle Muschel aus Schlaf und Müdigkeit und Trauer.

Eines Tages verließ ich die Tiergartenpracht, um mit Poldi zusammen ein Atelier am Hohenzollernplatz zu bewohnen, das wir mit zweitausend Mark Abstand großzügig überbezahlten oder, wie Poldi errechnete, mit fünfzig Reichseiern monatlich in geradezu brausender Geschwindigkeit abstotterten. Mit meinen alten Möbeln aus Eberswalde – Fischis handgearbeitetem Herrenzimmer, dem blauen Sofa unseligen Angedenkens und dem helleichenen Schlafzimmer – schien es Poldi so bürgerlich, daß er vorzog, in einer daneben gelegenen Kammer zwischen unverputzten Dachsparren zu hausen. Dort kochten wir auch, was wir zu essen hatten: wenig.

„Den Seinen gibt's der Herr im Schlaf", pflegte Onkel Jean-Louis zu sagen, „und mir scheint, Poldi, du fauler Hund, du glaubst ihm das. Sieh dir deine Schwester an, die arbeitet von morgens bis abends."

„Nachts", sagte ich. „Tagsüber helf ich Mama, sie wird ja nicht fertig mit Kläuschen, und wir essen doch alle bei ihr. Außerdem – du glaubst gar nicht, wie schön es hier oben ist an dem Atelierfenster, wenn der Himmel darüber blau wird, stahlblau und tintenblau und pastellblau und so gegen fünf Uhr morgens zart rosig. Ja, es ist wunderschön, du solltest dir das mal ansehen."

„Und du solltest lieber nachts schlafen, als in den Himmel gucken oder im Romanischen Café sitzen und dann bis morgens arbeiten. Fleurchen, mein Holdes, du machst mir Kummer!"

„Ich mir auch. Aber was willst du, Onkel Jean-Louis, ich kann nicht schlafen, und irgendwann muß ich doch meine hundert Zeilen schreiben."

Die täglichen hundert Zeilen – mein täglich Brot gib uns heute – waren Kurzgeschichten für die BZ am Mittag und Feuilletons, Reportagen, Selbstgespräche eines Dienstmädchens, Bekenntnisse schöner Seelen, waren aber auch Berichte über das morgendliche Reiten im Hydepark, die Teegewinnung auf Ceylon, das gute Benehmen an Königshöfen, Ehebrüche zu Dutzenden, die Redakteur Vogel oft ob meiner Sachunkenntnis zurückwies, und Modeartikel von ebenso vollkommener Fachunkenntnis. Die rieselten jedoch in glitzernden Wortkaskaden auf die Silberseiten der mondänen Zeitschrift Elite herab, und als ich an dem Unglückstage, der eigentlich hätte mein Glückstag werden sollen, Onkel Jean-Louis im Junggesellen traf, meldete ich ihm den ersten Erfolg meiner schillernden Schaumschlägereien.

„Sie haben mich gerufen, die Ullsteins! Hermann Ullstein persönlich! Wegen meines Artikels in der Elite: Mode à la Fontaine, mit Pleureusen und so, weißte, dabei stimmt kein Wort, aber sie wollen mit mir reden wegen Mitarbeit."

„Da komm ich mit, mit den Brüdern wirst du allein nicht fertig."

„Aber, Onkel Jean-Louis, ich kann wirklich ..."

„Du nicht, mein Zuckerschnäuzchen, du nicht! Aber ich werd dir zeigen, wie man mit Verlegern redet! Und du wirst sehen, so klein ..." – Onkel Jean-Louis zeigte mit Daumen und Zeigefinger –, „so klein wird der, so klein mit Hut!"

Hermann Ullstein war auch ohne Jean-Louis Lafontaines Bemühungen etwas zu kurz geraten, jedoch an diesem Vormittag erschien er mir als die überlebensgroße Verkörperung der Macht, die der riesige Bau in der Kochstraße mit seinen mächtigen Hallen im Parterre darstellte. Als eine Festung, auf deren höchsten Zinnen sich der Herr dieser Welt des Geldes und des Geistes uns zuneigte, mir und Onkel Jean-Louis, den er ein wenig erstaunt begrüßte, um mir dann in gütig väterlichem Ton eine Anzahl schönster und aussichtsreichster Vorschläge zu machen. Nicht ganz so schön nahm sich leider die Summe aus, die mir Die Dame, das gut und teuer gemachte mondäne Mode- und Unterhaltungsjournal des Hauses Ullstein, bewilligen wollte zwecks Förderung meines förderungswürdigen Talentes. Da erwachte wohl in Onkel Jean-Louis der tollkühne Heldenmut seines Ahnen, des Ritters Hieronymus de la Fontaine, und während Hermann Ullstein befremdet die Brauen hob, begann Onkel Jean-Lous eine Rede, deren ich mich noch heute mit leisem Schauder erinnere.

„Ich arbeite seit zwanzig Jahren in diesem Hause, und ich habe in dieser Zeit mehr die Peitsche als das Zuckerbrot zu kosten gekriegt. Aber daß Sie nun das tägliche Brot Ihrer Mitarbeiter bloß noch mit Margarine beschmieren wollen und das meiner Nichte, einem so außerordentlichen Talent, anzubieten wagen, das, mein sehr verehrter Herr, bestätigt mir die alte Zigeunerweisheit, nach der Verleger gleich hinter den Pferdedieben kommen." Woran er eine längere Ausführung über Pferdediebe im allgemeinen und Verleger im besonderen schloß: nämlich über ihre ausgeprägte Fähigkeit, die unglücklichen Dichter nicht nur auszubeuten, sondern sie auch in jener schmählichen Abhängigkeit vom Meinungsterror der Meinungsmonopole zu halten, der beizeiten zu entfliehen er seiner Nichte nur dringend raten könne.

Hier erhob sich Ullstein. Onkel Jean-Louis erwachte aus seinem beseligenden Aufruhr, fuhr sich mit der gewohnten fahrigen Bewegung durch das Lockenhaar, rückte die Brille auf dem Puschkinnäschen zurecht und erstarrte. Denn Hermann Ullstein stützte zwei kleine weiche Fäuste auf die Schreibtischplatte und sprach, über uns hinwegblickend, den Satz, der mich mit gesenktem Kopf zur Türe wanken ließ: „Danach haben wir uns wohl nichts mehr zu sagen."

Als wir auf der Straße standen – in des Wortes wahrer Bedeutung auf der Straße, da nunmehr alle Hoffnung auf Sicherheit, allmonatliches Gehalt und Kantinenessen in die dicke Luft des Zeitungsviertels entschwunden war –, kam Onkel Jean-Louis langsam zu sich. Er raffte sich sogar zu der Erklärung auf, daß er vielleicht ein bißchen laut geworden, aber dennoch schuldlos sei, da die Fresse, ja, er sagte: die Fresse dieses blutsaugerischen Kapitalisten ihn in jenen Rausch blinden Hasses und manischer Selbstentäußerung versetzt habe, den er eigentlich nur von seinen Triebverbrechern kenne. „Weißt du, Fleurchen, wenn ich so was erlebe, wie das hier, so was von ... von schmählicher Vergewaltigung des Menschen, oder – das hat natürlich gar nichts miteinander zu tun – manchmal nachts, wenn ich sitze und schreibe, dann sehe ich geradezu das rote Blut, und dann kriege ich Angst, Angst vor mir selber!"

„Du bist überarbeitet, Onkel Jean-Lous", flüsterte ich bedrückt und faßte ihn unter, der kopfschüttelnd neben mir her ging. „Und dann immer diese gräßlichen Sachen, die du schreibst, immer Mord und Totschlag und Imbezile, das greift doch die Nerven an, du müßtest mal zu einem Arzt gehen."

„Es gibt da so was Neues von einem gewissen Freud in Wien. Natürlich stimmt das hinten und vorne nicht, der Mann macht es sich zu leicht, immer das mit der Sexualität, und daß man seine Mutter liebt. Mein Gott, wenn ich denke, meine Mutter hat mich gehaßt, weil ich ein Junge war, und ich habe sie wiedergehaßt. Aber ich kenne einen sehr netten Arzt, bloß ein bißchen verrückt, der so 'ne Psychoanalysen macht, einen Doktor Häsicke in der Rankestraße. Und was Ullstein betrifft – wenn du willst, entschuldige ich mich bei dem Rosinenmännchen da oben?"

Nein, ich wollte nicht, und wenn ich es heute bedenke, so war wohl das, was der jugendliche Leichtsinn meiner fünfundzwanzig Jahre wollte, die fragwürdige Freiheit, mit Poldi und verschiedenen Freunden bis vormittags um elf zu frühstücken, tagelang bei Plattenmusik, bei „Night and Day", von einem zukünftigen, noch gesichtslosen Liebhaber zu träumen, dafür nachts unter dem Atelierfensterhimmel bis zum Morgenblau kleine Geschichten zu schreiben, ohne an Meinungsdiktat und Meinungsmonopole und etwa gar einen gewissen Philipp und seine Forderungen auch nur zu denken. Oder mit Onkel Jean-Louis plaudernd gegenüber dem Ullsteinhaus in der Konditorei zu sitzen, da, wo sie immer alle saßen: die Mitarbeiter der Verlage Scherl, Ullstein, Mosse; die Reporter, Fotografen, Zuträger, kleinen und großen Agenten, Spitzel, Achtgroschenjungen und alle Sorten von Mädchen, eine bunte lärmende Gesellschaft, die den Klatsch des Zeitungsviertels beschwatzten und sich gegenseitig um die fünfzig Pfennig für den Besuch im Romanischen Café anpumpten.

Und während wir an dem kleinen Eisentischchen Torte mit Schlagsahne aßen wie früher bei Kranzler, versuchte Onkel Jean-Louis mich von meinen Sorgen abzulenken, indem er mir von seinen erzählte, von der Kleinen in der Absteige am Bülowbogen, die jeden Nachmittag auf ihn wartete, und seinem Schnäuzchen, der noch immer Illegitimen. „Stell dir vor, der

Hauswirt verlangt, sie soll die Hintertreppe für Dienstboten benutzen! Ich hätt' ihm beinahe was mit der Hundepeitsche verpaßt. Ich bin überhaupt jetzt ein bißchen reizbar, du hast es ja erlebt. Aber habe ich nicht allen Grund dazu? Denk doch mal an, was da jetzt mit diesem Herrn Hitler auf uns zukommt; schließlich rede ich nicht aus dem hohlen Bauch, ich weiß, was in jedem von uns steckt an Trieb, Haß und Aggression. Fleurchen, ich hab's mich was kosten lassen, schon aus fachlichem Interesse, ich bin nach München gefahren und hab mir diesen Herrn Hitler angesehen, nein, angehört, und ich sage dir: Ein Maniakaler, ein Wahnsinniger, ein pathologischer Sadist, ein potentieller Massenmörder!"

„Aber Onkel!" Nun mußte ich lachen.

„Lach nicht, mein Mädchen, es ist bitterernst. Denn wenn der jemals auf die Menschheit – die deutsche Menschheit! – losgelassen werden sollte, dann gnade uns Gott. Dann wirst du erleben, was ich von meinen Triebverbrechern kenne: die Entfesselung aller üblen Instinkte, denen dieser Demagoge das Mäntelchen nationalen Heldentums umhängt. Und Hindenburg, der diesem Wahnsinn Einhalt gebieten müßte, ist ein seniler Trottel, uns beschert vom Kabinett des Herrn Luther – oder richtiger: von Herrn Duisberg vom Reichsverband der Industrie. Ich habe schon wieder den Namen gehört, den mir mal dein Herr Bumke an den Kopf warf, du weißt schon, Moische Pisch oder auch Herr Wasserstrahl, was natürlich eine elende Verleumdung ist, vielleicht sogar von deinem feinen Freund Bumke erfunden."

„Aber, Onkel Jean-Louis, der denkt doch gar nicht an so was!"

„Ja, das ist es eben: Der denkt nicht! Die denken alle nicht, die ahnen nicht einmal, was sie über Deutschland heraufbeschwören. Tyrannei und Vernichtung aller menschlichen und geistigen Werte! Teufel noch mal, wozu hab ich gekämpft ein Leben lang? Der humane Strafvollzug, die Resozialisierung – was wird aus alledem bei diesen Strolchen! Und so was ist nun dein Freund! Fleurchen, ganz abgesehen vom Moralischen, das ist doch auch so 'n Rosinenmännchen mit 'nem Pflaumenpopo."

„Männchen ist gut! Erstens ist er einszweiundneunzig, und zweitens ist er eigentlich ein hübscher Mensch, die blauen Augen ... Und außerdem ist er nicht mein Freund. Ich hab gar keinen."

„Schlimm genug", sagte Onkel Jean-Louis. „Du solltest nämlich einen haben, Liebe ist das einzig Schöne im Leben. Sonst ist's doch 'ne ziemlich beschissene, entschuldige, bescheidene Angelegenheit. Und eine Dichterin wie du?"

„Ach nee", sagte ich, „laß man. Ich habe Klaus und Poldi – ich hab ja auch soviel zu tun."

René Valois traf ich im Junggesellen, kurz nachdem er mit Frau und Kindern aus Paris gekommen war, vielleicht auch aus London oder Hollywood, wer konnte wissen, wo Valois die letzten Filme und die letzten Schulden gemacht hatte. Hier in Berlin suchte er einen neuen Markt für seine Drehbücher, also neue Erfolge, neue Abenteuer, neues Geld und neue Frauen – sein Ruf als Genie, Frauenheld und Glücksritter war ihm vorangelaufen wie ein Waldbrand, dessen Feuerschein den Himmel über dem Kurfürstendamm erhellte. Als ich ihn in der Redaktion des alten Neddelwitz stehen sah – durch einen Türspalt faßte mich sein Blick an wie eine Hand –, erkannte ich ihn nach seiner Fama: unter lockig fallendem braunem Haar die eingeschlagene Nase, die eisengrauen Augen des ehemaligen Legionärs, den vollippigen, zu Spott und Gelächter geschürzten Mund des Pariser Straßenjungen, den lässig umgeworfenen Schal, die schrägschiefe Baskenmütze des Pariser Milieus. Drei Minuten später fragte er den Chefredakteur Schiefelbein: „Wer ist die Frau, die da eben rausgegangen ist, die mit den langen Beinen und den blonden Haaren?" Ja, ich trug damals wieder Blond.

Am Nachmittag erschien er im Atelier mit Schiefelbein und zwei Rosen. Er sprach das angeborene Deutsch seiner österreichischen Mutter, er fluchte ,,merde'', als ich seinen allzu frühen, allzu schnellen Kuß mit einem Schlag auf die Nase erwiderte, und ich wagte mich durch Wochen nicht nach Hause, weil ich wußte: Er sitzt vor dem Atelier und empfängt mich mit seiner gewalttätigen Umarmung.

,,Warum wehrst du dich noch? Das Ja oder Nein liegt doch gar nicht mehr in deiner Macht. Vielleicht werde ich dich unglücklich machen, sicher aber glücklicher, als alle Männer der Welt es könnten.''

Was blieb mir übrig, als mich zu ergeben. Dennoch konnte ich ihn nicht erreichen. Nicht im Rausch und nicht im Vergessen, nicht während wir uns suchten und nicht während der Umarmungen, in denen ich die Versäumnisse meiner Jugend nachholte. Ich hatte zuwenig geliebt, um lieben zu können, so wie René Valois mir nur zu *seinem* Ruhme die große Leidenschaft und die großen Leiden bescherte: Wenn das Gleiten des letzten Autos verklang, das Grammophon noch immer ,,Night and Day'' spielte und über dem Atelierfenster die Morgenröte in das nächtliche Blau stieg, begriff ich weinend, daß er nicht gekommen war.

Und als ich von den versprochenen Leiden mehr bekam als von der Liebe, von meinen Träumen nur die Tränen, da sagte eines Tages Valois' ruhige, ein wenig müde Stimme: ,,Eine Frau ist schließlich keine Trauerweide.''

Damit verschwand er, und ich trieb das einmal begonnene Spiel bis zu seinem krassen, einem Nervenzusammenbruch mit Angstanfällen, Herzkrämpfen und Ohnmachten täuschend ähnlichen Ende: Damals ahnte ich nicht, daß ich aus dem Fenster springen wollte, um mir selbst zu entfliehen. Auch Poldi konnte nicht mehr tun, als mich mit zitternden Händen halten, einen befreundeten Arzt rufen und aus besorgten braunen Hundeaugen auf den Jammer hinabblicken. So waren es wohl eher das Mitleid mit seinem schlaflosen Kummer und seine beängstigende Flucht zu den kleinen Gläschen, was mich dann zu Dr. Häsicke in die Rankestraße trieb, einem tüchtigen

Mann, wenn auch – nach Onkel Jean-Louis' Meinung – so verrückt wie alle Psychoanalytiker.

„Zehn Mark für Häsicke!" Das war das Feldgeschrei, mit dem ich mich von nun an dreimal wöchentlich in einen Kampf begab, in dem ich nur durch Ergebung siegen konnte: Ergebung in ein Schicksal, das mich fein und zart in weißgeränderter Schute mit züchtigem Blick und Gottvertrauen in das rauhe Wildwestdasein meiner Zeit geschickt hatte. Ergebung auch in den Willen einer Ordnung, die Sommer, Herbst und Winter nicht auf einen Tag fallen läßt und wohl auch mein Leben zu Frucht und Blüte bringen könnte, sofern ich nur erst auf Dr. Häsickes Couch die Wurzeln meines wirren Wesens erkunden würde – welchem Bemühen die besagten zehn Mark nicht eben förderlich waren. Sie verstärkten meine Sorgen, vermehrten meine Gänge zu Pete, dem Leihhaus in der Friedrichstraße, und wenn sie vielleicht das Gedeihen meiner Seele förderten, so doch nicht das meines Körpers: Poldi und ich lebten vorwiegend von den kostenlosen Brötchen bei Aschinger. Zu denen aß nur einer, nämlich Poldi, die Erbsensuppe, während ich mich an Käthe Lafontaines ehernen Grundsatz erinnerte, daß Hunger der beste Koch sei. Und an Eberhards anklagenden Blick zum Himmel über Aschingers Bierstube. „Boß ein Glas für zwei Personen! Käthchen, man kann die Sparsamkeit auch übertreiben."

Wahrhaftig, Käthe Lafontaine wurde immer knickriger. Um die viertausend Mark Abstand für eine bessere Wohnung zu sparen, knauserte sie an sich selbst, an Eberhard und Gustav Schnedderich, dem nun manchmal ich die Unterstützung nach Lichterfelde brachte.

In der Stube mit den schrägen Wänden und den kleinen Fenstern auf ein karges Gärtchen hinaus saßen wir dann friedlich eine Stunde nebeneinander auf dem schwarzen Wachstuchsofa. Es gab Malzkaffee und Stullen, wie einstmals, als ich mir bei Großvater Schnedderich Rat und Fahrgeld geholt hatte, und er pflegte seine Rede mit einem Seufzer und den immer gleichen Worten zu beginnen: „Käthchen is jut, die bleibt ooch jut, sie hat bloß det Pech, det ick nich totzukriegen bin, janz zu schweigen von Amalie, die erst jetzt richtig in Schuß kommt. Aber wat mir am Leben hält, is wat anderes wie det bißken Präpeln. Du weeßt doch, jetzt kommt det Volksbegehren für die Fürstenenteignung, aber dazu brauchen wir zwanzig Millionen Stimmen. Und nu stell dir vor, denen fehlt an die zwanzig Millionen *eene* Stimme, *meine* Stimme! Da würd ick doch im Jrab rotieren!"

Zu seiner Empörung fehlten dann jedoch beim Volksentscheid 5,5 Millionen Stimmen, und Gustav Schnedderich fand wieder einmal, daß seinem Volke nicht zu helfen war.

„Doof jeborn und nischt zujelernt", bekundete er. „Die fünf Komma fünf Millionen, det is der preußische Untertanenjeist, der schmeißt nu ooch noch die Fürsten unser schönes Jeld in den Rachen, damit se weiter mit Sekt gurgeln können. Se lernen nischt, se lernen nischt", sagte er genau wie Onkel Jean-Louis. Und es war ihm kein Trost, daß auch ein anderes, weniger preußisches Volk nichts lernte, sondern sich nun endgültig dem Duce del Fascismo, einem Mann namens Mussolini, unterwarf, von dem man schon recht bald peinliche Sachen hörte. Aber ob nun Streikverbot, Verbot der Wahlen in den italienischen Provinzen oder die Jagd mit der Rizinusflasche auf politische Gegner, wir hatten unsere eigenen Sorgen – ein gewisser Goebbels wurde NSDAP-Gauleiter in Berlin – und unsere eigenen Freuden: Deutschland wurde in den Völkerbund aufgenommen, und Poldi und ich fuhren in ein Kino in der Bismarckstraße, um von der ersten Reihe aus, also mit Kinohals und herzbeklemmender Begeisterung, den „Panzerkreuzer Potemkin" zu sehen. Während der Vorstellung klatschten wir uns die Hände wund, und nachher schlugen wir uns vor dem Kino die Köpfe blutig.

„Hoppla, wir leben!" hieß Ernst Tollers Stück, und wir lebten hoppla, sprachen nächtelang im Romanischen Café über Travens „Totenschiff", Zweigs „Streit um den Sergeanten Grischa" und beweinten die unschuldig hingerichteten Arbeiter Sacco und Vanzetti, während eine zähe braune Flut aus Dreck und Unrat langsam über das Land kroch...

Zwar kurzsichtig, aber nicht blind, vermochten wir dennoch zu lachen, feierten bei Obstwein in Wasserkannen Atelierfeste, besuchten Künstlerfeste in der Kunstakademie ohne Eintrittskarten, nämlich über die Dächer oder durch die Keller, und sangen: „Wer hat denn den Käse zum Bahnhof gerollt..." Als Anspruch auf die Freuden des Daseins – ein schweres Dasein, meine Herren Geschworenen, meine Richter in den schwarzen Roben und ihr noch strengeren unter den roten Fahnen! – nahmen wir die Rechte unserer Jugend wahr, da wir doch auch unsere Pflichten erfüllten im Kampf um das tägliche Brot unserer mühsamen Gegenwart und das Brot für alle in der Zukunft – so bescheiden mein Beitrag hierzu auch war. Denn als ich mich, hübsch geschminkt, in dem neugegründeten Bund proletarisch-revolutionärer Schriftsteller in einem Hinterzimmer im Norden Berlins zu proletarisch-revolutionärer Mitarbeit meldete, gelang mir nicht mehr als das.

„Was wollen *Sie* denn hier?" fragte mich ein dünner, bleichgesichtiger Mann namens Becher so kühl erstaunt, daß ich mich schnell in das Nichts auflöste, das ich ja wohl war: eine unbekannte Arbeiterin im Weinberg der Zeitschriftenverlage, das Sprachrohr der Frauen, die beim Friseur lasen, was ich ihnen für die zweite Seite der BZ nächtens aus der Seele schrieb, leicht, mit etwas Tiefgang, viel Gefühl, immer im Dickicht meiner Träume, aus dessen Lianengestrüpp ich mich nur befreite, um eine Kurzgeschichte für die Gasrechnung, zwei für die Miete und drei für Kläuschens erstes Fahrrad anzufertigen. Und um lyrische Gedichte zu machen.

„Setz doch mal das Kind auf 'n Topp, und sieh dir's richtig an, das Kind hat doch 'nen Wasserkopp, det wird doch nie 'n Mann." Kate Kühl sang es bei den Protestversammlungen gegen die NSDAP, und niemand wußte, daß ich – die ich niemals wagte, die poetischen Bekenntnisse meines Herzens dem öffentlichen Urteil preiszugeben – solcherart Haß und Hohn versprühte.

In einer Zeit, in der ein gewisser Jolly auf dem Nollendorfplatz in einem Glaskäfig den Weltrekord im Hungern brach, alle Sorten von Betrug und Schwindel gediehen, ein namenloser Verrückter das Wort „Hingabe" auf das Pflaster des Kurfürstendamms malte, astrologische Zeitungen den Untergang des Abendlandes bestätigten – in solcher Zeit erleichterte es mein Gewissen, bei den großen Versammlungen im Friedrichshain im Sturmgebraus der roten Fahnen mitzuschreien, ja, mitzujubeln, wenn Ernst Busch sang. Und als wir inmitten der Menge auf die Straße traten, fragte Poldi: „Findest du nicht eigentlich, wir sollten in die Partei eintreten? Bloß ... 'nen Bürgen braucht man. Hast du einen?"

„Nein", sagte ich, fühlte aber schon meinen Atem stocken vor dem Namen, den ich nun aussprechen würde. „Doch ... einen weiß ich. Der von damals, der Junge aus Wiesbaden, von wo wir immer die Äpfel zu Weihnachten bekamen. Philipp, Philipp Pommeranz, ein alter Genosse."

„Weißt du die Adresse?"

„Natürlich. Wiesbaden, Gellertstraße zwounddreißig."

„Also los, ran wie Hektor an die Buletten und rein in die Partei! Du auch."

„Ich kann doch nicht denselben Bürgen nehmen! Ich will auch nichts mit ihm zu tun haben. Du weißt, ich war in Wiesbaden ..."

„Na und?"

„Ach nichts. Es lohnt nicht, darüber zu reden. So 'ne Leute sind stur. Es sind eben Parteimenschen. Und wenn man da nicht gleich mit ihnen auf die nächste Barrikade klettert ..."

„Ich klettere", sagte Poldi.

Ob mich nun der Klang des Namens Philipp angestoßen hatte oder der unserer Lieder, vor roten Fahnen gesungen, ich lief ein paar Tage umher, als könnte ich Philipp an jeder Ecke begegnen, weinte auch manchmal und dachte daran, zu ihm heimzukehren. Aber wie konnte ich sie allein lassen, Mutter und Sohn und Vater in ihrer Enge dort oben unter dem Dach oder den Bruder in seinem Keller am Bülowbogen?

„Eine tüchtige Frau", lobte mich Opa Schnedderich, wie er früher Käthchens Schick und Pli bewundert hatte. „So 'ne Tolle über die Stirn is ja wohl nich mehr Mode und so 'ne Taille ooch nich, aber sonst – Fleurchen is ooch tüchtig. Plötzlich kann die allet!" Was stimmte.

Ich war's, die mit dem Kind spielte, seine Schularbeiten überwachte und bei dieser Gelegenheit die Kommastreubüchse meiner ersten Novellen aus der Hand legte. Und an mir war es, Poldis Kampf Schulter an Schulter durchzustehen, wenngleich es zuerst gar nicht nach Kampf ausgesehen hatte, das Geschäft mit den Luden.

„Lu ... Luden?" Der Professor klappert mit den Augenlidern, er scheint verwirrt. „Ich versteh kein Wort."

„Ja, es waren Luden, also Zuhälter und Ganoven, die da im Topp-Keller hausten, wo Poldi zusammen mit einem jungen Journalisten ein politisch-satirisches Kabarett eröffnete – er konnte es doch nicht lassen, seit er Vater Eberhard im Frack mit der Chrysantheme im Knopfloch erlebt hatte."

„Sehr richtig", sagt der Professor. „Es sind fast immer Kindheitsstücke, die unsere Leitbilder bestimmen, wenn es sich auch hier um ein etwas seltsames oder ungewöhnliches Leitbild handelt. Aber um ein hübsches."

„Mein Gott, seltsam! Jedenfalls nicht ungewöhnlich in dieser Zeit. Natürlich war bei uns von Frack und Chrysantheme nicht die Rede, im Gegenteil, wir machten es ganz auf die einfache, ohne Eintrittsgeld, ohne Schauspieler, sondern mit Dichtern und Malern und Musikern aus dem Romanischen Café – und mit mir, es half mir doch nichts. Ich schrieb die Texte mit einem netten jungen Dichter zusammen, den später die braune Drecksflut weggespült hat, wohin weiß ich nicht, und Poldi machte die Dekorationen, machte aus Pappe Schwertgeklirr und Wogenprall, Muschelbett und den Loreleifelsen, vor dem der deutsche Michel in der braunen Brühe versank. Das brachte er dann unterm Arm mit auf die Eierkistenbühne, vor der einer von uns unter einem aufgespannten, Souffleurkasten genannten Regenschirm saß, und wenn das Publikum tobte vor Begeisterung – es tobte immer –, schob Poldi ein Schild mit einem dicken Herzen und ‚Vielen Dank' zum Vorhang hinaus."

„Hübsch", sagt der Professor, „Ihr Bruder muß ein einfallsreicher Mensch sein, ich kann ihn mir gut vorstellen und das Kabarett auch. Originell, höchst originell!"

„Und einfach, höchst einfach. Es gab nämlich nichts Schriftliches, kein Programm, keine Namen, auch keine Erklärungen, die Leute verstanden uns. Nach meiner Ansicht war es eine bessere Propaganda als ein Leitartikel, und zwar eine hörbare und sichtbare. Denn Poldi stellte einen Möbelwagen mit ein paar Bänken vors Romanische Café, da stand dran: Freifahrt zu den Unmöglichen! Na, und der war natürlich knüppeldick voll, und der Keller war jeden Abend auch knüppeldick voll. Alles kam, was in Berlin links war, und saß eng nebeneinander, sogar auf dem Ofen, auf den Tischen, bis der Wirt bei Wertheim Kinderstühlchen kaufte und den Sitz für fünf Mark vermietete."

„Damit war es natürlich aus?" fragt der Professor gespannt.

Ich lache: „I wo denn, die Leute zahlten gern und saßen auch gern auf Kinderstühlchen, aber Poldi schlug Krach. Wir wollten ja billig sein, damit alle rein und unsere linken und ganz unfrommen Gesänge gegen die Nazis hören konnten. Wir waren gegen sie, worauf die Polizei gegen uns war und uns eines Nachts von der Bühne holte. Da spielten wir noch ein Stück in Droschken auf der Straße weiter, unser Publikum folgte uns zu Fuß oder in ihren Wagen, und im Polizeirevier riß Poldi die Fenster auf, schrie in die Bülowbogen-Nacht hinaus: ‚Freiheit!', und die Masse unten brüllte mit. Es war ein Geschrei wie bei einer mittelgroßen Revolution, aber als wir dann nach Hause kamen ..."

Hier verstummte ich atemlos. Auch der Professor sieht erschöpft aus; er scheint meinen Lauf durch die Zeit mitgemacht zu haben. Läßt sich dann wieder auf den Bettrand zurücksinken und fragt, wie es weitergegangen sei.

Nein, ich wehre mich; es ist mein, das Geschehen dieser Nacht, mein der trunkene Heimweg, trunken von Sieg und Freiheitsdurst, mein das Schreien und Rufen der Stimmen, das flimmernde Licht der Reklamen, wie wir den Nollendorfplatz überqueren, Glanz und Glorie um Poldis stolz erhobenes Vivatnäschen, und mein auch die Stille, mit der uns das Haus empfängt, nachts um drei Uhr, und in dem fahl erhellten Treppenhaus eine Ahnung von Angst.

„Ich will nicht davon reden", sage ich. „Und Sie wissen, ich muß nicht, nicht wahr?"

„Sie müssen nie." Der glatte freundliche Ton in der Stimme des Professors läßt mich aufhorchen, aufpassen. „Sie kennen unsere Abmachung: Sie sagen, was Sie wollen, und ich höre, was Sie wollen. Aber – es hat doch genutzt?"

„Weil ich stehen kann, jetzt? Aber wäre es nicht auch ohne die Rederei besser geworden?"

„Sicher", sagte er höflich, und ich muß lachen.

„Die Frage ist nur, ob auch *ich* besser geworden wäre? Denn das, sehen Sie, das scheint mir dabei herausgekommen zu sein: Mir geht es nicht nur besser, was ja wohl in erster Linie Medizin und Elektrizität gemacht haben, sondern ich ... ich bin weniger schlecht, scheint mir heute, weniger egoistisch, weniger ängstlich, weniger allein mit mir. Wissen Sie, ich hab da so einen Traum mein Leben lang, immer denselben. Aber das ist ja lächerlich, was soll's, ein Traum ..."

„Träume sind nie lächerlich, Träume erzählen wahre Geschichten, man muß sie nur aus der Bildersprache des Unterbewußtseins ins Alltägliche, Verständliche übersetzen."

„Dann übersetzen Sie mal meinen Traum, den Wohnungstraum, den ich durch Jahre geträumt habe: Ich laufe durch eine von Mamas Wohnungen, und nirgends ist Platz für mich. Alles ist voller Menschen, da sind die Damen mit allem Komfort, die Kriegskinder, Perasič, Poldi und überall Möbel, Gerümpel,

Betten, Düsterkeit, Unordnung und Dreck – nur für mich ist kein Platz, niemand will mich. Und sehen Sie, dieser Alpdruck hat sich in meinem Leben so oft verwirklicht, als hätte ich mir diesen Jammer selbst verschafft. Den Jammer der Unerwünschtheit, des Unbehaustseins und – ja, eben auch des Ungeliebtseins.''

,,Richtig'', sagt der Professor. ,,Unbehaustsein heißt keine Heimstatt haben, an keinem Ort und in keinem Menschen, an keinem Platz und in keinem Herzen.''

,,Ja, so hab ich's gefühlt! Damals, als uns die Nazis in Wien eingeholt hatten und wir türmen mußten, nachts, und auf der Straße standen. Gewiß, vorher ging's uns gut; ich hatte Filme geschrieben und gut verdient, und eine Bleibe hatten wir auch, im Artistenhotel. Aber dann, in den Jahren danach? Sehen Sie, das ist beinah das Schlimmste am Emigrantenleben: die Heimatlosigkeit. Als wir von Wien nach Zagreb gingen zu meiner Freundin Annemarie, da fanden wir eine Art Zuhause in ihrem Kinderheim, bloß daß die Betten ein bißchen zu kurz waren für Philipp; und auf der Insel Korčula dann, da fingen wir an, uns aus einem Ziegenstall so etwas wie eine Bleibe zu basteln, bis die Deutschen näher und wir weiterrückten. Zuerst nach Split, dann in einer siebenwöchigen Wanderung übers Gebirge nach Rom, wo wir auf der Piazza del Popolo ankamen, im Regen, ohne Geld und ohne Unterkunft. Tja, Professor, so war's, und so ist es eigentlich auch geblieben, denn ich suche noch immer im Traum eine Bleibe, wie damals während der Emigration. Oder wie früher in meiner Kindheit.''

,,Und glauben Sie nicht, daß Sie diese ... nun, sagen wir: diese Wiederholung Ihres Kindheitstraumes selbst arrangiert haben könnten? Daß Sie vielleicht – natürlich unbewußt oder unterbewußt! – Situationen geschaffen haben, die Ihre leidvollen, aber in gewissem Maße auch lustvollen Erfahrungen bestätigten, unbehaust, ungeschützt und also ungeliebt zu sein?''

,,Vielleicht, warum nicht? Vielleicht gibt es solche Zwänge, ich kriege sie ja hier bei Ihnen vorgeführt, aber ... der Mensch ist doch nicht nur Trieb, Herr Professor, er hat auch Verstand und Einsicht. Sehen Sie, bisher habe ich manchmal geträumt, daß ich mit Poldi zusammen ein Haus oder eine Wohnung suche, und wenn wir was fanden, stand eine schwarze Mauer davor. Aber jetzt plötzlich, in einer der letzten Nächte, war die Mauer weg oder durchsichtig wie Glas, die Ferne nah, die Welt blank und weit, so als ob sich der Nebel gehoben hätte ..."

„... der Nebel über der Vergangenheit", unterbricht mich der Professor, was ich ungehörig finde, da ich so schön im Zug, im Träumen und Spinnen bin, und also fortfahre: „Meinetwegen auch, als ob sich der Nebel der Vergangenheit gehoben hätte und ich nun erkenne, daß immer in aller Dunkelheit und Verlassenheit auch Licht ist. Und Sonne und Mensch und Baum und Blume."

„Und das ist nicht viel?" Der Professor scheint begeistert, seine Stimme bebt. „Ist das nicht vielleicht alles, was man erreichen kann? Daß man weiß, was man erlebt hat und wie und warum, und daß man von nun an vielleicht richtiger lebt? Obwohl ich jetzt weiß, daß Sie gar nicht so falsch gelebt haben, wenigstens nicht in der Zeit mit Philipp ... Aber nein, nein", er beruhigt mich, „Sie brauchen mir nicht zu erzählen, was Sie nicht erzählen möchten."

„Doch, ich möchte!" sage ich da in einem Gefühl der Zärtlichkeit für die behutsame Güte, mit der dieser fremde Mann mir folgt. „Sehen Sie, ich möchte wissen, wenn ich's auch heute nicht mehr ändern kann, ob ich nicht doch den falschen Weg gegangen bin, früher, den Weg mit Bumke. Jahrelang habe ich gedacht, ich konnte nicht anders. Aber jetzt?

Wissen Sie, meine Mutter, die hatte damals eine sehr viel bessere Zeit, sie machte sogar Pläne, seltsamerweise wieder mit Bumke, dem sie ja nie böse gewesen war. Übrigens war er nach seiner Behauptung an dem unglückseligen Verkauf ihres Schmöckwitzer Hauses nur mittelbar schuld, hatte sogar angeboten, ihr das Haus zurückzugeben, aber sie wollte wieder Wohnungen mieten, wenn es welche geben würde, und noch einmal reich werden. Und nun kam die Geschichte mit unserem Kabarett. Da lebte sie geradezu auf, vielleicht, weil das Kabarett sie erinnerte, wie sie als junge Frau mit Papa ins Engagement gefahren war, in die Blaue Maus nach Königsberg und im Sommer nach Heringsdorf, also an den Anfang, jetzt, wo sie doch ziemlich am Ende war. Sie kam mit uns in den Keller und saß da und lachte über jeden Witz, auch die politischen, die sie gar nicht verstand. Ihr gefiel, daß berühmte Leute hinkamen – einmal war Einstein da, Remarque alle paar Tage und die vom Malik-Verlag. Sie fand bloß, daß wir zu billig waren, ich glaube, fünfzig Pfennig das Glas Bier. Und in dieser Nacht war sie auch im Topp-Keller, lief sogar – wir wußten das gar nicht – hinter der Droschke her bis zum Polizeirevier und nachher zu Fuß nach Hause, Taxi war ihr immer zu teuer. Und als wir dann, vielleicht eine Stunde später, nach Hause kamen, hatte ich schon auf der Treppe so ein Gefühl, als wenn's kalt würde, nicht bloß von der Nacht- oder Morgenkühle, sondern mehr von innen her, so wie ein Schaudern, und wirklich klingelte oben im Atelier das Telefon. Ich wollte nicht rangehen, um keinen Preis. Aber Poldi ging ran, und dann seh ich uns noch, wie wir den Hohenzollerndamm runterrennen, heulend, als wenn wir noch etwas retten könnten, und die Treppen hoch ohne ein Wort. Auch wie sie dalag, das seh ich: eine leere Hülle die wachsbleiche Haut ihres schönen starken Gesichts, auf den geschlossenen Lidern und dem verschlossenen Mund nicht Frieden oder Ergebung, sondern Fremde, Ferne, Einsamkeit. Und Vater stand an ihrem Bett, schluchzend, und rief immer dasselbe: ‚Das kannst du doch nicht machen, Käthchen, das kannst du doch nicht machen!'

Sie waren alle bei ihrem Begräbnis, die sie gekannt hatten, gekannt und geliebt oder doch gebraucht, was wohl manchmal das gleiche ist. Und fast alle waren Männer, denen sie vorgemacht hatte, was eine Frau an Tatkraft aufbringen kann. An Mut. An Stolz. An Hingabe – wenn auch nicht immer an die richtige Sache. Natürlich war Schnäuzchen da, auch die lahme

Ente, die Gräfin om Heiratsinstitut Liebe und Treue und die dicke Dora, die wieder einmal zerfloß. Und neben ihr Onkel Jean-Louis mit grimmig verheultem Gesicht, sogar der alte Schnedderich, der sich so laut schneuzte, daß es dröhnte; Poldis Künstlerfreunde, dann Dietrich der Dichter und Dietrich der Maler und Dietrich das Schwein und der dicke Hageloff, mit dem sie immer ihre Umzüge gemacht hatte über die Dächer oder barhaupt über die Straße, ein paar Portiers aus ihren alten Häusern und Fritz Goldener.

Ja, den sah ich plötzlich wie ein Gespenst der Vergangenheit aus dem grauen Nieselregen auftauchen. Es war so ein richtiges Begräbniswetter, und was er unter dem Arm an seine unpassende hellgraue Jacke preßte, das war ein dicker zerknüllter Busch Veilchen – ich sah geradezu, wie er sie dem Blumenmädchen im Café Splendid aus dem Korb fischte und ihr sein letztes Fünfmarkstück hineinwarf. Er hielt sich abseits mit seinem zerknautschten Veilchenstrauß, aber dann, wie Papa an dem offenen Grab stand und immer ganz laut: ‚Käthchen ... Käthchen!' rief, da trat Fritz zu ihm, und die Tränen liefen ihm unter dem Monokel über das Gesicht.

Ich weinte nicht. Ich stand ganz still. Ich war auch innerlich still. Nur erstaunt und abwesend, nämlich bei ihr, da ich doch nun endlich erfahren wollte: Warum war sie gegangen, so heimlich, so leise? Wohin war sie gegangen? Und von woher würde sie kommen eines Tages oder Nachts, wenn ich sie rufen würde, weil ich Schmerzen habe und allein bin. Und weil ich weiß, daß ich sterben muß ..."

„Ist sie gekommen", fragte der Professor, „damals in den ersten Nächten hier in der Klinik? Nicht wahr, es war in den ersten Nächten?"

„Ja. Ich hatte Jahre hindurch nie an sie gedacht, aber wie ich hier lag und mir so elend war, einfach zum Sterben elend, da habe ich Sehnsucht nach ihr gehabt, richtige warme, weiche Sehnsucht. Und da ist sie gekommen, da habe ich sie gesehen ..."

Zwölftes Kapitel

Beim Begräbnis meiner Mutter war noch jemand, den ich nicht erwartet hatte: Bumke. Er stand plötzlich neben mir, sprach kein Wort, und als er dann meine Hand in seine große Hand nahm und sie warm in seiner Manteltasche barg, da flüchtete ich in einen Traum, aus dem ich nicht wieder erwachen wollte. So daß ich Hand in Hand mit ihm vom Friedhof nach Hause ging – zu ihm nach Hause. Nein, eigentlich zu mir nach Hause, nämlich nach Schmöckwitz, wo Bumke jetzt die hübsche weiße Villa bewohnte und mein großes, von Mama freundlich mit Spitzenvorhängen geschmücktes Zimmer mich erinnerte, ach, so erinnerte...

Dennoch war es besser bei Bumke als bei Poldi und dem weinenden Eberhard – Oma Schnedderich hatte Klaus für die Trauertage zu sich genommen –, es war Urlaub von Tod und Not und eine Art trotzigen Stolzes, weil ich mir den Leichtsinn, der mir immer gefehlt hatte, nun mit geschlossenen Augen und hungrigem Mund aus dem Kuchen des Daseins biß. Oder auch nahm als mein Recht – das meines Körpers, der Wärme und Nähe suchte, das meiner Seele, die Trost brauchte und vielleicht auch noch etwas wie den Glauben an die Unvergänglichkeit des Lebens.

Leider gab es ältere Rechte, nämlich die von Aline Eden. Ich hatte nicht gewußt, daß sie ihre steuerfreie Notenreserve namens Bumke schon angegriffen hatte, bevor ihr Industriekapitän bei dem großen Börsenkrach in New York, dem schwarzen Freitag, wirklich pleite ging.

Doch nun dauerte es keine vierzehn Tage, da stand sie uns

ins Haus, wie die alte Kartenlegersche Patzke gesagt hätte, und machte uns einen fürchterlichen Krach.

Das heißt: sie zürnte, ich weinte; sie ganz in Schwarz mit weißen Börtchen, eine rechtens indignierte Dame der besten Tiergartengesellschaft, ich auch in Schwarz mit enger Taille und Samtaufschlägen zu goldblondem Haar, ein zarter, ätherischer, frisch vom Himmel in die verderbte Welt gefallener ahnungsloser Engel. Und Bumke, feige wie alle Männer, log das Blaue vom siebten Himmel unserer frischen Seligkeit. Worauf ich edel Fehltritt wie auch Undankbarkeit zugab, mit sicherem Blick für das Kleidsame laut schluchzend, Besserung, nein, Entsagung versprach und mir so den großen Abgang verschaffte, stolz erhobenen, wenn auch weinenden Hauptes.

Ich weinte ehrlich, obwohl ich eigentlich bis heute nicht weiß, warum ich so ehrlich um Bumke weinte. Ich glaube, weil er mich glücklich machte, einfach auf eine blöde, unbedenkliche, umbekümmerte Art glücklich. Devisenvertreter im Bankhaus Bumke, Behrenstraße, Aufsichtsratsmitglied in mehreren Aktiengesellschaften, Besitzer einer Braunkohlengrube, einer Stadtwohnung, einer Landvilla, eines Mercedes, eines Dutzend Anzüge und zweier Dutzend Maßschuhe, war er der typische junge Mann aus guter Familie mit viel Kinderstube, wenig Bildung und der geheimen Begierde nach Rausch und Genuß. Was er mir gab außer dem täglichen warmen Abendessen, war der märchenhafte Flug über die abenteuerliche Landschaft dieser Jahre mit ihren Riesengewinnen einzelner und der Verschuldung aller, den Tausenden von Kartellen und Konkursen und Bumkes Taumeltanz von der Spitze in den Abgrund.

Ich tanzte mit, tanzte auch noch mit blutenden Füßen, als Onkel Jean-Louis mir die Freundschaft aufzukündigen drohte, Poldi sie mir nur noch aus Großmut bewahrte und ich schon ahnte: Das kann nicht gut gehen, das darf auch nicht gut gehen, denn sonst wäre alles falsch gewesen, was ich angesichts der Damen mit den Goldtaschen und der Herren in den Klassikerbänden über dem Plüschsofa gewollt hatte. Aber eines Tages

– es war in der schlimmen Zeit nach Mamas Tod, während der Arbeitslosigkeit, Poldi hatte beim Zigarettenfritzen unten an der Ecke sechzig Mark Schulden gemacht –, da klingelte es, und einer im dunklen Hausflur fragte nach Herrn Lafontaine. Mir blieb das Herz stehen; ich erkannte Philipps Stimme.

Als wir dann im Atelier saßen, konnte ich ihn nicht ansehen, während er mir erklärte, er wäre gerade mit einer Delegation in Berlin und käme wegen der Bürgschaft für Poldi. Für mich aber? Ach, er fragte nicht einmal. Denn das Unglück war schon geschehen: Neben meinem Bett hing ein endlos langer Bademantel – Bumke war ja 1,92 groß –, und Philipp fragte: „Trägt der auch 'n Monokel?"

„Nein", hab ich gesagt, „der nicht." Und Philipp darauf ganz ruhig: „Na, das ist schon ein Fortschritt. Und fortschrittlich bist du ja immer gewesen, gelle?"

Natürlich hab ich kein Wort mehr mit ihm gesprochen, denn ich habe mich geschämt, in Grund und Boden geschämt ...

Warum ich dann aber bei Bumke geblieben bin?

Ich frage es mich immer wieder, obwohl ich nach drei Monaten neurologische Klinik die Bardekowsche Diagnose kenne: Überkompensation weiblicher Minderwertigkeitsgefühle, Wiederholungszwang, eingeschliffene Reaktionen. Und daß das Reizvolle an Bumke nicht Bumke gewesen war, sondern der Kampf um Bumke mit Aline Eden, so wie ich früher einmal mit Lotti um Fritz Goldener und noch viel früher mit meiner Mutter um Rubikow gekämpft hatte. Aber wenngleich es sich hierbei um Abwegigkeiten handelt, entsprossen der Luft dieses Hauses, darin Träume und Ängste wie in einem Urwald giftiger Blüten gedeihen, muß ich doch zugeben: Bumke und ich kamen zusammen, weil wir nicht zusammenkommen durften. Wir blieben zusammen, weil wir uns trennen sollten. Und weil ich Angst hatte, Angst vor der Not, da ich morgens in der Kochstraße meine Arbeiten anbot und mittags im Rathaus Schöneberg stempeln ging. Noch heute höre ich die Sekretärinnen bei Ullstein: „Die Männer? Die schälen zu Hause Kartoffeln und gehen stempeln. Arbeit gibt's doch nicht!" Und sehe mich, wie ich mit meinen zwölf Mark Unterstützung vom Schöneberger Rathaus kam – Zigaretten und frische Brötchen in der Tasche – zu Poldi, der neben seinem handgebastelten Motorrad auf fünfzig Pfennig für Benzin wartete.

Wir warteten alle. Es war unsere Aufgabe in diesen Jahren der Weltwirtschaftskrise, zu warten: auf eine Arbeit oder die Unterstützung, auf die Ablehnung eines Stellengesuchs oder die Annahme einer Kurzgeschichte, auf den Silberstreif am Horizont und ein wenig Licht über den immer länger werdenden Schlangen vor den Stempelstellen.

Bis Poldi sagte, daß er nicht mehr warten könne, weil er auch mit seiner neuesten Erfindung – einem Schablonen-Schaufenster-Reklamedruck – vor Hunger nicht in den Schlaf käme, und losging, um seine Dienste als Reklamechef oder Hausdiener in den großen Geschäften der Leipziger Straße anzubieten, losging in Ermangelung eigener Pracht in Bumkes Mantel und Hut. Nach seiner Rückkehr in das Café, in dem Bumke und ich ihn erwarteten, berichtete Poldi von einem Riesenerfolg, einem Riesenlacherfolg. „Was glaubt ihr, wie die sich gefreut haben, als ich reinkam. Mit Schleppe! Die hätten mich am liebsten dabehalten. Fürs Schaufenster. Als komische Figur." Und während er Bumkes Hut von den Ohren nahm, überlegte er laut: „Irgendwas müßte man tun, aber was? Um sich schlagen oder demonstrieren? Nee, hat keinen Zweck. Zörgiebel schießt, wozu haben wir schließlich einen sozialdemokratischen Polizeipräsidenten. Das letztemal waren's Arbeiter, jetzt wären's Arbeitslose, die haben nichts zuzusetzen, also, Bumke, ich lass' es, und Sie spendieren mir dafür ein paar kleine Gläschen. Schließlich haben wir Sie nicht für nichts Kapitalist werden lassen."

„Kapitalist ist, nein, Kapitalist war gut", sagte Bumke, der zu dieser Zeit noch über einiges Vermögen unklarer Herkunft verfügte. „Nur momentan benimmt sich der Kapitalismus nicht mehr ganz ordnungsgemäß, das scheint er euch verfluchten Kommunisten nachzumachen, wenn ihr nicht überhaupt an allem schuld seid, da ihr die Scheißhausparolen vom untergehenden Kapitalismus in die Welt gesetzt habt. Wir an der Börse wissen natürlich ganz was anderes: Stinnes hat seinen Aktienbesitz verdreifacht, Hugenberg erweitert, Sie lachen, Poldi, aber denken Sie an die UFA, an Scherl – das wird 'ne Weltmacht, gegen die kommt keiner an."

„Richtig. Aber ihr auch nicht! Sie werden sehen, die großen Fresser schlucken euch Kleinen mit einem Happen."

„Ach, was ihr immer erzählt! Übrigens – daß es sich bei dem Kassendefizit des Deutschen Reiches um Milliarden handelt, glaube ich einfach nicht."

„Ich fürchte, Sie werden dran glauben müssen, Bumke! Und warum nicht auch mal ihr, warum bloß immer wir. Den Mansfelder Kumpels habt ihr doch jetzt wirklich von ihrem Dreckslohn noch zwanzig Prozent abreißen wollen. Aber ihr schafft's nicht! Schließlich haben wir in den letzten Jahren Hunderte von Streiks gehabt."

„Ach, eure Streiks! Poldi, Poldi, pusten Sie sich nicht so auf. Ich sage Ihnen, die deutsche Wirtschaft steht wie Eisen!"

Einige Monate später – es war schon im Jahre 1931 – brach das Bankhaus Bumke, Behrenstraße, mit einem Krach zusammen, der eines größeren Unternehmens würdig gewesen wäre. Und als ich am Abend dieses Tages Bumke in einer Bar am Kurfürstendamm traf, fand ich ihn wie seinerzeit Fritz Goldener, grünbleich, Schweißtropfen an der Nase, stoppelbärtig – man denke: Bumke stoppelbärtig! – und den Kognak mit zitternder Hand auf dem Marmortisch vergießend.

„Sie sind alle weg", jammerte er, die blauen gewölbten Augen rotgerändert vom Schnaps oder vom Weinen. „Plötzlich ist keiner mehr da – oder sie kommen alle auf einmal und wollen was. Plötsch, du weißt doch, der von der Plötsch-Kohle, will den Rest für diese verfluchte Braunkohlengrube, für diese Feuerlöscherbriketts, weil die Banken zu sind, *seine* Banken. Dieser Betrüger. Alle Banken sind zu, meine auch, soll ich sie mit dem Stemmeisen aufbrechen? . . . Ach, Fleurilein, tröste mich, mir geht der Arsch mit Grundeis!"

Ich tröstete ihn, während die Sparkassen gestürmt wurden und der alte Hageloff, Mamas Ziehmann, sich aufhängte, wie es sich gehörte für einen, der nun zum zweitenmal alles verlor; während der Herrenreiter von Papen Deutschland mit seinen nunmehr fünf Millionen Arbeitslosen immer tiefer in den Sumpf ritt, Hugenberg die Harzburger und die SPD die Eiserne Front gründete; und während mein Vater Eberhard die guten Möbel aus Eberswalde verkaufte, um sich zu Poldi ins Atelier zu verziehen als in die so sehnsüchtig erhoffte Klosterzelle – natürlich mit Mamas Bildern und dem Lexikon für die Kreuzworträtsel.

Im Atelier Bayreuther Straße unter dem Glasdach, auf dem im Sommer die Sonne wie geschmolzenes Blei lag, im Winter des Schnees graue drückende Seelenlast, wirtschaftete nun ich: ohne Bad, ohne Hilfe, aber mit Kind und Arbeit. Schrieb wieder während der Nächte Feuilletons, Kurzgeschichten, Modeartikel, Werbetexte, rannte die Vormittage über durch die Redaktionen, holte mittags Klaus aus der Schule, wobei ich mich mit dem Lehrer stritt – „Meinen Sohn schlagen Sie nicht, Sie Kulturbremser!" –, und versuchte gleichzeitig, einzukaufen, mit Klaus Schularbeiten zu machen, mit Bumke Kaffee zu trinken, Tucholsky, Freud, Fallada zu lesen und Poldi zu helfen. Der malte jetzt in einem Reklameatelier tagsüber Werbetexte: „Sei schön durch Elida" und „Was die Braut ist für die Trauung, ist Bullrich Salz für die Verdauung", nachts schmückte er mit Papierschlangen, schnell gezeichneten Karrikaturen, meterlangen roten Fahnen und beschrifteten bunten Lampions die Säle der großen Brauereien im Friedrichshain und in der Hasenheide für die Versammlungen der KPD. Oder er malte einen Himmel voll schwingender Engelsköpfchen um Petrus' langen weißen Bart – nach seiner Behauptung die künstlerische Darstellung seines langsam einen Bart kriegenden, also eheähnlich werdenden Verhältnisses mit einer kleinen Sängerin. Die hieß

Marusja und war – wie Poldi sang – das schönste Polenkind, das man in Polen find't, vergiß Marusja nicht, das Polenkind.

Wann schlief er eigentlich? Wann schliefen wir alle in diesen Monaten, in denen wir den Ruhm der goldenen zwanziger Jahre aufrechthielten wie eine Verpflichtung zu schnellem Leben und frühem Tod? Denn wir ahnten, was kam, was da heraufstieg aus dem Großstadtschlamm, aus SA-Kellern und den Gängen unter dem Sportpalast, von wo aus die Braunhemden schon Stunden vor der Veranstaltung den Saal besetzten, um dann so gründlich die neue Ordnung zu halten, daß Poldi, erprobter Störer und Zwischenrufer, oft mit einem blauen Auge heimwärts flüchtete, geschlagen, doch unbesiegt.

Ich stellte die Frage, stellte sie konkret bei einem Damenessen, das im Hause der ersten preußischen Richterin zwölf berufstätige Frauen vereinte, Vertreterinnen eines neuen starken Geschlechts in Rang und Würden.

„Wann schlafen Sie, bitte, Frau Doktor, oder Sie, Frau Professor? Wie schaffen Sie es, neben Beruf, Hauswirtschaft, Kinderpflege und Mann oder Freund und Zeitgeschehen?"

Es gab Gelächter für der hübschen Frau Fleur Witz und Mut, aber mehr noch jämmerliche Klagen der sonst so selbstsicheren Redakteurinnen, Rechtsanwältinnen und Ärztinnen über Krampfadern, Schlaflosigkeit, Neurosen und endlich die Stimme einer Schauspielerin, die aufseufzend rief: „Annemarie Lars! Was würden wir machen, wenn es Annemarie nicht gäbe, Annemarie und ihr Kinderheim!"

Als ich hinausfuhr nach Frohnau, fand ich Annemarie so jugendbewegt in Beiderwand-Gewand und Jesuslatschen, daß mir Poldis Wandervogel-Vergangenheit peinlich erhalten schien. Doch dann im Wohnraum, darin Jungen Strümpfe stopften, Mädchen Schach spielten und eine rote Fahne die kahle Wand schmückte, war ich ganz daheim in Gegenwart, Zukunft und Annemaries Kinderreich, einem Kinderstaat mit Selbstverwaltung, Ämtern, Ehren, Zucht und Freiheit im Namen der Freiheit. Ich begriff schnell, was sich mir hier bot an Hilfe für den Jungen und für mich, eine Dame mit Wimperntusche, Lippenschminke und Pelz, die sich in der kargen jugendbewußten Welt so fühlte wie wohl einstmals die Damen mit Goldtasche vor meinem staunenden Kinderblick.

Mir gegenüber auf der Kante des Schreibtisches hockte Annemarie, gleichaltrig, wenn auch nicht gleichartig, in ihrem mädchenhaft schlichten Hänger. „Ein prima Kumpel", wie Kläuschen sagte, als er mir drei Wochen später ein Amt anbot, das Ehrenamt als Verpflegungswart ihrer Wandergruppe. „Und wie mir's gefällt? Prima, dufte, hier bleib ich!"

Ich wurde also Verpflegungswart – ach, wie angstvoll forschend beobachtete Kläuschen während der Abstimmung, ob bei meinem Namen auch alle Hände hochgingen zu meiner und seiner Ehre! Ich lernte die gelbverputzte Villa gut kennen, die Jungen- und die Mädchenseite, die Schlafzimmer der Großen und die der Kleinen, den Spielraum und den Eßraum, die Küche mit ihrer Herrscherin, der dicken Tante Anna, ebenso die Sandberge dahinter, wo ich mit Klaus am Lagerfeuer Kartoffeln und Äpfel briet, welch freudiges Ereignis er mit den Worten verkündete: „Heute war ich mit meiner alten Dame picknicken" – ich war gerade einunddreißig damals.

In diesem Alter begann also, was ich meine unglückliche Liebe nenne, begann die nie endende Sehnsucht, die mich an jedem Sonntag auf die Zweistundenfahrt nach Frohnau trieb, die mich durch Jahre begleitete als ein Schatten, der meine Nächte verhängte wie die Verdunklungsvorhänge des Krieges. Durch die horchte ich hinaus auf ein Lebenszeichen meines Sohnes dort draußen in der Welt, dort draußen daheim ...

Hatte ich ihn nicht schon verloren, als ihn Käthe Lafontaine aus meinem Arm in ihren nahm? Verlor ich ihn, da ich in der Bayreuther Straße über meinen Geschichten saß anstatt an seinem Bettchen wie die Mütter aus den Märchenbüchern einer guten alten Zeit, in der eine Frau nur selten gleichzeitig Mutter und Schriftstellerin, Geliebte, Haushaltungsvorstand und der eigenen Verzweiflung einziger Ratgeber war? Nebenberuflich jedoch jenes schmale, in Torbögen und Flure huschende Gespenst, das zitternd Flugblätter unter die Matten vor den Wohnungstüren schob.

„Hitler, das ist der Krieg!"

Nach meinen Erinnerungen war schon damals Krieg. Krieg in den Straßenschlünden des Nordens und Ostens von Berlin, durch die tagsüber die Lastwagen mit Braunhemden fuhren und nachts die Schüsse hallten, die Kampfesschreie „Rot Front!" und „Deutschland erwache!". Durch die Münchener Straße, am Viktoria-Luise-Platz vorbei, flohen wir – Poldi, Jaschinski und ich – mit jagenden Lungen zu unserem Haus, und oben fuhr ich mir mit flatternden Händen ins Gesicht.

„Da, Blut! Der Nazi hat wirklich 'n Messer gehabt!"

„Vorbeigestochen", sagte Poldi und suchte Kaffee im Schrank. „Oder überhaupt nicht. Die Schramme kannste beim Fallen abgekriegt haben. Bei mir ist bloß die Jacke kaputt. Und Jaschinski, was ist bei dir los, Jascha?"

„Nischt, bei mir ist nie was. Det is ja der Kummer!" Jaschinski war klein, krummbeinig, ein Weißblonder mit flinken huschenden Augen, wachem Gehirn und fiebernder Kampfeslust. „Ick kenn doch den Klose aus dem SA-Keller jegenüber von meine frühere Zelle; seit Monaten bin ick hinter ihm her mit meiner Zange, aber ick krieg ihn nich."

„Was für eine Zange?" Poldi hielt das Zänglein ans Licht der löwenköpfigen Lampe über Mamas Riesentisch. „Ach, das kleine Ding? Damit kannst du doch keinem was tun."

„Doch, ick kann, det wirste noch sehn. Wenn ick ihn krieje, denn beiß ick ihm damit det Ohrläppchen ab. Den will ick zeichnen, den Hund! Der hat nämlich in die Pharussäle mit 'nem Tischbein aus Orjes Kopp Kleinholz jemacht."

„Na, denn beiß man, aber mach es auf die Sanfte und Leise und nicht, wenn wir gerade dabei sind. Du weißt, die Nazis haben Polizeischutz, und wenn die dich kriegen ..."

„... hab ick ooch Polizeischutz, lange, sehr lange!"

Wirklich verschwand Jaschinski für lange, denn beim Kongreß der Antifaschistischen Aktion im Sommer 1932 geriet er in einen Hinterhalt, wurde von SA-Leuten zusammengeschlagen und als Rädelsführer eines bewaffneten Aufstands zu drei Jahren verurteilt.

Die überlebte er, nicht aber die anschließende KZ-Haft, und wir trösteten uns damit, daß er auch die Freiheit – die Freiheit unter Hitler – nicht überstanden hätte.

Wir versuchten es überhaupt mit Tröstungen und Erklärungen, so unerklärlich uns blieb, wie blind und taub der deutsche Bürger dem Rattenfänger folgte, der ihn doch nur mit Hoffnungen lockte, da es ja nun schon sieben Millionen Arbeitslose gab.

Worauf sie wohl warteten, wenn sie in endloser Reihe vor der Stempelstelle standen? Ich glaube, sie erwarteten nichts mehr von einer Regierung, die sich als zu schwach erwies, das drohende Unheil abzuwenden: Wir schlitterten in den weißen Winter 1932/33 wie unter ein Leichentuch.

Mir wenigstens schien es, als ob uns schon die Ahnung des Kommenden gelähmt hätte, auch uns, die wir ja an Kampf und Abwehr teilnahmen: den Demonstrationen vor den Stempelstellen, der täglichen Schlacht zwischen den Parteilokalen der KPD und der NSDAP, zu der die Nazis in braunen Hemden mit Schlagring und Messern, die Rotfrontkämpfer in Rollkragenpullovern und Schirmmütze mit nackten Fäusten antraten. Ohne Waffen – bis auf die paar in den Einholekörben der Frauen.

Ich selbst tat nie mehr als das mir Mögliche und schmücke mich auch heute nicht mit fremden Wunden oder eigenen Heldentaten, wenn ich Tussis Hunger nach meinen und anderer Leute Erlebnissen zu stillen versuche. Aber ich bekämpfe entrüstet ihre Ahnungslosigkeit in Sachen Vergangenheit, wahrhaft unbewältigter Vergangenheit. „Es ist eine Schande, so wenig zu wissen", behaupte ich sogar, „eine allgemeine Schande, oder besser: die Schande der Allgemeinheit, derart blind durch die Gegend zu laufen. Es ist doch *Ihr* Land, *Ihr*

Volk, es waren doch Ihre Leute, vielleicht sogar Ihre Eltern und ihre Verbrechen!"

Sie ist empört, erglüht rosig über das Unschuldsgesicht, als sie mir erklärt, wie ahnungslos die gewesen seien, die sie – ein ebenfalls ahnungsloses BDM-Mädchen – umgeben hatten: die Mutter eine schlichte deutsche Hausfrau, der Vater Polizeioberwachtmeister, der Bruder, nun ja, der Bruder SA-Mann, aber gezwungen.

„Gezwungen!" sage ich darauf. „Ja, sie waren alle gezwungen. Ich weiß. Gezwungen von ihrer Gier, mehr zu sein als der andere, besser als der liebe Nächste, der Jude oder der Kommunist, ein Heldenrassiger zu sein und dabei schlimmer als ein Mörder, der ja nicht ungestraft loslassen kann, was er so an Sadismus in sich trägt – unterschwellig natürlich!"

„Sie glauben mir ja nicht! Sie haben kein Vertrauen zu mir! Dabei tu ich doch alles für Sie!"

Tränen in der Stimme? Ich horche auf.

„Entschuldigen Sie, Tussi. Sie haben recht, wirklich, Sie haben mir viel geholfen. Ohne Sie und Ihren Elektrisierapparat – wo wäre ich da!"

„Ach, das! Pah!" macht Tussi mit spitzem Mäulchen und wird geheimnisvoll. „Aber was ich sonst getan habe für Sie – bloß aus Sympathie, meine Gudeste! Zu Ihrem Besten! Und ich weiß, was Ihrem Herzchen gut tut!"

Ach, wenn sie wüßte, wieviel Irrtümer wir begehen, wenn wir aus jenen verborgenen Gefühlen handeln, mit denen wir unsere nicht entschuldbaren Erlebnisse zu entschuldigen pflegen: das Versagen unseres Gehörs, das keine innere Stimme mehr vernimmt, wenn ihm eine äußere zärtliche Lügen flüstert; die jäh ausbrechende Blindheit vor unserem schonungslosen Spiegelbild; oder gar die rauschvolle Betäubung, in die wir uns einnebeln wie in Giftschwaden – so übertrieben es mir heute scheint, die Schmöckwitzer Winterluft jenes Dezembertages im Jahre 1932 derart verächtlich abzuwerten.

Es war wohl Baum- und Strauchwerk aus den Gärten um die

ehemalige Lafontainesche, jetzt Bumkesche Villa, das dort verbrannt wurde und in schwelendem Rauch auf den See hinauszog. Der lag mattgrau unter der Last eines tiefhängenden Schneehimmels, und ich entsinne mich, wie schmerzlich ich das Vergängliche allen Seins empfand, ja auch das unseres Daseins in Schmöckwitz.

Aber hier fand ich Ruhe, ein wenig Zärtlichkeit und ein wenig Rechtfertigung meines Raubzuges in Aline Edens Herrschaftsgebiet, indem ich für Bumkes Essen sorgte, seine Hemden plättete, seine weißen Handschuhe wusch und die neue Last hinnahm, wie ich den ganzen Bumke hingenommen hatte: ohne auf innere Stimmen und den Blinzelblick meines Gewissens zu achten. Ohne zu fragen, wie es denn stünde mit *seinem* Gewissen den Hungernden gegenüber; wo *er* die Rettung sähe, die wir, Poldi, ich, Jascha und alle die anderen, vor seinen Augen täglich zu erkämpfen suchten?

Bumke dachte wohl wenig, schwieg meist oder tat das Ernste mit Witzen ab, die wieder ich überhörte. Bis ich eines Abends, noch halb benommen vom Schlaf, im Dämmerlicht gewahrte, was ich schon lange hätte entdecken müssen: da drüben auf dem Stuhl an Bumkes Rockaufschlag das Abzeichen der NSDAP. Aus dem Halbdunkel, in dem wir lagen, im Wohnzimmer auf der Couch, blinkte es mir entgegen, ein rundes Auge widerlicher Verworfenheit, und während ich mich aus Bumkes Armen wand, hörte ich mich fragen: „Was ist denn das?"

„Was?" fragte Bumke zurück, als hätte er das Ding nicht schon seit Wochen unter dem Rockaufschlag getragen. „Ach, das? Na ja... Komm, reg dich nicht auf, ich konnte wirklich nicht anders."

„Was konntest du nicht anders?" Ich stand bereits, griff nach meinen Strümpfen, während er nach mir griff, vergebens.

„Sei vernünftig, ich erklär dir das, das mit der Partei. Man muß doch heute..."

„Was muß man?"

„Na, sich das anhängen. Es geht nicht anders. Ich mach das

wirklich nur, um wieder Anschluß zu kriegen an die Großindustrie. Die steht dahinter. Woher, glaubst du, kommt sonst das Geld? Ist doch klar."

„Was ist klar?"

„Na, daß ich da mitmache! Es ist die Zukunft! Die Nazis schaffen's, die bringen die Arbeitslosen von der Straße, und wenn du wüßtest..." Jetzt sprach er flüssig, gewann den sicheren Boden des Besitzenden und hielt mir einen Vortrag. In dem war zwar auch von den Millionen Arbeitslosen die Rede, aber dringlicher noch von dem beklagenswerten Niedergang der Produktion in Industrie und Landwirtschaft, den wir allein dieser von den Sozis geschaffenen Weimarer Republik und jetzt dem völlig unfähigen Notverordnungskabinett des Herrn von Papen und nun General von Schleicher verdankten.

„Wir brauchen eine starke Hand, glaub mir, die den Karren aus dem Dreck zieht! Und warum sollten wir dazu nicht diese Pachulken benutzen?"

„Weil sie euch benutzen werden", sagte ich, noch immer ein Bein bestrumpft und die Haare wirr im Gesicht. „Weil sie Verbrecher sind, Mörder und Totschläger – und weil sie außerdem schon im Abstieg sind, Gott sei Dank! Bei der letzten Wahl haben sie ganz schön verloren. Und da trittst du diesem Verein bei!"

„Ich bin schon über ein Jahr in der Partei, seit wir die Bank geschlossen haben. Wir sind alle dabei, mein Bruder auch, der ist Generaldirektor bei der Schwäbischen Metall, der weiß Bescheid. Ich hab's immer wieder vermieden, mit dir über Politik zu reden, du verstehst doch nichts davon und läßt dich von deinem Bruder aufhetzen. Wenn ich das schon höre: Die Produktionsmittel in die Hände der Werktätigen! Was sollen die denn damit? Also, ich sag dir, Fleurettchen, Hitler wird Reichskanzler, und ich... ich werde dann auch wieder meinen Standard kriegen."

Ich schwieg mit zusammengebissenen Zähnen. Da versuchte er es auf die Sanfte und streichelte meine unter der Berührung wegzuckenden Schulter. ,,Du weißt doch, daß ich für solche Emporkömmlinge wie den Anstreicher aus Braunau nichts übrig habe, aber eins muß ich dir sagen: Augen hat der Mann, blaue Augen, wenn der dich ansieht – und er hat mich angesehen, schon zweimal! –, läuft dir ein kalter Schauer über den Rücken!''

,,Mir läuft er jetzt schon'', sagte ich, ,,dazu braucht er mich gar nicht anzusehen, das würde ich mir auch nicht gefallen lassen von diesem ... diesem Strolch, diesem Psychopathen, denn das ist er! Frag nur Onkel Jean-Louis, der wird dir was erzählen von Maniakalen und Imbezilen und Triebverbrechern.''

,,Natürlich wird er, der gute Moische Pisch'', hier schrie ich auf wie gestochen, jedoch Bumke sprach weiter von seiner einszweiundneunziger Höhe herab: ,,... weil es ja hier um seine Juden geht, oder willst du leugnen, daß unsere Presse völlig verjudet ist? Dein Herr Vogel bei Ullstein oder Herr Kerr und Herr Wolff vom Tageblatt oder dein Herr Onkel – Juden, Juden, Juden!''

,,Nein'', schrie ich, besinnungslos den rechten Strumpf gegen ihn schwingend, der nicht zurückwich, sondern genußreich lächelte. ,,Onkel Jean-Louis ist kein Jude, auch wenn seine Mutter Lilienthal hieß! Das war nämlich ihr Stiefvater, du Idiot. Wie du redest und lügst, das ist nicht Rassenhaß, das ist Klassenhaß, obwohl wir ... Das Bankhaus Lafontaine war mindestens so gut wie das Bankhaus Bumke, und pleite gegangen sind sie beide ...'' Ich verstummte, ließ den Strumpf fallen, ließ mich auf den nächsten Stuhl fallen, auf mein Kleid und seine Jacke mit dem Hakenkreuz, und fauchte mit funkelndem Auge – oh, ich kenne mich im Zorn, ich sprühe Feuer –: ,,Du bist ein Schwein und ein Verräter! Du hast gewußt, wie wir denken, was wir tun, und hast dein Scheißhakenkreuz versteckt, weil ich dich mit dem Ding nicht einmal angesehen hätte!'' Und bitterlich weinend: ,,Ich weiß, daß du uns haßt, aber jetzt kann ich's dir sagen: Ich habe dich immer verachtet, ich habe es nur nicht gewußt.''

Über das weitere Geschehen gibt es zwei Lesarten, deren erste mich in wildem Zorn davonlaufen läßt, nach Poldis Behauptung mangelhaft und mit nur einem Strumpf bekleidet, was ich natürlich leugne. Denn nach der zweiten, von mir vertretenen Lesart hatte ich Bumke stillschweigend abgeschrieben. Und beschämt, gekränkt, wieder einmal verraten und verkauft – verkauft für die Verbindung zur Großindustrie – war ich bei Dr. Häsicke gelandet, um mich in den Armen meines Ersatzvaters auszuweinen.

Er war es, der mich mit trockenem Witz über die Traumwelt aufklärte, in der ich Menschen nach meinen Wünschen und meinem Willen handeln ließe, bis sie sich – siehe Bumke! – plötzlich selbständig machten und ihre eigenen krummbeinigen Wege gingen. „Und diese gewaltsame Erhaltung Ihrer Traumwelt", so sagte er, nun doch recht strengen Tones, „diese Träumereien leisten Sie sich noch in einer Zeit, in der sich ein Weltuntergang vorbereitet und hinter den Wolken schon das nahende Unheil wartet. Das Gewitter kommt ... nein, es ist schon da. Und ich werde Sie bald verlassen. Denn diese Herrschaft des entfesselten Spießers, die werde ich mir schenken!"

Das Gewitter über Deutschland entlud sich, nachdem Hindenburg am 30. Januar 1933 Hitler zum Kanzler gemacht hatte und damit des Deutschen Reiches Urteil von höchster Stelle gesprochen worden war. Verkündet wurde es mit dem qualmenden Rauch am Himmel des 27. Februar über dem Reichstag. Mich traf der Blitz vor dem Fenster einer Zeitungsfiliale, wo ich auf dem ausgehängten Extrablatt die großgedruckte Schlagzeile las: Der Reichstag brennt!

Und die Stimme des Donners, Volkes Stimme, Gottes Stimme, sagte neben mir mit der des bekannten greisen Mütterchens: „Die Kommunisten, das waren die Kommunisten!"

Nach Hause rannte ich, rannte bis in die Bayreuther Straße und wieder, wie auch bei jenem anderen Trauerfall, die fünf Treppen hinauf in das Atelier. Dort stand Poldi, grün im Gesicht, unter der löwenköpfigen Lampe und suchte mit fahrigen Bewegungen etwas zu trinken. Er hatte es nötig.

„Mehring ist schon weg", wiederholte er ein Gerücht, das sich sofort verbreitet hatte. „Vom Romanischen Café aus direkt zum Zoo-Bahnhof und nach Paris. Onkel Jean-Louis hat auch schon angerufen, er hat so gebrüllt, daß die Drähte heiß wurden. Wir sollen uns vorsehen, die Jagd geht auf!"

Die Jagd ging auf. Noch in der gleichen Nacht in den Straßen Berlins, in den Hinterhäusern des Ostens und Nordens, überall da, wo die Rote Fahne vor der Tür gelegen, wo einer Hammer und Sichel auf dem Rockaufschlag getragen und sich gewehrt hatte, als man ihn in die Keller unter den SA-Lokalen schleppte.

Wir da oben im Atelier in der Bayreuther Straße, wir waren zu nah dem innersten Kreis der Hölle, um nicht das Schreien, das Stöhnen, das Fluchen zu vernehmen, mit dem das Dritte Reich seinen herrlichen Sieg über die vierzehn Jahre der Schmach feierlich und rauschhaft beging.

Von diesem Tage an blieb Poldi bei mir, er wagte es nicht, in das Atelier am Hohenzollerndamm zurückzukehren. Dort spielte Vater Eberhard mit Poldis bewährtem Rotaprintapparat, den Aufrufen und Manifesten Versteck, er versuchte sogar in der ihm eigenen, manchmal aus seiner weltabgewandten Tätigkeit blank hervortretenden Tapferkeit für seinen Sohn alte Verbindungen wiederherzustellen, Verbindungen mit den Verschwundenen und Verschleppten, während ich ehemalige Bräute und zukünftige Witwen tröstete. Mit Zeit tröstete ich sie, die ich jedoch nicht mehr in Walkürentracht mit Schild und Helmbusch, sondern mit einem langen Besen die Straßen von dem Dreck säubern sah, den uns die Nazis hinterlassen würden.

„In drei, vier Monaten haben sie abgewirtschaftet, sie halten sich nicht, sie können sich nicht halten, es wird einen tollen Widerstand geben, ihr werdet sehen."

Ich schwor es, doch was wir sahen, war der Untergang unserer Welt, die sich in diesen Tagen und Nächten voller Angst und

Haß gleichsam entwirklichte zu Gut und Glauben, Flüsterwort und Geisterschritt. Und zu verschlüsselten Nachrichten in gestöhnter Sklavensprache: „Emil ist weg... mußte weg... er ist krank... im Sanatorium."

„Gott sei Dank", sagte ich; es war der dritte, vierte Anruf an diesem Morgen. „Sanatorium heißt Alexanderplatz, Polizeigefängnis, das überlebt er."

„Karl ist im Krankenhaus, den hat also die SA. Dabei hab ich ihm gesagt, hau ab, wenigstens die ersten Wochen, und der Idiot kommt wieder nach Hause, gestern, und heute haben sie ihn."

Poldi weinte fast, obwohl wir auf Haltung hielten und nicht wahrhaben wollten, wie schwer uns traf, was Deutschland traf, ja, uns zu gewöhnen versuchten an die Stickluft um uns, den Abgrund vor uns, in den auch wir stürzen würden eines Tages, bald...

Und wir gewöhnten uns. Wir lebten weiter. Wir überlebten: den Freund, den die SA im Keller Dortmunder Straße erschlug; den Verräter, der vor unserem abgewandten Gesicht die Hand zum Deutschen Gruß erhob; den Zeitungsmann, der den Stürmer auslegte.

Man gewöhnte sich um. Man ging eben nicht mehr ins Theater und in die Wochenschauen der Kinos; man gewöhnte sich zurück ins traute Heim, zum Radio unter dem Sofakissen, den getarnten Telefongesprächen mit den gesiebten Freunden; man schloß sich zusammen zu dem kleinen Fähnlein der Aufrechten. Und zu Annemarie Lars sagte ich – es war schon in einem neuen Frühling – draußen im Frohnauer Kinderheim: „Ich komme zu dir und Klaus. Poldi bleibt im Atelier, aber mir ist es zu schwer, ich hab Angst. Poldi hört doch nicht auf mich, jetzt bemalt er wieder Luftballons mit Parolen, ‚Die KPD lebt' und so, die wollen sie am Ersten Mai auf dem Tempelhofer Feld steigen lassen."

„Jeder macht, was er kann, bloß Poldi ist leichtsinnig."

Annemarie selbst war leichtsinnig. Und wenn ich mich jetzt

erinnere, noch heute bedrückt von der trüben Luft dieses traurigen Frühlings des Jahres 1934, dann spüre ich über Vergangenheit und Vergehen hinweg die tapfere Heiterkeit ihres leichten Sinns, der sie so sicher in den Tod führte.

Von diesem ihrem Tod im Lager Jasenowac und ihrem schlimmen Sterben ahnte ich natürlich noch nichts, aber ich erklärte ihr manchmal, daß es wohl so nicht weitergehe. „Das mit den jüdischen und arischen Kindern bei dir. Du weißt, es ist verboten, aber du nimmst jedes Kind, das kommt, jetzt wieder die Kleine von der Frau Löwenthal nebenan."

„Ich nehme jedes Kind, das mich braucht", sagte Annemarie, und wahrhaftig, sie tat schon damals genau das, was sie später in Zagreb tun sollte und nach ihrem Gewissen tun mußte: Sie nahm die Kinder der Verfolgten, der Verhafteten, der Geflohenen in ihr Heim und an ihr Herz – unter anderem den kleinen Moritz Asch und Judith Löwenthal. Deren Mutter mußte nämlich ebenso dringend wie plötzlich verreisen, und so übernahm Annemarie das Kind und ich das Haus, ein Reihenhaus mit Zimmer, Küche und Veranda im Erdgeschoß, meinem und Klaus' Schlafraum im ersten Stock und einer Kammer unter dem Dach.

In das neue Heim brachte ich nichts von meinen alten Sachen mit, nur meine Bücher, meine Bilder und einen kleinen Revolver, den ich Poldi entführte, vorsichtshalber: Poldi, der Sanfte, bekam manchmal nach allzu vielen kleinen Gläschen erschrekkende Wutanfälle. Die kleine Waffe hatte er zwischen den Dachsparren des Bodenraumes neben dem Atelier versteckt gehalten; ich versteckte sie nun zwischen den Dachsparren des Löwenthalschen Hauses.

Und in diesem bescheidenen Reihenhaus war ich während einiger Monate auf geradezu vermessene, in diesen Zeitläuften völlig ungewöhnliche Weise glücklich. Glücklich mit Klaus und mit Annemarie, mit den Kindern, die sich ebenso geheimnisvoll vermehrten wie später die Kinder in Zagreb, wenn wieder ein unbekannter junger Mann mit einem kleinen Jungen in der

Tür des Kinderheims stand: „Das ist Mirko, die Eltern sind im Wald ..."

Ich blieb auch glücklich, als sich nun ganze Berge anscheinend unüberwindbarer Schwierigkeiten vor uns auftürmten, ganze Erdrutsche immer neuer Zusammenbrüche unser stilles Heim bedrohten und ganze Sturzseen heimlich geweinter Tränen unsere Mauern aus Trotz und Stolz fortzuschwemmen schienen.

„Die schaffen uns nicht", sagte ich zu Poldi, wenn wir in Ausübung unserer verschiedenen Ehrenämter unten in der Küche an der Kartoffelschälmaschine drehten oder oben beim Baden der Kleinen halfen. „Sogar die Nachbarn schaffen uns nicht, die können stänkern, soviel sie wollen! Natürlich machen Kinder Krach, und daß sie jetzt auch noch auf der Veranda schlafen, weil wir so viele sind, ist nicht ihre Schuld. Auch nicht, daß sie nicht alle arisch sind. Weißt du übrigens, daß der kleine Moritz, lach nicht, er heißt so, den Onkel Schupo drüben an der Ecke gebeten hat, er möchte doch lieber nicht Jude sein? Also, von mir aus können uns die Nachbarn anzeigen, soviel sie wollen, und der Gerichtsvollzieher kann gleich hier schlafen, damit er nicht jeden Morgen kommen muß. Ich geb nämlich jetzt immer Wechsel à fünfzig Mark, damit bezahlt Annemarie den Tischler, der oben im Jungenzimmer die Klappbetten macht. Und denk mal, kürzlich hat mir doch der Herr Gerichtsvollzieher persönlich die fünfzig Mark gepumpt, es sind eben nicht alle Nazis. Daher ganz im Ernst: Die schaffen uns nicht, niemals, auch wenn du noch so unvorsichtig bist mit deinen Flugblättern. Gestern hab ich welche bei Klaus und Karl-Heinz gefunden."

„Haste?" Poldi grinste. „Aber die Halstücher der roten Jungpioniere hast du nicht gefunden, was? Die haben sie nämlich immer noch, und zu ihrem früheren Pionierleiter drüben in Oranienburg gehen sie auch."

Was war darauf zu sagen? Nichts. Oder nur sowenig wie zu den Besuchern, die manchmal nachts durch den kleinen Hintergarten über die Veranda zwischen den auf Feldbetten schlafenden Kindern hindurch zu Annemaries Zimmer hinaufstiegen und Botschaften brachten, nicht minder gefährlich als Bomben und Granaten. Oder zu Poldis immer neuen Versuchen, heimlich Gäste für Tage oder Nächte unterzubringen, wo ich doch Frieden haben wollte, ach, endlich einmal Frieden!

Denn hier war es friedlich, hier in Frau Löwenthals zartgrün gestrichenem Zimmer mit den Bücherwänden, den Porzellanhunden auf dem Biedermeiersekretär und dem niedrigen Tischchen unter der rohrumflochtenen, zartgelbes Licht spendenden Hängelampe vor der breiten Couch. Wenn ich auch wohl begriff, welch trügerischen Frieden ich in diesen Wänden genoß: Es war der Friedhofsfrieden aller Vorortsiedlungen mit ihren gleichförmigen, von ebenso gleichartigen Kleinbürgern bewohnten Häusern, die unter einem sauberen deutschen Himmel mit fernen deutschen Sternen Blumen für ihre eigenen Gräber zu züchten schienen. Auch die Stille war die der unterdrückten Seufzer und des erzwungenen Schweigens einer Zeit, in der Menschen meiner Art die Augen schlossen, um nicht zu sehen, die Ohren, um nicht zu hören, ja sich selbst verschlossen vor dem Leben und wohl auch vor dem Lieben. Denn mir dünkt heute, daß ich in diesen Monaten Philipp Pommeranz vergaß oder vergessen wollte, um nichts von seinem Schicksal zu ahnen, daß ich mich davonträumte in das neue Leben mit Klaus. Zusammen lasen wir die „Räuber", er den edlen Karl, ich den schurkischen Franz, der seines Vaters Herz brach, wobei ich zu enträtseln suchte, ob nicht noch der schlechteste Vater besser wäre als gar kein Vater? Dachte es manchmal mit Schuldgefühlen, liebte Klaus daher doppelt, mit Mutter- und Vaterliebe, mit Vater- und Muttersorge, gab ihm, was ihm eine Mutter geben konnte an Zärtlichkeit, und alles, was ihm sein Vater gegeben hätte an Ratschlägen und Fahrrädern, Fürsorge und Reisen, Güte und Geld.

Groß, blond und kräftig, ähnelte er äußerlich Fritz Goldener, ähnelte ihm auch mit seinem schnellen Witz und der Lust am Lachen, ohne jedoch leichtsinnig zu sein, hatte wohl eher von seinen hugenottischen Vorvätern die standhafte Redlichkeit, und als er in diesen Tagen die Liebe entdeckte, schien sie mir eine bessere Liebe als die meiner Kindheit in den rußgeschwärzten Sträuchern des Bahnhofsgartens am Stuttgarter Platz.

Auch Annemarie billigte seine Wahl. „Sie ist reizend, diese kleine Félicienne, der Vater ist Korrespondent der Humanité, aber er muß jetzt weg. Übrigens glaubt er auch, daß Hitler Krieg bedeutet. Schade, daß die Kleine fort muß. Alle Jungen schwärmen für sie, und die Mädchen folgen ihr als ihrer Anführerin, denn in diesem zarten zierlichen Mädchen stecken Kraft und Treue – ja, Treue."

„Und das alles so hübsch verpackt! Klaus wird traurig sein!" Mir tat schon das Herz weh für ihn, aber Annemarie sagte nur, heiter wie immer, unbedenklich und ein wenig leichtherzig, denn das war sie: „Félicienne kommt wieder, sie hat's uns versprochen, sowie das vorbei ist. Und es dauert nicht lange, glaub mir."

Ob ich ihr wirklich glaubte? Ob ich dem Frieden traute, der so jenseitig über unserer Siedlung, unseren Häusern, unseren Gärten lag? Wußte ich nicht oder wollte ich nicht wissen, wie nahe wir seinem Ende, dem Ende unseres geborgten Daseins hier draußen und dem Ende des Larsschen Kinderheims waren?

So unglaubwürdig es klingt: Völlig ahnungslos und unvorbereitet sah ich eines Morgens von meinem Fenster aus, wie Annemarie abgeführt wurde. Sie ging zwischen zwei SA-Männern durch den Garten, ging sehr aufrecht, das blonde glatte Haar ordentlich um den kleinen Kopf gelegt, wandte dann aber plötzlich, als hätte sie meinen erstickten Aufschrei gehört, ihr blasses verschlossenes oder eher erstarrtes Gesicht zu mir um und rief: „Kümmere dich um die Kinder. Ich komm bald wieder!"

Zuerst begriff ich überhaupt nichts. Dann, in einer einzigen, herzlähmenden Schrecksekunde, wußte ich alles: Anzeige und Anklage wegen ruhestörenden Lärms, Absingen artfremder

Lieder, Verbreitung feindlichen Gedankenguts. Und ich heulte los, tobend vor Zorn ob ihres Leichtsinns, ihrer törichten, unvernünftigen Großmut, rannte dabei aber schon in das Kinderheim.

Da war bereits alles vorüber.

Auch heute entsinne ich mich noch meines fassungslosen Entsetzens, als ich die Zimmer verwüstet fand, die Bücherregale gefleddert, die Schränke und Annemaries Schreibtisch beraubt. Die Täter waren abgezogen, nur auf der Schlafveranda stand ein SA-Mann und tat seine von Rassenwahn und Befehlsnotstand gebotene Pflicht.

Ein blonder dummer Junge war es. Mit gerunzelter Stirn, die Daumen im Koppel, hielt er sich steif zwischen den ungemachten Betten inmitten der verschüchtert großäugig zu ihm aufblickenden Kinder. Einige Mädchen weinten, die großen Jungen um Klaus hatten geballte Fäuste und den Glanz kalter Verachtung im Auge.

Indem sprach der Mann, nicht zu mir, in die Luft: „Schicken Sie die Kinder nach Hause, sie sollen auch ihre Sachen mitnehmen, ab heute abend ist die Judenbude zu."

„Sie können doch nicht ... Das können Sie nicht machen", stammelte ich, noch in der Tür stehend, in meinem Rücken die Blicke der Nachbarn an den umliegenden Fenstern und vor meinem inneren Auge Gefängnis, Folter und Tod. „Die Kinder haben doch gar nichts ... Es sind doch Kinder!"

„Judenkinder", sagte der Mann.

Und ich, verwirrt und verzweifelt: „Aber auch arische."

„Eben!" sagte der Mann.

Ich war verloren, Annemarie war verloren, alles war verloren. Und als er mich jetzt aufforderte, die Kinder von ihren Eltern abholen zu lassen, da beging ich die größte Dummheit, ich flüsterte mit bebenden Lippen: „Viele Kinder haben keine Eltern."

„Alle Kinder haben Eltern, auch so 'ne Judenbälger. Oder sollen *wir* die Eltern holen? Also, nun raus mit dem Gesocks!"

Obwohl ich kein Wort mehr sagte, erhoben sich die Kinder und folgten mir. Klaus und die größeren sammelten die kleinen und was sie gerade an Schulmappen und Kleidung erraffen konnten wie die auf dem Schlachtfeld eines verlorenen Krieges liegengebliebenen Reste an Mensch und Ding, worauf ich im Handumdrehen vierundvierzig Kinder in meinem Häuschen hatte.

Dort bewältigte ich, was mir aufgegeben war, und das Wunder der biblischen Speisung der Fünftausend mit den schlichten Mitteln der Neuzeit: Ich rief um Hilfe durch das Telefon.

Wohl eine Stunde lang rief ich, Tränen in der Kehle, die Unheilsbotschaft in alle Welt, um zu retten, was mit Mut und Frechheit zu retten war. „Nehmt, was ihr kriegen könnt", sagte ich, dieses seltsamen Kampfes listenreicher, aber noch immer leise vor sich hin weinender Feldherr. „Das Haus wird versiegelt, und wir müssen vorher rausholen, soviel wir können. Holt die Kleider und die Bücher und die Fahrräder und die Spielsachen, ganz egal, welchem Kind sie gehören. Aber vergeßt nicht, es sind *eure* Kinder, versteht ihr?"

Sie verstanden, und nicht nur die Eltern, die ihre eigenen Kinder packten, wie aus dem Feuer gerettet, nein, auch die Kinderlosen, Poldis junge Freunde, Marusja das Polenkind, die sturmerprobten Junggesellen und ehefeindlichsten Emanzipierten aus dem Romanischen Café, die ebenfalls von Poldi gerufenen rauhen Krieger des Roten Frontkämpferbundes, ja sogar Schuster-Paul, den Poldi auf dem Kurfürstendamm aufgefischt hatte, und natürlich Eberhard und Onkel Jean-Louis – sie alle entwickelten sich in Minutenfrist zu vorbildlichen Vätern, besorgten Müttern und siegreichen Kämpfern mit dem SA-Mann, der erst ungemütlich wurde, als Großvater Schnedderich in seinem schlohweißen Bart vor ihm erschien.

Woher Gustav Schnedderich kam und wieso er kam, ob zufällig zur Auszahlung seiner Unterstützung oder ob Poldi ihn zwecks des würdigen Eindrucks herbeigeholt hatte – ich weiß es nicht, fühle aber noch heute das von Entsetzen gebremste

Gelächter, als er hinüberging, wobei er laut erklärte: „Du wirst mir doch nich für 'n Feigling ästimieren! Natürlich jeh ick ooch und hole." Und drüben auf der Veranda zu dem Mann in der braunen Uniform: „Lassen Se mir mal durch, junger Mann, ick will die Sachen von meine Kleenen."

„Von Ihren Kleinen?" fragte der darauf. Wir zitterten, und Schuster-Paul, die Arme voll Betten, versuchte Gustav Schnedderich mit fortzuziehen. „Die können doch gar nicht mehr so klein sein. Wie alt sind die denn?"

„Ick hab se in alle Preislagen, bloß ick kann ihre Jahrgänge nich alle behalten."

„Und welcher Jahrgang sind Sie?"

„Achtzehnhundertfuffzig", sagte der Alte. „Ick hätte beinah schon 1848 mit mein Vater uff die Barrikaden jestanden."

„Und das wollen Sie nun wohl jetzt nachholen, denn Ihre Kinder können das doch nicht gut sein."

„Wieso nich? Traun Sie mir etwa nischt mehr zu? Denn irren Se sich aber gewaltig, junger Mann. Oder haben Sie noch nie wat von de Papuas jehört? Die machen Kinder, ooch wenn se hundert sind. Een Vergnügen muß der Mensch schließlich behalten. Aber Spaß beiseite, det sind natürlich meine Enkel oder ooch Urenkel, wie Se wollen. Und nu lassen Se mir die Klamotten nehmen, ewig kann ick hier nich stehn, oder wolln wir uns noch 'n bißken unterhalten? Sie scheinen ja 'n janz netter junger Mensch zu sein, ooch 'n hübscher Mann, sogar in Ihr braunet Hemde."

So oder ähnlich verlief der später stadtbekannte Auftritt zwischen Gustav Schnedderich und dem SA-Mann, während wir in meinem kleinen Wohnzimmer noch lange beieinander saßen, erschöpft und in tiefen Sorgen. Wie konnten wir Annemarie helfen? Wie konnten wir sie retten? Und wer konnte es?

Schuster-Paul wußte natürlich Rat, wenn auch nicht den Namen des Retters, da dieser – ein ehemaliger, von der Gestapo übernommener Polizeikommissar – nur über einen Verbindungsmann aus dem Ringverein Glaube, Liebe, Hoffnung zu erreichen war. Auch Onkel Jean-Louis sprach für die Mitarbeit der Unterwelt bei der Bekämpfung jener schlimmsten, verachtungswürdigsten Nazi-Unterwelt. Doch Poldi sah Gefahren für Annemaries Stolz und Würde.

„Sie wird es nicht wollen", sagte er, und Schuster-Paul – er hielt zwei der kleinsten Mädchen auf dem Schoß – meinte: „Was würde er denn schon tun, der Gestapo-Onkel? Sand ins Getriebe streuen, die Sache Kinderheim Annemarie Lars unter den Tisch fallen lassen ..."

„... wo sie liegenbleibt! Nein, es muß schnell gehen. Sie kann's nicht lange aushalten, und wir hier, wir haben schließlich noch siebzehn Kinder auf dem Hals!"

Und da war es Aline Eden – auch sie war, nach ihrem Grundsatz „treu in der Not", herbeigeeilt, äußerlich noch immer in Schwarz mit weißen Börtchen, doch nach Poldis Wahrnehmung innerlich leicht angebräunt –, da war es Aline Eden, die den Namen nannte. „Bumke! Bumke muß helfen! Du weißt doch, daß er jetzt Sturmbannführer ist, nein, du weißt es nicht, du hast ja keine Verbindung mehr. Er ist zwar ein Karrierist, aber gutmütig ist er auch."

„Ein Strolch ist er, verehrte gnädige Frau!" Onkel Jean-Louis' Bartspitzen zitterten bereits. „Und gutmütig? Ha, daß ich nicht lache!"

„Doch!" sagte da Poldi, er stand zwischen den Lagerstätten wie einstmals zwischen den Landserbetten im Eberswalder Spukschloß und hatte wohl noch immer seinen unzerstörbaren Kinderglauben an die Menschheit. „Gutmütig ist er. Ich hab ihn einmal getroffen – der war froh, daß ich ihn überhaupt gegrüßt habe, der Herr Sturmbannführer. Und da hat er mir gesagt, wenn ich mal was brauche, soll ich mich an ihn wenden, einfach per Telefon. Oder raufkommen. Er hat 'ne Dienstwohnung, ganz nahe bei mir in der Nürnberger Straße."

„Also gut, geh zu ihm." Ich ergab mich und atmete doch auf, als Vater Eberhard verlegen stotternd Einspruch erhob. „Schön, schön und g ... g ... gut, boß es geht nicht. Annemarie muß ganz legal rauskommen. Sie muß doch das Kinderheim weitermachen, wo sollen die denn hin, die Kinder?"

„Richtig, an die Kinder müssen wir denken und det se ihre Schlummermutter bald wiederkriegen. Ick würde ja jerne eens mitnehmen, aber wat meine Amalie is, die kann det nich mehr. Und ick alleene – nee, Kinder, wenn ick an 'n Friedhof vorbeijehe, binden sich die Würmer ja schon die Servietten um 'n Hals."

Mit diesem seinem letzten kernigen Ausspruch verzog sich Gustav Schnedderich, von Schuster-Paul fürsorglich geleitet, während wir die restlichen Kinder verteilten: zehn auf befreundete Haushalte, zwei auf meinen eigenen, zwei in Poldis Atelier, einen, den kleinen Moritz, in Aline Edens Louis-seize-Bett, während Onkel Jean-Louis seinem Schnäuzchen die beiden kleinen Mädchen mitbrachte. Nachdem die Türen zu Annemaries Haus versiegelt, der SA-Mann von der Veranda und die Nachbarn von den Fenstern verschwunden waren, verriet mir Poldi, woran er bei Erwähnung der Bumkeschen Gutmütigkeit gedacht hatte. „An Philipp", sagte er. „An Philipp Pommeranz ..."

Ja, mein Bruder Poldi saß in dem Löwenthalschen Sessel, hielt ein kleines Gläschen in der Hand, blickte blinzelnd und wohl schon ein wenig angegangen hinein und sprach den Namen Philipp so ruhig aus, als genüge seine Nennung nicht, in mir eine ganze Welt schmerzlicher Erinnerungen und verwegener Hoffnungen zu erwecken. So daß ich zuerst blaß, dann rot wurde und mich hinsetzen mußte, während Poldi mit witternder Vivatnase auf der endlich gefundenen Fährte berichtete, wohin sie ihn führte:

„Zu Bumke! Jawoll, der Herr Sturmbannführer muß ihn nehmen, und er nimmt ihn, wetten daß?"

„Aber warum? Woher hast du ihn überhaupt so plötzlich? Und warum soll der denn zu Bumke?" stammelte ich.

„Weil er keine Bleibe hat. Er ist gestern erst aus dem KZ gekommen, aus Esterwegen."

„Aber wie ist er denn da reingekommen?" fragte ich verblüfft. „Schließlich ist er ein erfahrener Kommunist, ein Kämpfer, ein Held, ein ..."

„Stop!" Poldi hob die Hand, schüttelte den Kopf, griente. „Nicht so stürmisch mit die jungen Pferde. Und mit den Helden. Das habe ich ihn nämlich auch gefragt, als ich ihn gestern traf."

„Wo?"

„Bei Knoop, unten in der Bierbar, er wußte ja, daß ich dort verkehre. Drei Stunden haben wir zusammen gesessen, und er hat geredet wie 'n Buch, toll, einfach toll!"

„Der redet doch nicht viel", sagte ich schwer atmend, ich fühlte mein Herz.

„Er hat's wohl nötig gehabt. Er mußte es vielleicht loswerden, denn ein bißchen blödsinnig ist es ja, wie sie ihn gekriegt haben, läppisch, einfach läppisch! Nachdem er's geschafft hatte, sich von Wiesbaden abzusetzen, wo er bekannt ist wie ein bunter Hund."

„Und dann?"

„Dann, wie er nach Berlin kam, um sich zu verkriechen, da hat er wohl die Nerven verloren, oder es war einfach aus Trotz. Ja, er hat sich sogar 'ne Ausrede ausgedacht, daß da ein Freund von ihm liegt, auf dem Friedhof der Märzgefallenen ... Also stell dir vor, Fleur, im Januar vierunddreißig, genau am fünfzehnten Januar, dem Todestag von Liebknecht und Rosa Luxemburg, fährt er doch raus nach Friedrichsfelde und legt Blumen auf ihre Gräber! Natürlich mit dem Erfolg, daß die Bullen – die hatten sich hinter den Grabsteinen versteckt – hochspringen wie die Stehaufmännchen, und ab geht's, erst zum Alex, Polizeipräsidium, dann ins KZ Esterwegen. Warum er das aber gemacht hat, diesen Blödsinn, diesen für einen alten Kommunisten geradezu sträflichen Leichtsinn, das hat er mir nicht erklären können. Er hat bloß was gemurmelt von ‚er mußte' oder ‚er konnte nicht anders' und dann den Satz ‚kein Grund zur Panik', obwohl man da wirklich in Panik geraten könnte. Aber zum Schluß, wie er ein bißchen was intus hatte, da hat er von der Würde des Menschen gesprochen."

Poldi schwieg. Ich schwieg auch, ich konnte nicht sprechen. Und noch, als er dann Philipp herbeiholte, ihn aus dem abendlich dunklen Garten hinter dem Hause zauberte wie das Kaninchen aus dem Hut, brachte ich kein Wort hervor. Ich sah ihn nur an.

Da stand er im gefächerten Licht der Löwenthalschen Korblampe, lang, mager, bleich, ein Schatten seiner selbst, und hielt sich mit gesenktem Stoppelkopf an der Tür – was übrigens nicht nur seiner Bescheidenheit entsprach, sondern der Haltung eines Mannes mit einem Loch in der Hose. „Sie hatten mich ein bißchen behandelt mit ihre Schlagstöck, und da bin ich eben gelege, und das Loch ist von ein Splitter in der Pritsche, mir habe kein Nähzeug gehabt."

Vermutlich war es dieser Bericht vom Loch in der Hose, der uns das Wiedersehen erträglich machte, der mich lächeln ließ, so nahe mir das Weinen war, und uns auf schlichte, nämlich genau Philippsche Art an den Tisch des Lebens zurückführte. Auf dem stand auch schon Poldis Flasche mit Doornkaat, lagen Brot und Wurst und Nähzeug zur späteren zweckmäßigen Verwendung, und dort saßen wir nebeneinander, Philipp und ich, verwandelt zu Freunden und Gefährten in einer schrecklich verwandelten Welt. Und heiter, so seltsam es klingt, von der Heiterkeit Überlebender, die an die Zukunft nicht zu denken wagten und die Vergangenheit vergaßen. Oder vergessen mußten ...

„Ihr braucht keine Angst zu habe, ich red nix von da drinne, ich hab's ihnen schriftlich gebe müsse, wie ich noch mal zurückgegange bin und gesagt hab, daß sie meine Papiere nach Wiesbaden schicke solle. Ist doch net nötig, daß sie wieder hinter mir her sind, gleich nach die erste zwei Kilometer Freiheit."

„Und die hast du aufs Spiel gesetzt, bloß um das zu sagen?" Poldi schüttelte den Kopf. „Du bist wahnsinnig."

„Ein bißchen schon." Nun, mit der Ruhe und dem ersten Glas

Doornkaat kam auch der Glanz wieder in Philipps Augen und in seine Rede sein besonderer, sozusagen tränentrockener Witz. „Man wird's da drin, man kann's nicht – vermeide. Aber nun bin ich in Berlin, und sie wissen's net und sollen's auch net wisse, falls sie mich wieder brauche."

„Du wirst doch nicht wieder ..." Entsetzen lag in meiner Stimme, und ich glaube, da sah er mich zum erstenmal an: Ich spürte seinen Blick bis ins Herz.

„Vielleicht werd ich, vielleicht werd ich net." Er nahm den zweiten Schnaps, seine Hand zitterte, er schloß sie zur Faust, und ich sah, wie er den Atem anhielt, die Lippen zusammenpreßte, dann sagte er doch: „Verdammter Mist." Und langsam: „Wie ich gestern auf der Friedrichstraße stand mit meine kaputte Hose und meine zerschlagene Knochen und gewußt hab, die sind da drin, die Kumpel ... immer noch ... und beinah geheult hab, weil ich draußen bin und die drin, da hab ich gedacht, sie dürfe net da drin bleibe, sie dürfe net und sie werde net!"

Ach, wie er es sagte; bescheiden und entschieden, leise und doch vernehmbar für alle, die Ohren hatten, hinter seinen Worten den Trommelwirbel künftiger Kämpfe zu hören, und mit seinem hageren graubleichen Gesicht erkennbar für alle, die Augen hatten zu sehen, ein Held stiller Größe und geheimen Mutes. Und solcherart ergriffen, ihm nachstrebend zur Höhe dieser wahrhaft historischen Stunde, berichtete ich, was sich ereignet hatte an Greuel und Schande, erbot mich sogar, auf Nachrichtensuche zu gehen, jetzt gleich, so daß er noch in derselben Nacht konspirativ tätig zu werden vermöge.

Da geschah, was bei ähnlichen Gelegenheiten, ja sogar auf den Höhepunkten meiner leicht entflammbaren Begeisterung noch des öfteren geschehen sollte und mir eigentlich immer unbegreiflich blieb, wenngleich mit einer gewissen verzeihlichen Schwäche seines sonst so starken Wesens zu entschuldigen: Philipp war eingeschlafen. Zurückgesunken auf die Couch neben die beiden Kinder, schnarchte er, wenn auch nur zart, und

Poldi äußerte sich, freundschaftlich grinsend, über die unbestreitbare Tatsache, daß auch Helden schnarchen.

Worauf Philipp nochmals zu kurzer Besinnung erwachte und mit verschwommener Stimme sanft lächelnd erklärte: „Es war der Doornkaat, der hat mich umgehauen. Aber ich nehm noch einen, wenn ich darf."

Dann schlief er weiter.

Dreizehntes Kapitel

Angelangt bei der Nachtstunde im Frühjahr 1934, da Philipp Pommeranz sich noch einmal von mir entfernte, um im Tiefschlaf den Weg aus der Hölle zu beenden und neugeboren oder auch nur neuen Lebens gewiß zu mir zurückzukehren – am Anfang unserer beider Geschichte also angelangt, empfinde ich auch ihr Ende so nah, daß ich mich mutlos frage: Wozu der Unfug? Was soll's? Das Ganze noch einmal und doch am Ende das Ganze halt auf Befehl aus der Ewigkeit, aus der wir kommen, in die wir gehen, nachdem wir vergeblich das Rätselspiel zu lösen versuchten?

Daß mir's nicht gelang, so gut es sich anließ, damals in Frau Löwenthals Friedenszimmer, scheint erwiesen; daß ich allein bin, trotz aller Übung in Zweisamkeit, wird ersichtlich, wenn ich mich selbst betrachte, eine einsame Frau in einer Krankenstube, in die ich mich manchmal für ewig verbannen möchte, allein mit meiner weißen Wand.

Und wirklich ereignete sich auf ihrer glatten Fläche, was wohl seit jeher darin an Leben und Bewegung enthalten war, wie die Erbschaften mancher Tode in diesem Zimmer. Wirklich zauberte in den Nächten meiner Verdammnis eine mir bis dahin unbekannte Kraft die Abbilder meiner Träume so deutlich auf den Stein, als hätten sich die Damen und Herren, die Freunde und Verwandten, die Lebenden und die Toten durch Jahrhunderte darin verborgen gehalten und träten nun hervor, um mich zu necken.

Nein, jetzt weiß ich es! Um mich zu trösten mit den Versprechungen ihrer endgültigen Wiederkehr. Um mich am Leben zu erhalten wie jenes todgeweihte Mädchen mit ihren Geschichten in Tausendundeiner Nacht.

Nur, Philipp wird nicht kommen, nie wieder! Poldi wird nicht kommen, nie wieder! Und Klaus ...?

Mit geschlossenen Augen versuche ich den Weg durch die Zeit zurückzuverfolgen, auf dem er sich von mir entfernt hat. Aber wie könnte ich ihn dort treffen, wohin er nie wieder zurückkam? In das Haus in Frohnau, in seine Jugend, in seine Kindheit?

Es ist Mittagszeit. Als Tussi zu ihrer täglichen Behandlung kommt, findet sie mich in finsterer Stimmung und bemüht sich, mich zu erheitern, indem sie mir den üblichen Kliniktratsch erzählt, bis ich sie unterbreche. „Es nutzt nichts, Tussi, ich bin nicht ansprechbar heute, wie ihr so schön in eurer Berufssprache sagt. Also lassen Sie mich in Frieden dahinwelken" – was sie natürlich veranlaßt, sich besonders um mein seelisches und körperliches Heil zu bemühen. Geradezu hingebungsvoll führt sie die Elektrode an meinen Beinen hinauf und hinab, während sie mir versichert, daß auch meine Seele einer solchen aufladenden und belebenden Behandlung bedürfe. Denn sei ich es nicht mir, sei ich es nicht der Menschheit schuldig, eine Kraft zu erhalten, die schließlich Gutes, ja eben das Zauberhafte geschaffen und sicher noch Besseres, Schöneres zu geben habe? Worauf ich die Arme hebe, entsetzt: „Um Gottes willen, noch einmal dasselbe! Nein, Tussi, heißen Dank, einmal langt!"

„War das denn so schwer?" fragt sie unschuldig, indem sie sich vorsichtig heranpirscht ans Reiz- und Geheimnisvolle. „Oder so 'ne furchtbare Arbeit?" Und dann mit Mut, Kinderblick und schief geneigtem Köpfchen: „Ich trau mich gar nicht, aber ich wollte schon immer mal fragen: Wie entstehen Bücher? Ist da zuerst die Idee? Oder ein Gedanke! Oder so ein Drang, ein innerer Drang?"

„Nein, in unserem Falle war da zuerst ein äußerer Drang, der Drang nach Geld", sage ich grob. „Sie wissen doch, daß wir nach Wien emigriert sind, das heißt über Prag nach Wien zu meinem Bruder Poldi. Dort wohnten wir im Artistenhotel – übrigens sehr zu empfehlen, man kann da machen, was man will, auch nachts Kunstschießen üben und auf dem Primuskocher für die ganze Familie kochen, Artisten reisen doch mit Familie –, wir wohnten also im Artistenhotel, eng, aber gemütlich und fast ohne Geld. Denn die Piepen, auf die hin wir raus konnten, die von dem Film mit Valois, die hielt ich eisern zusammen, es mußte doch reichen für Jahre und für drei, nein, vier Menschen; denn womit sollten die Männer etwas verdienen? Ich sparte also wie wild, Zeitungen lesen im Caféhaus tat immer nur einer, schließlich kostete die Tasse Kaffee fünf Groschen, und eines Tages sagte Poldi, jetzt käme das große Geld. Der Silberstreif am Horizont hieße Pieseberg, wäre Verleger und scharf wie ein Rasiermesser auf Poldis allerneueste Idee – Poldi hat immer Ideen, ungefähr zweihundert pro Tag, genau wie sein Großvater Schnedderich.

Na, und diesmal handelte es sich um das, was wir Schnokus nannten, ja, ein Schnokusbuch mit den kleinen Zeichnungen und Bildchen und Witzchen und Gedichtchen, die Poldi seinen Freundinnen malte und dichtete. Und da fragte er mich, ob ich die Unterschriften machen wollte, und ich dachte mir, Menschen wollen keine Unterschriften, sondern Geschichten, und schrieb zu Poldis Zeichnungen und Bildern eine ganz gewöhnliche Geschichte, bloß eben so geschrieben, wie Leute wie wir sprechen, auch wenn es sich um Herz und Schmerz handelt, und eben mit Herz und Schmerz. Das machte ich im Artistenhotel an einem winzigen Tisch, und derweile brutzelte Philipp auf dem Primuskocher Bratkartoffeln, und Poldis Dogge, so groß wie ein Kalb, wartete auf die Reste, und Philipp sagte, was er immer sagte, wenn's brenzlig wurde: ‚Kein Grund zur Panik! Fleurchen wird's schon schaffen.' Und dann wurde es wirklich ein Buch, das die Menschen seitdem lesen und kaufen und lieben."

„Wunderbar!" ruft Tussi begeistert, die Hände um die Elektrode gefaltet, ein rührendes Bild. „Sie glauben gar nicht, was es für mich bedeutet, Authentisches aus der Werkstatt des Dichters zu erfahren, so von Anfang an, sozusagen das Schöpferische mit der Muttermilch eingesogen. Diese herrliche Mischung Idealismus und Realismus und Bratkartoffeln und Kunst!"

„Ach Gott, Idealismus! Ich wundere mich manchmal selbst, mit wie wenig Idealismus ich meine täglichen Brötchen verdient habe. Ich mußte einfach. Ich hatte Talent und war fleißig, wenn's sein mußte, und lernte an meinen Kurzgeschichten schreiben, wie ein Pianist Klavier spielen lernt. Und dann hab ich Filme geschrieben, auch mal einen Roman, den hatte Ullstein bei mir bestellt, und der war dann so hochgestochen, daß sie ihn für die Mottenpost gar nicht gebrauchen konnten. Im übrigen habe ich für die Gasrechnung gearbeitet, für die Miete, für Kläuschen und ..."

„... und für Ihren Poldi und für Ihren Philipp, ach, Sie sind ein wunderbarer Mensch."

„Ich bin der dümmste Mensch der Welt!" sagte ich bitter. „Ich bin eine Idiotin in Reinkultur. Für die täglichen Brötchen habe ich mein Talent vergeudet und Herzklopfen gekriegt, wenn so ein Filmbonze am Telefon war, hab um einen Auftrag gebibbert, weil wir doch essen mußten und rauchen und das Fahrgeld haben, um irgendwohin zu türmen, wo wir wieder essen mußten, rauchen, trinken, wohnen und Seife kaufen und Strümpfe und Schuhe und 'ne Pfanne für Philipps Bratkartoffeln – aber daß das nun ein Grund wäre, Freudenzähren zu vergießen oder sich Lorbeerkränze aufs Haupt zu stülpen ..." Und als Tussi mir klarzumachen versucht, daß ich mit dem Zauberhaften doch Wertbeständiges geschaffen habe, lache ich sie aus: „Ein Buch! Und sogar ein wertbeständiges!" Aber dann besinne ich mich. „Natürlich müßte man was Wertbeständiges schaffen, es wäre an der Zeit, nach dieser langen Wüstenwanderung ... Vielleicht könnte man den Menschen auch nutzen, lesen soll man ja eigentlich nicht nur zum Spaßvergnügen ...

Der Schriftsteller hat gerade jetzt Verantwortung, Pflichten ... Ach, du lieber Himmel, wieder einmal Pflichten! Ich möchte bloß wissen: warum?"

Da lächelt Tussi wie ein Sonnenaufgang und sagt flammend: „Aus Liebe!"

„Behalten Sie sie, Ihre vielgeliebte Liebe!" Ich drehe den Kopf weg, mein linkes Bein behält sie. „Oder glauben Sie vielleicht, es liebt Sie einer dafür, daß Sie ihm zeigen, wie nötig er Sie hat? Daß er schwächer ist als Sie?"

Tussi geht zur Tür, in den Armen das Elektrisiergerät, in den geheimnislosen Blauaugen einen Schimmer von Tränen. Sie weint sie nicht; sie bewahrt sie sich für würdigere Gelegenheiten, sie blickt an mir vorbei, aber sie sagt so schlicht, so aus ganzem Herzen, daß mir übel wird vor Rührung: „Ich weiß ja, daß Sie bloß über mich lachen. Aber ich tu doch alles, was ich kann, für Sie und viel mehr, als Sie wissen, und bloß, weil ..."

„... weil?" frage ich auch noch.

Und sie antwortet: „... weil ich Sie liebe."

Damit verschwindet sie, und nach ihrem Abgang – einem lärmenden Abgang, da Schwester Luise mit der Spritze kommt, die Gymnastin noch vorfindet und den Himmel zum Zeugen so grausiger Verletzung des geheiligten Stations-Tagesplanes anruft –, nach Mittagsspritze und Mittagessen zur Mittagsruhe ausgestreckt, überlege ich mir wieder und wieder die Sache mit der Liebe.

Plötzlich und zum eigenen Erstaunen finde ich Tussis Aussprüche klar, beinahe überzeugend: Man liebt, weil man muß, und man tut, was man tut, weil man liebt. Manchmal liebt man den anderen mehr als sich selbst, woraus sich ergibt, daß man nichts übrigbehält für dieses lächerliche bißchen Selbst, das mir jählings da drüben in der Ecke neben dem Waschbecken erscheint, blond, blaß und veilchenäugig, ziemlich schattenhaft ob des wenigen, was ihm geblieben ist von Eigenwuchs und Eigenart. Ich lache sogar über die kostpielige Bescheidenheit dieser kleinen Fleur Lafontaine und verbringe die nächsten Tage damit, meinen Trotz zu pflegen wie ein spät erblühtes, aber doch vielleicht ganz tragfähiges Pflänzchen. Und als ich bei meiner Spazierfahrt im Rollstuhl den Professor im Park treffe zum Feierabendschwatz, findet er mich frisch aufgeladen zu Streit und Streitgespräch, obwohl es ein so schöner Abend ist; das Grün verblaßt, die Luft veratmet in letzter lauer Bewegtheit; in Schweigen vergehen die abendlichen Vogelrufe: Es ist friedlich.

Ich bin es nicht, ich bin gereizt und gestehe schon mit den ersten Worten Mißbehagen und Zweifel. Es sei wohl, so sage ich, nicht viel herausgekommen bei unseren Bemühungen um Wahrheitsfindung zur Erkenntnis oder besser: zur Richtigstellung des Vergangenen und zu dieses Vergangenen endlicher Bewältigung. „Aber vermutlich ist es meine Schuld, ich beginne es zu ahnen. Oder nein, Tussi hat's mir erklärt. Ja, sie hat Ihre Rolle übernommen, das tut sie manchmal."

„Und?"

„Sie behauptet, daß alles, was man tut oder nicht tut oder falsch tut, zuviel für andere, zuwenig für sich selbst oder umgekehrt – daß all das nicht mit Psychologie zu erklären ist, sondern mit dem schlichten Wort: Liebe."

„Zu wem?" fragt der Professor so schnell, daß ich ihn wieder einmal bewundern muß. „Zu dem anderen oder zu sich selbst? Um dem anderen zu helfen oder um sich selbst zu bestätigen?" Und dann mit leichtem, zurechtrückendem Griff an die Schmetterlingsschleife: „Wie damals bei Arturo? Oder bei Fritz Goldener? Oder ..."

„Halt! Nicht schießen!" Ich hebe die Hände, strecke sie hoch, seufze. „Ich gebe auf."

„Sie?" Der Professor bricht in sein Schauspielerlachen aus. „Sie und aufgeben? Sie können gar nicht aufgeben! Sie sind gar nicht zu besiegen! In Ihnen ist eine Kraft, vielleicht ist es Ihr Talent. Wie heißt es? ... gab mir ein Gott, zu sagen, wie ich leide ..."

„Goethe!" Nun lache auch ich. „Wieder Goethe. Aber diesmal stimmt's nicht! Ich bin mein Leben lang besiegt worden. Wir, meine Generation, wir sind von einer Niederlage in die andere gesaust, überlegen Sie mal: Erster Weltkrieg, Inflation, Arbeitslosigkeit, Hitler, Emigration ..." Plötzlich jedoch ahne ich etwas von dem Geheimnis, das uns unbesiegbar macht. „Ich weiß nicht, wie es kommt", sage ich langsam, „aber in Wirklichkeit wurden wir eigentlich nie besiegt, Leute wie wir nicht. Wir wußten immer, daß wir siegen würden. Wir, das heißt unsere Leute und unsere Idee und unser Traum von Gerechtigkeit."

„Wieder ein Traum!"

„Ja, wieder ein Traum – der schönste, weil er sich verwirklichen läßt, sowenig es übrigens damals danach aussah und sowenig wir zu seiner Verwirklichung tun konnten, Poldi und ich. Wahrhaft keine Heldentaten. Im Gegenteil."

„Wieso im Gegenteil!"

Hier, unter den Platanen, sind wir ungestört und ungehört, und so sage ich laut und heftig: „Halten Sie es für klug oder gar für heldenhaft, daß Poldi ausgerechnet im Jahre fünfunddreißig, als sich alle Menschen unseres Schlages verkrochen, mit seiner kleinen Sängerin Marusja ein Lokal eröffnete? Und daß dieses Lokal am Kurfürstendamm durch weiße durchsichtige Gardinen gerade Leute unseres Schlages zeigte, war doch wirklich nicht des Rühmens wert."

„Sofern es nicht vielleicht die sichtbare Demonstration von Stolz und Selbstbehauptung war", wendet der Professor ein; er bietet mir seine Gesichtspunkte an wie Pillen. Ich nehme sie, wenn auch zweifelnd.

„Was für große Worte! Nein, ich glaube nicht an dieses Pathos, ich kann damit nichts anfangen, es scheint mir unwahr."

Der Professor lächelt schmerzlich. „Bemerkenswert, in welchen Verkürzungen der heutige Mensch spricht und denkt! Vermutlich entspringt die Angst vor dem großen, dem tiefen Wort der Angst vor dem tiefen, dem großen Gefühl. Und ihm scheint unwahr, was die Wahrheit enthüllt. Dabei haben Sie selbst berichtet, daß Ihr Philipp zu seiner KZ-Haft gekommen ist, weil er Blumen auf die Gräber von Liebknecht und Rosa Luxemburg gelegt hat. Auf dem dümmsten Wege, haben Sie gesagt, aber mir scheint, auf dem würdigsten – und auch auf dem kürzesten Weg, nämlich aus seiner Seele schlimmsten Niederlage geradewegs zu dieser Seele Sieg und Behauptung. Damit sie leben konnte, weiterleben, überleben, ging er zu den Toten, möglicherweise sogar in seinen eigenen Tod. Sie glauben mir nicht? Gerade Sie sollten nicht an Menschenwürde, an des Geistes Würde über Niedertracht und Gemeinheit glauben? Aber Sie haben es doch gelebt!''

,,Ich weiß nicht'', sage ich verlegen, ,,ich denke, eigentlich mehr aus Notwendigkeit. Man mußte doch etwas dagegen tun, und da hab ich eben etwas getan, wenig. Wir waren schließlich keine Helden, und manchmal brauchte man eigentlich nur ein bißchen List, ja, List und Drangang. Ich hab Ihnen doch von Poldi erzählt. Er hätte damals Aufträge haben können, nämlich für Naziplakate, aber er trug wochenlang den rechten Arm in der Schlinge, gebrochen, wie er behauptete, damit sie ihn nicht rankriegen konnten. Aber dann, als er für sich und seine Marusja das nötige Lebeöl brauchte, machte er das Lokal auf, die Künstlerbar am Kurfürstendamm mit den durchsichtigen Gardinen, durch die man die Gestalten aus dem verflossenen Romanischen Café sah; eine Notgeburt- oder richtiger: eine Totgeburt, wie sich bald herausstellte. Und das war leichtsinnig, ebenso wie vorher die Geschichte mit der sturm- oder auch orkanfreien Bleibe für Philipp – ein Unternehmen, das den Keim des Mißlingens in sich trug, obwohl man annehmen konnte, daß das Schmöckwitzer Haus des Sturmbannführers Bumke ein ziemlich sicherer Zufluchtsort war ...''

Der Professor hebt die Hand, ich kenne das Zeichen, rotes Licht, Atempause, Denkpause. Er will genau wissen, wie das war mit Bumke und dem Haus in Schmöckwitz und warum ich gerade dort Philipp Pommeranz unterbringen wollte.

„Ich? Ich war es, die ihn *nicht* dort unterbringen wollte. Ich kämpfte gegen diesen Plan. Aus Sorge um Philipp. Aus Mitleid, aus . . .“

Professor Bardekow nickt. „Richtig. Nach all unseren bisherigen Feststellungen hatten Sie die Rolle der starken Frau nun einmal übernommen, eine Rolle, die – gestatten Sie dem Psychologen diese Bemerkung – zu Ihren Versuchen gehört, den Mann zu überwinden, indem Sie ihn beherrschen. Zeigt sich hier nicht die alte Weibersehnsucht, den Mann zu besitzen, zu verschlingen, ihn in sich aufzunehmen, sozusagen zurück in den Mutterleib?“

„Wie gräßlich!“ Ich schüttele mich. „Und wieder einmal reichlich übertrieben! Denn ich schwöre Ihnen, Professor, es war nicht solche Liebe – Weibersehnsucht nannten Sie's –, was mich für ihn handeln ließ!“

Damals sorgte ich mich wirklich, lief umher wie eine Verrückte und suchte eine Zuflucht für Philipp. Der hatte die ersten Tage bei Genossen im Ehebett auf der Besuchsritze geschlafen, in meinem Hause ging es nicht, da waren noch die Kinder, und als ich Onkel Jean-Louis bat, hob der die Hände zum Himmel und stöhnte: „Fleurchen, mein Blumenmädchen, was mutest du mir zu! Ich bin gewiß nicht ängstlich, aber gerade jetzt . . . Weißt du denn nicht, was los ist? Die vom Deutschen Verlag, diese Verbrecher, wollen meinen neuen Roman bringen, aber nicht unter meinem Namen! Dabei habe ich einen Stammbaum über sechs Generationen aus der Französischen Kirche, lauter Lafontaines, lauter arische Lafontaines!“

„Und ein Lilienthal“, murmelte ich.

„Ein Stief-Lilienthal!“ sagte Onkel Jean-Louis kurz. Und: „So dämlich können selbst die nicht sein, daß sie mir daraus einen Strick drehen. Nein, ich habe das falsche Gebetbuch, SPD. Und da soll ich auch noch . . .“

Nein, er sollte nicht, er konnte nicht, auch die anderen konnten nicht. Aline Eden wegen ihres guten Rufes, Schuster-Paul wegen seines schlechten Rufes – „mich haben sie doch auf der

Rübe, Madam" –, einige Freunde aus Rücksicht auf ihre Zukunft, andere aus Vorsicht ob ihrer Vergangenheit, und wenn ich von solchen Bittgängen heimkam, fragte ich mich verzweifelt, warum ich's denn täte?

„Ich glaube, einfach weil er da war. Es war einfach Zufall."

„Zufall!" Hier schüttelt der Professor den Kopf, als hätte er nun genug von meiner armen Seele geängstigtem Zickzackflug, und erklärt mir mit der ihm eigenen Betulichkeit die Kantsche Definition des Zufalls als das Zusammentreffen zweier Möglichkeiten. Das sähe er im Falle Philipp Pommeranz und Fleur Lafontaine in der Gemeinsamkeit ihrer Ansichten und ihrer Umwelt, worin ich ihm zustimme, bereitwillig und beruhigt.

Also war es doch Zufall! Denn nun, als ich mit den Nerven fertig war und Philipp immer noch eine Bleibe brauchte, möglichst eine nahrhafte Bleibe mit voller Verpflegung und nicht zuviel Arbeit, da kam Poldi auf seine alte Idee zurück: Bumke! Mein Bumke oder richtiger: Alines Bumke, der dann kurzfristig mein Bumke gewesen war, bis er Farbe bekannte – braune Farbe. Der Herr Sturmbannführer Bumke wohnte in unserem Haus in Schmöckwitz, in unserem Garten mit den Gartenzwergen und den Johannisbeersträuchern und den Booten unter den Trauerweiden.

Ob es nun die Not war, die mich trieb, oder einfach der Berlinerin bewährte Tüchtigkeit – schließlich bin ich Käthe Lafontaines Tochter –, ich bat Aline Eden um Hilfe für einen Freund, einen prima Mann, bloß gerade arbeitslos und sicher sehr brauchbar für Haus, Garten und Heizung. Darauf versprach sie, ihr Bestes zu geben, gab es wohl auch, und mit einem Male hatte Philipp eine Bleibe, und was für eine! Nahtlos abgesichert gegen alle Fährnisse unter Namen und Protektorat des Herrn Sturmbannführers.

Der war meist gar nicht draußen, sondern in seiner Stadtwohnung in der Nürnberger Straße, so daß Philipp das Haus für sich allein hatte, für sich, Poldi, den getreuen Helfer am edlen

Werk, und Poldis kleinen, gut funktionierenden Rotaprintabziehapparat im Heizungskeller.

Es wurden idyllische Wochen, bis dann eines Nachts – es muß Ende Juni gewesen sein, am dreißigsten Juni 1934! – Philipp und Poldi bei mir erschienen, blaß, übelriechend, den Abziehapparat im Wäschekorb. Und ich höre heute noch, wie Poldi sagte: ‚Stell dir vor, wir im Keller am Abziehapparat und oben die SS, Autorattern, Schritte im Garten, Bummern an der Tür, Philipp rauf, weiß wie die Wand, sein letztes Stündlein – und was für ein letztes Stündlein – hatte geschlagen! Meins auch. Denn ich sitze da unten mit den Flugblättern, kein Feuer im Ofen zum Verbrennen, und oben macht Philipp die Tür auf und will schon die Hände hochheben, da brüllt der da draußen, ein SS-Offizier in voller Kriegsbemalung: „Sturmbannführer Bumke! Wo ist das Schwein? Her mit dem Dreckskerl!" Und hat auch schon die Pistole hoch und stürmt an Philipp vorbei ins Haus und durch die Zimmer und sieht, die sind leer, da ist niemand außer Philipp, und er fragt nicht mal, wer das ist, sondern fegt wieder raus und weg mit seinen sechs Mann SS mit umgehängtem Karabiner, rein ins Auto und ab nach Berlin.'

Vielleicht fuhren sie auch gleich nach Lichterfelde, wo dann noch in derselben Nacht im Hof der Kaserne fleißig erschossen wurde: zwölfhundert Mann ohne die Zerquetschten. Und ohne Bumke, den sie nicht gefunden hatten.

Wir wußten natürlich noch nichts vom Röhm-Putsch; wir bibberten nur und flüsterten, drehten am Radio unter der Sofadecke und beratschlagten, was nun werden sollte mit Philipp und dem Rotaprintapparat. Den versteckten wir unter meiner Couch, und Philipp ... Philipp blieb da. Wohin sollte er denn?

Natürlich könnte ich Ihnen nun etwas von Romantik und Poesie und Mondschein über den Siedlungshausgärtchen und von Gefühl und Wellenschlag erzählen, aber ich sage die Wahrheit: Wir hatten Angst.

Wir saßen uns gegenüber an dem kleinen Tisch – Poldi war gleich heimgegangen und sein Atelier viel zu bekannt, um Philipp oder gar den Apparat zu beherbergen. So tranken wir beide allein eine Flasche Doornkaat aus, ohne betrunken zu werden oder anders lustig als von dem verzweifelten Galgenhumor, der uns mit Entsetzen Scherz treiben, von Tod und Ende sprechen und mich ihn fragen ließ, was er denn auf meinen Grabstein schreiben würde? ‚Eine gute Frau, ein fortschrittlicher Mensch, ein treuer Kamerad', so ähnlich sagte er, also wieder einmal Turnvater Jahn und jugendbewegt. Worauf ich, nun doch etwas angegangen, mit sinnlich bebender Stimme fragte, ob er denn nichts anderes an mir zu schätzen wisse? Na, da begriff er endlich, stand auf, einsachtundachtzig groß, stieß mit dem Kopf an die Lampe, und mit den Knien an den Tisch, die Lampe schwang hoch, die Doornkaatflasche fiel um, und er küßte mich."

„Also doch Liebe." Der Professor hat die Lippen zu einem Lächeln verzogen, was mich seltsamerweise ärgert.

„Wie kommen Sie darauf? Es war doch noch gar nichts. Ein Kuß, nichts weiter. Und was dann geschah, war zuerst auch nichts anderes als das übliche: Er küßte mich, bestürmte mich, bitte, auch das, aber ..."

„Also doch Liebe", sagt der Professor wieder, und jetzt lache ich, lache ihn aus.

„... aber ich dachte nicht daran. Ich dachte nämlich an ganz was anderes: an den Abziehapparat unter meiner Couch! Und daß man mich schlagen, foltern oder umbringen könnte, um zu erfahren, woher ich ihn hatte, und daß ich trotzdem nicht sprechen würde, um keinen Preis, auch nicht um den meines Lebens."

„Aber dann, meine Verehrteste, dürfte doch hier das so oft mißbrauchte Wort Liebe eine gewisse Berechtigung haben."

„Nein, immer noch nicht. Sondern einfach das Leben, unser Leben in dieser Zeit, in der es immer um Leben und Tod ging, nie um weniger. In der man sich nicht aufzuhalten hatte mit so läppischen Dingen wie Liebe und Triebe, und falls es sich um Herz und Schmerz handelte, dann um den ganz richtigen

Schmerz eines mißhandelten Körpers oder einer verratenen Seele – entschuldigen Sie, wenn ich jezt pathetisch werde. Denn auch das paßt hier nicht her, weil es ganz gewöhnlich und einfach menschlich zuging in meiner Siedlungsstube auf der Löwenthalschen Couch über dem Abziehapparat.

Da lagen wir nämlich, ohne Mondschein und Nachtigallenflöten, aber doch schon Mund an Mund und flüsternd, auch seufzend, flehend und verweigernd, bis ich merkte – ja, wie soll ich's sagen? –, daß der Mann Philipp mit zusammengebissenen Zähnen knirschte vor Begierde und am ganzen Körper zitterte vor Qual. Und da sagte ich: ‚Ja.'"

Stille. Schweigen. Dann höre ich den Professor sprechen, langsam, bedächtig: „Ein biologisch durchaus begreifliches Argument und nicht nur medizinisch zu verstehen. Aber ist es denn so abwegig, hier den natürlichen Trieb auch gefühlsmäßig zu interpretieren?" Der Professor scheint erstaunlicherweise gereizt. „Es war doch Liebe, Himmelherrgottnochmal!"

„Nein", widerspreche ich, „es war nicht Liebe. Wissen Sie, was ich gedacht habe, als ich da in dem dunklen Zimmer in Philipps Armen lag und sein Herz klopfen hörte wie rasend, seine gestammelten Worte, seine Seufzer, die waren wie lauter Schreie um Hilfe. Er hat's nötig, hab ich gedacht, er war im Lager, er hat keine Frau, er braucht mich, wie ein Hungriger ein Stück Brot braucht und ein Durstiger einen Schluck Wasser oder wie einer Freude braucht, einmal in diesem mistigen Leben, und ein bißchen Glück und ein bißchen Vergessen. Da habe ich meine Arme um seinen Hals gelegt. Aber es war nicht Liebe, es war . . . Barmherzigkeit."

Nun schweigen wir beide; der Professor wohl, weil ihm soviel unweibliche Offenheit die Rede verschlagen hat, ich mit gutem Grund: Aus einer Tiefe, die ich nicht erkenne und nicht verwalte, sind mir Tränen in die Augen gestiegen. Dabei höre ich, wie sich der Professor räuspert.

„Immerhin", sagt er leise, „immerhin handelt es sich hier um die feine subtile Unterscheidung zwar nicht identischer, doch im wesentlichen gleichgestimmter Empfindungen. Aber daß Sie solcher Unterscheidungen nicht nur fähig waren, sondern sich ihrer auch bewußt wurden ...?"

„*Damals* wußte ich's nicht. Ich dachte wohl, es sei Liebe – Frauen denken das immer, es ist sozusagen ihr Entschuldigungszettel für alles, was doch ihr Recht ist. Aber heute glaube ich, daß mein Gefühl für Philipp mich reifer und stärker gemacht hat. Oder als hätte man mit diesem widerlichen ‚Deutschland erwache' gerade mich gemeint: Ich erwachte wirklich.

Ich sah unser Leben, wie es war in dieser Zeit; ich sah die Menschen und – das war es wohl! – daß sie mich brauchten, nicht so wie Fritz Goldener in seinem irren Spielerleichtsinn, nein, wirklich, so um Leben und Tod. Ich mußte mich um sie kümmern. Um Annemarie, die übrigens bald rauskam, aber dann schnell weg wollte aus Deutschland. Um Klaus, den ich aus der Schule nahm – oder hatten Sie gedacht, daß ich meinen Sohn als Halbjuden und Untermenschen bespucken lasse? – und zu einem Privatlehrer gab. Nebenbei aber auch um Valois, der plötzlich nicht mehr Franzose, sondern Jude war und nichts mehr verdienen konnte. Na, da hab ich für ihn mitverdient, so komisch es klingt: Ich hab ihn nicht nur getarnt und meinen hübschen arischen Namen auf seine Drehbücher gesetzt, ich hab sie auch mit geschrieben. Und dann war ja noch Philipp da.

Er hauste bei mir oben in der Dachkammer, aber er schien mir noch lange ein bißchen ungläubig, unsicher. Ja, er sah mich immer so von der Seite an, wenn wir uns mal einen Kaffee – fünfzehn Pfennig die Tasse! – in der Kaffeeklappe am Wittenbergplatz leisteten, und es war wohl ein Beweis seiner Gefühle für mich, als er mir eines Tages gestand: ‚Ich bleib hier in Berlin, geh arbeite und weiß auch schon, wo: Die Russe habe hier 'ne Pension für ihre Leut von der Handelsvertretung, da kann ich unterschlüpfe als Portier und mach, was mei Aufgab ist.' Wie er dann mal nach Hause fuhr, nach Wiesbaden, und ich ihn zum Bahnhof brachte, da ließ er mich ein Köfferchen tragen – das winzigste, älteste, schäbigste Köfferchen der Welt! Und ich im Pelzmantel und mit weißen Handschuhen, ich trug's, während er sein Rad über den Kurfürstendamm schob, denn ich war stolz auf ihn und das Köfferchen und auch darauf, daß ich den billigsten Schoppen Wein für fünfundzwanzig Pfennig entdeckt hatte, also so viel, wie Philipp selber bezahlen wollte und gerade noch konnte. Denn es war jetzt 1935 und für uns die Zeit der notgedrungenen Entsagungen und der freiwilligen Versagungen. Aber ich war zufrieden, ich achtete und ehrte Philipp wie nie einen Menschen in meinem Leben, wenn auch ..."

„Wenn auch?"

„... wenn mir auch damals etwas fehlte. Wir kannten uns wohl bis dahin zuwenig. Vielleicht hatte Philipp auch noch ein bißchen zuviel von der blauen Blume der Jugendbewegung ... Aber dann, wissen Sie, da oben in der Dachstube des Hauses in Frohnau, da wurde alles ganz anders. Professor, verzeihen Sie, doch von Philipp möchte ich lieber ... wenn ich allein bin, auf Band ..."

„Ich verstehe Sie." Zu meinem Erstaunen verzichtet er freiwillig auf die Berichte meiner zwar unterschiedlichen, aber biologisch durchaus begreiflichen Empfindungen. Er geht, und ich bleibe allein, sofern ich überhaupt allein sein kann.

Denn ist mir die Erinnerung an Philipp nicht immer nahe? Genügt nicht die Nennung seines Namens, um ihn an meine Seite zu rufen? Und in dieser Stunde des erlöschenden Tages glaube ich ihn zu sehen, als wäre er schon gekommen, um mich aus der Verbannung heimzuholen. Ja, in einer Verwirrung, die Professor Bardekow als bescheidene Bewußtseinsspaltung bezeichnen würde, sehe ich drüben in der Allee Philipps blaue Baskenmütze auftauchen, wie sie ihm schräg über den schwarzen Augen saß, wenn er in Korčula des Morgens auf das Meer hinaussah; auch die graue Jacke glaube ich zu erkennen, die er schon in Berlin und noch unter den Dächern von Rom trug;

und das blaue Wollhemd, das ich ihm strickte, während wir in den langen Nächten nach Coprifuoco auf die klirrenden Schritte der Patrouillen in der Via dell' Oca lauschten. Auch seinen Gang finde ich wieder, als hätte er nie den Weg neben meinen Schritten verlassen: So ging er damals in Wiesbaden zum Streik beim weißen Raben Schultze & Co., denn so gehen die Kumpels zur Arbeit, den Henkelmann in der Rechten, die Knie eingedrückt, die Schultern nach vorn gebeugt, als trügen sie sichtbar die Last ihres mühsamen Lebens, und so wanderte er neben mir her, wenn wir in unserer Frohnauer Heimat in mondlosen Nächten spazierengingen. In einer Straße nahebei dufteten die Linden so süß, daß ich es auf der Zunge schmeckte; aus den Fenstern der schwarzen Häuser floß gelbes Licht wie Honig, die kümmerlichen Kiefern im Wald schienen mir nun, in der Nacht, hoch und breit und der schmutzige Sand darunter weiß und weich. Wir gingen eng umschlungen, so daß wir uns fühlten, obwohl wir uns das Wirkliche für später aufsparten, wenn wir uns auch manchmal ein bißchen Zärtlichkeit vorwegnahmen, dort auf Sand und Kiefernnadeln zwischen fortgeworfenem Papier und abgebrochenen Zweigen unter einem blassen Himmel mit fernen, fernen Sternen.

Damals, in Frohnau, liebte ich unsere Sterne; und in seinen Armen, die Stirn an seinem Hals, der sauber und gut roch, wie überhaupt alles an ihm sauber und gut war, vernahm ich die Worte seiner leisen Stimme wie die eines Schlafliedes, das ich lange kannte. Denn er sagte nichts anderes als: „Fleur, Fleur." Und manchmal, wenn ihm das Glück das Herz aufriß: „Ach, Muilili ..."

Aber meist war er still, wie Männer es sind, wenn sie lieben, und verriet sich nur, wenn er sang, die Bäume und den Himmel ansang. Und mich natürlich, so seltsam Philipps Liebeslieder waren, denn er sang, was er im Arbeitergesangverein gelernt hatte: „Brüder, zur Sonne, zur Freiheit" und den „Kleinen Trompeter" und als allerschönstes mein Lied, als sänge sein Herz selber von einem Glück, das so einfach war wie essen und trinken und lieben auf der harten Erde, nackt, arm und selig. Dann liefen mir manchmal die Tränen herunter, und er lachte. „Kein Grund zur Panik, wir sind doch zusamme und wir bleibe zusamme." Und leise sang er: „Ich liebe dich so wie du mich, am Abend wie am Morgen, noch war kein Tag, wo du und ich nicht teilten unsre Sorgen..."

Und heute weiß ich: Da war kein Tag, an dem du, Philipp, und ich nicht unsere Sorgen teilten, unsere Freuden, unsere Ängste, unseren Schmerz und jeden Bissen Brot und jeden Schluck Wein in all diesen Jahren – den schönsten Jahren meines Lebens.

Vierzehntes Kapitel

„Waren es wirklich die schönsten Jahre Ihres Lebens?" Der Professor fragt es, und ich erkenne: Mein Bericht über diese Zeit mit Philipp – sowenig er für des Professors Ohr bestimmt, aber im Schwung des Erzählens eben nicht zurückzuhalten war –, diese freimütigen Erinnerungen an verliebte Frühlingsnächte und unvergeßliche Sandkuhlen unter märkischen Kiefern haben anscheinend sogar in meiner Schnoddersprache romantische Gefühle nicht nur zu schildern, sondern auch zu erwecken vermocht. Denn die Frage des Professors verrät mehr als ärztliche Besorgnis, mehr als die Kundgebung seiner vertrauenswürdigen und manchmal schon beinahe vertraulichen Freundschaft, die er mir täglich beweist, indem er mich fast flehentlich bittet, doch endlich den ersten Alleingang zu wagen und meine Fortschritte nicht mehr nur zentimeterweise zu machen, wobei er, über mich gebeugt, seinen leichten Pomadenduft verströmt. Oder indem er, wahrscheinlich zur Ablenkung, mit mir unsere sogenannten Bildungsgespräche führt und Bücher empfiehlt – vierundzwanzig Bände Goethe –, die mir Einsicht in das Wesentliche zwischenmenschlicher Beziehungen verschaffen sollen. Denn meine Beziehung zu Philipp sei nach seiner und auch Goethes Meinung nicht in Sandkuhlen und unter Kiefern beschlossen gewesen, sondern in jenem großen Gefühl, das eigentlich nicht der körperlichen Nähe bedürfe: „Wir scheinen den Mann zu lieben, und wir lieben nur mit ihm das Höchste, was wir lieben können."

Worauf ich mit munterem Lächeln entgegne: „Sie überschätzen mich, und mir scheint, Sie unterschätzen auch sich und

Ihre Kenntnis von den Untiefen der menschlichen Seele, wie mein Onkel Jean-Louis zu sagen pflegte. Die meisten Menschen lieben doch sehr realistisch das, was sie begreifen – ja, in des Wortes wahrster Bedeutung begreifen können. Aber daß ich nun eine Ausnahme sein sollte ..."

„Sie sind eine Ausnahme. Und wenn ich Ihnen auch das große Glück dieser Jahre glaube ... Ach, Fleur, eigentlich waren Sie doch immer viel zu zart, zu empfindsam für das große Unglück dieser Jahre. Sie hätten mehr Frieden gebraucht, mehr Ruhe, mehr Stille, um sich zu entfalten, um zu sich selbst zu kommen, zu dem kleinen Mädchen Fleur ..."

„... blumenhaft sanft und blütengleich mild, ja, ich weiß. Aber wir waren uns doch bereits einig, daß meine Zeit nur sehr selten blumenhaft sanft und blütengleich mild war. Wieviel Kummer atte ich, wieviel Sorgen um mich, meine Arbeit, um meinen Sohn Klaus und Philipp und Poldi, ja, vor allem um Poldi, meinen kleinen Bruder Poldi!"

„Über den sprechen wir ein andermal. Denn Ihre außergewöhnliche Bindung an ihn ist ein wichtiges Kapitel Ihrer Geschichte, vielleicht das wichtigste, für das wir aber Zeit brauchen. Und wenn ich mich irgend frei machen kann, bringe ich sie mit, morgen."

Damit empfiehlt er sich, und eine Weile später sehe ich von meinem Fenster aus, wie er sein Auto besteigt; das steht tagsüber unten im Klinikgarten und trägt ihn abends davon: einen einsamen Mann – trotz der Bewunderung und des Hinschmelzens seiner Patientinnen – in sein vermutlich ebenso einsames Heim. Da sitzt er – sofern man Tussi Glauben schenken darf – über Büchern, geht dann wahrscheinlich zum Abendessen in ein Lokal wie das Laternenstübchen neben dem Tor des Klinikgartens, kehrt wieder in das leere Haus zurück, an dessen Wänden noch immer die Bilder der toten Frau hängen und ihm vielleicht neuerdings das meiner veilchenblauen Augen und meines spöttisch plaudernden Mundes erscheint. Er hat ihm zuviel erzählt von den Tagen in Frohnau, den Nächten im weißen weichen Sand unter den kümmerlichen Kiefern – ich weiß es nun. Weiß aber auch, wie wenig der gelernte Psychologe bei all seiner Seelensuche zum Zwecke der Wahrheitsfindung entdecken kann, solange nicht ich selbst ihm den Schlüssel in die Hand lege. Und diese Absicht habe ich nicht.

Dennoch erwarte ich ihn am nächsten Morgen mit Spannung, denn daß er so gründlich überbewertet, was doch nach meiner Ansicht nicht mehr ist als das übliche an geschwisterlicher Zuneigung, hat in mir Kampfesmut, wenn nicht gar Kampfeslust geweckt. So daß ich sehr ungeduldig bin, als der Professor endlich gegen Abend erscheint, ein Weltmann im schwärzlichgrauen Anzug zur rotgepunkteten Schmetterlingsschleife – also mit Schick und Pli, wie Großvater Schnedderich gesagt hätte –, aber heute mit einem besonders aufmerksamen Seelensucherblick, mit Geduld und dem versprochenen Vorrat an Zeit.

„Wir werden sie brauchen", wiederholt er, „da es jetzt um Ihren Bruder geht, um den es vielleicht überhaupt immer und in erster Linie gegangen ist. Nur daß Sie es nicht zugeben wollen ..."

„... und Sie so unobjektiv sind wie alle Männer! Das ärgert mich. Ja, ich habe heute nacht schlecht geschlafen, weil ich mir überlegt habe, wie falsch Sie meine Beziehung zu Poldi beurteilen, während ich doch in Wirklichkeit ... In Wirklichkeit habe ich mich dauernd mit ihm gestritten! Wegen seines Leichtsinns, seiner Unvernunft, der kleinen Gläschen, ja, sogar wegen Schuster-Paul, wenn der uns auch geholfen hat, später. Denn anfangs war es Poldi, der ihn immer wieder aus dem Romanischen Café mit nach Hause brachte, sonst hätte ein Kerl wie Schuster-Paul die Geschichte mit mir in Berlin nie gewagt ..."

Der Professor hat den Kopf gehoben, horchend. „Schuster-Paul? Was war mit Schuster-Paul in Berlin? Doch vermutlich während Ihrer geheimnisvollen sieben Tage? Reden Sie, Frau Fleur, auch wenn es sich um Ab- oder Umwege Ihrer so reichen

Phantasie handeln sollte – oder um eines Ihrer beliebten Ablenkungsmanöver."

„Ach nein, es waren keine Ab- oder Umwege der Phantasie, sondern sehr realistische Wege in den Trümmern am Wittenbergplatz. Und ich will Sie auch nicht ablenken, aber ich habe Angst, an diese Geschichte zu rühren. Bitte, reden wir von etwas anderem, vom Wetter ... oder meinetwegen auch von Poldi."

„Also sprechen Sie von Poldi. Sie tun es doch gern."

„Sie irren sich auch jetzt wieder! Es sind nämlich meist recht unangenehme Erinnerungen, an denen ich nicht vorbeikomme, wenn es um Poldi geht. Glauben Sie mir, der bringt es fertig, sich den Finger in der Nase zu brechen und das Genick in einer Bar – ach, ich habe mich jahrelang über seinen Leichtsinn geärgert! Und ich ärgere mich auch jetzt, wenn ich von ihm spreche."

Dennoch erzähle ich; erzähle, wie Poldi während unserer Flucht von Milano nach Rom in Viterbo bei deutschen Landsern ein paar Zigaretten und ganz nebenbei ein paar Auskünfte über ihren Standort erbat, um zehn Minuten später an eben diesem Standort zu landen, aber in Handschellen; wie er in Korčula bei den Partisanen mitmachte – was sein Recht oder auch seine Pflicht war –, jedoch ihre Nachrichten bündelweise in der Tasche trug, als er sich mit dem Tenente von den Carabinieri unterhielt, um nachher in einer Zelle mit vierzig Mann Belegschaft zu erwachen. Gewiß erwachte er wieder, gewiß holten wir ihn heraus, wohin er sich gebracht hatte, und auch blau geschlagen klagte er nicht, er weinte überhaupt nur, wenn wir in Korčula Weihnachten unter einer mageren Pinie feierten – „... aber daß ich heute ein schwaches Herz habe", sage ich laut und heftig, „das habe ich Poldi zu verdanken."

„Sie haben kein schwaches Herz." Der Professor spricht gefühlvoll. „Sie haben ein exzellentes, ein bravouröses Herz, und wenn ich das nicht wüßte ..."

„... dann würden Sie mich nicht soviel reden lassen. Zu Anfang, wie Sie mir diese Beichte verschrieben haben, da habe ich's geschluckt wie eine bittere Medizin. Jetzt rede ich ganz gern, und Sie wissen, Professor: Knöpft man den untersten Knopf falsch zu, muß man alle anderen auch falsch zuknöpfen, und wenn man annimmt, daß Poldis kleine Bar am Kurfürstendamm der erste falsch zugeknöpfte Knopf war, dann ergeben sich alle weiteren Fehler von selbst. Obgleich ich mir nicht sicher bin, daß wirklich alles so falsch war ..."

Plötzlich bin ich wieder mittendrin in den Geschehnissen jener Nacht im Jahre 1935, wieder in Poldis kleiner Bar im blassen Licht der weißbeschirmten Lampe auf dem Flügel, an dem Marusja saß und sang: Tucholsky, Kästner; sie sang so süß von Liebe, so hart von Kampf. „Und Poldi hatte mir gerade erzählt, daß er geklebt hatte, das letzte Flugblatt ausgerechnet drei Ekken weiter an die Tür einer SA-Kneipe. Das mußte wohl einer gesehen haben, kurz und gut oder kurz und schlecht, es gab eine Jagd, Poldi rannte – mit Kreppsohlen! – über nasses Pflaster, war hingeschlittert, und wenn die Bar nicht direkt vor ihm gewesen wäre, hätten sie ihn gekriegt. Aber so stand er schon in seinen bedreckten Hosen und mit schlotternden Knien hinter der Theke, als der SA-Trupp hereinstürmte, ungefähr zwanzig Mann.

Ob sie nun Verdacht geschöpft hatten oder ob ihnen die ganze Richtung nicht paßte – Sie wissen, die durchsichtigen Gardinen und Marusja, das Polenkind, am Flügel, wenn sie auch nicht mehr sang, sondern mitten im Tucholsky mit offenem Mund sitzen blieb –, die Kerls begannen zu pöbeln, schlugen Gläser vom Tisch, rissen die Bilder von den Wänden – eines war das der Duse, aber sie hielten es für das der Rosa Luxemburg – und verschwanden endlich mit Drohungen.

Am Morgen rief Poldi Bumke an und verbat sich die Belästigung, worauf der sehr ernst gescherzt haben soll: ‚Poldi, Poldi, ich warne Sie! Jemand wie Sie darf heutzutage nicht einmal verkehrt über die Straße gehen.'

An jenem Abend nun war ich in der Bar, als die SA reinkam.

Ich saß neben Poldi an der Theke und sah im Spiegel gegenüber hinter den Flaschen, daß ich bleich geworden war; aber als ich nun Poldi flehentlich bat, er solle doch nachgeben, zumachen und abhauen, da beschwichtigte er mich munter: ‚Keine Sorge! Mir kann nichts passieren! Bumke hat versprochen, wenn ich ihn anrufe, kommt er, er wohnt doch hier nebenan in der Nürnberger Straße.'"

„Wieder Bumke!" sagt der Professor.

„Wieso nicht Bumke? Ach, Sie meinen wegen der Geschichte in Schmöckwitz? Daß Philipp damals grußlos verschwand, nachdem die SS dort mit gezücktem Revolver erschienen war, verstand Bumke sehr gut, denn er selbst war nur durch einen Zufall der SS entkommen, hatte wohl aber immer noch Angst vor ihr – sehr begründete Angst, wie sich später zeigen sollte. Und vor seiner SA vermutlich auch.

Die fing jetzt an, die Tische und die Gäste abzuservieren – aber mit Koppelschlössern! –, und Poldi stürzte auf den Flur und ans Telefon, kam wieder rein, und ich hörte ihn betont langsam, aber doch ein bißchen zittrig sagen: ‚Der Herr Sturmbannführer Bumke kommt sofort!'

Aber da hatten sie Poldi schon, rissen ihn um, schleiften ihn, der sich wehrte, in wildem Handgemenge auf die Straße, wo kurz darauf auch wirklich ein Auto vorfuhr. Aus dem stieg Sturmbannführer Bumke in vollem Ornat und fragte zackig: ‚Was ist hier los? Was liegt gegen den Mann vor?'

Ich atmete auf; die SA-Leute ließen Poldi tatsächlich los, einer gab ebenso zackig Auskunft: ‚Der Mann hat die Bewegung beleidigt!' Und Bumke . . .

Bumke – ich fasse es heute noch nicht! – zögerte eine Sekunde lang, zuckte die Achseln, legte die Hand an die Mütze und sagte, während er abdrehte: ‚Tja, dann kann ich nichts machen.'

Ich schrie noch, als er schon fort war und Poldi noch immer auf der Erde lag, unter Füßen, Fäusten und Koppeln. Ich schlug um mich, auf die, die ihn hielten, und die, die mich hielten, und sah dann mit eigenen Augen, wie sie Poldi über das Pflaster schleiften, wie einen Sack in ihren Wagen schmissen und wegfuhren. Da erst schüttete eine Frau von oben aus einem Fenster einen Eimer Wasser runter, aber der kam zu spät. Man hätte damit nur noch das Blut von den Steinen waschen können.

Von der nächsten Stunde weiß ich eigentlich nur, daß Marusja laut weinte, die Hände auf den Tasten, daß wir die Scherben aufsammelten, der Mixer die Rolljalousien runterließ und die Gäste fortschickte, die noch dasaßen, teils aus Treue und teils aus Angst. Sie gingen, und wenn ich die Wahrheit bekennen soll: Ich wäre am liebsten auch weggelaufen. Aber Leute wie ich laufen nicht weg.

Gewiß hatten wir alle schon einige Übung im Ertragen schlechter Nachrichten und immer neuer Schläge eines augenscheinlich gar nicht zu besänftigenden Schicksals, doch in dieser Nacht, nachher in meinem Wohnzimmer, versagten mir gänzlich die Nerven vor Philipps Aufforderung, ruhig zu bleiben und kaltes Blut zu bewahren.

‚Kein Grund zur Panik! Sie könne ihm was tun, aber sie könne ihn net verschwinde lasse. Es habe zu viele gesehe, wie sie ihn weggeschleppt habe. Und morgen früh geht euer Papa zur Polizei nachfragen, und ich geh zu Bumke.'

‚Ich gehe mit', sagte Klaus. Bereits mit vierzehn Jahren zu der schrecklichen Wirklichkeit des Faschismus erwacht, hatte er gelernt, sich des Drecks zu erwehren, der ihm aus Zeitungen, Lautsprechern, Stürmerkästen entgegenquoll wie aus Aborten; und nun neuerlich herausgefordert, drängte er sich zu einem Wagnis, das mich entsetzte.

Ich entgegnete aber nur: ‚Morgen? Morgen ist Poldi tot.'

Hierauf erzählte Marusja heulend von einem Pogrom in ihrer galizischen Heimatstadt, bei dem man sogar die Kinder und die Hunde umgebracht hatte. Doch da Poldi kein Hund war, sich wehren und reden konnte – und wie flüssig, wie witzig, wie geschickt! –, hofften wir und warteten, bis Vater Eberhard erschien, zusammen mit Onkel Jean-Louis und einigen von Poldis Freunden. Die gingen nach kurzer Lagebesprechung nachts um zwei Uhr auf die Suche nach Poldi und nach Bumke, dessen Wohnung leer, dessen Telefon tot schien.

Onkel Jean-Louis ging nicht mit. ‚Ich kann nicht.' Er flüsterte mit mir in einer Ecke, wobei er mit fahrigen Bewegungen die Brille auf der Puschkinnase festhielt, in den letzten Wochen war er alt und grau geworden. ‚Mein Konto ist voll. Aber Bumkes auch. Im Hammer, in ihrem beschissenen Literaturlexikon, steht jetzt ganz offen, daß ich Jude bin – Lafontaine, geborener Lilienthal, stell dir vor! Und sie können es nur von Bumke haben! Bloß, woher hat der's? Na, ich werde es ihm eines Tages auf den Kopf zusagen, und dann, dann knallt's! Aber jetzt? Nee, Fleurchen, es wird ja wohl auch nicht nötig sein.'

Damit verschwand er, und Schuster-Paul empfahl sich ebenfalls: ‚Ich kenn die Brüder von der SA. Die Hälfte davon sind Strichjungen, und die andere Hälfte ist auch schwul. Mit den Ganoven will ich mich nicht anlegen. Handkuß, Madam.'

Und da, ich könnte es beschwören, sagte Philipp den Satz, den er später immer wieder abgestritten hat: ‚Ich fahr zu Bumke, dann muß er Poldi rausholen, oder ich bringe ihn um!' Worauf Klaus aus seiner Ecke hervorrief, was Philipp später ebenfalls als Erfindung abtat:

‚Du, Philipp, wir haben 'ne Pistole oben zwischen den Dachsparren versteckt, die mußt du mitnehmen.'

Philipp ging im Morgengrauen fort, um von den Nachbarn nicht gesehen zu werden, und traf Bumke wirklich an, draußen in Schmöckwitz, in einem schrecklichen Zustand, wie er berichtete: Bumke habe beinahe geweint und geschworen, daß er nicht helfen könne, sich und Poldi nicht, den er doch liebe wie einen Bruder, und daß er selber Angst habe, weil er noch immer fürchte, sie würden ihn holen. Schließlich habe er doch schon für Philipp Kopf und Kragen riskiert.

Na ja, und dann soll es zwischen Bumke und Philipp Krach gegeben und Bumke soll gedroht haben, daß er Philipp hochgehen lasse – wahrlich eine Lumperei, die Philipp nachträglich noch zu der verächtlichen Bemerkung veranlaßte: ‚Es gibt so 'ne Hunde, Angstbeißer heißen sie, die beißen, wenn sie Angst kriege. Und so einer ist Bumke.'

Am Abend kam Poldi zurück, nach einer Nacht im Sturmlokal der SA, wo ihn die Burschen von einer Ecke in die andere gejagt und wieder zu Boden geschlagen hatten. In einem lichtlosen Keller hatte er dann gelegen in Todesangst und Fieber, durstend und hungrig. Wie lange, wußte er ebensowenig, wie er von seinen Rettern wußte, aber er vergaß nie, was sich eben nicht vergessen, sondern nur mit vielen kleinen Gläschen unter den Kneipentisch trinken läßt. Zwei Tage später fuhr er ab – Vater Eberhard hatte ihm den Paß besorgt –, fuhr allein, denn Marusja wartete noch auf ihr Visum für Amerika, und als wir ihn zur Bahn brachten, rief er aus dem Abteilfenster mit seinen zerbissenen Lippen: ‚Leb wohl, Berlin! Leb wohl und auf Wiedersehen – nach den tausend Jahren nachmittags um sechs unter der Normaluhr am Zoo!'

Da hatte Vater Eberhard Tränen in den immer noch schön und schwarz unter dem jetzt ganz weißen Haar schimmernden Augen. ‚Ich würd ja mitfahren, boß ich muß noch die letzten Möbel verkaufen, und dann auch wegen Käthchen ... Boß damit sie hier nicht so allein ist.'

‚Es heißt bloß', sagte ich noch, und wir lachten.

Wieder zu Hause, erklärte ich Philipp, daß wir nun auch weggehen sollten, auf jeden Fall und um jeden Preis. Worauf er sich langsam zu mir umdrehte, als brauche er Zeit zum Besinnen, den Kochlöffel aus der Hand legte und bitterernst sagte: ‚Ihr vielleicht, du und Klaus. Aber ich nicht. Ich bin net geschaffe fürs Spazieregehe in fremde Länder. Hier ist mei Land und mei Arbeit und mei Leben.'

Vermutlich wäre Philipp auch wirklich nicht fortgegangen. Aber es wurde immer schlimmer. Wissen Sie, Professor, manchmal hatten wir das Gefühl, ein ganzer Wolkenbruch kosmischen Unrats, milde gesagt, regne auf uns herab: Erst die Geschichte mit Annemarie; dann die mit Poldi; und endlich – ganz überflüssig und ganz unpassend – Bumkes Tod."

Der Wirkung meiner letzten Worte gewiß, halte ich inne, und wirklich, der Professor fragt erstaunt: „Bumke? Wieso Bumke? Ich verstehe nicht ..."

„Ja, Bumke ist tot", sage ich so ruhig, wie man zu jener Zeit über den Tod von zuerst Hunderten, dann Tausenden und zuletzt Millionen sprach. „Offiziell erfuhren wir es nie. Es war alles so unklar. Bumke im Heizungskeller ... tot ... vermutlich in seiner SA-Uniform, neben ihm der Revolver. Übrigens weiß ich nicht einmal bestimmt, ob da ein Revolver gewesen war, Aline zumindest behauptete, die Nachbarn hätten's erzählt."

Der Professor schüttelt den Kopf. „Und das war alles, was Sie über Bumkes Tod erfuhren? Haben Sie denn nicht nachgeforscht?"

„Fragen Sie mal in einer solchen Situation nach einer solchen Geschichte! Wir haben uns gehütet."

Ich verstumme, es fällt mir schwer, von den Dingen zu erzählen, die seit fünfzehn Jahren zusammen mit Bumke in dem Grab ruhen sollten, in dem er vielleicht gar nicht liegt. Denn wieder empfinde ich bei der Frage nach Verbleib und Grab, nach Wahrheit oder Gerücht die dumpfe wattige Stickluft jener Tage im August des Jahres 1935.

Auf dem Dach unseres Häuschens in Frohnau stand die Sonne senkrecht den Tag über, und noch abends atmeten wir in Philipps Dachstube den feuchtwarmen Dunst, der wie eine graue Glocke die Stadt gefangenhielt, und wir selbst glichen Gefangenen, die nach Freiheit lechzten wie nach einem bißchen Wind über den staubig-verbrannten Frohnauer Kiefern, nach Freiheit, vielleicht auch nach Trost. Doch wenn Aline kam, in Schwarz mit weißen Börtchen, Schleierchen über der Nase, sprach sie von Bumke, fragte nach Philipp, zischte aus Perlzähnchen: „Du hast mir selbst erzählt, wie wütend Philipp war, als Bumke Poldi im Stich ließ, und daß er zu Bumke gegangen ist und von dem Revolver zwischen den Dachsparren."

„Hatten Sie's ihr erzählt?" fragt der Professor. „Sagen Sie die Wahrheit!"

„Ich weiß nicht mehr. Frauen reden soviel. Jedenfalls hatte Aline versprochen zu schweigen, unter Tränen, da ihr Bumke wohl doch mehr gewesen war als die steuerfreie Notenreserve und sein Leib, den man leblos im Heizungskeller gefunden hatte, Glück und Freude ihres verkauften Lebens – entschuldigen nun Sie die Poesie."

„Bitte. Aber was waren die psychologischen Hintergründe für Alines Hetze gegen Philipp? Eifersucht? Gewiß Eifersucht, denn Philipp hatte sie ja entthront."

„Nein, die Zeit hatte Aline entthront. Die Zeit hatte uns sozusagen auseinandergeschoben, sie nach rechts, mich nach links. Vermutlich kränkte sie das; bisher hatte ich immer irgendwie zu ihr gehört, obwohl ich doch eigentlich nie auf diese Seite wollte, auf die Seite der Frauen mit den Goldtaschen. Vielleicht glaubte Aline auch, daß ich bei ihr bliebe, wenn Philipp fortginge, denn sie sagte immer wieder: ‚Er muß fort! Sie sind hinter ihm her, glaube mir, ich habe meine Quellen, du weißt, daß mein Major jetzt im Ministerium sitzt.' Und eines Tages: ‚Man sucht deinen Philipp!' Da bat ich ihn, halb irre vor Angst: ‚Laß uns fortgehen, nur weg!' "

„Dann waren Sie es also, die hinauswollte aus Deutschland?"

„Ja", sage ich so leichthin, wie ich gefragt werde. „Ja. Aber Philipp blieb stur. ‚Weglaufe? Wegen so ein Gewäsch? Ich bin doch net verrückt! Ich bin doch gegen den individuellen Terror, und die Partei ist es auch.' "

Ich wußte es, wußte aber auch, daß zeit meines Lebens Krieg war, und ich war es gewohnt, von Morden zu wissen, an denen nicht der Mörder, sondern der Ermordete schuld war. Doch über derartiges mit meinem geschätzten, aber eben nur in den Grenzen oder zwischen den Grenzen unserer so unterschiedlichen Welten geschätzten Professor zu reden, sehe ich keinen Grund, versuche also, mich aus dem Gespräch zu verdrücken, was mir jedoch nur unvollkommen gelingt. Ja, ich werde gereizt, als Bardekow mich weiterbefragt, und berichte nur obenhin von der Haussuchung, die eines Vormittags, als Philipp zum Glück nicht da war, in dem Frohnauer Häuschen stattfand. „Ich hab's ihm erzählt und ihn sogar gebeten, wieder bei dem Genossen auf der Bettritze zu schlafen, ich entsinne mich genau, wie entsetzt er war – natürlich nicht wegen der Bettritze! Von nun an sah ich ihn seltener; er wurde mager, blaß, still, verlor wohl auch langsam die Nerven, denn als wir bei unserer heimlichen Zusammenkunft in der Kaffeeklappe am Wittenbergplatz nicht mehr von Liebe, sondern von ganz anderen und recht ernsten Dingen sprachen, sagte er im Ton äußerster Erschöpfung: ‚Ich glaube, es ist Zeit! Nichts als raus und 'nen Schnaps!' – was übrigens eine von Poldis dusseligen Redensarten war.

Mir fiel die Aufgabe zu, Hilfe und Geld für die Flucht dreier Menschen zu suchen. Zuerst bei Schuster-Paul, der zwar ein Auto hatte, aber, wie er sagte, nicht Geld auf Hosen, dann bei Onkel Jean-Louis, der mich kaum in die Wohnung ließ, ein Verwandelter, zu Jean-Louis Lafontaine geborenem Lilienthal Gewandelter mit krankem Blick, beschwörender Flüsterstimme und einem abgemagerten Schnäuzchen, das mich flehentlich bat zu gehen: ‚Er ist verrückt seit dieser Bumke-Geschichte, er nimmt das Sicherheitsschloß nicht mehr von der Tür und ist bewaffnet, Tag und Nacht. Sie sollen ihn nicht lebend kriegen.' Hier brach sie in Tränen aus, Schnäuzchen in Tränen!

Erst als ich zu Valois kam, winkte mir Hoffnung, winkte aus der Ferne, aus Wien, mit achtzehn Hundertschillingnoten. ‚Schließlich hast du den Film mit mir geschrieben, also nimm's', sagte er. ‚Wiedergeben? Mais non, Kosmos-Clearing und alles Gute, du bist die süßeste Frau der Welt.'

Die nächsten Tage – oh, ich vergesse sie nie. Denn wenn Philipp schon tun mußte, was ihm beinahe Fahnenflucht dünkte, so sollte es mit Parteierlaubnis geschehen, und ich schimpfte: ‚Du bist immer noch mit der Partei verheiratet', während wir durch halb Berlin fuhren, von einem Treff zum anderen, ich bibbernd, blaß, Philipp mit finsterem Verschwörerblick.

Gewiß, Geld hatten wir nun, hatten es in Wien; und wie meine Mutter einstmals von Dollars geträumt hatte, so träumte ich jetzt von Schillingen, die sich zu einer goldgepflasterten Straße ins Freie fügten. Nur wußten wir nicht, wo diese Straße lag; wir kannten nicht einmal die Tür, durch die wir sie erreichen konnten. Und wenn uns nicht der Zufall zu Hilfe gekommen wäre ..."

Hier stocke ich in meinem Bericht, im Blick des Professors entdecke ich Belustigung, und jählings belebt von der Ahnung herrlicher Ausflüge in das geheimnisvolle Land unter unserem Wissen, sage ich: „Sie haben mich verdorben, Professor, verdorben für dieses Leben! Ich denke schon, nein, ich fühle schon wie Sie."

„Was fühlen Sie?" Nun lächelt er offen.

„Daß man's so nicht mehr machen kann, so äußerlich mit Zufall und Schicksal. Es war auch kein Zufall, sondern ganz lorisch, wie Vater Eberhard gesagt hätte, daß wir Hilfe suchten bei jemand, der sie uns eigentlich schuldig war. Und daß vielleicht auf diese Art plötzlich eine Verbindung da war, wie sie eben besteht zwischen allem, was lebt, auch wenn wir's nicht wissen."

Worauf Bardekow sich veranlaßt sieht, mich zu belehren: „Die Motive seines Fühlens und Verhaltens bleiben dem Menschen häufig verborgen, sofern sie sich nicht im unbewußten Geschehen verraten. Oder sagen wir einfacher und schöner: Ein guter Mensch in seinem dunklen Drange ist sich des rechten Weges wohl bewußt."

„Goethe!" pflichte ich ihm bei. „Goethe stimmt immer."

Und in diesem Falle stimmte es wirklich. Denn vermutlich war Klaus sich des rechten Weges wohl bewußt, als er plötzlich den Wunsch äußerte, seinen Vater zu besuchen. Nein, richtiger: seinen Vater kennenzulernen und ihm Lebewohl zu sagen – vielleicht für immer. Und die beiden gefielen sich. Ja, Fritz Goldener schluchzte gerührt, daß er nun doch nicht umsonst gelebt habe und stolz sei auf diesen wohlgeratenen Sohn, und Kläuschen grinste: „Der Alte ist ganz nett. Sitzt da in seinem

Klubsessel, vertilgt Nahrungsmittel und spielt Karten. Ein Freund von früher – er sagt, du kennst ihn, er heißt von Alvensleben und hat ein Gut an der tschechischen Grenze, ich soll dir die Adresse geben für alle Fälle –, der hat ihm geschrieben, er soll zu ihm kommen und bei ihm bleiben. Er hätt's ihm damals doch versprochen, und er könne mitbringen, wen er wolle, das Gut ist groß genug, bloß keine Karten. Und weißt du, was ihm der Alte geantwortet hat? Er solle Schabbes machen mit seinem Gut, denn Fischi Goldener ohne Karten, das sei ein fauler Witz, und faule Witze mache er nun mal nicht." Damals haben Klaus und ich noch einmal Fischi Goldeners Leichtsinn belacht, ja sogar bewundert.

„Und was war später", fragt der Professor, „was ist aus Fritz Goldener geworden?"

„Er ist tot. Er ist an den Karten gestorben, er hat's nicht lassen können, das Spielen. Da unten in seiner Hofwohnung ohne Sonne und ohne Licht, aber unter dem Schutz einer Mischehe, hatte er eine Art von Tripot eingerichtet, und was dahinkam – ‚kleines Spielchen gefällig, der Herr?' –, das waren Ausgestoßene wie er, die ein bißchen Zerstreuung suchten oder Ablenkung von der Angst; und Spitzel waren vermutlich auch darunter. Eines Tages haben sie ihn abgeholt. Jetzt besitzt sein Sohn einen vorgedruckten Totenschein, auf dem steht oben ‚Auschwitz' und unten, daß Friedrich Israel Goldener trotz aufopfernder Pflege einem Herzschlag erlegen sei." Soviel kann ich an Härte aufbringen, um die Bitterkeit zu verschweigen, die ich empfinde: Ein unbegriffener Tod nach einem unbegriffenen Leben. „Fritz Goldener hätte sich retten können, statt dessen rettete er uns, er oder richtiger Alvensleben, dem ich schrieb und der gleich zurückschrieb von ewiger Dankbarkeit und unvergeßlichen Erinnerungen – an das eingelegene Paneelsofa der Kanzleiratswitwe Schmidtchen – und daß er uns erwarte, dringend und herzlich.

Da fuhren wir los. Schuster-Paul brachte uns hin in seinem Auto, in der Silvesternacht mit einer fast leeren Batterie übers

Fichtelgebirge zu Alvensleben. Und zwei Nächte später kamen wir auf Schiern über die Grenze. Das heißt, Philipp und ich konnten gar nicht Schi laufen; wir rutschten eigentlich auf dem Hintern in die Freiheit. Und als Klaus schrie, daß wir schon eine halbe Stunde in der Tschechoslowakei seien, da fing ich an zu heulen – vor Glück."

„Weil Sie seit einer halben Stunde in der Tschechoslowakei waren! Und weil Sie glücklich waren, Sie, Klaus und Philipp. Denn Philipp war doch auch glücklich, nicht wahr?"

Ob es nun diese meine Heulerei im Freudentaumel der frischgewonnenen Freiheit ist, die den Professor zum Widerspruch reizt, plötzlich beginnt er auf seltsam hartnäckige Weise mit mir zu streiten. Über das Glück, nicht über das gewöhnliche Glück erwiderter Liebe oder lang ersehnter Losgewinne, nein, über die nach seiner Meinung unwahrscheinliche Zufriedenheit Philipps mit seinem Leben in der Tschechoslowakei, in Wien, auf Korčula, in Rom. „Und ohne die Partei, obwohl er doch mit der Partei verheiratet war. Hat Philipp eigentlich niemals gefragt, mit wem Sie verheiratet sind? Denn Poldi blieb doch bei Ihnen ..."

„Ja, er blieb bei uns, immer."

„Dann hatten Sie's also geschafft?"

„Was geschafft?"

„Nun, daß Sie wieder mit Poldi zusammen waren. Gewiß, da war noch Philipp, aber der war – wie sagten Sie so hübsch? – wohl mehr Zugabe. Und natürlich, weil Sie ihn liebten, natürlich ..."

Ich horche auf, gespannt zu Angriff und Abwehr. Doch der Professor setzt sich mir gegenüber und macht es sich anscheinend gemütlich, während er mir leichthin plaudernd eine Geschichte erzählt: Die Geschichte eines kleinen Mädchens, das in den siebenundfünfzig Wohnungen ihrer Mutter inmitten der Damen mit den Goldtaschen niemanden hatte als den kleinen Bruder und in ihrer Verlassenheit nichts als seine Liebe. Und wenn es um Schuld ginge – doch es geht um Schuld, ich fühle es, und mir wird heiß –, so läge sie in der nun wohl erwiesenen Tatsache, daß es dem kleinen Mädchen nicht gelang, ihre Hand aus der des Bruders zu lösen und sie dem zu geben, mit dem zu leben ihre Aufgabe gewesen wäre.

Ich fühle: In diesem Augenblick beginnt der Kampf. „Was wollen Sie eigentlich von mir? Ich habe doch mit Philipp gelebt, ich war doch bei ihm, vierzehn Jahre lang."

„Er war bei *Ihnen*, vierzehn Jahre lang", verbessert mich der Professor. Aber er ist großmütig, er schenkt mir diese vierzehn Jahre als meinen Sieg; er verkürzt sie nicht um einen der Tage, an denen ich meine Herrschaft genoß, und er erinnert mich nicht an die Stunde auf dem Bahnhof in Rom, da Philipp sich umwandte und sein Abschiedswort sprach: Ich will nicht mehr!

Doch ich erinnere mich. Ich höre die klirrenden, ratternden Geräusche auf dem Bahnsteig, den von der sonnenhellen Piazza dell' Esedra in die Halle hereinschwappenden Lärm der funkelnden Stadt, höre wie einen hoch im Blau heranschwirrenden Pfeil das Pfeifen einer Lokomotive, dann – ganz deutlich – die Schritte, die Philipp davontragen, und es genügt, den Schmerz aus der Vergangenheit hervorzuzaubern: Schwerfällig, mit Mühe erhebe ich mich, wende mich ab, zum Fenster, um mein Gesicht zu verbergen, flüstere mit erstickter Stimme: „Es ist doch vorbei ... *Er* hat mich verlassen ... nach vierzehn Jahren."

„Wirklich? Haben nicht vielleicht *Sie* ihn verlassen, jetzt vor drei Monaten, als Sie endlich einmal *sein* Leben, das Leben des Arbeiters Philipp Pommeranz aus Wiesbaden, leben sollten?"

„Ich verstehe das nicht", sage ich störrisch.

Der Professor lächelt nachsichtig. „Sie müssen es auch nicht verstehen. Wissen nutzt nichts, man muß erleben, noch einmal, was man vergessen oder verdrängt hat, man muß seine Schuld anerkennen, annehmen, wie man sich selbst annehmen muß mit all seiner Schwäche, all seiner Schuld. Denn es war *Ihre* Schuld, daß Sie ihn mit hinausnahmen in *Ihre* Welt, in der er doch immer nur ein Gast war. Nein, schlimmer, viel schlimmer: in der er nicht einmal mehr ein Mann sein durfte, der für sich, vielleicht auch für seine Frau sorgte, sondern der andere für sich sorgen ließ."

„Sorgen lassen *mußte*, es war Krieg... Er hat's ja auch versucht... Er hat gemacht, was er konnte, so allein da draußen... Sie wissen doch gar nichts... von den Tatsachen." Ich stottere verwirrt, heiß vor Scham, vor Haß auf den schwarzen Mann mir gegenüber, der mich unablässig anblickt.

„Ja, was er konnte, allein, neben Ihnen und Poldi. Aber es kommt auch nicht auf die Tatsachen an, sondern wie man sie empfindet. Und Sie haben es doch empfunden, daß ein Mann so nicht leben darf, daß er sein Leben, seinen einzigen Besitz, nicht verschenken darf, die Freiheit, über sich zu bestimmen. Und wofür, sagen Sie selbst, wofür hat er sein Leben hingegeben? Für *Ihr* Leben! In Wien, wo er im Artistenhotel Bratkartoffeln briet, während Sie Ihre Filme schrieben. Auf der Insel, wo er in der Sonne lag oder Fische fing und wartete. Worauf eigentlich? Auf seine Auferstehung? Oder hoffte er damals noch, daß Sie eines Tages mit ihm gehen würden in sein kleines bescheidenes mühsames Leben? Das aber, sehen Sie, Fleur, das haben Sie nicht gekonnt."

„Nein. Aber retten hab ich ihn können!" sage ich kalt, eine kranke schwache Frau, aber noch immer stark genug, um sich, an das Fensterbrett gelehnt, dem Kampf zu stellen. „Helfen hab ich ihm dürfen, ja? Denn rausgebracht hab *ich* ihn, ich, als er fliehen mußte. Ich hab's Ihnen ja erzählt, ganz genau..."

„Gewiß, das haben Sie. Ganz genau, glatt, flüssig." Der Professor sieht mich an, nichts mehr von Samtauge und Seele, ein scharfer Blick ohne Mitleid. „Vielleicht etwas zu flüssig, meinen Sie nicht? Vielleicht sollten Sie es sich noch einmal überlegen?"

„Was... soll ich...?" Ich stammle, plötzlich bin ich stockheiser.

„Die Wahrheit sollen Sie sagen! Wie das wirklich war, damals. Mit Aline zum Beispiel. Die immer kam, Perlzähnchen und

Schleierchen und Geflüster, daß *Sie* es ihr erzählt hätten, das von Philipp und dem Revolver. Hatten Sie es ihr wirklich erzählt, so wie Sie sich früher als Kind mit der Geschichte von Rubikow vor den Jungen im Bahnhofsgarten wichtig gemacht hatten, weil Rubikow doch ein Held war? Und war Philipp nicht auch ein Held? Nur ein Schlosser, ein ganz gewöhnlicher Schlosser, aber doch etwas mehr, ein Held nämlich."

„Ich hab nichts ... ich weiß nicht ... ich hab's vergessen."

„Aber daß Sie Philipp von der Haussuchung erzählt haben – mir übrigens auch, wenn auch nicht ganz so klar, nein, eher flüchtig –, haben Sie das auch vergessen? Und daß da ein Revolver war, den man nicht fand, weil ihn einer genommen hatte, um einen gewissen Bumke zu erschießen?"

„Nein!" Ich schreie, klammere mich an das Fensterbrett. Ich will nichts mehr hören, vernehme aber doch alle Geräusche – das Rascheln der Blätter im Abendwind, den Nachtgruß der Vögel aus den Bäumen, auf dem Flur die Schritte der Schwestern oder gar Tussis, die mich retten würde, wenn ich sie riefe – und stärker als alles die Stimme des Professors:

„Sagen Sie die Wahrheit, Fleur! Mußte Philipp wirklich fliehen? Waren nicht *Sie* es, die ihn fortzog aus seinem Land, weil *Sie* zu Poldi mußten und doch Philipp behalten wollten als Ihren Besitz?"

Ich will der Stimme entfliehen, die mich anklagt, aber ich kann nicht laufen. Vor mir ist Dunkel, ist Leere und tief unten, heraufschimmernd aus dem Nichts, der helle harte Stein.

„Hören Sie auf", flüstere ich, es klingt wie Stöhnen, „bitte, hören Sie auf, oder ..." Und dann in einem Schrei: „... ich springe da runter!"

„Spring!" sagt der Professor.

Und ich ...

Ich springe natürlich nicht aus dem zweiten Stock auf die Steine hinab und in mein frühes – plötzlich weiß ich es –, allzufrühes Grab. Ich denke nicht daran. Ich denke überhaupt nicht in diesem ersten Augenblick meines neuen Lebens: Ich sehe. Das

Licht, die Sonne, und in der makellosen Helligkeit dieses ersten aller meiner Tage so klar, als wäre wirklich die Nacht einem neuen Morgen gewichen, die Wege und Irrwege, die ich ging, stolpernd, strauchelnd, fallend. Ja, fallend, um mich wieder zu erheben, sterbend, um aufzuerstehen. Und ruhig, ohne Zögern, ohne Angst, sage ich:

„Ja, ich hab's gemacht! Ich hab's erfunden, ausgedacht hab ich's mir ... wie früher, als Kind ... das mit Aline ... und ihren Drohungen ... das mit der Haussuchung ... mit dem Revolver. Den hab ich weggeworfen, ich. In den Lehnitzsee."

Hier wird mir – um bei der Wahrheit zu bleiben – ein wenig übel, ich schwanke wohl auch, denn der Professor streckt mir seine Hände entgegen und tut dann etwas Seltsames, da er ja noch immer in einiger Entfernung mir gegenüber steht. Er sagt, und zwar strengen Tones:

„Kommen Sie! Jetzt können Sie gehen!"

Da hebe ich den Fuß und gehe zu ihm mit meinen gelähmten Beinen ...

Selbstverständlich muß er mich dann doch auffangen, halten, beruhigen, die ich wieder einmal in einem Aufruhr von Gram und Glück den Tränen nahe bin, tut es aber mit einem schlichten:

„Na also. Das wär's" – was ich als eine Art Empfangsbestätigung meiner Beichte, als Entsühnung oder auch Kurz- und Endfassung unserer Erkenntnisse jenseits von Gut und Böse nehme. Wenngleich der Professor nicht umhin kann, bei dem nun folgenden längeren Gespräch meine angeborene Unbegabtheit für alle Sorten von Lug und Trug festzustellen.

Denn war ich nicht von Anfang an zu meiner Ahnen Treu und Glauben berufen, vielleicht sogar verpflichtet durch des Einsegnungspastors Zusicherung einer zukünftigen Lebenskrone, wie auch durch meine Frage, ob Dichter gut sein müßten, zu ebendieser Paneelsofaherren Güte und Größe? Und waren nicht meine verschiedenen Schritte vom Wege doch recht wenig einträglich, wenn man der vierzehn Jahre schlechten Gewissens und eines traurigen Abschieds auf dem römischen Bahnhof gedenkt – was wir, Professor Bardekow und ich, an diesem Abend ausführlich tun. Bis Schwester Luise, verärgert und mit heftigem nervösem Zucken im haubenumrahmten Gesicht, zum reichlich verspäteten Bettenmachen erscheint, so daß der Professor verschwindet, nun wieder auf Katzenpfötchen mit samten segnendem Blick.

Und obwohl eine mondlose Nacht über den Platanen des Klinikgartens aufsteigt, kehre ich im Schlaf zurück in die blendende, Herz und Auge mit Licht erfüllende Sonne der Piazza dell' Esedra oder auch in Philipps Baracke in Napoli, falls nicht sogar diese freudenbringende Sonne in Mutter Lieschens gute Stube in Wiesbaden scheint – auch das ein angenehmer Aufenthalt, den ich erst gegen Morgen ausgeruht und frisch verlasse.

Da ist es ein echter rechter Sonnentag mit früher Hitze und blanker Helle auf den Klinikdächern, nicht unähnlich jenem schwülen Maitag, an dem ich einst das Licht der Welt erblickte. Da ist auch schon Tussi mit ihren feinen unterschwelligen Gefühlen bereits auf dem laufenden, denn sie beginnt an diesem Morgen mit meinen ersten Gehübungen – drei Schritt vor, drei Schritt zurück, nur gestützt von Hand und Wand –, wobei sie mir begeistert in Kürze völlige Gesundung verspricht, ja, daß alles wieder werde wie gehabt. Und da nach einem Blick in die Morgenzeitung auch das Jahr 1950 wie gehabt erscheint, nämlich reich ausgestattet mit neuen Kämpfen im gerade entflammten Korea-Krieg, in Indochina und Indonesien, und ich mich demnächst aus meines Irrenhauses schützenden Mauern hinausbegeben werde, beginne ich in diesen Tagen das, was ich schnoddrig-loddrig die Sichtung meines Nachlasses nenne: eines Haufens ganz oder halb besprochener, vielfach durch mein oder der Technik Hemmungen unterbrochener Magnetophonbänder.

Berichte sind es, Bekenntnisse, Beichten. Nach meiner Erläuterung mehr oder minder kleidsam, also mehr oder minder ehrlich und auf Grund unserer alten Vereinbarung – „Sie sprechen, was Sie wollen, ich höre, was Sie wollen" – so unvollständig, daß es zu ihrer Ergänzung mindestens noch meiner Erzählung von den sieben Tagen in Berlin bedarf.

Mit diesem Nachtrag beginne ich am frühen Morgen des 10. Juli 1950, genau drei Monate nachdem ich in diesem Hause versuchte dazusein, ohne dazusein. Oder auch mich hinauszuschmuggeln aus Sein und Werden, wie der Professor poetisch behauptet, als er zur Entgegennahme der Restbestände meiner Bekenntnisse – wie wiederum ich witzele – in meinem Zimmer erscheint. Auch heute wieder proper in unschuldsweißem Kittel und fahnenstolz hochgestelltler, diesmal roter Schmetterlingsschleife, sitzt er mir im Korbstuhl gegenüber, abwartend. Bis ich in einiger Erregung zur Einleitung mit einem bißchen Farbgebung und Stimmungsmalerei beginne:

Trauriger, ja verzweifelter Abschied in Rom von Philipp, Licht und Lärm des sonnigen Südens,

dafür um so schlechteres Wetter, Regen, Sturm, Düsternis während der Fahrt durch das verwüstete Deutschland,

natürlich schlechteste Laune ob soviel in Trümmern liegenden Lebens und da …

… da, gerade während des besten Erzählens, während auch der Professor schon leicht angewärmt mit Auge und Ohr an meinen Lippen hängt, da geschieht etwas, das zu berichten mir Pein und ehrliche Verlegenheit bereitet:

Es klopft.

Ja, es klopft – sowenig glaubwürdig mir selbst erscheint, daß gerade jetzt, in feierlicher Stunde, eine solche, jede Erschütterung aufhebende Störung eintritt. Aber sie tut es, von Tussi oder der Vorsehung so bedenkenlos eingesetzt, wie die Gangster unserer Krimis zum Revolver greifen. Denn die Tür öffnet sich, auf der Schwelle steht wirklich und wahrhaftig Tussi und ruft mit schriller, gar nicht engelhafter Stimme:

„Herr Professor, bitte einen Moment!"

Es klingt wie ein Hilfeschrei. Der Arzt enteilt auch prompt

mit flatternden weißen Rockflügeln, um jedoch nach kurzer Zeit zurückzukehren. Und noch während er die Tür hinter sich schließt, sagt er heiteren Tones: „Eine Überraschung für Sie, ha, was für eine Überraschung! Unsere gute Tussi wollte Sie nicht unvorbereitet damit überfallen, so habe ich mich erboten, Ihnen die frohe Kunde zu überbringen, meine liebe Frau Pommeranz!" – dies letztere mit Betonung, was ich übrigens zuerst nicht einmal bemerke.

Dann begreife ich, werde weiß wie die Wand, sage meinen Namen, *seinen* Namen.

Doch indem ist der Professor schon bei mir, hält mich, spricht auf mich ein, leise, sanft: „Nicht doch! Ruhig, ganz ruhig! Es ist ja alles gut ... Es ist ja nicht Philipp, noch nicht, es ist ..."

Und während mir die Tränen kommen – verflucht noch mal, ich weine doch so leicht –, rufe ich selig: „Poldi! Mein kleiner Bruder!"

Über das Wiedersehen mit meinem Bruder in der Klinik Professor Bardekows in Zimmer Nummer 23, diesem mir nun schon bis zu Gähnkrämpfen gewohnten Raum mit Bett, Weißkäsetisch, Korbsessel, Waschbecken und der so oft erwähnten, für den Gang der Erzählung unerläßlichen weißen Wand, über dieses Wiedersehen gibt es verschiedene Lesarten, die je nach der Betrachtungsweise zwischen dem Jubel beim Auftauchen Totgeglaubter und der mäßigen Begeisterung eines Familientreffens schwanken. Alle jedoch sprechen von Tränen, die allseitig geflossen wären und – zufolge der immer überschwenglichen Tussi – mein Krankenzimmer unter Wasser gesetzt hätten. Wohingegen ich mich einer einsamen Zähre erinnere, die langsam Poldis Nase entlang abwärtslief, so daß ich, in Erinnerung an seine Feiertagswehmut, bemerke: „Aber, Poldi, wir haben doch noch gar nicht Weihnachten."

Diese Lesart scheint mir der Wahrheit zu entsprechen. Im Falle einer gewissen Fleur Lafontaine, die sich gerade, all ihrer Schutz- und Tarnnamen entkleidet, als eine gewöhnliche Fleur Pommeranz entdeckt und somit in die Schnedderichsche Gewöhnlichkeit verwiesen sieht, in meinem Falle bedeutet die Anerkennung der Wahrheit auch die der Wirklichkeit. Und es ist Wirklichkeit, daß ich jetzt Poldi die Hand reiche und ihn mit schlichter geschwisterlicher Zärtlichkeit begrüße: „Na, endlich! Da bist du ja!"

Auch Poldi benimmt sich bis auf die einsame Träne vernünftig, trotz seiner Überraschung, sich und mich in einem Irrenhaus wiederzufinden. Wahrscheinlich, weil er durch Tussi vorbereitet ist, die nun blank- und feuchtäugig nochmals mit einem unterschwellig geflöteten „Hosianna!" ihren Anteil an dieser wunderbaren, durch nichts als eine Autogrammbitte bewirkten Begegnung anmeldet, bevor sie sich verzieht, segnenden Blickes wie das Christkind nach der Bescherung.

Der Professor bleibt uns erhalten zur freundlichen Beantwortung der in sein Fach fallenden Fragen, bleibt mit einem Blick auf die Uhr, da es ja mittlerweile der Nachtruhe entgegengeht, gibt aber seine Auskünfte glattzüngig und ausführlich. Wobei wissenschaftlich Hochgestochenes, wie phänomenologische Prozeduren, komplexe Attitüden, visionelle Verdichtungen, Symbolgehalte und noch viel anderes Schönes und Geheimnisvolles, nur so durch die Gegend fliegt und Poldi, verwirrt aus dem nicht ganz weißen Hemdkragen blickend, fragt, ob es sich hier wieder einmal um Dr. Häsicke handele, was ich entschieden verneine.

„Nervenzusammenbruch, weiter nichts", erkläre ich, nun wieder sicher auf meinem Bett. „Weißt du, es war einfach zuviel. Die Reise nach Berlin, der Regen und die Ruinen und kalte Füße und Grippe ..."

„Grippe", sagt Poldi, „natürlich. Von Grippe kann man alles kriegen, toll, einfach toll! Aber gleich drei Monate?"

„Virusgrippe", berichtigt der Professor. „Das heißt, es ging hier um eine Art von Selbstidentifizierung, Wahrheitsfindung, Versöhnung von Trieb und Geist zum Zwecke der Annahme des eigenen Selbst; also darum, sich selbst anzunehmen."

„Natürlich, sich selbst annehmen, toll, einfach toll!" wiederholt Poldi verblüfft, während der Professor leicht grinsend zur Tür geht, sich dort umwendet und mir sagt, was ich ähnlich schon früher einmal von ihm gehört habe: ,,Liebe Frau Pommeranz, das Büro bittet Sie, Ihren zur Zeit richtigen Namen anzugeben. Denn wie ich von Ihrem Herrn Bruder hörte, sind Sie wieder verheiratet und heißen jetzt Pommeranz.''

,,Entschuldigen Sie, erst wollt ich's nicht sagen, und dann hab ich's vergessen.'' Nun grinse auch ich. ,,Aber es stimmt: Fleur Pommeranz, geschiedene Goldener, geborene Schnedderich, genannt Lafontaine.''

Der Professor verbeugt sich mit einem angedeuteten Kopfschütteln. ,,Also bis morgen, Frau Pommeranz. Sie sehe ich wohl noch, Herr Lafontaine?''

Und mein Bruder verbessert: ,,Lafont. Wissen Sie, Lafontaine war mir zu lang, und sowieso nennen mich ja alle Leute Poldi; mit Namen sind wir eben nicht kleinlich.''

,,Das scheint mir auch so'', seufzt der Professor.

Er verschwindet, und Poldi kommt zu mir auf den verbotenen Bettrand, legt seinen Arm um meine Schultern, als säßen wir wieder auf den Stufen unseres Geburtshauses am Stuttgarter Platz in der Sonne, Kirschkerne auf das Pflaster spuckend. So, nach einer Stille von Minuten oder Jahrzehnten der Erinnerung beginnt er leise: ,,Schreiben hättest du wenigstens mal können, und wenn's zwei Zeilen gewesen wären. Wir haben doch Angst gehabt. Nun gut, du brauchtest Ruhe und Zeit, Zeit zum Überlegen, aber schließlich – drei Monate Zeit zum Überlegen? Und wenn Fräulein Tussis Literaturliebe nicht gewesen wäre und ich nicht so großartige kriminalistische Talente von Onkel Jean-Louis geerbt hätte ... Aber die Piepen für die Telegramme gibst du mir wieder.''

,,Für welche Telegramme?''

,,Na, glaubst du, ich lasse Philipp und Klaus noch länger in ihrem eigenen Saft schmoren und auf die Heilsbotschaft warten? Lieber hätte ich dich natürlich als Überraschung im Triumph heimgeführt – ich weiß bloß nicht, wohin heim. Ich bin ja wohl überhaupt der Doofste von allen; ich weiß nämlich gar nichts. Von Félicienne damals nur, daß du allein sein wolltest, von Klaus verzweifelte Bitten um Erklärungen, die wir selber nicht wußten, von Philipp das Übliche: Kein Grund zur Panik und die Geschichte von eurer Trennung auf dem Bahnhof in Rom."

„Komisch, wie verschieden einem die Dinge erscheinen können", sage ich mit einer Spur von Bitterkeit. „Damals auf dem Bahnhof in Rom empfand ich diesen Abschied wie einen ... wie einen Abschied vom Leben mit Totenkerzen und Grabgesängen und heute, tja, heute, als hätte ich mich bloß davor gedrückt, die Augen aufzumachen, um die Wirklichkeit zu sehen. So wie wir als Kinder spielten: Dreh dich nicht um, der Plumpsack geht rum. Oder wie bei uns zu Hause, wo man so getan hat, als ob, weil Mama natürlich anständig war, aber rundherum war lauter Dreck, und sie hat einfach die Augen zugemacht. Genau wie ich bei der Sache mit Arturo und dann mit Lotti Goldener und auch mit Fritz, ja, auch mit dem, und zum Schluß mit... nein, davon kann ich nicht sprechen."

„Spinnereien!"

„Ja, Spinnereien!" Ich werde heftig. „Ihr seid immer sehr erhaben über so was, überhaupt heutzutage! Es ist ja aus der Mode, daß man sich Gedanken macht oder an etwas glaubt, an Moral oder Stolz oder Haltung, meinetwegen sogar an den lieben Gott in irgendeiner Form. Du hast doch gehört, was Philipp damals sagte, warum er die Blumen auf die Gräber gelegt hat. Wegen der Würde! Wegen der Würde des Menschen!"

„Ich verstehe Sie, aber ob der Herr Staatsanwalt Sie versteht!"

Poldi rettet sich in seine alten Witze, ratlos. „Sag mal, gibt's denn in diesem Laden gar nichts zu trinken?"

„Pfefferminztee. Du kannst auch Kamille haben. Poldi, Poldi, du kriegst schon wieder deine Hühnerkieke! Du, hier unten ist eine Abteilung, da haben die Türen keine Klinken ..."

„Tja, Emigration ist teuer, mach du mal jahrelang Budiker.

Aber was hätt' ich denn tun sollen in der Zeit? Malen? Wo? An welchem Tisch? Mit was für Farben? Wen? Die Toten? Und was trink ich schon! Mein Pflichtliterchen. Und was schadet's mir? Daß ich manchmal ein bißchen kariert rede, und die Hühnerkieke. Aber wenn die Musik laut spielt, merkt das kein Mensch."

Poldi ist aufgestanden, nun bewegt er sich, schmal, lang in grauer Hose und weißem Hemd mit offenem Kragen, unruhig durch das Zimmer, vorbei an dem doppelsichtigen Spiegel, in dem er sich mit gerunzelter Stirn und kopfschüttelnd betrachtet, setzt sich dann zerknautscht und zerknautschend auf den Bettrand, die Zigarette im Mund. „Na, dann gib mir wenigstens Feuer. Haste nicht? Du rauchst nicht mehr? Mein Gott, Zustände sind das hier! Zeit, daß du wegkommst." Und plötzlich ohne Schonung: „Was war nun eigentlich wirklich los? Das ist ja alles ganz schön und grün, was der Onkel Pischologe mir da erzählt hat von Selbstfindung und Ichidentifikation, ich sehe ja auch, er hat dir geholfen, und sage nichts gegen ihn, aber ..."

„Gott sei Dank! Ich dachte schon, du gehörst neuerdings zu denen, die behaupten, eine Galle hat man nur, wenn man auch Gallensteine hat. Es gibt aber außer Galle, Niere und Verstand auch noch Phantasie, Trieb und Angst und Gefühl und ..."

„Gefühl und Wellenschlag, ich weiß, ich bin doch nicht blöde. Oder rückständig."

„Aber ich war wirklich krank, echt gelähmt. Und dann in der Pension hab ich – vermutlich unterbewußt – nicht meinen richtigen Namen angegeben, man sollte mich nicht finden; ich wollte raus aus allem, wollte mich verstecken; und wo, sag selber, wo kann man sich besser verstecken als im Jenseits?"

„Ich höre immer Jenseits!"

„Das ist bloß so 'n Wort", murmele ich. „Ich meine ... jenseits von allem Kummer und Ärger und Leid."

„Du bist verrückt."

Ich nicke. „Vermutlich war ich verrückt damals, wenn du

darunter verstehst, was nach Professor Bardekow darunter zu verstehen ist: daß man verrückt wird ... von den Ereignissen oder dem Leiden oder auch von sich selbst ... und aus der realen Welt fliehen möchte ... in eine andere, in eine Traum- oder Wunschwelt."

„Ich versteh's. Ich kann's mir denken. Es ist so was wie sich drücken und aus dem Spiel sein. Was meinst denn du, was ich tue, wenn ich in so 'ner leeren Kneipe sitze, ganz alleine vor meinen kleinen Gläschen ...?"

„Na, siehst du! Vielleicht machen das alle Menschen, bloß die Sturen nicht. Oder die Starken, hm. Aber wie weit man's treibt, darauf kommt's an!"

„Und wie weit hast du's getrieben? Vielleicht erklärst du's mal endlich."

„Ich muß ja wohl." Mir wird heiß, aber ich bin glücklich, wieder daheim zu sein in unserem unversehrten Land kindlicher Spiele und nur uns verständlicher Geständnisse. „Die Vorgeschichte kennst du ja", beginne ich, „den Krach mit Philipp auf dem Bahnhof in Rom, und daß ich natürlich schon ganz verwirrt und verstört nach Deutschland hineinfuhr. Ach, Poldi, wovon hatte ich denn geträumt, vierzehn Jahre lang? Daß ich heimkomme, sozusagen als Sieger und mit Blumen und vielleicht mit 'nem kleinen geheimen Lorbeerkranz! Und daß Klaus mich empfängt, jung und lachend mit seinen blanken Kinderaugen, die er immer so aufriß, wenn ich ihm Märchen erzählte, damals in deinem Atelier in der Bayreuther Straße. Und nun, nun fuhr ich ein, in mein zerstörtes und bedrecktes Land, sogar der Bahnhof sah dreckig aus und wie noch immer im Krieg, die Fensterscheiben raus oder mit Löchern, durch die man kahle schmutzige Straßen sah und dicke graue Wolken im fahlen Hell, denn es war sieben Uhr morgens und ein trauriges Wetter – kannst du dir das vorstellen?"

Da nimmt mich Poldi, der Gute, in seine Arme. „Laß es, du brauchst nicht, ich kann mir schon alles denken: Du bist angekommen in der kalten Heimat, lauter Leute waren da, lauter ehemalige Nazis, aber wer nicht da war, war Klaus! Der hatte den Zug verpaßt oder verpennt ..."

„Kein Wort wahr!" Nun muß ich doch lachen, nur die Nase läuft mir, und ich sage, so hübsch zwischen Lachen und Weinen: „Da kennst du aber Klaus nicht! Glaubst du, der Herr Abteilungsleiter im Ministerium für Industrie – glaubst du, der verpennt? Nee, der ist da, der ist immer da. Bloß ich, ich hing aus dem Fenster und konnte plötzlich nichts mehr sehen vor lauter Aufregung. Ich hab mir die Augen ausgeguckt nach meinem Jungen, und plötzlich, zwischen den vielen lärmenden, hin und her schubsenden Leuten, war da so 'ne kleine zierliche Frau und daneben ein großer mächtiger Mann, gar kein Junge und auch gar nicht dünn und verhungert, sondern stark und erwachsen und ... Ach, Poldi, du wirst es nicht glauben, aber ich, ich habe meinen Sohn nicht wiedererkannt!"

Und während Poldi in seinen üblichen Begeisterungsruf ausbricht: „Toll! Einfach toll! Typischer Fall von blinder Mutterliebe!", sage ich strahlend: „Ich konnte ihn gar nicht erkennen, sein Gesicht war verdeckt von einem riesigen Strauß roter Nelken!"

„Ach, es war ganz groß, Poldi! Die ganz große Freude. Denn Klaus hob mich nicht nur aus dem Zug, drückte mich nicht nur an den Nelkenstrauß, nein, er schwang mich herum und jubelte: ‚Endlich ist sie da, meine kluge Frau Mutter!'

Und auf diesem dreckigen Bahnsteig mit den zerbrochenen Scheiben, durch die man nichts sah als Trümmer und Grau und tiefhängende Wolken über zerbombten Häusern, auf diesem Bahnsteig des Bahnhofs Friedrichstraße war ich am 2. April 1950 zum ersten Mal seit so vielen Jahren wieder daheim."

Fünfzehntes Kapitel

Klaus Goldener hatte, als er 1919 geboren wurde – nicht ohne Schmerzen, aber endlich doch mit einem Jubelschrei von seiner für Kind und Ehestand viel zu jungen Mutter Fleur empfangen –, Klaus Goldener hatte damals mit seinen eher dunklen Härchen jenen streitbaren Makkabäern geglichen, denen sich der alte Joshua Goldener ob seines Kampfes mit den Berliner Gojim und trotz seines anrüchigen Schneeballsystems zuzurechnen pflegte. Dann war Klaus, blondhaarig und blauäugig und von angeborener Rechtschaffenheit, in Aussehen und Haltung zu seinen kalvinistischen Vorfahren hinübergewechselt, ohne die Neigung seines Vaters Fischi Goldener zu pruschendem Gelächter und ungehemmter Heiterkeit zu verleugnen. Und jetzt, mit seinen einunddreißig Jahren gezeichnet, ausgezeichnet von den Spuren vergangener Leiden im hageren Gesicht mit den tiefen Stirnfalten über den etwas verblaßten, an grauen Stein gemahnenden Augen, ähnelte er eher meiner Mutter Käthe Lafontaine, die mich wahrscheinlich ebenso kraftvoll wie er in die Arme genommen und nach Hause geführt hätte – sowenig auch dieses Haus Nummer 24 in der Prenzlauer Allee mit den Luxuswohnungen Käthe Lafontaines gemein hatte: eine Küche, die halbe Stube der Haushälterin Agathe Mayer, zwei Zimmer mit Blick hinaus auf die graue Öde der Straßen mit ihren zeitgemäßen Trümmer- und Schmutzhaufen. Das alles unter einem schweren, tief herabhängenden Aprilhimmel; das alles mir, die ich zwölf Jahre in Sonne gelebt hatte, in gleißend hellem Licht über dalmatinischen Steinen, in funkelndem Glanz auf römischen Mauern, und dennoch war es mein Berlin, mir wiedergegeben aus der Hand meines Sohnes.

Ich hielt sie fest, eine große starke Männerhand, während wir die Treppe hinaufstiegen – Félicienne war schon vorangeeilt – und auf jedem Treppenabsatz stehenblieben, um uns immer von neuem zu erinnern. Da, auf dem Flurfenster, prangte genau wie in meinem Geburtshaus am Stuttgarter Platz die Göttin Fortuna auf dem Glücksrad in blaugrauem Bleiguß – und ach, schon weitete sich die Trümmerstraße zum Platz vor dem Bahnhofsgarten, grau vom Rauch der Lokomotiven, den das Licht der Kindheitssonne mit goldenen Pfeilen durchstieß. Indem sagte Klaus: „Stell dir vor, ausgerechnet auf dem Stuttgarter Platz habe ich angefangen mit dem Aufräumen, Wasser geholt von dem Brunnen ..."

„... wo die Pferdedroschken standen und die Maiskörner auf dem Pflaster lagen."

„Fünfundvierzig gab's längst keine Droschken mehr, auch kaum Wasser, nur dort. Und da kam jemand und sagte, komm mit, und wir gingen mit unseren Eimern in die Pestalozzistraße und schrubbten das Polizeirevier sauber; so wurde ich kommissarischer Polizeireviervorsteher von Charlottenburg."

Wir lachten, lachend stiegen wir hinauf in den dritten Stock, und in den Räumen, die man Klaus Goldener zugewiesen und mit den Möbeln eines geflüchteten Nazi-Bäckermeisters bestückt hatte, fand ich mich vollends auf dem Boden meiner ersten tapsenden Schritte: Stand dort nicht Käthe Lafontaines festungsähnliches Büfett, als hätte es der Herr Bäckermeister bis zu dem Tage aufbewahrt, da der Genosse Goldener es zum Bord für die politökonomischen Schriften von Marx und Engels verfremdete? Und war der Tisch nicht genauso wie der, an dem wir mit Perasić und den Kriegskindern Kriegsbratkartoffeln in Kaffesatz gegessen hatten? Jetzt aßen wir Nachkriegsbratkartoffeln und ein winziges Döschen Kaviar; sie hatten für mich gespart, ich hatte für sie gespart, mit einem Male lebten wir im Wohlstand angenehm, mit Wodka und Butter, und ich saß mit heißgeredetem Gesicht zwischen meinem Sohn und Félicienne, die mir wenig verändert schien, seit sie in Annemaries Kinderheim mit Klaus gespielt hatte. Noch immer mädchenhaft klein und zierlich, hatte sie den offenen heiteren Blick behalten, den lachlustigen Mund, die Kinderhände, die während des Widerstandes in den Wäldern Frankreichs Gräben ausgehoben und in unterirdischen Verbandplätzen die Kameraden des Maquis gepflegt hatten; jetzt studierte sie Medizin. Und als ich sie in die Arme nahm, sagte sie mit zuckenden Lippen lächelnd, daß ich sie an Annemarie erinnere. Nach so vielen Jahren, so langem Tode, war Annemarie wieder da, als wäre sie aus ihrem unbekannten Grab in der Erde Jugoslawiens auferstanden, um uns zu begrüßen: „Daheim? Seid ihr wieder daheim? Und erinnert ihr euch?"

Ja, wir erinnerten uns: an das Haus in Frohnau, an ihre Verhaftung, ihre Flucht nach Zagreb, das neugeschaffene Kinderheim dort, Zuflucht der Partisanenkinder und einer Gruppe von jugendlichen Kämpfern, und an die Stunde, als ich die Nachricht von ihrem bitteren Sterben erhielt, eine jener Trauerkunden, die mit der von Eberhard Schnedderichs Tod begonnen hatten. Alleingelassen von Frau und Kindern in seiner lang ersehnten klösterlichen Einsamkeit, war er nach Klaus' Bericht eingegangen wie ein Primeltopf, noch bevor er die neue Zeit begrüßen konnte – was sollte ich sagen, da ich doch nicht gekommen war, um zu klagen, sondern zu einem Fest?

Und es wurde ein Fest, das Fest meines Lebens.

Mit dem Abend füllte sich die Wohnung, Freunde kamen, ja, es schien, als habe Klaus die Stadt aufgerufen, mich zu ehren. Und ich wäre glücklich gewesen, wenn Klaus mit seinen Fragen nicht Philipp gleichsam unsichtbar neben mich gestellt hätte, so fern der auch war dort in Napoli, in seiner Baracke übriggebliebene Kriegsmotoren umfrisierend ins Brauchbare, Verkäufliche, oder wohl jetzt, nach Arbeitsschluß, auf der Piazza, die Unita in der Tasche seiner blauen Jacke, vielleicht aber auch in der Camera di Lavoro, der Gewerkschaft, il bravo compagno tedesco. Wirklich geschah es auch am nächsten Abend, daß Klaus sich nach leichtem Räuspern geradeheraus erkundigte, wann denn mit Philipps Ankunft zu rechnen sei, schon wegen Bleibe, Arbeit und Arbeitsbeginn. Ich antwortete obenhin: „Ihr wißt doch, er kommt nach ... vielleicht.“ Und verwirrt, verzweifelt: „Nein, ich weiß nicht ... Schließlich ist er aus Wiesbaden.“

Damit schien, trotz meiner seltsamen Auskunft, der Fall Philipp erledigt, da Klaus nun in väterlicher Güte zu anderen Gesprächen überging und heiter berichtete, was fraglos zum Weinen gewesen und sicher auch in manchen Stunden von ihm beweint worden war.

Ich jedenfalls spürte das Grauen hinter seinen Worten, in seinem beeilten Atem den Alpdruck meiner Träume mit ihrer unerbittlichen Deutlichkeit wie früher oft in Korčula oder in Rom. In diesen Nächten hatte ich Klaus gesehen, zerfetzt auf einem Minenfeld, zerschlagen in einer Zelle, gejagt in einer fremden Stadt; hatte seinen schreienden Ruf vernommen, seinen Hilferuf nach mir, die ich in einem fremden Land neben einem fremden Mann lag. Und in solchen Nächten hatte ich gewünscht, Philipps Leben gegen das meines Sohnes zu tauschen.

Aber wie hätte ich ihn erreichen können, nachdem der Krieg uns getrennt hatte? Wie konnte ich ihm auch nur eine Nachricht zugehen lassen von meiner Rettungsinsel Korčula zu seiner Rettungsinsel in Frankreich, die ihm dann doch nicht Rettung brachte, sondern den Schub heim ins Reich?

„... und wo ich in einem Rüstungsbetrieb arbeitete, schließlich hatte ich ja den schönen Lafontaineschen Ariernachweis. Da hab ich eben Dreher gelernt und eine Widerstandszelle organisiert, bis sie mich von der Maschine wegholten und ich mit knapper Mühe an einem Hochverratsprozeß vorbeigerutscht bin – doch das weißt du ja alles aus meinen Briefen. Aber was du nicht weißt: Als sie mich dann wieder holen wollten und ich nun endgültig im Untergrund verschwand, da waren es Poldis alte Freunde, die mir halfen, Dietrich der Maler und Dietrich das Schwein und Dietrich der Dichter und die Dietrichine, die mit ihrem feinsten Pick-Pick-Hühnerchen-Pinsel für mich Lebensmittelkarten fälschte." Und aufatmend streckte er sich, reckte die breiten Schultern, vollführte – vielleicht nicht ohne Mühe – das unbekümmerte, über die Gefahren des Lebens hinwegsehende Grinsen Fischi Goldeners.

„Natürlich hatte ich's oft nicht leicht, aber schließlich war's ja mal zu Ende, und wie ich zuletzt in einem Keller in Wilmersdorf hauste und die Kettenhunde ihre Jagd machten auf junge Männer im besten wehrpflichtigen Alter, um sie an der nächsten Laterne aufzuhängen, da – genau am Ersten Mai! – legte ich mir das ehemals weiße Taschentuch ausgebreitet auf die Brust und marschierte los, Hände hoch, mutterseelenallein die völlig leere Brandenburgische Straße runter zum Fehrbelliner Platz, wo die Panzer standen, also mitten hinein ins Vergnügen und ins Schußfeld, und wie ich daran vorbei war, fiel ich dem ersten sowjetischen Tankisten glatt und rund heulend um den Hals – womit aber noch längst nicht alles in Butter war und an Friede, Freude, Eierkuchen nicht zu denken. Denn nun kam der schwere Anfang, der Aufbau, nun ging's um alles ..."

Er verstummte, fühlbar in zugleich niederdrückenden und erhebenden Gedanken an jenes Alles, von dem er mir wohl berichten würde, wie ich seine Lust am befreienden, beflügelnden Reden kannte – oder auch die seines Urgroßvaters Schnedderich und seines Onkels Jean-Louis. Nur daß es sich nicht mehr um deren Kämpfe – peng, peng, peng! – handelte, sondern um die Welt von heute, die dritte Welt, in der es bereits brodelte und kochte, und um die Welt von morgen. „Denn sieh mal, Fleur, im Jahre 1980 werden auf der Erde statt der heutigen drei Milliarden sieben Milliarden Menschen leben, und davon wird die Hälfte hungern, wenn es uns nicht gelingt, diese Welt umzubauen. Gerade bei uns aber liegen die Dinge besonders schwierig, ohne selbständige Großindustrien wie Maschinenbau, Schiffsbau, Chemie und so. Wir sind auf westliche Zulieferungen angewiesen – weißt du noch, Félicienne, wie ich auf der Suche nach einer lebenswichtigen Schraube in der ganzen Republik rumgefahren bin? Gewiß, ich habe Dreher gelernt, doch in den letzten Jahren hab ich ganz was anderes lernen müssen, und ohne mich zu beriehmen ...", er grinste verlegen, ich war wieder einmal gerührt, „... wenn wir heute schon mit der Produktion von Kühlschränken und Fernsehapparaten beginnen können – dann ist euer Kläuschen auch ein bißchen daran beteiligt. Und auch daran ...", er dachte nach, die Stirn gekraust, „... daß die Kumpel begreifen, worum es geht. Erinnerst du dich, Fleurchen, wie deine Mutter geschuftet und dann alles wieder verloren hat? Das ist es doch, daß man's nicht für sich macht, für sich allein, und siehst du, bis das alle begriffen haben, werden wir hier bei uns noch ganz schön zu tun kriegen, du auch und Philipp ..."

Da war er wieder zwischen uns getreten, wie Philipp manchmal aus seinem Winkel des schweigenden Überlegens heraustrat, und beklommen versuchte ich abzulenken, indem ich leichthin bemerkte: „Hier? Ach, weißt du, Philipp ist in Wirklichkeit nie über Wiesbaden hinausgekommen!"

„Na, na", machte Klaus. Und dann nach einigem Besinnen: „Aber vielleicht ist es ganz richtig, daß er nicht über Wiesbaden hinauskommen will! Das ist *sein* Land, *seine* Heimat, dort ist *sein* Leben. Nur daß er da wieder ganz von vorn anfangen müßte, während wir hier doch schon ein bißchen weiter sind."

Ach, ich begriff, daß nicht nur Philipp vor innerer Glut zu leuchten vermochte, wenn er liebte, und so gönnte ich ihm doch das Glück größerer Liebe und größerer Schmerzen in einem größeren Leben. Einem Leben im Geschwindeschritt auf den Spuren der verlorenen und nun im Eiltempo einzuholenden Zeit, ein zugleich Hier- und Dortsein, indem Klaus, dienstlich um Handel und Industrie bemüht, nebenamtlich politökonomische Vorlesungen hörte und in seiner Freizeit – ich lachte ob dieser erstaunlichen Benennung eines nicht existenten Begriffs – Bombentrichter zuschüttete, Erde bepflanzte, während seine Frau Studentin war, Mitglied des Fakultätsrates, Köchin etwas ungenauer, aber schmackhafter Gerichte, zärtliche Geliebte – soweit sich letzteres zeitlich ermöglichen ließ – und liebevolle Freundin einer ihr spät zukommenden Schwiegermutter.

So zeigten sie mir die Stadt – ihr neues, aus dem Schuttboden gestampftes Leben, den Beginn neuen, neuartigen Kunstschaffens auf der Brechtbühne, bei Felsenstein in der Komischen Oper, und ich fand mich in ein Land gerettet, das ich vielleicht unbewußt schon ersehnt hatte, als ich im Metropol und im Palais de Danse mittels der von Käthe Lafontaine erschnorrten zweihundert Mark Fritz Goldeners Rettung aus Spielerpech und Lebensnot feierte.

Diesmal feierten Klaus, Félicienne und ich im Hotel Adlon, das mit seiner schlechteren Hälfte, nämlich der nach hinten, auf die Wilhelmstraße hinaus, stehengeblieben war. Und hier, am Schauplatz so manchen Zeitgeschehens, erzählte Klaus – wohl um seiner Frau die neue, mir die alte Heimat heimisch zu machen – von einem ehemaligen Fischerdorf an der Spree, in der Streusandbüchse des Heiligen Römischen Reiches Deutscher Nation, von der späteren Doppelstadt Berlin-Kölln mit ihren hölzernen Brücken über die Panke, den verschlammten Chausseen nach Charlottenburg, dem Galgen auf dem Molkenmarkt, die dann später Großstadt wurde mit Kaiserschloß, Börse, Panoptikum, der Wachparade Unter den Linden, mit Herren im Zylinder, den berühmten Berliner Schusterjungen und den ganz unberühmten Proletariern vom Alexanderplatz. „Bis dann die Bomben hineinkrachten in Schlösser, Hinterhäuser, Grunewaldvillen, und jetzt ersteht eine neue Welt, die wir bauen, Félicienne, wir, die Nachfahren der Schnedderichs vom Alexanderplatz und der Lafontaines aus der Villa in der Dorotheenstraße."

Bei solchen Wegen in mein wiedergefundenes Berlin gelang es mir, das Gefühl aufrechtzuerhalten, daß ich heimgekehrt sei; und als ich spät in der Nacht auf Agathe Mayers Kanapee in den Schlaf fiel, fand ich den Traum, der mich – wie schon so oft – mit Poldi auf der Suche nach einer Bleibe vor eine undurchdringliche, Leben und Welt und Heimat versperrende Wand geführt hatte. Doch bei diesem meinem Ausflug in der Seele nächtliche Geheimniswelt wich die Wand zurück, der Blick ins Freie war offen, und bis in den tiefen Schlaf hinein wußte ich mich selig daheim.

Fühlte mich auch noch behaglich, wenn wir an den nächsten Abenden, die Augen rotgerändert, endlose Gespräche führten, wobei mir auffiel, daß sie sich vorwiegend um meine Gegenwart drehten – denn sollten sich nicht auch für mich Haus, Herd und Aufgabe finden? –, während sie die Zukunft wohl mehr für Philipp aufgehoben hatten, was mich, milde gesagt, befremdete. Und da fragte Félicienne, mir gerad ins Auge schauend, was denn nun eigentlich sei mit Philipp, von dem ich mich doch wohl – und dabei lächelte sie spöttisch – nicht im Ernst zu trennen beabsichtige?

Ich atmete schwer, ging zur Tür und sagte abgewandten Gesichts: „Wir wollen nicht mehr darüber sprechen ... ich kann nicht. Bloß soviel: Es ist aus zwischen ihm und mir! Für immer!"

„Bleib hier", bat Klaus, „bitte, bleib hier. Und rede endlich! Was ist los?"

„Gar nichts, er hat einfach ... er hat sein Permit noch nicht. Und Poldi wartet noch auf Nachricht von Marusja."

„Das weiß ich, er hat's mir geschrieben. Aber was ist mit Philipp? Hat er dich enttäuscht? Hat er irgend etwas getan, was nicht recht war ... nicht richtig?"

„Philipp? Da kennst du ihn falsch, der ist noch immer Turnvater Jahn und mit der Partei verheiratet." Ich lachte bitter.

„Und der Redner im Dunkeln", warf Klaus ein. „Nach meinen Jugenderinnerungen sogar manchmal ein Held, ein stiller Held, gewiß, aber doch ein Held" – eine Behauptung, die ich heftig bestritt. Denn wenn auch aus dem Redner im Dunkeln zeitweise ein Kämpfer im Dunkeln geworden sei, da ja nach

Klaus' Meinung Philipps subversive Tätigkeit in Rom – Wehrkraftzersetzung und Abwerbung – in das Gebiet des untergründigen Krieges gehörte, so sei es doch niemals Heldenmut gewesen, was Philipp bewogen habe, Blumen auf Gräber zu legen oder sich an der Ponte Milvio zu traulichem Zersetzungsgespräch an einen Tisch mit deutschen Soldaten zu wagen. Sondern Einsicht in die Notwendigkeit, das Notwendige zu tun und sich selbst und der eigenen Würde gerecht zu werden.

Und da ich solcherart – ja, sogar ein wenig abschätzig und leichthin – von einem Dasein sprach, das ich unser aller angstvolles Heldenleben nannte, weil es sich inmitten der täglichen Gegebenheiten: Essen, Trinken, Lieben, Leiden, ebenso einfach und also auch nicht furchtlos vollzogen hatte, wie sich Leben und Sterben vollziehen, gelang es mir, den stumm Lauschenden mit einiger Haltung die Bilder zu zeigen, die ich im Herzen trug, für ewig: den Steinbruchfelsen in Lumbarda, wo sich die Partisanen trafen; die Macchia im Morgengrauen mit ihren sorgsam gehüteten Schätzen an Gewehren unter den Felsbrocken; das kleine Boot, mit dem Philipp Kurierdienste machte, Poldi hochging und auf dem wir drei Tage später bei schäumender See davonschwirrten, hinüber zum Pelješac; dann das Haus in Rom, sieben steinerne Treppen hoch zu unserem Versteck im Winter 1943, und endlich an der Ponte Milvio die Soldatenkneipe, wo Philipp unter den Augen aller – wie sich später zeigte, auch denen des deutschen Kriegsgesetzes – seine untergründige Tätigkeit ausgeübt hatte, bis Poldi eines nicht sehr schönen Tages bei mir auftauchte, heulend. „Sie haben ihn! Jetzt können *wir* Blumen aufs Grab legen, auf seins nämlich!"

Nach Poldis Bericht war er an der Ponte Milvio angekommen, als es bereits ballerte, Philipp von der Trattoria aus über den Platz rannte, hinüber zur Kirche, und dann an der verschlossenen Kirchentür hing, so daß sie ihn nur abzupflücken brauchten, um ihn ins Gefängnis Regina Coeli zu bringen. Dort saß er mit acht anderen und wartete – auf seinen Tod oder auf den

Abtransport nach Deutschland, was wohl auf das gleiche herausgekommen wäre, jedoch nicht geschah. „Denn Philipp wurde gerettet, und zwar vom deutschen Untertanengeist, von der deutschen Bürokratie, vom deutschen Wesen, an dem in diesem Falle Philipp genesen ist."

Ich hielt inne, bei allem unterschwelligen Kummer doch der so geschickt erzielten Wirkung meiner malerischen Schilderungen froh, und genoß Féliciennes gespannten Blick ebenso wie Klaus' Goldenersches Grinsen, als Siegesfahne aufgezogen über dem Schlachtfeld der Schwachen und doch Siegreichen im Kampf gegen die Mächtigen. „Ja, stellt euch vor, die Alliierten stehen vor den Toren Roms, die Gestapo in der Via Tasso ist in Panik und beim Aktenverbrennen, da werden die Todeskandidaten auf einen Lastwagen geladen und abgefahren – zuerst zum Oberkommando der Wehrmacht, Sitz Rom, wo es aber eben nicht mehr sitzt, weil es sich bereits still und leise in Richtung Heimat entfernt hatte; dann weiter auf der Suche nach einem Zuständigen, der sowohl den Erschießungsbefehl ordnungsgemäß unterschreibt als auch das Hinrichtungskommando bestellt, und in gespenstischer Raserei durch Straßen voll nordwärts flüchtender, mit Beutegut, Verwundeten und Aktenstößen beladener Lastwagen ihren Richtern und Henkern hinterher, immer unter Tieffliegerbeschuß bei nieselndem Regen bis kurz vor Orvieto. Und dort, auf freiem Feld, passierte es: Knall, Bum, Bomben von oben, Dreck von unten, eine kleine Hölle in vollem Betrieb, die Wachmannschaft raus, unter den Wagen, und mein Philipp nichts wie los, quer über die Wiese durch Matsch und Bombentrichter, bis da ein Haus ist, ein Schnaps und 'ne alte Jacke, in der er zwei Tage später bei uns ankommt, ein bißchen beschädigt, aber wieder einmal mit vier Kommißbroten unter dem Arm – die hatte er aus deutschen Heeresbeständen organisiert."

Als ich bei diesem Schluß angelangt war, aufatmend, erlöst, die Hand auf dem klopfenden Herzen, sagte Klaus: „Prima!" – sagte es so leichthin, wie ich von Erlebnissen berichtet hatte, bei deren Erinnern mir noch heute das Blut gefriert. Nichts hatte ich verraten von den Stunden der Angst, während wir oben in meinem Zimmer in der Via dell' Oca auf eine Nachricht von Philipp warteten, nichts von der Verzweiflung, mit der wir sie dann aus geheimen, im Untergrund sickernden Quellen erhielten, und nichts, nichts von den Jahren, in denen wir es gelernt hatten, solche Ängste und Verzweiflungen als selbstverständliche Bedingungen eines Lebens ohne Schutz so heiter lächelnd zu verschweigen, wie ich – und übrigens auch Klaus – es an diesem Abend tat. Denn er fragte nicht weiter, sondern sagte zu Félicienne, anscheinend in Gedanken: „Nun würde ich aber doch gerne wissen ... ich versteh nämlich nicht recht ..." Und zu mir: „Du scheinst ihn immer noch sehr gern zu haben, deinen Philipp. Also, warum hast du dich dann von ihm getrennt? Denn das hast du, sei ehrlich!"

„Ich konnte nicht mehr", murmelte ich, und dabei fing ich nun doch an zu heulen, und das vor meinem Sohn, der gar nicht begriff, was seine Mutter plötzlich nicht mehr konnte, nach all den Jahren.

„Ja eben, nach all den Jahren!" schrie ich, schlug mit der Faust auf den Tisch und versuchte den beiden in einer längeren, halb geschluchzten Rede klarzumachen, daß ich nicht immer wieder und immer weiter um Gefängnisse herumlaufen wolle, das Stullenpaket in der Hand und den Bauch voll Angst. „So hab ich's all die Jahre gemacht, hab mein Leben darüber versäumt und ... und dich. Und jetzt, jetzt will ich's nachholen!"

„Ach, Fleurchen!" Mein Sohn seufzte, und ich sah mit Erschrecken, jählings wissend um seine Kindertränen, daß ich mich wieder einmal in einem der Weltuntergänge befand, deren ich schon so viele erlebt hatte, ohne mein Herz an den Luftzug eingeschlagener Bomben, an das Absinken unter verschüttenden Erdmassen gewöhnen zu können – schon gar nicht aber an das friedliche Begrabenwerden in der Prenzlauer Allee unter den Trümmern meiner Hoffnung. „Gewiß, hier hast du Geborgenheit, Stille wird's nicht viel geben. Und

Platz ... Da muß eben Frau Mayer woandershin, und du behältst vorerst das halbe Zimmer. Doch was das Versäumte betrifft: Natürlich bin ich froh, meine kluge Frau Mutter hier zu haben, aber schließlich ... Philipp will dort in seinem Wiesbaden vermutlich auch neu anfangen, an das Versäumte anknüpfen und weitermachen ...''

,,Ja, ausgerechnet in Wiesbaden!'' Ich lachte, etwas zu grell. ,,Wieder in Mutter Lieschens guter Stube, denn Wohnungen gibt's da auch nicht, wieder Flugblätter drucken, Reden halten am Prinz-Wilhelm-Denkmal und verhaftet werden ...''

,,Sieh mal, sein Leben war immer ein politisches Leben ...''

,,Sicher'', entgegnete ich bitter, ,,er ist ja auch mit der Partei verheiratet, wie du!''

Da sagte Félicienne in ihrer hübschen, vogelzierlichen Sprache: ,,Nein, Fleur, Klaus ist ganz bestimmt mit *mir* verheiratet, wir 'aben sogar eine Trauschein ... Nur, er treibt nebenbei eine kleine bißchen Bigamie mit die Partei.''

Wir lachten, doch dann erklärte mir Klaus noch einmal mit Gründlichkeit, daß er zwar nicht mit der Partei verheiratet sei, aber daß sie ihm vielleicht den Vater ersetze, den er ja nicht gehabt habe, während ich, seine Mutter ... Hier wurde er rot und sprach in den Rauch seiner Zigarette einige fraglos tiefgefühlte Worte der Anerkennung für das Geschenk eines Lebens, das ich ihm womöglich gar nicht absichtlich und freiwillig gemacht hatte. ,,Aber daß ich den Weg gegangen bin, auf den du mich gestellt hast, damals im Kinderheim, dafür möchte ich mich doch ergebenst und herzlich bedanken bei dir und – bei Philipp für das Beispiel, das er mir gab. Und zwar freiwillig und absichtlich.'' Mit welch feinem Übergang wir wieder bei Philipp und seinem Weg waren – einem Weg, der nach Klaus folgerichtig über Revolution, Arbeitslosigkeit, Konzentrationslager, Emigration und Widerstand an die Stufen des Prinz-Wilhelm-Denkmals in Wiesbaden führe. ,,Wo ja eigentlich auch du hingehörst. Und nun raus mit der Wahrheit: Wann kommt Philipp – oder kommt er überhaupt nicht?''

„Doch, er kommt, nur eben nicht hierher. Er will wieder nach Hause."

„Und du?" Klaus machte eine Bewegung, die ich seit seinen Jungenjahren von ihm kannte: Er legte den Kopf zurück und betrachtete somit von oben aus halbgeschlossenen Lidern die Welt, die Menschen – in diesem Falle mich. Und ich verlor die Beherrschung.

„Ich will nicht mehr", rief ich aus, „ich kann nicht mehr! Ich will endlich einmal Ruhe haben! Keine Angst! Keine Pflichten! Mein ganzes Leben habe ich mich gesorgt, um dich, um Philipp, um Poldi! Niemals Ruhe, niemals Frieden, immer gejagt, von einem Land ins andere, von einer Angst in die andere! Ich will nicht mehr ..."

Das letzte hatte ich wohl geschrien, ich weiß es nicht. Aber die Stille danach, die fühle ich noch heute. Und in diese Stille sagte Félicienne mit ihrer Zwitscherstimme, daß ja auch sie ihre Heimat, das süße Frankreich, verlassen habe und ihrem Herzen gefolgt sei. Wozu Klaus bemerkte, leise, als wäre es mitnichten eine Klage oder gar Anklage:

„Du bist doch immer bei Philipp gewesen. Bei ihm und Poldi ..."

Ich brauchte eine Weile, bis ich mühsam, Tränen in der Kehle, sprechen konnte. „Ja, bei ihm und Poldi und nicht bei dir, das meinst du ja wohl. Aber ich hab nichts dafür gekonnt, daß dein Vater ein Spieler war und ich arbeiten mußte. Und als es gefährlich wurde für dich, damals in Wien, hab ich dich nach Frankreich geschickt, denn du solltest gerettet werden, wir mußten bleiben ... bis wir zu Annemarie konnten, nach Jugoslawien, du weißt es. Und dann, als der Krieg kam, nichts mehr ... nicht mal eine Nachricht. Aber ich war bei dir, immer, ich hab an dich gedacht, Tag und Nacht, hab gezittert die ganzen Jahre ..." Meine Stimme brach; und als ich sie wieder vernahm, kam sie aus einer Ferne, in der etwas gesagt wurde, was man nicht sagen darf. „Ich habe immer Sorgen um dich gehabt, immer Angst. Aber das, was andere Mütter haben, habe ich nicht gehabt – keine Freude, kein Glück, keine Zärtlichkeit, nichts! Und das will ich nachholen!"

„Man kann nichts nachholen", sagte mein Sohn leise.

Am nächsten Tag ging er auf eine Dienstreise, und ich glaube, alles wäre anders gekommen, wenn er mich nicht allein gelassen hätte in der fremden Stadt. Vielleicht war auch das Wetter schuld, das sich während dieser meiner letzten Tage in Berlin geradezu mit Bosheit auf Sturm und Regen versteifte, vielleicht schon das Fieber, das ich mir beim Durchwandern der matschigen Straßen geholt hatte. Aber heute, nach drei Monaten Bardekow, weiß ich: An diesem fünften April hat es begonnen, nicht erst, als ich in München aus dem Zug stieg, nein, als mein Sohn sagte, daß man nichts nachholen könne, und mir damit nur die Erinnerung an den Jungen ließ, den ich im Mai des Jahres 1937 aus Wien in die Ferne und in sein Leben geschickt hatte. Blauäugig und blondlockig, ein Kind, ewig ein Kind, so hatte er in meiner Vorstellung weitergelebt – nun verwies er mich aus seiner Wirklichkeit in das Unwirkliche meiner Träume. Und da begann es, das schwebende Entgleiten des Bodens unter meinen Füßen, die schwindlig machende Entrükkung von Mensch und Ding in die Leere, in die er mich entlassen hatte ...

Dieses peinvolle Gefühl ohnmächtigen Verlorenseins sollte anhalten; es sollte mir bleiben die Tage über, in denen ich nicht heimfinden konnte in die verlorene Heimat, denn wie sollte ich es ertragen, mich wieder dort zu sehen, wo ich mich zeit meiner Jugend befunden hatte: zwischen fremden Menschen und fremden Betten, doch nicht aufgenommen, doch nicht heimisch und trotz meines Suchens nicht imstande, meinen Platz zu finden, einen kleinen Platz zum Leben und Sterben ...

Dennoch blieb ich, blieb mit offenen staunenden Augen in einer Art seelischen Dauerschlafs, der mich wie unter einem Alpdruck die Stadt durchwandern ließ. Was hier wie dort, in Ost und West, an fleißigen Versuchen der Wiederbelebung geschah, konnte ich begreifen, was ich jedoch nicht begriff, war die teuflische Geschicklichkeit, mit der man den Stadtkörper gevierteilt und den Blutstrom durch einige wenige Kanäle von West nach Ost und umgekehrt versickern oder auch – so an den Übergängen Potsdamer Platz und Wollankstraße – in Strömen schießen ließ. Dort begegnete ich Heerscharen von Frauen, die für frisch gegen Westmark eingetauschte Ostmark günstiger einkaufen gingen, indes wiederum andere den gleichen Weg in den westlichen Teil der Stadt nahmen, zu Freunden, zu Verwandten, einfach dem Alten und Gewohnten nach oder auch das ewig Gestrige suchend, und erfuhr von der Leichenfledderer dreckigen Geschäftigkeit – über die ich bald Genaueres wissen sollte –, wenn mir Agathe Mayer morgens beim Aufräumen vom Hexentanz auf den Trümmern berichtete.

„Is ja nich mehr feierlich", sagte sie zum Beispiel, während sie mit dem Besen durch die Küche wuchtete, „wat allens passiert. Is eben zu nah an 'n Zoo, zehn Minuten mit de S-Bahn an 'n Kudamm, oben is allens weg, aber unten in die Jeschäfte, da blitzt et man bloß so von lauter Jlanz. Na ja, die sind ooch fleißig, und tüchtig sind se ooch, und denn haben se doch ihren Marshall, und mit dem machen sie's, und desterwegen is et eben zu nah von uns an 'n Zoo. Manche, die haben Verwandte da oder 'ne Braut oder … Passen Sie mal Achtung: Da sind bei uns in die Straße zwee prima Frauen, die jehn dreimal in de Woche abends rüber an 'n Zoo, schließlich und schändlich, fünf Mark West sind fünfunddreißig Emmchen Ost, wat glooben Sie, wat die verdienen? Die eene hat sich schon 'n Haus gekooft. Wär ja nischt for mir, ick hab nich die Statur dazu und ooch nich det Benimm." Sie klatschte den Scheuerlappen auf den Boden, ihre mächtige Gestalt in der blauen Kattunschürze bewegte sich geschickt, ein dunkler Schatten vor dem hellen Fenster auf den Hof hinaus, Hof mit Klopfstange und Müllkästen. „… und denn, ick bin so wat ooch nich jewohnt, dabei könnt ick's jebrauchen. Wissen Se, wie ick damals im Krieg von de Fabrik komme, dienstverpflichtet war ick, und komm nach Hause, da war doch det Haus weg und sogar die Beene vom

Kanapee, und det Joldfischglas war verbrannt. Und nachher, wat war nachher? Trümmerfrau machen und keen Licht und keen Jas, wo doch die meisten nischt jemacht haben, wie bloß mit ..."

Soweit die Mayern.

Ich ging weiter, suchte die Häuser, die meine Häuser gewesen und nun verschwunden waren oder mit abgedeckten Dächern unter dem regenschweren Himmel standen: das Atelier in der Bayreuther Straße, unser Geburtshaus am Stuttgarter Platz, sogar das Haus draußen in Lichterfelde, wo die alten Schnedderichs gestorben waren, nebeneinander auf dem Wachstuchsofa sitzend wie Vögel auf der Stange, bis sie dann eine Bombe zu ihrem letzten Flug in die Luft warf.

Mir aber schien, als hätten die Bomben nicht nur eine Stadt, sondern auch das Gedächtnis der hier wohnenden Menschen ausgelöscht. Denn als ich mit der Müllern sprach, der Portiersfrau in Jarusjas Haus, wo ihr ein SA-Trupp die Wohnung kurz und klein geschlagen hatte, da wußte die Alte von nichts mehr; und wie es mich aus dieser verstummten, verblaßten Welt auf den Friedhof zu Vater Eberhard und Käthe Lafontaine trieb, fand ich dort nicht einmal mehr den Stein, den wir gesetzt, den Rosenstock, den wir gepflanzt hatten, und an der schlammigwüsten Stätte auch nur mühsam die Erinnerung an unsere Tränen und Fritz Goldeners verknautschten Veilchenstrauß.

Eigentlich wollte ich meine Bemühungen, die Toten zum Reden zu bringen, nun aufgeben, ging dann aber doch – heimatlos, wie ich ja wohl war – zu Tante Schnäuzchen, vielleicht aus Sehnsucht nach dem tröstenden Lachen, mit dem sie mir einst aus starken Händen Kaffee und Brot, mit munteren Worten Lebenslust verabreicht hatte.

Und siehe da: Sie war so lebendig geblieben, wie sie das Tausendjährige Reich überlebt hatte und wohl auch uns überleben würde. Als sie mich nach einem heftigen Begrüßungskuß in ihr Zimmer führte – gewiß ein Rentnerinnenzimmer, aber doch mit Spuren eines leichteren lockeren Lebens – und wir neben dem Bulleröfchen saßen, erkannte ich: Sie hatte die Bilder ihrer Lieben so wohlgeordnet in ihrem geräumigen Busen bewahrt, daß wir gleich wieder alle beisammen waren: die Schnedderichs, die Lafontaines und natürlich Onkel Jean-Louis. Der schmückte die Zimmerwände in vielfachen Ausgaben.

„Weißt du noch, Fleurchen, wie er im Gehrock mit Schlapphut zur Jagd ging? Und wie ulkig er immer war – bis die Nazis kamen. Die haben ihm alles kaputtgemacht, den dreistufigen Strafvollzug und die Humanisierung des Gefängniswesens. Aber das Schlimmste ... Weißt du, was das Schlimmste war? Die Sache mit Bumke!"

„Welche Sache mit Bumke?" Ich tat, als entsinne ich mich kaum der alten Geschichte vom toten Bumke im Heizungskeller und dem Revolver, den nie einer gesehen und der sich doch auf geheimnisvolle Weise durch all die Jahre erhalten hatte. „Bumke ist doch tot."

„Wenn er nur tot wäre, dann wär ja alles gut", seufzte Tante Schnäuzchen und nahm einen Schluck Kaffee. „Aber daß man von dieser Geschichte niemals etwas Genaues wußte ... Dein Onkel ist darüber beinah verrückt geworden. Stell dir vor, er hat hier in seinem Bett gelegen und gezittert, hat immerzu von Bumke geredet und von Mord und Totschlag, das war wie eine Art Verfolgungswahn, als wenn man ihn gleich abholen und ins Zuchthaus schleppen würde. Dabei hat er doch gar nichts getan, oder ..." Ihre großen, sonst so heiter blickenden Augen schienen noch verdunkelt von der Erinnerung an die angstvollen Nächte neben dem Bett des Fiebernden. „... oder glaubst du, daß er ... irgendwas damit zu tun hatte?"

„Es waren eben schlimme und verworrene Zeiten", bemerkte ich vage, womit wir uns aus der Gefahrenzone heraus und schnell wieder in die Wirklichkeit zurückbegaben, in der sich Tante Schnäuzchen seit jeher zu behaupten gewußt hatte – während des Krieges mit Lebensmittelmarkenkleben und Schwarzhandelsgeschäften, indem sie Butter gegen Onkels

Füllfederhalter tauschte, Mehl für sein Jagdfernrohr oder später des Verblichenen alte Hosen gegen Brot. So wie sie es jetzt fertigbrachte, wenigstens für ihren Teil den Frieden zu wahren und den Krieg zu verleugnen als Schande und Schmach.

„Nicht mal daran denken sollte man", erklärte sie, „und dabei machen sie Antikriegsdemonstrationen und schieben die Kriegskrüppel in ihren Rollstühlen vor sich her. Schauderhaft! Nun bitte ich dich, Fleurchen, haben die denn immer noch nicht genug? Schließlich ist ein halber Kopf besser als gar keiner."

„Auch 'n Standpunkt!" Ich versuchte zu lachen. „Bloß 'n falscher. Denn den Kopf hat man nicht zum Zerschlagen, sondern zum Denken; und da muß man doch froh sein, daß die Menschen damit anfangen, wenn sie Demonstrationen gegen den Krieg machen, vor allem die jungen."

„Na, die gerade!" Tante Schnäuzchen erhob sich, noch immer so munter, noch immer so unwissend, wie sie vierzig Jahre zuvor mit flatternden Röcken und wehender Straußenfederboa aus der mütterlichen Kochstube unter dem Bülowbogen gekommen war. „Machen doch solche grünen Jungens hier Krawall, für den Frieden, und verteilen Flugblätter und reden dabei vom kalten Krieg! Ich will dir mal was sagen, Fleur, dein Onkel ist immer bei den Sozis gewesen, und ich habe auch nichts gegen Klaus da drüben; auch die Russen waren manchmal ganz nett, sie haben sogar Brot verschenkt, und wenn da mal was passiert ist, nun ja, die waren eben jahrelang von zu Hause weg, ich bin nicht kleinlich. Bloß mit dem Kommunismus kann ich mich nicht einverstanden erklären ..."

Warum ich dann aber weiterwanderte, weiter durch die Straßen, in denen ein nie beendeter Krieg geisterte und des Friedensengels vergessenes Skelett unter Trümmern begraben lag – ich weiß es nicht. Vielleicht war es noch immer und trotz alledem eine Art von Heimweh, das mich Aline Edens Haus suchen ließ, ein fast unbeschädigtes Haus am Schöneberger Stadtpark. Dort hatte Aline Eden, verehelichte Bockelmann, es wieder einmal gut und geschickt getroffen: Sie hatte im zweiten Stock eine geräumige Wohnung, und wie ich bereits in der Diele bemerkte, einen hübschen, etwas jüngeren Gatten, der mich zuerst mit Überraschung, dann mit Herzlichkeit begrüßte. Und als er mich nun gar die kleine Frau Doktor von damals nannte und eine Schönheit noch immer – wenn auch durch Leiden gereift! –, da wehte mich Erinnerung an mit dem kühlen Windhauch einer lange vergangenen Nacht: Die kleine Bar am Tiergarten, Aline an eines hübschen, etwas jüngeren Mannes Schulter, der mir mit zitternder Hand das weiße Pulver bot und mit flüsternder Stimme sein Herz. Jetzt sagte Herr Bockelmann auch wirklich: „Tja, alte Liebe rostet nicht." Und während er mich in das Zimmer führte, hinkend: „Das Bein ist weg, ich hab's im Krieg verloren, für Herrn Hitler. Ich wünschte, es wär für eine bessere Sache gewesen. Damit war's natürlich aus mit der Schauspielerei, und wenn ich nicht Aline gefunden hätte ... Sie hat mir sehr geholfen, wir haben vor kurzem geheiratet, sie ist ein wunderbarer Mensch und ganz selbstlos."

„Laß dir nichts erzählen, du kennst mich besser." Die Stimme hinter mir war Alines, und was ich zuerst mit Vergnügen erblickte, waren ihre noch immer blitzenden Perlzähnchen in einem nur wenig älter, wenn auch ein bißchen fleischig gewordenen Gesicht. Aber die Perlkette, die dreihundertsechzig echten Perlen, fehlte, und Aline gestand wehmütig, daß sie auch ihr fehle. „Was willst du, man mußte von vorn anfangen, der Krieg hatte uns alles genommen."

„Herr Hitler", sagte ich. Und Aline obenhin, über den Abgrund hinweg, der sich schon wieder zwischen uns öffnete: „Der auch. Aber laß dir bloß nichts erzählen, zum Beispiel das mit den vier Millionen Juden, das ist Lüge, es waren höchstens 'n paar hunderttausend. Und sonst? Man hat gelebt wie immer. Du hättest ruhig hierbleiben sollen."

„Ja, ich hätte hierbleiben sollen und 'ne Großschriftstellerei eröffnen und 'nen Reichskulturkammerorden kriegen, weil's doch für das Mutterkreuz zu spät gewesen wäre."

„Reizend! Du bist immer noch so witzig.“ Aline lächelte perlzähnig, aber dünn. „Und was machst du überhaupt? Schreibst du noch?“

„Natürlich, ich hab ein dickes Buch mitgebracht, spielt in Jugoslawien im Partisanenkrieg.“

„Schon schlecht“, bemerkte Aline, und Bockelmann ergänzte: „Hier sind die Jugoslawen nicht sehr beliebt, weil sie Kommunisten sind; und drüben sind sie momentan auch nicht gefragt, weil sie keine echten Kommunisten sein sollen. In der Literaturbranche ist in Deutschland überhaupt nichts los, bei uns macht man zu kleine Auflagen, und drüben ist das Geld nichts wert.“

„Und wie wär's mit beiden Teilen zusammen? Mit der Wiedervereinigung?“

„Die will sowieso keiner. Vielleicht in zehn, zwanzig Jahren“, sagte Herr Bockelmann ausweichend, während sie mich durch die Wohnung führten, über unechte Teppiche, die echten waren verbrannt; aber man hatte es doch geschafft, da Alines Major gefallen war, rechtzeitig.

„Ich hab was geerbt“, erklärte Aline den Trauerfall, „wenig zwar, denn geizig war er ja immer. Und dann hatten wir Freundschaften ... Und Hilfen aus Amerika ...“

„Von denen wir aber noch gar nicht wissen, ob wir sie nicht mal zurückzahlen müssen.“ Hier zuckte Herr Bockelmann zusammen: Aline hatte ihm wohl einen leichten Tritt versetzt, natürlich unter dem Tisch, der zu friedensmäßig reichhaltigem Imbiß und heiterem Geplauder lud. Wobei Aline mit ihrer so oft bewiesenen Lebenskunst sich weder von mir noch von den Schatten unserer gemeinsamen Vergangenheit stören ließ. Nach Philipp und Poldi fragte sie sehr oberflächlich; Bumkes Geist schwebte unsichtbar über den tiefen Wassern des Vergessens, und als sie von Schuster-Paul sprach, geschah es, um mir mitzuteilen, daß er mich schon lange erwarte. „Hier ist seine Telefonnummer, er muß dich sprechen.“

Im übrigen bestritt Herr Bockelmann die Unterhaltung, ein

Mann, der im Kriege ein Bein verloren und der Welt zu beweisen hatte, daß er auch auf einem Bein zu stehen vermochte. „Denn was wir brauchen, meine liebe Frau Fleur, sind Leute wie ich – ja, Aline, laß mich auch mal reden –, Leute, die den Geist der Zeit begriffen haben, nämlich den Geist liberaler Demokratie. Erhard, das ist ein großer Mann, beinahe ein Genie, Schüler von Röpke, Erfinder der freien Marktwirtschaft; und glauben Sie mir, wir schaffen's. Wir werden groß und reich auf unsere demokratische Art, nach dem Ahlener Programm der CDU. Da heißt es: ‚Die CDU überwindet Kapitalismus und Marxismus', und das stimmt. Der alte Kapitalismus ist tot, der Wohlfahrtsstaat wird die Klassengegensätze überwinden, und wenn wir auch heute noch hohe Steuern haben – warum denn nicht, meine liebe gnädige Frau? Hohe Steuern fördern die Investitionen."

„Ich versteh immer Bahnhof", sagte Aline, und auch ich gestand, leicht überfragt zu sein, worauf uns Herr Bockelmann, diplomierter Steuerberater, mit kundiger Hand durch den Berliner Steuerirrgarten führte, das Berliner Notopfer pries und das staatlich geförderte Absetzen kleinerer und größerer, ja allergrößter Beträge, fraglos eine Förderung der Vermögensbildung für erfahrene Finanz- und Wirtschaftsleute, die künftig aber auch den breiten Volksmassen zugute kommen werde. „Denken Sie an die Volksaktie, an das Auto des kleinen Mannes, das die breite Streuung des Sozialprodukts ermöglichen wird – wenn nicht heute, so doch morgen. Wir haben Zeit – bloß die da drüben wollen immer alles auf einmal haben. Und am liebsten alles sofort."

„Aber, Herr Bockelmann, gerade da drüben baut man doch für die Zukunft, für die, die nach uns kommen!"

Da brach Herr Bockelmann in ein herzhaftes Lachen aus, Aline stimmte mit blitzblanken Perlzähnchen ein, und eine Weile schwappte das klingelnde Gejuchze durch den blitzblank geputzten Raum, bis der schöne Herr Bockelmann pruschend erklärte: „Was nun das betrifft, meine Verehrte, schauen Sie,

Aline und ich, wir haben keine Kinder und werden auch keine kriegen. Und wenn wir so 'ne Zukunftsmusik hören, dann sagen wir immer ... Na, Aline?"

„Was gehen uns die Kinder unseres Briefträgers an."

Damit war Aline Bockelmann, genannt Eden – durch so viele Jahre Zuflucht meiner heimatlosen Seele – nurmehr die wehmütige Erinnerung an Freundschaft, Hilfe, vielleicht sogar Liebe, die eine böse Zeit in das verfettete Bild einer törichten Jugend verwandelt hatte. Ich verabschiedete mich kühl nach einem kurzen Telefongespräch mit Schuster-Paul, in dem er mich sanft, beinahe demütig bat, ihn zu treffen. Am Wittenbergplatz, abends um sieben Uhr am 8. April 1950.

Und dort geschah mir, was ich niemals vergessen werde: Ich erkannte den Platz, den ich früher unzählige Male überquert hatte, nicht wieder. Ich wußte nicht, wo ich war, und tastete mich wie blind über den Damm zu einem Ruinenportal, frierend im fein und dünn einsetzenden Regen.

Da sah ich gespenstisch leise und gleichsam heimlich eine Gestalt aus den Ruinen auftauchen. Erst wie er vor mir stand und meine Hand mit haschender Bewegung an die Lippen zog, erkannte ich ihn. Schuster-Paul – gewiß älter geworden und glatzig über dem Straßenjungengesicht, doch noch immer von jugendlicher Gewandtheit, da er sogar in Regenschleiern und Düsternis das unversehrte Veilchenblau meiner Augen bewunderte –, Schuster-Paul führte mich, ohne auf meine Einwände zu hören, dorthin, wohin er mich haben wollte: in ein kleines, seitab gelegenes Lokal mit holzverschalten Fenstern und abgenutzter Wandtäfelung, das mich unklar an ein lange vergessenes Frühstückslokal der Huren, der Kellner und der Diebe erinnerte, damals in Fritz Goldeners Welt falschen Glanzes und echten Elends.

„Es waren doch schöne Zeiten", behauptete er sogar, was ich kopfschüttelnd verneinte. „Das war noch ein Leben, damals, auf dem Kurfürstendamm, im Romanischen Café. Was nachher kam, war ja dünne. Daß ihr beizeiten abgehauen seid –

schlau, schlau. Ja, Köpfchen muß man haben, Sie hatten immer eins, ein schlaues und schönes. Was mich betrifft – ich bin damals ein paarmal befragt worden nach Ihnen, respektive nach Ihrem Philipp. Natürlich hab ich von nichts gewußt, aber was *ich* davon hatte, war 'ne erstklassige Verbindung zu hohen und höchsten Herrschaften. Und wie's dann mager wurde mit der Atzung, hab ich ihnen dicke Fleischpakete unters Jabot gejubelt, den Affen. Ich war bloß im NSKK – Sie wissen, nur Säufer, keine Kämpfer. Einmal hab ich 'n Kombinat übernehmen sollen im Generalgouvernement Polen, da hab ich gesagt, danke und immer hübsch auf dem Teppich bleiben. Aber dann haben sie mich doch rangekriegt. Rückführung deutschen Volksgutes hieß die Masche. Na, und da ..."

Hier hielt er inne, bestellte Bier und Kognak bei einem Mann, der hinter der Theke hervor aus dem Dunkel kam, sprach aber dabei immer weiter mit seiner leisen Stimme – ein leichtes, leises, aus Vergangenheit in Gegenwart rinnendes Flüßchen – von den Jahren, in denen er sozusagen nicht vorhanden gewesen, nämlich auf Tauchstation in ein Irrenhaus gegangen war, wo man ihm glaubte, daß er nicht alle Tassen im Schrank hätte. Ohne sich um den Schattenhaften dahinten zu kümmern, sprach er, in dem spöttisch-zynischen Ton, mit dem er seit jeher Gott und die Welt zu verspotten pflegte und auch jetzt die Götter seiner Welt hohnvoll nachahmte: Er saß lässig auf den Stuhl gelümmelt, den Hut auf den Hinterkopf geschoben und eine amerikanische Zigarette lose im Mundwinkel – mit denen handle er wie mit manchem anderen. Wenn auch nicht in der schäbigen Form derer, die auf dem Potsdamer Platz Opas goldene Uhr gegen Kaffee vertauschten, sondern mit feineren, einträglicheren, in der Westentasche oder besser: in einem ausgeruhten cleveren Köpfchen zu tragenden Dingen. Nur daß man leider für einen derart zeitgemäßen, dieser Zeit vorbehaltenen wie auch dieser Zeit dienenden Handel und Wandel Geld brauche – mehr Geld, als er gerade jetzt für ein leuchtend am Horizont auftauchendes Geschäft verfügbar habe ...

Hier fühlte ich schon, was da an Verlangen oder Bitte um Begleichung einer alten Schuld auf mich zukam und daß er – nur er, dieser Verlorene! – mich brauchte.

„Wenn ich auch nicht Geld von Ihnen will, Madam – Sie werden sich erinnern, ich nehme kein Geld von Frauen! –, durch Sie könnte ich Geld bekommen. Und nicht nur ich, nein, auch Sie! Und nicht nur etwas, sondern viel, sehr viel." Er zögerte, vielleicht hatte er bemerkt, daß ich – übrigens ohne es zu wissen, nur den Schreck in Blut und Nerven fühlend – blaß geworden war, schloß aber dann kalt: „Wozu hat man schließlich einen Sohn da drüben im Ministerium für Industrie!"

Warum ich nicht aufstand? Warum ich nicht fortlief, jetzt gleich? Ich konnte nicht. Denn die Vorschläge, die Schuster-Paul mir nun machte, waren so unerhört, wie sie nach seiner Behauptung eben einer Zeit zugehörten, die in der ganzen Welt das Unterste zuoberst gekehrt und gleichsam selbsttätig Geheimes und Verborgenes auf Kneipen-, Schreib- und auch Zeichentische geworfen hätte. Was vielleicht im Sinne einer vergangenen Moral unpassend sei, jedoch durchaus in Bild und Anschauung einer Stadt passe, deren Zweiteilung auch dem gewöhnlichen Sterblichen die Zweiteilung seines Gewissens erlaube, genau wie er, Schuster-Paul, noch immer meinem und der Meinen fortschrittlichen Denken zugetan sei, hingegen im ost-westlichen Dschungel mit den amerikanischen Wölfen heulen müsse. Welches unangenehme Geräusch mit dem angenehmen klingender Münze bezahlt würde ...

„Sie sind verrückt", sagte ich darauf, vielleicht sogar belustigt ob so offenkundigen Unsinns. Und erst als er mir von Informationen sprach, den wichtigsten Waffen aller Kriege, auch der kalten, als er Zahlen nannte, Summen in Pfund oder Dollars, je nach Bedarf, groß und gewichtig im Vergleich zu der Geringfügigkeit der von uns zu liefernden Nachrichten aus Wirtschaft und Industrie – wenngleich ihm ein Sohn im Innenministerium lieber und nützlicher gewesen wäre –, erst da erhob ich mich stumm, um fortzugehen. Nicht nur aus der westöstlichen Dschungelwelt, sondern am liebsten ganz und gar und für immer aus einer Welt, in der ich augenscheinlich überall fehl am Platze war.

Doch Schuster-Paul hielt mich fest. „Sie wollen nicht?" fragte er leise, das Gesicht jählings so zu Kälte und Härte, zu Haß und Wut erstarrt, daß mir das Herz stehenblieb. „Sie *müssen*, begreifen Sie? *Ich* muß nämlich! Auch deutsches Volksgut hält nicht ewig, aber von irgendwas muß der Mensch leben. Und wenn Sie wüßten, wie viele Menschen sich mit so was hier ihre belegten Brötchen verdienen! Das ist doch *die* Masche heute – und ein Geschäft wie jedes andere."

„Das habe ich schon einmal von Ihnen gehört", sagte ich mühsam. „Aber wie können Sie annehmen, daß ich, gerade *ich* so etwas machen würde? Sie kennen mich doch von früher!"

„Eben", erwiderte er scharf. „Ich kenne Sie aus der Zeit, als *Sie* mich brauchten! Und von noch früher, vom Geschäft Ihrer Frau Mama ... von den Jahren mit dem Doktor – was war das für ein Zocker! – und von Bumke, Sturmbannführer Bumke ... Stellen Sie sich vor, wenn Ihr Sohn – er hat doch eine Karriere vor sich, eine große, nicht wahr? –, wenn Ihr Sohn eines Tages in den hiesigen Zeitungen lesen würde, mit wem alles Sie befreundet sind? Und wie gut! Und woher! Aus Kalles Frühlokal zum Beispiel, Sie kennen doch Kalle?"

Wirklich erkannte ich nun den Mann hinter der Theke.

Während Schuster-Paul noch schärfer, wenn auch leise sagte: „Kalle kann es bezeugen – das von damals und das von jetzt, heute, hier. Sie haben mich doch getroffen, in den Ruinen, heimlich! Sie sind doch mit mir hierhergegangen, nicht wahr, Kalle? Sie haben mit mir gesprochen. Und was wir gesprochen haben, was immer es war, das kann ich erzählen! Und auf das, was ich sage, kommt es an – auch für Ihren werten Herrn Sohn ..."

„Irrtum! Irrtum, liebe Dame!"

Das ist Poldis Stimme, und wenngleich ich in diesem Augenblick des Erwachens aus dem Alpdruck meiner sieben Berliner Tage noch nicht wieder ganz da bin in meinem Krankenzimmer – weiße Wand, weißes Bett, Weißkäsetisch –, atme ich auf in einem Gefühl von Glück und Geborgenheit.

Da steht er, mein Bruder Poldi, lang und dünn, und scheint zu lächeln trotz meiner tragischen Erzählung oder auch gerade ob dieser Erzählung, sicher aber Herrn Schuster-Paul zum Hohn. Denn läppisch nennt er nun das Geschehene, richtiger: nicht Geschehene, sondern mir von Schuster-Paul in seinem Ganovenkeller und seiner Ganovensprache Angedrohte, dem ich mich nicht anders zu entziehen wußte als durch die Flucht, da ich ja doch wohl die Flucht ergriffen hätte anstatt eine handfeste Flasche. Oder in Ermangelung eines Wurfgeschosses einen Telefonhörer, um die Polizei oder Klaus zu rufen. Denn der wäre mit Schuster-Paul sogar in den westlichen Ruinen und über Trümmer Schlitten gefahren ...

„Klaus war nicht da, er war auf Dienstreise. Und dann ... ich habe mich geschämt." Endlich sitze ich, todmüde, denn ich habe während dieser ganzen Stunde gestanden – auf meinen eigenen Füßen. „In Wirklichkeit war ja Klaus schon seit Jahren nicht mehr für mich da."

„Wieder mal ein Irrtum!"

„Doch, oder wenigstens nicht mehr so wie früher. Er ist ein Mann jetzt, die Zeit zwischen damals und heute, die habe ich eben versäumt. Und wie ich dann nach Hause kam und Félicienne stand da in Klaus' Latschen und hatte mir Schmalzstullen hingestellt, wie ich ihr gesagt habe, daß ich nicht bleiben will, weil ich die Stadt hasse, die geteilte, und den Dreck und daß jeder jeden haßt und man so nicht leben kann, da hat sie gemeint, man könne zwar die Stadt teilen, aber nicht die Menschen trennen, Menschen wie uns, und daß Klaus mich liebe wie eh und je. Aber ..."

„Aber?"

„... aber sie hat nicht gesagt: Bleibe! Sie hat nicht gesagt: Mutter! Sie hat mich bloß angesehen, und heute weiß ich, in diesem Blick hat sie mir ihr Herz dargeboten – ich hab es liegenlassen, auf dem Tisch neben den Schmalzstullen. Ich bin weggelaufen, noch in derselben Nacht. Ach, Poldi, ich habe alles falsch gemacht, und du nimmst es mir übel, mit Recht."

„Nein", sagte mein Bruder Poldi, „ich liebe dich nämlich, du selten dämliche Person! Und wenn du noch hundertmal mehr Dummheiten machst – wir gehören doch zusammen, immer."

„Wir gehörten zusammen", sage ich, „bis dein Brief dalag, in der gleichen Nacht, in Agathe Mayers Stube neben den Schmalzstullen, und ich hab ihn gelesen und laut vor mich hin gesagt: ‚Ich versteh dich ja, Poldi, ich versteh dich!' Denn ich hab's ja verstanden, daß Marusja zurückkommt zu dir, aber nicht mehr nach Deutschland will, nie wieder nach Deutschland..."

„Die ganze Familie", sagt mein Bruder. „Zwölf Menschen mit Onkel und Tanten."

„Ja, ich versteh's. Heute versteh ich überhaupt alles, ich bin sehr klug geworden während der drei Monate hier." Ich lache ein wenig bitter, obgleich ich nicht mit Gespött und Gelächter bedenke, was ich in Professor Bardekows Neurosengarten gelernt habe von meines Onkels Jean-Louis Abgründen der menschlichen Seele. Und aus meinem strafbaren Versuch, mit untauglichen Mitteln die Zeit ein- oder gar zurückholen zu wollen.

Der Versuch war mißglückt, ich wußte es, als sich meine Füße geweigert hatten weiterzugehen, meine Hände ins Leere griffen und mir die Pension Rosa als das Vorzimmer zu einem Jenseits erschien, in dem man alles Lieben und Leiden hinter sich lassen konnte – „... wenn mir auch dieser Wunsch nicht bewußt war, Poldi, sonst wäre ich wirklich in der Pension Rosa aus dem Fenster gesprungen. Aber unbewußt war es wohl so, als ob die Seele – entschuldige das große Wort! – sich selbständig gemacht hätte und nun auch ihres Seins bessere oder schlechtere körperliche Hälfte nicht mehr mitspielte. Ich war einfach gelähmt von Angst... von Schuld..."

„Wieso Schuld? Was für eine Schuld? Wem gegenüber?" Poldi hebt horchend den Kopf, er steht jetzt sehr gerade, augenscheinlich wachsam vor meiner bewährten, allen Bildern und Erinnerungen offenen weißen Wand. „Du hast doch immer für andere gelebt. Was hätten wir denn gemacht ohne dich?"

„Und was habt ihr mit mir gemacht? Du hast zu viele kleine Gläschen getrunken, und Philipp hat in Korčula am Strand gelegen und gewartet oder seine kleinen Privatkriege geführt, wie damals in Rom, oder Gelegenheitsarbeit gemacht, wie jetzt in Napoli, wo er die übriggebliebenen amerikanischen Autos umfrisiert . . ."

„. . . und wartet, diesmal auf dich."

„Ich glaub's nicht. Damals ja, da hab ich von euch gekriegt, was ich brauchte zu meiner Selbstachtung, dafür daß ich euch klein gemacht hab und mich groß und stark und tüchtig und geliebt, ja, damals auch geliebt. Bis ich gemerkt hab, daß ihr mich haßt, da auf dem Bahnhof in Rom, und dann in Berlin."

„Aber, Fleur, kein Mensch haßt dich. Wer sagt denn das!"

„Das ist es ja eben: Es sagt keiner, und es weiß keiner. Ach, Poldi, wenn die Menschen wüßten, wie das Spiel wirklich gespielt wird, das Liebesspiel. Einer lebt immer vom anderen."

„Na und?" sagt jetzt Poldi, und ich erschrecke. Sollte er im Bodensatz seiner kleinen Gläschen die Wahrheit gefunden haben? „Sicher lebt einer vom anderen, sonst könnte ja keiner leben. Aber muß man sich darum hassen? Mir scheint – entschuldige, wenn ich nun auch Gefühlskäse rede –, mir scheint, man sollte sich eher dafür lieben. Schließlich hast du ja niemand was Böses getan."

„Doch, Philipp hab ich Böses getan. Ich hab ihn mit herausgenommen damals in Berlin, weil ich zu *dir* wollte, ja, das ist die Wahrheit! Mit List und Betrug habe ich ihn aus seinem Leben gerissen, aus seiner Welt . . ."

„Momente mal, würde jetzt Philipp sagen." Poldi runzelt die Brauen, gefurchte Stirn unter braunem Haar, das grau zu werden beginnt. „Ich höre wohl nicht recht, liebe Dame! Fleurchen, dein Philipp, der geht, wann *er* will und wann *er* muß. Er wurde abgehängt oder hat sich selber abgehängt, still und leise, wie es seine Art ist."

„Ach, Poldi, ich weiß ja, daß ich dumm bin und ein Bereuer, weil ich immer alle meine Dußligkeiten hundert Jahre lang bereue oder sogar zu vergessen suche, was noch viel schlimmer ist. Aber ich weiß auch, daß ich ihm sein Leben verpatzt habe, sein richtiges Leben, weil ich zu *dir* wollte ... und wegen Aline ... und weil er nur ein Schlosser war ... und er sollte ein Held sein und ..."

„Großartig, wie du das hingekriegt hast! Toll, einfach toll! Und so klar!" Poldi schüttelt den Kopf, lächelt jedoch, großmütig wie immer. „Besonders das mit dem Schlosser und dem Helden. Ich kann mir schon denken, was du meinst, nur daß Philipp wirklich ein Held ist. Sogar einer von denen, die schweigen können, während wir gewöhnlichen Helden uns schon berühmen, wenn wir das übliche Heldentum ableisten, das im Kampf um die täglichen Brötchen und die Miete und daß man seinen Mann steht – oder seine Frau, wie du, Fleurchen. Denn vergiß nicht: Das hast du gekonnt!"

„Aber wofür letzten Endes, wofür? Wirklich für die Kinder des Briefträgers?"

„Vermutlich. Und auch, damit der ganze Kuchen besser wird, wenn wir unser kleines Stückchen besser machen oder machen wollen ... Weißt du, ich hab mal einen Satz gelesen: Im Käse wird die Milch unsterblich. Verstehst du das?"

„Ja, ich glaube ... sich entwickeln, sich verwandeln, stärker, nahrhafter werden."

„Vielleicht auch bloß genießbarer. Leben kann so schön sein. Sieh mal, Fleurchen", Poldi beugte sich vor, als wolle er mir das Grau an seinen Schläfen zeigen, die voll ausgewachsene und in manchem Streit aus den Fugen geratene Vivatnase, die tiefen, von Bitternis gezeichneten Falten um den schmal gewordenen Mund, „ich geb ja zu, daß ich gerne mein Pflichtliterchen trinke, abends in 'ner schönen dämmrigen Osteria, vorn die Theke und dahinter die Weinfässer mit Chianti und Frascati, oder auch auf meiner Terrazza vor dem Kapitolinischen Hügel – aber ich bin nie getürmt, schon damals nicht, als ich mit Opa Schnedderich unter Gewehrfeuer auf dem Bauch lag, doch lieber – ich sag's ehrlich! –, lieber möchte ich endlich mal mit *meinen* Waffen kämpfen, mit meinem kleinen abgekauten Bleistiftstummel. Du kennst doch das schöne Wort: Aus dem einen schießt es, und aus dem anderen singt es. Aus mir singt es eben. Ach, Fleurchen, ich möchte so furchtbar gerne mal singen!"

„Eins rauf mit Mappe", sage ich wie früher in der Schule, und uns vereint die alte Fröhlichkeit. Wir sind zusammen, wieder einmal oder – wenn man es in der Verkürzung der Zeiten zu dem einzigen Tag unserer Leben sieht – noch immer zusammen wie damals auf den Steinstufen vor dem Haus Stuttgarter Platz. Plötzlich aber steht Tussi wieder in der Tür und wird mit Gelächter begrüßt, da sie g'schamig aus der Kitteltasche ein Fläschchen Bier zaubert – für den Herrn Bruder –, um dann stolz hinauszuschreiten. Poldi begleitet sie in den Flur hinab, dort noch ein Weilchen festgehalten von kicherndem Geflüster, und als er zurückkehrt, nennt er Tussi einen Lichtblick. Er hat ihr eine Zeichnung für das Buch, das zauberhafte, versprochen: einen über alle vier Pausbacken lächelnden Engel. „Die mach ich nachher im Laternenstübchen. Das ist das klein Kneupche dahinne, hinner die Gartenpfort, auf die linke Seit", sagt er so genau in Philipps Ton, daß ich mich erröten fühle. „Dahin muß ich die Flasche zurückbringe, es sind zwanzig Pfennig drauf, und die gehören Tussi."

„Meinen Segen hast du", sage ich, denn in einem Anfall hoffnungsvollen Übermutes möchte ich die ganze Welt umarmen – einschließlich jenes fernen braungebrannten Gelegenheitsarbeiters in Napoli. Oder auch in Wiesbaden. Denn um Grund und Ursache meiner so jäh ausgebrochenen Freude, Lebensfreude, Liebesfreude zu gestehen: Ich sehe Philipp.

Sehe ihn in einer Ferne, die mit jedem Augenblick geringer

und endlich selig gefühlte Nähe wird, meiner wartend, meiner harrend, sehe ihn im blauen, von mir gestrickten Wollhemd, unter der blauen Baskenmütze das schmale Gesicht, das lächelt, während ich – ach, ich weine doch so leicht! Obwohl Philipp grade jetzt und hörbar über die Unendlichkeit des Traumes hinweg behauptet, daß keinerlei Grund zur Panik bestünde. „Wir sin doch zusammen," sagt er sogar, „un mir bleibe zusamme, ja, wir sin immer zusammen gewesen. Du hast es nur nicht immer gewußt."

Da muß ich lachen, ich lache sogar laut, was wiederum Poldi zu seinem kichernden Gelächter bringt, so daß uns der Professor, als er das Zimmer 23 betritt, zu meiner Heilung durch Heiterkeit beglückwünscht. Dem folgt ein kurzer aufklärender Vortrag über die Möglichkeit psychosomatischer Beeinflussung durch das Wort, das, im humanistischen Sinne gesprochen, nicht nur die Leiden des einzelnen, nein, auch der Menschheit tiefstes Sehnen nach dem Guten und Gesunden zu enthüllen vermöge.

Und so schlicht, als habe er nun endgültig das Schmetterlingsnetz in die Ecke gestellt. Locker und leicht neben Poldi auf dem verbotenen Bettrand sitzend, verbreitet er sich über die Irrungen und Wirrungen, deren Symptomen mit Vitamin B, Elektrizität und Aussprache doch nur beizukommen sei, sofern man ihre Gründe erkenne. „Denn um Liebe, meine Freunde, handelt es sich eigentlich immer. Um Liebe, verkehrt in Haß, verdrängt zur Krankheit, verwandelt zu Angst und Ohnmacht vor dem Leben. Wobei es gleich ist, ob das schwache, eitle Herz zwischen Mann und Bruder schwankt oder sich gegen die Sehnsucht nach Erkenntnis, den Willen zum Guten, ja, das eigene wahre Wesen stellt."

Ich blicke betroffen hoch. Hat er, der Mann hinter der Bettwand, verborgen in Schweigen und Ahnen, nicht immer alles gewußt?

Und als hätte er meine Gedanken gehört – denn auch das vermag er, der Zauberer! –, endet er leichthin: „Es ist ja so einfach zu erkennen, was Menschen bewegt! Liebe ist der Strom, der alles Leben speist. Und wenn wir nun so ehrlich sein wollten, wie es einem menschliche Widersprüche gewohnten, ja, ihnen sogar ausgelieferten Psychologen eigentlich gar nicht möglich ist, dann müßten wir zugeben, daß es sich bei *Ihrer* Geschichte, meine verehrte Frau Pommeranz, um eine ganz gewöhnliche Liebesgeschichte handelt. Und zwar nicht um die zwischen Ihnen und Ihrem Philipp – ach, wie leicht wäre das! –, sondern um die Ihres Lebens mit oder richtiger *ohne* Ihren Klaus, vielleicht sogar der enttäuschten und verratenen Liebe zu sich selbst und Ihrem innersten Sein. Immer jedoch hat dabei die Zeit die entscheidende Rolle gespielt – aber ohne die Zeit, was hätten wir da erlebt? Und ohne die Liebe – was wären wir da? Ein tönendes Herz, eine klingende Schelle. Oder besser und sicher Ihnen, mein lieber Herr Lafont, meine liebe Frau Pommeranz, willkommener: Seid umschlungen, Millionen ...''

Nach solchem Erguß herzbewegenden, tränentreibenden Gefühls, nach solchen Worten – auch wenn sie diesmal nicht von Goethe, sondern von Schiller sind – geziemen sich Andacht und Stille, die natürlich Poldi unterbricht, indem er, seine materialistische Seele enthüllend, nach etwas Rauch- und Trinkbarem fragt. ,,Denn auch Liebe'', so behauptet er, mit halbgeschlossener Hühnerkieke den allabendlichen Genüssen entgegenschnuppernd, ,,auch Liebe muß sich als das erweisen, was sie zu sein hat: nämlich als Güte, Freundschaft, Dienst am Nächsten, um nicht zu sagen: Dienst am Kunden. Denn, entschuldigen Sie, Herr Professor, ich dürste bereits seit heute nachmittag, abgesehen von dem sogenannten Tee, den mir Schwester Luise vorhin verpaßte, mitleidlos.''

Der Professor lacht, nickt, streckt Poldi die Hand hin, fordert ihn auf mitzukommen, mit ins Freie und vielleicht Feuchte – ein Vorschlag, dem ich zustimme. ,,Aber trink nicht mehr, als du packen kannst!''

Worauf Poldi flammende Blicke zur Zimmerdecke wirft. ,,Du hörst es, Gott, und läßt nicht donnern! Als wenn ich überhaupt ... Aber laß, Schwesterchen, laß uns wandern und geh du schlafen!"

Damit erhebt er sich. Ich empfinde schon so etwas wie Abschiedsweh, und als der Professor ihm folgt, eine zarte Pomadenfahne hinterlassend, ist mir, als müsse ich auch ihm ein Lebewohl nachrufen, schon jetzt. Obwohl ich weiß: Du wirst nicht wohlleben ohne mich. Du wirst an mich denken, wenn du nachmittags an meiner Tür vorübergehst, Zimmer Nummer 23 auf Station I, Zufluchtsort der Normalverrückten und ihrer allzu üppigen Gewissen. Du wirst mich vermissen, mich, deiner Seelenplaudereien wirklichkeitsnahen Widerpart, die Stimme, die dich über die Welten zwischen uns aus der Enge deines Klinikgartens hinauswies in mein Land der Träume und ihrer Erfüllung.

Langsam gehe ich – denn ich kann gehen, auf meinen eigenen Füßen! – zum Fenster; die kühle Nachtluft kommt mir entgegen in einer Berührung voller Sanftmut; die Platanen stehen reglos, nur dort drüben, an der Levkojenbank, legt die Laterne eine gelbe Schärpe von Licht in das Dunkel, das in einer milden Umarmung die dunklen Häuser umfängt, die Welt, den Schatten meines Körpers, hinter dem ich mich verberge: Ich, Fleur Lafontaine, geborene Schnedderich, geschiedene Goldener, verehelichte Pommeranz, ein von tausend Toden, Armut und Elend bedrohtes und dennoch mit allen Fasern seines Herzens glühend zum Dasein bereites Samenkorn auf den unendlichen, immer neuen Morgen entgegenströmenden Bahnen der Zeit, ein Ich zwischen Milliarden von Ichs.

Denn war ich jemals allein gewesen in Vergangenheit und Gegenwart? Waren sie nicht immer bei mir gewesen, die Ahnen und Urahnen, zu meiner Unterhaltung, zu meiner Bekehrung und Belehrung? Schulde ich ihnen nicht Dank, da ich sie entlasse aus ihrer stillen Heimstatt an meiner weißen Wand?

Nun, da sie sich verflüchtigen, mir ein letztes Mal zuwinkend mit ihren spitzenumspielten Händen, zunickend mit ihren Köpfen in Locken und Pleureusen, die Demoiselles von der

Jungfernbrücke, die entenschnablige Anna Lafontaine, die Rabbine mit dem falschen Scheitel und in strenger Haartracht Großmutter Amalie, eine Gestalt von wahrhaft Schnedderichscher Größe mit dem Gehirn eines Huhnes im Kopf einer griechischen Göttin, während Catherine Lafontaine, die Schwanenfedertoque auf der verwegenen Tolle, aus grauen Steinaugen leuchtend vor Tatendrang, ihnen allen voran in die Ewigkeit zieht.

Ihr nach folgt mein Vater Eberhard auf seinen verquasten Füßen, dann Rudo Rubikow aus der Silbernen Punschterrine in seiner schwarzen Litewka, mein Onkel Jean-Louis im Jägerhut, und endlich Gustav Schnedderich, der mit wehendem Vollbart seinen Träumen nach die Zeiten durchwandert. Alle, bis auf Maurice Lafontaine – denn wann hätte je ein Lafontaine im blauen Wertherfrack einen Raum auf dem ungewöhnlichen Wege durch ein Fenster verlassen? Und während Gustav Schnedderich frisch, fromm, fröhlich, frei wie die deutsche Turnerei, aber seltsamerweise mit Stativ und Fotoapparat bepackt, das lange Bein hebt, ermuntert er Maurice Lafontaine mit geschwenktem Kalabreser: „Nach Ihnen, Misjöh Lafontaine, nach Ihnen! Aber 'n bißken dalli, ick habe Eile, mir ruft die Zeit."

„Mich", verbessert Maurice Lafontaine – ach, er kann es nicht lassen! –, und Gustav Schnedderich erwidert forsch: „Ihnen ooch, Misjöh Lafontaine, bloß det wir Schnedderichs vorher immer den Dreck wegmachen müssen."

Damit gehen sie an der Levkojenbank vorbei, aus dem Lichtschein der Laterne ins Dunkel tauchend, nebeneinander und eigentlich recht rüstig trotz ihres teils mit, teils gegeneinander verbrachten Jahrhunderts.

Aber was ist schon ein Jahrhundert oder gar nur das halbe, von dem ich hier mit einem lachenden und einem weinenden Auge erzähle, was ist es gegen die Unendlichkeit der Träume, die uns zu verwirklichen aufgegeben sind? Uns oder auch euch, denen wir den Kampf und das Ziel hinterlassen.

Und wenn ich auch nicht glaube, daß ihr den gleichen, nicht immer gradlinigen, aber doch recht zielstrebigen Weg gehen werdet, auf denen die Schnedderichs und die Lafontaines das Leben besser, schöner oder wenigstens genießbarer machen wollten – vergeßt sie nicht, ich bitte euch, vergeßt sie nicht!

Denn nur der Letzte stirbt wirklich.